LARA MORGAN
Der Herr der Drachen

W0228900

LARA MORGAN

Der Herr der Drachen

Roman

Deutsch von Marianne Schmidt

Die Originalausgabe erschien unter dem Titel
»The Twins of Saranthium 01. Awakening« bei Tor, Sidney.

MIX
Papier aus verantwor-
tungsvollen Quellen
FSC
www.fsc.org   **FSC® C014496**

Verlagsgruppe Random House FSC-DEU-0100
Das für dieses Buch verwendete FSC®-zertifzierte Papier
Holmen Book Cream liefert Holmen Paper, Hallstavik, Schweden.

1. Auflage
Taschenbuchausgabe März 2011 bei Blanvalet,
einem Unternehmen der Verlagsgruppe
Random House GmbH, München
Copyright © der Originalausgabe 2008 by Lara Morgan
Copyright © der deutschsprachigen Ausgabe 2009
by Penhaligon Verlag
in der Verlagsgruppe Random House GmbH, München
Umschlagmotiv: © HildenDesign
unter Verwendung einer Illustration von © Kerem Beyit
Redaktion: Werner Bauer
Lektorat: Holger Kappel
Herstellung: sam
Satz: Uhl + Massopust, Aalen
Druck und Einband: GGP Media GmbH, Pößneck
Printed in Germany
ISBN 978-3-442-26772-9

www.penhaligon.de

Für Grant,
meine Vernunft, meine Muse,
der immer daran geglaubt hat,
dass ich es schaffen kann.
In immerwährender Liebe.

Inhaltsverzeichnis

Die Stadt Salmut, Saranthium

Mit einem Ruck fuhr Shaan aus dem Schlaf auf. Ihr Atem ging schnell und stoßweise. Zum wiederholten Mal hatte sie von Feuer und Tod geträumt.

Benommen rollte sie sich auf den Rücken und starrte die Risse in der Decke an. Es war kurz nach Morgengrauen, Hitze und Luftfeuchtigkeit nahmen bereits zu. Sie war schweißbedeckt, das Bettzeug klebte an ihren Gliedern, und sie fühlte sich plötzlich unbehaglich. So strampelte sie die Decke ans Fußende und fuhr sich dann mit unsicheren Händen durch das kurze, dunkle Haar.

Dieses Mal war der Traum noch lebendiger gewesen. Die unerwünschten Bilder drängten erneut in ihr Bewusstsein. Brennendes Fleisch, Schreie, Feuer, das die seltsame Stadt verschlang, und diese Stimme, die sie verfolgte und sie quälte. Sie konnte noch immer das zischelnde Flüstern hören.

Als draußen der Wagen klapperte, der den Müll einsammelte, schrak sie zusammen. Ärgerlich schob sie die letzten Traumschwaden beiseite. Was sollte es bringen, darüber nachzugrübeln, wenn sie auch so schon genügend Schwierigkeiten hatte? Sie erhob sich aus ihrem Bett, ging zum Fenster hinüber und stieß die hölzernen Läden auf. Der Gestank von Unrat und Fäulnis wehte von der Straße zwei Stockwerke tiefer zu ihr herauf, und angeekelt hob sie den Kopf, um wenigstens einen Hauch frischer Luft zu erhaschen. Der Himmel war vom verwaschenen Rosa des anbrechenden Morgens getönt. Hinter den flachen Dächern der Stadt ragten die Lagerhallen und Landungsstege des Großen Hafens in das dunkle Wasser der Bucht. Die mächtige Hauptpier sah aus wie ein steinerner Arm, der auf den Rand der Welt zeigte, und das Meer ähnelte einem Tuch aus schwarzer Seide. Die Schiffe, die vor Anker lagen, bewegten sich kaum im leichten Wellengang.

Shaan ließ den Blick zu den dicht an dicht stehenden, weiß getünchten Häusern gleiten, die sich entlang der roten Klippe am gegenüberliegenden Ende der Bucht drängten. Dies war die Anlage, die die Drachen und ihre Reiter beherbergte. Sie biss sich auf die Lippen, und ihr Magen zog sich zusammen. Es waren nur noch zwei Monate bis zum Wettkampf der Reiter. Würde ihr gestriger Fehler ihr einen Strich durch die Rechnung machen? Würde *er* sich dann noch daran erinnern?

Davon hätte sie träumen sollen, nicht von einer brennenden Stadt. Wenn sie bei dem Wettkampf versagte, würde sie zwei weitere Jahre den Söhnen und Töchtern der Würdenträger der Stadt hinterherputzen müssen, denen die Stellung als Reiter praktisch sicher war. Beim Wettkampf zu patzen, das würde bedeuten, dass all ihre Anstrengungen vergebens gewesen wären.

Sie stützte sich auf dem Fensterbrett auf, und das gesplitterte Holz schabte ihr über die Haut. Der Septenführer Balkis hatte vorher kaum von ihr Notiz genommen, aber nun gab es keine Zweifel mehr, dass sie ihm im Gedächtnis bleiben würde. Beim bloßen Gedanken daran, wie er sie angesehen hatte, wurde Shaan übel. Sie hatte ihm eine scharfe Schneide anstelle einer stumpfen Klinge gereicht. Der Jungreiter, den er ausbildete, hatte mit sieben Stichen am Oberschenkel genäht werden müssen. Es lag an den Träumen und am Schlafmangel. Wäre sie nicht so müde gewesen, wäre ihr ein solcher Fehler nicht unterlaufen.

Sie brauchte jeden erdenklichen Vorteil, um sich einen Platz als Jungreiterin zu sichern. Den Mann gegen sich aufzubringen, der möglicherweise über ihr Schicksal entscheiden würde, dürfte nicht besonders hilfreich sein. Solange sie zurückdenken konnte, war niemand, der zum Septenführer ernannt worden war, jünger als Balkis gewesen, und ausgerechnet sie musste sich seinen Unmut zuziehen. Sie starrte zur Anlage hinüber, als könnte sie mit ihrem Blick in sein Gehirn eindringen. *Wähle mich*, dachte sie, *wähle mich.*

Ein hochseetüchtiges Fischerboot lenkte sie ab, dessen Segel sich nun, da es am Landungssteg festmachte, strahlend weiß vor den roten Klippen abhoben. Eine Zeit lang ließ sie ihren Blick darauf ruhen, dann fluchte sie mit einem Mal, als ihr einfiel, dass sie versprochen hatte, an diesem Morgen für Torg Fisch zu besorgen. Seufzend zog sie sich ein ärmelloses grünes Kleid über den Kopf, schlüpfte mit den Füßen in ihre Sandalen, trat hinaus in den schmalen Flur und schlang im Gehen einen breiten Gürtel um ihre Taille.

»Tuon, Tuon, aufwachen«, rief sie den Flur hinunter und klopfte energisch gegen eine Tür am Ende des Ganges. Ohne auf eine Antwort zu warten, öffnete sie sie und steckte ihren Kopf hinein.

»Tuon, bist du wach?«

Das Zimmer war doppelt so groß wie ihr eigenes. In der Ecke gegenüber lag eine Frau quer auf einem breiten Bett, die Decke über den Kopf gezogen. Zu sehen waren nur ihre rosafarbenen Zehen, die unter dem zerknautschten Bettzeug hervorlugten.

»Tuon, aufwachen.« Sie ließ die Tür gegen die Wand krachen.

Ein zerzauster Haarschopf schob sich unter den Laken hervor, gefolgt von einer Hand, die ein Kissen in Shaans Richtung schleuderte. »Lass mich in Ruhe.«

Shaan sah ungerührt zu, wie der federgefüllte Sack gegen den Türrahmen prallte.

»Das nächste Mal musst du besser zielen.« Mit langen Schritten durchquerte sie den Raum und baute sich vor der Frau auf, die Hände in die Hüften gestemmt. »Komm schon. Ich muss zum Angeln. Du könntest mich doch begleiten und schwimmen gehen. Das würde auch ein wenig von diesem Gestank von dir abwaschen.«

Aber Tuon bewegte sich nicht, und Shaan sah verärgert zu ihr hinunter. Dann beugte sie sich über sie und riss ihr die Decke weg. »Nun komm schon. Selbst Mistkäfer bewegen sich schneller als du.«

»Ist ja schon gut!« Tuon rollte sich auf den Rücken und blinzelte, dann rieb sie sich verschlafen über den nackten Bauch. »Nach dem gestrigen Missgeschick bist du, wie ich sehe, eine sehr angenehme Begleitung.«

Tuon war blond und üppig, was sie zur Favoritin vieler Matrosen machte, die im Red Pepino einkehrten. Ihre Haut war hell im Vergleich zu Shaans, sie war einen Kopf größer, zehn Jahre älter und für Shaan der einzige Familienersatz, den sie hatte.

Shaan rümpfte die Nase und ging über die Bemerkung hinweg. »Himmel, ist das stickig hier!« Sie trat ans Fenster und riss es mit einem Ruck auf. »Warum lüftest du nicht hin und wieder mal?«

»Wir sind ja prächtiger Laune heute!« Tuon setzte sich mühsam im Bett auf. »Ein Glück, dass Torg dich nicht für sich arbeiten lässt. So, wie du aus der Wäsche schaust, würdest du weniger als ein Straßenjunge verdienen.«

»Als ob ich mich von irgendeinem schwitzenden, stinkenden Schwein von einem Seemann besteigen ließe.«

Shaan kratzte mit einem Fingernagel an einem Flecken der abgesplitterten Farbe auf ihrem Arm.

»Tatsächlich? Aber du bist dir nicht zu schade, ihnen die eine oder andere Geldbörse zu stehlen?«

»Na, wenn schon.« Shaan zuckte mit den Schultern. »Sie waren betrunken und dumm, und es ist ihnen ganz recht geschehen.« Sie konzentrierte sich weiter auf die Farbreste und tat so, als bemerke sie Tuons hochgezogene Augenbrauen überhaupt nicht. Sie hatte einiges verlernt, wenn Tuon sie hatte beobachten können. Als sie noch mit den Straßenbanden herumgezogen war, hatte sie mitten auf dem dichtgedrängten Marktplatz einem Händler die Börse entwenden können, ohne dass irgendjemand Verdacht geschöpft hätte. Aber diese Zeiten gehörten der Vergangenheit an.

»Wenn Torg das herausfindet, wird er gar nicht erfreut sein«, sagte Tuon. »Das macht es schwerer für die Kunden, seine Mädchen zu bezahlen. Mich eingeschlossen.«

»Tja, nun«, antwortete Shaan und sah auf, »dieser Seemann war ohnehin zu betrunken, um einen hochzubekommen.«

Tuons Augen wurden schmal. »Du stiehlst doch nur, wenn etwas nicht in Ordnung ist. Was ist es diesmal? Kannst du wieder nicht schlafen, oder machst du dir noch immer Sorgen wegen dieses Septenführers?«

»Ich mache mir keine Sorgen.« Shaan schnippte einen Farbkrümel zum Fenster hinaus.

»Nein, natürlich nicht.« Tuon verschränkte die Arme vor ihren nackten Brüsten. »Hat ja auch nichts zu bedeuten, wenn man von dem Mann angeschrien wird, der beim Wettkampf über das eigene Schicksal zu entscheiden hat. Geschieht doch alle Tage. Und klar«, sie warf ihr einen schelmischen Blick zu, »ist es völlig unwichtig, dass dieser Mann auch noch verdammt gutaussehend ist.«

»Und das auch weiß«, schnaubte Shaan.

»Das wissen sie doch immer«, entgegnete Tuon trocken. »Aber trotzdem – ein Septenführer …«

»Der einer Arbeiterin wohl kaum einen zweiten Blick gönnen wird«, unterbrach Shaan sie. »Nicht, dass ich darauf Wert legen würde.«

»Das wollte ich auch nicht angedeutet haben.« Tuon sah sie prüfend an, und Shaan spürte, wie ihr die heiße Röte in die Wangen stieg. »Ich wollte nur sagen, dass ich mir Sorgen machen würde, wenn ich diejenige wäre, die eine Reiterin werden will, und der Septenführer auf mich wütend wäre. Oder gibt es sonst einen Grund, warum du dich aufplusterst wie eine Katze, die in der Falle sitzt?«

Shaan wandte den Blick ab und starrte aus dem Fenster. »Ich bin einfach nur müde. Ich muss mich in der Anlage melden, um bei der Ausgabe des Mittagessens zu helfen, und außerdem Fische für Torg besorgen. Wenn du mich also begleiten willst, dann steh auf, oder ich gehe allein.«

Tuon bewegte sich nicht. »Du hattest wieder diesen Traum, stimmt's?«

Shaan ließ sich erneut gegen den Fensterrahmen sinken und sah Tuon niedergeschlagen an.

»Du solltest es mir besser erzählen. Du weißt doch, dass ich es sowieso rausbekomme.«

Mit dem durchdringenden Blick ihrer blauen Augen schien Tuon sie am Fenstersims festzunageln. Shaan versuchte zurückzustarren, aber sie war zu müde, um dem Blick standzuhalten. »In Ordnung«, seufzte sie. »Ja, bei der Göttin, dieser verfluchte Traum ist wieder da.«

»War dieses Mal irgendetwas anders?«

»Nein, es hat sich nichts geändert. Da waren wieder die brennende Stadt und die Menschen und…« Sie zögerte. Darüber wollte sie nicht sprechen. Sie wollte auch nicht daran denken, wie realistisch sich alles angefühlt hatte, der Rauch, der ihre Lungen ausgefüllt hatte, der stechende Gestank von versengtem Fleisch und die Stimme. »Es war nur ein Traum, Tuon. Der gleiche, den ich schon seit Wochen habe. Der gleiche, von dem du immer und immer wieder hörst.«

»Nur ein Traum?«

Shaan fuhr sich mit den Fingern durch die Haare und bereute, dass sie davon angefangen hatte. »Ja, nur ein Traum. Nichts von Bedeutung. Ist doch egal.« Sie strich die Vorderseite ihres Kleides glatt. »Komm schon, es wird immer heißer. Lass uns aufbrechen.«

Aber Tuon bewegte sich nicht. »Du musst zu einem Traumseher gehen, Shaan. Diese Träume kommen immer häufiger. Du solltest mit jemandem darüber sprechen. Vielleicht sogar mit Morfessa.«

»Dem Ratgeber der Führerin?« Shaan hätte beinahe aufgelacht.

»Er ist der beste Traumseher in der Stadt.«

»Auf keinen Fall gehe ich zu ihm hin. Und überhaupt: Ich habe gar kein Geld und kann mir auch nicht vorstellen, dass Morfessa jeden Beliebigen empfangen würde. Ich bin eine Arbeiterin in der Anlage, ein Niemand.«

»Ich werde dafür bezahlen«, beharrte Tuon. »Du solltest mit jemandem sprechen. Diese Träume müssen irgendetwas bedeuten, sie…«

»Sie bedeuten überhaupt nichts. Es ist nur die Hitze. Komm schon und zieh dich an. Ich muss den Fisch besorgen.«

Tuon seufzte. »In Ordnung, in Ordnung. Gib mir mal meine Sachen.«

Shaan war dankbar, dass Tuon das Thema fallen ließ, und holte ein blaues Kleid, das reich mit Blumen bestickt war, aus dem Schrank.

Doch Tuon sah sie eindringlich an, als sie das Kleid entgegennahm. »Versprich mir, Shaan, dass du wenigstens darüber nachdenkst, einen Traumseher zu Rate zu ziehen. Machst du das?«

»In Ordnung.«

Damit gab sich Tuon zufrieden, zog sich rasch an, und gemeinsam stapften sie die Treppe hinunter. In der Küche war der Besitzer des Red Pepino, Torg Fairwind, damit beschäftigt, energisch einen Klumpen Brotteig zu bearbeiten, ihn zu klopfen und durchzuwalken. Seinen kahlen Kopf hatte er mit einem Tuch bedeckt. Ein dicker Goldring baumelte an seinem rechten Ohr und schimmerte, wenn er sich bewegte.

Torg lächelte, als die beiden Mädchen den Raum betraten, und seine Zähne hoben sich weiß glänzend von seiner schwarzen Haut ab. »Morgen.«

Die beiden Frauen zuckten vor der Hitze, die der Ofen ausstrahlte, zurück.

»Was machst du denn da?« Tuon keuchte und fächelte sich Luft ins Gesicht. »Dafür gibt es Bäcker, falls du es noch nicht weißt.«

»Ja, aber denen traue ich nicht über den Weg.« Er donnerte ein großes Stück des Teigklumpens auf die Tischplatte. »Niemand macht Brot wie Torg.« Er zwinkerte ihnen zu und hieb so kräftig auf den Teig, dass der Tisch wackelte.

»Ihr geht los, meinen Fisch besorgen?« Er sah Shaan an, und sie nickte.

»Ich hole nur noch meine Ausrüstung.«

»Gut. Und sieh zu, dass du dich gründlich wäschst. Ich kann den Wein von letzter Nacht noch an dir riechen. Wenn du dir nur mal die Haare waschen und ein bisschen Fleisch auf die Knochen bekommen würdest, könntest du einige Münzen mehr verdienen, genau wie Tuon.«

»Nein, vielen Dank«, knurrte Shaan mit finsterer Miene. »Da würde ich lieber meinen Kopf in diesen Ofen stecken.« Sie nahm ihren Schnürbeutel vom Haken neben der Hintertür. »Komm schon, Tuon.«

Der Klang von Torgs Kichern und das gleichmäßige Aufklatschen vom Teig auf der Tischplatte folgten ihnen, als sie den Hof überquerten und durch die Hinterpforte hinausgingen.

Die Straßen waren beinahe leer, und sie kamen im gewöhnlich überfüllten Seefahrer-Viertel gut voran. Als sie sich jedoch dem Marktplatz näherten, wurden die Gassen belebter. Von vorn drangen die Rufe der Standverkäufer zu ihnen, die ihre Waren anpriesen, und Wagen, voll beladen mit Gemüse, fuhren schaukelnd an ihnen vorbei, gezogen von schnaubenden Muthus. Der Markt befand sich auf einem riesigen Platz, der von allen Seiten von hohen Gebäuden gesäumt wurde, in denen Geschäfte, Tavernen und Kaf-Häuser untergebracht waren. Ein Kreis von Wagen und behelfsmäßigen Ständen füllte den Hauptteil der offenen Fläche. Bunt gemusterte Tücher waren über Stangen gespannt, um die Waren vor der Sonne zu schützen. In der Mitte befanden sich ein schattiger Garten und ein Springbrunnen.

Die Szenerie war ebenso chaotisch wie vertraut, aber Shaan spürte einen Hauch von Unbehagen in der Luft, während sie und Tuon sich ihren Weg durch das Gewimmel bahnten. Die Menschen lärmten nicht so ausgelassen wie sonst. Verkäufer drängten sich in Grüppchen zusammen, und mit in sorgenvolle Falten gelegten Gesichtern spähten sie nervös in den Himmel hinauf, während sie murmelnd die Köpfe zusammensteckten. Die Kunden stöberten halbherzig in den Auslagen, und ihre Versuche, um den Preis zu feilschen, waren leise und ohne rechte Begeisterung.

»Ich frage mich, was heute mit allen los ist«, sagte Shaan.

Tuon warf ihr einen Blick zu. »Hast du denn nichts von den Gerüchten gehört?«

»Von welchen denn? Dass wild gewordene Drachen Dörfer angreifen? Natürlich.«

Shaan zuckte mit den Schultern. »Aber das sind doch wohl nur Geschichten von Leuten, die Panik schüren wollen.«

Tuon sah sie stirnrunzelnd an. »Warum sollte irgendjemand solche Lügen erzählen?«

»Ich weiß es nicht. Aber Drachen töten keine Menschen, Tuon. Schon vor langer Zeit wurde ein Pakt geschlossen, um uns zu schützen. Außerdem habe ich nichts davon gehört, dass irgendeiner der Drachen hier in Salmut irgendetwas tut, und da ich in der Anlage arbeite, würde ich wohl eine der Ersten sein, die davon erführe.«

Tuon warf ihr einen finsteren Blick zu. »Als ob sie einer Arbeiterin anvertrauen würden, was vor sich geht. Und du weißt genau, dass die Geschichtsschreibung besagt, eines der ersten Anzeichen *Seiner* Rückkehr würde ein verändertes Verhalten der Drachen sein. Wir wären gut beraten, wenn wir alle Warnungen ernst nähmen, anstatt sie in den Wind zu schlagen. Wenn wirklich der Gefallene zurückkommen sollte…«

»Der Himmel würde schwarz vor Verzweiflung werden«, unterbrach Shaan sie. »Ich kenne die Worte aus der Rolle der Gründung ebenso gut wie jeder andere auch.«

Aber Tuon wollte nicht von dem Thema ablassen. »Sie besagt außerdem«, fuhr sie fort, »dass Drachen, die Menschen angreifen, die ersten Zeichen *Seiner* Wiederkehr sein würden. Und man hört doch Gerüchte, dass jene Dörfer im Norden von Drachen attackiert wurden.« Sie legte erneut die Stirn in Falten, griff an einem Stand nach einer Bahn kastanienbrauner Seide und ließ sie schließlich wieder sinken. »Ich denke, es wäre leichtsinnig, irgendwelche Warnzeichen zu missachten, das ist alles.«

»Es gibt keine Beweise, dass es Drachen waren«, gab Shaan zu bedenken. »Wahrscheinlich waren es die Scanorianer.«

»Scanorianer sind nichts als schmutzige, kleine Höhlenbewohner, Shaan. Sie verschlingen keine Menschen. Und man sagt, dass man Körper gefunden hat, die halb angefressen waren, und andere, die in Stücke gerissen waren. Ganze Dörfer wurden bis auf die Grundfeste niedergebrannt.«

Shaan schüttelte den Kopf. Auch sie hatte die Gerüchte gehört, aber die Drachen waren ihre Beschützer und ihre Verbündeten. Das alles ergab keinen Sinn, und sie war überrascht, dass Tuon dem Gerede so viel Glauben schenkte. Gewöhnlich war sie die Erste, die alles abtat, von dessen Wahrheitsgehalt sie sich nicht selbst überzeugt hatte. Das hier sah ihr gar nicht ähnlich. Die Möglichkeit, dass die Angriffe die Rückkehr des Gefallenen ankündigen könnten, war etwas, das weder sie noch sonst irgendjemand für denkbar halten wollte. Der Gefallene war eine Legende, ein Mythos, ein Monster aus den Albträumen der Kinder. Gerüchte zu streuen, er könne zurückkehren, war … Sie schüttelte den Kopf und verdrängte entschlossen den Gedanken daran, denn sie wollte ihn nicht noch weiter ausspinnen. Sie hatte auch so schon genügend Probleme.

Ihr Magen knurrte, als sie an einer Obstverkäuferin vorbeikamen, die gerade erst ihre Waren auslegte. »Ich habe solchen Hunger, hast du ein paar Münzen dabei?«, fragte sie und machte einen Schritt über eine Kiste mit sorgsam eingewickelten Äpfeln hinweg.

»Nein. Hoppla!« Tuon griff nach ihrer Hand, als sie beinahe über eine weitere Obstkiste gestolpert wäre, die ein junger Bursche plötzlich in den Weg geschoben hatte.

»Heda, ihr zwei!« Eine große Frau mit einem langen, roten Kleid drängelte sich durch die Menge in ihre Richtung. »Was macht ihr denn da? Haltet euch von meinem Obst fern. Ihr zerdrückt es mir noch, und dann werdet ihr mit euren mageren Knochen dafür bezahlen!«

Shaan fühlte sich plötzlich übermütig, bückte sich und tat so, als mache sie sich an ihrer Sandale zu schaffen, während sie mit einem breiten Grinsen zu Tuon emporsah. Das war ein uralter Diebestrick, und es kostete sie nur einen winzigen Augenblick, nach der Frucht zu greifen.

»Lass das!« Tuon packte sie am Arm. »Die Frau sieht groß genug aus, um uns beide in den Abfallkarren zu werfen.« Sie zerrte an Shaans Ellenbogen und zog sie fort.

»Ach, komm schon! Diese fette Seekuh würde uns doch nie einholen.« Shaan folgte Tuon mit eiligen Schritten und schnappte sich geschickt einige noch warme Leckerbissen von einem Tablett mit Backwaren, das ein Mann an ihnen vorbeitrug.

»Hier.« Sie schloss wieder auf und bot Tuon ein Stück Gebäck an, dann zog sie die Äpfel vorne aus ihrem Kleid. »Lass uns die Beweisstücke vertilgen.«

Lächelnd schüttelte Tuon den Kopf. »Du bist eine Diebin, Shaan.« Sie sah zurück und stellte fest, dass der großen Frau durch einige rangelnde Jungen der Weg versperrt war. »Aber du hast das Glück auf deiner Seite.«

Die Frau starrte ihnen über die Köpfe der Jungen hinterher, aber sie kam nicht an ihnen vorbei. So blieb ihr nichts anderes übrig, als den beiden Mädchen ein paar ausgesuchte Beleidigungen hinterherzurufen, sich umzudrehen und zu ihrem Stand zurückzukehren. Shaan fing Tuons Blick auf, lachte, und gemeinsam drangen sie tiefer in das Labyrinth von Ständen vor, bis sie schließlich die Grünanlage erreichten. Dort blieben sie im Schatten einiger Bäume beim Springbrunnen stehen, um zu essen. In der Mitte des sprudelnden Wassers befand sich die Statue einer nackten Frau mit einem Fisch in der Hand. Auf der anderen Seite der Fontäne, halb verdeckt von der Brunnengestalt, standen drei prachtvoll gekleidete Männer und unterhielten sich mit dicht zusammengesteckten Köpfen. Unmittelbar neben ihnen wartete ein großer Mann mit einem schwarzen Wams, der ein Schwert an der Hüfte trug und mit aufmerksamem Blick die Gegend absuchte. Seine Haut war sonnengebräunt, und das dunkle Haar hing ihm bis auf die Schultern. Auf seinem Kinn lag der Schatten eines Bartes, der seit ein oder zwei Tagen nicht mehr abrasiert worden war.

Shaans Magen machte einen Satz, als sie ihn erblickte, und rasch schlug sie die Augen nieder, kniete sich an den Brunnen und spritzte sich Wasser ins Gesicht, während sie spürte, wie der Mann sie musterte. Tuon sog scharf die Luft ein, als sie sich neben sie kniete. Männer wie dieser machten sie beide gleichermaßen nervös. Das schwarze Wams kennzeichnete ihn als ein Mitglied der Glaubenstreuen, der Stadteinheit der Elitekämpfer.

Einen wie ihn sollte man besser nicht auf sich aufmerksam machen, denn das war weitaus schlimmer, als den Stadtwachen aufzufallen. Man erzählte sich, dass die Jäger der Glaubenstreuen alles und jeden aufzuspüren vermochten, und dass ihre Verführer den eigenen Geist nach Belieben in jede Richtung lenken konnten. Bei ihnen handelte es sich um die mächtigsten und am meisten gefürchteten Gesetzeshüter Salmuts. Sie waren die Krieger, die die Führerin ausgewählt hatte, dafür zu sorgen, dass der Gefallene niemals würde zurückkehren können.

Versonnen sah Shaan zu Boden und fragte sich, was ein solcher Mann in diesem Teil der Stadt verloren hatte. Unter den gesenkten Lidern hervor riskierte sie einen Blick und sah, dass der Mann inzwischen tief in eine Unterhaltung mit den anderen versunken war. Sie stieß einen erleichterten Seufzer aus und starrte in das seichte Wasser hinab, ließ die Finger darin kreisen und kaute an ihrem Gebäck. Neben ihr trank Tuon einen Schluck aus ihren gewölbten Händen; dann setzte sie sich auf den Rand des Brunnens, den Rücken angespannt durchgedrückt.

Shaan beobachtete ein Blatt, das im kühlen Nass versank. Der Markt war immer einer ihrer liebsten Arbeitsplätze gewesen, als sie noch mit den Straßenbanden herumgezogen war. Bei all diesem Trubel und Stimmengewirr hatte es immer leichte Beute für Diebe gegeben. Jedenfalls bevor der Bucklige auf den Plan getreten war, dachte sie mürrisch. Sie war froh, dass sie die Bande bereits verlassen hatte, als er sie alle »unter seine Fittiche« genommen hatte, wie er es nannte. Sie schielte zu Tuon hinüber. Diese war einmal mit ihm zusammengestoßen, was der Grund dafür war, warum sie sich Arbeit im Red Pepino gesucht hatte, nicht lange nachdem Shaan selbst dort untergekommen war. Aber sie verlor nie ein Wort darüber. Shaan wünschte sich, sie würde ihr davon erzählen. Wie schlimm mochte es gewesen sein?

Wie beiläufig spielte Shaan mit dem Blatt. »Warum erzählst du mir nie, was dir der Bucklige angetan hat?«, fragte sie leise.

Tuon blickte sie mit verkniffenem Gesicht an. »Aus dem gleichen Grund, warum du nicht von der Zeit sprichst, in der du mit den Straßenkindern umhergezogen bist, oder von deiner toten Mutter«, erwiderte sie schroff. »Es ist vorbei. Abgeschlossen. Es macht keinen Sinn, noch einmal davon anzufangen; also hör auf, danach zu fragen.«

Shaan zog die Hände aus dem Wasser und hockte sich ebenfalls auf den Brunnenrand. »Entschuldige«, sagte sie.

Tuon schüttelte nur den Kopf, hielt den Blick starr auf den Marktplatz gerichtet und seufzte. »Es ist nicht deine Schuld.«

Shaan wandte die Augen in die gleiche Richtung und beobachtete einen Verkäufer, der Fleisch auf Spieße steckte. Irgendetwas belastete Tuon. Sie war nie so abweisend, und vor allem erwähnte sie niemals so unverblümt Shaans tote Mutter. Sie wusste, wie schmerzhaft es für sie war, an ihre Mutter erinnert zu werden, die die Droge Crist mehr als ihre eigene Tochter geliebt hatte. Sie war an ihrer Sucht gestorben, als Shaan erst fünf Jahre alt gewesen war, und hatte sie so den Straßenbanden überlassen, der Legion verwaister Kinder, die stahlen, um zu überleben.

Shaan rieb über den eingerissenen Nagel ihres rechten Daumens. Sie erinnerte sich kaum noch an ihre Mutter, entsann sich nur noch ihres roten Haares und der hellbraunen Augen in einem schmalen Gesicht. Shaans eigene Augen waren von einem so dunklen Blau, dass sie beinahe lila wirkten. Indigo hatte ihre Mutter in ihren lichten Momenten den Ton genannt.

»Shaan!« Tuons Stimme brachte sie zurück in die Wirklichkeit. »Wenn du zu viel über die Vergangenheit nachdenkst, wirst du in ihr ertrinken. Hast du nicht gesagt, du müsstest noch Fische fangen?« Sie hob eine Augenbraue.

»Ja, gleich.« Shaan holte tief Luft; sie war müde.

Tuon schüttelte den Kopf, aber Shaan konnte einfach nicht genug Energie aufbringen, um aufzustehen. In einer Stunde würden die Fische auch noch da sein.

Hinter ihnen schwollen die Stimmen der Männer über dem Klang des Wassers an und verebbten wieder. Sie waren nur bruchstückhaft zu hören, und Shaan drehte sich ein bisschen, um sie aus den Augenwinkeln zu beobachten.

Mit einem Mal stieß ihr Tuon den Ellenbogen in die Seite und zischte: »Sieh sie nicht an!«

»Au!« Shaan funkelte die Freundin an. »Habe ich doch gar nicht.«

»Und ob! Solche Männer sind gefährlich. Und wenn sie herausfinden würden, dass du irgendwas mitgekriegt hast, was glaubst du wohl, wie sie dann reagieren würden?«

»Sie würden es niemals merken. Ich habe nicht sechs Jahre auf der Straße gelebt, ohne etwas dabei zu lernen.«

»Einer von ihnen gehört den Glaubenstreuen an«, knurrte Tuon.

»Habe ich auch bemerkt.«

»Dann solltest du auch wissen, dass er der Kommandant ist. Er ist gefährlich.«

»Woher weißt du denn das?« Shaan sah sie stirnrunzelnd an. An seinem Wams war nichts zu erkennen, das seinen Rang verraten hätte.

»Ich weiß es eben einfach«, erwiderte Tuon.

»Wie?«

Aber ihr Gesicht hatte einen verschlossenen Ausdruck angenommen; sie wandte den Kopf ab und strich sich ihren Rock glatt. »Leg dich nicht mit ihnen an. Es lohnt sich nicht.« Sie stand auf. »Komm schon, es warten noch Fische darauf, von dir geangelt zu werden.« Und mit diesen Worten ging sie davon.

Shaan schaute ihr einen Moment lang nach, ehe sie ebenfalls aufstand und ihr folgte. Tuon benahm sich in letzter Zeit ausgesprochen seltsam. Während sie nebeneinander herliefen, betrachtete Shaan Tuons Gesicht. Seit ihrem elften Lebensjahr war sie Mutter und Schwester für sie gewesen, aber in letzter Zeit war sie abwesend und neigte dazu, nachdenklich ins Leere zu starren, oft mit tiefen Falten auf der Stirn.

Ein Schatten glitt über sie hinweg, und als Shaan aufsah, entdeckte sie einen gold- und lilafarbenen Drachen, der aus Richtung Westen Kurs auf die Stadt nahm und schon recht nah gekommen war. Zu nah. Sie blieb stehen und packte Tuon am Arm, sodass sie neben ihr haltmachte.

»Er fliegt sehr tief«, bemerkte sie.

»Was?« Tuon klang noch immer verärgert.

»Der ist zu niedrig«, wiederholte sie. »Sieh doch nur.« Sie deutete empor.

Der Drache kam immer näher und näher, die mächtigen Schwingen zu ihnen herabgebogen. Er war jetzt so nah bei ihnen, dass Shaan den Reiter erkennen und die sausende Luft zwischen den Flügeln des Tieres hören konnte. Ein beißender, scharfer Geruch wie Öl, das in einer Pfanne schwarz verbrennt, mischte sich in den Wind.

Shaans Herz hämmerte, während sie emporstarrte. Reiter brachten ihre Tiere niemals so weit an die Stadt heran. Rings um sie herum waren auch andere Gespräche verstummt, und die Leute sahen dem Tier entgegen, das sich tiefer und tiefer sinken ließ. Es fiel zu ihnen herab wie ein Stein, der von den Göttern geworfen worden war. Die Haut glänzte im Sonnenlicht, und während Shaan aus zusammengekniffenen Augen hinaufschaute, überfiel sie ein seltsam taubes Gefühl. Sie sah, wie der Drache seinen Schwanz wie einen Wimpel am Himmel ausrollte, und ohne zu wissen, warum, reckte sie eine Hand in die Luft und streckte ihre Finger aus, während der Drache auf sie zuschoss.

Plötzlich stieß das Tier einen langen, tiefen Schrei aus, bei dem sich Shaans Nackenhaare sträubten.

»Er greift an«, rief jemand, und auf dem Marktplatz brach Panik aus. Menschen suchten Schutz und stießen einander beiseite, während sie versuchten, die Sicherheit umliegender Häuser zu erreichen. Aber nur wenige waren schnell genug, und der Drache fiel über die Flüchtenden her. Zu hören waren nur der zischende Wind und die aneinanderreibenden Klauen, die wie Messer klangen, wenn sie über Felsen schaben.

»Shaan!« Tuon packte sie am Arm und zog sie zurück in Richtung Garten, und sie riss sie auf dem Weg dorthin zu Boden. Shaan stolperte und schlug sich die Knie auf, als sie aufs Pflaster prallte. Rings um sie herum kreischten die Leute voller Entsetzen und warfen sich auf die Straße oder zwängten sich unter die Stände. Benommen rollte sich Shaan auf die Seite und sah den Mann in Schwarz rennen. Mit grimmigem Gesicht starrte er auf einen Punkt hinter ihr. Sie folgte seinem Blick und sah den Drachen niedersausen und mitten über den Marktplatz fegen. Funken stoben, als die Stacheln seines Schwanzes über die Steine kratzten. Die weit ausgebreiteten Schwingen zerschlugen Wagen und Markisen, zermalmten Menschen unter sich und warfen Muthus um, die entsetzt hatten davongaloppieren wollen. Der Windstoß, der dem Drachen folgte, stank nach Rauch und Asche. So nahe raste das Tier an ihr vorbei, dass Shaan den Reiter erkennen konnte. Sein Gesicht war voller Angst, während sein Drache unkontrolliert wütete. Einen Moment lang sah er sie direkt an; dann war er verschwunden, als das Tier mit einem weiteren Schrei aufstieg und gen Osten abdrehte.

2

Jalwalah-Territorium, Clanlande

Tallis packte seinen Speer, stand vollkommen reglos da und ließ den Bau der Mar-Ratte nicht aus den Augen. Langsam und zögerlich schob sich eine braune Schnauze hervor und schnupperte in der frühen Morgenluft der Wüste. Die Muskeln in Tallis' rechtem Arm zitterten von der Anstrengung, den Speer zum Stoß bereitzuhalten, aber er bewegte sich noch immer nicht. Beim geringsten Geräusch würde das Tier wieder in den Erdboden zurückhuschen. *Geduld ist die beste Freundin des Jägers*, hatte sein Vater immer zu ihm gesagt. Vorsichtig kroch der kleine Nager aus dem Loch. Er war so lang wie Tallis' Unterarm und von weichem, dunklem Fell bedeckt. Das Gehör der Mar-Ratte war ausgezeichnet, das Sehvermögen jedoch schlecht.

Tallis wartete, bis sie ganz herausgekommen war, dann bereitete er sich auf das vor, was kommen musste. Einen kurzen Moment lang schien der Boden unter seinen Füßen zu verschwinden. Die Geräusche und Gerüche der Wüste wurden schwächer, und die weiten, felsdurchzogenen Sandflächen verschwammen an den Rändern seines Sichtfeldes. Nur die Mar-Ratte vor seinen Augen blieb scharf. Er war mit ihr wie durch einen dünnen, unsichtbaren Faden verbunden. Instinktiv wusste er, dass er das Tier jetzt dazu bringen könnte, alles zu tun, was ihm in den Sinn käme, wenn er sich nur darauf konzentrierte. Er müsste lediglich in Gedanken einen Befehl geben, wie er es schon bei anderer Gelegenheit getan hatte. Aber das hier war nicht richtig. Und doch musste jeder Mensch jagen.

Er reckte den Arm, und mit einem Mal nahm die Welt um ihn herum wieder Gestalt an, als er den Speer fliegen ließ. Die Mar-Ratte fiel in den Sand, von der schieren Wucht des Stoßes umge-worfen. Einmal noch zuckten die Beine, dann blieb sie reglos lie-gen. Tallis kämpfte gegen den kurzen Moment der Übelkeit, der immer folgte, wenn er getötet hatte.

»Jetzt hast du schon zwei erlegt«, sagte Jared hinter ihm.

Tallis holte tief Luft, drehte sich um und sah seinen Erdbruder an.

»Na wenn schon. Wenn du mal nicht mehr so viel Zeit damit vertun würdest, deine Zöpfe zu flechten, dann hättest du inzwi-schen auch schon eine erwischt.« Tallis grinste. Während er sich auf die beiden üblichen Zöpfe auf beiden Seiten des Gesichtes be-schränkte, trug Jared das braune Haar acht Male geflochten, sorg-fältig eingeölt und an jedem Ende mit einem silbernen Band be-festigt.

Jared erwiderte das Lächeln. »Du wünschst dir doch nur, deine ungeschickten Hände könnten genauso gut flechten. Aber zum Glück verstehen sie sich ja auf die Jagd, warum also sollte ich mir die Mühe machen? Wenn wir den ganzen Tag hierblieben, könn-test du genug erlegen, um das ganze Lager zu versorgen, und wir könnten früher heimkehren und hätten die heißen Quellen ganz für uns allein. Keine Ziegen jagen und stattdessen alle Frauen.« Er zwinkerte.

Tallis konnte sich ein Grinsen nicht verkneifen. Jared war ge-rade in sein achtzehntes Jahr eingetreten, was sie gleichaltrig machte, aber er hatte die Frauen des Clans umworben, seitdem er ein kleiner Junge gewesen war. Jared war zwei Köpfe größer und leichter gebaut, er hatte ein hübsches Gesicht und lächelte viel, so-dass es an Frauen keinen Mangel gegeben hatte, die bereitwillig in die heißen Quellen stiegen, um seinen Scherzen zu lauschen.

Tallis schüttelte den Kopf und stocherte mit seinem Speer im Sand herum. »Den ganzen Tag hier draußen bleiben? Mein Va-ter würde uns eine Woche lang Klingen schärfen lassen. Wenn du deinen Speer nur mal halb so schnell schleudern würdest, wie du sprichst, könntest du selbst genug Fleisch für den ganzen Clan besorgen. Aber da du ja leider mit der Zunge schneller bist, kannst du *meine* Beute haben und sie ausweiden.«

»Na, besten Dank, altes Mistkäfergesicht.« Jared lachte. »Ich werde meine eigene Ratte erledigen; die kannst *du* dann ausnehmen.«

Tallis schnaubte und rempelte ihn kräftig mit der Schulter an, als er seine Beute holen ging. Wie immer hatte Jared ihn mühelos zum Lächeln gebracht, aber das verging ihm rasch wieder. Jede Jagd, jedes Töten war eine Erinnerung daran, dass etwas in ihm anders und falsch war. Ein Mann sollte nicht das tun können, was *er* vermochte. Er bückte sich und hob die Mar-Ratte auf; dann schlitzte er ihr geschickt die Kehle auf, um das Tier ausbluten zu lassen, ehe er die Gedärme ausschabte.

Ein Windhauch strich über seine Haut, und er stand auf, streckte sich und drehte sein Gesicht in Richtung der Bö, sodass er über die Wüste bis zum Horizont blicken konnte. Sie hatten das Lager verlassen, als die Sonne gerade im Begriff war, über den Dünen in der Ferne aufzugehen; jetzt hing sie über dem Horizont, der Mond war eine fahle Sichel am Himmel, und die kühle Luft der nahenden Wüstennacht verbreitete sich rasch. Der gelbe Sand hatte einen rosafarbenen Stich, und die vereinzelten Felserhebungen warfen lange Schatten in Tallis' Richtung. Man sagte, dass in Augenblicken wie diesen die Führer auf Erden wandelten. Die alte Serita behauptete, sie habe schon mal einen gesehen, nämlich den dritten Führer Sabut, der wie ein Geist über dem Sand schwebte.

Der Wind legte sich. Wie still es mit einem Mal in der Wüste wurde. Alle Geräusche waren verstummt, und die Luft war dick, als wäre Tallis in das warme Wasser der Quellen eingetaucht. Seine Haut kribbelte, und er spürte den Nachhall der Übelkeit: den metallenen Geschmack von Blut, den er immer noch Sekunden nach dem Töten im Mund hatte.

Er suchte die Landschaft ab, und wie so häufig wanderte sein Blick nach Westen, wo hinter den Bergketten das Gebiet der Feuchtländer lag. Das vertraute Sehnen beunruhigte ihn. Schon immer hatte ein Teil von ihm den Drang verspürt zu sehen, was nach Westen zum Meer hin jenseits der Clanländer lag. Etwas in ihm verzehrte sich danach und nagte an ihm. Aber so sollte es nicht sein. Er liebte das Wüstenland, die trockene Luft und den heißen Sand, der sich rau unter den Fußsohlen anfühlte. Warum zog es ihn in Länder, die er nicht kannte? Er zwang sich, sich abzuwenden, und dabei fiel sein Blick auf einen Schatten, der von einem Felsvorsprung ausging und seltsam geformt war, wie Finger, die sich in seine Richtung bogen.

Ihn durchfuhr das Gefühl, dass etwas falsch war. Sein Magen verkrampfte sich, und er taumelte. Seine Augen hielt er fest geschlossen, während er sich auf seinen Speer stützte, um die Balance wiederzufinden, und er atmete schwer. Und dann war wieder alles vorbei, so schnell, wie es gekommen war. Er stand da, blinzelnd und unsicher auf den Beinen, und schüttelte den Kopf, um wieder einen klaren Gedanken fassen zu können. Er musste müde sein, oder vielleicht hatte er auch von der gestrigen Jagd einen Sonnenstich. Unregelmäßig hämmerte das Herz in seiner Brust.

Es wurde Zeit, aufzubrechen. Er hielt nach Jared Ausschau und entdeckte ihn in der Nähe hinter einem Felsen zusammengekauert; zweifellos befand sich auf der anderen Seite der Bau einer Mar-Ratte. Tallis war sorgsam darauf bedacht, sich gegen den Wind zu halten, kroch zu Jared hin und hockte sich neben ihn. Jared holte sein Jagdmesser heraus, beugte sich vor und schleuderte es in einer fließenden Bewegung. Es gab kein Geräusch, aber der zufriedene Ausdruck auf seinem Gesicht verriet, dass die Waffe ihr Ziel gefunden hatte.

Jared drehte sich um und senkte den Blick. Etwas von Tallis' Unbehagen musste sich auch auf dessen Gesicht abgezeichnet haben, denn anstatt wie üblich zu prahlen, legte er die Stirn in Falten und stieß nur ein einziges Wort aus: »Lager?«

Tallis nickte stumm. Rasch holte Jared seine Beute, und sie machten sich auf den Rückweg zur Dünenkette. Tallis' Erdbruder spürte seinen Stimmungsumschwung, sagte aber nichts. Er hatte sich daran gewöhnt. Jared hatte gesehen, wie sich Tallis vor Übelkeit übergeben hatte, nachdem er seine erste Sandziege erlegt hatte, als sie noch Kinder gewesen waren, und weder damals noch in späteren Zeiten hatte er ihn darauf angesprochen.

Zwar hatte er Scherze darüber gemacht, dass Tallis kein Blut sehen konnte, aber sie wussten beide, dass es nicht daran lag. Doch es war nichts, worüber Männer sprechen sollten. Es ging um Macht. Es konnte sich sogar um die Macht der Führer handeln, die den Männern nicht zustand. Nur Frauen konnten sich die Berührung der Führer zunutze machen, und nur die Frauen folgten dem Zyklus des Mondes.

Tallis' Magen zog sich zusammen, und die Muskeln in seinen Schultern verspannten sich. Seine Mutter war mit dem Volk der Eisberge verwandt, nicht mit dem der Clans. Wegen ihrer Abstammung war er immer als Außenseiter angesehen worden, ebenso wie wegen seiner seltsamen Augenfarbe. Kein anderer Clansmann hatte Augen von solchem Blau, das manchmal beinahe schwarz erschien. Würde es immer sein Schicksal sein, sich so sehr von den anderen zu unterscheiden?

Sie erreichten die Dünen, und Tallis rammte seine Füße in den Sand, drückte die Beine durch und mühte sich empor. Jared folgte ihm schwer atmend. Als sie die Kuppe erreicht hatten, blieben sie stehen, um zu Atem zu kommen, und Tallis ließ seinen Blick zum Lager hinabwandern. Lederzelte waren in einem Kreis rings um das Hauptfeuer in der Mitte verteilt, und das Zelt von Tallis' Familie befand sich ganz am entgegengesetzten Ende. Sein Vater saß in der Öffnung und schärfte seinen Speer, und ohne Anstrengung entdeckte Tallis auch den dunklen Haarschopf seiner Mutter in der Nähe des Feuers, wo sie den Teig für das morgendliche Pfannenbrot knetete. Leises Stimmengewirr und das Schnauben des gedrungenen Muthus wehten zu ihnen hinauf. Die Szene wirkte so normal und vertraut, und doch kam Tallis sich seltsam abgeschnitten vor. Das Gefühl einer dunklen Vorahnung kroch über seine Haut, und wieder rumorte in seinen Eingeweiden die Gewissheit, dass etwas nicht stimmte.

Sein Vater, Haldane, sah auf, entdeckte ihn und winkte, um ihm zu bedeuten, dass er zu ihm kommen solle.

»Komm schon«, sagte Jared. »Lass uns diese Ratten braten gehen.« Er rannte die Düne zum Lager hinab.

Aber Tallis bewegte sich nicht. Beinahe sah er Jared und das Lager gar nicht mehr, als ihm eine andere Gelegenheit, ein anderer Ort einfiel, als er die gleiche Vorahnung, die gleiche Übelkeit verspürt hatte. Er war vierzehn gewesen, und seine älteren Brüder, Söhne von Haldanes erster Herzenskameradin, waren gekommen, um sich zu verabschieden. Cale und Malshed waren im Begriff, gegen den Raknah-Clan um den See des Fünften Mondes zu kämpfen. Damals hatte er gehört, wie das Gefühl, dass etwas nicht stimmte, in seinem Innern flüsterte. Schweiß rann nun von seinem Haaransatz den Nacken hinunter. Cale war aus der Schlacht gegen die Raknah nicht wiedergekommen, und Malshed ebenso wenig. Für viele hatte es keine Rückkehr gegeben.

Unsicher fuhr er sich mit der Hand über die Stirn und rieb sich dann über die Augen. Er war es so leid, diese Andersartigkeit in sich zu tragen: Es war nicht richtig, dass ein Mann so etwas spüren konnte. Er sah, wie Jared am Fuße der Düne ankam und stehen blieb, um mit Farrin zu sprechen. Gedämpft stieg Lachen zu ihm empor.

»Tallis!« Der Ruf seines Vaters riss ihn aus den Gedanken. Selbst von hier aus konnte er das verärgerte Stirnrunzeln auf seinem Gesicht erkennen. Es wäre besser, ihn nicht noch länger warten zu lassen. Tallis holte tief Luft und zwang seine Beine, sich in Bewegung zu setzen, einen Fuß vor den anderen, den weichen Sandhügel hinunter, während die Körper der toten Mar-Ratten auf seiner Hüfte wippten. Es musste eine Mahlzeit zubereitet werden, und es war nötig, noch mehr zu jagen. Sie mussten heute genügend Sandziegen fangen, um die vielen Familien beim Jalwalah-Brunnen satt zu bekommen. Er vergrub seine Ängste in den Tiefen seiner Gedanken. Später würde er noch genügend Zeit haben, darüber nachzusinnen. Abgesehen davon: Was sollte schon passieren hier in dem Land, das sie alle wie den Schoß ihrer Mütter kannten? Ohne Zweifel würden hier die Führer über sie wachen.

3

D ie Passiermarke?«

Der Wachmann am Tor zur Drachenanlage baute sich breitbeinig vor Shaan auf, eine Hand am Heft seines Messers. Shaan kramte in den Taschen ihrer Hose nach dem viereckigen Holzstück, auf dem ein Stempelabdruck mit dem Bild eines Drachen eingebrannt war.

»Wo ist denn der alte Wachmann Gringely?« Sie runzelte die Stirn. Ihre Hände waren an diesem Morgen zittrig und ihre Finger ungeschickt.

»Nicht hier.« Der Wachmann starrte mit gelangweiltem Ausdruck über ihren Kopf hinweg.

»Hat er sich gestern betrunken, oder ist er in einer Nebenstraße aufgeschlitzt worden, oder hast du vielleicht keine Ahnung?«, fauchte sie den Posten an.

Die Wache sah mit höhnischem Gesichtsausdruck zu ihr hinunter. »Geh hinein, Frau, und hör auf, mir auf die Nerven zu gehen.«

»Hier.« Endlich hatten sich ihre Finger um das kleine Holzstück geschlossen, das sie dem Mann unsanft in die Hand drückte.

Sein Mund zuckte, als er es einen Augenblick länger als nötig betrachtete, ehe er es ihr wieder zurückreichte. »In Ordnung, verschwinde.«

Shaan trat durch das Tor, und ihr Körper schmerzte bei jedem Schritt. Die Arme tief in den Taschen versenkt, trottete sie voran, und in Gedanken spielte sie den vergangenen Tag immer und immer wieder durch. Die Ereignisse auf dem Markt erschienen ihr wie ein seltsamer Traum. Es war doch eigentlich gar nicht möglich, dass ein Drache auf diese Weise Menschen angriff? Aber genau das hatte er getan, und die Sache war, dass sie sich irgendwie mit ihm verbunden gefühlt hatte. Dieses Auge, das sie angestarrt hatte … Sie schüttelte ihren Kopf und rieb sich über die Gänsehaut auf ihren Armen. Es war ein sonderbarer Gedanke, und sie konnte sich nicht erklären, wieso er sich ihr aufgedrängt hatte.

Die Nachricht vom Angriff des Drachen hatte sich in der ganzen Stadt verbreitet, und bald darauf hatte die Führerin Flugblätter anschlagen lassen und Ausrufer beauftragt, die überall verkünden sollten, dass sich die Einwohner nicht zu fürchten bräuchten, dass der betreffende Drache krank gewesen und mittlerweile zurück auf die Dracheninsel geschickt worden sei. Aber der Schaden war angerichtet. *Die Führerin kann so viele Verlautbarungen herausgeben, wie sie will*, dachte Shaan; all das würde nicht ungeschehen machen, was die Menschen gesehen hatten und was sie einander erzählten. Die Gerüchteschürer hatten nun Öl für ihr Feuer.

Zum Glück war sie in der letzten Nacht von ihrem üblichen Traum verschont worden, aber sie war viele Male aufgewacht und hatte das Auge des Drachen vor sich gesehen, wie es zu ihr herunterschaute. Sie machte nun längere Schritte, sog die warme Morgenluft ein und versuchte, ihre Müdigkeit abzuschütteln. Ihr Magen knurrte, und sie zog ein Stück Brot, das über weichem Käse zusammengeklappt war, aus ihrer Tasche. Es würde noch eine Stunde dauern, bis sich die Sonne an den Himmel schieben würde, und die Anlage war ruhig und dunkel. Laternen hingen an Halterungen in den Mauern und verbreiteten weiches Licht.

Die Pforte, die sie passiert hatte, lag weit entfernt von den Haupttoren. Sie öffnete sich zu einer schmalen, gepflasterten Straße hin, die zu einem großen Platz führte, welcher von weißgetünchten Gebäuden gesäumt wurde. Gehwege führten an den Vorderseiten der Bauwerke entlang, die allesamt Säulenvorbauten aufwiesen. Zu Shaans Linken befanden sich die Baracken der Jungreiter; vor ihr erhob sich eines der Gebäude, in denen die Mahlzeiten serviert wurden, mit seinem gewölbten Dach und riesigen Flügeltüren. Zwei kleinere Speisepavillons rahmten den Platz rechts und links ein, und dahinter lagen die Küchenräume, in denen sich Shaan später am Tag zu melden hatte. Rasch überquerte sie die flachen Steine, um den Weg zwischen den Pavillons abzukürzen, und hob hin und wieder die Hand zum stummen Gruß an die anderen Arbeiter, die mit Essen beladene Tabletts herumtrugen. Shaan ging an den Ausbildungs-Arenen vorbei, die von geschäftigen Arbeitern für den Tag vorbereitet wurden, über eine offene, grasbewachsene Fläche hinweg, auf der vereinzelte Bäume wuchsen. Näher zum Abhang hin drängten sich die Behausungen der übrigen Reiter, dicht an die sorgsam gepflegten Gärten heranreichend, und noch weiter entfernt, beinahe am Rand der Anlage, wo der Meeresblick herrlich war, befanden sich die Hütten der Septenführer und das Prachthaus des Kommandanten. Sofort stand ihr Balkis' Gesicht vor Augen, und ein Anflug von Angst durchfuhr sie.

Shaan wandte den Blick ab und stieg weiter den Hügel hinauf bis zur Drachenkuppel, und ihr Herz hämmerte beunruhigt in ihrer Brust. Zum ersten Mal war sie zum Dienst zwischen den Drachen eingeteilt worden, und sie war nervös, vor allem nach dem gestrigen Tag. Das Letzte, was sie jetzt gebrauchen konnte, war ein Gedanke an Balkis. Sie holte tief Luft und verdrängte alles Nachdenken über den blondhaarigen Septenführer. Stattdessen konzentrierte sie sich auf den Weg zur Kuppel.

Diese Drachenkuppel war ein uraltes Bauwerk auf der Spitze der Klippe: eine einzelne, mächtige Säule aus ausgeblichenem Stein. Gekrönt wurde sie von einem Gewölbedach, umgeben von einer breiten Landefläche. Die ersten Menschen in Salmut hatten sieben Jahre gebraucht, diesen Kuppelbau zu errichten. Das war das Heim der Drachen, der Ort, an den Shaan selbst sich am allermeisten sehnte – und sie wollte als Reiterin dorthin. Sie war sich nur nicht sicher, ob es ein Segen oder ein Fluch war, nun als Arbeiterin in die Kuppel geschickt zu werden, also biss sie die Zähne zusammen und machte sich auf den Weg zum Lagerhaus, einem kleinen Gebäude hinter der Kuppel in der Nähe einer kleinen Baumgruppe. Im Innern waren die Wände mit Rechen, Schaufeln und Gartengeräten behängt. Riesige Säcke mit Früchten und Getreide waren auf der einen Seite in vielen Lagen aufeinandergestapelt. In der Ecke, nahe der Tür, von vier Stühlen umringt, befand sich ein robuster Holztisch, auf dessen Platte eine helle Öllampe strahlte. Zwei andere Arbeiter waren bereits dabei, Früchte in Körben aufzuschichten. Shaan nickte ihnen zu und setzte sich an den Tisch.

Sie hatte sich kaum niedergelassen, als die Tür aufgestoßen wurde und mit lautem Knall gegen die Innenmauer prallte. Ein Mann trat ein. Er war über einen Meter achtzig groß, hatte einen riesigen Bauch, den er vor sich herschob, und ein missmutiges Gesicht. Sein Blick fiel auf Shaan.

»Du bist die Neue?«

Er musste der Aufseher sein. Shaan stand auf. »Ja.«

»Hol dir einen Rechen. Du wirst heute ausmisten, Box 83, ganz oben.«

Er lehnte sich in den Türrahmen, und mit einem Blick aus seinen schmalen Augen musterte er sie von oben bis unten. »Habe gehört, du hast Septenführer Balkis ganz schön Ärger gemacht. Für mich siehst du ja noch gar nicht alt genug aus, aber ich schätze, jeder Idiot kann eine Klinge auswählen.« Shaan funkelte ihn an, hielt aber ihre Zunge im Zaum.

Er warf ihr einen boshaften Blick zu. »Ich glaube kaum, dass du hier für Schwierigkeiten sorgen wirst. Du bist Nuathin zugewiesen. Warte hier, ich schicke jemanden, der dir den Weg zeigt.« Er lachte, als er den Ausdruck auf ihrem Gesicht sah, schlug gegen den Türrahmen und verschwand.

Shaan spürte eine leichte Übelkeit in sich aufsteigen. Nuathin. Der älteste der Drachen. Einst war er der Liebling der Reiter gewesen, aber sie hatte gehört, dass er inzwischen den Großteil seiner Zeit damit verbrachte, entweder zu schlafen oder zu versuchen, jeden, der in seine Nähe kam, zu verletzen. Er war die eine Ausnahme zu der Regel, dass Drachen Menschen nichts anzutun pflegten. Die letzten beiden Arbeiter, die ihm zugeteilt worden waren, waren im Tempel bei den Heilerinnen gelandet. Sie schluckte krampfhaft und brach auf, um sich einen Rechen zu besorgen.

Als sie an den Tisch zurückkehrte, betrat ein alter Mann das Vorratshaus, und sein messerscharfer Blick wanderte sofort zu ihr. »Du bist die Neue?«

Shaan nickte.

»In Ordnung. Mein Name ist Perrin. Komm, hilf mir mal.«

Er ging zu einem offenen Sack mit Getreide hinüber und begann damit, es in einige aufgestellte Eimer umzufüllen. Shaan folgte ihm und steckte eine Blechschaufel in das süße, nach Malz duftende Korn. Feine Staubwolken wehten durch die Luft und brachten sie zum Niesen, doch dem alten Mann schienen sie nichts auszumachen.

»Haben sie den Drachen gestern wirklich wieder eingefangen?«

Perrin unterbrach seine Arbeit nicht und sah auch nicht auf. »Das hat die Führerin doch behauptet, nicht wahr?«

»Ja, aber ...«

»Das hat sie gesagt, und das reicht mir.« Er zuckte mit den Schultern und schob mit seinem Fuß einen vollen Korb zur Seite.

»War mit dem Reiter alles in Ordnung?«

»Woher soll ich das denn wissen? Es geht mich nichts an, was die Reiter machen, und du solltest daran auch keinen Gedanken verschwenden. Es steht unsereins nicht zu, uns nach ihnen zu erkundigen.«

»Aber hast du ihn denn gesehen?«

»Ihn gesehen?« Perrin schüttelte den Kopf und stieß ein trockenes Lachen aus. »Ich stecke meinen Kopf ins Getreide und das Hinterteil in die Luft und mache meine Arbeit. Davon abgesehen, diese Reiter sind schon ein komisches Völkchen.«

Shaan sparte sich alle weiteren Fragen. Offenbar hielt Perrin die Reiter für eine ganz besondere Spezies. Wieder versenkte sie die Schaufel im Korn und fragte sich, was er wohl von ihrem Traum halten würde, selbst mal zu ihnen zu gehören. Während sie weiterarbeiteten, klärte er sie über Feinheiten der Arbeit in der Kuppel auf: wie sie die Boxen auszumisten habe, wie das Essen auszugeben sei und was man tun müsse, wenn ein Drache wütend würde.

»Duck dich einfach und schrei nach einem Reiter«, meinte er kichernd. »Aber ich hatte noch nie irgendwelche Schwierigkeiten. Respektiere sie, und sie werden dich respektieren – meistens jedenfalls.«

Shaan fragte sich, ob das auch für Nuathin galt. Schließlich hatten sie die Körbe aufgefüllt, und Perrin gab ihr einige Seile, die sie aufwickeln sollte.

»Tu das und geh dann hoch zu seiner Box. Es ist gut, sich morgens ein bisschen länger um Nuathin zu kümmern. Er ist ein mürrischer alter Bursche.«

Er hustete, und mit einem nervösen Flattern im Magen fragte Shaan: »Wie alt ist er denn?«

Perrin zuckte mit den Schultern. »Das weiß keiner so genau. Vielleicht fünfhundert Jahre, vielleicht ein wenig älter, vielleicht auch jünger.« Noch einmal machte er eine unbestimmte Geste. »Ich bin jetzt seit beinahe dreißig Jahren hier.« Kurz unterbrach er das Seilaufwickeln, schabte mit der Hand über seine weißen Bartstoppeln und starrte hinauf zur Decke. »Jawohl.« Er nickte und rieb sich die Nase. »Inzwischen sind es tatsächlich beinahe dreißig Jahre. Und ich habe noch keinen getroffen, der sein Alter gekannt hätte. Aber natürlich wissen alle von ihm und Faradin.«

Als er Shaans verständnislosen Gesichtausdruck sah, seufzte der alte Mann. »Du weißt doch, was sie in der Schlacht um das Gebiet der Freilande getan haben, als sie deren Anführer gefangen nahmen und damit den Krieg beendeten.«

Shaan runzelte die Stirn, während sie sich an den historischen Abriss zu erinnern versuchte, den Torg ihr vermittelt hatte. Sie wusste von dem Krieg, der das Volk von Salmut zerschlagen hatte. Mehrere Tausend waren ausgezogen und hatten sich den Anordnungen der Führerin widersetzt, um im Norden hinter der Goran-Bergkette ein neues Gebiet zu gründen: die Freilande. Der Krieg hatte beinahe fünfzig Jahre gedauert.

»Und wie lange ist das jetzt her?«, erkundigte sich Shaan.

Der alte Mann starrte ins Leere. »Beinahe zweihundertzwanzig Jahre und ein bisschen. Aber die Frage ist doch, wie lange Nuathin schon vorher hier gelebt hat.« Er kniff die Augen zusammen. »Ja, das ist die Frage. Aber eines weiß ich immerhin: Er ist nicht auf den Inseln zur Welt gekommen, wie es heute üblich ist. Nein. Er kam von irgendwo anders her.«

»Woher weißt du denn das?«

»Tja, nun, er ist einfach anders, das ist alles. Einfach anders.«

»Inwiefern denn anders?«

Aber Perrin schüttelte nur den Kopf und beschäftigte sich wieder mit dem Seil. »Du wirst schon sehen, was ich meine. Aber wenn du sein wirkliches Alter wissen willst, warum fragst du ihn denn nicht einfach selbst?«

Shaan schnaubte. »Na klar. Ich schlendere einfach zu ihm hin und halte einen langen Plausch mit dem alten Jungen.« Sie schüttelte den Kopf. Es wäre toll, in der Lage zu sein, mit Hilfe der inneren Stimme mit einem Drachen zu sprechen. Reiter brauchten Jahre, um diese Fähigkeit zu erwerben, und ein Drache musste sie ihnen aus freien Stücken heraus beibringen wollen. Nuathin würde sie vermutlich eher zerquetschen. Sie befestigte die Enden des Seils und warf das Bündel auf einen Karren.

»Es wird schon werden, mein Mädchen.« Perrin drückte ihren Arm. »Behalte ihn einfach im Auge, und er wird dich in Ruhe lassen. Dreh ihm nur niemals den Rücken zu, denn er ist ein hinterhältiger Bursche, dieser Nuathin.«

Shaan spürte Ärger in sich aufflackern und riss ihren Arm los.

»Danke.« Sie umklammerte den Rechen. »Ich kann auf mich selbst aufpassen.«

Perrin hob abwehrend die Hände. »Wie du meinst. Seine Box liegt an der Wendelrampe, fünf Etagen hoch, fast ganz oben. Nimm gleich die erste Abzweigung rechts.«

»Danke.« Shaan ging nach draußen, schloss die Tür des Lagerhauses und hob den Blick. Vor ihr ragte die Kuppel auf und warf einen langen Schatten. Es galt, keine Zeit mehr zu verschwenden. Man würde sie in einigen Stunden brauchen, um das Mittagessen zu servieren, und ihre Aufgaben in der Kuppel mussten bis dahin erledigt sein, wenn sie ihren Lohn erhalten wollte. Entschlossen griff sie nach dem Rechen und lief den kurzen Weg bis zum Eingang der Arbeiter.

Im Innern der Kuppel war es trotz der dicken Mauern erstaunlich warm. Die Außenwand war beinahe so breit, wie Shaan groß war, und sie gelangte durch einen tunnelähnlichen Durchgang zu einer Gabelung, an der zu beiden Seiten Wege zwischen den Innen- und Außenmauern abzweigten, die sich zu den Boxen hinaufschraubten; direkt vor ihr führte ein Tunnel durch das Herz der Kuppel. Shaan wusste, dass sie unbeirrt den ansteigenden Wegen hinauffolgen sollte, aber es war niemand sonst da, und sie befand sich zum ersten Mal in der Kuppel. Sie warf einen raschen Blick hinter sich und machte einige zögernde Schritte.

Der Mittelteil der Kuppel war riesig und von großen Steinsockeln gesäumt, die in einiger Entfernung zueinander errichtet waren, damit die Drachen darauf Platz finden konnten. Glatte Wände stiegen zu allen Seiten auf, in regelmäßigen Abständen unterbrochen von herausragenden Simsen, auf denen dösende Drachen ausgestreckt lagen. In der Mitte auf dem Boden stand ein mächtiges Kohlebecken, in dem eine helle, blaue Flamme loderte.

Das Drachenfeuer. Man erzählte sich die Geschichte, dass es von Yuatha, dem ersten Drachen von Salmut, entzündet worden wäre und niemals erloschen war. In einer seichten Wassergrube, die aus warmen, unterirdischen Quellen gespeist wurde, badeten zwei Drachen, und ihre Häute glänzten in dem Licht, das durch einen Kreis von bunten Glasscheiben im Kuppeldach hoch oben hereinfiel.

Shaan blieb am Eingang stehen und war vom Lichtspiel auf den Drachenhäuten in den Bann geschlagen. Die weiche Oberfläche schillerte rosa bis lila und dann in einem juwelengleichen Grün, wenn die Drachen einatmeten. Das Weibchen, ein wenig kleiner als das Männchen, zuckte mit dem dornenbesetzten Schwanz, sodass Wasser über den Boden spritzte. Der Kamm, der sich von seinem Kopf aus in einem Bogen den Hals entlang hinabzog, glühte blau. Shaan war noch nie so nah an einen Drachen herangekommen. Dieses Drachenweibchen war wunderschön, wie aus einer anderen Welt.

Als ob das Tier ihre Gedanken gehört hätte, wandte es ihr den Kopf zu und musterte sie. Shaan erstarrte. Es war, als schaue sie durch eine Lupe. Mit einem Mal war nur noch das Drachenweibchen im Fokus, und Shaan hätte schwören können, dass sie blaue Flecken in ihrem goldenen Auge, in das sie starrte, erkennen konnte. Die Haare in ihrem Nacken richteten sich auf, und einen Moment lang erinnerte sie sich an den wild gewordenen Drachen auf dem Hof. Das große Auge hielt unbeirrt ihrem Blick stand. Blut rauschte in ihren Ohren.

Irgendetwas klapperte auf dem Gestein hinter ihr, und Shaan sprang mit klopfendem Herzen zur Seite. Sie riss sich von dem Anblick los und fuhr herum, stellte jedoch fest, dass es sich nur um einen anderen Arbeiter handelte. Er hatte im Durchgang einen Eimer fallen lassen und fluchte, als er mit den Händen das Getreide zusammenkehrte. Zum Glück war es nicht der Aufseher. Shaan huschte zurück in den Tunnel. Was fiel ihr nur ein, die Zeit so zu verschwenden? Ihr Herz pochte nervös wie das eines Kindes, das beim Stehlen erwischt worden war, und zornig auf sich selbst machte sie sich rasch auf den Weg zur Rampe, die sich zu den Boxen hinaufwand.

Während sie dem kurvenreichen Aufstieg folgte, bemerkte sie, dass die meisten Boxen leer waren: Die Drachen und ihre Reiter waren zu Übungsflügen über dem Meer unterwegs oder auf der Jagd in den flachen Hügelketten im Landesinnern.

Nuathins Lager befand sich auf der letzten Ebene unter dem Kuppeldach. Als Shaan dort ankam, hielt sie inne und lehnte sich gegen die Mauer. Sie konnte den Drachen atmen hören: Das regelmäßige Einsaugen und Ausstoßen der Luft klang wie das Rauschen des Meeres aus der Ferne. Shaan lugte um die Ecke des Durchgangs.

Der Drache lag an der gegenüberliegenden Wand, sein Kopf ruhte auf dem Boden, seine durchscheinenden Augenlider waren geschlossen und die geäderten Schwingen an den Körper angelegt. Anders als bei den Drachen in der Wassergrube war Nuathins Haut von einem trüben Grau. Die einzige Spur von Farbe war ein kleiner, blauer Fleck an der Spitze seines Schwanzes. Sein Kopf war halb so groß wie Shaans Körper. Wenn er gestanden hätte, wäre sie ihm gerade bis zur Schulter gegangen.

Hinter ihm öffnete sich ein breiter, gewölbter Durchbruch zu einem Sims, auf dem Nuathin ein Nickerchen halten konnte, und zur Mitte der Kuppel. Blassrosafarbenes Licht säumte den Rand der Öffnung. Mit einer raschen Bewegung seines Schwanzes könnte Nuathin sie hinunterfegen. Sie suchte sich die Ecke aus, die am weitesten vom Drachen entfernt lag, und machte sich an die Arbeit. Der Fußboden war mit einer dicken Schicht von zerwühltem, altem Stroh bedeckt, und in einer anderen Ecke befanden sich ein Haufen Muscheln sowie die vertrockneten Überreste eines kleinen Baumes.

Die Drachen gingen für den Großteil ihrer Nahrung selbst auf die Jagd und holten sich Fische aus dem Meer und Fleisch vom Land. Muthu-Züchter betrachteten es als ein gutes Omen, wenn ein Drache sich an ihrer Herde bediente. Das Getreide und die Früchte, die die Arbeiter den Drachen zufütterten, waren reine Leckerbissen und nicht der Grundstock ihrer Nahrung. Allerdings hatte es den Anschein, als bevorzuge Nuathin Meeresgetier.

Shaan arbeitete leise und achtete sorgfältig darauf, dass sie sich nie vollständig abwandte. Immer wieder spähte sie nervös über ihre Schulter, aber Nuathin regte sich nicht. Sie begann vor Anstrengung zu schwitzen, kratzte mit dem Rechen über die seitlichen Mauern und versuchte, nicht darüber nachzudenken, wie sie die andere Seite der Box säubern sollte, wo der Drache lag. Vielleicht sollte sie besser warten, bis er zur Jagd losgeflogen war.

Mit angespannten Schultern lauschte sie angestrengt, doch es war kaum etwas zu hören. Die Stimmen und Bewegungen weit unten am Boden der Kuppel wehten nur gedämpft hinauf. Sonst war da nichts als das Geräusch ihres Rechens und der gleichmäßige Atem des Drachen. Ihre Schultern schmerzten, als sie das schmutzige Stroh zu einem Haufen aufschichtete.

Hschschsch. Irgendetwas rasselte. Shaan wirbelte herum, ihr Herz raste, aber Nuathin lag reglos da, nur seine breiten Flanken wogten auf und ab. Auf dem Sprung wartete Shaan ab, doch nichts geschah. Nach einem langen Augenblick wandte sie sich wieder ihrer Arbeit zu. Und dann hörte sie es noch einmal, so schwach wie ein Windhauch, der über Gras streicht. Die Haare an ihrem Arm stellten sich auf. Da lag ein Gefühl in der Luft, irgendetwas... Sie wirbelte herum und packte den Rechen mit beiden Händen wie eine Waffe. Doch in der Box war nichts und niemand außer einem schlafenden Drachen.

Wer bist du? Es war ein Flüstern in ihrem Ohr. Taumelnd wich sie bis zur Wand zurück.

»Wer ist da?«, fragte sie in die Leere hinein. »*Wer bist du? Warst du früher schon mal hier? Du kommst mir ... so bekannt vor.*

Die Stimme war in ihrem Kopf. Sie zitterte, ihre Arme waren steif vor Anstrengung, und sie schob sich langsam auf die Tür zu. Vielleicht träumte sie wieder. Sie war eingeschlafen, und dies war ein Traum. Sie war einfach eingeschlafen.

Ich kenne dich! Eine Stimme rief in ihrem Geist. Sie schrie auf, ließ den Rechen fallen, sank auf die Knie, und vor ihren Augen wurde es schwarz.

Ich kenne dich!

Es war in ihrem Innern, ergriff von ihren Sinnen Besitz und drängte in ihre Gedanken. Sie konnte es greifbar spüren. Es war etwas anderes, etwas... Aber sie wurde in ihrer Überlegung unterbrochen, da sich dieses Etwas ihrer Gedanken bemächtigte und sie in den Abgrund zog.

Schwärze. Sie konnte nichts sehen, nichts empfinden. Die Box war verschwunden, alles Licht war fort. Es war, als habe sich die Erde aufgetan und sie verschluckt. Entsetzt sog Shaan die Luft ein, fühlte die Anstrengung und ein Brennen in ihren Lungen, aber sie konnte nichts erkennen. Und dann spürte sie es in der Finsternis lauern und sie beobachten. Ein Murmeln erhob sich.

Ich kenne dich, ich kenne dich, ichkennedich, ichkennedich. Die Worte verschmolzen miteinander, wurden lauter und immer lauter. Verzweifelt versuchte sie, sie fortzuschieben, aber sie stürmten weiter auf sie ein und hallten in ihrem Kopf. Sie drängte sie stärker weg, aber die Worte brandeten zurück und nagten an ihrem klaren Verstand. *Ichkennedich, Ichkennedich.* Verzweifelt und mit all ihrer Willenskraft drängte sie die Welle zurück, und ein Lichtschimmer näherte sich. Mühsam bewegte sie sich darauf zu. Es war, als würde sie durch hohen Seegang waten.

Ich kenne dich! Die Stimme schrie, aber sie löste den Griff, und endlich, als Shaan das Licht erreicht hatte, drehte sich im Dunkeln ein großer Kopf zu ihr herum. Der Kopf eines Drachen. Er zischte, umgeben von einem Flammenschein, und aus dem Zischen wurde eine zitternde Stimme, die fragte: *Ist er hier? Ist er zurück?*

Dann war alles vorbei, und Shaan befand sich wieder in der Box. Jemand rüttelte an ihr.

»Aufhören«, krächzte sie. »Aufhören.«

Ein Mann starrte zu ihr hinunter. Ihr Blickfeld wurde wieder klarer, und sie erkannte blondes Haar und blaue Augen. Septenführer Balkis beugte sich über sie, und seine Hände umklammerten ihre Schultern. Sie keuchte, als er sie auf die Beine riss, und ein Anflug von Schwindel ließ sie taumeln.

Fluchend stützte er sie. »Was ist los mit dir?«

»Ich bitte um Entschuldigung, Septenführer.« Shaan versuchte, aufrecht zu stehen und sich aus seinem Griff zu lösen. *Warum hat ausgerechnet er mich finden müssen?*, dachte sie verzweifelt.

Mit zusammengekniffenen Augen musterte er sie. »Shaan, nicht wahr?«

Sie nickte. »Ja.«

»Was ist hier los? Hat der Drache irgendetwas getan? Hat er …«

»Nein!«, antwortete sie und fuhr zusammen, als sie spürte, wie ein heftiger Schmerz durch ihren Kopf schoss.

»Warum hast du geschrien?«

Hatte sie das? Sie schüttelte den Kopf. »Ich … ich bin gestolpert.«

»Gestolpert?« Balkis hob eine Augenbraue.

»Ja, und ich habe mir den Kopf angeschlagen. Mir wurde plötzlich schlecht. Ich ...« Sie rang um Luft, als ein weiterer blendender Schmerz sie durchzuckte und Übelkeit in ihrem Magen aufstieg. Ihre Beine gaben nach, und Balkis musste sie erneut am Arm packen.

»Ich fühle mich nicht wohl«, flüsterte sie und presste sich eine Hand auf die Stirn.

Er stieß verärgert die Luft aus. »Dann solltest du nicht zur Arbeit kommen.« Seine Augen wurden eine Spur schmaler. »Du hast mir gestern das Schwert gereicht, oder?« Sein Blick huschte über ihr Gesicht, aber sie konnte den Ausdruck nicht deuten.

»Hmm ...« Shaans Eingeweide zogen sich zusammen, und sie sah an ihm vorbei zum Drachen. Ihr Atem blieb ihr in der Kehle stecken. »Er ist wach«, flüsterte sie.

»Was?« Balkis wirbelte herum und stieß sie zur Seite. Die Welt kippte, und Shaan griff nach der Rückseite von Balkis' Hemd, um sich auf den Beinen zu halten. Aber er nahm kaum davon Notiz, denn zugleich war das Schaben von alter Haut, die über Stein gleitet, zu hören. Nuathin bewegte sich und hob seinen riesigen Kopf vom Boden.

Der Blick des Drachen wanderte zwischen Shaan und dem Septenführer hin und her, als ob er sich zu entscheiden versuchte, wen er als Erstes niederstrecken sollte. Er schnaubte ungestüm, und Shaan spürte die Hitze seines Atems an ihren Wangen.

»Verschwinde«, sagte Balkis leise, ohne sie anzuschauen.

Shaan konnte sich nicht bewegen. Nuathins Augen hielten sie wie in einem Bann gefangen. Plötzlich konnte sie jeden Tropfen Blut ihres Körpers durch die Adern rauschen spüren. Er war es gewesen, dessen Kopf ihr in der Dunkelheit etwas zugeraunt hatte.

»Geh!« Balkis gab ihr einen so kräftigen Stoß in Richtung Tür, dass sie beinahe über den Rechen zu ihren Füßen gestolpert wäre. Mit zitternden Händen hob sie ihn auf und floh. Hinter sich hörte sie, wie Balkis mit weicher Stimme auf den Drachen einredete, aber sie drehte sich nicht mehr um. Ihr Kopf hämmerte, und in ihrer Kehle stieg ein bitterer Geschmack auf. Sie ließ den Rechen fallen und rannte mit unsicheren Schritten den Gang hinunter, die Hand auf den Mund gepresst.

Andere Arbeiter warfen ihr neugierige Blicke zu, als sie an ihnen vorbeihastete.

Sie war auf der zweiten Ebene angelangt, als ihr Magen sich endgültig zusammenpresste, und verzweifelt rannte sie durch den nächsten offen stehenden Türeingang, wo sie sich heftig in einen Strohhaufen übergab. Ihr Kopf schwirrte, und sie würgte, bis sie nichts mehr in sich hatte, dann lehnte sie sich gegen die Wand. Was war geschehen? Wie hatte Nuathin mit ihr gesprochen? Und warum? Ihre Augen tränten, und sie sah hinab auf den Schlamassel, den sie angerichtet hatte. Der Arbeiter, der hier alles säubern musste, tat ihr leid, aber sie selbst fühlte sich dazu nicht in der Lage.

Ihr war immer noch schwindelig, als sie hinaus auf den Gang spähte. Er war leer. Dankbar legte sie den Rest des Weges zurück und schlüpfte hinaus in den gleißenden, hellen Sonnenschein, wo sie tief die frische Luft einsog. Sie hatte einen fauligen Geschmack im Mund und sah sich orientierungslos um. Alles kam ihr viel zu hell vor.

Einige Arbeiter kamen den Hügel herauf, aber die meisten waren in umgekehrte Richtung unterwegs. Drei junge Reiter gingen lachend und schwatzend an ihr vorbei. Jeder von ihnen hatte einen Lederhelm in der Hand, und ihre Haare waren schweißverklebt. Ein tiefes Krächzen war zu hören, und als Shaan aufsah, bemerkte sie einen blaugrün schimmernden Drachen mit einem Reiter, die auf das Plateau auf der Spitze der Kuppel zuglitten. Einer der Reiter hob den Helm zum Gruß.

Shaan bemerkte plötzlich, wie hoch am Himmel die Sonne bereits stand. Die Reiter kehrten zurück. Und sie sollte schon längst im Speisepavillon sein, um dort das Essen zu servieren. Wie lange hatte sie auf dem Boden herumgelegen, ehe Balkis sie gefunden hatte? Mit einem Stöhnen bog sie auf einen kleinen Seitenweg ein, der sich durch die Bäume schlängelte. Ihr Kopf pochte, und ihre

Gedanken umkreisten unablässig das Drachenhaupt, das sich ihr aus schwarzem Nebel entgegengeschoben hatte.

Ist er hier? Ist er zurück? Immer und immer wieder hörte sie diese geflüsterten Worte in ihrem Kopf, und sie hatte eine Gänsehaut, als sie auf unsicheren Beinen den Hügel hinabrannte.

Morfessa fuhr zusammen, als das Gartentor mit einem lauten Knall zugeschlagen wurde. Wieder einmal war er eingedöst. Er rieb sich die Augen, kratzte sich durch die Stoppeln seines kurzgeschorenen, grauen Bartes am Kinn und erhob sich mühsam aus seinem Sessel. Er stieß die hohen, verschlossenen Türen auf, die aus seinem Arbeitszimmer in den Garten führten, und stand mit den Händen an den Hüften oben auf der Treppe, von wo aus er den Blick über den Hof und die Beete schweifen ließ. Sein Mund war trocken, und der übliche dumpfe Schmerz hallte in seinem Kopf.

Stirnrunzelnd musterte er das Gras, das von einigen braunen und kahlen Stellen durchzogen war, und die Pflanzen, die sich schlaff bis zur Erde neigten. Er musste mit den Gärtnern sprechen: Um diese Gewächse musste man sich kümmern und sie hochbinden, ehe die Regenzeit einsetzte, denn ansonsten würde das Wasser sie fortwaschen.

Als er sich bewegte, knirschte Glas unter seinen Füßen. Er sah hinab und schob den zerbrochenen Weinkelch mit der Spitze seiner Sandale zur Seite. Sein Blick fing eine Bewegung im Garten auf, und er spähte gegen die Sonne, als Prin, sein neuer Helfer, um die Hausecke bog. Trotz der Hitze bewegte er sich voller Anmut. Er war groß, hatte ein kantiges Gesicht und stellte eine gewisse Arroganz zur Schau, die einen verblüffte.

Morfessa rief ihm entgegen, als er näher kam: »Habt Ihr die Ferrisblätter?«

»Nein.« Prin blieb am Fuße der Treppe stehen. »Sie hatten keine. Stattdessen habe ich diese hier gekauft, die wirken genauso.« Er reichte Morfessa einen kleinen Stoffbeutel.

»Longstenwurzel.« Morfessa sah ihn überrascht an und sog den säuerlichen Geruch nach Gras ein. »Daran hatte ich gar nicht gedacht. Es gibt nicht mehr viele, die diese hier benutzen. Die sind aus der Mode, deshalb führen wir sie nicht mehr, sagen sie dann immer.« Er sah den jungen Mann wohlwollend an. »Gute Arbeit.«

Prin nickte nur, aber Morfessa glaubte, in seinen Augen lesen zu können, wie erfreut er war. Sie hatten eine seltsame Farbe, und oft lag ein wissender Ausdruck darin, der ihn viel älter erscheinen ließ. Manchmal beunruhigte Morfessa dieser Blick.

»Irgendwelche Schreiben aus dem Palast?«, fragte er, doch Prin antwortete nicht. Er hatte das zerbrochene Glas entdeckt. Morfessa leckte sich über die trockenen Lippen und bemerkte, wie schlecht der Geschmack in seinem Mund war.

»Nein, aber Ihr habt ein Treffen mit der Führerin. In diesem Augenblick solltet Ihr eigentlich bei ihr sein. Habt Ihr es vergessen?« Prins seltsame Augen beobachteten ihn unter dickem, schwarzem Haar hervor.

Einen Moment lang glaubte Morfessa, dass er ihn aufziehen wollte. »Nein.« Dann wurde er zornig. »Meine Anwesenheit dort ist überhaupt nicht vonnöten.« Er drehte sich um und ging zurück in sein Arbeitszimmer. Verdammt noch mal! Er hatte es vergessen. Mit unsicherer Hand wischte er sich über den Mund und versuchte, über den leeren Weinkrug auf dem Boden hinwegzusehen. Er ging zu seinem Schreibtisch und blätterte seine Unterlagen durch. Dann zog er eine Seite voller Notizen in unleserlicher Handschrift hervor und zerknüllte sie wutentbrannt.

»Soll ich aus den Longstenwurzeln eine Salbe herstellen?« Prin war ihm ins Haus gefolgt und beobachtete ihn.

»Was? Oh ja.« Morfessa reichte ihm den Beutel. »Und gebt nicht zu viel Öl hinzu«, sagte er schärfer als nötig.

»Natürlich nicht.« Ein kurzes Lächeln huschte über Prins Gesicht, als er sich umdrehte und auf die Heilungsräume zuging.

Morfessa runzelte die Stirn. Warum hatte er geglaubt, dass Prin sich über ihn lustig machte? Dieser beunruhigende Gedanke drängte sich ihm häufiger auf. Seine Augen waren wachsam, und sie sahen zu viel. Alte Augen in einem jungen Gesicht. Er kannte

Prins Alter nicht und wusste auch sonst nicht viel über ihn, wenn er es genau bedachte. Brauchte er ihn überhaupt? Brauchte er ihn?

Die Hände des Ratgebers wurden regungslos, und er schaute blicklos zur Tür. Er hatte Prin rasch eingestellt, zu rasch. Seit wann war er so nachlässig in seinen Beobachtungen und seiner Einschätzung von Menschen? Mit gerunzelter Stirn starrte er ins Leere; doch als er länger darüber nachsann, kam ihm der Gedanke albern vor wie die Grillen eines müden, alten Mannes. Im Geiste gab er sich einen Ruck. Wozu war das schon wichtig? Natürlich brauchte er einen Helfer. Natürlich. Er wusste überhaupt nicht mehr, wie er hatte zurechtkommen können, ehe Prin gekommen war und seine Dienste angeboten hatte. Morfessa hielt inne, und seine Hände verharrten über einem Stapel mit Papieren. Hatte Prin sich ihm angedient, oder war es seine eigene Idee gewesen? Er konnte sich nicht mehr daran erinnern. Aber dann zuckte er mit den Schultern. Wozu war das schon wichtig? Er musste zu einem Treffen aufbrechen. Ohne einen weiteren Gedanken zu verschwenden, glättete Morfessa sein zerdrücktes Hemd, griff im Gehen einen leichten Umhang, um sich gegen die Sonne zu schützen, und verließ das Haus. Er musste sich beeilen, denn er war bereits zu spät dran.

4

Tallis hockte sich hinter die Felsen neben Jared und wartete ab. Die anderen Jäger waren zu beiden Seiten an der Kante des Vorsprungs verteilt. Die Mittagsstunde war schon vorbei, und die Gruppe hatte die letzte halbe Stunde reglos dort gekauert und darauf gewartet, dass sich eine Herde Sandziegen auf die ungeschützte Ebene vorwagte.

Schweiß hatte dunkle Flecke auf Tallis' Wams gemalt, und der Sand kroch in jeden Spalt und jede Ritze. Die gleißende Sonne brannte auf seinem ungeschützten Kopf, und er bereute, dass er seinen Haldar in den Höhlen gelassen hatte. Er dehnte seine angespannten Muskeln und versuchte, das Blut wieder in Fluss zu bringen.

Jared beugte sich vor und gab ihm einen spielerischen Stoß. »Ich freue mich schon darauf, in den heißen Quellen zu entspannen, wenn wir heute nach Hause kommen. Mein Rücken bringt mich um, und ich setze zwei Sandziegen darauf, dass Irissa es schafft, neben dir zu sitzen.« Sein dunkles Gesicht verzog sich zu einem Lächeln, und als er ein wenig seine unbequeme Stellung veränderte, raschelte seine Tunika.

Tallis knurrte und versuchte, das Lächeln zu erwidern, aber tief in seinem Herzen war ihm nicht danach. Die unbestimmte Angst, die ihn am Morgen befallen hatte, hing noch immer an ihm wie ein Spinnennetz.

»Nein. Nicht heute«, sagte er.

»Warum denn nicht?« Wieder gab ihm Jared einen Schubs. »Ich habe gehört, wie sie über dich gesprochen hat.«

»Sie ist deine Schwester, Jared.«

»Na und?«

»Sieh mal, ich bin nicht ...«

»Ruhig!«, zischte Haldane. Die Stimme von Tallis' Vater erreichte sie mühelos über die Köpfe der drei zwischen ihnen hockenden Männern hinweg. »Wir können von Glück sagen, falls wir auch nur eine Ziege erwischen, wenn ihr weiter wie zwei alte Sandschwestern schnattert.«

Der Rest der Jagdgruppe brach in Gelächter aus, und Jared grinste sie an, denn er hatte seinen Spaß an dieser Beleidigung. An anderen Tagen hätte Tallis eingestimmt, aber heute presste er nur die Lippen zusammen und blieb stumm. Die düstere Angst fühlte sich wie ein Stein in seinen Eingeweiden an.

Tallis sah, wie sich sein Vater umdrehte und leise etwas zu seiner Mutter, Mailun, sagte, und er wünschte, die Ziegen würden sich einfach beeilen und aus ihrem Versteck kommen, damit sie die Jagd hinter sich bringen könnten. Er schaute zu ihrem Clanführer, Karnit, der ausgewählt worden war, die Jagd zu begleiten. Die Augen des alten Mannes waren zusammengekniffen und wachsam, während er hinaus in die Wüste starrte. Seine Anwesenheit machte Tallis unruhig. Karnit hatte ihn nie gemocht. Er war schon seit siebenundzwanzig Jahren der Anführer, und er hielt streng an der Reinheit des Clans fest. Er glaubte daran, dass sich Mitglieder eines Wüstenclans nur mit ihresgleichen in Liebe verbinden sollten, und Tallis' feine Gesichtszüge, sein schwarzes Haar und die hellbraune Haut waren eine ständige Erinnerung an alles, was Karnit verabscheute. Wann immer sich ihr Anführer zur Jagdgruppe dazugesellte, war sich Tallis seines anderen Aussehens doppelt bewusst.

Langsam stieß er den Atem aus und versuchte sich stattdessen darauf zu konzentrieren, nach dem Wild Ausschau zu halten, anstatt dem hohlen Gefühl in seinen Eingeweiden Aufmerksamkeit zu schenken. Eine Ameise krabbelte unter seinem Hosenbein hoch und biss ihn in die Wade. Er schlug auf sein Bein und rieb die schmerzende Stelle durch den Stoff hindurch.

Weit und breit gab es keine Spur von Wildtieren. Nicht einmal eine Eidechse oder eine Sandratte regten sich hier draußen. Es war seltsam; mittlerweile hätten sie schon mal etwas entdecken sollen. Eine schwere Stille hatte sich über alles gesenkt, als ob die Erde selbst irgendetwas erwartete. Sogar die Winde hatten sich gelegt. Tallis war unbehaglich zumute, und er sah zu seinem Vater hinüber. Sicherlich würde er die Jagd bald abbrechen, oder nicht?

»Seht, dort!«, rief mit einem Mal Mergon, einer der älteren Jäger, und deutete hoch zum Himmel.

In weiter Ferne am Horizont waren zwei schwarze Flecken aufgetaucht. Ein Murmeln schwoll an, und alle bewegten sich, beugten die Glieder, um wieder Blut in die steifen Muskeln zu pumpen, und griffen nach ihren Waffen.

»Still!« Haldanes Stimme übertönte alle; er streckte eine Hand aus, seine Augen waren an den Himmel geheftet.

Tallis' Atem wurde schneller. Sie waren zu groß, um Vögel zu sein.

»Was kommt da?«, flüsterte Jared.

Tallis' Magen verkrampfte sich, und ein Schauer lief ihm über die Haut, als er begriff, was er da sah. Ein schriller Schrei ertönte, bei dem er unwillkürlich die Zähne zusammenbiss.

»Drachen«, flüsterte er zurück.

»Drachen!« Karnits Ruf war ein Echo seiner Worte, und der Anführer erhob sich.

Um ihn herum standen auch die übrigen Männer der Jagdgruppe langsam auf, traten hinter den Felsen hervor und starrten hinauf in den Himmel.

Es war Tallis, als lege sich die Furcht wie eine eisige Hand in sein Kreuz. In den Clanlanden bekam man nur selten Drachen zu sehen. Sie wurden misstrauisch beäugt, und es verstieß gegen das Gesetz, auf ihnen mitzufliegen. Tallis selbst hatte erst ein einziges Mal einen Drachen zu Gesicht bekommen. Vor vier Jahren war er mit Jared unterwegs gewesen, um Shrike-Eier einzusammeln, als einer von ihnen über ihre Köpfe hinweg Richtung Westen geflogen war. Er erinnerte sich ganz deutlich daran; die kleinen, getupften Eier lagen warm in seiner Hand, während er zu dem lilagetönten Tier hinaufschaute, das hoch oben seine Bahn zog. Es hatte eine Angst in ihm erweckt, die ihm bis tief in die Knochen gefahren war, und das Blut hatte in seinen Ohren gerauscht und sein Herz hämmern lassen. Als der Drache über sie hinweggeflogen war, hatte Tallis den Blick gesenkt und bemerkt, dass er die Eier in seiner Faust zerquetscht hatte. Noch jetzt hatte er den unangenehmen, öligen, moschusartigen Geruch in der Nase.

»Sie kommen näher.« Jared legte ihm eine Hand auf den Arm. Um sie herum wurden die anderen Jäger unruhig. Tallis spürte, wie das Gefühl vom Morgen, dass etwas nicht stimmte, zurückkehrte, und voller Verzweiflung wusste er plötzlich, was es zu bedeuten hatte. Er konnte die Tiere nun ganz deutlich erkennen: ihre langen Hälse und die riesigen Köpfe, die Häute, die das Licht verschlangen und die schwarz in der Sonne schimmerten, während die Drachen kreischend in ihre Richtung drehten.

»Was tun sie?«, murmelte Ferrin.

Die Angst hieb ihre Klauen in Tallis. »Sie greifen an«, sagte er und packte Jared am Arm, um ihn zurückzuziehen, aber die Tiere stießen bereits herab.

»Zu mir!«, befahl Haldane. »Bleibt zusammen und hebt eure Speere. Haltet sie bereit!«

Sie drängten sich eng aneinander und hoben die Speere wie einen klingenbesetzten Baldachin über ihre Köpfe.

»Achtung …« Wieder war Haldanes Stimme zu hören.

Das Strahlen der Sonne schien zu versiegen, und Tallis umklammerte seinen Speer, als die mächtigen Kreaturen zu ihnen herabschossen und den Himmel verdunkelten. Der Wind, den sie mit ihren Flügeln aufwirbelten, riss an den Speeren der Jäger, und ihre Körper glichen schwarzen Schlangen, die sich wanden und krümmten, während sie den Jägern entgegenzischten. Ihre Zähne waren Reihen von Schwertern in riesigen Mäulern, und allgegenwärtig war das Rasseln ihrer Stachelschwänze.

Neben Jared schrie dessen Schwester Irissa auf und stieß ihren Speer in die Luft. Tallis stimmte mit den anderen ein und stocherte mit seiner Waffe nach oben, während die Drachen nach ihnen schnappten. Hitze und Sand umwirbelten sie, und der Geruch nach uraltem Staub und Öl setzte ihnen zu.

Die Tiere flogen einen trägen Bogen. Sie waren groß genug, dass eines von ihnen die Gruppe hätte niedermähen können. Warum spielten sie mit ihnen? Zorn schwoll in Tallis an, und sein Körper wurde heiß vor blinder Wut, während er mit seinem Speer nach ihnen stieß, sie jedoch ein ums andere Mal verfehlte. Dann kam einer der Drachen noch näher. Er streckte eine Klaue aus und machte eine wischende Bewegung. Tallis' Mutter schrie auf, als Haldane aus der Gruppe herausgegriffen und in die Luft gerissen wurde; sein Oberschenkel und sein Unterleib waren von einer rasiermesserscharfen Kralle durchbohrt. Er wurde fortgeschleift, und eine Blutspur folgte ihm durch den Sand.

Einen Augenblick lang sah Tallis voller Entsetzen zu, doch dann überwältigte ihn der Zorn. Mit einem Brüllen sprang er auf das Tier zu und zielte mit seinem Speer. Die Welt um ihn herum verschwand, und er sah nichts mehr als die Kreatur und seine glänzenden Augen. Auf eines davon zielte er, und seltsame Worte entrangen sich seinen Lippen. Sie klangen, als schabe Stahl über Stein, als zische Wasser im Feuer, und er sprach mit einer Stimme, die kaum seine eigene zu sein schien. Beide Drachen drehten urplötzlich ab, und einer von ihnen ließ Haldane zu Boden fallen. Einen Moment lang verharrten sie in der Luft, zischten und peitschten den Sand mit ihren Flügeln auf. Ein Schauder durchlief ihre Körper, sie wichen weiter und immer weiter zurück, und dann waren sie mit einem Schrei verschwunden und flogen Richtung Norden.

Die Jäger standen wie versteinert dort und schauten Tallis wortlos an. Ihre Speere hatten sie fallen gelassen. Mailun rannte mit einem Schluchzen zu Haldane und ließ sich neben ihm auf die Knie sinken. Tallis blinzelte, dann nahm die Welt um ihn herum wieder Gestalt an, und er sah sich orientierungslos um. Als sein Blick zu seinem Vater wanderte, sah er, wie dieser einen letzten Seufzer tat, ehe seine Augen trüb wurden, während er über den Sand hinweg, der sich unter ihm rot verfärbte, zu seinem Sohn starrte. Ein brüllendes Geräusch schwoll in Tallis' Ohren an, sein Gesichtsfeld verschwamm, und der Erdboden unter seinen Füßen neigte sich, als er besinnungslos zusammensackte.

5

Als Shaan die Anlage verließ, senkte sich bereits das goldene Licht der Abenddämmerung über die Stadt. Nach dem Mittagessen hatte der Aufseher sie eingeteilt, mit einigen anderen zusammen die Baracken der Reiter zu putzen. Es war heiß und eine mehr als staubige Arbeit. Mehrere Male war Shaan von Schwindelanfällen übermannt worden, und sie hatte sich an einem Bettgestell festklammern müssen, um nicht umzufallen.

Nun schmerzten ihre Muskeln und ihr Kopf, und ihre Hände waren rot und rissig vom Schrubben. Sie reckte ihren Nacken und ließ die Schultern kreisen, als sie mit langsamem Schritt die Straße entlangtrottete, die von der Anlage aus in die Stadt zurückführte. Die Extramünzen, die sie für ihr Tagewerk verdient hatte, klingelten in ihrer Tasche. Andere Arbeiter hasteten an ihr vorbei, eilig darauf bedacht, vor Einbruch der Dunkelheit zu Hause zu sein.

Unter ihr waren die flachen Dächer und die gewundenen Straßen in goldenes Licht getaucht, und das Meer war eine dunkle, wogende Fläche, die in kleinen Wellen gegen die Felsen am Land schwappte und eine feine Schaumlinie vor dem roten Sand bildete. In weiter Ferne am Horizont wurde der gleißende Lichtball der Sonne vom Meer verschluckt und färbte dabei die langen Wolkenbänke rosa. In den Hügeln über der Stadt fingen die Kuppeln und Fenster des Palastes der Führerin den Schein ein und funkelten wie Feuer.

Shaan kniff die Augen zusammen und senkte den Blick, während sie dem Weg folgte, der den steilen Hügel hinab in das Händler-Viertel führte. Der kräftige Geruch gebratener Zwiebeln wehte durch die Menge, und da sie zu müde war, um weiter zu laufen, ließ sie sich von einem Kaf-Verkäufer mitnehmen. Sie machte es sich hinten auf seinem Wagen zwischen duftenden Säcken bequem und ließ ihre Beine hinunterbaumeln, während das Muthu das Gefährt durch die Stadt und hinab zum Ufer zog.

Als sie das quirlige Seefahrer-Viertel erreichten, war die Nacht bereits hereingebrochen. Die Luft war warm und feucht. Man hatte schon die Straßenlampen entzündet, in deren gelbem Lichtschein unzählige Insekten flatterten. Die Wirtshäuser hatten geöffnet, und die Seeleute kamen von ihren Schiffen herauf. Shaan wurde das Herz schwer. Es war eine ganze Meute, was bedeutete, im Red Pepino würde so viel los sein, dass Torg von ihr erwarten würde, sich als Bedienung nützlich zu machen. Sie haderte mit ihrem Schicksal und sprang vom Wagen des Kaf-Verkäufers hinunter, als er an einem kleinen Gasthaus haltmachte. Shaan drehte dem Meer den Rücken zu, beschleunigte ihren Gang und hoffte, dass sich wenigstens einige der Seemänner ein anderes Hurenhaus suchen würden.

Doch als Shaan endlich müde durch die Hintertür ins Red Pepino schlurfte, herrschte dort bereits buntes Treiben. Sie öffnete die Küchentür und entdeckte Torg, der mit schweißglänzendem Gesicht Fleisch von einer riesigen Keule säbelte. Der Tisch war übersät mit Brotlaiben und Stücken eines salzigen, weißen Käses, und auf dem Herd köchelte Bratensoße in einem Topf.

»Ah, da ist ja mein Serviermädchen!« Er lächelte breit, und sein Ohrring glänzte im Schein der Lampe. »Wird auch Zeit, dass du deine mageren Knochen durch die Tür schiebst. Wo hast du denn gesteckt? Hast du den Septenführern schöne Augen gemacht?«

Das Bild von Balkis' blauen Augen, die zu ihr herunterstarrten, schoss ihr durch den Kopf. »Nein«, erwiderte sie schnippisch. »Ich habe gearbeitet.«

Der Duft der Soße machte sie hungrig, doch gleichzeitig stieg wieder Übelkeit in ihr auf. Sie ließ die Tür offen stehen, damit kühle Luft hereinwehen konnte, und sank ächzend auf einen Stuhl am Tisch.

Torg warf ihr einen Blick zu: »Du siehst ja schlimmer als eine nasse Straßenkatze aus. Hier«, er schob ihr ein Stück Fleisch zu,

»und nimm dir auch ein bisschen Brot und Käse, du bist viel zu dürr.«

Shaan seufzte und griff nach einem Laib Brot und einem Messer. »Willst du, dass ich hinter dem Tresen arbeite, oder soll ich servieren?« Langsam schnitt sie sich einige ungleichmäßige Scheiben Brot ab.

Torg unterbrach seine Arbeit und beobachtete sie, während sie sich mit unsicherer Hand Butter auf ein Stück Brot strich. Er wartete so lange mit einer Antwort, dass Shaan ebenfalls innehielt und aufsah. »Was ist denn?«

Er schüttelte den Kopf. »Was soll ich nur mit dir machen, Mädchen? Heute Nacht kannst du auf keinen Fall bedienen. Du verschreckst mir ja meine Gäste. Sieh dir nur mal an, wie dreckig du bist! Das ist nicht gut fürs Geschäft.« Er machte sich wieder daran, Fleisch herunterzusäbeln. »Geh nach oben und wasch dich. Na los.« Er nickte mit dem Kopf in Richtung Treppe, und der Ring in seinem Ohr funkelte. »Für heute Nacht habe ich ohnehin genügend Mädchen, und die riechen besser als du.« Er grinste und stopfte sich ein großes Stück Fleisch in den Mund. »Verschwinde!« Mit dem Messer wedelte er in ihre Richtung, die Augenbrauen hochgezogen. »Was bist du denn immer noch hier?«

Überrascht und dankbar, für heute verschont zu werden, legte Shaan rasch das Fleisch zwischen die Brotscheiben, brach sich eine Ecke vom Käse ab und stand auf. Sie hielt die dicke Stulle in einer Hand und kaute ein Stückchen Käse, während sie die Tür zur Treppe aufstieß.

»Natürlich will ich morgen zweimal so viel Fisch auf dem Tisch sehen!« Torgs Stimme verfolgte sie.

Sie hätte wissen müssen, dass es einen Haken gab. Herzhaft biss sie in das Brot und das Fleisch, während sie hinaufging. Die Geräusche aus dem Schankraum wurden zu einem dumpfen Summen, als sie ihr Zimmer betrat.

Eine Stunde später hatte sie sich gründlich gewaschen und fühlte sich etwas erfrischter. Sie zog ein sauberes Paar Hosen und ein frisches Hemd an, aber als sie sich hinlegte, fand sie keine Ruhe. Sie starrte an die Decke und lauschte auf die Schritte der Männer und die kichernden, verführerischen Stimmen der Frauen, die sie sich aufs Zimmer holten. Für den Fall, dass sich einer von ihnen verirren sollte, schloss sie ihre Tür ab, aber in Wahrheit waren es nicht im Gasthaus herumstreifende Männer, die ihr zu schaffen machten.

Nuathin. Nun, da sie allein in ihrem Zimmer war, strömten die Ereignisse des Tages erneut auf sie ein. Die Stimme, die nach ihr rief und in ihren Gedanken flüsterte. Allein der Gedanke daran bewirkte, dass sich ihr Magen ängstlich zusammenkrampfte.

Ist er hier? Ist er zurück?

Wer sollte zurück sein? Das ergab keinen Sinn. Der Drache hatte verängstigt gewirkt, aber was sollte einem Tier seiner Größe schon Furcht einjagen? Oder besser: wer? Shaan hatte einen Kloß im Hals. Er konnte doch wohl nicht Azoth, den Gefallenen, meinen? Das war nicht möglich. Er war schon vor zweitausend Jahren von den Vier Verlorenen Göttern ins Zwielicht gestoßen worden und sollte niemals mehr wiederkehren. Warum sollte Nuathin glauben, dass er wieder zurück sei? Und weshalb könnte er das wollen? Sie setzte sich auf und lehnte sich gegen die Wand. Der Gefallene hatte viele der Drachen benutzt, um eine eigene Armee zu gründen, und er hatte sie in etwas anderes verwandelt. Er brachte sie dazu, ihre Leben zu opfern, sodass er eine neue Art von Kreaturen erschaffen konnte: die Alhanti, Krieger, die sowohl Drachen als auch Menschen waren. Wieso sollte sich ein Drache nach diesen Tagen zurücksehnen? Und was könnte der Grund dafür sein, dass Nuathin sie, Shaan, danach fragte? Sie wusste nichts. Sie sollte eigentlich gar nicht in der Lage sein, ihn in ihren Gedanken zu hören.

Sie rieb sich mit den Händen über die Arme und stützte sich auf das Fenstersims, von wo aus sie über die Lichter der Stadt schauen konnte. Sie gehörte auch nicht zu jenen Frommen, die die Verlorenen Götter verehrten und aus Knochen geschnitzte Abbilder neben dem Bett aufbewahrten. Und doch wandte sie sich

unwillkürlich mit einem stillen Gebet an sie. Sie waren zu Märty-
rern geworden, um alle anderen zu retten, und vielleicht wachten
sie jetzt noch immer – irgendwo – über sie. Shaan blickte zu den
Sternen hinauf, deren Schein vom zurückgeworfenen Glühen der
Stadt gedämpft wurde. Vielleicht waren sie dort oben?

Sie zögerte in ihren Grübeleien und verscheuchte die Gedanken.
Seit wann neigte sie denn zu solcher Gefühlsduselei? Nuathin
war nur ein alter, verwirrter Drache, der kaum noch seinen eigenen Namen kannte. Warum um alles in der Welt grübelte sie über
Götter und Sterne nach? Gedankenverloren und mit leerem Blick
starrte sie auf die unter ihr liegenden Gebäude und Straßen, bis
ihr die aufgebrachten Stimmen auf dem Flur vor ihrer Tür auf-
fielen.

Sie löste sich vom Fenster und lauschte auf die Stimme eines
Mannes, der sich lauthals und mit schwerer Zunge über irgendetwas beschwerte. Als Antwort erntete er ein Kreischen, dann war
ein klatschender Schlag zu hören. Shaan entriegelte die Tür und
steckte den Kopf hinaus. In der Mitte des Flures stand ein kleiner Mann mit rundem Bauch. Er hatte sich vorgebeugt, drückte
seine Hände in den Schritt und stöhnte, während Melita, eine der
Huren, auf ihn einschimpfte und ihm gelegentlich einen leichten
Hieb seitlich gegen den Kopf verpasste. Als sie den Blick hob, lächelte sie Shaan zu, ehe sie ihr Haar zurückwarf und ihr Geschrei
in Richtung des geduckt dastehenden Mannes fortsetzte.

Shaan lächelte mitleidig: Männer, die so dumm waren, sich mit
Melita einzulassen, bereuten es zwangsläufig hinterher. Gerade
wollte sie zurück in ihr Zimmer gehen, als sie einen kurzen Blick
auf Tuons blonden Haarschopf erhaschte, der eben die Treppe hinunter verschwand.

»Tuon!«, rief sie, doch die Kurtisane drehte sich nicht um. Stirnrunzelnd verließ Shaan das Zimmer und lief den Flur hinunter,
um über das Geländer zu spähen.

»Tuon«, schrie sie noch einmal, aber Tuon setzte ihren Weg fort
und schlüpfte durch die Küchentür. Wohin war sie wohl um diese
Zeit unterwegs? Neugierig folgte Shaan ihr die Treppe hinunter

und huschte gerade noch rechtzeitig durch die leere Küche, um zu sehen, wie die Freundin kurz an der Hintertür des Wirtshauses zögerte, dann aber hinaus auf die Straße trat.

Ohne Zweifel sollte sie doch an diesem Abend arbeiten. Shaan krauste die Stirn. Tuon benahm sich in den letzten Wochen einfach so merkwürdig. Sie hatte nicht viel Zeit im Gasthaus verbracht, und wann hatte sie eigentlich zuletzt wirklich hier gearbeitet? Shaan kramte in ihrer Erinnerung, aber es fiel ihr einfach nicht ein. Tatsächlich erinnerte sie sich überhaupt nicht daran, dass Tuon nachts viel da gewesen wäre. Es war merkwürdig. Und was hatte dieser verschlossene Blick zu bedeuten, den Shaan auf ihrem Gesicht bemerkt hatte, als Tuon letztens mit dem Glaubenstreuen am Springbrunnen gesprochen hatte? Irgendetwas war da im Busch.

Ohne weiter darüber nachzudenken, was sie im Begriff war zu tun, folgte sie ihr durch die Hintertür.

6

Tuon war in Richtung Stadtzentrum unterwegs. Nach Einbruch der Dunkelheit war ein kühlender Wind aufgekommen, und es war voll auf den Straßen, was es für Shaan schwierig machte, sie im Blick zu behalten. Gaststätten, Kaf- und Wirtshäuser hatten die Türen und Fenster weit aufgerissen, Tische und Stühle drängelten sich auf den Straßen, und allgegenwärtig war der Duft von gebratenem Fleisch. Aus jedem Fenster fiel heller Lichtschein, und die Luft war erfüllt vom Rufen und Schreien der Kinder.

Aber Tuon wandte sich vom Gedränge ab und schlüpfte in die Schatten der Seitenstraßen. Sie bewegte sich rasch und hatte sich ihren lila Seidenschal fest um den Kopf geschlungen, als wenn sie nicht gesehen werden wollte. Shaan musste ihre Schritte beschleunigen, um sie nicht aus den Augen zu verlieren, als sie das Seefahrer-Viertel weit hinter sich ließen und in das Kaufmanns-Viertel einbogen. Die Wege waren nun breiter, befestigt und zumeist menschenleer. Sie passierten die großen Gebäude der Händlergilde und der Geldhäuser mit ihren zugeklappten Fensterläden, die bereits zur Nacht geschlossen hatten, und liefen weiter eine Straße hinunter, die zu einem unbelebten Platz führte. Tuon überquerte ihn und blieb an der Treppe zu einem beeindruckenden Bau stehen. Der Tempel der Amora. Er war zu Ehren des Sklavenmädchens errichtet worden, das sie vor zweitausend Jahren von Azoth befreit hatte, und es war das spirituelle Herz der Stadt.

Der vordere Teil des Tempels bestand aus einem großen, quadratischen, mit einem Kuppeldach gedeckten Gebäude, das als öffentliches Zentrum der Verehrung diente. An beiden Seiten schloss sich eine hohe Mauer an, die den gesamten Komplex umgab. Eine Reihe miteinander verbundener Bauten und Gärten bot Unterkunft für die Schwestern der Amora und ihre Bibliothek und war zugleich der Sitz des Konsuls der Glaubenstreuen. Eine breite, flache Treppe führte an Marmorsäulen vorbei empor, die einen Vorbau stützten, und endete vor einer mächtigen Doppeltür. Auf beiden Seiten sprudelten Springbrunnen und malten schimmernde Schatten an die Wände. Eine weiße Turmspitze erhob sich über dem Kuppeldach wie ein Lichtspeer, der in den Nachthimmel ragte. Shaan fragte sich, was Tuon hier zu suchen hatte. Im Schatten des Durchgangs zum Laden eines Weinhändlers verborgen, beobachtete sie Tuon, die den Blick noch einen Moment länger auf dem imposanten Bauwerk ruhen ließ, dann weiterschlich und seitlich auf einem schwach beleuchteten Pfad verschwand.

Shaan wartete einen Augenblick ab, dann folgte sie ihr. Der Pfad war ein schmaler Fußweg, der gerade so für zwei Menschen, die eng nebeneinanderliefen, ausreichen mochte, und zwängte sich zwischen dem Tempel auf der einen Seite und dem reich bepflanzten Garten der Großen Halle auf der anderen Seite hindurch. Kleine Laternen, die in die Tempelmauer eingelassen waren, warfen in einigen Abständen zueinander grünlich gelbe Lichtkreise auf den Boden, die wie Wegmarkierungen aussahen. In kurzer Entfernung vor sich sah Shaan lilafarbene Seide aufblitzen, als Tuon durch eine Öffnung verschwand.

Shaan kribbelte es im Nacken, als sie sich vorsichtig weiterbewegte. In diesem Teil der Stadt konnten Wachen und sogar Männer der Glaubenstreuen unterwegs sein! Was trieb Tuon hier? Shaans Muskeln waren angespannt, und ihre Ohren lauschten angestrengt, ob irgendetwas zu hören war, während sie sich der Öffnung näherte. Vor ihr ging der Fußweg weiter und verschwand in der Dunkelheit. Sie zögerte und erstarrte beim Klang von Stimmen. Wenn sie verstohlen wirkte, würde sie das nur verdächtig machen. So richtete sie sich gerade auf, straffte ihre Schultern und trat mit selbstbewusstem Schritt zuversichtlich durch den Torbogen. Nicht allzu weit entfernt kamen zwei Männer und zwei

Frauen auf einem kurzen Weg durch die hohen Mauern hindurch auf sie zu. Alle vier sahen missmutig aus, während sie irgendetwas miteinander diskutierten. Hinter ihnen endete der Weg an einem Torbogen, dessen Tür offen stand, sodass Shaan dahinter einen Hof erkennen konnte, auf dem ebenfalls Menschen umherspazierten. Von Tuon fehlte jede Spur.

Sie holte tief Luft und nickte der Gruppe zu, als sie an ihr vorbeikam.

»Entschuldige«, sagte eine der Frauen und legte ihr eine Hand auf den Arm, damit sie stehen blieb.

»Ja?« Shaan hielt an, und ihr Herz flatterte.

»Bist du wegen des Treffens hier?« Das graue Haar der Frau war zurückgebunden und gab den Blick frei auf ein hageres, schmales Gesicht.

»Hmm. Ja.« Shaan hoffte, dass dies die richtige Antwort war.

»Tja, es ist schon vorbei. Aber der Kommandant ist noch immer da. Wenn du dich beeilst, triffst du ihn noch an.«

»Meara!« Der Mann neben ihr hob die Stimme. »Pass auf, mit wem du sprichst. Ich habe sie noch nie zuvor hier gesehen.« Er hatte einen lockigen, roten Bart und misstrauische Augen. Shaan hielt ihn für den Ehemann der Frau.

»Ich bin nur neu.« Sie lächelte so unschuldig, wie sie konnte.

»Wirklich?« Er musterte sie von oben bis unten, und sein Blick blieb an ihren Brüsten hängen.

»Ich war noch nie … es ist mein erstes Treffen. Ich habe mich verlaufen.« Shaan warf ihm einen hilflosen Blick zu. »Ich kenne mich hier in diesem Teil der Stadt nicht aus.«

Er starrte sie lange an und schürzte die Lippen. »Nun ja, für Neue mag es verwirrend sein«, lenkte er ein.

»Habe ich etwas Wichtiges verpasst?«

Er verzog das Gesicht. »Sie haben uns nicht viel über den Drachenangriff verraten, wenn du das meinst.« Er wechselte einen angewiderten Blick mit dem anderen Mann. »Aber sie haben berichtet, dass der Kommandant eine Reihe von Reitern ausgeschickt hat, um Erkundigungen einzuholen.«

»Und die Seherin ist ohnmächtig geworden!«, fiel Meara ihm ins Wort, während sie Shaan immer noch am Arm hielt.

»Meara!«

»Ist doch so«, beharrte Meara trotzig. »Sie kam heraus und erklärte, dass sie eine seltsame Anwesenheit im Zwielicht spüre, und dann verdrehte sie die Augen und fiel einfach zu Boden. Dieser gut aussehende Kommandant Rorc sprang über den Tisch, um sie aufzufangen.«

»Nun ja, ganz so war es ja nun auch nicht!« Ihr Ehemann sah finster aus.

Meara machte eine abfällige Handbewegung in seine Richtung. »Sie sagten, es könnte sein, dass ...« Sie machte eine Pause, sah über die Schulter und senkte die Stimme, »dass der Gefallene zurückgekommen ist. Wir müssen alle nach ihm Ausschau halten.«

Shaans Eingeweide zogen sich zusammen, als ihr plötzlich Nuathins Worte in den Kopf schossen: *Ist er hier? Ist er zurück?*

»Das haben sie überhaupt nicht gesagt.« Mearas Mann zog sie weiter.

»Sehr wohl.« Meara sah empört aus, aber er schenkte ihr keine Beachtung.

»Es gab Gerüchte, dass der Gefallene möglicherweise zurückkehren könnte, aber sie waren sich nicht sicher. Was meine liebe Frau hier ausgelassen hat, ist die Tatsache, dass die Seherin einen Fremden im Zwielicht gespürt hat. Es ist dieser Fremde, von dem die Seherin berichtet hat, den die Glaubenstreuen finden wollen.«

»Warum?« Shaan merkte, wie sich ein Gefühl von Unbehagen wie saure Milch in ihrem Magen drehte.

»Wie soll ich das denn wissen?« Er zuckte die Schultern. »Sie haben nur gesagt, sie glauben, dass der Fremde hier in Salmut sein könnte, und die Anhänger der Glaubenstreuen sollen darauf achten, ob ihnen etwas Seltsames auffällt, merkwürdige Leute und so.« Er bedachte sie mit einem Blick aus zusammengekniffenen Augen. »Was hast du gesagt? Wie war dein Name doch gleich?«

Shaans Nacken kribbelte. Dann war dies also ein Treffen der

Glaubenstreuen gewesen. Sie begann, sich in Richtung der Tür zu schieben, durch die die anderen gekommen waren.

»Ach ja, ich bin Raikah. Und ich werde auf jeden Fall die Augen nach diesem Fremden offen halten.«

»Tu das.« Wieder ruhte sein Blick auf ihren Brüsten. »Komm schon, Meara.« Er zog seine Frau davon. Das andere Paar warf ihr einen ernsten Blick zu, ehe es den anderen beiden folgte.

Shaan stieß einen Seufzer der Erleichterung aus und näherte sich dem Torbogen. Was hatte das alles zu bedeuten? Arbeitete Tuon mit den Glaubenstreuen zusammen? Sie konnte es sich kaum vorstellen.

Sie versuchte, so wenig verdächtig wie nur irgend möglich aus-zusehen, und schob sich durch die Öffnung. Dahinter befand sich ein kleiner Hof, und sie verkrampfte sich, als sie einen Jäger der Glaubenstreuen lässig an der gegenüberliegenden Wand leh-nen sah, von wo aus er den Durchgang beobachtete. Er war groß und schlank, hatte ein langes Schwert bei sich und ein Messer, an den Oberschenkel gebunden. Shaan schluckte schwer, und in der Hoffnung, unbemerkt zu bleiben, schloss sie sich einer Gruppe von Männern an, die zurück in den Tempel ging.

»He, du da!«

Sie blieb im Eingang stehen und drehte sich langsam und mit trockenem Mund um.

»Wohin bist du unterwegs?« Der Mann, der sie angesprochen hatte, hatte ein schmales Gesicht, und er war jung.

Nun, da sie ihm so nahe war, konnte sie erkennen, dass er kaum genügend Bart hatte, um sich zu rasieren.

Ihre Gedanken überschlugen sich, und sittsam legte sie die Hände übereinander. »Ich bin gekommen ... Ich will mich dem Orden anschließen.« Sie versuchte, etwas Begeisterung in ihre Stimme zu legen. »Ich bin hier, um die Vorsteherin zu sehen, aber ich habe mich verlaufen. Tut mir leid, dass ich mich verirrt habe.« Sie sah ihn unter gesenkten Lidern hervor an und dankte den Göttern, dass sie Tuon hinterhergestürzt war, ohne auch noch nach ihrem Messer zu greifen.

»In Ordnung.« Er legte den Kopf schräg. »Hinein mit dir, aber ...« Er stieß sich von der Mauer ab und beugte sich zu ihr hinunter. »Ich werde dich finden, wenn du gelogen hast.«

Shaan zweifelte keine Sekunde an seinem Wort. Sie warf ihm ein dünnes Lächeln zu und nickte leicht, dann entfernte sie sich, so schnell es ging, und beim Weggehen konnte sie seine Augen in ihrem Rücken spüren. Sie war sich nicht sicher, ob er ihre Angaben vielleicht nachprüfen würde, aber irgendwie bezweifelte sie, dass ihr viel Zeit bliebe, um das herauszufinden. Was hatte Tuon bloß an einem Ort zu schaffen, an dem es von Glaubenstreuen nur so wimmelte?

Sie bog in einen weißen Flur ein, der mit hellroten Bodenfliesen ausgelegt war. An der einen Wand hingen einige bunte Behänge, auf denen Amora in verschiedenen heroischen Posen abgebildet war. Auf der gegenüberliegenden Seite befanden sich vier verschlossene Holztüren. Am Ende des Flures standen einige Türen offen, durch die Shaan Bankreihen erkennen konnte, von denen aus man zu einem langen Tisch auf einem Podium schauen konnte. Als sie näher kam, entdeckte sie Tuon, die mit zwei anderen Männern in ein Gespräch vertieft war. Einer davon war ein großer, dunkelhaariger Mann, der andere hatte graues Haar und einen leichten Bauchansatz. Ein Jäger stand hinter Tuon. Der Mann mit den dunklen Haaren hatte Shaan den Rücken zugewandt, aber während sie die Gruppe beobachtete, drehte er sich ein Stück zur Seite, um mit jemand anderem zu sprechen, und ihr rutschte das Herz in die Hose.

Es war der Mann in Schwarz vom Markt. Sie erkannte ihn an seinen Kieferknochen. Ihr verschlug es den Atem. Tuon hatte gesagt, er sei der Kommandant der Glaubenstreuen, und die Art und Weise, wie sich der Jäger ihm gegenüber verhielt, schien dies zu bestätigen.

Was hatte Tuon mit ihm zu tun? Während Shaan sie beobachtete, legte der ältere Mann einen Arm um sie und sagte etwas, an den Kommandanten gewandt. Tuon nickte, und dann zog der ältere Mann sie mit sich zu einer geöffneten Tür an der Hinterseite des Raumes. Einen Moment lang wehrte sich Tuon und wandte den Blick zurück zum Kommandanten. Die Verärgerung war ihr deutlich am Gesicht abzulesen. Doch dann verschwand sie durch die Tür.

Shaan stand unentschlossen im Durchgang herum und erinnerte sich daran, wie Tuon sie auf dem Markt gewarnt hatte: Lass dich mit Männern wie diesen auf nichts ein. Und nun befand Tuon sich selbst hier mitten unter ihnen und sprach mit ebenjenem Mann, vor dem die Freundin sie gewarnt hatte. Einen Moment lang erwog sie, ihr nicht weiter zu folgen. Es war offensichtlich, dass Tuon aus freien Stücken hier war. Niemand hatte sie gezwungen, hierherzukommen, und niemand bedrohte sie. Warum also sollte Shaan sich Sorgen machen? Aber sie bewegte sich nicht. Da war etwas in Tuons Gesicht gewesen, das sie beunruhigte.

Sie stand knapp hinter dem Türrahmen und beobachtete den Kommandanten, der mit dem Jäger sprach. Jemand rief etwas quer durch den Raum, und der Jäger hob den Blick und ging zur anderen Seite hinüber. Jetzt oder nie. Shaan nutzte den Moment der Ablenkung, schlüpfte in den Raum und lief rasch auf die gegenüberliegende Hintertür zu.

Noch immer befand sich eine größere Anzahl von Leuten im Zimmer, und ein leises Stimmengewirr umfing Shaan. Schwarz gekleidete Männer standen schweigend entlang den Wänden, und Shaan versuchte, sich so zu geben, als habe sie ein Ziel vor Augen, während sie gleichzeitig hoffte, dass sie keine Verführer waren. Wenn einer von ihnen auf die Idee käme, sie ins Visier zu nehmen, oder misstrauisch würde, dann wäre alles vorbei.

Mit gesenktem Blick gelangte sie bis zur Tür, ohne angesprochen zu werden. Erst als sie schon hindurchgeschlüpft war, begriff sie, was der Grund dafür war. Durch den Gang kam mit breitem Lächeln und ausgestreckter Hand eine der Schwestern der Amora auf sie zu.

»Ah, meine Liebe!« Sie griff nach Shaans Hand und umklammerte sie. »Du musst der Neuzugang sein.«

Sie war sehr klein, mit langem, dunklem Haar. Um ihre braunen Augen kräuselten sich Fältchen, als sie Shaan anlächelte. Diese starrte sie nur an und versuchte verzweifelt, sich eine angemessene Reaktion einfallen zu lassen.

Die Frau lachte. »In der Tat, du siehst verwirrt aus. Einer der Männer berichtete mir, du würdest aussehen, als hättest du dich verlaufen. Was bei all diesem Trubel hier auch wenig verwunderlich ist.« Mit der Hand machte sie eine vage Geste in Richtung des Versammlungsraumes. »Komm mit, dann trinken wir etwas Wein, und du kannst mir von dir erzählen, ehe wir die Vorsteherin treffen.«

Sie hakte sich bei Shaan ein und setzte sich in Bewegung, wieder den Gang hinunter. Shaan blieb keine andere Wahl, als mit ihr zu gehen.

»Ich bin Schwester Lyria. Ich bin die Priorin hier. Ich begrüße alle Neuen.« Sie bedachte sie mit einem Lächeln. »Ich kümmere mich während deiner Initiation um dich. Wie alt bist du?«

»Hm, äh, achtzehn«, antwortete Shaan abgelenkt. Sie sah sich um und versuchte zu erraten, wohin Tuon verschwunden war. Es gab einige Türen, aber alle waren verschlossen. Davor führte der Gang nur noch ein Stück weiter, ehe er auf eine Mauer stieß und abzweigte. War Tuon durch eine dieser Türen gegangen, oder war sie dem Gang gefolgt?

»Du bist etwas älter als die meisten Mädchen, die hier anfangen«, sagte Schwester Lyria. »Warum hast du gewartet?«

»Hm, tja«, stotterte Shaan und sah sich nach einer Fluchtmöglichkeit um. »Schätze, ich habe einfach etwas länger gebraucht, um mich zu entscheiden«, sagte sie unbestimmt. Die Antwort schien Schwester Lyria zufriedenzustellen. Sie nickte, blieb vor der nächsten verschlossenen Tür stehen und legte ihre Hand auf den Knauf.

»Warte hier im Raum einen Augenblick, ich hole uns eine Erfrischung.« Damit schob sie die Tür auf und gab Shaan mit einem Mal einen überraschend kräftigen Stoß, sodass sie in den Raum stolperte. Als sie sich umdrehte und nach der Tür griff, rutschten ihre Finger am Holz ab, denn mit angewidertem Gesichtsausdruck entwand Schwester Lyria ihr die Tür und warf sie zu. Shaan hörte das unverkennbare Geräusch eines Schlüssels, der im Schloss gedreht wird.

»Jetzt kannst du noch ein bisschen länger hier warten.« Die Stimme der Schwester klang gedämpft durch das Holz. »Und fass ja nichts an.«

Shaan fluchte und fragte sich, wie sie so dumm hatte sein können. Natürlich war alles viel zu einfach gewesen. Zweifellos machte sich die Schwester nun auf den Weg, einen der Glaubenstreuen oder, noch schlimmer, den Kommandanten zu finden. Wenn sie den Glaubenstreuen in die Hände fiele… Rasch verdrängte sie den Gedanken daran. Ihr blieb nun nur noch eine Möglichkeit, und das hieß, von hier zu verschwinden. Wenn es ihr denn gelingen mochte.

Sie sah sich im Raum um. Er war klein und spärlich möbliert. Es gab ein schmales Bett, einen quadratischen Tisch, der ganz an die Wand zu ihrer Rechten gerückt war, und eine Waschgelegenheit in der Ecke. An einem Nagel in der Mauer hing eine Lampe, deren warmes, gelbes Licht sich über den Boden ergoss, und in Brusthöhe ihr unmittelbar gegenüber befand sich ein kleines, viereckiges Fenster, dessen Läden mit einem Schloss gesichert waren. Shaan eilte dorthin. Das Schloss war kräftig und ziemlich neu, aber zu ihrer Erleichterung sah Shaan, dass es sich bei den Angeln um schlichte, betagte Exemplare handelte. Sie machte sich rasch an die Arbeit, nahm die Lampe vom Nagel und löste die Drahtschlinge, die als Aufhängung gedient hatte. Diese bog sie gerade und fuhr damit zwischen den Angeln und den Bolzen hin und her. Nach einer weiteren Drehung und einem scharfen Zug nach oben löste sich der Laden aus einer der beiden Verankerungen. Den Göttern sei Dank für alles, was sie bei der Straßenbande gelernt hatte, dachte sie. Und schon machte sie sich an der zweiten Angel zu schaffen, und bald hing der ganze Fensterladen schief herab, sodass sie das Glas dahinter erkennen konnte. Mühsam öffnete sie den Riegel, stieß den Flügel auf, zog sich hoch, schob sich über das Fensterbrett und sprang hinaus. Sie fiel tiefer, als sie es erwartet hatte, und konnte sich nur mühsam einen Aufschrei verbeißen, als sie ungeschickt auf der Seite aufprallte. Scharfe Dornen von irgendeinem Gewächs stachen ihr in Bauch und Beine. Sie war in einem Gartenbeet gelandet.

Der Boden war feucht, und sie wurde vom kräftigen Geruch von Kräutern umfangen. Einzelne Stängel brachen, als sie sich aufrichtete. Gelbes Licht drang aus dem Zimmer über ihrem Kopf zu ihr heraus, und von irgendwo in der Nähe hörte sie Stimmengewirr aus einem anderen Raum. Zusammengekauert machte sie sich ein Bild von ihrer Umgebung.

Sie befand sich in einem großen Hof. Eine größere Anzahl von sorgfältig angelegten Beeten wechselte sich mit Wegen ab, sodass ein quadratisches Muster entstand, und sie konnte eben noch den mächtigen Schatten einer hohen Mauer erkennen, die alles umschloss. Weiter zu ihrer Rechten entdeckte sie noch ein geöffnetes Fenster, aus dem die Stimmen kamen und das einen quadratischen Lichtschein auf die darunter angepflanzten Kräuter warf. Shaan richtete sich auf, trat aus dem Beet und rannte leise und halb gebückt den Pfad entlang. Immer wieder suchte sie hinter und zwischen anderen Beeten Deckung. Sie befand sich dem offen stehenden Fenster gegenüber, als sie der Klang einer Stimme innehalten ließ. Sofort kauerte sie sich hinter einem Beet mit hochgeschossenen Blumen nieder, während Tuons Stimme klar und deutlich durch das geöffnete Fenster drang.

»Wird sich die Seherin wieder erholen, Ratgeber?«

Shaans Herz machte einen Satz. Sie lehnte sich gegen den Steinwall, der das Beet umgab, und lauschte.

»Ja, da bin ich mir sicher«, antwortete ein Mann. »Die Schwestern werden sich um Veila kümmern. Aber geht es dir denn gut, Tuon? Du siehst müde aus. Lässt er dich zu hart arbeiten?«

Tuon schnaubte, und Shaan hörte die Bitterkeit in ihrer Stimme. »Ich bekomme ihn kaum zu Gesicht. Dies ist das erste Mal seit vielen Wochen, dass er meine Anwesenheit gewünscht hat. Obwohl ich natürlich …« Plötzlich brach sie ab.

»Was ist denn?«, fragte der Mann.

»Nichts, Morfessa, schon gut.«

Shaan war entsetzt. Tuon sprach mit dem Ratgeber der Führerin. Und das in einer Art und Weise, die nahelegte, dass sie ihn gut kannte. Shaan spähte hinter ihrem Versteck hervor, konnte aber nur den Rand eines Schreibtisches, einen leeren Stuhl, der davor stand, und die obere Hälfte einer Tür ausmachen. Sie griff nach der weichen Umrandung des Beetes. Sie sollte wegrennen. Inzwischen müsste die Schwester einen Jäger gefunden haben, und sie dürften sich auf die Suche nach ihr gemacht haben. Aber sie konnte einfach nicht aufstehen. Sie verharrte, starrte in das Zimmer hinein und lauschte.

Und während sie hineinschaute, wurde die Tür geöffnet, und der Kommandant trat ein.

»Rorc«, sagte Morfessa. Tuon kam in Sicht; sie stand mit dem Rücken zum Fenster.

Genau in diesem Augenblick spürte Shaan irgendetwas hinter sich. Ihr Magen zog sich zusammen, als sie eine Hand auf ihrem Arm fühlte und eine Stimme ganz nah an ihrem Ohr hörte: »Ich habe dir doch gesagt, dass ich dich finde«, sagte der junge Jäger und zog sie auf die Beine.

7

Shaan wand sich im Griff des Jägers, während er sie ungerührt den Gang hinunter und an Schwester Lyria vorbeizerrte, die sie mit spöttischem Blick bedachte und ihr schnaubend hinterherrief, dass der Glaubenstreue ja wohl wüsste, wie man mit Unruhestiftern umzugehen habe.

So viel also zum Ruf der Schwestern als verständnisvolle Heilerinnen, dachte Shaan bitter und verfluchte sich dafür, dass sie so dumm gewesen war. Warum war sie nicht weggelaufen, als sie die Gelegenheit dazu gehabt hatte?

»Hier hinein.« Der Jäger zog sie zu einer Tür, hämmerte gegen das Holz und rief: »Kommandant Rorc!«

Einen Augenblick später antwortete eine Stimme und forderte sie auf einzutreten, und der Jäger schob sie unsanft ins Zimmer. »Kommandant, ich habe dieses Mädchen aufgegriffen, während es im Tempel herumschnüffelte.« Er gab ihr einen Stoß.

»Ich habe nicht herumgeschnüffelt, ich habe mich verlaufen«, bemerkte Shaan, dann schluckte sie, als sie sah, wo sie sich befand. Vor sich erkannte sie den dunkelhaarigen Mann, den sie noch einen Moment zuvor durch das Fenster zum Hof beobachtet hatte. Von nahem sah er furchteinflößender aus als aus der Ferne.

Er musterte sie von oben bis unten. »Wie heißt du?«

Hinter ihm standen Tuon, die sie mit entsetzt aufgerissenen, verängstigten Augen anstarrte, und ein älterer Mann, bei dem es sich um Morfessa handeln musste. Er hatte die Stirn in Falten gelegt.

»Nun?« Der Dunkelhaarige hob eine Augenbraue.

Shaan presste die Lippen zusammen. Wenn sie ihm ihren wirklichen Namen nannte, würde es nicht lange dauern, bis er herausfand, wo sie lebte und welche Verbindung sie zu Tuon hatte. Er könnte sogar auf die Idee kommen, dass Tuon von ihrer Anwesenheit gewusst hatte. Trotz der Geheimnisse, die diese vor ihr zu hüten schien, wollte Shaan auf keinen Fall, dass sie Schwierigkeiten mit den Glaubenstreuen bekäme.

»Ich heiße Raikah.« Wieder nannte sie den Namen einer Frau, die früher in der Drachenanlage gearbeitet hatte.

Der Kommandant bewegte sich nicht. »Raikah? Und was hast du hier verloren? Sei aber gewarnt: Es dürfte dir schlecht bekommen, wenn du uns nicht die Wahrheit erzählst. Ich muss nur einen Verführer holen lassen. Der wird schnell herausfinden, was ich wissen muss, und es könnte schmerzhaft sein, wenn du nicht kooperierst.«

Shaans Mund wurde trocken. Sie hatte noch nie gesehen, wie ein Verführer die Seele eines anderen Menschen entblößte, aber sie hatte davon gehört. »Ich war nur neugierig«, sagte sie.

»Ich glaube dir nicht.« Über ihren Kopf hinweg warf er dem Jäger einen Blick zu.

»Holt mir einen Verführer.«

»Nein, warte!« Tuon machte einen Satz und legte ihm eine Hand auf den Unterarm. »Ich kenne sie; es ist nicht nötig, einen Verführer hinzuzuziehen. Bitte, Rorc.«

Der Kommandant warf ihr einen langen Blick aus seinen grünen Augen zu. »Du kennst sie?«

»Ja, und es ist mein Fehler, dass sie hier ist.«

»Nein!«, rief Shaan aus, aber Rorc schenkte ihr keinerlei Beachtung.

»Was sagst du da?«, fragte er ungläubig.

»Sie muss mir gefolgt sein, als ich heute Abend das Gasthaus verlassen habe. Ich glaubte noch, gehört zu haben, wie sie mir etwas hinterherrief, aber ich habe mich nicht mehr umgedreht.« Sie hob das Kinn. »Aber du musst dir keine Sorgen machen, sie ist keine Bedrohung für dich.«

Rorc wandte sich wieder Shaan zu. »Wie lautet dein richtiger Name?«

Shaan zögerte.

»Es ist schon in Ordnung.« Tuon nickte ihr zu. »Ihr Name ist Shaan. Sie arbeitet in der Drachenanlage, das ist alles. Bitte lass sie gehen. Ich kann dir alles berichten, was du über sie wissen musst.«

»Ich würde es vorziehen, es von ihr selbst zu hören«, erwiderte Rorc.

»Nun gut.« Tuon verschränkte die Arme. »Aber ich sage dir, sie stellt keine Bedrohung für die Glaubenstreuen dar.«

Rorc sah sie nicht an. »Bringt sie zum hintersten Zimmer der Vorsteherin«, trug er dem Jäger auf. »Ich werde bald nachkommen.«

Tuon starrte Rorc an, als sich die Tür hinter den beiden geschlossen hatte.

»Ich habe dir bereits versichert, dass sie keine Bedrohung ist, Rorc. Ich kenne sie schon, seit sie ein Kind war. Das alles ist nicht nötig.«

»Ich werde ihr nicht wehtun.« Er ging zum Schreibtisch und griff nach seinem Weinglas. »Aber ich kann nicht zulassen, dass Leute ungehindert im Tempel herumspazieren. Obwohl ich beeindruckt bin, dass sie es an den Jägern vorbeigeschafft hat.« Er schien nachdenklich, und Tuon flehte beunruhigt: »Lass sie in Ruhe. Du brauchst sie nicht.«

Er warf ihr über den Rand seines Glases einen Blick zu. »Warum denn nicht? War denn *deine* Übereinkunft mit den Glaubenstreuen so schlecht?«

»Das ist was anderes.« Sie hielt seinem Blick stand. »Was mit mir passierte, war etwas anderes.«

»Aber irgendetwas ist trotzdem an ihr«, unterbrach Morfessa die beiden.

»Was meinst du?«, fragte Rorc.

»Ich weiß nicht. Es ist nur so ein Gefühl, schätze ich. Seltsam, aber da war irgendetwas Vertrautes an ihr, als ob ich sie vorher schon einmal gesehen hätte.«

Tuon gefiel diese Wendung des Gespräches gar nicht, ebenso wenig wie der Ausdruck auf Rorcs Gesicht. »Vielleicht erinnert sie dich einfach an jemanden«, sagte sie rasch. »Ihr dunkles Haar und die Tönung ihrer Haut scheinen zur Dracheninsel zu gehören. Sie hat mir mal erzählt, dass ihr Vater von dort stammen könnte.«

»Vielleicht.« Morfessa sah nachdenklich aus. »Aber diese Augen… dieses dunkle Blau… eine solche Augenfarbe habe ich schon mal irgendwo gesehen…« Er schüttelte den Kopf und legte die Hände übereinander. »Nein. Es war etwas anderes. Es war *jemand* anders. Ich weiß es, aber ich kann mich nicht…« Er starrte gegen die Wand.

»Ich bin mir sicher, es wird dir wieder einfallen«, sagte Rorc.

»Hmmm, was?« Morfessa drehte sich zu ihm um. »Oh, nun ja.« Seine Augen blickten wieder ins Leere, und er tat einen raschen Atemzug. »Ach ja, du wolltest mit Tuon sprechen. Dann werde ich euch allein lassen.« Als er das Zimmer verließ, legte sich erneut ein abwesender Ausdruck über seine Züge.

Kaum dass er gegangen war, wurde Tuon nervös. Die Stille im Raum schien greifbar zu werden. Sie fühlte sich plötzlich sehr verletzlich und ging zum Fenster hinüber.

»Der alte Mann hat mich neugierig gemacht«, sagte Rorc leise.

»Morfessa sagt über viele Leute weltentrückte, unverständliche Dinge. Machen sie dich alle neugierig?«, erwiderte sie kühl.

»Nur jene, die mich interessieren.«

Tuon drehte sich zu ihm um und sah ihn an. »Shaan ist eine einfache junge Frau ohne Familie, sonst nichts. Sie wäre für dich keineswegs interessant.«

»So mancher würde über dich genau das Gleiche sagen.« Er sah sie über den Rand des Glases hinweg an. Ihr Herz machte einen verräterischen Sprung, und sie kämpfte, um einen kühlen Gesichtsausdruck zu bewahren.

»Ich weiß, dass ich für dich nicht von Belang bin, wenn es über das hinausgeht, was ich dir liefern kann.«

»Das habe ich nie gesagt.« Er stellte sein Glas ab, und seine grünen Augen schauten so eindringlich in die ihren, dass sie sich plötzlich wie gebannt fühlte. Wohlweislich löste sie sich und ging zum Stuhl auf der anderen Seite des Schreibtisches, wo sie sich niederließ. »Was willst du über Shaan wissen?«

»Alles.«

Sie stieß die Luft aus; er würde sich nicht davon abbringen lassen. Er war wie ein Straßenköter, der einen Knochen gefunden hatte. Sie lehnte sich zurück. »Ich weiß nicht, wo sie geboren wurde, aber sie kam mit ihrer Mutter nach Salmut, als sie noch ein Säugling war. Ich glaube, sie stammen irgendwo weiter nördlich von der Küste her. Ihre Mutter war der Droge Crist verfallen und starb, als Shaan erst fünf Jahre alt war, sodass sie sich bis zu ihrem elften Lebensjahr mit den Straßenbanden durchgeschlagen hat.«

»Dann war sie also eine Diebin?«

»Ja.« Tuon sah zu ihm auf und hob eine Augenbraue. »Kann ich fortfahren?«

Mit einem leichten Lächeln nickte er.

»Torg hat sie in einer Zelle entdeckt; man hatte sie beim Stehlen erwischt. Er war auf der Suche nach einer weiteren Hilfskraft für sein Gasthaus, und so hat er die Wachen bestochen und sie ins Red Pepino gebracht. Sie arbeitete für ihn in der Küche, und inzwischen schenkt sie auch Bier aus. Vor einigen Jahren hat sie damit begonnen, in der Drachenanlage Arbeiten zu übernehmen, um sich einige Münzen zusätzlich zu verdienen, so einfach ist das.« Sie zuckte mit den Schultern. »Das ist alles.«

»Und warum ist sie dir hierher gefolgt?«

»Ich weiß es nicht. Wahrscheinlich hat sie sich Sorgen um mich gemacht. Sie ist nicht dumm, Rorc. Jeder weiß, dass man sich nicht mit den Glaubenstreuen anlegen sollte. Die Götter wissen, dass ich selbst das oft genug zu ihr gesagt habe. Warum kannst du sie nicht einfach gehen lassen?«

Einen Moment schwieg er, ehe er ihr antwortete: »Es sind gefährliche Zeiten, Tuon. Du warst heute Abend bei der Versammlung; du hast gehört, was gesprochen wurde. Es gibt welche, die daran glauben, dass der Gefallene wieder zurückgekehrt ist, und der Angriff unserer eigenen Drachen auf dem Markt hat dieser Überzeugung neue Nahrung verschafft. Die Seherin hat von jemandem gesprochen, den sie im Zwielicht gespürt hat, von einem, der mit dem Gefallenen in Verbindung stehen könnte, oder einem Katalysator, der ihn wieder in die Welt bringen will. Ich kann niemanden behandeln, als wäre er über jeden Verdacht erhaben.«

»Shaan ist keine Anhängerin des Gefallenen«, unterbrach ihn Tuon, der sein Tonfall gar nicht behagte.

»Höchstwahrscheinlich nicht. Und doch ist Morfessa von ihr beunruhigt. Ich kann seine Empfindungen nicht so leichtfertig beiseitewischen. Er ist kein Seher, aber er hat den Großteil seiner Jahre nach dem Tod seiner Frau damit verbracht, Hinweise auf den Verbleib des Schöpfersteines zu finden. Er weiß viel.«

Tuon wurde kalt. »Aber nicht alles. Und der Schöpferstein ist ein Mythos, eine Legende. Hat er wirklich irgendetwas gefunden?«

»Stellst du tatsächlich die Weisheit des Ratgebers der Führerin in Frage?«, erkundigte sich Rorc, und sie zögerte.

»Natürlich nicht. Ich versuche nur, Shaan zu beschützen. Sie ist wie eine Schwester für mich. Bitte, Rorc, lass sie einfach gehen.«

Einen Moment lang schwieg er, dann erschien eine Falte zwischen seinen Augen, und auf seinem Gesicht malte sich ein Ausdruck großer Müdigkeit. Er stieß einen tiefen Seufzer aus und ließ sich neben sie auf einen Stuhl sinken. Tuon legte die fest verschränkten Hände in den Schoß, denn Rorcs Nähe verunsicherte sie.

Nichts lief so, wie sie es geplant hatte. Als sie heute Nacht hierhergekommen war, hatte sie vorgehabt, ihm mitzuteilen, dass ihre Abmachung keinen Bestand mehr habe und dass sie nicht mehr für die Glaubenstreuen arbeiten wolle. Aber wie immer hatte er ihren Willen gebrochen. Die Worte, die sie sich zurechtgelegt hatte, würden ihr nicht über die Lippen kommen. Nun, da sie ihn so sah, mit der steilen Furche über der Nase und dem erschöpften Ausdruck auf dem Gesicht, wie konnte sie ihn da verlassen? Ihn, der ihr das Leben gerettet hatte.

»Ich kann sie nicht gehen lassen, ohne sie befragt zu haben«, verkündete Rorc in die Stille hinein. »Aber ich verspreche dir, dass ich ihr nichts tun und sie auch nicht hierbehalten werde.« Er sah zu ihr auf, und einen Moment lang ließ sie es zu, dass sie einander in die Augen schauten.

»Danke.« Sie holte Luft. »Wann willst du mich das nächste Mal sehen?«

»Ich habe einen Auftrag für dich.«

»Ein Mann?«

»Ja. Einer aus dem Rat der Neun, Lorgon, veranstaltet ein kleines Bankett und wird für … Kurzweil sorgen. Ich habe mich darum gekümmert, dass du dabei bist. Ich brauche dich, damit du dich ihm näherst und so viel, wie dir möglich ist, herausfindest.«

Tuon wurde das Herz schwer. Sie hatte schon zuvor mit Berater Lorgon zu tun gehabt und kannte seine Vorlieben. Mühsam würgte sie die plötzlich aufsteigende Bitterkeit hinunter. »Wann?«

»Morgen.«

»Warum Lorgon? Was vermutest du?«

Er runzelte die Stirn. »Du weißt, dass ich dir das nicht verraten werde.«

»Wie schlimm ist es?«, drang sie weiter in ihn, denn mit einem Mal wollte sie unbedingt einen Grund für seinen letzten Befehl kennen.

Er zögerte.

»Sag es mir doch einfach. Du kannst mir vertrauen, Rorc. Ich setze mein Leben dabei aufs Spiel. Wenn er mich enttarnt …« Sie sprach den Satz nicht zu Ende.

Seine Lippen wurden schmal, als er sagte: »Die Führerin ist in letzter Zeit nicht wohlauf, das ist alles. Ich will nur … die Lage überprüfen.«

»Du verdächtigst Lorgon?«

»Ich hege keinerlei Verdächtigungen«, sagte er rasch. »Erledige das einfach und erstatte mir Bericht. Und mach dir keine Sorgen, ich würde dein Leben nicht aufs Spiel setzen. Wenn es hart auf hart kommen sollte, wärst du nicht allein.«

»Was meinst du damit?«

Er seufzte. »Tu es für mich, Tuon, und vertraue mir.«

Sie sah ihn an, wandte dann aber den Blick ab, denn sie fürchtete, er könnte sehen, wie es um ihr Herz stand. »Ich vertraue dir.«

Der Jäger führte Shaan den Flur hinunter und durch ein großes Arbeitszimmer, dann ließ er sie in einem winzigen, fensterlosen Raum zurück, dessen Wände vom Boden bis zur Decke von Regalen voller gebundener Pergamentbögen und -rollen sowie einer Menge staubiger Schachteln bedeckt waren. Die einzige Sitzgelegenheit war eine schmale Holzleiter. Shaan hockte sich darauf, lehnte sich gegen ein Regal und fragte sich, wie lange sie hier wohl ausharren müsste.

Sie machte sich wegen Tuon Sorgen. Was riskierte sie für sie? Und was würde mit ihr selbst geschehen, nun, da der Kommandant wusste, dass sie Tuon gefolgt war? Sie starrte auf den Boden. Es war dunkel im Raum, vom Lichtschein abgesehen, der durch den Spalt unter der Tür hereinfiel. Ihr blieb kein anderer Zeitvertreib, als die feine Staubschicht auf den Bodenfliesen und den tanzenden Schatten des Jägers, der auf der anderen Seite Wache hielt, zu beobachten.

Endlich hörte sie Stimmen und Schritte, und die Tür wurde aufgestoßen. Im plötzlichen Lichtschein musste sie die Augen zusammenkneifen, und sie hob eine Hand, um die Helligkeit abzuschirmen.

»Raus mit dir.« Es war Kommandant Rorc. Langsam stand sie auf und verließ die Kammer. »Hinsetzen!«, befahl er.

Der Jäger war fort. Shaan lief über einen hell gemusterten Teppich und ließ sich auf einem breiten Sofa nieder. Rorc blieb mit dem Rücken zu einem großen Schreibtisch stehen, und sein Schatten zeichnete sich auf den Fensterläden hinter ihm ab. Einen Moment lang betrachtete er sie; sie sagte nichts und starrte auf seine Stiefel.

»Tuon hat mich gebeten, dich gehen zu lassen«, sagte er schließlich. »Sie macht sich Sorgen um dich und hat allen Grund dazu.

Es war dumm von dir, dich hier einzuschleichen. Die Glaubenstreuen auszuspähen, das ist nichts, was auf die leichte Schulter zu nehmen ist.«

»Ich habe sie nicht ausgespäht.« Shaan sah zu ihm auf.

»Nein?« Er hob eine Augenbraue. »Und doch bist du dabei ertappt worden, wie du unter einem Fenster gelauscht hast. Wie nennst du das sonst, wenn das kein Ausspähen ist?«

Shaans Magen krampfte sich zusammen. »Ich habe nur an Tuon gedacht. Und ich habe nichts gehört.« Sie versuchte, seinem Blick standzuhalten, aber er musterte sie derartig eindringlich, dass sie die Augen wieder niederschlagen musste.

Er schwieg lange, dann fuhr er fort: »Du willst wissen, was Tuon hier treibt? Das kann ich verstehen. Du bist ihretwegen besorgt. Aber je mehr du weißt, umso größer ist das Risiko für sie.«

»Ihr setzt ihr Leben aufs Spiel?«, fragte Shaan.

»Nein. Du riskierst es, wenn du ihr überallhin folgst.« Er presste die Lippen zusammen. »Tuon ist sicher. Ich würde nie zulassen, dass ihr etwas geschieht.«

»Dann ist sie eine Eurer Spioninnen«, schlussfolgerte Shaan, und Rorc sah sie an. Der Schein der Lampe malte einen Streifen über seine Wange, und seine Augen lagen im Schatten.

»Sie ist sicher, das ist alles, was du wissen musst. Du wirst ihr nicht mehr folgen und sie auch nicht ausfragen, denn ansonsten *wirst* du sie gefährden, und das lasse ich nicht zu. Hast du mich verstanden?«

Shaan nickte.

»Gut.« Er schien zu entspannen. »Was mich nun noch interessiert, ist die Tatsache, dass Morfessa meint, dich wiedererkannt zu haben.«

Shaan zuckte mit den Schultern. »Ich habe ihn noch nie zuvor gesehen.«

»Das hat er über dich ebenfalls gesagt.« Sein Blick wurde nachdenklich. »Shaan, du hast es geschafft, an meinen Jägern vorbei in den Tempel zu gelangen. Zwar bist du nicht sehr weit gekommen, aber der Eintritt ist dir gelungen, und das interessiert mich.« Er lehnte sich zurück gegen den Schreibtisch und verschränkte die Arme. »Tuon sagte, du würdest in der Drachenanlage arbeiten. Wie viel bezahlen sie dir dort?«

»Genug«, entgegnete sie scharf.

»Du warst mal eine Straßendiebin, nicht wahr? Ein Kind der Banden?«

»Und wenn schon.«

»Warst du gut?«

»Es ist Jahre her«, entgegnete sie, denn sie witterte eine Falle. »Ich habe nur gestohlen, um zu überleben, wie wir alle.«

»Mir ist deine kriminelle Vergangenheit ganz gleich, ich interessiere mich nur für dein Können. Ich habe für viele verschiedene Fähigkeiten bei den Glaubenstreuen Verwendung. Nicht alle sind Jäger oder Verführer. Einige haben auch andere Talente.«

»Wie Tuon?«, fragte Shaan, und sein Gesicht verdunkelte sich.

»Du verdankst es nur ihr, dass du nicht in einer Zelle steckst. Ich könnte dich mühelos dorthin verfrachten.«

»Was wollt Ihr von mir?«

Er lächelte, und seine Zähne hoben sich weiß von seinen dunklen Bartstoppeln ab. »Ich will dir die Wahl lassen und dir eine Gelegenheit eröffnen. Manchmal brauche ich Leute mit anderen … Talenten. Sie werden immer sehr gut entlohnt, und sie bekommen mehr Gehalt, als eine Arbeiterin in den Anlagen in einem Monat erhält.«

»Ich will nicht für die Glaubenstreuen arbeiten.« Shaan ballte die Fäuste.

»Aber du willst auch nicht *gegen* uns arbeiten«, sagte Rorc leise. »Denk darüber nach.«

Sie holte Luft. »Kann ich gehen?«

Er wurde sehr still. »Ich biete dir mehr an, als du begreifst«, sagte er dann.

»Ich habe meine eigenen Pläne.« Sie erhob sich. »Werdet Ihr mich jetzt gehen lassen?«

Er betrachtete sie einen Augenblick lang, und sie fühlte sich wie ein Zweig im Angesicht eines Sturmes. Und doch ließ sie es nicht zu, dass er ihr Angst machte.

»Ich werde dich gehen lassen, weil ich es Tuon versprochen habe«, sagte er. »Aber wenn du dem Tempel den Rücken kehrst, solltest du nicht glauben, dass ich dich vergesse. Dein Gesicht merke ich mir. Jäger!« Er hob die Stimme, und die Tür zum Arbeitszimmer öffnete sich. Der junge Mann, der sie gefasst hatte, erschien. »Begleitet diese Frau bis auf die Straße hinaus.«

»Kommandant.« Der Jäger betrat den Raum und packte Shaan am Arm.

»Und, Shaan«, sagte Rorc, »vergiss nicht, dass dies gefährliche Zeiten sind. Tuon wird dich nicht vor allem beschützen können. Sieh dich vor.«

Nun spürte Shaan doch Furcht in sich aufblitzen, als der junge Mann sie davonzerrte.

8

Als Tallis die Augen aufschlug, umfing ihn Dunkelheit. Sein Kopf fühlte sich schwer an, und sein Mund war trockener als Staub. Er lag auf der Seite, die Luft war kühl, und er war mit einem weichen Laken aus Mar-Rattenfell zugedeckt. Einen Moment lang glaubte er, wieder zurück am Clan-Brunnen zu sein. Doch dann streckte er die Hand aus, spürte das raue Leder und wusste, wo er sich befand: Er war noch immer in der Wüste, und sein Vater war tot.

Die kalte Luft prickelte auf seiner Haut, und rasch zog er seinen Arm zurück unter die Decke. Es war, als ob die Kälte sich einen Weg in seine Knochen und durch seine Adern bahnte. Er zog die Beine an die Brust und das Fell höher, doch die Kälte drang trotzdem zu ihm durch. Er versuchte, alle Gedanken und Gefühle aus seinen Gedanken zu verbannen, sie tief in sich zu vergraben, doch ein Bild drängte immer wieder an die Oberfläche, wie Öl auf Wasser, das sich nicht verbinden wollte: das schimmernde Lila und Gold des Drachenauges.

Die Angst schien ihn auszuhöhlen. Was hatte er getan? Er schlang die Decke eng um sich und starrte in die Dunkelheit. Es gab kein anderes Geräusch im Zelt, und die Schwärze drückte auf sein Gesicht. Seine Gedanken drehten sich im Kreis, wanden sich und kehrten immer und immer wieder zurück. Uralte Worte hatten sich aus seinem Mund gelöst, so weit erinnerte er sich noch, aber er konnte sich nicht entsinnen, wie sie gelautet hatten. Ihm fielen nur noch der blinde Zorn, die Hitze und der Sand ein. Vor sich gewahrte er ein kaltes, lilafarbenes Auge, das zu ihm herabsah und verstand, was er nicht begreifen konnte. Er konnte die Furcht und den Hass darin, als der Drache abdrehte, nicht vergessen.

Seine Blase krampfte sich zusammen. Er versuchte, den Drang zu ignorieren, denn er wollte sich nicht aus der Dunkelheit des Zeltes hinausbewegen. So schloss er die Augen und versuchte, tief einzuatmen, aber das Bedürfnis, sich zu erleichtern, wuchs in ihm. Knurrend und unwillig schob er die Decke zurück.

Draußen war alles still, und sein Atem ließ kleine Wölkchen in der kalten Luft entstehen. Kein Laut drang aus den Zelten der anderen Jäger, die sich in einem Halbkreis zu beiden Seiten der noch immer qualmenden Feuerstelle ausbreiteten. Auf der anderen Seite des Lagers lag der Leichnam seines Vaters auf einem Podest, bewacht von zwei Männern. Tallis kehrte ihnen den Rücken zu und trottete in die entgegengesetzte Richtung davon. Drei Jäger hielten am Rande des Lagers Wache. Einer drehte sich in seine Richtung. Normalerweise hätten ihm die Wachposten zugenickt oder eine Hand gehoben, um ihm zu zeigen, dass er gesehen worden war, aber dieser Mann tat weder das eine noch das andere. Er musterte ihn nur einen kurzen Augenblick lang, dann wandte er ihm den Rücken zu.

In Tallis stieg ein hohler Schmerz auf. Wollten sie ihn ausstoßen? Vielleicht sollte das so sein. Der bloße Gedanke daran fuhr ihm wie eine Speerspitze ins Rückgrat. Er wollte mit niemandem sprechen und auch nicht sehen, wie sich noch jemand von ihm abwandte, und so entfernte er sich vom Lager. Kein Mond stand am Himmel, und er blieb an einem kleinen Busch stehen, um seine Notdurft zu verrichten. Die Sterne leuchteten hell an der endlosen, dunklen Himmelskuppel. Die Luft war windstill, und mit dem Rücken zum Lager schrumpfte die Welt zusammen, bis sie nur noch aus strahlenden Sternen und Finsternis bestand. Lange Zeit verharrte Tallis in der geräuschlosen Wüste und starrte empor.

Am nächsten Morgen packten die Jäger ihr Lager zusammen, um sich auf den Heimweg zu machen. Männer und Frauen arbeiteten schnell, bauten die Zelte ab, schnürten die Kochutensilien zu Bündeln zusammen, holten das wenige Wild, das sie erlegt hatten, und stapelten alles auf den Muthu-Wagen. Tallis half seiner Mutter mit ihrem Zelt. Mailun war wortkarg und bat ihn lediglich, das eine oder andere für sie zu tragen. Seinem Blick wich sie aus. Ihr Körper wirkte wie zusammengesunken, und sie war so blass, dass ihn der Anblick schmerzte.

Normalerweise brachen sie ihr Lager unter viel Gelächter ab. Jeder Jäger prahlte sonst damit, wie viel Beute er gemacht hatte, und hin und wieder ertönte ein Lied angesichts der Aussicht, nach Hause zurückzukehren, geliebte Menschen wiederzusehen oder in den heißen Quellen zu entspannen. Doch nun hing eine tiefe Stille über der Gruppe. Die Stimmen klangen gedämpft, und nur wenige Worte wurden gewechselt. Selbst die Wüste war windstill und kein Geräusch war zu hören, als ob das Tuch, das über der Gruppe zu liegen schien, sich auch über den Sand ausgebreitet hätte.

Tallis konnte die Augen der anderen in seinem Rücken spüren, während er arbeitete. Er versuchte, sie zu ignorieren, aber jeder Muskel, jede Sehne seines Körpers war angespannt oder verkrampft, ihm war flau im Magen, und er spürte Übelkeit aufsteigen. Er konnte nichts essen und versuchte immer wieder, sich daran zu erinnern, was geschehen war, um es doch noch begreifen zu können. Aber es war, als kämpfte er darum, einen flüchtigen Traum festzuhalten. Vielleicht war es besser, nichts zu wissen.

»Tallis?«

Jared näherte sich ihm, seinen Speer fest umklammernd und mit sehr aufrechter Körperhaltung. »Tallis.« Seine Stimme wurde kräftiger und ein wenig lauter, als es nötig gewesen wäre. »Ich bin froh zu sehen, dass du aufgewacht bist. Geht es dir gut?«

Über die Schulter hinweg sah Tallis die anderen Mitglieder der Jagdgruppe, die sie beobachteten. Sie alle wandten rasch den Blick ab, wenn er ihnen in die Augen schauen wollte, aber er wusste, dass sie jedes Wort mithörten.

Er nickte langsam. »Ja, Bruder. Ich bin müde, aber ich bin noch ganz ich selbst.«

Erleichterung flackerte in Jareds Augen auf. Vielleicht war auch er ein wenig misstrauisch gewesen. Dieser Gedanke machte Tallis traurig.

Jared packte ihn am Oberarm. »Dann läufst du auf dem Weg zurück zu unserem Brunnen neben mir.«

Es war keine Frage. Tallis nickte, und Jared schüttelte kurz seinen Arm und sah ihm in die Augen, ehe er sich umdrehte und zurück zu Irissa ging, die ihr Zelt zusammenschnürte.

Tallis bemerkte, dass Karnit ihn mit unergründlichem Ausdruck beobachtete. Tiefe Linien waren neben seinem Mund ins Gesicht gegraben, seine Nase war spitz und lang und sein Kinn bedeckt mit einem gestutzten, weißen Bart. Seine langen Zöpfe, die mittlerweile ebenfalls weiß geworden waren, waren zurückgebunden, und er musterte Tallis aus wässrigen, blauen Augen. Tallis fragte sich, was er wohl dachte. Was würde er dem Kreis der Führer berichten, wenn sie zurückgekehrt waren?

Sein Herz schmerzte, und er wandte den Blick zum Podest, auf dem sein Vater lag. Nun war er selbst der letzte Mann in seiner Familie. Zuerst waren seine Brüder und nun auch sein Vater zu Kaa gegangen. Der Krampf in seinem Innern löste sich, und ein benommenes Gefühl der Übelkeit stieg in ihm auf. Würde Karnit wollen, dass er zum Ausgestoßenen würde? Verzweiflung überwältigte ihn. Was hatte er denn getan?

Er versuchte, sich zusammenzureißen. Es wäre klug, jetzt zu zeigen, dass er dem Clan noch immer ergeben war. Er senkte den Blick und beugte den Kopf, und er drehte die Handflächen flach angelegt an seinen Seiten nach außen als Zeichen des Respekts. Aber als er wieder aufsah, hatte sich der Gesichtsausdruck des Clan-Führers nicht verändert. Er musterte ihn noch einen Moment länger, dann schulterte er seinen Speer und ging davon. Tallis wurde das Herz schwer, als sich Zweifel und Sorge wie ein Stein darauflegten.

Der Rückweg zu den Jalwalah-Höhlen kam ihm länger als jemals sonst vor. Vier Männer gingen voran und trugen den Leichnam seines Vaters, eingehüllt in einen Ledersack, der zwischen zwei

Stangen befestigt worden war. Dahinter folgten die Jäger, immer zwei nebeneinander, dem kaum sichtbaren Pfad durch die Wüstenebene. Der Sand, der bis zum Horizont reichte, hatte jetzt eine hellgelbe Tönung und waberte in der Hitze. Felsenansammlungen und graue, dornige Gewächse waren wahllos in der Gegend verstreut, und in weiter Ferne war ein langer, dunkler Schatten zu erkennen, der die Wüste vom Himmel trennte. Die Schwarzen Berge. Die scharfkantigen, unbewachsenen Gipfel bildeten die Grenze zwischen der Wüste und dem Land dahinter. Tallis war noch nie jenseits davon gewesen, aber er hatte gehört, dort wuchsen viele Bäume, einige so groß, dass sie den Himmel verdunkelten. Die einzigen Bäume, die er kannte, waren die vereinzelten, gedrungenen Bäume der Wüste. Er ließ den Blick auf der schimmernden Linie ruhen, während er schweigend neben Jared dahintrottete. Vielleicht würde er die riesigen Bäume bald zu Gesicht bekommen. Der Gedanke bedrückte ihn, und er schlug die Augen nieder. Links von ihm stieg der Sand an und bildete die erste einer Reihe von Dünen. Hohe, weiche Gipfel reichten von hier bis in die Gegend hinter den Jalwalah-Landen ins Herz der Wüste und an die Gegend der anderen Clans heran. Dies waren die wilden Raknah, die Halmahda, die Shalneef und die Baal. Sie würden den Sohn eines anderen Clans niemals willkommen heißen.

Er atmete tief ein und sog die heiße Luft in die Lungen. Der quälende Schmerz in seiner Brust machte ihm zu schaffen. Er konnte nicht aufhören, das Gesicht seines Vaters zu sehen, wie er sterbend im Sand lag, und so starrte er verzweifelt auf den Rücken des Jägers, der vor ihm lief. Er hatte etwas getan, was noch nie ein Mann zuvor getan hatte, aber er konnte sich nicht daran erinnern, wie es geschehen war. Vielleicht waren es die Tiere selbst gewesen, die ihn beeinflusst hatten? Aber das stimmte nicht, flüsterte eine Stimme. Es war von ihm ausgegangen. Er wusste das mit einer Gewissheit, von der ihm übel wurde. Kalte Furcht umschlang seine Knochen und nistete sich in ihm ein.

Kaum spürte er noch die Hitze des Sandes unter seinen Füßen oder die Sonne auf seinem Kopf. Er schaute zu seiner Mutter hinüber, die alleine lief. Sie hatte alle zurückgewiesen, die ihr Gesellschaft angeboten hatten, und wanderte steif, mit durchgedrücktem Rücken und hoch erhobenem Kopf. Der Schmerz angesichts ihres und auch seines eigenen Verlustes drohte Tallis in zwei Hälften zu zerreißen.

Heute Nacht würde der Clan seinen Vater im heiligen Sand waschen und ihn den Führern zurückgeben. Heute Nacht würden die Stimmen der Frauen die Wüste mit der Totenklage erfüllen, und heute Nacht würde der Rat den Kreis der Führer einberufen werden. Eine solche Angelegenheit duldete keinen Aufschub.

Mit jedem Schritt grub sich die Angst tiefer in ihn, und er starrte mit leerem Blick vor sich hin, während seine Gedanken einander umschwirrten wie Sand in einem Wirbelsturm. Immer im Kreis, tiefer und tiefer in ihn hinein, schraubte sich das eine Wort, das seiner Furcht Nahrung gab: Ausgestoßener.

9

Die Vorbereitungen für die Begräbniszeremonie begannen beinahe unmittelbar nach ihrer Rückkehr zum Brunnen. Ein Läufer war ausgeschickt worden, um den Clan auf ihre Ankunft vorzubereiten, und als die Jagdgruppe die große Höhle betrat, standen alle schweigend da und beobachteten den Einzug. Shila, die Clan-Träumerin, trat vor und sprach leise mit Karnit. Währenddessen brachten die Männer, die den Leichnam trugen, Haldane weg, damit er darauf vorbereitet wurde, zu Kaa geschickt zu werden.

Tallis konnte niemanden ansehen. Er fühlte sich seltsam ausgeschlossen und fror, als er neben seiner Mutter wartete. Die Träumerin wandte sich ihnen zu und packte Mailun am Arm, um sie zurück zu ihrer Familienhöhle zu begleiten. Tallis folgte den beiden Frauen, und obwohl er die Augen niedergeschlagen hielt, spürte er die Blicke der Clanmitglieder, die beiseitetraten, um sie durchzulassen. Doch er bemerkte es kaum, wie Jared ihm die Hand auf die Schulter legte und sie fest drückte, als er an ihm vorbeikam.

Schweigend liefen sie den kühlen, dämmrigen Tunnel hinunter, und seine Mutter streckte ihre Hand nach hinten und tastete nach seiner. Er beschleunigte seinen Schritt und ergriff Mailuns Hand. Ihre Haut fühlte sich so kalt wie seine eigene an. Die Träumerin sagte unterwegs nichts, und sie schwieg auch noch, als sie das dicke Leder vor dem Eingang zu ihrer Höhle beiseiteschob und sie hineinführte.

Leute kamen und gingen, und die Träumerin sprach mit ihnen, während sie am Eingang Wache hielt, sodass niemand einfach eintreten konnte. Alle Besucher ließen Gaben für Tallis und Mailun da: eine Schüssel mit weichem Käse, ein gewundenes Gebinde aus Flak-Gräsern mit einem Silberreif als Geschenk für den Toten, einen Kelch mit Gerstenwein aus Mirams eigenem Vorrat und mit Silberfäden geflochtene Bänder von jedem Jäger und Krieger im Clan. Alle Opfergaben wurden von Shila entgegengenommen, während Tallis und Mailun wortlos auf den Kissen vor ihrer Feuerstelle saßen.

Tallis' Mutter hatte sich geweigert, irgendeine Frage zu beantworten, die an sie gerichtet wurde, und verbat sich, dass jemand mit Tallis zu sprechen versuchte. Sie machte sich Sorgen darum, was er sagen könnte, und was die anderen daraus schließen würden. Für Tallis fühlte es sich an, als dauere dieses Schweigen schon Stunden an, und schließlich konnte er nicht länger still sitzen und auf die murmelnden Stimmen der Clanmitglieder lauschen, die kamen, um ihnen ihr Mitgefühl auszusprechen. Er sah seine Mutter an. »Ich werde zu den Quellen gehen.«

Mailun warf ihm einen Blick zu, drückte einmal kurz seine Hand, ließ sie dann los und schaute weg. Sein Herz schmerzte, als er sie so niedergeschlagen sah, aber das Bedürfnis, den Blicken der anderen zu entkommen, war zu groß. Er ging davon, denn er sehnte sich nach der Dunkelheit und dem schwefligen Geruch des Wassers.

Zielstrebig ging er durch die Tunnel, die zu den Quellen führten, ließ sich neben der hintersten Quelle in der Höhle nieder und lauschte auf den dumpfen Schlag der Trommeln aus der Großen Höhle. Dort, wo er saß, war es warm und feucht, und Wasserspritzer durchweichten seine Hosenbeine. Er bemerkte es kaum. Einige Zeit lang saß er dort und beobachtete die aufsteigenden, sprudelnden Wasserblasen. Erst nach einer Weile fiel ihm ein gedämpfter, pulsierender Laut auf. Die Trommeln verkündeten den Beginn der Totenzeremonie: die Zeremonie für Kaa, den Wächter der Toten. Tallis lehnte sich zurück gegen den feuchten Felsen...

Aber er hatte die Pflicht, sich zu ihnen zu gesellen. Er musste dort sitzen und zusehen, wie Haldanes Leichnam dem Sand zurückgeben wurde, aus dem er geboren worden war. Tallis ließ den Blick auf dem Wasser ruhen, das im fahlen, grünlichen Licht der Höhle blubberte. Es sah aus wie dunkler Treibsand.

»Tallis.« Ein Schatten kam auf ihn zu.

»Jared«, antwortete er, ohne aufzuschauen. »Wie lange dauert es noch, bis es anfängt?«

»Du musst jetzt kommen, der Clan versammelt sich.«

Er rührte sich nicht.

»Tallis …«

»Sie werden mich zu einem Ausgestoßenen machen, Bruder.«

Jared stieß langsam die Luft aus. »Das weißt du nicht.«

Er schüttelte den Kopf. »Ich fühle es. Was ich getan habe … Der Kreis der Führer wird das nicht tolerieren. Ein Clansmann sollte das nicht … Sie werden mich verstoßen.«

»Das werden sie nicht.« Aber Tallis hörte den Zweifel in Jareds Stimme. »Warum nicht? Der Drache hat mich verstanden. Es spielt keine Rolle, dass ich mich nicht daran erinnere, was ich gesagt habe oder wieso mir das möglich gewesen ist. Ein Clansmann sollte diese Macht nicht haben. Der Kreis wird beschließen, was für den Clan am besten ist. Vielleicht werden sie sogar behaupten, der Drache hätte meinetwegen angegriffen.«

»Tallis, dein Vater ist gestorben, aber wir anderen wurden gerettet. Die Drachen hätten uns alle getötet, wenn du nicht gewesen wärst. Wie könnte jemand dir unterstellen, dass du sie gerufen hast?«

»Vielleicht habe ich das ja.« Er starrte ins Wasser. »Ich habe an jenem Morgen etwas gespürt«, flüsterte er.

»Tallis …«, sagte Jared warnend, aber der schenkte ihm keine Beachtung.

»Erinnerst du dich an meine Brüder und den Kampf gegen die Raknah?«

Jared nickte langsam.

»Damals wusste ich ebenfalls, dass etwas nicht stimmte. Bevor meine Brüder aufbrachen, *fühlte* ich etwas – eine Kälte, als ob der Tod flüsternd nach ihnen verlangte. Und während der Jagd am

Morgen des Drachenangriffs habe ich das Gleiche verspürt. Was bin ich, dass ich zu solchen Empfindungen fähig bin? Vielleicht bin ich eine Gefahr für den Clan.«

»Sag so etwas nicht«, fiel Jared ihm schroff ins Wort.

Der Klang der Trommeln wurde lauter, und Tallis starrte ins dunkle Wasser zu seinen Füßen.

»Komm schon.« Jared gab ihm einen leichten Stoß gegen die Schulter und streckte ihm die Hand entgegen.

Tallis holte tief Luft, dann nickte er und ließ sich von Jared auf die Beine ziehen. Kaum dass er stand, packte er ihn jedoch fest am Arm. »Schwör mir, dass du dich um meine Mutter kümmern wirst, wenn sie mich ausstoßen.«

»Sie werden dich nicht ausstoßen, Tallis. Mein Vater wird ...«

»Dein Vater wird tun, was für den Clan das Richtige ist«, unterbrach er ihn. »Und das würdest du genauso tun. Erdenbruder, mein Vater ist tot, meine Mutter verwitwet, und wenn ich gehen muss, dann wird sie ganz allein sein. Du weißt, dass sie nicht aus diesem Clan stammt. Aber zu ihrem eigenen wird sie nicht zurückkehren. Wirst du mit deiner Mutter sprechen? Überrede sie, dafür zu sorgen, dass man Mailun akzeptiert. Sie war ihr immer eine Freundin. Kannst du mir diese Hilfe zusagen?«

Jared bewegte sich nicht, und Tallis spürte, wie ihm die Kehle eng wurde. Es kam ihm wie eine Ewigkeit vor, bis Jared antwortete: »Ich kann nicht glauben, dass der Kreis dich verstoßen würde, wo dein Vater von Kaa geholt wurde und deine Mutter ganz allein ist. Aber trotzdem schwöre ich dir, dass ich alles in meiner Macht Stehende tun werde, wenn sie sich gegen dich entscheiden sollten.«

Einen Augenblick lang verspürte Tallis Erleichterung. Ein kleiner Knoten hatte sich in seinem Innern gelöst.

»Ich danke dir.«

»Komm schon«, sagte Jared. »Du musst deinen Vater an die Führer übergeben.«

Gemeinsam liefen sie zum Eingang der Höhle.

Sie befanden sich am äußersten Rand des Jalwalah-Brunnens,

eines Höhlensystems, das sich durch einen mächtigen Felsen wand, welcher sich aus der Wüste erhob wie der Gipfel eines vor langer Zeit vergrabenen Berges. In der Mitte dieser Erhebung befand sich ein riesiger Hohlraum, der als Große Höhle diente und der Ort der Zusammenkunft für den Clan war. Auf einer Seite wurde der Fels wie eine Honigwabe von Höhlen durchzogen, in denen sich auch die heißen Quellen befanden, in die andere Richtung führte ein langer, breiter Gang zu einem Bereich, der als Stall für die Muthus benutzt wurde. Daran an schlossen sich die heimatlichen Höhlen der Jalwalah-Familien, die im Brunnen lebten. Annähernd zweitausend Menschen beherbergte dieser Brunnen, und weitere tausend oder mehr Familien, die dem Clan Treue geschworen hatten, wohnten in den Nomadenlagern, die im gesamten Territorium verteilt waren. Aber nur jene, die im Brunnen beheimatet waren, würden an der heutigen Zeremonie teilnehmen.

Tallis folgte dem schmalen Weg zur Höhle. Der Klang der Totentrommeln dröhnte ihm entgegen und hallte in seinem Körper wider. Er wurde von den dumpfen Schlägen angezogen, einem Klang, der zum Donnern anschwoll, als er und Jared sich dem Versammlungsort näherten. Sie betraten die Höhle, als die Trommler langsamer wurden und zu einem gleichmäßigen Rhythmus übergingen. Die Höhle wurde von vielen Fackeln und einer riesigen, flachen Kohlepfanne in der Mitte erleuchtet. Die Menschen saßen schweigend auf dem Boden, die Gesichter der Höhlenöffnung zugewandt. Sie hatten auf einer Seite eine Gasse gelassen, damit die Träger hindurchkonnten.

Tallis hielt nach seiner Mutter Ausschau. Sie war eine kleine Gestalt, so allein vor der Menge, und sie sah hinaus in die Nacht, die über der Wüste hing. Mailun war nur in ein leichtes, rotes Stofflaken gehüllt. Sie wartete.

Als ich sie zum ersten Mal traf, drohte sie, mich mit ihrem Eisspeer aufzuspießen, kam Tallis die Stimme Haldanes in den Sinn. *Und ich hätte ihr ihren Willen gelassen, nur um ihre Hand berühren zu können, während sie mein Herz durchbohrt.*

Tallis betrachtete sie, wie sie mit geradem Rücken in die Nacht blickte, furchtlos in ihrer Trauer, und er erkannte, was sein Vater gemeint hatte. Da war etwas Edles, Leidenschaftliches an ihr, das nicht einmal die Trauer auslöschen konnte. Der entsetzliche Schmerz in seinem Innern drohte ihn schier zu zerreißen.

»Ich werde mich zu meiner Familie setzen.« Jared legte ihm eine Hand auf die Schulter. »Trag deinen Vater sanft, so wie er dich getragen hat. Hilf ihm, Schatten zu finden.«

Tallis nickte, fühlte sich jedoch außerstande zu antworten. Jared drehte sich um und bahnte sich seinen Weg durch die Versammelten, bis er in der ersten Reihe hinter Mailun Platz nahm. Tallis sah ihm hinterher, fühlte sich aber seltsam unbeteiligt am Geschehen. Er war allein. Niemand würde ihn anschauen. Er war der Sohn des Toten, verpflichtet, Kaa eine Seele zu überbringen. Aber das war nicht der einzige Grund. Man raunte sich bereits zu, was er getan hatte.

Einen Augenblick lang konnte er sich nicht bewegen. Seine Brust war eng. Er war ein Gräuel und verachtenswert. Sein Vater war tot, während er, ein Scheusal, lebte. Doch er würde seinen Vater ehrenvoll an Kaa übergeben. Er zwang sich, sich umzudrehen und selbst durch die frei gelassene Gasse zu schreiten, durch die schwarze Öffnung in die kleineren, dahinterliegenden Höhlen, wo der Leichnam seines Vaters auf ihn wartete.

Er näherte sich ihm, ohne zu sprechen. Man hatte Haldane auf eine steife Lederbahn gelegt, die an zwei Holzstangen befestigt war. Tallis nickte den drei Männern zu, die ausgewählt worden waren, gemeinsam mit ihm den toten Körper zu tragen. Halif, Fen und Rawiri: Söhne von Miam aus dem Kreis der Führer. Er hatte als Kind mit ihnen gespielt, und sie füllten nun den Platz auf, den seine Familie hätte einnehmen sollen, wenn es denn noch irgendwelche Überlebenden gegeben hätte. Haldane war der Letzte seiner Linie. Die Gesichter der drei jungen Männer waren schwarz bemalt und schweißglänzend, und sie beobachteten ihn, als er vor seinem Vater stehen blieb. Draußen verstummten die Trommeln.

»Es ist an der Zeit.« Rawiri, der Älteste, schob Tallis zum vorderen Ende des linken Holms.

Tallis zog sein Hemd aus und nahm seine Position ein. Anders als die anderen würde er sich sein Gesicht nicht schwärzen. Während die Farbe die übrigen Männer verbarg, würde er seinen Vater unmaskiert zu Kaa schicken, bar jeder Verhüllung. Gleichzeitig hoben die vier Männer die Bahre auf die Schultern und trugen ihre Bürde langsam hinaus. Die Trommeln setzten wieder ein, als sie ins Licht traten. Tallis spürte, wie ihm das Holz in die Schulter schnitt und ihm der Schweiß den Rücken hinablief. Der Schmerz war ihm willkommen; er lenkte ihn ab von dem quälenden Gefühl, von den anderen abgeschnitten zu sein – ein Gefühl, das ihn bislang fest im Griff gehabt hatte.

Langsam bewegten sie sich an den Versammelten vorbei und blieben schließlich neben Tallis' Mutter am Eingang zur Großen Höhle stehen. Mailun kniete reglos im Sand. Karnit und zwei Mitglieder des Kreises, Miram und Nevan, standen in einer Reihe draußen und erwarteten sie.

Zwei hüfthohe Felsquader waren zwischen Tallis' Mutter und den Mitgliedern des Kreises aufgestellt worden. Karnit machte eine Geste in Richtung der Steine, und Tallis und die anderen Männer setzten sich in Bewegung und senkten vorsichtig die Bahre, um sie auf dem Steinsockel abzusetzen. Nachdem Tallis sich wieder aufgerichtet hatte, sah er auf das blasse, leblose Gesicht seines Vaters hinab. Man hatte ihm die Augen geschlossen, und seine Haare neu in viele, dünne Zöpfe geflochten, deren Enden mit rotem Wachs versiegelt worden waren. Ein dünner Strich von blauer Farbe lief von seiner Stirn hinab bis zum Kinn.

Tallis war kalt, und er konnte kaum den Sand unter seinen Füßen spüren. Rawiris Hand schloss sich um seinen Unterarm, und Tallis ließ sich wegführen, um neben seiner Mutter zu knien. Die anderen Männer traten zurück und knieten hinter ihnen.

Von Karnit angeführt, griffen sich die Mitglieder des Kreises der Führer je einen ausgehöhlten Flaschenkürbis und näherten sich dem Leichnam von Tallis' Vater. Einer nach dem anderen leerte

den Inhalt des Behältnisses über Haldane und rezitierte die uralten Worte, während sie sich um den Toten herumbewegten. Der
farbige Sand wehte von den bauchigen Gefäßen hinab wie ein feiner Schleier. Nach und nach stimmten die Versammelten hinter
ihnen in den leisen Gesang ein, bis ein Summen die Höhle erfüllte
wie ein Sandsturm. Mit einem Mal brach aller Klang ab.

Mailun ließ die Hände in den Sand neben ihren Knien sinken,
legte den Kopf zurück und stieß einen wortlosen Schrei aus. Tallis
senkte den Kopf und schloss die Augen. Der Schrei wurde von
anderen Frauen aufgegriffen, die ihre Ehemänner oder Söhne verloren hatten; sie vereinten ihre Trauer mit der von Mailun in einem Urschrei, der weit über die Wüste trieb.

Tallis stand auf und nahm von Karnit ein Messer entgegen. Er
stellte sich neben seinen Vater und fuhr sich mit der Klinge über
den Unterarm. Aus dem flachen Schnitt troff warmes Blut auf das
Gesicht seines Vaters, dem so das Blut zurückgegeben wurde, das
man ihm genommen hatte. Tallis sah den fallenden Tropfen zu
und begann zu zittern. Sein nackter Oberkörper wurde von einer Gänsehaut überzogen. Das Schreien verebbte und schwoll
wieder an, und der Erdboden unter ihm schwankte. Er blinzelte
und versuchte, wieder scharf zu sehen, dann holte er tief und zitternd Luft. Der Atemzug in seinen Lungen klang lauter als das
Schreien. Unter großer Anstrengung hob er den Blick und schaute
in die Nacht hinter dem gähnenden Eingang zur Großen Höhle.

Draußen herrschte solche Schwärze, dass es ihm vor den
Augen verschwamm. Er konnte nichts hinter den Lichtern der
Höhle erkennen, nur endlosen Schatten. Plötzlich fuhr ein scharfer Windzug aus der Wüste herein und peitschte ihm ins Gesicht.
Er glaubte zu hören, wie er ihm etwas zuwisperte. Dann legte er
sich wieder. Tallis schwankte, und Hände wurden ausgestreckt,
um ihn zu stützen. Das Messer fiel ihm aus der Hand, und er ließ
zu, dass man ihn zurückführte, damit er neben seiner nun wieder schweigenden Mutter Platz nehmen konnte. Wann war das
Schreien verstummt?

Verwirrt sah er zu, wie die drei Mitglieder des Kreises je eine

Fackel griffen, sich umdrehten und hinaus in die Nacht gingen. Das Licht ihrer Flammen ließ Schatten auf dem Scheiterhaufen tanzen, der auf den Leichnam seines Vaters wartete. Die drei stellten sich um das aufgeschichtete Zunderholz und bedeuteten den Trägern, Haldane herbeizubringen. Vier Männer mit nacktem Oberkörper setzten sich in Bewegung, die Bahre auf den Schultern, und trugen sie nach draußen. Wieder ertönte das Schlagen der Trommel.

Tallis war wie betäubt, als sie eine Fackel an seinen Vater hielten. Seine Mutter griff nach seiner Hand, und er umklammerte die ihre, derweil die Flammen immer höher stiegen und sich der Rauch in die schwarze Wüstennacht emporschraubte.

10

Tallis lehnte sich gegen die Felswand vor der Großen Höhle und sah sich die helle, rosafarbene Tönung an, die sich den Horizont entlang ausbreitete. Die Luft war kühl, und er konnte noch immer die Mondsichel sehen, die bleich und kraftlos in der wolkenlosen Morgendämmerung zu verblassen begann. Er hatte nicht geschlafen und fühlte sich leicht und körperlos, als wäre er nur noch eine menschliche Hülle, die darauf wartete, davongeblasen zu werden, über den Sand hinweg.

Er betrachtete seine Hände. Seine Finger waren von feinem, grauem Staub bedeckt. Irgendwann in der Nacht war er zum Scheiterhaufen gestolpert und hatte seine Hände in die noch immer heiße Asche gelegt. Er konnte sich kaum noch daran erinnern, aber eine Blase bildete sich an seinem Daumen und war der fühlbare Beweis für das, was er getan hatte. Er sah zu der Stelle, an der seine Mutter schlief. Irgendwann kurz vor dem Morgengrauen war sie vom Schlaf überwältigt worden, doch nun waren ihre Augen offen, und sie starrte auf den kalten Haufen aus Asche und Knochen. Ein Windstoß fuhr hinein und trieb Haldanes Asche über den Wüstensand davon.

»Kaa holt immer die Besten«, sagte Mailun leise. »Die Götter meines Volkes waren nicht so gierig wie dieser.« Sie drehte sich um, stützte sich auf einen Arm und sah Tallis an. »Vielleicht werden sie mir eines Tages auch noch dich wegnehmen, wenn ihnen der Clan nicht zuvorkommt.« In ihrem Gesicht waren keinerlei Gefühlsregungen zu lesen, und es wirkte so spröde wie ein Knochen, der im Sand unter der Wüstensonne ausbleicht.

Tallis fand keine Worte, um sie zu trösten, und ließ stattdessen den Blick über die lautlose Wüste wandern.

»Zuerst Cale und Malshed, die Jungen seiner ersten Herzens-kameradin«, flüsterte sie. »Und nun er.«

»Vielleicht solltest du zurückgehen, wenn ich fort bin«, sagte Tallis. »Zurück in den Norden.«

»Nein.« Sie setzte sich auf und lehnte sich gegen den Felsen. »Die Ichindar werden mich nicht aufnehmen. Aber wenn man dich verstößt, werde ich mich freiwillig ins Exil begeben und dich begleiten.«

Er starrte sie entsetzt an. »Das würde ich nie zulassen! Hier hast du Leute, die sich um dich kümmern werden.« Er dachte an das Versprechen, das ihm Jared gegeben hatte.

Mailun sah ihn ruhig an. »Hier gibt es niemanden für mich, wenn du fort bist, mein Sohn. Ich will nicht dazu verdammt sein, mein Kind nie wiederzusehen.« Ihre Stimme war zum Flüstern geworden, und sie blickte von ihm weg über die Wüste. »Ich habe das schon einmal erlebt. Ich könnte es kein zweites Mal ertragen.«

Unsicher, ob er sie richtig verstanden hatte, runzelte Tallis die Stirn und fragte: »Was meinst du?«

Ihre dunklen, blauen Augen betrachteten ihn prüfend, und zum ersten Mal fielen ihm die feinen Linien darum und die ersten Spuren von Grau in ihrem Haar auf.

»Sohn ...« Sie zögerte, und das Unbehagen in Tallis' Innerem war wie eine kalte Faust. Ein Flüstern, das ihn an jenen Tag in der Wüste erinnerte, streifte seine Haut.

»Du bist nicht Haldanes Sohn, Tallis«, sagte sie leise. »Ich war bereits schwanger, als ich ihn traf.«

Irgendetwas in ihm zerbrach, und er starrte sie an. Starrte sie einfach nur an.

»Sohn?« Sie wartete darauf, dass er etwas sagte. Aber er konnte nicht sprechen.

Stattdessen wandte er sich von ihr ab. Er bebte innerlich, aber viel schlimmer war die Tatsache, dass er nicht überrascht war. Er wusste, dass das eigentlich der Fall sein sollte, verspürte aber nichts dergleichen. Tief in ihm flüsterte eine Stimme: *Ja ... das ergibt einen Sinn. Es fühlt sich wahr an.*

»Tallis?« Sie legte ihm eine Hand auf den Arm, doch er schüttelte sie ab.

Zorn loderte in ihm auf wie Flammen, heiß und schwer in seinen Knochen. Seine Hände ballten sich im Sand zu Fäusten, und er hielt den Blick unverwandt auf einen Vogel geheftet, der aus einem Dornenbusch in den Himmel aufstieg.

»Tallis, es tut mir leid, aber ich wollte, dass du es jetzt weißt, für den Fall ...« Sie zögerte. »Und das ist noch nicht alles. Da gibt es noch etwas, das ich dir nie erzählt habe. Etwas ...« Sie holte tief Luft. »Du bist nicht mein einziges Kind. Ich habe in dieser Nacht Zwillinge zur Welt gebracht. Ihr wart zu zweit, aber sie war so klein, so klein.« Ihr versagte die Stimme, und Tallis drehte sich wieder zu ihr hin und starrte sie an. Sein Herz fühlte sich plötzlich sehr groß in seiner Brust an, und es hämmerte.

»Was sagst du da?«

»Du hast eine Schwester«, flüsterte sie. »Aber sie war krank, und so haben sie sie mir weggenommen.«

Kälte höhlte ihn aus. Ein krank geborenes Kind bedeutete, dass es bereits von Kaa berührt worden und nur ihm vorbehalten war. Es war gegen das Gesetz, ein solches Kind zu behalten.

»Karnit hat sie in dieser Nacht hinaus in den Sand gebracht.« Mailun wich Tallis' Blick aus. »Er hat sie dort zurückgelassen, und als er heimkehrte, sagte er, Kaa habe sie bereits zu sich geholt. Aber ich wusste es besser. Dieser Clan ... Manchmal war es nur meine Liebe zu Haldane, die mich hier hielt.«

»Lebt meine Schwester noch?«

»Ich weiß es nicht. Ich habe in dieser Nacht gegen das Gesetz des Clans verstoßen. Derjenige, der sie gerettet hat, hat viel für mich aufs Spiel gesetzt. Ich weiß, dass deine Schwester aus dem Sand gerettet wurde, aber ich weiß nicht, wohin man sie gebracht hat. Vielleicht haben die Führer sich an mir gerächt und sie trotzdem zu sich genommen. Oder vielleicht ist dies ihre Rache.« Ihre Stimme war ausdruckslos, während sie auf Haldanes Asche starrte. »Alles, was ich weiß, ist, dass ich es nicht zulassen konnte. Ich konnte sie nicht so leichtfertig aufgeben.«

Tallis betrachtete ihr Profil, das vom Licht der Morgensonne wie scharf geschnitten wirkte, und er erkannte, dass alles, was er über sich und diesen Ort der Welt wusste, oder was er zu wissen geglaubt hatte, in sich zusammengefallen war.

»War er sich im Klaren? War sich mein Vater ...« Er berichtigte sich selbst. »War sich Haldane darüber im Klaren?«

»Dass ich dich erwartete? Ja. Aber ich habe ihm nie gesagt, was ich für deine Schwester getan habe. Er hätte es nicht ertragen. Er war den Gesetzen des Clans zu stark verpflichtet.« Sie sah Tallis geradewegs in die Augen. »Aber er war glücklich, dich als seinen eigenen Sohn anzunehmen und dich wie sein eigen Fleisch und Blut zu lieben.«

»Das ist vorbei, Mutter«, sagte Tallis heiser. »Er ist tot.«

Mailun antwortete nicht, und das Schweigen zwischen ihnen dehnte sich. Endlich ergriff Tallis wieder das Wort.

»Wer ist mein leiblicher Vater? Wie heißt er?«

Ihre Stimme war angespannt. »Sein Name ist unwichtig.«

»Lebt er noch?«

»Nein.« Ihre Antwort kam rasch. Zu rasch. »Er ist gestorben, als ich gerade schwanger geworden war. Ich ging davon, um zu trauern, und da traf ich Haldane.« Sie holte zitternd Atem, senkte den Blick auf ihre Hände, hob ihn dann wieder zu Tallis, und in ihren Augen lag ein flehender Ausdruck. »Das ist alles, was du wissen musst. Haldane war dein wirklicher Vater, der Mann, der dich geliebt und dich großgezogen hat. Ich erzähle dir alles nur deshalb jetzt, weil ...«

»Weil es jetzt keine Rolle mehr spielt«, unterbrach er sie rau. »Er ist fort, tot, und zwar meinetwegen, und sie werden mich ausstoßen. Aber was zählt das schon? Ich stamme nicht vom Jalwalah-Clan ab, nicht richtig jedenfalls. Ich bin wie du. Man hat mich aus Mitleid im Clan aufgenommen.« Der Gedanke quälte ihn. Wie viele andere wussten davon, dass er kein Jalwalahstämmiger war? Wusste der Kreis davon? Würde es ihnen deshalb leichter fallen?

»Sohn.« Mailun legte ihm die Hand auf den Arm, aber er schüttelte sie ab.

»Tallis.« Eine weiche Stimme rief nach ihm, und als sie sich beide umdrehten, sahen sie Shila, die Träumerin, auf sich zukommen.

Tallis fiel das Atmen schwer. Sie war hier, um ihn zum Kreis zu bringen. Langsam erhob er sich. Der Drang, einfach davonzulaufen, war jetzt beinahe überwältigend. Mailun stand ebenfalls auf und griff nach seiner Hand, aber er wollte es nicht zulassen, dass sie sie hielt.

Shila kam näher. Ihr Haar war wie bei allen Träumerinnen weißblond – ein Zeichen dafür, dass sie von den Führern berührt worden war – und schmiegte sich glatt wie ein Vorhang um ihre weichen Züge. Ihre Lippen waren voll, ihre Haut makellos. Sie war älter als er, älter als seine Mutter. Aber jeder würde glauben, sie sei noch immer eine junge Frau, wären da nicht ihre Augen gewesen. Als sie vor Tallis stehen blieb, kam dieser sich wie ein Riese vor.

»Tallis.« Ihre Stimme war sanft, und als er ihr in die grauen Augen schaute, überfiel ihn ein Gefühl, als verflüchtige sich die ganze Welt um ihn herum.

»Der Kreis ist jetzt bereit, dich zu empfangen.«

Seine Mutter neben ihm versteifte sich und versuchte noch einmal, ihn zu berühren, aber er zuckte zurück.

»Ich werde hierbleiben, bis du zurückkommst, mein Sohn«, sagte sie, doch er konnte sie nicht ansehen.

»Komm, Tallis.« Shila streckte einen Arm in Richtung Höhle aus. »Sie warten auf dich.«

Sein Mund wurde trocken, und er folgte der Träumerin in die Höhle.

11

Er stand am Fuße der Treppe. Der Versammlungsort des Kreises der Führer war eine kleine, runde Höhle tief im Felsen des Jalwalah-Brunnens. Warmer Dampf stieg von den weiter hinten gelegenen heißen Quellen auf, und die Öllampen, die an den Wänden hingen, spendeten ein grünliches Licht.

Die sechs noch verbliebenen Mitglieder des Kreises saßen auf gepolsterten Stühlen um einen niedrigen Stein in der Mitte, und auf ihren Gesichtern glänzte der Schweiß. Der Stuhl neben Nevan war leer: Dies war Haldanes Platz gewesen. Tallis schnürte es die Kehle zu, als sein Blick darauf fiel, und er zwang sich, stattdessen die Träumerin zu beobachten, wie sie ihren Platz rechts von Karnit einnahm und damit neben ihrem Herzensgefährten Thadin saß. Auf dem geschorenen Kopf des Kriegers spiegelte sich das trübe Licht, und als Tallis seinen Blick suchte, erwiderte er diesen unverwandt, bis Tallis wieder wegschaute. Wie alle Clansmänner ging Thadin auf die Jagd, aber er war auch der Anführer der Krieger und hatte sie siegreich durch viele Schlachten mit anderen Clans geführt. Er hatte Haldane nie sonderlich gut leiden können und Tallis ebenso wenig.

Die anderen Mitglieder des Kreises, Miram, Nevan und Crull, sahen ihm unbeeindruckt entgegen.

»Setz dich!« Karnit deutete auf den Stein in ihrer Mitte. Ohne ein Wort zu verlieren, tat Tallis, wie ihm geheißen worden war. Sein Herz pochte laut, als er sich den anderen zuwandte. Er spürte die dunklen Augen der Jägerin Miram auf sich. Sie war eine große, kräftige Frau, und er hatte sie immer für gerecht gehalten, sodass er hoffte, sie würde heute Nacht mit dem Herzen über ihn richten.

Als er sich niedergelassen hatte, stand sie auf, um zu sprechen. »Wir sind hier, um ein Urteil über Tallis zu fällen, Sohn unseres Clans, Blut unseres Blutes.«

Ihre Stimme war tief und klar, und bei ihren Worten drehte sich ihm der Magen um. Er war nicht von ihrem Blut, jetzt nicht und auch in Zukunft nicht.

»Er hat uralte Worte gesprochen, und man wirft ihm vor, er habe sich mit den Drachen verständigt – eine Tat, die gegen das Gesetz verstößt, wie es vor zweitausend Jahren von Rhodin festgeschrieben worden ist. Dieser Weg bringt Gefahr und Tod und kann deshalb von unserem Clan nicht gutgeheißen werden.« Bei den letzten Worten war ihre Stimme lauter geworden, und sie zögerte einen Moment lang, bis sie hinzufügte: »Ein Leben wurde verloren, aber viele sind gerettet worden. Es ist die Aufgabe dieses Kreises zu entscheiden, ob der Mann vor uns es immer noch wert ist, Sohn der Jalwalah genannt zu werden. Tallis, hast du irgendetwas zu sagen?«

Zitternd holte er Luft. Was konnte er schon sagen? Er wusste ja selbst kaum, was geschehen war. Wie sollte er es ihnen erklären? Wenn er ihnen von seinen Ahnungen berichtete oder dem starken Gefühl, dass etwas nicht richtig war, was sollte ihm das helfen? Er sah zu Karnit. Der Blick des Anführers war hart und ohne Mitleid. Tallis glaubte nicht, dass irgendetwas, was er von sich gab, Karnit umstimmen würde.

»Ich erinnere mich kaum an das, was geschehen ist«, setzte er langsam an. »Die Drachen kamen. Ich fürchtete mich. Sie waren überall um uns herum, schlugen mit den Klauen nach uns, kreischten … Einer von ihnen packte meinen Vater …« Er brach ab und schluckte in dem Versuch, den Kloß niederzuwürgen, der in seiner Kehle aufgestiegen war. »Sie haben ihn fortgerissen, und … irgendetwas überkam mich. Ich war zornig … Mein Vater blutete … Ich habe gesprochen, und dann war nur noch Schwärze um mich. An mehr entsinne ich mich nicht.« Er starrte auf den Boden und spürte die Augen der anderen auf sich.

Einen Moment lang herrschte Schweigen, dann sagte Miram:

»Danke.« Sie drehte sich um und wandte sich an den Rest des Kreises. »Wir haben uns schon viele Stunden lang beraten und immer noch keine Einigung erzielt. So haben wir Tallis hergeholt in der Hoffnung, dass seine Worte uns unsere Entscheidung erleichtern würden. Nun haben wir sie gehört, und ich schlage vor, dass wir die Führer befragen. Ich sage, wir sollten die Träumerin bitten, nach einer Antwort zu suchen, denn wer weiß, vielleicht waren es ja die Führer, die unserem Clansmann die uralten Worte eingaben.«

In Tallis flackerte Hoffnung auf. Konnte Miram recht haben? Es schien eine unmögliche Vorstellung, und doch wünschte er sich, dass es stimmte. Unter den gesenkten Lidern hervor sah er zu Karnit, aber unter dem harten Blick des Anführers schrumpften seine Hoffnungen.

»Ich bezweifle nicht die Macht der Führer.« Karnits kratzige, tiefe Stimme kam aus dem Schatten, in dem sein Stuhl stand. »Aber ich bezweifle ihren Einfluss auf diesen Jungen, der nicht einmal voll und ganz aus unserem Clan stammt.«

»Karnit!«, rief Shila, aber er ignorierte sie.

»Ich habe ihn gesehen. Er schaute dem Biest in die Augen und sprach Worte, die es verstand – uralte Worte.« Er wandte sich an die Träumerin. »Er ist vom Fünften Führer berührt.«

Shilas Gesicht verlor alle Farbe, und der Rest des Kreises verstummte. Tallis hatte das Gefühl, dass alle Luft aus seinem Körper gewichen war. Enocia, der Fünfte Führer, der Dieb des Freien Willens. Der Ausgestoßene.

»Er ist zu gefährlich, als dass man ihm erlauben könnte zu bleiben«, sagte Karnit.

Das laute Tropfen des Wassers in den Quellen hallte in der Höhle wider, während alle Mitglieder des Kreises den alten Jäger anstarrten, und auf ihren Gesichtern malte sich Entsetzen. Selbst Thadin sah angewidert aus. Shila stand mit weißem Gesicht und hoch erhobenem Kinn auf, um etwas zu sagen, doch mit einem Mal hallte eine tiefe Stimme in der Höhle und schnitt ihr das Wort ab.

»Kreis der Führer!«

Benommen drehte sich Tallis um und sah einen Mann mit nacktem Oberkörper, der die Treppe vom Eingang herabstieg, dicht gefolgt von einem von Thadins Kriegern.

»Wer stört uns?« Karnits Miene war aufgebracht.

»Ich bitte um Verzeihung, Anführer«, sagte der Krieger. »Ich konnte ihm den Eintritt nicht verwehren, denn er trug dies bei sich.« Er hob eine harte Scheibe aus gebranntem, rotem Ton, in die die Umrisse des Auges von Sabut geritzt waren. Ein Friedenszeichen, das von den Clans benutzt wurde, um sicherzustellen, dass sich Boten einem Feind ungehindert für Gespräche nähern konnten.

Karnits Lippen zuckten verächtlich, als er es sah, aber er winkte den Mann näher. »Also sprich.«

Der Eindringling war groß und muskulös, und er hatte breite Kiefernknochen und wulstige Lippen. Sein Kopf war kahl geschoren, bis auf einen kleinen Streifen kurzen, dunklen Haares, der ihm von Ohr zu Ohr reichte. Er näherte sich Karnit, beugte den Kopf und breitete die Arme aus. »Ich trage keine Waffen bei mir, und ich bin zum Wohle aller Clans hier.«

»Seit wann kümmern sich denn die Raknah um andere Clans?«, höhnte Thadin.

Der Mann ignorierte ihn. »Ich bin Krald, Erster Krieger der Raknah. Stehst du diesem Clan vor?« Er richtete seine Worte an Karnit.

Der alte Jäger nickte, seine Augen waren schmal.

»Ich bringe euch Neuigkeiten von einem Feind, der ungeachtet jedweder Clanzugehörigkeit tötet. Vor zwei Tagen griffen Drachen eine unserer Jagdgruppen an. Sie haben bis auf einen alle unsere Männer getötet. Dieser Überlebende schleppte sich schwer verletzt bis zu unserem Brunnen zurück. Er berichtete mir von dem Angriff, ehe Kaa ihn zu sich holte.«

Karnit starrte ihn an, und sein Gesicht verriet keinerlei Regungen ob der Neuigkeiten. »Bist du sicher?«

Kralds Gesicht verdunkelte sich. »Es handelt sich um meinen

Sohn. Er hätte mich nicht angelogen. Die Raknah sind nicht wie die Ja…«

Thadin machte ein Geräusch tief in seiner Kehle, und Krald brach ab. Es war offensichtlich, wie viel Mühe es ihn kostete, nicht weiterzusprechen.

Karnit blieb ungerührt. »Es gibt etliche, die Söhne eingebüßt haben. Viele Jalwalah haben ihre Söhne durch die Hände der Raknah verloren.«

»Und viele Raknah haben ihre Söhne in der Schlacht mit den Jalwalah gelassen«, erwiderte Krald. »Aber diese Männer, zu denen mein Sohn gehörte, hatten nicht die Ehre, im Kampf für ihren Clan zu Kaa zu gehen. Sie wurden von einem Biest gerissen, das keine Ehre kannte und das sie niedermetzelte, als handele es sich bei ihnen um Fleisch für den Tisch.«

Karnit sagte nichts, und die anderen um ihn herum saßen angespannt da und beobachteten ihn.

»Wie ich sehe, habt auch ihr einen der euren zu Kaa geschickt.« Krald drehte sich herum und musterte die übrigen Mitglieder des Kreises. Dann wanderte sein Blick zu Tallis und zu Haldanes leerem Stuhl. »Und dann auch noch einen aus eurem Kreis. Wie ist er gestorben? Waren es dieselben Tiere?« Er sah wieder zurück zu Karnit. »Ich glaube, du weißt bereits Bescheid über sie.«

»Wir werden den Verlust eines der unseren nicht mit einem *Raknah* teilen.« Karnit spuckte das Wort aus. »Du wirst jetzt verschwinden, solange du noch unversehrt gehen kannst.« Er nickte Thadin zu, der einen Schritt näher an den Krieger herantrat, die Hand an seinem Messer.

Krald lächelte verkniffen und nickte. »Wie du meinst, Anführer. Aber zuvor will ich dir noch sagen, warum ich gekommen bin. Ich wurde von Männern der Shalneef und der Baal aufgesucht. Auch sie haben ähnliche Angriffe erlitten. Wir vermuten, dass überall in unseren Landen das Gleiche geschieht. Wir berufen eine Zusammenkunft ein, um die Clans zu vereinen. Ich bin gekommen, um euch folgende Einladung zu überbringen: Wir treffen uns in drei Tagen im Sabut-Brunnen. Es ist eure Entscheidung.«

Er nickte Karnit einmal zu, dann drehte er sich um und verschwand die Treppe hinauf, begleitet von dem Krieger.

Nachdem er gegangen war, herrschte lange Schweigen.

»Eine Zusammenkunft«, sagte Shila, die sich langsam auf ihren Stuhl sinken ließ.

»Es hat schon seit mehr als fünfzig Jahren keine Zusammenkunft mehr gegeben«, meinte Miram.

»Wieso sollten wir ihm vertrauen?« Thadin sah zu Karnit. »Er ist ein Raknah und könnte uns in eine Falle locken.«

»Nein«, unterbrach ihn Shila. »Er hat das Zeichen getragen. Selbst ein Raknah würde dies nicht missbrauchen. Und er trauerte um seinen Sohn. Er hat die Wahrheit gesprochen.«

»Vielleicht hat er nur in Bezug auf seinen toten Sohn die Wahrheit gesagt. Er könnte trotzdem eine Falle für uns vorbereiten. Den Raknah ist nicht zu trauen!«

»Aber immerhin wissen wir nun, dass wir nicht der einzige Clan sind, der Mitglieder zu beklagen hat, die den Tieren zum Opfer gefallen sind«, fiel Crull ein. »Er hat gesagt, auch die anderen Clans seien angegriffen worden. Ich denke, dass dies Auswirkungen auf das Urteil hat, das wir über Tallis sprechen werden. Wir müssen in Betracht ziehen, an dieser Zusammenkunft teilzunehmen.«

»Genug!«, fuhr Karnit ihn an. »Angriffe auf andere Clans ändern nichts an dem, was Tallis getan hat. Und was die Zusammenkunft angeht, so müssen wir uns gut überlegen, ob wir uns wirklich unseren Feinden ausliefern wollen und nicht wie Muthus in der Paarungszeit einfach losstürmen!«

Crulls Gesicht wurde von einem dunklen Rot überzogen. »Ich habe nicht dazu geraten, einfach loszustürmen, sondern meine nur, dass wir darüber nachdenken sollten, ob es gut für uns sein könnte herauszufinden, was die anderen Clans wissen. Wenn die Tiere eine ganze Jagdgruppe der Raknah ausgelöscht haben, haben wir allen Grund, besorgt zu sein. Die Raknah sind üble Hunde, aber sie sind wilde, entschlossene Kämpfer.«

»Crull hat recht«, unterstützte ihn Nevan. »Wir können nicht einfach unsere Augen verschließen …«

»Ruhe!«, schnitt Karnit ihm das Wort ab. »Wir werden später entscheiden, was wir wegen der Zusammenkunft tun wollen, doch zuerst«, er deutete auf Tallis, »müssen wir diese Angelegenheit zu einem Ende bringen. Lasst uns abstimmen, denn deshalb sind wir hier zusammengetreten.« Er verschränkte die Arme und stand mit gespreizten Beinen vor dem Kreis. Dann ließ er auf jedem Einzelnen den Blick ruhen und fragte: »Was sagt ihr: Sollen wir diesen Mann ausstoßen?«

»Ich denke nicht, dass wir die Abstimmung in seiner Anwesenheit durchführen sollten«, sagte Miram. Langsam drehte Karnit sich zu ihr um.

»Wir werden es so machen, wie ich es für richtig halte.« Er sah ihr fest in die Augen. »Wenn er Freunde oder Feinde hat, dann sollte er sie kennen. Also, wie lautet euer Urteil?«

Miram presste ihre vollen Lippen aufeinander, dann sagte sie: »Nein. Ich sage nein. Er soll bleiben.«

»Das sage ich ebenfalls«, ergänzte Crull, und in seinem Blick lag etwas Herausforderndes.

»Ich stimme dafür.« Thadins Lippen kräuselten sich, als er zu Tallis schaute, und Karnit wandte sich an das jüngste Mitglied des Kreises, Nevan. Der dunkelhaarige Jäger schien besorgt.

»Mich beunruhigt, was wir da gerade gehört haben.« Er sah den Anführer an, während er sprach. »Aber ich werde mich trotzdem nicht dafür aussprechen, ihn auszustoßen. Es wurden Leben gerettet.«

Karnits Mund verhärtete sich zu einer dünnen Linie, als er sich zur Träumerin drehte.

»Shila? Was sagen dir die Führer?«

Die Träumerin sah zu Tallis, und ihre hellen Augen verrieten nichts. Unwillkürlich hielt Tallis den Atem an. Sein Schicksal lag in Shilas Händen. Daran, dass Karnit ihn ausstoßen würde, hatte er keinen Zweifel. Shila konnte das Blatt noch wenden. Aber würde sie das tun? Sie war die Träumerin des Clans, ihre Verbindung zu den Führern, und ihre Entscheidung würde von ihnen gelenkt sein. Würden die Führer jemanden begehren, der nicht das Blut ihres Clans in sich trug? Er wartete, während sein Herz gegen seine Rippen hämmerte.

»Ich habe viele Dinge für diesen jungen Jäger vorausgesehen«, sagte Shila schließlich. »Viele Wege. Von diesem Kreis ausgestoßen zu werden, nun, das ist keiner davon. Entscheide du nach deinem eigenen Willen.« Mit diesen letzten Worten wandte sie sich an Karnit, und ein überwältigendes Gefühl der Erleichterung durchfuhr Tallis.

»So sei es«, knurrte der Anführer. Er sah Tallis an. »Du hast deine Antwort bekommen. Geh jetzt.« Seine Augen waren kalt, und trotz der Entscheidung des Kreises spürte Tallis, wie ihm ein Schauder über den Rücken lief. Karnit hatte ihn loswerden wollen. Wie lange würde es dauern, bis er seinen Willen bekam? Tallis stand auf, nickte, drehte sich um und stieg die Treppe empor. Er verließ die Höhle, um sich auf die Suche nach seiner Mutter zu machen.

12

Es war schon spät, als Shaan ins Gasthaus zurückkehrte. Tuon wartete in der Küche auf sie, aber sie stellte keine Fragen, und von sich aus eröffnete Shaan ebenfalls nicht das Gespräch. Die Ereignisse im Tempel standen unausgesprochen zwischen ihnen. Gemeinsam aßen sie etwas von der übrig gebliebenen Suppe und hörten zu, wie Torg die letzten Nachzügler aus der Bar warf. Seine laute Stimme übertönte das Protestgeschrei der Betrunkenen. Dann liefen die beiden hinauf, um ins Bett zu gehen.

Oben auf der Treppe drehte sich Tuon um und schlang stürmisch ihre Arme um Shaan. »Ich bin so froh, dass mit dir alles in Ordnung ist«, sagte sie. »Rorc ist ein guter Mann; er tut nur, was er tun muss.«

Shaan nickte, besorgt durch das, was sie da sah. War Tuon in den Kommandanten verliebt? Wenn ja, was würde sie dann alles für ihn tun? Was würde sie riskieren? Beim bloßen Gedanken daran wurde ihr kalt, und sie erwiderte innig die Umarmung. Schweren Herzens legte sie sich schlafen, und als die Träume kamen, waren sie voller Feuer und Tod, und eine Stimme rief ihr etwas zu. Die Worte klangen wie Krallen, die über Felsgestein schaben.

Am nächsten Tag erledigte sie nur mit Mühe ihre Arbeiten. Morgens ging sie in einer Bucht an einem seichten Ufer voller Seegras angeln, aber sie fing nichts außer einigen winzigen Sandkabblern. Torg war alles andere als erfreut und schickte sie zu den Marktständen am Hafen, um zusätzlich Fische zu kaufen. Der durchdringende Gestank von verrottendem Tang bei Ebbe, vermischt mit den Ausdünstungen der dichtgedrängten Massen, verursachte einen pochenden Kopfschmerz bei Shaan, und sie sehnte sich danach, sich hinzulegen und zu schlafen. Aber sie hatte keine Zeit, sich auszuruhen, denn sie war für den Mittagsdienst in der Drachenanlage eingeteilt.

Dort kratzte sie die fauligen Reste aus den Böden der Futterkörbe für die Drachen und füllte die Getreidevorräte auf – eine Tätigkeit, die ihr auf den Rücken schlug. Als die Sonne unterging, tat ihr der ganze Körper weh, und sie fühlte sich benommen. Ihr einziger Trost war, dass man sie nicht wieder in die Drachenkuppel geschickt hatte. Kein einziger Arbeiter war dafür eingeteilt worden, und ihr war klar, dass sie sich deswegen wundern sollte, doch sie war viel zu müde, um darüber nachzudenken.

Sie wusch sich im Red Pepino; anschließend sehnte sie sich danach, ihre Sinne noch weiter zu betäuben, und ohne wenigstens noch einen Bissen zu sich genommen zu haben, suchte sie alle Münzen zusammen, die sie entbehren konnte, und machte sich auf den Weg zu dem Gasthaus Zum Drachen im Händler-Viertel. Im Drachen erwartete sie ein schwach beleuchteter, riesiger Schankraum, was gut zu ihrer Stimmung passte, und die Schenke lag weit entfernt vom Fischgestank des Hafens. Hier verkehrten mehr Drachenreiter als betrunkene Seeleute, und es gab keine Stammgäste, die sie bedrängten, ihr ein Glas Wein auszugeben.

Sie setzte sich an einen Tisch an der Wand, drehte missmutig ihr dickes, grünes Glas mit schwerem Rotwein hin und her und lauschte dem Geschwätz der Leute rings um sie herum. Es war viel los an diesem Abend. Der Raum zog sich wie ein L um die Bar herum. An der längeren Seite, dort, wo sie saß, drängten sich noch dreißig oder vierzig andere Gäste, zumeist Leute von der Dracheninsel und gewöhnliche Reiter, die sich auf die Theke stützten oder an den Tischen saßen und tranken. Weiter hinten befanden sich die etwas zurückgezogeneren Bänke und Nischen, die von Septenführern und Schiffmeisterinnen der Dracheninseln besetzt waren. Es schien, dass jeder dazu aufgelegt war, heute Nacht die wirkliche Welt auszublenden.

Shaan starrte gedankenverloren über den Rand ihres Glases

hinweg, als sie die unverkennbare Gestalt von Septenführer Balkis zur Bar schlendern sah, und ihr wurde ganz flau im Magen. Dass sie ihn hier treffen könnte, hätte sie sich nicht träumen lassen. Sie drückte sich in die hinterste Ecke der Bank in den Schatten der Mauer und nahm einen tiefen Schluck Wein, dann noch einen, während sie auf Balkis' Rücken starrte. Der Alkohol rann ihr warm die Kehle hinab und half ihr, ihre Furcht zu besänftigen, aber er brachte sie nicht dazu, die Augen abzuwenden. Shaan beobachtete Balkis, wie er sich auf den Schanktisch stützte und ein Gespräch mit einer Frau begann, die ein weitausgeschnittenes, figurbetontes Kleid trug, das mehr von ihrem Dekolleté enthüllte, als dass es etwas verbarg.

Shaan fragte sich, warum sie sich eigentlich solche Sorgen machte. Vielleicht hatte Balkis ihren Zusammenstoß schon längst wieder vergessen. Noch einmal führte sie ihr Glas an die Lippen. Immerhin hatte sie das gleiche Recht, hier zu sein, wie er. Die Frau, mit der er sprach, warf lachend den Kopf zurück und schob Balkis dabei ihre Brüste entgegen. Shaan trank erneut einen großen Schluck Wein, wischte sich über den Mund, als ihr ein Tropfen übers Kinn rann, und sank entspannter auf der Bank zusammen. Sie nahm sich vor, einfach alles, was geschehen war, zu vergessen; denn deshalb war sie doch gekommen. Sie zwang sich, woanders hinzuschauen.

Eine Gruppe ausgelassener, junger Männer am anderen Ende der Bar, ihrer Kleidung nach zu urteilen Bauern, sahen die Serviererinnen anzüglich an, wenn sie ihnen ihre Biere brachten. Shaan schaute eine Weile zu und fragte sich, warum die Frauen sich das gefallen ließen, aber ihr Blick wanderte immer wieder zurück zu Balkis. Er war ein gut aussehender Mann, groß und breitschultrig, und er hatte blondes Haar, das sich in seinem sonnengebräunten Nacken leicht kräuselte, einen kräftigen Kiefer, eine gerade Nase und blaue Augen, die alle Arbeiterinnen in der Anlage erröten ließen, wenn er an ihnen vorbeilief. Aber es waren auch ebenjene Augen, die seinen wahren Charakter verrieten, denn sie waren voller Arroganz. Balkis war der Sohn eines reichen Händlers und hatte ein angenehmes Leben geführt, in dem ihm alles auf dem Silbertablett serviert worden war.

Mit einem Mal wurde die Tür zum Schankraum aufgestoßen, und ein junger Mann stürmte schwer atmend herein. Er stieß gegen einen unbesetzten Tisch, der über den Steinboden schlitterte und Stühle mit sich umriss. Alle Gespräche ringsum verstummten, und die Köpfe der Gäste wirbelten herum.

»He!«, brüllte der Mann an der Bar, aber der Jugendliche beachtete ihn überhaupt nicht. Vornübergebeugt, um schneller rennen zu können, machte er einige weitere Schritte und sah sich dabei verzweifelt im Raum um. *Er sucht nach einem Ausweg*, dachte Shaan, und dann traf sie die Erkenntnis: Dieses Gesicht war ihr vertraut. Es war älter inzwischen, aber sie kannte den Jungen. Tamlin. Tam, wie sie ihn immer genannt hatte. Er trug einen kleinen Lederbeutel bei sich.

Das Blut schoss ihr in die Wangen, als der Blick des Jungen über sie hinweghuschte, weiterwanderte und dann zurückschnellte. Auch er hatte sie erkannt. Vor wem auch immer er davonrannte, er würde wohl jeden Moment durch die Tür kommen. Der Wirt versuchte, Tam zu packen zu bekommen. Shaans Herz klopfte schneller. Sie sollte reglos sitzen bleiben und gar nichts tun. Aber sie brachte es nicht über sich, sondern erhob sich langsam von ihrer Bank. Die Zeit schien rückwärts zu laufen. Sie war wieder neun Jahre alt und mit der Straßenbande unterwegs, und einer von ihnen war in Schwierigkeiten geraten. Ob zu Recht oder zu Unrecht spielte keine Rolle.

Wieder wurde die Tür zum Schankraum mit einem Knall aufgestoßen, aber Shaan sah nicht nach, wer im Eingang stand. Ein Mann brüllte. »Ein Dieb! Haltet den Dieb!«

Einige Leute setzten sich in Bewegung, und aus den Augenwinkeln beobachtete sie, wie sich Balkis dem Jungen näherte. Sie suchte Tamlins Blick, sah rasch einmal kurz nach links und gab ihm dann das Zeichen, dass sich hinter ihr ein Ausgang befand. Diese Zeichen vergaß man nie.

Sie torkelte auf ihn zu, als ob sie betrunken wäre. Für die anderen, so hoffte sie, wirkte es, als versuche sie ungeschickt, den Dieb aufzuhalten. Tamlin stürzte in ihre Richtung. Als er sie erreicht hatte, tat sie so, als wolle sie nach ihm greifen, drehte sich jedoch im letzten Augenblick und warf sich scheinbar linkisch zu Boden, wobei sie einige Stühle in ihrer Nähe umtrat und Balkis so zum Stolpern brachte. Sie spielte ihre Rolle weiter, und es gelang ihr, den Verfolgern des Jugendlichen einen Tisch in den Weg zu schieben. Dann versuchte sie, sich zur Seite wegzurollen, während die Leute über die Möbelstücke stolperten oder sich gegenseitig aus dem Tritt brachten, aber sie war nicht schnell genug. Ein großer Körper landete auf ihr und drückte sie auf die harten Fliesen. Ihr Kopf prallte auf den Boden, und Lichter tanzten vor ihren Augen. Ein Stöhnen war zu hören, dann landete eine Hand neben ihrem Ohr. Ihre Rippen schmerzten, und als sie den Kopf drehte, konnte sie gerade noch sehen, wie Tamlin durch die Hintertür in die Dunkelheit hinausschlüpfte.

Kurz verspürte sie ein triumphierendes Gefühl in sich aufflackern, doch es wurde von Traurigkeit abgelöst. Er war so ein gewitzter kleiner Junge gewesen. Es hätte einen anderen Weg für ihn geben müssen. Sie holte Luft und stellte erleichtert fest, dass das Gewicht auf ihr verschwunden war. Benommen sah sie empor und bemerkte einen schwarzgekleideten Mann, der zu ihr herunterschaute. Für die Dauer eines Herzschlages starrte sie ihn an, dann begriff sie, was er war: ein Jäger.

Sie blinzelte. Sie hätte entsetzt sein sollen, aber der einzige Gedanke, der sich ihr aufdrängte, war, dass man einen Jäger doch wohl nicht aufhalten konnte, indem man sich ihm in den Weg warf. Sie lächelte, denn sie fand diese Vorstellung lustig, auch wenn ihre Rippen und ihr Gesicht schmerzten. Vielleicht war sie tatsächlich betrunken. Der Jäger packte sie am Arm und riss sie mit einer Hand auf die Beine. Alles Blut schien ihr ins Gesicht zu schießen, und der Raum verschwamm um sie herum.

»Wie heißt du?«, fragte der Jäger langsam und bedächtig.

Sie blinzelte erneut und versuchte, sich auf sein Gesicht zu konzentrieren und gleichzeitig nicht umzufallen.

»Sie hat uns davon abgehalten, ihn zu fangen!«, posaunte eine zornige Stimme hinter ihm. »Blöde Schlampe, antworte ihm!«

Shaan wischte sich Blut vom Kinn.

»Ich kenne sie.« Balkis trat vor. »Sie ist eine Arbeiterin in der Anlage.« Damit wandte er ihr einen angewiderten Blick zu. »Ich weiß ihren Namen nicht, aber sie ist offensichtlich betrunken. Und sie hat bereits unter Beweis gestellt, dass sie auch in nüchternem Zustand dumm und unbeholfen ist. Schert Euch nicht um sie, sie ist die Aufregung nicht wert.«

Shaan spürte, wie ihr die Hitze in die Wangen stieg. Wortlos starrte der Jäger sie an, und seine Augen wurden schmal. Shaan schaute zu Boden. Sie fühlte deutlich, dass er ihre angebliche Trunkenheit anzweifelte, jedoch wenig Lust hatte, einem jugendlichen Dieb hinterherzurennen. Er ließ sie los. »Dann überlasse ich Euch die Angelegenheit, Septenführer.« Er sah zu Balkis. »Werdet Ihr sie der Stadtwache übergeben?«

»Natürlich«, antwortete Balkis.

»Danke, Septenführer.« Er nickte ihm zu, dann drehte er sich um, und als er zur Tür ging, um den Schankraum zu verlassen, bildete die Menschenmenge eilig eine Gasse für ihn.

»Aber …« Der Mann, der seine Geldbörse eingebüßt hatte, sah sich beschwörend zu den Leuten um, die sich bereits wieder verstreuten. Sein Blick fiel auf Shaan, und er zog die Brauen zusammen. »Du!«, dröhnte er und hob drohend eine Hand, doch plötzlich schob sich Balkis dazwischen.

»Kommt, Mann«, sagte er mit sanfter Stimme, »kümmert Euch nicht um diese Frau. Ich gebe Euch ein Glas mit gutem Wein aus Cermez aus. Ein Läufer wird zur Stadtwache geschickt, und sobald die hier ist, wird sich alles klären. Es wird leicht sein, den Bengel aufzuspüren. Kommt, trinkt mit mir, während Ihr wartet.« Er deutete mit ausgestrecktem Arm auf einen weiter hinten stehenden Tisch.

»Nun, ich schätze …« Der Mann warf Shaan noch einen letzten finsteren Blick zu und knurrte, folgte Balkis dann aber in die schwach erleuchtete Ecke des Raumes.

Hinter ihr machte sich eine Servierein daran, die Tische und Stühle wieder zurechtzurücken. Shaan sah Balkis hinterher und fragte sich, warum er dazwischengegangen war, dann aber so getan hatte, als wüsste er ihren Namen nicht. Der bestohlene Mann konnte ein Mitglied des Rates sein. Hatte Balkis versucht, sie zu beschützen, oder war es aus Eigennutz geschehen? Sie schüttelte ihren schmerzenden Kopf. Vermutlich Letzteres, entschied sie.

Der Septenführer warf ihr einen flüchtigen Blick zu, als er sich hinsetzte, doch sie konnte ihn nicht deuten. So ging sie zu ihrer eigenen Bank zurück, vorbei an der gleichen Bedienung wie zuvor. »Kann ich noch Wein bekommen?«, fragte sie.

Die Frau warf ihr einen scheelen Blick zu und richtete unsanft den letzten Stuhl auf, ehe sie sich umdrehte und zur Bar ging.

Shaan ließ sich auf ihre Bank sinken, dankbar, dass der Besitzer des Wirtshauses sie nicht hinausgeworfen hatte. Die anderen Gäste hatten sich wieder ihren Getränken zugewandt, aber es lag noch immer eine gewisse Spannung in der Luft, und die Stimmen waren leiser als zuvor. Niemandem war wohl, wenn ein Glaubenstreuer in Erscheinung trat. Shaan fragte sich, ob dieser Vorfall Rorc gemeldet werden würde. Bei ihrem Glück in letzter Zeit dürfte das vermutlich der Fall sein, und er hätte dann allen Grund, mit ihr zu tun, was ihm beliebte. Aber für den Augenblick konnte sie daran auch nichts ändern.

Sie befühlte vorsichtig eine Beule, die sich an ihrem Hinterkopf bildete, und fragte sich, ob es eigentlich noch schlimmer kommen konnte. Die Bedienung knallte ein weiteres Glas vor ihr auf den Tisch und streckte die Hand aus. Seufzend zog Shaan einige Münzen heraus; die Frau schnappte sie sich und stolzierte davon.

»Nicht besonders freundlich«, sagte eine Stimme.

Als Shaan sich umdrehte, entdeckte sie ein junges Mädchen mit blonden Haaren, das sie beobachtet hatte, in ihren schlanken Fingern ein Glas haltend. Ihr blaues Kleid war am Mieder tief ausgeschnitten und hatte an einer Seite einen Schlitz bis zum Oberschenkel. Wenn Shaan sich nicht irrte, war der Stoff von besserer Qualität, als es sich die meisten leisten konnten.

»Nein. Schätze, sie mag mich nicht.« Shaan sah das Mädchen über ihr Glas hinweg an.

Als sie lächelte, entblößte sie eine Reihe makelloser Zähne. »Glaube kaum, dass sie überhaupt irgendjemanden leiden kann.« Damit kam die junge Frau herüber, setzte sich graziös gegenüber von Shaan auf die Bank und streckte ihr eine weiße Hand hin. »Nilah.«

Shaan zögerte einen Moment, dann schüttelte sie sie. »Shaan.«

Nilah nahm einen Schluck von ihrem Wein, und einen Augenblick lang saßen sie schweigend da. Shaan bemerkte, wie ihr eigener Blick immer wieder zu Balkis wanderte. Sie konnte ihn in der dunklen Ecke kaum erkennen, und die umherlaufenden Leute versperrten ihr oft die Sicht. Sie hätte zu gerne gewusst, was ihm gerade durch den Kopf ging. Sie selber fühlte sich benommen, und sie wusste, dass sie aufhören sollte zu trinken, weil das Trinken alles nur noch schlimmer machen würde.

»Tut er weh?«

Sie wandte sich wieder zu dem Mädchen hin. »Wie bitte?«

»Dein Kopf.«

»Ein bisschen, aber das passiert eben, wenn man auf dem Boden aufschlägt.«

»Kann ich nicht beurteilen.« Nilah nahm einen kleinen Schluck von ihrem Wein und warf Shaan ein seltsames Lächeln zu, als wisse sie irgendetwas.

»Noch Wein?«

Shaan nickte und leerte ihr Glas. Wenn das Mädchen ihr einen ausgeben wollte, dann sollte ihr das nur recht sein. Nilah winkte die Servierin noch einmal heran und wartete schweigend, bis sie ihre Gläser aufgefüllt hatte. Dann beugte sie sich über den Tisch zu Shaan. »Ich habe dich gesehen«, sagte sie leise und lächelte.

Shaans Finger verkrampften sich um ihr Glas, aber sie blieb entspannt zurückgelehnt auf ihrer Bank sitzen. »Was meinst du?«

Die Augen des jungen Mädchens funkelten. »Du kanntest diesen Dieb, nicht wahr? Und als du aufgestanden bist, hast du etwas mit deinen Händen gemacht. Du hast ihm geholfen.«

Shaan lächelte, ließ die Fingerspitzen über ihr Glas gleiten und dachte an das Messer, das sie an den Oberschenkel gebunden trug. Sie könnte ihr damit Angst machen. Es ihr unter dem Tisch in die Haut bohren. Langsam stand sie von der Bank auf, ließ die Unterarme auf dem Tisch ruhen, und das Lächeln verblasste, als sie sich weiter zu Nilah beugte.

»Du solltest besser aufpassen, was du sagst.« Sie senkte die Stimme. »Es gibt schlimme Dinge, die einer dürren, reichen Hure zustoßen können, wenn sie ihre Zunge nicht im Zaum halten kann.« Sie nahm einen Schluck Wein und sah, wie das Lächeln von Nilahs Lippen verschwand. Aber sie sah auch den harten Ausdruck, den die Augen angenommen hatten. Vielleicht war sie abgehärteter, als es den Anschein hatte. Shaan bezweifelte es. Wahrscheinlicher war, dass sie sich nur dafür hielt.

Sie ließ eine Hand in ihren Schoß sinken, sodass das Messer in greifbarer Nähe war. Nilahs Blick folgte ihr. Das Lächeln war versiegt, aber ihre Augen glitzerten noch immer.

»Du musst mir nicht drohen. Ich habe kein Interesse daran, den Stadtwachen irgendetwas zu verraten. Oder den Glaubenstreuen.«

Shaan sah sie an. »Was willst du denn dann?« Das Mädchen hatte unbeeindruckt gewirkt, als sie die Glaubenstreuen erwähnte.

Nilah zuckte mit den Schultern. »Nichts. Ich mag einfach interessante Menschen, das ist alles.«

»Ich bin nicht interessant.«

»Oh, das würde ich nicht sagen.« Sie machte eine Kopfbewegung in Richtung Bar. »Die da finden das schon.«

Shaan folgte ihrem Blick. Die Gruppe von Bauernburschen, die ihr bereits zuvor aufgefallen war, hatte sich einen neuen Platz gesucht und war näher an sie herangerückt. Der Zusammenstoß mit dem Jäger schien die Männer nicht vom Trinken abgehalten zu haben, und sie waren sogar noch lauter als vorher. Drei von ihnen warfen Blicke in ihre und Nilahs Richtung und machten ihre Scherze, während sie ihr Bier tranken.

»Der Große mit dem dunklen Haar ist nicht übel. Schöne, kräftige Schultern.« Nilah kicherte. Tatsächlich war der Bursche groß und breitschultrig, aber er hatte Ohren, an denen man Eimer hätte aufhängen können.

Shaan schnaubte und wandte sich wieder ihrem Wein zu. »Bauern. Wahrscheinlich sind sie eh noch feucht hinter den Ohren.«

»Na, wenigstens hättest du bei dem was, woran du dich festhalten kannst«, sagte Nilah, und Shaan verschluckte sich beinahe an ihrem Wein. Vielleicht war das Mädchen doch keine so langweilige Gesellschaft.

Drei Gläser Wein später entschied sie, dass sie sich wegen der Bauern geirrt hatte. Sie hörte Nilahs konfusen Geschichten nur noch unaufmerksam zu und betrachtete stattdessen den großen Jungen mit den breiten Schultern. Vielleicht waren seine Ohren doch gar nicht so riesig. Sie sah, wie er seinen Bierkrug packte und über irgendetwas, das die anderen gesagt hatten, lachte. Seine Hände wirkten mächtig und stark. Arbeiterhände.

Shaan merkte, wie sie sich für ihn zu erwärmen begann. Sie ließ den Blick über die stattlichen Schultern und den Rücken hinunterwandern …

»Weißt du, als ich mal auf meinem kleinen Boot war, habe ich drei Männer über Bord geschickt.« Nilah griff nach ihrer Hand.

Shaan riss sich von dem Jungen los. »Wie bitte?«

Es kam ihr so vor, als dauerte es einen Moment, bis Nilahs Gesicht vor ihren Augen scharf wurde. Um sie herum war es sehr laut im Raum. Shaan versuchte sich darauf zu konzentrieren, was das Mädchen sagte, und sie konnte sehen, dass es seine Lippen bewegte, aber es ergab einfach keinen Sinn.

»Sie fielen plötzlich ins Wasser, als ich die Segel setzte!« Nilah brach in brüllendes Gelächter aus.

Shaan lächelte ihr angestrengt zu und nickte, als das Mädchen ihr auf den Arm schlug und kicherte. Aus den Augenwinkeln sah sie, wie der Bursche aufstand, seinen Begleitern folgte und davonging. War er schon im Aufbruch begriffen? Nilah lachte noch immer laut und plapperte vor sich hin, und sie fing an, Shaan auf die Nerven zu gehen, weshalb diese abrupt aufstand, nach ihrem leeren Glas griff und dabei ein wenig schwankte.

»Ich hole noch mehr Wein.« Damit schlüpfte sie hinter dem Tisch hervor.

Nilah sah auf, das Gesicht gerötet. »Was?«

Das Mädchen war eindeutig betrunken. Shaan wartete nicht ab, was Nilah noch sagen wollte. Sie blieb mit einem Fuß an der Bank hängen und kam ins Stolpern, fing sich aber wieder und steuerte die Bar an.

Die Luft war warm, und überall um sie herum bewegten sich die Leute und unterhielten sich. Immer wieder gerieten sie ihr in den Weg, und es war schwer, im Dämmerlicht etwas zu erkennen. Shaan schlängelte sich um die anderen Gäste herum, gelangte schließlich zur Bar und rief nach mehr Wein. Dann sah sie sich um. Da war der Bauernjunge. Er war nur ein Stückchen weiter zur Wand gegangen. Und er sah, dass sie ihn beobachtete. Shaan legte den Kopf schräg und schenkte ihm ein Lächeln. Beinahe hätte der Junge sein Bier verschüttet, als er zurückgrinste. Einem seiner Freunde fiel das auf, und er boxte ihn gegen den Arm. In Shaans Magen stieg das aufgeregte Gefühl der Vorfreude auf, und sie lehnte sich lässig gegen die Theke, während sie ihren Blick schweifen ließ.

Die Ecken des Schankraums waren dunkel, und vom Wein war ihr schwindlig. Sie lächelte in sich hinein. Ein Kopf bewegte sich, ein blonder Haarschopf drehte sich um, und Balkis' himmelblaue Augen schauten sie an. Ihre Schultern versteiften sich, und das angenehm benommene Gefühl, das sie genossen hatte, begann sich zu verflüchtigen. Balkis stand in einiger Entfernung von ihr, mit seinem Ellbogen auf dem Schanktisch. Sein Haar krauste sich in der Hitze, und ein dünner Schweißfilm bedeckte die sonnengebräunte Haut in seinem Gesicht und auf seinen bloßen, muskulösen Armen. Auch er hatte große, kräftige Hände, und plötzlich fragte sich Shaan, wie sie sich wohl auf ihrer Haut anfühlen würden. Aber dann wanderten ihre Augen empor, und sie erkannte, dass er sie anschaute, als sei sie ein Nichts. Weniger als ein Nichts. War das Abscheu in seinem Blick?

Ein Anflug von Zorn flackerte in ihrem weinseligen Geist auf. Welches Recht hatte er, sie zu verurteilen? Was ging ihn das schon an, wenn eine der Arbeiterinnen aus der Anlage ein wenig Spaß hatte? Eine leise Stimme in ihrem Kopf sagte ihr, dass es ihn sehr wohl etwas anging, aber sie verdrängte alle Mahnungen. Nicht heute. Heute hatte sie einem befreundeten Dieb bei der Flucht geholfen!

Sie hob ihr Kinn und erwiderte Balkis' Blick. Sollte er doch denken, was er wollte. Der Ausdruck des Septenführers blieb unbewegt, dann drehte der Mann ruckartig den Kopf und war erneut im Schatten verschwunden. Shaan griff nach ihrem Glas, führte es an die Lippen und stellte es wieder ab. Sie hatte vergessen, dass es leer war. Wo steckte denn diese Bedienung?

»Ich lade dich ein«, sagte eine tiefe Stimme hinter ihr.

Shaan drehte sich um und sah empor in das Gesicht des Bauernburschen. Er war sehr groß und vielleicht nicht ganz so jung, wie sie zuerst geglaubt hatte. Sie musste ihren Kopf in den Nacken legen, um sein Gesicht zu erkennen, das im Augenblick von einem hoffnungsvollen Ausdruck überzogen war. Sie lächelte und schaute hinüber zu seinen Begleitern, die kicherten und sich gegenseitig mit den Ellbogen anstießen. Dann wandte sie den Blick zurück zu dem jungen Mann vor ihr, packte ihn am Arm und beugte sich schwankend etwas näher zu ihm. »Ich habe eine bessere Idee.« Sie zerrte an seinem Arm und machte eine Kopfbewegung in Richtung der Tür. Sein Lächeln verbreiterte sich zu einem Grinsen.

»Komm schon.« Shaan ließ seinen Arm los und ging mit schwingenden Hüften zur Tür, ohne sich die Mühe zu machen zu prüfen, ob er ihr folgte.

Draußen war die Luft frischer, aber warm und feucht. Sie holte tief Luft, doch ihr Kopf fühlte sich leichter an, als es der Fall sein sollte. Niemand sonst war in der Nähe. Rufe und Gelächter trieben aus anderen Teilen der Stadt herüber, und das Meer schwappte leise gegen die Hafenbefestigung nur zwei Straßen entfernt. Eine Lampe erleuchtete die Straße vor dem Wirtshaus, doch ansonsten war der Halbmond, der nun hoch am Himmel stand, die einzige Lichtquelle. Shaan sah zurück zu dem grauen Schatten des jungen Mannes und gab ihm einen Wink, mit ihr zu kommen. Sie konnte hören, wie sich sein Atem beschleunigte, als er ihr nachging und in die Gasse neben der Schenke einbog.

Es war dunkel, aber glücklicherweise lag kein Unrat herum. Sie drehte sich um und lehnte sich gegen die unebene, klamme Mauer. Der Mann war ein riesiger, dunkler Umriss vor ihr.

»Komm schon«, flüsterte sie und fühlte sich unbekümmert.

Er näherte sich ihr schneller, als sie angenommen hatte, und es verschlug ihr den Atem, als er sich gegen sie presste. Er war hünenhaft und stark. Eine große Hand schloss sich um ihre Brüste, er vergrub sein Gesicht an ihrem Hals und umfasste mit der anderen Hand ihre Hüfte. Benommen stieß Shaan ihn zurück.

»Langsam, Junge.« Sie holte Luft und keuchte selbst ein wenig. »Lass es uns ein bisschen langsamer angehen.«

»Warum?« Seine Stimme war heiser vor Verlangen. Er näherte sich ihr wieder, packte sie an den Hüften und hob sie ein Stück empor, ehe er sie wieder gegen die Mauer stieß.

Shaan spürte vorspringende Steine in ihrem Rücken, als er seine Hüften gegen die ihren presste, und sie konnte spüren, dass er bereits ziemlich erregt war. Sein Atem stank nach Bier, und sie drehte den Kopf weg, als er versuchte, sie zu küssen, aber er fühlte sich gut an ihrem Körper an. Sie hob ein Bein, umschlang ihn damit und zog ihn zu sich heran. Ihr Kopf schwirrte, und alles, was sie riechen konnte, war männlicher Schweiß und Bier. Unerwartet tauchte Balkis' Gesicht vor ihrem inneren Auge auf, und sie schloss die Augen, als die Hand des Bauern das weiche Fleisch ihrer Oberschenkel knetete. Er drückte sie gegen die Wand, während seine andere Hand an den Schnüren vorne an ihrem Hemd nestelte. Seine Finger rutschten immer wieder an der dünnen Kordel ab.

Shaan lachte. »Lass mich mal.«

»Nein!« Er schob ihre Hand weg und stieß sie zurück an die Mauer.

Ein Schmerz durchfuhr ihren Rücken. »Hey, aufhören!« Sie versuchte seine Hände fortzuschieben, aber er ignorierte sie und begann, an ihrer Kleidung zu reißen. Furcht stieg in ihr auf, und sie probierte, an ihr Messer zu kommen, aber er packte ihren Arm und schob sie ungestüm wieder gegen die Wand. Shaan schlug sich den Hinterkopf an den Mauersteinen auf, und vom Schmerz wurde ihr schwindlig. Nun bekam sie es wirklich mit der Angst zu tun. Der Bauer stand vor ihr, riss an ihrem Hemd, und eine harte Hand knetete ihre Brüste.

Mit einem zornigen Schrei drückte sie ihre Daumen in beide Seiten seiner Luftröhre. Er keuchte und fuhr zurück, sodass sie ihm ein Knie in den Unterleib rammen konnte. Mit einem gequälten Stöhnen sank er zu Boden. Wutentbrannt trat Shaan nach ihm. Sein Kopf wurde zurückgeschleudert, als sie ihn mit der Sandale am Kinn traf, und ein flammender Schmerz breitete sich in ihrem Hacken aus.

Sie rang nach Luft und drehte sich, um davonzurennen, aber sie war nicht schnell genug. Seine Hand schloss sich um einen ihrer Knöchel, und als sie auf das harte Straßenpflaster aufprallte, schien alle Luft aus ihren Lungen zu entweichen. Voller Panik versuchte sie wegzukriechen, aber er hatte sie fest im Griff und zerrte sie zu sich zurück. Ihre Fingernägel brachen, als sie versuchte, sich an den Steinen festzuklammern. Verzweifelt bemühte sie sich, so weit zu Atem zu kommen, dass es zum Schreien reichte, aber nur leise, winselnde Laute entrangen sich ihrer Kehle.

Er schleuderte sie herum und ließ sich stöhnend und fluchend auf sie fallen. Noch einmal tastete sie nach ihrem Messer, aber der Mann schlug ihr heftig ins Gesicht. Ihre Ohren rauschten, und in ihrem Mund schmeckte es nach Blut. Er lag so schwer auf ihr, dass sie keine Luft mehr bekam. Und dann machte er sich an ihrer Hose zu schaffen.

Mit einem Mal war alles zu Ende. Keuchend sah Shaan Balkis, der breitbeinig über ihnen beiden stand. Er hatte den Mann an den Haaren gepackt und seinen Kopf in den Nacken gezogen, sodass er ihm ein Messer an die Kehle halten konnte. Einen Moment lang bewegte sich niemand.

»Also gut«, sagte Balkis leise. »Du wirst jetzt langsam aufstehen und mir keinen Grund geben, dir den Hals aufzuschlitzen.« Er riss den Mann an den Haaren. »Verstanden?«

»V...verstanden«, wimmerte der Bauernbursche, der wie erstarrt auf Shaan lag.

»Nun denn.« Balkis trat einen Schritt zurück und entfernte sich ein Stück, das lange Messer noch immer wie beiläufig vor sich ausgestreckt. »Hoch mit dir.« Er machte eine Bewegung mit der Klinge. Langsam löste sich der Mann von Shaan, die beinahe ohnmächtig wurde, als sich das Gewicht von ihr hob. Sie rollte sich zur Seite, weg von den Männern, bedeckte mit zitternden Händen ihre Brüste und lag reglos da und keuchte.

»Wie heißt du?«, hörte sie Balkis fragen.

»N...Norad«, stotterte der junge Mann.

»Nun, Norad. Du verschwindest jetzt, und siehst zu, dass du mir nicht noch einmal unter die Augen kommst.«

»Ja.«

»Sofort!« Balkis hob die Stimme, und Shaan hörte schwere Schritte, die sich entfernten.

Sie bewegte sich nicht. Zwar konnte sie spüren, dass Balkis nach wie vor dort stand und sie beobachtete, aber sie fühlte sich noch immer außerstande, wieder auf die Beine zu kommen.

»Steh auf.« Seine Stimme war hart, und der Tonfall war der gleiche, mit dem er eben mit dem Bauernjungen gesprochen hatte.

Shaan ignorierte ihn. *Bitte geh weg*, dachte sie.

»Steh auf«, wiederholte Balkis, und sie konnte Schritte hören. Sie bewegte sich, ehe er sie berühren konnte, rollte unter seinen Händen weg und rappelte sich mühsam auf. Als sie stechende Schmerzen in Rücken und Rippen durchfuhren, zuckte sie zusammen und taumelte, denn ein Schwindelanfall überkam sie wie eine Welle. Balkis machte keinerlei Anstalten, ihr zu Hilfe zu kommen. Sie versuchte, sich mit den Resten ihres zerrissenen Hemdes zu bedecken, während sie den Septenführer aus den Augenwinkeln beobachtete. Er stand ungerührt da und sah ihr zu. Die Umrisse seiner großen Gestalt wurden vom Licht der Straße schwach erleuchtet; die feinen Locken bildeten einen hellen Kranz um seinen Kopf. Sein Gesicht konnte sie nicht erkennen.

»Du solltest vorsichtiger sein«, sagte er. Dann steckte er sein Messer in die Scheide, drehte sich um und ging davon. Sie schaute ihm nach, bis er mit der Dunkelheit verschmolzen war.

13

Er kroch lautlos in die Kuppel und lauschte, die Augen geschlossen und eine Hand flach auf den warmen Stein gepresst. Die Nacht war dunkel, und der Mond stand hoch am Himmel – ein fahles Licht in der sternenübersäten Dunkelheit. Er war wohlweislich hierhergekommen. Es gab Dinge, die noch erledigt werden mussten, Dinge, die er noch zu finden hatte, ehe er sich vollständig fühlen würde. Er konnte es nicht riskieren, dass die Männer mit den schwarzen Hemden jetzt schon auf ihn aufmerksam würden. So schloss er die Augen und lauschte, während er sich auf die Lebenden konzentrierte, die hoch über ihm atmeten.

Er konnte sie spüren, jeden Einzelnen von ihnen. Ihr Blut rief nach ihm, aber nur schwach: ein Flüstern über ein endloses Meer hinweg. Sie waren so jung, und ihr Blut war kalt. Eine einzelne Träne löste sich aus seinem Auge. Bald würde er ihnen helfen, sich zu erinnern. Er würde ihnen dabei behilflich sein, sich der Freude, der Wahrheit zu entsinnen. Noch dösten sie, aber selbst im Schlaf konnte er sie erreichen; er war gut darin, denn er hatte zwei Jahrtausende Zeit zum Üben gehabt.

Seine Finger krümmten sich und kratzten bei diesem Gedanken über die Wand. So viel Zeit war ihm genommen, ihm gestohlen worden! Sein Gesicht wurde eine unbewegte Maske des Zorns; er spürte die Kälte dieses Ortes, dieses Nichts, und er hörte die Stimmen, so nah und doch unmöglich zu erreichen. Das jedenfalls glaubten sie. Er hatte Verbindung zu jemandem aufgenommen. Er hatte sie gespürt, durch die Mauern seines Gefängnisses hindurch. Sein Eigen, sein Blut. Sie hatte ihn befreit, auch wenn sie es nicht wusste. Jetzt konnte er sie fühlen; er flüsterte ihr etwas in der Dunkelheit zu. Noch wusste er nicht, wo sie sich befand, doch sie würde zu ihm kommen. Wenn ihre Träume zu ihrem all-gegenwärtigen Entsetzen würden, würde sie denjenigen suchen, der ihr helfen könnte – und dann wäre sie die Seine. Dann würde sie ihn dabei unterstützen wiederzuerlangen, was andere ihm ge-nommen hatten.

Zorn erfüllte seine Brust. Er erinnerte sich noch immer an den Sklaven, der den Ring gestohlen hatte. Einen Propheten nannten sie ihn nun. Ein Dieb war er in Wahrheit! Und er selbst war da-mals nicht in der Lage gewesen, ihn aufzuhalten, denn er war ab-gelenkt vom Versuch seiner Geschwister, ihn zu verbannen! Er hatte nicht einmal gemerkt, dass der Ring verschwunden war, bis es zu spät war. Aber er würde ihn finden. Er war hier in dieser Stadt, das spürte er, denn er war mit seinem Blut gezeichnet. Die Diebe, die ihn all diese Jahre aufbewahrt hatten, wussten, dass er wichtig für ihn war, doch sie kannten den Grund dafür nicht. Ein bitteres Lächeln straffte die Haut seines Gesichtes und legte die Zähne frei. Wenn die, mit der ihm eine Verbindung gelungen war, erst zu ihm gekommen war, dann würden sie den Ring ge-meinsam finden, und er wäre endlich in der Lage, auszuprobie-ren, ob sein Plan Früchte tragen konnte. Er zweifelte nicht daran. Der Ring und der Stein waren miteinander verbunden; sie wür-den zu ihrem jeweiligen Gegenstück drängen, und seine Auser-wählte würde der Katalysator sein.

Er legte seine Hand flach auf die Wand und spürte, wie der Atem der Drachen im Stein vibrierte. Seine Geschwister hatten ihn unterschätzt. Sie hatten geglaubt, wenn sie ihn verbannten, würden sie ihn für alle Zeit unschädlich machen. Aber wessen Name hatte die zweitausend Jahre nach der Tat überdauert? Sie waren nichts als Geister, und die Menschen nannten sie die Ver-lorenen Götter. Er lächelte. Sie sind in Vergessenheit geraten, aber seinen Namen kannten die Sklaven noch immer. Sie flüsterten ihn einander voller Furcht zu.

Er fragte sich, ob seine Kreaturen hier Angst vor diesem Namen hatten oder ob sie sich danach sehnten, sich zu erinnern, doch nicht wussten, wie sie das tun sollten.

Er hatte gespürt, wie die anderen, die Älteren, vom Wahnsinn verzehrt wurden, als sie aus den dunklen Orten flohen und auf ihrem Weg töteten. Sie suchten nach ihm und mordeten in seinem Namen. Aber sie konnten noch warten. Sie würden ihr Spiel noch eine Weile länger spielen können. Er wusste, dass sie es in den Dörfern unter den Bergen und in den Toten Landen spielten. Er konnte ihnen dorthin nicht folgen. Der Sand verwehrte ihm den Eintritt, wie es schon immer der Fall gewesen war. Die Uralten, die dort die Herrscher gewesen waren, hatten ihre Ländereien vor ihm verschlossen. Aber das spielte keine Rolle. Was interessierten ihn Gebiete, in denen nichts wuchs und nur Ziegen und Wilde zu Hause waren? Er musste hier diejenigen finden, die sich ihm anschließen wollten. Und er brauchte einen, der den Schwarm mitreißen würde, einen, der ihn erwecken konnte.

Er schickte seinen Geist suchend empor, ließ ihn aufwärts schweben, vorsichtig, um sie nicht vor Angst verrückt zu machen. Und sie würden sich fürchten; sie trugen die Erinnerung an seine Macht in ihrem Blut. Sie würden wissen, dass sie ihn verraten hatten, indem sie einen Pakt mit den Sklaven geschlossen und sich ihre Vorfahren gegen ihn gewendet hatten. Aber er würde gnädig sein und vergeben, wenn sie denn demütig zu ihm zurückkämen. Er würde sie wieder mächtig werden lassen.

Sein Geist stieg empor durch das Gestein, vorbei an den Schlafenden, deren Träume von vergangenem Ruhm erfüllt waren, hinauf zu dem einen Alten, der ihn wieder willkommen heißen würde. Dem Einen, der sich nach dem wahren Weg verzehrte.

Dort war er. Der Schatten lächelte. Dieser hier war älter, viel älter; er fühlte, wie die Erinnerung zähflüssig durch seine Adern floss. Vorsichtig, ganz vorsichtig flüsterte er Nuathin etwas zu.

In dieser Nacht kam der Traum wieder. Kaum dass Shaan die Augen geschlossen hatte, drängten sich ihr die Bilder auf. Sie wurde in die Dunkelheit gezogen und stürzte voller Entsetzen durch endlose Schwärze, während ihr der Geruch von nasser Erde in die Nase stieg. Rote, tanzende Feuer flackerten auf und erhellten eine brennende Stadt, und sie kauerte neben den Mauern am Ufer eines reißenden Flusses.

Das Wasser war voller Schutt, und Leichen trieben vorbei in den Dschungel. Schreie hallten durch die Nacht, inmitten des Krachens und Knirschens der einstürzenden Gebäude, und Shaan drängte sich gegen die Steine, während die Menschen durch die zerborstenen Tore quollen und in die Nacht davonrannten.

Ein unmenschlicher Schrei ertönte, und ein dunkler Schatten segelte über sie hinweg. Ein langer, dornenbewehrter Schwanz wand sich hinterher, und Shaan schluchzte, als die Erde unter einem schweren Aufprall erzitterte. Sie war zu verängstigt, um den Blick zu heben. Und dann hörte sie eine Stimme.

Cara merak Arak-si, flüsterte er ihr zu.

Sie konnte ihn nicht verstehen und den Kopf nicht heben. Sie strengte sich an und kämpfte gegen unsichtbare Fesseln; plötzlich erwachte sie mit einem Ruck, und ihr Herz hämmerte. Sie lag von Angst überwältigt auf ihrem Bett und war außerstande, sich zu bewegen. Er war ihr noch nie zuvor so nah gekommen.

Cara merak Arak-si. Die Worte erschreckten sie. Sie zog die Knie an. Am liebsten wäre sie den ganzen Tag im Bett geblieben, zusammengekauert auf der dünnen Matratze, mit dem Rücken zur Wand. Aber sie musste zur Arbeit in der Anlage aufbrechen. Was würde geschehen, wenn sie in Nuathins Box geschickt werden würde? Was, wenn Balkis da wäre? Beim Gedanken daran, ihn nach der letzten Nacht wiederzusehen, wurde ihr ganz flau im Magen. Was würde er nun von ihr denken? Konnte sie ihm je wieder von Angesicht zu Angesicht gegenübertreten?

Sie sah hinunter auf ihre abgebrochenen, rissigen Fingernägel. Noch immer konnte sie die Hände des Bauernburschen auf ihrer Haut spüren. Scham erfüllte sie, bitter und übelkeiterregend wie Meereswasser. Wie hatte sie nur in eine solche Lage geraten können? Seitdem die Träume angefangen hatten, hatte sie das Gefühl, die Kontrolle zu verlieren, als ob ihr der Platz in der Welt unter den Füßen weggezogen würde. Sie war sich nicht mehr sicher, wer sie war und was sie tat.

Sie schüttelte sich und seufzte; es wäre auch keine Lösung, sich in ihrem Zimmer zu verstecken. Stattdessen holte sie tief Luft, streckte sich und stand auf, spritzte sich kaltes Wasser ins Gesicht und zuckte zusammen, als es mit der Wunde auf ihrer Wange in Berührung kam. Sie zog ihre Arbeitshose und ein Hemd an, dann ging sie nach unten.

Die Sonne hatte gerade den höchsten Punkt am Horizont erreicht, und auf ihrem Weg zu den Anlagen kam sie an einer Gruppe fremdländisch aussehender Menschen vorbei, die sich in einem Hauseingang aneinanderdrängten. Sie trugen seltsame, dreieckige Hüte, und ihre Haut war blass, die Wangenknochen flach und breit. Sie starrten sie aus hellen Schlitzaugen an. Noch mehr Flüchtlinge, aber sie war zu müde, sich zu fragen, wer sie waren oder woher sie kamen. Erschöpft lief sie an ihnen vorbei und trottete weiter bis zum Arbeitereingang der Anlage. Der alte Gringely bewachte das Tor, aber er würdigte ihre Passiermarke kaum eines Blickes. Stattdessen starrte er wie gebannt zur Kuppel empor.

»Was ist denn los?«, fragte Shaan, als er ihr ihre Kennung zurückgab.

»Nichts.« Gringely kratzte sich am Kinn, und wieder wanderte sein Blick hinauf zum riesigen Bauwerk auf dem Hügel über den Baracken. Shaan sah in die gleiche Richtung.

Zwei Drachen befanden sich auf dem Dach, und zwei weitere glitten hoch in der Luft darüber hinweg, tauchten in den Luftströmungen hinab und nutzten die Aufwinde, und die Morgensonne leuchtete auf ihren Häuten. Das war seltsam. Normalerweise hielten sich die Drachen zu dieser Tageszeit nicht in der Kuppel auf. Sie sollten in den Ebenen hinter der Stadt sein, jagen oder ihren Flügeln Bewegung verschaffen. Mit ungutem Gefühl starrte Shaan hinauf.

Gringely bemerkte, dass sie noch immer dort stand. »Hey, lauf weiter, Arbeiterin«, knurrte er, aber sein Befehl war nur halbherzig, und Shaan sah mit schräg gelegtem Kopf weiter zur Kuppel.

»Wie lange sind sie schon dort oben?«

Er seufzte und zuckte mit den Schultern. »Eine Weile. Hab auch schon seltsame Laute gehört ...« Er brach ab und starrte wieder zur Kuppel. »Irgendetwas stimmt nicht.«

Wie um seine Bemerkung zu unterstützen, ertönte ein langer, schriller Schrei, der über den Dächern der Gebäude und Baracken widerhallte. Er war tief und unmenschlich, und er ließ Shaan die Haare im Nacken zu Berge stehen, denn er erinnerte sie an ihren Traum. Gringely sah sie wortlos an, aber Shaan konnte die Furcht in seinen gelbstichigen Augen sehen.

»Ich muss gehen«, sagte sie und stürzte davon. Ihr Nacken prickelte, und in ihrem Magen machte sich kalte, wachsende Angst breit. Im Laufschritt hastete sie den Hügel empor und erreichte das Vorratslager für die Arbeiter im letzten Augenblick, ehe der Aufseher ankam.

Sie war steif vor Anspannung und erwartete, wieder in Nuathins Box geschickt zu werden, aber stattdessen wurde sie mit einer anderen Frau zusammen zum Putzdienst in den Baracken eingeteilt. Der Aufseher gab keine Erklärung, warum sie nicht in die Kuppel geschickt wurde.

Schweigend lief sie mit den anderen den Hügel hinab. Ihre Eingeweide rumorten, als sie sich den Quartieren der Septenführer näherten, aber alle Gebäude waren leer, und Shaan entdeckte keine Spur von Balkis. Sie konnte nicht einmal herausfinden, welcher Bau ihm gehörte.

Der Morgen verlief ereignislos, und als sie nachmittags zurück zum Red Pepino stapfte, schmerzte ihr Rücken bei jedem Schritt: ein schwelendes Gefühl der Verletzlichkeit, das sich ihr bei allen Bewegungen ins Gedächtnis drängte. Sie öffnete die Küchentür und ließ sich mit einem Seufzen dagegensinken. Da sie nichts gefrühstückt hatte, war ihr nun schwindlig. Sie sah sich nach einem Wasserkrug und irgendetwas Essbarem um und öffnete die Deckel von einigen Behältnissen, um hineinzuspähen.

»Hungrig?«

Erschrocken fuhr sie herum und sah Torg die Tür schließen, die zur Bar und zum Gemeinschaftsraum führte.

Sie runzelte die Stirn. »Warum kannst du keinen Lärm wie jeder andere auch machen?«

»Weil ich so anmutig wie ein tanzender Fisch bin.« Er grinste, als er ihren bitterbösen Gesichtsausdruck sah. »Frauen werden unausstehlich, wenn sie nicht genug zu essen bekommen. Hier.« Er ging hinüber zum Ofen und zog einen Teller heraus. »Sherrilee hat ihr Mittag nicht aufgegessen, also kriegst du es.«

Er stellte den Teller auf den Tisch, und der Duft des Fischeintopfs stieg Shaan in die Nase.

»Danke«, murmelte sie, setzte sich und nahm den Löffel, den Torg ihr hinhielt. Der Eintopf war warm, würzig und reichhaltig, und ein leises Seufzen entfuhr Shaan, während sie die Mahlzeit genoss.

Torg lächelte und setzte sich ihr gegenüber. Vor sich hin stellte er eine Schale mit Erbsenschoten und begann, sie zu brechen.

»Torg macht immer guten Fischeintopf. Aber ich brauche mehr Fisch.« Vielsagend schaute er sie an. Shaan führte gerade den Löffel zum Mund, hielt jedoch auf halbem Wege inne. Sie hatte vollkommen vergessen, dass sie an diesem Nachmittag angeln gehen sollte. »Ich breche auf, sobald ich aufgegessen habe.«

Torg nickte. »Gut. Aber schling nicht so, sonst wird dir schlecht und du verschreckst alle Fische.«

»Das würde mir wohl eher dabei helfen, welche zu fangen.«

»Nein.« Er schüttelte den Kopf. »Nicht diese Flatna-Fische, die sind sehr wählerisch bei ihrem Fressen. Die interessieren sich nicht für die Kotze eines dürren Mädchens.«

»Tja, und warum fängst du dann nicht selbst welche?«, fragte sie verärgert.

»Das brauche ich nicht.« Er grinste und deutete mit einer Erbsenschote auf sie. »Ich habe eine Straßendiebin gefunden, die sie für mich stehlen kann.«

»Ich bin keine Diebin mehr.«

Er hob eine Augenbraue, und sein Lächeln verschwand. »Nein, aber du folgst immer noch ihrem Ehrenkodex.«

Shaan hörte auf zu kauen und schaute peinlich berührt hoch.

»Ich habe gehört«, fuhr Torg fort, während er sich wieder um seine Erbsen kümmerte, »dass ein junger Dieb aus einem Wirtshaus entkommen konnte, weil ein betrunkenes Mädchen einem Jäger in die Quere gekommen ist, der ihn verfolgen wollte. Was ist mit deinem Gesicht geschehen?« Er zeigte auf den Riss auf ihrer Wange.

Shaan schluckte. Sie hatte vergessen, wie schnell sich die Neuigkeiten auf der Straße verbreiteten. »Nichts. Ich bin in der Anlage gestürzt.«

»Tatsächlich?« Torg sah sie an. »Es sind gefährliche Männer, diese Jäger, Shaan, und sie gehören zu den Glaubenstreuen. Mit denen willst du doch sicherlich nichts zu tun haben.«

»Er war nur ein Junge«, flüsterte sie.

»Jungen werden in Salmut schnell zu Männern, das ist dir doch klar. Und er wusste, was er tat.«

»Nein.« Sie legte den Löffel ab. »Ich kannte ihn. Er war ein süßer Bursche, und er war zu jung …«

»Er war ein Dieb«, unterbrach Torg sie, und sie funkelte ihn an.

»Dieser Kerl war unvorsichtig. Auch wenn er seine Börse eingebüßt hat, geht er immer noch nach Hause und findet einen Tisch mit sauberem Leinen vor, der sich unter gebratenem Fleisch biegt, während Tam mit den Stadtratten schlafen geht. Ich konnte nicht dabeistehen und zusehen, wie man ihn in eine Zelle schleift.«

Torgs Gesichtsausdruck verdüsterte sich, aber das war Shaan egal. Er wusste, wie es auf den Straßen zuging, denn er selbst hatte sie ja von dort weggeholt.

»Ich konnte ihm nicht einfach den Rücken zukehren, Torg. Ich konnte es einfach nicht.« Mit einem Achselzucken lehnte sie sich zurück. Sollte er doch denken, was er wollte. Sie hätte Tamlin ebenso wenig seinem Schicksal überlassen können, wie sie zum Mond springen könnte. Torg nickte und musterte sie einen Moment lang, die Lippen geschürzt.

»Du konntest es nicht, aber das nächste Mal musst du es.« Er brach weitere Schoten. »Ich kann hier niemanden in meinem Gasthaus wohnen lassen, der mit Dieben gemeinsame Sache macht. Ich will nicht die Aufmerksamkeit des Buckligen auf mich ziehen.«

»Ich mache nicht mit ihnen gemeinsame Sache«, protestierte Shaan, aber sein Ton hatte sie beunruhigt. Würde er sie rauswerfen? »Davon abgesehen, arbeitet Tamlin nicht für ihn.«

»Woher willst du das wissen?«

»Er hat es nicht getan, als …«

»Als du noch auf der Straße gelebt hast?« Torg schüttelte den Kopf. »Shaan, das ist Jahre her. Er könnte sich inzwischen verändert haben, was sogar sehr wahrscheinlich ist, und das weißt du auch ganz genau. Viele Dinge sind jetzt anders, und immer mehr Straßenbanden unterstehen ihm. Und ist dir nicht aufgefallen, wie viele Glaubenstreue in letzter Zeit in der Stadt zu finden sind? Sie beobachten uns.«

Shaans Widerspruch erstarb auf ihren Lippen. Er hatte recht, und vielleicht gehörte sie ebenfalls zu denen, die ausgespäht wurden. »Ich werde versuchen, vorsichtiger zu sein.« Sie erhob sich von der Bank und trug ihren Teller zum Waschtrog.

»Ich kümmere mich jetzt um die Fische. Wenn es dunkel wird, bin ich zurück.«

»Gut.« Trog kippte die hellgelben Erbsen in eine Schüssel. »Sieh zu, dass du es auch wirklich bis dahin schaffst. Ich brauche dich heute zum Bierausschenken. Ich rechne mit guter Kundschaft, denn ein Handelsschiff aus Torin hat angelegt.«

Shaan wurde das Herz schwer. Ein Schiff aus Torin bedeutete, dass sie auf den Beinen sein würde, bis der Mond am Himmel zu verblassen begann. Die einfachen Männer aus den Freilanden hatten eine große Vorliebe für ihr Bier und ihre Frauen. Sie seufzte und griff nach ihrem Fischspeer, dem Messer und einem kleinen Schnürbeutel.

Als sie hinaus in den Sonnenschein des späten Nachmittags trat, traf sie Tuon, die gerade durchs Tor hereinkam. Ihr blondes Haar war streng zurückgebunden, und auf ihrer Wange prangte ein roter Fleck. Sie ging sehr langsam und nickte Shaan nur knapp zu, als sie sie entdeckte.

»Tuon!« Shaan umarmte sie. »Ist alles in Ordnung mit dir?«

Sie warf ihr ein schwaches Lächeln zu. »Ja, mir geht es gut.«

»Wo hast du denn gesteckt?«

»Du weißt doch ganz genau, dass du mich das besser nicht fragen solltest«, antwortete Tuon tadelnd, aber ihre Stimme war kraftlos.

Shaan versuchte, sich die gerötete Stelle in Tuons Gesicht genauer anzusehen. »Was ist geschehen?«

Tuon fuhr zurück. »Nichts, es ist nichts. Obwohl ich dich das Gleiche fragen sollte.« Sie fasste Shaan unters Kinn und besah sich den Riss über ihrem Wangenknochen.

»Ich bin beim Arbeiten in der Anlage gestürzt«, log Shaan.

»Tatsächlich?« Tuon musterte sie. »Das sieht mir eher wie die Handschrift eines Mannes aus. Was ist wirklich geschehen?«

Shaan schüttelte den Kopf. »Nichts. Ich muss jetzt Fische angeln gehen.« Sie wollte zum Tor gehen, doch Tuon packte sie am Arm.

»Warte. Hat Rorc dir eine Position bei den Glaubenstreuen angeboten? Stammt deine Verletzung daher?«

»Nein!« Sie riss sich los. »Ich würde auch gar nicht für sie arbeiten.«

»Er hat es doch getan, nicht wahr?« Tuons Gesicht war hart. »Ich wusste es. Und hast du eingewilligt? Was verlangt er von dir zu tun?«

Ihre Stimme klang jetzt laut und aufgebracht. Shaan schaute sich um und antwortete im Flüsterton. »Ich will nicht für ihn arbeiten, und ich werde das auch nicht tun. Dieser Schnitt ...« Sie zögerte. »Er stammt aus einem Wirtshaus. Ich hatte zu viel Wein getrunken und bin gestolpert, das ist alles. Mit Rorc oder den Glaubenstreuen hat das nichts zu tun.«

»Du hast ihn abgewiesen?«

»Ja. Ich habe dir nichts gesagt, weil ich wusste, dass du dir dann Sorgen machen würdest, dass du denken würdest ...«

»Dass er dich das tun lässt, was ich für ihn erledige«, beendete Tuon ihren Satz.

»Er hat mir nicht gesagt, was du machst.«

»Nein, natürlich nicht«, antwortete sie mit bitterer Stimme. »Aber ich kenne ihn, Shaan, und er würde dich nie so leicht davonkommen lassen. Du musst mir versprechen, dass du von nun an vorsichtig bist. Ich will nicht, dass du so wie ich endest. Du könntest noch immer eine Reiterin werden.«

Wenn sie mich denn nehmen würden, dachte Shaan, und wenn ich das überhaupt noch will. Aber sie dachte im Moment nicht an sich selbst. Wann immer Tuon vom Kommandanten sprach, sah Shaan die Traurigkeit in ihren Augen. Den Schmerz. »Liebst du ihn?«, fragte sie.

Tuon wurde ganz still, dann wandte sie den Blick ab und starrte zum Gasthaus hinter ihnen. Sehr sanft berührte Shaan Tuons Hand. »Weiß er es?«

Da lachte sie auf, aber es klang eher wie ein rasselndes Keuchen. »Ich bin eine Hure, Shaan. Er ist der Kommandant der Glaubenstreuen, der Oberbefehlshaber der Armeen der Führerin. Ich habe alle Illusionen verloren, die ich vielleicht vor Jahren noch hatte.«

Shaan wurde das Herz schwer, so viel Mitleid empfand sie für ihre Freundin, und sie wusste nicht, was sie sagen sollte. »Ich liebe dich noch immer.« Sie lächelte dünn, und Tuons Gesicht entspannte sich ein wenig, als sie Shaan umarmte.

»Das ist ein Geschenk. Und nun geh schon…« Sie schubste sie sanft. »Musst du nicht noch Fisch fangen?«

Shaan seufzte und ließ die schmerzenden Schultern kreisen. »Ja.«

»Und vergiss nicht, ich will dich wegen dieser Albträume noch immer zu einem Traumseher bringen.« Sie fuchtelte mit einem Finger vor Shaans Nase herum.

»Ich weiß, dass sie dir auch jetzt noch keine Ruhe lassen.«

»Ja, Mutter.« Shaan rollte mit den Augen. »Ich muss jetzt los, wir sehen uns dann später am Abend.« Sie trat durch das Tor und spürte Tuons Augen in ihrem Rücken, während sie davonging.

Sie lief die Gasse entlang, die vom Gasthaus wegführte, und blieb an der Einmündung in die Große Allee stehen. Hier drängten sich die Leute, die von den Kais ins Herz der Stadt unterwegs waren. Männer in rauer Seemannskleidung schlenderten gruppenweise umher, einige wenige Straßenhuren standen wartend an einer Ecke, und der Geruch von gebratenem Fleisch wehte durch die heiße Luft.

Drei Frauen von der Dracheninsel passierten Shaan, und ihre großen, muskulösen Körper bahnten sich einen Weg durch die Menschenmassen. Sie alle hatten einen blauen Meervogel in die schwarze Haut ihrer Wangenknochen eintätowiert, und sie bedachten Shaan im Vorbeigehen mit einem Blick aus ihren dunklen Augen. Shaan drehte sich nach rechts und schleppte sich die leicht abschüssige Straße hinunter, wobei sie immer wieder der entgegenkommenden Menge ausweichen musste. Die Sonne sank langsam am Himmel, und Shaan würde Glück brauchen, wenn sie noch vor Einbruch der Dunkelheit einen Fisch aus dem Wasser ziehen wollte.

Müde wich sie einer Gruppe lärmender junger Männer aus und bog in eine leere Seitenstraße ein. Sie würde am Ende der Kais angeln müssen, denn es blieb ihr nicht mehr genügend Zeit, zu ihrer üblichen Stelle am Riff auf der anderen Seite des Hafens zu gelangen, und wenn sie eine Abkürzung nehmen wollte, um es doch noch zu schaffen, würde sie das Gebiet der Diebe durchqueren müssen. Sie kaute auf ihrer Lippe, hievte dann kurzentschlossen ihre Tasche auf die Schulter und griff mit der anderen Hand nach ihrem Speer. Wenn es Ärger geben würde, wollte sie wenigstens darauf vorbereitet sein.

Sie folgte dem schwach erleuchteten Straßenverlauf und gelangte zwischen zwei doppelstöckigen Steingebäuden hindurch auf eine breitere Straße, die parallel zur Großen Allee verlief. Diese Straße war von Männern und Frauen bevölkert, die unsicher auf den Beinen waren; ihre Gesichter waren unter schmutzigen Haaren, Hüten und Schleiern verborgen. Auf beiden Seiten drängten sich verwahrloste Gasthäuser oder Läden. Die meisten davon beherbergten in Wahrheit Verkäufer der gehirnvernebelnden Droge Crist.

Wachsam bog Shaan nach rechts ab und eilte die Straße hinunter, wobei sie nach Möglichkeit in der Mitte blieb und die Augen offen hielt. Männer und Frauen, manchmal auch Kinder, hockten träge vor den Gebäuden und auf den Bordsteinen. Shaan kam eine Gruppe von vermutlich ehedem wohlhabenden Stadtbewohnern entgegen, und sie war gezwungen, ihnen auszuweichen. Sofort machte ein junges Mädchen einen Satz auf sie zu und umklammerte eines ihrer Beine.

»Eine Münze!«, krächzte sie und lachte meckernd.

Das Kind war bleich und dürr mit den fiebrigen Augen einer Süchtigen. An der Hand, die sie Shaan entgegenstreckte, waren die Finger zu einer Klaue versteift. Sie mochte vierzehn Jahre alt sein, vielleicht noch jünger. Dunkle Schatten lagen unter ihren Augen, und ein süßer, Übelkeit erregender Geruch ging von ihr aus. Vermutlich würde sie noch vor Anbruch der nächsten Jahreszeit tot sein. Mühelos schüttelte Shaan sie ab und ging rasch weiter, ehe das Mädchen sie ein zweites Mal zu fassen bekommen konnte.

Die Führerin sollte irgendetwas dagegen unternehmen, dachte Shaan verbittert, aber wie immer schienen nur die Reichen wichtig zu sein. Oder vielleicht war es auch die Vorliebe einiger Reicher für diese Droge, die die Stadtführer dazu veranlasste, sich nicht allzu intensiv mit dem Problem zu befassen.

»Na los, komm schon heraus!« Die knurrende Stimme eines Mannes ließ sie aufblicken.

Ein schwarzhaariger Bursche taumelte rückwärts durch die geöffnete Tür eines Gasthauses, der ›Stolzen Faust‹. Er trug kein Hemd und hielt die Hände in Brusthöhe geballt vor sich. Als er die johlenden Gaffer sah, die sich um den Eingang versammelt hatten, machte er einige vorgetäuschte Schwinger in ihre Richtung.

Dann brüllte er wieder nach jemandem, der sich noch im Schankraum befand. »Komm schon, du hurenverliebter Ziegenbock! Na los doch!« Die letzten Worte waren ein Knurren gewesen, und die dicke Schicht Fett in der Mitte seines Leibes bebte, als er herumtänzelte und schwankte.

»Töte ihn!« Eine schmutzige Frau kreischte und stolperte Shaan vor die Füße. Sie stank erbärmlich nach Urin und schalem Bier.

Shaan wich zurück und machte einen kleinen Bogen, um so an dem dicken Mann vorbeizugelangen. Sie hatte beinahe das Ende der Straße erreicht, als sie eine Frau in einer vor ihr liegenden Gasse schreien hörte, gefolgt vom Krachen splitternden Glases. Sie verlangsamte ihren Schritt und sah sich um. Alle waren auf den anderen Kampf konzentriert. Wieder ertönte ein Schmerzensschrei und wurde sofort erstickt. Auch wenn Shaan sich selbst sagte, dass es eine schlechte Idee war, bewegte sie sich vorsichtig bis zum letzten Gebäude und spähte um die Ecke.

Es war schummrig in dieser Gasse, nur ein kleiner Strahl der Nachmittagssonne drang noch durch die Häuserdächer über ihr. Staubflocken tanzten im weichen Licht, und Shaan erkannte einen Mann, der eine Frau gegen eine Wand drückte. Ihr Gesicht war abgewandt und lag im Schatten, und der Mann flüsterte ihr heiser etwas ins Ohr, eine Hand an ihrer Kehle, die andere auf ihren Rücken gepresst. War das ein Streit zwischen Liebenden oder eine Verhandlung über den Preis von Crist? Es wäre besser, sich nicht einzumischen. Der Mann bewegte sich, und ein Lichtstrahl brach sich auf der Klinge eines Messers, das er der wimmernden Frau gegen den Hals drückte.

Shaans Herz machte einen Satz. Sie hätte sofort weitergehen sollen, aber Zorn flammte in ihr auf und stoppte sie. Schon wieder ein Mann in einer Gasse und eine Frau allein – dieses Mal nicht. Leise nahm sie ihre Tasche von der Schulter und stellte sie auf dem Boden ab, griff nach ihrem Speer und schlich sich in die Gasse. Sie hielt sich im Schatten, als sie sich dem Mann von hinten näherte, holte tief Luft, drehte mit beiden Händen den Speer um und ließ den Griff mit aller Kraft auf das Handgelenk des Mannes schnellen. Ein Krachen war zu hören, und mit einem schmerzerfüllten Knurren ließ der Bursche sein Messer fallen, wirbelte zu ihr herum und stieß die Frau grob von sich weg.

Shaan machte einige Schritte zurück in Richtung der gegenüberliegenden Mauer und drehte den Speer wieder zurück, sodass sie dem Mann nun die Spitze entgegenstrecken konnte. »Verschwinde. Das nächste Mal erwischt dich diese Seite.«

»Hure!« Er rieb sich das Handgelenk. »Was willst du?« Er warf einen Blick auf den Speer und lachte rau. »Das ist alles, was du hast, Mädchen?«

Shaan schluckte. Er war größer, als sie erwartet hatte, und drahtig. Eine lange Narbe zog sich fleischig von der Stirn bis zum Kinn.

Mit einem Mal machte er einen Satz auf sie zu. Shaan versuchte auszuweichen, aber er bekam den Speer zu fassen und entwand ihn ihrem Griff. »So, jetzt sind wir gleichauf!« Damit warf er die Waffe hinter sich. »Komm schon, Mädchen. Angst?« Er bleckte die Zähne wie ein Hund. »Ich revanchiere mich, und dann werde ich vielleicht noch ein bisschen Spaß haben!«

Shaan verzog wutentbrannt das Gesicht. Sie würde sich nicht zum zweiten Mal in einer Woche von einem Mann schlagen lassen. Sein Messer lag in der Nähe der Mauer. Wenn sie es doch nur erreichen konnte … Plötzlich schnellte seine Faust auf ihren Kopf zu. Sie duckte sich und schlug in seine ungeschützte Achselhöhle, doch seine andere Faust traf sie in den Rücken, sodass sie zu Boden stürzte. Ein brennender Schmerz durchfuhr sie. Sie rollte herum, rappelte sich wieder auf und wich zur Seite aus, als er ein zweites Mal auf sie losging. Er stand zu nah an der Mauer und brüllte, als seine Knöchel über vorspringendes Mauerwerk schabten. Shaan lachte höhnisch, schlüpfte hinter ihn und trat ihm in den Rücken, sodass er mit dem Gesicht die Wand rammte. Der Klang seines Fleisches, das auf die Backsteine klatschte, war ungeheuer befriedigend.

»Hure!« Er wirbelte herum, sein Gesicht war blutüberströmt, und Shaan bückte sich nach dem Messer, doch sie war zu langsam. Er vergrub eine Hand in ihren Haaren und zerrte sie zu sich.

»Zeit, mit den Spielchen aufzuhören«, knurrte er und zwang sie auf die Knie. Ihre Kopfhaut schien in Flammen zu stehen, als sie ihm den Ellenbogen in den Unterleib rammte. Mit einem erstickten Stöhnen ließ er sie los. Sie warf sich nach vorne, packte das

Messer und zog es ihm über die Wade. Er kreischte gellend auf und hieb ihr die Rückseite seiner Hand ins Gesicht. Schmerz explodierte in ihrem Wangenknochen, und am Rande ihres Sichtfeldes wurde es schwarz. *Steh auf.* Eine Stimme schrie in ihrem Kopf, als er ihr das Messer aus den Fingern wand.

»Pass auf!«, rief eine Frau, und Shaan hörte das Geräusch von Holz, das auf Knochen prallte. Sie rollte sich nach links, ihr Angreifer schlug auf dem Boden auf, und blinzelnd starrte sie zu der jungen Frau hinauf, die einen dicken Holzknüppel in den Händen hielt.

»Nilah!«, entfuhr es ihr.

14

Morfessa eilte den Flur des Palastes entlang und wunderte sich stirnrunzelnd über die vielen Leute, die sich hier drängelten. Kleinere Landbesitzer, Dorfvorsteher und Abgesandte aus den Freilanden waren in der letzten Zeit seit den Drachenangriffen in die Stadt geströmt und hatten Antworten und Zusicherungen verlangt.

Er rieb sich die Augen. Sein Kopf war benommen, und es fühlte sich an, als ob seine Knie beim Laufen knirschten. Wie viel hatte er in der Nacht zuvor getrunken? Eine Flasche? Zwei? Er konnte sich nicht erinnern, aber er war in seinem Sessel aufgewacht, noch immer in der Kleidung, die er am Vortag getragen hatte, und seine Lippen waren verkrustet gewesen. Eine verschwommene Erinnerung daran, dass er brabbelnd auf dem Fußboden gelegen hatte, während Prin ihn aus den Schatten heraus beobachtet hatte, stieg in ihm auf. Warum hatte Prin ihm nicht geholfen? Er legte seine Finger gegen die Schläfen und wünschte sich, zur rechten Zeit an ein Mittel zur Linderung der schlimmsten Auswirkungen des Alkoholgenusses gedacht zu haben.

Er erreichte die Tür am Ende des Ganges und nickte den beiden Wachen zu, die rechts und links davon standen.

»Ratgeber, Ihr seid spät dran,« begrüßte ihn Arlindah Soonrath, die Führerin Salmuts, als er eintrat. »Wir haben schon auf Euch gewartet.«

Kommandant Rorc und Cyri, der Konsul der Glaubenstreuen, saßen bereits auf den Stühlen mit den hohen Lehnen, die ihrem Schreibtisch gegenüberstanden. Morfessa lächelte Arlindah kurz zu, als er sich auf den leeren Sitz neben Rorc sinken ließ. »Ich bitte um Entschuldigung, ich wurde aufgehalten.«

Arlindah runzelte die Stirn und räusperte sich. »Wir haben gerade eine Bitte von Berater Lorgon durchgesprochen. Der Rat der Neun verlangt nach mehr Befugnissen, was die Führung der Armee angeht, die Reiter eingeschlossen. Sie behaupten, dass die Attacken im Norden die Stabilität der Stadt zerstören, und um die Ängste unserer Handelspartner zu zerstreuen, denken sie, in Zukunft sollte der Rat die Entscheidungen darüber fällen, wo die Armee und die Reiter stationiert werden.«

Rorc ergriff das Wort: »Ich muss anmerken, dass Lorgon die Glaubenstreuen in seiner Anfrage nicht berücksichtigt. Vermutlich, weil es schwer ist, Männer zu kontrollieren, die die wahren Motive durchschauen.«

Arlindah wandte ihm den Blick aus ihren grauen Augen zu. »Ihr könntet recht haben, Kommandant, aber Lorgon beharrt darauf.«

Rorc schüttelte den Kopf. »Das ist doch nur ein weiterer billiger Versuch, Euch die Kontrolle zu entziehen. Es hat nichts zu tun mit den Händlern.«

»Da stimme ich zu«, fiel Morfessa ein. »Hat irgendein anderer der Neun Schwierigkeiten gemeldet?«

»Nein.« Arlindah schüttelte den Kopf. »Aber ich kann dieses Ansinnen nicht ignorieren. Wenn die Händler der Täler ihr Kapital aus der Stadt abzögen, hätte das verheerende Auswirkungen.«

»Das könnt Ihr doch nicht ernsthaft in Betracht ziehen?« Rorc beugte sich auf seinem Stuhl vor. »Arlindah, Lorgon hat sich noch nie um das Wohl der Stadt geschert, sondern immer nur um sein eigenes.«

»Also was soll ich tun, Kommandant? Es gibt einen Grund dafür, warum es über der normalen Verwaltung den Rat der Neun gibt. Er soll dem Volk eine Stimme verleihen. Wenn ich dies missachte und Lorgon recht hat, setze ich die Stabilität der Stadt aufs Spiel.«

»Das tut Ihr ohnehin, wenn Ihr ihm nachgebt«, erwiderte Rorc bissig. »Der Rat weiß nicht, wie man eine Armee führt, Arlindah, und ich werde mir nicht vorschreiben lassen, wie ich die Stadt zu verteidigen habe, schon gar nicht von einem Haufen fetter Händler, von denen die meisten noch nie ein Schwert in der Hand gehalten haben, geschweige denn einem gegenüberstanden!« Er schob seinen Stuhl zurück und entfernte sich einige Schritte vom Schreibtisch. »Dieser Rat kann Verordnungen erlassen und Vorschläge machen, aber Ihr könnt sie wieder außer Kraft setzen. Ihr seid die Führerin, Arlindah. Und wenn Ihr Lorgon seinen Willen lasst, dann werdet Ihr mich ständig vor Eurer Tür vorfinden, wo ich Euch darum ersuche, die Entscheidungen des Rates zu widerrufen.«

»Ich habe nicht gesagt, dass ich ihm seinen Willen lassen werde«, entgegnete Arlindah. »Ich suche nur nach einem Weg, ihn zu beruhigen und sicherzustellen, dass unsere Stadt nicht zu Schaden kommt.«

»Also was wollt Ihr tun?«

»Darf ich einen Kompromiss vorschlagen?«, schaltete sich Morfessa ein. »Vielleicht sollten wir einen Abgesandten der Neun bei den Besprechungen zwischen Rorc und seinen Generälen zulassen, lediglich als Beobachter. Und wenn dann Unzufriedenheiten mit seinen Befehlen auftreten, dann kann er sie mit Euch besprechen, Arlindah.«

Rorcs Gesicht lief bei dieser Vorstellung rot an, doch Morfessa hob eine Hand. »Natürlich«, fuhr er fort, »würde die Entscheidung, Änderungen deiner Befehle zu erwirken, bei Arlindah liegen, und sie hatte bislang niemals irgendwelche Gründe, deine Anweisungen in Zweifel zu ziehen.«

»Nein, das hatte ich nicht«, bekräftigte Arlindah. »Das ist eine gute Idee. Es wird Lorgon vorgaukeln, er erhalte mehr Kontrolle, ohne dass er wirklich zu mehr Einfluss käme.«

»Ich bin mir nicht sicher, ob das funktionieren wird«, sagte Rorc, und Arlindah lächelte kurz.

»Sorgt Euch nicht, Kommandant, ich vertraue Euch weit mehr als Lorgon.«

Rorcs Gesichtsausdruck wurde weicher. »Danke, Führerin, aber wir haben hier anderes, worüber wir uns Sorgen machen müssen, als die belanglosen Machtkämpfe eines einzelnen Beraters. Die Drachen fangen an, unberechenbar zu werden, und ich bin beunruhigt über die Voraussagen der Seherin.« Er warf Cyri einen Blick zu. »Ihr habt gehört, was sie über den Schatten im Zwielicht gesagt hat. Was ist, wenn Azoth im Begriff ist, zurückzukehren? Er war der Erschaffer der Drachen – würde das nicht erklären, warum sie sich so seltsam benehmen?«

Cyris hageres Gesicht war gelassen und unergründlich. »Wir können nicht sicher sein«, sagte er. »Allerdings halte ich es für unwahrscheinlich.«

»Aber Ihr könnt es nicht ausschließen?«, fragte Arlindah.

Cyri drehte sich zu ihr um, und der Ausdruck seiner hellen, wässrigen Augen waren stoisch. »Nur die Worte der Götter sind sicher. Der erste Konsul schrieb, dass die Drachen als Seine Kinder anzusehen seien, aber dies ist keine unumstößliche Aussage. Man könnte das auch so auslegen, dass wir auf der Hut vor einem Aufbegehren der Drachen sein sollen. Und außerdem sind die Glaubenstreuen stark. Wir haben diese Länder seit zweitausend Jahren bewacht, unsere Jäger patrouillieren auf den Straßen, und unsere Verführer verstärken die Grenzen des Zwielichts mit der Kraft ihres Geistes. Ich denke, der Gefallene wird im Zwielicht bleiben, solange wir entschlossen sind.«

Morfessa sah das eifernde Leuchten in den Augen des Konsuls, und er spürte, wie Ärger über diesen Mann in ihm aufstieg. Trotz ihrer langen Freundschaft hatte er Cyris blinde Hingabe an die Lehren der Glaubenstreuen immer für seinen größten Makel gehalten. Als geistiger Führer der Glaubenstreuen war es Cyris Aufgabe, die Führerin in allen Angelegenheiten, die Azoth und die Vier Verlorenen Götter betrafen, zu beraten. Er war, wie auch jeder Konsul vor ihm, der Hüter des Wissens über die Götter und die Drachen, und sein Wort sollte nicht angezweifelt werden. Aber Morfessa hatte schon oft gedacht, dass Cyris Wissen zu eingeschränkt war durch das halsstarrige Festhalten an der eigenen Geschichtsschreibung der Glaubenstreuen. Cyri glaubte zu unumstößlich an die Doktrin seiner Vorgänger, nämlich dass die

Vier Verlorenen Götter Azoth für immer in den Abgrund verbannt hätten und dabei sich selbst dazu verdammt hatten, in Vergessenheit zu geraten. Dass der Gefallene niemals wiederkehren werde, weil der Älteste der Verlorenen Götter, Paretim, mit seinem letzten Atemzug die Glaubenstreuen damit beauftragt hatte, darüber zu wachen, und sie aus diesem Grund noch immer unter seinem Schutz standen, diese Behauptung hinzunehmen fand Morfessa schon immer schwer. Wie sollten die Vier Verlorenen Götter sie schützen, wenn sie gar keine Macht mehr in dieser Welt hatten?

»Was ist mit den Schriftrollen des Propheten?«, fragte er.

Cyri runzelte die Stirn. »Der Prophet war ein Verrückter, der durch ebenjene Kräfte in den Wahnsinn getrieben wurde, die ihn erschaffen hatten. Seine Schriften waren unsinnig.«

»Der Prophet?« Arlindah hob eine Augenbraue. »Ich habe von ihm gehört. Wer war das?«

»Der Prophet war ein Sklave, der floh, als Azoths Reich zerstört wurde«, erklärte Morfessa. »Seine Schriften über die Vernichtung der Götter und seine Alhanti sowie über die Vertreibung aus der Stadt enthalten viele Informationen über unsere Vergangenheit. Außerdem hat er Voraussagen über die Zukunft gemacht.«

Die Führerin runzelte die Stirn. »Warum habe ich noch nie zuvor von diesen Schriftrollen gehört?«

»Die Schriftrollen befinden sich auf den Dracheninseln.« Morfessa warf Cyri einen Blick zu. »Und Ihr habt noch nie davon gehört, weil Eure Mutter nicht an die Worte glaubte, ebenso wenig wie viele andere hier. Aber ich habe sie selbst gesehen, und ich bin fest überzeugt, dass sie uns viele interessante Geschichten zu erzählen haben.«

»Man kann ihnen nicht vertrauen«, sagte Cyri.

»Trotzdem würde ich sie gerne mit eigenen Augen sehen.«

»Das könnte schwierig werden.« Morfessa wandte sich ihr zu. »Das Volk der Inseln erlaubt es nur selten jemandem, sie zu studieren.«

»Vielleicht könnte ich dabei behilflich sein«, bot Rorc an. »Ich habe einen alten Freund, einen Spitzel der Glaubenstreuen, der von diesen Inseln stammt. Er könnte in der Lage sein, sie dazu zu bringen, uns einen Blick daraufwerfen zu lassen.«

»Wer ist er?«, fragte Morfessa stirnrunzelnd.

»Torg«, sagte Cyri trocken, ehe Rorc etwas sagen konnte. Seine Lippen waren zu einer schmalen Linie zusammengepresst. »Er ist ein Nachkomme des Propheten. Seine Mutter ist die Wächterin der Schriftrollen.« Stille senkte sich über den Raum.

»Ich bin überrascht, Rorc«, fuhr Cyri fort. »Ich hätte nicht gedacht, dass Ihr so bereitwillig an die Ergüsse eines Mannes glaubt, der längst zu Staub geworden ist.«

»Ich kann nichts Schlechtes daran finden, alle Möglichkeiten auszuloten, wenn wirklich die Gefahr droht, dass der Gott, der uns in eine Sklavenrasse verwandelt hat, wieder auferstehen könnte«, stieß Rorc zwischen zusammengepressten Zähnen hervor.

»Nein, daran ist nichts Schlechtes«, gab Cyri zu.

»Also gut«, sagte Arlindah mit scharfer Stimme. »Rorc, sucht diesen Mann auf und organisiert ein Schiff. Und ich schlage vor, dass wir das Wissen über die Existenz von Schriftrollen auf den Inseln fürs Erste für uns behalten. Wir können nicht sicher sein, dass irgendetwas für uns Nützliches darin steht.« Als sie aufstand, hatte sie die Stirn in Falten gelegt und rieb sich eine Stelle zwischen ihren Augen. »Ich sehe Euch morgen wieder.«

Mit der Hand noch immer an der Stirn verließ sie den Raum, rasch gefolgt von Cyri, der ging, ohne ein Wort an einen der anderen Männer zu richten.

Rorc sah ihm nach und sagte leise zu Morfessa: »Cyri hält nun weniger von mir.«

Der Ratgeber seufzte und schüttelte den Kopf. »Nein. Nicht weniger. Aber vielleicht sieht er dich nun mit anderen Augen. Vergiss nicht, dass es einige Dinge gibt, die er nicht von dir weiß.«

»Und auch nicht wissen sollte«, ergänzte Rorc.

»Rorc.« Morfessa tätschelte seinen Arm. »Habe ich dir je Anlass zu Zweifeln gegeben?«

Rorc sah ihn lange wortlos an und öffnete ihm die Tür. Gemeinsam liefen sie den Flur hinunter. »Ich mache mir immer noch Sorgen um Arlindah«, sagte Rorc mit gedämpfter Stimme.

Morfessa nickte. »Genau wie ich. Sie will nicht, dass ich sie untersuche, auch wenn ich sehen kann, dass sie ständig von Kopfschmerzen gequält wird.« Er schüttelte den Kopf. »Sie ist so störrisch.«

Ein Lächeln huschte über Rorcs Gesicht. »Wie immer«, antwortete er, und sein Gesicht erhellte sich einen Moment lang, ehe das Lächeln verblasste und seine Stimmung wieder trübe wurde. Seine Gedanken wanderten zurück zu dem, was Cyri gesagt hatte und was dieser nicht wusste – ja was er nicht einmal ahnen durfte.

Es waren so viele Jahre vergangen, und noch immer wurde er von Erinnerungen heimgesucht. Manchmal sehnte er sich auch jetzt noch danach: nach dem Gefühl, dem Geruch und der Hitze, nach der brennenden Helligkeit der Sonne. Was würde er darum geben zurückzukehren? Und was hatte er alles *nicht* dafür gegeben? Er zwang sich, an etwas anderes zu denken. Es gab keinen Weg zurück. Sie erreichten die Türen zum äußeren Palast.

»Morfessa.« Er wandte sich an den alten Mann. »Da gibt es etwas, das du wissen solltest. Einer der Jäger sah vor einigen Tagen Nilah in einem Wirtshaus. Und das war nicht das erste Mal. Andere haben sie schon an schlimmeren Orten aufgespürt. Einer beobachtete sie vor einer Weile, wie sie aus der Gasse der Crist-Händler kam.«

Morfessa seufzte und nickte resigniert. »Ja, das habe ich befürchtet.«

»Du musst mit ihr sprechen.« Rorc legte ihm eine Hand auf den Arm. »Sie scheint sich nicht bewusst zu sein, in welche Gefahr sie sich begibt. Arlindah würde es zum jetzigen Zeitpunkt gar nicht gut bekommen, wenn sie herausfinden müsste, dass ihre Tochter mit Crist-Händlern verkehrt.«

Morfessa nickte wieder, und der Ärger schnürte ihm die Brust ein. Er hätte es wissen müssen, dass Rorc früher oder später davon hören würde. In dieser Stadt geschah nur sehr wenig ohne sein Wissen.

»Ich werde mit ihr sprechen«, sagte er.

»Gut. Ich werde dich informieren, wenn du wegen der Schrift-rollen zur Insel aufbrechen kannst.«.

»Was! Ich?« Morfessa wurde jäh aus seiner niedergeschlagenen Stimmung herausgerissen. Rorc lächelte, und seine Zähne hoben sich weiß von den kurz rasierten Stoppeln auf seinem Kiefer ab.

»Na, wer denn sonst, alter Mann? Entweder du oder Veila, und ich bin mir nicht sicher, ob Cyri sie ziehen lassen würde.« Er klopfte Morfessa auf die Schulter. »Ich sehe dich dann bald.« Er stieß die Tür auf und ging davon.

Morfessa blieb regungslos stehen und starrte ihm hinterher.

15

Shaan starrte die junge Frau an. Ihr blondes Haar war zerzaust und ihre teure Kleidung in Mitleidenschaft gezogen, aber Shaan war sich sicher, dass es sich um Nilah handelte.

»Wir haben ihn getötet«, flüsterte Nilah und starrte auf den Mann zu ihren Füßen. Dann verdrehte sie die Augen, sodass das Weiße zu sehen war, und brach über ihm zusammen.

Shaan betrachtete sie einen Moment lang, rappelte sich dann auf, packte die andere Frau an den Schultern und rollte sie herunter. Ihre Muskeln brannten unter ihrem bewegungslosen Gewicht.

Flatternd öffnete Nilah die Augen. »Was ...« Sie konzentrierte sich auf Shaan, dann verzog sich ihr Gesicht vor Schmerz, sie umklammerte ihre Brust und holte keuchend Luft.

»Was ist denn?« Shaan schob ihre Hand weg und betastete vorsichtig die Rippen. Sie konnte keine weichen Stellen erfühlen, die gebrochene Knochen verraten hätten.

»Ich glaube, du hast dir nur ein paar blaue Flecke zugezogen.« Ein langer, blutiger Kratzer erstreckte sich quer über Nilahs Gesicht, von ihrem Wangenknochen bis zum Kinn, und rings um ihren Hals leuchteten schmerzhaft aussehende Blutergüsse.

»Alles in Ordnung?«

Nilah nickte, zuckte zusammen und stand langsam auf. Shaan schob ihr eine Hand unter den Ellbogen. »Ist dir schwindlig?«

Nilah nickte vorsichtig, dann wurde sie ganz steif, und Shaan sah, dass sie auf den Mann starrte.

»Ist er tot?«

»Nein.«

»Danke«, flüsterte sie.

Shaan zuckte mit den Schultern. »Ich bin einfach nur vorbeigekommen.« Sie schaute hoch zum Himmel. Es wurde bereits dunkel. »Ich muss leider aufbrechen. Findest du von hier aus nach Hause?« Die Muskeln in ihrem Rücken schmerzten heftig, und ihr Gesicht brannte dort, wo der Mann sie geschlagen hatte.

»Wie bitte?« Nilah sah sie wie durch einen Schleier an.

Plötzlich ertönte lautes Gelächter auf der Großen Allee, und Shaan sah zur Einmündung der Gasse, dann zurück zu Nilah. Diese konnte den Blick noch immer nicht vom Boden abwenden und hielt sich an Shaan fest. »Nilah.« Sie schüttelte ihren Arm.

»Was?« Mühsam blinzelte sie mit verschwommenem Blick.

Na, großartig. Das Mädchen war kaum bei Bewusstsein, und sie konnte sie hier nicht zurücklassen. Verflucht! Shaan holte tief Luft und beugte sich vor, um ihren Speer aufzuheben.

»Komm schon.« Sie zog Nilah mit sich, als sie zum Eingang der Gasse lief, um ihren Schnürbeutel zu holen und zu schauen, ob die Luft rein war.

Der dicke Mann, der vor dem Gasthaus einen Kampf gesucht hatte, war verschwunden, aber noch immer waren Leute unterwegs. Sie drehte sich um. Nilahs Gesicht war sehr blass, und ihr Atem ging flach. Ihre Augen huschten ruhelos hin und her.

»Nilah!« Shaan ergriff ihre Hand. »Sieh mich an.«

Ihr Blick wanderte zu Shaan, und mit einem Ruck schien sie wieder klar zu sehen.

»Wir müssen hier weg, in Ordnung?« Shaan schaute sie eindringlich an, und Nilah nickte.

»Dann los.« Shaan warf sich die Tasche über die Schulter, drückte Nilah den Speer in die Hand, legte ihr einen Arm um die Taille und schob sie vorwärts.

Nilah war bleich, und sie stützte sich schwer auf Shaan, während sie die Straße entlangliefen. Ihre Augen im farblosen Gesicht wirkten riesig, und sie umklammerte den Speer so sehr, dass ihre Fingerknöchel weiß hervorstachen.

Die Sonne näherte sich dem Horizont und malte lange Schatten auf die Straße. Bis es Shaan gelingen würde, Nilah irgendwohin zu begleiten, wo sie sicher war, würde die Sonne schon längst untergegangen sein. Kein Fischen heute. Was war nur in sie gefahren, dass sie sich eingemischt hatte? Shaan verwünschte sich im Stillen. Zuerst der Junge im Wirtshaus und nun das. Versuchte sie denn, alles daranzusetzen, dass man sie wieder in eine Zelle warf? Alles, was ihr jetzt noch fehlte, war ein Jäger, der auftauchte und sie zu Kommandant Rorc schleifte.

Die Gasse mündete in eine weitere, kurze Straße, die um die Ecke eines langen, mächtigen Gebäudes führte. Auf der anderen Seite befand sich die Große Allee. Shaan blieb stehen und fragte sich, welche Richtung sie einschlagen sollte. Sie konnte nicht zum Hafen, und wenn sie zum Red Pepino zurückkehrte, würde das zu viele Fragen von Torg nach sich ziehen. Sie biss sich auf die Lippen.

Ein kleiner, offener Karren, auf dem sich Kisten stapelten und der von einem alten Muthu gezogen wurde, ratterte an ihnen vorbei. Die langen Beine des Tieres waren unter seinem kurzen, sandfarbenen Fell voller Narben, und das Muthu kaute geräuschvoll. Der Fahrer starrte sie an, als er sie überholte.

Nilah drängte Shaan: »Bring mich zum Haus eines Freundes.«

»Wo ist das?«

»In den Hügeln in dieser Richtung.« Nilah nickte zu der kurvigen Straße, die zur Großen Allee führte.

Shaan kaute auf ihrer Lippe. Wenn dieser Freund in den Hügeln wohnte, dann bedeutete dies, dass er ein wohlhabender Mann war, vielleicht sogar mit Beziehungen zum Palast. Sie schüttelte den Kopf. Was hatte sie denn sonst erwartet? Nilah stammte ganz offenkundig nicht aus einer Familie, der es an Geld mangelte, wenn man sich ihr Kleid ansah. Shaan fluchte leise und schob ihre Tasche höher auf die schmerzende Schulter. Sobald sie Nilah dort abgeliefert hatte, würde sie wieder verschwinden.

»Dann los«, sagte sie und führte sie zur Allee.

Sie mühten sich die Hügel der Stadt empor. Nilahs Kräfte ließen rasch nach, und sie stützte sich immer stärker auf Shaan, je höher sie stiegen. Im Vergleich zur tiefer gelegenen Stadt war es hier oben stiller und kühler, und rechts und links von ihnen erstreckten sich die Häuser von Salmuts reicheren Bürgern, verborgen hinter hohen Mauern. Exotische Blumen und Früchte hingen darüber und versprühten ihren Duft in die Luft, und die Bäume warfen ihre Schatten auf die hellen, glatten Steine der Straßen. Tiefe, schmale Abflussrinnen säumten beide Seiten. Die einzigen Menschen zu Fuß, an denen sie vorbeikamen, schienen Bedienstete zu sein, doch sie wurden von etlichen überdachten Wagen überholt, bei denen die dicken Vorhänge sorgfältig zugezogen waren. Vielleicht bewegten sich die Reichen überhaupt nur in Wagen von Ort zu Ort, dachte Shaan.

Die meisten Dienstboten gingen ihnen aus dem Weg, kaum dass sie das Paar erblickt hatten. Ihre Blicke wanderten von ihrem Speer zu Nilah, sie blinzelten oder machten erschrockene Gesichter und hasteten davon. Zwei junge Mädchen, die aus einem weinbewachsenen Tor traten, blieben wie angewurzelt stehen, um Nilah und Shaan neugierig zu beäugen, als sie an ihnen vorbeigingen, und ihre bleichen Gesichter wurden ganz starr, als sie sahen, dass Shaan Nilah halb tragen musste. Das machte Shaan nur noch nervöser. Vermutlich glaubten sie, dass sie sie entführte, und so lauschte Shaan unentwegt, ob sie die hämmernden Schritte der Stadtwache, die ihnen nacheilte, hören würde.

Shaan schwankte unter dem Gewicht des anderen Mädchens und betete, dass keiner der Glaubenstreuen unterwegs war. Wenn sie sehen würden, dass sie ein halb bewusstloses reiches Mädchen hinter sich herschleifte, dann konnte sie sicher sein, dass Kommandant Rorc seine Drohung wahrmachen würde. Sie schielte zu Nilah, die kein Wort gesprochen hatte, seitdem sie die Gasse verlassen hatten, und die sehr bleich war. Die blauen Flecke auf ihrer Brust mochten nach innen hin bluten, aber selbst wenn das der Fall war, dann konnte sie auch nicht helfen. Sie hoffte, dass das Haus nicht mehr weit entfernt war, damit sie das Mädchen wieder loswürde. Sicher würde da jemand sein, der sich ihrer annähme.

»Wie weit noch?«

Nilah deutete die Straße empor zu einem niedrigen Holzgatter in einer weißen Mauer. »Da ist es schon.«

Shaan stolperte mit ihr dorthin. Das Gatter war tiefrot gestrichen, reichte ihr nur bis zur Taille und war in eine hohe, dicke Mauer eingelassen, die sich zu beiden Seiten über eine längere Distanz erstreckte. Hinter dem Durchgang schlängelte sich ein Weg davon, bis er zwischen dunklen, grünen Bäumen und riesigen Pflanzen mit dicken, schwertähnlichen Wedeln verschwand.

Ein langer Klingelzug hing von der rechten Mauer herab, und Shaan hob die Hand.

»Nein. Geh … einfach hinein«, keuchte Nilah.

Shaan zögerte einen Moment lang, dann hob sie den Riegel des Gatters und stieß das Tor auf. Der Weg führte einige Zeit lang durch den kühlen, grünen Tunnel, dann mündete er plötzlich in einen Garten mit Sternblumen und Mondblüten. Frischer, süßer Duft wehte durch die Luft. Hinter dem Blumenmeer verbreitete sich der Pfad und endete in einer großen, runden Fläche vor einem einstöckigen Gebäude aus rotem Stein, das zu beiden Seiten wieder von Gartenfläche gesäumt wurde.

Shaan atmete tief ein und zerrte Nilah den Weg zwischen den Blumen entlang, und ihre Muskeln schmerzten protestierend. Als sie die mit Schnitzereien verzierte Holztür erreichten, atmete Shaan beinahe ebenso flach wie Nilah. Hier griff sie nach der Glockenkette und zog daran. Schwach hörte sie ein Läuten im Haus widerhallen. Die beiden warteten, doch niemand kam.

»Prin sollte hier sein«, stieß Nilah mühsam hervor und holte bebend Luft. »Versuch mal, ob die Tür offen ist.«

Shaan legte eine Hand auf die Klinke, drückte sie runter und stemmte sich gegen das Holz; mit einem leisen Quietschen öffnete sich die Tür und gab den Blick frei auf ein schwach beleuchtetes Entree.

»Geh rein«, forderte Nilah sie mit einem Nicken auf.

Shaan ließ ihre Tasche sinken und nahm Nilah den Speer ab, um ihn gegen die Wand zu lehnen, dann trat sie ein. Hinter einem Türbogen auf der linken Seite war ein dunkler Raum zu erahnen, und durch einen weiteren Durchgang rechts sah Shaan einen Gang.

Ihr Nacken prickelte, denn im Haus war es viel zu still, aber Nilah war mittlerweile kaum noch bei Bewusstsein.

»Wo lang?« Shaan schüttelte sie sanft.

»Dort.« Sie winkte mit der Hand in Richtung des Flures auf der rechten Seite.

Shaan stöhnte unter dem Gewicht, als sie Nilah durch den Korridor schleppte. Sie kamen an einem weiteren dunklen Durchgang vorbei, und dann wich die Wand auf der linken Seite breiten Säulen. Aus den Augenwinkeln entdeckte Shaan einen Innenhof. Sie erspähte hohe Laternen und Pflanzen mit dunklen Blättern, und irgendwo plätscherte Wasser. Rechts von ihr gingen weitere Flure ab, die in der Dunkelheit verschwanden.

Nilah deutete mit dem Finger geradeaus, und Shaan zog sie weiter, bog dann erneut in einen Gang ein und blieb vor zwei riesigen Flügeltüren stehen. Sie drückte die verzierten Klinken hinunter und schob beide Türseiten auf. Der Duft von frischen Kräutern und ein anderer, schärferer, ätzender Geruch, den sie nicht einordnen konnte, wehte ihnen entgegen. Es befand sich niemand im Zimmer; Shaan zog Nilah hinein und ließ sie mit einem Stöhnen auf eine lange, niedrige Bank voller Kissen sinken. Nilah landete halb auf dem Möbelstück, halb rutschte sie an der Seite wieder hinunter und wurde ohnmächtig. Shaan nahm Nilahs Beine, hob sie hoch und bettete sie auf die Kissen, dann richtete sie sich schwerfällig auf und verzog das Gesicht, als sie das Brennen ihrer Muskeln spürte.

Sie befanden sich in einem großen, warm erleuchteten Raum. An drei Seiten reichten Regale mit Schriftrollen, Aufbewahrungsbehältern und seltsam geformten Schnitzereien vom Boden bis zur Decke. Ein großer Schreibtisch thronte vor den Regalen, und ein bequem aussehender Sessel stand mit Blickrichtung zu den Glastüren, die hinaus in einen dunklen Garten führten. Zerborstenes Glas bedeckte den Boden neben dem Sessel.

Shaan fragte sich, wer der Besitzer dieses Hauses sein mochte, aber die Möglichkeit, lange genug zu bleiben, um das herauszufinden, behagte ihr ganz und gar nicht. Nilah schien stabil zu sein und atmete noch immer. Und wenn sie jetzt ginge, würde Shaan demjenigen, der hier lebte – wer auch immer das sein mochte –, nicht erklären müssen, was sie hier tat und was Nilah zugestoßen war. Nicht, dass sie das tatsächlich wüsste. Shaan bewegte sich zur Tür, aber der Klang von herbeieilenden Schritten hielt sie auf.

Ihr Magen zog sich zusammen. Wenn sie nun davonlief, würde derjenige, der sich da näherte, sie für eine fliehende Diebin halten. Sie zögerte zu lange und stand noch immer unbeweglich da, als ein großer, grauhaariger Mann hereinplatzte.

Er machte halt, und einen Moment lang starrten sie sich gegenseitig an.

»Du schon wieder!«, sagte er. »Was machst du hier?«

Es war Morfessa, der Ratgeber der Führerin. Shaan hatte es die Sprache verschlagen, aber dann wanderte sein Blick an ihr vorbei.

»Nilah!« Er hastete zur Bank, kniete sich auf den Fußboden, drehte sanft mit den Händen das Gesicht der jungen Frau zu sich und sagte dann an Shaan gewandt: »Ich dachte, ich hätte die Glocke gehört. Warst du das?«

»Ja.« Shaan starrte ihn wie betäubt an. »Ich habe Nilah zufällig in der Stadt gefunden. Sie hat mich gebeten, sie hierherzubringen. Dann verschwinde ich jetzt besser.« Sie ging zur Tür.

»Nein! Warte.« Morfessa drehte sich zu ihr um, und Shaan stellte verblüfft fest, dass sein linkes Auge grau, aber das rechte tiefbraun mit roten Einsprengseln war.

»Was ist geschehen?«

Sie zuckte die Schultern. »Irgendein Mann hat sie in der Gegend der Diebe angegriffen.«

Morfessa ließ seinen Blick über ihre Hosen aus grobem Stoff, das Hemd und die leere Messerscheide, die an ihr Bein gebunden war, gleiten. »Hast du ihn getötet?«

»Nein! Nilah hat ihn unschädlich gemacht, und ich habe sie hierhergebracht.«

»Wie seid ihr hereingekommen? Hat Prin euch die Tür geöffnet?«

»Nein.« Shaan fragte sich, wer dieser abwesende Prin sein mochte.

Morfessa runzelte die Stirn und sah zurück zu Nilah. »Das ist merkwürdig«, sagte er leise zu Shaan, dann erhob er sich. »Ich muss eine Salbe auftragen. Hilf mir, Nilah zu bewegen.«

»O nein.« Shaan machte einen Schritt zurück. »Ich muss jetzt gehen. Ich soll nämlich noch Fische fangen.«

»Nach Sonnenuntergang?« Er sah durch die Fenster hinaus ins Dunkel. »Du kannst gerne Fisch von mir bekommen, wenn du mir hilfst. Na, komm schon.« Er winkte sie zu sich.

Shaan zögerte. Torg dürfte alles andere als begeistert sein, wenn sie mit leeren Händen zurückkäme, und sie hatte keine Münzen, um etwas Fisch auf dem Markt zu kaufen.

»Also gut.« Sie seufzte, folgte seinen Anweisungen und hob Nilahs Beine, während er ihren Oberkörper nahm. Dabei bemerkte sie eine schwache Spur von Alkohol in seinem Atem. Sie trugen Nilah zwischen sich und schlurften schwerfällig mit ihr aus dem Raum und den Flur hinunter.

»Wie war noch mal dein Name?«, stieß Morfessa hervor, als sie sich durch eine weitere Flügeltür mühten.

»Shaan.«

»Ach, richtig«, sagte er mit einem Nicken. »Ich bin Morfessa.«

»Ja, daran erinnere ich mich.« Shaan half ihm dabei, die junge Frau auf ein schmales Bett zu legen.

»Na, also, das ist gut.« Er ging hinüber zu einigen offenen Regalen und murmelte vor sich hin.

Sie befanden sich in einem Zimmer, aber es schien zugleich, als wäre man in einem Garten. Sie waren von vier Wänden umgeben, doch die Decke war zum Teil offen und gab den Blick frei auf den Nachthimmel. Große, schlanke Bäume waren in einigem Abstand zueinander neben Gewächsen mit fleischigen Blättern und süß duftenden Blumen gepflanzt. Zu ihren Füßen wuchs an einigen Stellen üppiges Gras, andere Bereiche waren mit Steinfliesen ausgelegt, und an einer Seite lagen dicke Teppiche und Kissen auf dem Gras.

Shaan erfasste all dies mit einem Blick, nahm es aber kaum richtig wahr, denn in ihr stieg ein Unbehagen auf, das von dem Drang begleitet wurde, diesen Ort zu verlassen.

»Wenn das dann alles ist, nehme ich die Fische und verschwinde«, sagte sie zu Morfessas Rücken.

Er drehte sich um und kam mit einigen Behältnissen zurück, die er ihr in die Hand drückte. »Halte das mal.« Dann lächelte er sie an. »Du wärst nicht auf die Idee gekommen, dass dies mein Haus sein könnte, nicht wahr?« Er beugte sich zu ihr und fuhr in vertraulichem Tonfall fort: »Mach dir keine Sorgen, ich bin ganz harmlos. Sie ist es, die dich in größere Schwierigkeiten bringen könnte.«

Shaan schaute verwirrt auf die junge, blonde Frau hinab, und Morfessa stieß ein raues Lachen aus. »Sie hat dir nicht gesagt, wer sie ist, oder?« Er schüttelte den Kopf. »Das sieht Nilah ähnlich, dass sie so tut, als sei sie jemand anderes.« Er seufzte. »Das war schon als kleines Kind bei ihr so.«

»Ich kenne sie nicht. Ich habe sie erst ein Mal zuvor in einem Wirtshaus getroffen. Eigentlich bin ich ihr nur zu Hilfe gekommen, weil…« Sie brach ab, denn sie merkte plötzlich, dass Morfessa sie eindringlich musterte. »… weil sie Unterstützung brauchte. Sie hat mich gebeten, sie hierherzubringen.«

Der alte Mann nickte. »Danke. Und ihre Mutter, die Führerin, dankt dir ebenfalls.«

Shaan starrte ihn an. Nilah war die Tochter der Führerin? Ihr schlug das Herz bis zum Halse. Bei den Göttern, was würde jetzt mit ihr geschehen? Sie hatte sie wohl kaum mit dem nötigen Respekt behandelt.

»Mach dir keine Sorgen«, sagte Morfessa lächelnd. »Wenn du nichts verrätst, werde ich auch nichts sagen. Und ich weiß, dass Nilah Stillschweigen bewahren wird, denn sie darf eigentlich nicht auf eigene Faust in der Stadt umherstreifen.«

»Nein«, erwiderte Shaan mit schwacher Stimme. »Nein. Ich werde kein Wort darüber verlieren.«

»Gut.« Sein Blick wurde besorgt. »Du siehst sehr müde aus.«

Shaan hatte das Gefühl, dass er nicht auf ihre Erschöpfung nach dem langen Weg hierherauf anspielte.

»Mir geht es gut.«

»In Ordnung. Dann hilf mir mal.« Er winkte sie zu sich. »Und ich werde dir Erleichterung verschaffen. Ich habe Salben, die die Schmerzen in deinen Muskeln lindern können.«

Shaan war hin- und hergerissen. Ihr Instinkt riet ihr, sofort zu gehen, aber es erschien ihr nicht richtig, jetzt einfach hinauszurennen, und außerdem waren da ja immer noch die Fische, die sie dringend brauchte. Zögernd trat sie an Morfessas Seite und hielt für ihn etliche Töpfe und kleine Dosen, während er verschiedene Salben auf die Blutergüsse an Nilahs Hals und auf ihre Brust auftrug und dann einige Zeit darauf verwendete, ihr die Stirn und die Schläfen mit einem stark parfümierten Öl einzureiben. Er schloss dabei die Augen und summte vor sich hin, und Shaan spürte, wie sich die Härchen auf ihren Armen aufstellten, als die Energie in der Luft um ihn herum zu knistern begann.

Als er fertig war, atmete Nilah eindeutig gleichmäßiger, und auch ihre Wangen hatten wieder etwas Farbe bekommen.

»Und jetzt«, er wandte sich an Shaan, »komm her und setz dich zu mir.« Er deutete auf einen gepolsterten Stuhl am Rande des gefliesten Teils des Zimmers. Dahinter verströmte ein üppig bewachsenes Beet mit lilafarbenen Blumen einen Duft nach Kräutern in die warme Nachtluft. Shaan wollte protestieren, doch Morfessa hob einen Finger. »Nein, nein. Keine Widerrede.« Er packte sie am Arm und zog sie zum Stuhl. »Dein Rücken dürfte einigen Strapazen ausgesetzt gewesen sein, wenn du Nilah den ganzen Weg gestützt hast. Ich werde nicht zulassen, dass irgendjemand in diesem Zustand mein Haus verlässt! Komm.« Er sorgte dafür, dass sie sich setzte, und musterte sie aus zusammengekniffenen Augen. »Sieh dir nur dein Gesicht an. Hier ein Riss, da Blutergüsse!« Er schnalzte mit der Zunge und schüttelte den Kopf, während er ihr Gesicht hin- und herdrehte, dann hinter sie trat und mit sanften Fingern die verhärteten, verkrampften Muskeln massierte. Auch dabei stieß er missbilligende Laute aus. Als er anfing, eine Paste zusammenzurühren, hatte Shaan das Gefühl, wieder im Red Pepino zu sein, wo Tuon um sie herumscharwenzelte.

Langsam begann sie zu vergessen, wer dieser alte Mann war, der ihre Wange mit Salbe einrieb, und sie entspannte sich. Es war warm und still. Die einzigen Geräusche waren Nilahs Atemzüge und ein leises Schaben, als Morfessa erst seine Zutaten in einer Keramikschüssel vermischte und dann vor sich hin murmelte, als er den Balsam auf ihre Haut auftrug.

Er hatte sie ihr Hemd ausziehen lassen, sodass er ihren Rücken mit Öl massieren konnte, während Shaan sich den Stoff vor die Brüste presste. Seine ungerührte Art war wohltuend und unbedrohlich, und das warme Öl lockerte die schmerzenden Knoten in ihrem Rücken. Sie fing an, schläfrig zu werden. Die durchwachten Nächte und die Beanspruchungen der letzten Wochen brachen über ihr zusammen, und sie wollte nur noch ihre Augen schließen.

»Dein Körper ist sehr erschöpft«, sagte Morfessa leise. »Hast du schlecht geschlafen?«

Shaan riss die Lider auf. »Ich schlafe gut.«

Er legte seine großen, warmen Handflächen auf ihren Rücken. »Dein Körper verrät mir etwas anderes.«

Shaan spürte eine große Hitze von seinen Händen ausgehen und in ihre Muskeln strömen, als würde er heißen Sirup auf ihrer Haut verteilen. Es war nicht möglich, die ursprüngliche Spannung wieder aufzubauen. Sie atmete lange aus und fühlte sich plötzlich seltsam gefühlsduselig. Tränen stiegen ihr in die Augen.

»Manchmal habe ich …« Sie brach ab und knetete die Hände. Es fühlte sich falsch an, wenn sie über ihre Träume sprach; sie waren zu persönlich, zu beängstigend.

»Du hast Albträume?« Morfessa bewegte die Hände ihre Schulterblätter empor, und seine Finger gruben sich in ihre verspannten Muskeln. »Verstörende Träume sind sehr aufschlussreich. Ich habe viel Zeit darauf verwandt, mich mit ihnen zu beschäftigen. Es ist schon in Ordnung«, sagte er, als er bemerkte, wie sie wieder zu verkrampfen drohte. »Es ist ganz normal, wenn sie einen heimsuchen. Bei den meisten Menschen sind sie eine bloße Projektion ihrer eigenen Ängste, eine Reaktion auf turbulente Zeiten in ihrem Leben. Aber für einige wenige können sie auch mehr bedeuten. Du musst wissen, dass Träume von mysteriösen Wesen beeinflusst werden können, die im Zwielicht beheimatet sind.«

»Was meinst du?« Shaan versuchte, ihre Stimme unter Kontrolle zu halten.

»Nun ja«, sagte Morfessa, der sich für das Thema zu erwärmen begann. »Das Zwielicht, musst du wissen, ist vieles zugleich. Es ist eine Dimension, die unseren Augen verborgen ist, die unsere Herzen und Seelen jedoch wahrnehmen können. Sie ist die Grenze zwischen unserer Welt und dem namenlosen Ort, dem alles Kommen und Vergehen entspringt. Es ist der Ort der Träume, die Quelle der Visionen einer Seherin und der Beginn ihrer Macht sowie eine Verbindung zu den Göttern.«

»Den Göttern?«

»Ja. Es gibt sogar Leute, die glauben, dass die Vier Verlorenen Götter noch immer dort existieren und dass sie dorthin gingen, als sie Azoth verbannten und ihn in den Abgrund schickten.«

»Und was glaubst du?«

Morfessa schürzte die Lippen und lächelte ihr kurz zu. »Ich bin mir nicht sicher. Ich glaube, sie sind uns noch näher.«

»Und der Gefallene? Glaubst du, dass er zurückgekehrt ist?«

Shaans Atem ging nun flacher. Sie war sich nicht sicher, warum sie Morfessa eine solche Frage stellte. Die Hände des Ratgebers bewegten sich langsamer, und als er ihr antwortete, war seine Stimme leise und beherrscht.

»Ich weiß es nicht. Aber es scheint möglich.«

Es schien möglich. Shaan spürte, wie sich Kälte in ihr ausbreitete – wie eine Metallkugel, die sie hinabzog. *Ist er hier? Ist er zurück?* Sie unterdrückte ein Zittern.

»Nun ja, das sind alles nur Gerüchte.«

Aber Morfessa antwortete nicht. Shaan versuchte, sich etwas einfallen zu lassen, um ihn abzulenken. Vielleicht konnte er die seltsamen Worte aus ihrem Traum entschlüsseln. Schließlich waren ihre Träume doch sicher nichts anderes als ihre eigenen sorgenvollen Gedanken, die darum kreisten, eine Reiterin zu werden. Wahrscheinlich ergaben diese Worte überhaupt keinen Sinn und entsprangen nur ihrer eigenen Fantasie.

»Morfessa, du beherrschst doch viele Sprachen, nicht wahr?«

»Ja, einige, warum?«

»Ich habe eine Freundin, die vor einiger Zeit Worte in einer merkwürdigen Sprache gehört hat und sich nun fragt, was sie zu bedeuten haben. Ich dachte, vielleicht könntest du das wissen.«

Der alte Mann zuckte mit den Achseln. »Möglicherweise. Wie lauteten die Worte denn?«

»Ich glaube, sie sagte, eines habe wie *Arak-si* geklungen.«

Morfessa erstarrte, machte einen Schritt zurück und starrte Shaan an. »Was hast du gerade gesagt?«, flüsterte er.

Shaan war beunruhigt, als sie seinen Ton hörte. »Arak-si«, wiederholte sie mit schwacher Stimme.

»Wo hat sie das gehört?«, wollte Morfessa wissen. Er war mit einem Mal sehr angespannt, und die Furchen auf seinem wettergegerbten, braunen Gesicht schienen tiefer und ließen ihn noch älter aussehen.

»Ich bin mir nicht sicher.« Inzwischen wünschte sich Shaan, sie hätte nichts gesagt. »Warum, was haben sie denn zu bedeuten?«

»Es ist eine uralte Sprache. Die Sprache der Drachen, die nur noch wenige beherrschen.« Er starrte sie an, und in seinen seltsam gefärbten Augen lag ein wachsamer Ausdruck. »*Arak* ist der Name dessen, der einst Azoth genannt wurde. *Arak-si* meint jemanden, der von ihm geliebt wird, einen seiner Nachkommen.«

Eine eiskalte Hand griff nach Shaan und drückte ihr Herz zusammen.

»Sag es mir!« Morfessa umklammerte ihren Arm. »Wo hast du das gehört?«

Sie schüttelte den Kopf. »Ich weiß nicht. Nirgends. Ich habe dir doch gesagt, dass eine Freundin von mir darüber gestolpert ist.«

»Du musst es mir sagen!« Sein Griff verstärkte sich, und ein seltsames, verzweifeltes Glühen trat in seine Augen.

»Ich weiß es nicht!« Sie versuchte, seine Hand abzuschütteln, denn seine plötzliche Heftigkeit machte ihr Angst. »Ich muss jetzt gehen.« Damit stieß sie ihn von sich, sprang vom Stuhl auf, schlüpfte in ihr Hemd und rannte zur Tür.

»Nein, warte!«, rief er ihr hinterher, aber sie ignorierte ihn. Ihr Herz hämmerte, als sie den Flur hinunterhastete. Morfessa schrie immer wieder, sie solle stehen bleiben, aber sie lief weiter durch die schwach erleuchteten Gänge, vorbei am Innenhof bis zur Vordertür. Ihr Schnürbeutel und ihr Speer waren noch dort, wo sie beides abgestellt hatte, und ohne noch einen Blick über die Schulter zu werfen, hob sie die Sachen auf und stürmte hinaus in die Nacht.

Kleine Öllampen erleuchteten die Gartenbeete in der Nähe des Hauses, und Shaan rannte an ihnen vorbei den Weg hinunter zum Tor. Sie hatte gerade die Bäume erreicht, als das Geräusch eines zuschlagenden anderen Tores sie zum Innehalten brachte. Gab es hier Wachen? Völlig außer Atem stürzte sie hinter einen Baum und spähte dahinter hervor. Ein großer, junger Mann, weiß gekleidet, lief durch den Garten zum Haus. Er hatte breite Schultern und lange Gliedmaßen, und sein Haar war schwarz und dick. Er bewegte sich mit langen, selbstsicheren Schritten vorwärts, und Shaan drückte sich tiefer in den Schatten, als er an ihr vorbeikam.

Als habe er ihren Blick gespürt, blieb er stehen und drehte sich um. Ihr Magen machte einen Satz, und es lief ihr kalt das Rückgrat hinunter, als er mit den Augen den Pfad absuchte. Sein Kiefer war ordentlich rasiert und kantig, seine Wangenknochen waren breit. Er war mehr als gut aussehend, blass und dunkel zugleich, Licht und Schatten, und während er in die Schwärze starrte, schien Shaan sich nicht bewegen und auch den Blick nicht abwenden zu können. Ihr stockte der Atem. Wie gebannt beobachtete sie den Mann, bis sich dieser mit zusammengezogenen Augenbrauen abwandte und ins Haus ging.

Ihre Tasche und den Speer in den zitternden Händen, sah Shaan ihm nach, bis er die Tür hinter sich geschlossen hatte, dann rannte sie zum Gatter, denn sie wollte eine möglichst große Distanz zwischen sich und diesen Ort bringen.

Morfessa hastete in sein Arbeitszimmer, wo er ein Blatt Pergament nach dem anderen ausrollte und es dann zu Boden warf. Seine Hände waren fahrig, als er verzweifelt seine alten Aufzeichnungen durchsuchte. Wo war es denn nur? Es musste doch hier irgendwo sein! Er trat Papierrollen aus dem Weg, kletterte auf einen Stuhl und kramte in den Tiefen seiner Regale, wobei er Töpfe und staubige Ziergegenstände achtlos auf den Boden fegte.

Endlich schlossen sich seine Finger um das, was er gesucht hatte: eine lange Schriftrolle, die er im Regal ganz nach hinten geschoben hatte. Er zog sie heraus, stieg wieder vom Stuhl und rollte sie vorsichtig auf seinem Schreibtisch aus. Mit zittrigen Händen glättete er das Pergament und fuhr mit dem Finger unter der ersten Zeile entlang, die in einer engen Handschrift verfasst war. In der Mitte verharrte er, sein Atem stockte, und er starrte auf die Worte, die er vor so langer Zeit aufgeschrieben hatte.

Meine Forschungen legen die Vermutung nahe, dass Azoth den Schöpferstein benutzt hat, um mit einer Sterblichen ein Kind zu zeugen, ehe sein Reich zerschlagen wurde. (Siehe Rollen 1-7). Weitere Studien haben ergeben, dass das Kind die Auslöschung überlebt haben könnte. Was bedeutet das für unsere Zeit?

Er sah von der Schriftrolle auf und schaute sich mit starrem Blick im Raum um. Wie konnte es ihm entfallen sein, dass er etwas von solcher Wichtigkeit aufgeschrieben hatte? In letzter Zeit schien er so viel zu vergessen. Er schüttelte den Kopf. Wie dem auch sei, jetzt hatte er es ja wiedergefunden.

Und wenn es wahr war, was Shaan gesagt hatte, wenn sie also wirklich jemanden kannte, der diese Worte gehört hatte, wer konnte sie dann ausgesprochen haben? Niemand außer ihm selbst und Veila beherrschte seines Wissens nach die uralte Sprache, ja er bezweifelte sogar, dass heutzutage noch viele Drachen am Leben waren, die sich damit auskannten. Es war eine tote Sprache, die mit den Göttern ausgestorben war.

Aber nun... Was hatte das alles zu bedeuten? Konnten sich seine alten Theorien als wahr erweisen?

Arak-si: »*Geliebter, Nachkomme von Azoth.*« Es war erstaunlich, unmöglich, beängstigend. Eine Linie von Sterblichen, die vom Gefallenen abstammte.

Ob sie wussten, wer sie waren? War die Person, die Shaan das Wort *Arak-si* verraten hatte, einer von ihnen? Konnte er oder sie der Katalysator für Azoths Wiederkehr sein? Konnte es sein, dass die Nachkommen dieses ersten Kindes, welches er vor so langer Zeit gezeugt hatte, ihn in den letzten zweitausend Jahren hatten erstarken lassen? Konnte ihre Existenz ihn an die Welt der Sterblichen binden und es ihm ermöglichen, sich schließlich doch aus seinem Gefängnis zu befreien?

Ein Schauer lief ihm über den Rücken. Die Götter konnten kein Kind mit einer Sterblichen haben, das war verboten. Aber Azoth hatte den anderen den Schöpferstein entwendet, sie in die Schatten gedrängt und alle Macht des Steins für sich selbst beansprucht. Und er hatte ihn über fünfhundert Jahre in seinem Besitz. Er hatte herausgefunden, wie er ihn benutzen musste, um Menschen und Drachen zu einer neuen Rasse zu verschmelzen. Warum sollte er nicht auch einen Weg gefunden haben, seinen Samen in eine Sterbliche zu pflanzen?

Der alte Mann starrte auf die Schriftrolle, als ihm plötzlich ein beängstigender Gedanke kam. War es möglich, dass Azoth all dies geplant hatte? Nachdem die Vier Verlorenen Götter einen Weg gefunden hatten, Amora dazu zu bringen, den Stein zu stehlen und sie zu befreien, hatten sie Azoth in dem Wissen besiegt, dass ihnen kein anderer Weg blieb, als den Schöpferstein gegen ihn zu richten und ihn dann in ein verborgenes Reich zu verbannen. Hatte Azoth gewusst, dass die anderen irgendwie über ihn triumphieren würden, und einen Plan für sein eigenes Überleben geschmiedet? Hatte er, indem er den Schöpferstein nutzte, um Leben in einer Sterblichen heranwachsen zu lassen, in dem Kind eine Verbindung zu ihm und dem Stein angelegt? Und würde diese Verbindung auch auf seine Nachkommen übergehen? War sie so stark, dass Azoth jetzt, genau jetzt, wieder auferstanden war, lebte und unter ihnen wandelte?

Morfessas Mund wurde trocken, und er ging rasch zu seinem Weinkrug. Er goss sich ein großzügiges Glas ein, stürzte es in einem langen Zug hinunter, schenkte sich dann noch einmal nach, schloss die Augen und genoss das Feuer, als die Flüssigkeit seinen Magen erreichte. Das alles war so viel auf einmal. Er starrte auf die Schriftrollen. Die Nacht würde er damit verbringen, sie sorgfältig durchzugehen, und morgen würde er mit Rorc sprechen und ihm das Pergament und all seine anderen Aufzeichnungen zeigen. Rorc würde wissen, was zu tun war. Vielleicht konnte er sogar dieses Mädchen, Shaan, dazu bringen, hierher zurückzukommen, damit er alles herausfinden konnte, was sie wusste. Er war sich sicher, dass sie irgendetwas verbarg, was diese Freundin von ihr anging. Vielleicht gab es gar keine Freundin. Er hielt inne, das Glas an den Lippen.

Hinter ihm öffnete sich die Tür, und als sich Morfessa erschrocken umdrehte, verspritzte er Wein auf seinem Hemd.

»Prin!« Er sah den jungen Mann an, der im Türrahmen stehen geblieben war. »Wo habt Ihr gesteckt?«

Die Augen des jungen Mannes huschten zu den Weinflecken auf Morfessas Hemd und über die Schriftrollen, die überall auf dem Boden verteilt waren, aber er gab keine Antwort.

»Jemand war hier. Wer war das?« Prins Stimme war ruhig, aber es lag ein befehlender Unterton darin, der Morfessa nicht gefiel.

»Es geht Euch nichts an, wen ich in meinem Haus begrüße«, sagte er. »Ihr solltet der Führerin heute einen Bericht erstatten. Habt Ihr das getan?«

»Selbstverständlich.« Prins Blick wanderte langsam über das ausgebreitete Pergament auf dem Schreibtisch, dann zurück zu Morfessa. »Wollt Ihr, dass ich hier für Euch Ordnung schaffe?«

Die Art und Weise, wie er ihn ansah, bewirkte, dass sich Morfessa mit einem Mal der Flecken auf seinem Hemd und seiner zittrigen Hände sehr bewusst wurde.

»Nein, das erledige ich selber.« Warum hatte er das Gefühl, dass sich der junge Mann hinter diesen dunklen, lilafarbenen Augen über ihn lustig machte? »Geht und sagt dem Koch, er soll eine Mahlzeit für mich zubereiten.« Seine Stimme war scharf, aber Prin schien davon nicht beeindruckt zu sein. Langsam kroch ein breites Lächeln über seine Lippen, und er nickte Morfessa knapp zu.

»Wie Ihr wünscht, dann werde ich Euch jetzt allein lassen.« Er zog sich leise zurück, und die Tür fiel hinter ihm ins Schloss.

Morfessa stieß die Luft aus, obwohl er gar nicht gemerkt hatte, dass er sie angehalten hatte. Anmaßend, so konnte man Prins augenblickliches Verhalten beschreiben. Aber es war nicht nur anmaßend. Er hasste es, es sich eingestehen zu müssen, aber manchmal machte ihn dieser junge Mann mehr als nur ein bisschen nervös.

Noch einmal nahm er einen tiefen Schluck Wein, und ohne wirklich zu wissen, warum, ging er zur Tür und drehte den Schlüssel im Schloss.

16

Tallis stemmte sich gegen die Flanke des Muthus, was das Tier mit einem tiefen Grunzen und einem Schlag seines Schwanzes quittierte. In Bewegung setzte es sich allerdings nicht. Tallis versuchte es noch einmal, und nun rückte es unwillig ein Stück weiter zur Wand der Höhle. Schweiß rann Tallis über den nackten Rücken, und seine Haut juckte. Er fluchte und boxte dem Muthu in die Rippen. Im Gegenzug spuckte das Tier ihn an und bleckte die Zähne. Tallis erwiderte die Grimasse, legte seine Schulter gegen die Seite des Muthus und stemmte sich dagegen, sodass es einige taumelnde Schritte machte und sich dann mit einem Schnauben in den hinteren Teil der Höhle, die als Stall diente, zurückzog. Von dort aus starrte es Tallis übellaunig an.

Tallis fegte den Mist von der Stelle weg, an der das Tier gestanden hatte, und schaufelte ihn in einen Korb. Dann warf er dem Tier einen langen Blick zu, ehe er hinausging und mit einem Balken den Eingang versperrte. Die Muthuställe auszumisten war für ihn schon als kleiner Junge die unliebsamste seiner Pflichten gewesen, und nun musste er es wieder tun. Er hob den großen Korb an beiden Griffen auf und kippte ihn im Vorratsraum für Brennmaterial aus, dann bog er wieder in den Haupttunnel ein. Er musste sich dringend waschen, und mit gesenktem Kopf machte er sich auf den Weg zu den heißen Quellen auf der anderen Seite der Großen Höhle. Sorgfältig vermied er den Blickkontakt mit jedem, an dem er vorbeikam. Neuigkeiten verbreiteten sich rasch im Brunnen. Inzwischen dürften die meisten wissen, dass man ihn nicht ausgestoßen hatte. Und er war sich sicher, dass viele alles andere als erfreut darüber waren.

Sein Kopf fühlte sich schwer und benommen an. Er hatte

schlecht geschlafen und war immer wieder von seltsamen Träumen heimgesucht worden, in denen Drachen den Himmel bevölkerten und Feuer den Sand verzehrte. Und er konnte nicht aufhören, an seine Schwester zu denken. Er hatte angefangen, sich zu fragen, ob das seltsame Gefühl des Andersseins, das er schon immer mit sich herumgetragen hatte, vielleicht daher rührte, dass *sie* nicht da war. Gemeinsam mit ihr war er im Schoß seiner Mutter gewesen – was hatten sie dort miteinander geteilt? War das Fremdsein, das er tief im Innern spürte, auch in ihr?

Es war ein verstörender und zugleich tröstlicher Gedanke, dass es noch eine andere gab, die wie er war. Vielleicht hatte ein anderer Clan sie aufgenommen. Sie war nicht tot, dessen war er sich sicher. Warum das so war oder woher diese Gewissheit kam, hätte er nicht sagen können, aber er wusste mit solcher Bestimmtheit, dass sie nicht tot sein konnte, wie er wusste, dass er niemandem sonst davon erzählen konnte. Es würde ihn nur noch weiter als Außenseiter brandmarken.

Als er nun durch die Gänge lief, fühlte er sich erschöpft und eingekerkert. Er wünschte sich, er wäre mit Jared draußen zum Jagen. Sein Erdbruder war früh an diesem Morgen mit fünf anderen aufgebrochen, aber man hatte ihm nicht erlaubt, sich der Gruppe anzuschließen. Er wusste nicht, ob man ihm je wieder so weit trauen würde, dass man ihn zur Jagd gehen ließe. Was würde dann noch bleiben? Würde er an diesem Ort von nun an nur noch ein halbes Clanmitglied sein, nur noch gut dafür, den Muthus hinterherzufegen und die Waffen zu schärfen?

Er hob den Blick, als er durch die Große Halle ging. Die Feuerstelle war kalt, aber Irissa und drei andere Frauen saßen dennoch dort. Sie warfen ihm kurze, scheue Blicke zu und verfolgten seine Bewegungen aus den Augenwinkeln. Er änderte seine Richtung und steuerte nunmehr den Höhleneingang an, aber plötzlich kam eine größere Gruppe Männer herein und versperrte ihm den Weg. Unter ihnen befand sich Thadin, der ihm einen grimmigen Blick zuwarf. Tallis machte eine Kehrtwendung, um zur Mitte der Höhle zu gelangen. Jetzt kam er nahe an Irissas Gruppe vorbei, und er sah Jareds Schwester unwillkürlich an, als er an ihr vorbeiging. Ihre Blicke kreuzten sich, und eine Sekunde lang glaubte er, sie würde ihn ansprechen. Sie war schon halb aufgestanden, zögerte dann jedoch, und in diesem Moment zog Marita sie wieder herab, flüsterte etwas und musterte ihn aus zusammengekniffenen Augen. Vor nicht allzu langer Zeit hatte sie ihm ganz andere Blicke zugeworfen. Tallis lief weiter und tat so, als hätte er nichts bemerkt.

Er erreichte die Tunnel, die zu den Quellen führten, und atmete tief die warme, feuchte Luft ein, als er weiter hinabstieg. Der Hauptgang führte zu den großen Gemeinschaftsquellen, doch er mied diese und bog stattdessen in eine schmalere Abzweigung ein, die zu einigen Quellen tief in den Höhlen führte, die nur für ein oder zwei Personen groß genug waren. Das einzige Geräusch hier unten war das langsame Tropfen und Blubbern von Wasser, das aus der Erde aufstieg. Kleine Lampen sorgten für gedämpftes, grünes Licht und verströmten einen erdigen, süßen Duft. Er nahm eine aus ihrer Halterung und trug sie zu der allerletzten Quelle am Ende des Tunnels – ein Ort, den er inzwischen häufiger aufsuchte.

Heute kam aus dieser engen Höhle bereits Licht. Karnit saß am Rande des Wassers. Tallis blieb stehen, doch der Clanführer hatte ihn schon gesehen, hob eine Hand und winkte ihn zu sich.

»Komm rein, Junge.«

Langsam näherte sich Tallis. Karnit ließ die Füße im kleinen Tümpel baumeln; Luftblasen stiegen im schwarzen Wasser empor. Der Mann sah Tallis durch den wabernden Dampf entgegen. Der Schein der Lampe ließ die Knochen seines Gesichtes scharf hervortreten und malte tiefe Schatten auf seine eingefallenen Wangen.

»Setz dich«, sagte er.

Tallis zögerte.

»Nun, bist du hergekommen, um dich zu waschen und deine Muskeln zu entspannen, oder nicht?«

»Hast du nach mir gesucht, Anführer?«, fragte Tallis.

Karnit spähte durch das schummrige Licht zu ihm, und er ließ seine Füße im Wasser vor- und zurückschnellen.

»Ich komme häufig hierher. Diese Quelle hat das heißeste Wasser, was gut für meine alten Füße ist, und sie ist fast immer unbesetzt. Geh nur hinein, wenn du das möchtest, Junge.« Er senkte den Blick und verfiel in Schweigen.

Unheilvolle Vorahnungen schnürten Tallis die Brust ein. Karnit log. Er hatte ihn noch nie zuvor hier unten gesehen; der Anführer hatte seine eigene Quelle, die nur er nutzte. Und doch konnte er sich nicht einfach umdrehen und hinausgehen. Karnit hatte mit ihm gesprochen und ihn eingeladen, mit ihm das Wasser zu teilen, also durfte er ihn nicht vor den Kopf stoßen, indem er nun einfach verschwand. Ihm war unbehaglich zumute, als er die Lampe abstellte, rasch seine stinkende Kleidung abstreifte, sich in das kleine Wasserloch gleiten ließ und sich so weit wie möglich vom Anführer entfernt und so nah wie möglich am Eingang der Höhle niederließ. Das Wasser war sehr heiß und reichte ihm beinahe bis zu den Schultern. Er konnte eine Strömung am Grund spüren; die Luftbläschen drängten sich an seinen Zehen vorbei, da das Wasser durch ein Loch aufstieg, das tief in die Erde reichte.

Einige Zeit saßen sie schweigend dort. Wasser tropfte von der Decke.

»Ich habe meine Mutter nie kennengelernt«, brach der alte Jäger unerwartet die Stille. »Sie starb in der Nacht, in der ich geboren wurde, während der Sturmzeit.«

Tallis rührte sich nicht, antwortete nichts und starrte ins dunkle Wasser.

»Es war der letzte Tag der Stürme. Ich war bereit, ihren Schoß zu verlassen, als sie in eine Trance verfiel und hinausging. Sie war ungewöhnlich. Seitdem hat es niemanden mehr gegeben, der die Höhle während einer Queste verlassen hat, und sicher niemanden mit ihren Talenten. Sie hat mich in diesem Sturm zur Welt gebracht. Sie gebar mich und erstickte dann im Sand. Am nächsten Morgen wurde ich neben ihr gefunden. Viele konnten es nicht glauben. Kein Mann hatte je zuvor einen Sturm überlebt, ganz zu schweigen von einem Kind. Einige behaupteten, als sie starb, habe sie etwas an mich weitergegeben, oder sie habe eine Übereinkunft mit Kaa getroffen.« Durch den Dampf hinweg beobachtete er Tallis.

»Mein Vater weigerte sich, mich anzunehmen. Er sagte, ich sei vom Fünften Führer berührt und würde dem Clan nur Schwierigkeiten bringen. Aber der Anführer mochte meinen Vater nicht und holte mich in sein Heim, um mich wie sein eigenes Kind aufzuziehen. Mein Vater nahm sein Messer und schnitt sich selbst die Kehle durch.«

Tallis' Mund wurde trocken. Warum erzählte Karnit ihm all das?

»Damals waren die Zeiten noch anders. Vom Clan verstoßen zu werden, das bedeutete …« Karnit machte eine Pause und atmete geräuschvoll aus. »Die gut gemeinte Tat des Anführers erwies sich keineswegs als Wohltat. Viele konnten nicht vergessen, wie ich auf die Welt gekommen war. Es ist nicht leicht, in diesem Clan anders zu sein, *Tallis*.« Halb zischte er, halb flüsterte er seinen Namen. »Viele halten Unterschiede für zerstörerisch und versuchen, den Clan davon zu befreien.«

»Und doch bist du inzwischen Anführer«, sagte Tallis leise.

»Sei auf der Hut, Junge!« Karnits Augen funkelten. »Ich bin tatsächlich jetzt der Anführer.« Er suchte Tallis' Blick, und seine Stimme war nun leise und bedrohlich geworden. »Weil zwei Männer sich hassten, durfte ich überleben. Die Führer haben mir eine Chance gegeben; ich wurde zu ihrem Werkzeug, den Clan rein zu halten, denn wer könnte besser Andersartigkeiten aufspüren als einer, dem dieser Makel so vertraut ist wie die eigene Haut?«

Tallis wurde kalt bis ins Mark. Es war unmissverständlich klar, was ihm Karnit sagen wollte. Der alte Mann streckte seine muskulösen Arme aus, drehte sie langsam und betrachtete sie.

»Ich bin inzwischen ein alter Mann von dreiundsechzig Jahren, und doch ist noch so viel Kraft in mir. Kraft zu tun, wofür die Führer mich ausersehen haben.«

In seinen hellen Augen lag ein harter Ausdruck, als er Tallis unverwandt ansah und sich zu ihm beugte. »Und ich werde dafür sorgen. Ich werde alles andere, das mein Volk schwächen könnte, ausfindig machen und entfernen. Unreines Verhalten, Fähigkeiten, die gegen das Gesetz verstoßen, und die Blutlinien, die sich mit jenen mischen, die nicht aus den Ländern des Sandes stammen. Dieser Clan soll rein sein.« Er hob seine Füße aus dem Wasser, lief zum Eingang der Höhle und griff nach seiner Lampe.

»Der Kreis hat beschlossen, dass wir an der Zusammenkunft teilnehmen. Ich habe eine Handvoll Männer ausgewählt, die mich begleiten werden, und du bist unter ihnen. Wir werden morgen beim ersten Strahl der Sonne aufbrechen.«

Tallis schaute überrascht auf und sah ein gefährliches Lächeln auf den Lippen des Anführers, das dessen gelbliche Zähne entblößte. »Was deine Position in diesem Clan angeht, Tallis, so mögen die Führer beschlossen haben, dass du erst mal bleiben sollst; aber ich war dabei, Junge. Ich habe gesehen, was du getan hast, ich *weiß*, was du bist, und es gibt in diesem Clan keinen Platz für dich.« Er spuckte neben sich ins Wasser, drehte sich mit einem vernichtenden Gesichtsausdruck um und ging davon.

Tallis blieb in der Quelle sitzen, außerstande, sich zu bewegen, und eine eisige Kälte hatte ihn trotz des heißen Wassers fest im Griff. Er wusste es. Karnit wusste es. Tallis hatte es in diesem kalten Hohn auf den dünnen Lippen gelesen und die Verachtung in seinem Blick gesehen. Karnit wusste, dass er nicht Haldanes wahrer Sohn war, und er wollte, dass er ging und dass er aus seiner Nähe und aus dem Clan verschwand. Daran gab es keinen Zweifel. Seine Worte waren unmissverständlich gewesen. Der Anführer hielt ihn für eine Seuche innerhalb des Clans, für einen Schmutzfleck, der endgültig ausradiert werden musste.

Tallis starrte in den Dampf und das Wasser, in dem Blasen aufstiegen, und ein düsterer Gedanke keimte in ihm auf, der ihn in Furcht und Panik versetzte. Was war mit seiner Mutter? Stand auch sie auf Karnits Säuberungsliste? War das der Grund, warum er wollte, dass Tallis zur Zusammenkunft mitkommen sollte? Es würde nur zu einfach sein zu behaupten, er habe einen Unfall gehabt, als sie allein draußen im Sand waren. Mailun würde ohne Schutz zurückbleiben. Jareds Mutter würde gegen den Anführer des Clans nur wenig ausrichten können. Karnit würde Mailun zwingen, den Clan zu verlassen. Sie hatte keine Blutsverwandtschaft mehr und keinen Gefährten, der Anspruch auf sie erheben würde.

Zorn stieg in Tallis auf, scharf und kalt wie eine Klinge. Das konnte er nicht zulassen. Die Führer hatten der Träumerin gezeigt, dass es nicht sein Schicksal war, ein Ausgestoßener zu sein, und vielleicht hatten sie recht; aber sie hatten nicht alles offenbart. Deshalb musste er Karnits Pläne überleben, wie auch immer sie aussahen. Er bezweifelte, dass der alte Mann irgendetwas gegen seine Mutter unternehmen würde, solange sie bei der Zusammenkunft waren, aber wenn sie zurückkehrten und er wäre tot … Tallis' Angst wurde zu einem harten Fels der Wut. Er musste überleben, seiner Mutter zuliebe.

Morgen, beim Aufbruch mit den anderen zur Zusammenkunft, würde er vorbereitet sein.

Shila fuhr mit einem leisen Schrei aus dem Schlaf auf, und ihr Atem ging stoßweise. Sie ließ ihren Blick schweifen und stellte fest, dass sie allein auf den Fellen lag. Thadin musste bereits aufgebrochen sein, um die Abordnung für die Zusammenkunft zu verabschieden. Warum hatte er sie denn nicht geweckt? Sie stand auf. Wenn sie sich beeilte, würde sie vielleicht noch rechtzeitig kommen. Als sie durch die Dunkelheit stolperte, merkte sie, wie sie einige ihrer Töpfe im Vorbeigehen streifte und diese klappernd umfielen, aber das kümmerte sie nicht. Sie hastete durch die kleine Höhle und schob den Sichtschutz zur Seite, dann rannte sie hinaus in den Haupttunnel. Ohne die vielen rasch gesenkten Köpfe zu bemerken, eilte sie weiter, und ihr Nachthemd wehte hinter ihr her und gab den Blick auf ihre Schenkel frei. Beinahe war sie an der Großen Höhle angekommen, als sie Stimmen und Getöse hörte.

Sie konnte dort Licht sehen. Gedämpftes Licht. Die Sonne war aufgegangen. Kam sie zu spät? Verzweiflung machte sich in ihr breit, als sie in die Haupthöhle platzte und zum Ausgang stürmte. Sie konnte einige Menschen entdecken, die in der Öffnung wie Schatten wirkten, unter ihnen Thadin.

Sie rannte zu ihnen, drängelte sich hindurch, atmete schwer und ignorierte deren rasch erstickte Proteste. Ihr Schrei erstarb ihr auf den Lippen. Sie war zu spät gekommen. Die Abgesandten waren schon so weit entfernt, dass sie nur noch als schwarze Punkte in einer Staubwolke zu erkennen waren. Die Mitglieder des Clans waren auf dem Weg zur Zusammenkunft, unter ihnen Tallis, und sie konnte ihn nicht mehr erreichen.

»Shila?« Thadin legte ihr eine Hand auf die Schulter.

»Warum hast du mich nicht geweckt?« Sie fuhr zu ihm herum, und er wich zurück.

»Ich habe es versucht, aber du wolltest nicht aufwachen. Ich wusste nicht …« Er brach ab. »Was ist denn los?«

Ihr war kalt. Alle Umstehenden beobachteten sie nun, aber sie konnte ihnen nicht sagen, was sie gesehen hatte. Sie schauderte. Zu spät. Nach einem tiefen Atemzug starrte sie wieder hinaus in die Wüste, als könnte sie die Aufgebrochenen allein durch ihre Willenskraft wieder zurückholen. Sie konnte spüren, wie die Blicke der anderen besorgt auf ihr ruhten. Doch dann drängte sich ihr ein anderer Gedanke auf; sie drehte sich um und umklammerte Thadins Arm. »Sag mir: Wo ist Jared?«

Tallis hielt den Kopf gesenkt und trottete hinter den anderen Männern her. Sie waren zu zwölft, und er war einer der beiden letzten in der Reihe. Es war, als hinge ein Sargtuch über ihnen, als sie mit gekrümmten Rücken durch die Hitze und den Sand stapften. Ohne dass es ausgesprochen worden war, hatte sich Furcht unter ihnen breitgemacht. Was würde geschehen, wenn die schwarzen Drachen sie fänden? Sie waren ausgeliefert. Tallis sah, wie einer der Männer mit angespanntem Gesicht zum Himmel hinaufspähte. Keiner sagte ein Wort.

An der Spitze der Gruppe lief Karnit, der einen Sack und seinen

Speer bei sich trug. Tallis wollte sich so weit wie möglich von ihm entfernt halten. Er rückte sein eigenes Bündel zurecht und umklammerte seinen Speer. Beinahe konnte er die Feindseligkeit der anderen Männer riechen. Karnit hatte sie sorgfältig ausgewählt, und die Mehrzahl von ihnen war mindestens fünf Jahre älter als er selbst. Er sah zu dem Jäger neben ihm. Zwar war Penrit in seinem Alter, und er kannte ihn seit ihrer Kindheit, aber Penrit hatte ihn schon als Junge nicht besonders gemocht, und nun hielt er sein Gesicht mit der spitzen Nase starr nach vorne gerichtet und lief schnellen Schrittes, um einige Entfernung zwischen sich und Tallis zu bringen.

Der Tag schleppte sich dahin. Die Sonne brannte heiß auf Tallis' Rücken, und ein unbestimmtes Gefühl von Furcht lag in der Luft. Was war Karnits Plan, und wann würde er zuschlagen? Gedanken und Möglichkeiten kreisten unaufhörlich in Tallis' Kopf. Er war die ganze Zeit über angespannt, und seine Sinne waren geschärft, während er versuchte, aufmerksam zu beobachten, was die Männer um ihn herum taten, und gleichzeitig ein wachsames Auge auf den Horizont zu haben, ob sich irgendeine Spur der schwarzen Drachen zeigte. Er wollte gar nicht darüber nachdenken, was er tun würde, wenn die Tiere sie hier draußen erneut aufspüren würden.

Ein einziges Mal an diesem Tag hielt die Gruppe an und machte Rast an einem sandverwehten, alten Brunnen, um die Wasserschläuche aufzufüllen. Tallis war der Letzte, der seinen Vorrat aufstocken konnte, und er sah, wie Karnit ihn beobachtete, als er sich aus einem uralten Eimer Wasser in seinen Lederschlauch füllte.

Die Augen des Anführers waren zusammengekniffen und unergründlich, und nach einem Moment wandte er seinen Blick ab und sagte zu den anderen: »Wir machen uns auf den Weg zum Gestohlenen Brunnen. Kommt!« Er drehte sich um, und die Männer folgten ihm.

Tallis versuchte, sich ans Ende der Gruppe zurückfallen zu las-

sen, doch er wurde von einem alten Jäger namens Relldin aufgehalten. Seine Augen waren hart wie Granit, und er verzog verächtlich seinen Mund, als er Tallis einen Stoß gab, damit er wieder
neben Penrit lief. Der junge Jäger warf ihm einen eisigen Blick zu,
und Tallis schaute weg.

Die Sonne senkte sich, und die Gruppe erreichte den Brunnen,
als der erste kühle Abendhauch über die Dünen wehte. Der Ge-
stohlene Brunnen war ein Ring von Felsen am Rande des Jalwa-
lah-Gebietes. Seinen Namen hatte er erhalten, um an den Erfolg
des Clans zu erinnern, denn er wurde den Raknah abgerungen,
lange bevor Tallis geboren wurde. Große Felsbrocken, deren Ränder von Sand und Wind geglättet waren, bildeten einen beinahe
vollkommenen Kreis um eine sandige Fläche und waren nach
oben hin zum Himmel geöffnet. Eine kleine, unterirdische Quelle
sprudelte an einer Seite des Kreises unter rotem Gestein hervor
und sammelte sich zu einem kleinen Teich, ehe sie wieder versi-
ckerte. Karnit wies die Männer an, ihre Schlafmatten innerhalb
des Steinkreises auszubreiten. Es war ein ungemütliches Lager.
Tallis bereitete seinen eigenen Ruheplatz in einiger Entfernung
von der Quelle und so weit weg wie möglich von den anderen
vor, dann zog er einen Streifen Trockenfleisch aus seinem Bündel
und kaute darauf herum. Die meisten der übrigen Männer füllten
ihre Wassersäcke und unterhielten sich leise, während sie ihre eigenen Rationen getrockneten Fleisches oder kleine Reisebrote aus
ihrem Gepäck holten. Heute Nacht würde es kein Feuer geben.
Sie würden sich früh auf ihre Schlafmatten zurückziehen und am
nächsten Morgen vor Sonnenaufgang aufstehen, so sehr waren sie
darauf erpicht, Schutz vor der Gefahr aus dem offenen, endlosen
Himmel zu bekommen.

Die Sonne war untergegangen und hatte nichts als eine lange,
grünliche Färbung hinterlassen, die sich dort entlangzog, wo der
Himmel auf die Erde traf. Bald würde es nur noch Schwärze und
blinkende Sterne geben. Tallis fragte sich kurz, wie es wohl sei-

ner Mutter ging, aber dann zwang er seine Gedanken auf andere Pfade. Hier draußen gab es nichts, was er für sie tun konnte. Seine Aufgabe war es, zu überleben und wieder zurückzukehren. Aber selbst wenn ihm das gelang: Welche Zukunft lag dann vor ihnen? Wenn Karnit hier nicht erfolgreich war, was würde er ihnen dann später antun? Wie weit würde er gehen, um seinen Clan reinzuhalten? Tallis sah zu dem alten Mann, der auf der gegenüberliegenden Seite des Lagers saß und sich unterhielt, und zum ersten Mal dachte Tallis über ein Leben außerhalb der Clans, außerhalb der Wüste nach.

Die Nacht wurde schwärzer, aber er fand nicht in den Schlaf. Stattdessen saß er mit dem Rücken gegen die Felsen gelehnt, starrte vor sich hin und dachte nach. Keiner der anderen Männer gesellte sich zu ihm, doch hin und wieder bemerkte er, wie ein verstohlener Blick in seine Richtung wanderte. Er hatte ein kleines Messer in der Hand, das er dicht an seine Hüfte presste, und er hielt sich wach, indem er sich an einen spitzen Felsvorsprung lehnte, der sich ihm in die Wirbelsäule bohrte.

Doch die Ereignisse der letzten Tage hatten ihn müde gemacht, und irgendwann mitten in der Nacht döste er ein. Seine Lider senkten sich flatternd, und die Erschöpfung übermannte ihn.

Er erwachte mit einem Ruck, als grobe Hände nach ihm griffen. Instinktiv wehrte er sich, aber das Messer war bereits seinem Griff entwunden. Er trat und hörte einen Mann ächzen, dann wurde ihm eine Faust ins Gesicht gerammt. Schmerz vernebelte seine Sicht. Tallis spähte in die dunklen Schatten und versuchte, einen Hieb zu landen, wann immer er ein Auge aufblitzen sah, doch weitere Fäuste trafen ihn in den Unterleib, sodass er alle Luft ausstieß und keuchend zusammensackte. Unter seinen Händen spürte er das harte Gestein. Eine mächtige Faust schlug ihm in die Nieren, eine andere schmetterte auf seine Schläfe nieder, als er auf der Seite lag. Daraufhin war er zu benommen für jede Gegenwehr, und Hände packten ihn an den Fußknöcheln und zerrten ihn aus dem Lager. Steine rissen seinen Rücken auf, und er stöhnte heiser. Ein Jäger in seiner Nähe drehte den Kopf, kam ihm jedoch nicht zu Hilfe. Der Verrat traf Tallis tief. Auch wenn er damit gerechnet hatte, konnte er es doch nicht glauben. Sie würden, ja sie könnten so etwas doch nicht einem von ihnen antun, oder doch?

Schweigend zogen ihn die Männer aus dem Brunnen und weg von den Felsen. Die Nacht war dunkel; der Sand war ein trüber, fahler Schimmer im Licht der Sterne. Sie schleiften ihn so lange mit sich, bis niemand sie mehr sehen konnte, dann blieben sie stehen und ließen Tallis' Beine fallen. Er hörte das leise Gleiten von Metall über Leder. Kalte Furcht machte ihn wieder klar im Kopf. Ihm lief Blut in das rechte Auge, und als ein Fuß in seine Richtung trat, rollte er sich zur Seite. Er versuchte aufzustehen, aber Hände griffen nach seinem Haar und zogen seinen Kopf zurück. Er ignorierte den Schmerz, drehte sich und setzte zu einem Hieb an, doch starke Arme packten ihn, zerrten ihn zurück und zwangen ihn auf die Knie. Zornerfüllt stöhnte und kämpfte er, aber sie waren größer als er und stärker. Als er aufblickte, sah er einen anderen Mann näher kommen. Es war Relldin, dessen kurzer Bart schon weiß wurde. Seine Augen glänzten, und sein Gesicht war eine grimmige Maske. Das Licht der Sterne brach sich auf der Klinge seines Messers.

»Nein!«, schrie Tallis und zappelte in ihrem Griff. So würde er nicht sterben. Sein Zorn verlieh ihm Kraft, und einer der Männer lockerte seine Umklammerung. Doch dann stieß Relldin ein seltsames Keuchen aus. Ein überraschter Ausdruck erschien auf seinem Gesicht, gefolgt von einem Schwall Blut, der aus seinem Mund quoll. Er fiel nach vorne, und nun konnte Tallis sehen, dass ihm ein Messer zwischen den Schulterblättern steckte.

»Relldin«, zischte einer der Männer, die Tallis festhielten, doch dann schnellte eine dunkle Gestalt aus der Wüste und zerrte ihn von Tallis weg, der sich nun aus dem Griff des letzten Mannes wand und mit den Fingern hektisch nach Relldins Messer tastete. Eine Hand schloss sich um seine Knöchel, und als er sich umdrehte, sah er Penrit, dessen Gesicht entschlossen wirkte, als er sich ihm näherte, um ihn anzugreifen. Tallis' Finger krümmten sich um das Heft des Messers, und ohne darüber nachzudenken riss er es hoch und versenkte es tief in der Brust des jungen Mannes. Heißes Blut ergoss sich über seine Hand, und der Schock darüber durchfuhr seinen ganzen Arm. Penrit griff nach dem Messer, auf seinem Gesicht malte sich ein Ausdruck schmerzverzerrter Ungläubigkeit, und heftig zitternd brach er auf dem Sand zusammen.

Tallis sprang auf, starrte ihn an und fühlte sich ganz leer vor Entsetzen. Es wehte kein Wind, und alles war still; nur das leichte Zucken von Penrits sterbendem Körper durchbrach die Ruhe.

»Tallis.«

Jared stand vor ihm, in einen dunklen Mantel aus Ziegenhaut gehüllt. Sie standen voreinander und sahen sich an, ihre Hände nass vom Blut. Drei Männer lagen tot zu ihren Füßen. Tallis überfiel Übelkeit, und er konnte sich kaum auf den Beinen halten. Alles schien unwirklich, und die Welt hatte alle Farbe verloren. Da war nichts mehr als Schatten und Sand und Tod. Dass sein Erdbruder hier war, kam ihm ganz natürlich vor.

Jareds Augen lagen tief in ihren Höhlen und waren dunkel, als ob irgendetwas in ihm zerbrochen war, und er hob eine Hand und zerrte Tallis am Arm.

»Komm.«

Außerstande, einen klaren Gedanken zu fassen, folgte ihm Tallis vom Brunnen weg, hinaus in die Schatten der Wüste.

17

Sie liefen durch die Nacht. Die Mondsichel verblasste und sank schon zum Horizont hinab, und die Wüste wurde eine Welt der Schatten, dunkel und still. Die Luft war kalt, und Tallis beobachtete die weißen Nebelwölkchen, die aus seinem Mund strömten, während Jared und er sich immer weiter von den Gebieten entfernten, die er kannte.

Kaum sichtbar am Horizont türmte sich die Silhouette der Schwarzen Berge, eine zerklüftete Gebirgskette, in der es kaum Leben gab. Sie ragte steil und scharf wie Zähne aus dem Sand. Tallis' Brust fühlte sich hohl an, und etwas schien sein Herz zu verzehren. Er warf einen Seitenblick auf Jared, konnte ihn jedoch in der Finsternis kurz vor Anbruch der Dämmerung nur erahnen. Er musste die ganze Nacht auf den Beinen gewesen sein, um sie noch einzuholen. Hatte er gewusst, was er vorfinden würde?

»Bald geht die Sonne auf«, sagte Jared. »Wir müssen jagen, wenn wir etwas essen wollen.«

Tallis nickte und lief weiter. Die Stille zwischen ihnen zog sich in die Länge.

»Werden wir noch mal zurückkehren?«, fragte er leise, und seine Stimme klang ganz schwach in seinen Ohren.

Jareds Augen wurden von seiner Kapuze überschattet. »Wir haben unsere eigenen Clansmänner getötet, Bruder. Wir können nie mehr zurück.«

Die Luft in Tallis' Lungen wurde eisig, und eine kalte Hand griff nach seinem Herzen. Jared hatte recht. Das Blut klebte noch immer an seiner Haut; er konnte es riechen, intensiv und metallisch, tief mit den Fäden seines Hemdes verwoben. Clanblut. Es würde sich nie wieder auswaschen lassen.

»Wieso bist du hier?« Er zwang die Frage zwischen seinen trockenen Lippen hindurch.

»Die Träumerin kam zu mir, nachdem du aufgebrochen warst. Sie sagte mir, dass ich dich suchen müsse. Die Führer hätten ihr gezeigt, dass unsere Wege uns vom Clan wegbringen würden in die Gegenden jenseits der Schwarzen Berge. Sie wollen uns nicht mehr zurück, Tallis. Es ist entschieden.«

Seine Stimme war tonlos, als ob Kaa ihm bereits sein Leben genommen hätte. Tallis konnte nichts erwidern. Ein scharfer Windstoß blies ihm die Haare aus der Stirn, aber die Kälte war kein Vergleich zum klirrenden Eis seiner Verzweiflung. Was war es, das jenen, die er liebte, so etwas antat? Sein Vater war tot, seine Mutter allein, und nun auch noch Jared. Was wollten die Führer von ihm?

»Komm.« Jared legte ihm eine Hand auf den Arm. »Die Sonne geht auf. Lass uns jagen. Wir müssen etwas essen, denn wir haben noch einen langen Weg vor uns.«

Fahles Licht kroch über den Horizont und zeichnete die Umrisse der steilen Gipfel der entfernt gelegenen Berge nach. Tallis' Kehle war trocken, und er ballte die Hände zu Fäusten. Jareds Gesicht wirkte ausgezehrt, und um seine Lippen lag ein harter Zug, den Tallis nicht kannte. Ihm wurde schlecht, als er seinen Erdbruder so sah, aber er sagte nichts. Er würde Jareds Opfer nicht mit Worten des Bedauerns besudeln.

Als er den Blick nach Westen wandte, spürte er das vertraute Ziehen in seinen Eingeweiden, diesen verhassten Krampfen, der versuchte, ihn von den Landstrichen wegzulocken, die er liebte. Er hatte nie verstanden, warum ihn solche Empfindungen überfielen, aber vielleicht wussten es die Führer. Vielleicht hatten sie immer gewusst, dass er keiner der ihren war, und hatten dieses Drängen in seine Seele gepflanzt, um sich seiner zu entledigen. Und doch schickten sie ihn nach Osten. Nichts ergab mehr einen Sinn. Er senkte den Kopf und folgte seinem Erdbruder, als sie die Jagd begannen.

Sie erlegten genug Fleisch für zwei Tage, kochten und wickelten es ein, dann setzten sie ihren Weg in Richtung Berge fort. Jared gab Tallis ein Stück Stoff, damit er es als Haldar benutzen konnte, und sie saugten ausreichend Wasser aus den Wurzeln der Wüstengewächse, um weiterlaufen zu können. Da sie nachts und während der kühleren Morgenstunden wanderten, ruhten sie sich in den Stunden aus, wenn die Sonne am heißesten war.

Und mit jedem Tag rückte die massive Felsenlinie näher. Die Schwarzen Berge erstreckten sich, so weit Tallis blicken konnte, und verblassten am Rande des Horizonts zu einem dunklen Glitzern. Spitze Gipfel reckten sich in das blasse Licht des Morgengrauens wie schwarze Zähne, die sich in den Himmel gruben, und Tallis fragte sich, wie Jared und er je einen Weg durch dieses Gebirge finden wollten.

Am zweiten Tag machten sie im spärlichen Schatten eines kleinen Dornengewächses Rast. Nachdem sie beinahe sechs Stunden geschlafen hatten, wachte Tallis auf, als die Sonne schon im Sinken begriffen war. Einen Moment lang lag er da und beobachtete das Licht durch den Schleier seines Kopftuchs hindurch. Sand bedeckte seine Haut und klebte am Schweiß seines Nackens und seiner Stirn, und sein Mund war trocken. Jared neben ihm schnarchte noch. Tallis setzte sich auf, wickelte seinen Schal vom Kopf und griff nach dem Wasserschlauch. Mit einem kleinen Zweig schabte er sich den Sand von seiner Stirn, riss sich vom Anblick der Berge los und sah zur Wüste. Nun würden sie bald Raknah-Land erreichen. Gut zwei Meilen Richtung Osten lagen die Grenzen des Landes, das dieser Clan beanspruchte, gekennzeichnet durch zwei tiefe Gräben im Sand und Gestein, die beinahe unmöglich zu entdecken waren, bis man fast davorstand.

Der bleiche Mond stand am Himmel, und Tallis starrte hinauf, während er an seine Mutter und an die Schwester dachte, die er noch nie gesehen hatte. Vielleicht sollten Jared und er nach Westen ziehen, in die Gebiete der Feuchtlande? Er starrte beinahe reglos vor sich hin, als zwei schwarze Punkte am Horizont erschienen. Einen Moment lang sah er ihnen schläfrig entgegen, doch dann war er mit einem Schlag hellwach. Ein schmerzhafter Stich durchfuhr seinen Kopf, und seine Gliedmaßen waren plötzlich taub, als er begriff, was sich da näherte. Er konnte den Blick nicht von den riesigen Flügeln abwenden, die nach und nach sichtbar wurden. Die Erinnerung an jenen schicksalhaften Tag in der Wüste überfiel ihn wieder, und er drehte sich um und packte Jared an der Schulter.

»Wach auf!« Nun schüttelte er Jared.

»Was?« Jared hob den Kopf, blinzelte, dann erstarrte er und blickte ungläubig an Tallis' Schulter vorbei den sich nähernden Kreaturen entgegen. Er riss die Augen auf, kroch aus dem Schutz des Gewächses hervor und griff nach seinem Messer. Tallis nahm Jareds kleinere Klinge. Sie befanden sich auf offener Fläche ohne die Möglichkeit, irgendwo Schutz zu suchen. Warum hatten sie daran nicht gedacht? Tallis verfluchte ihre Dummheit. Sie konnten sich nirgends hinflüchten.

Die Drachen kamen näher, und Schmerz umfing Tallis' Schädel wie ein Schraubstock. Dass Jared an seiner Seite war, bemerkte er kaum. Das Blut rauschte in seinen Ohren, und mit wachsender Panik merkte er, dass es wieder geschah. Jared sagte irgendetwas und packte ihn am Arm, aber seine Worte schienen von weit weg zu kommen. Die Welt um ihn herum zerfiel. Alles, was er noch sehen konnte, waren die nahenden Drachen, und alles, was er hören konnte, war ein Flüstern wie Wind, der an den Türen seines Geistes rüttelte und danach verlangte, freigelassen zu werden.

Die untergehende Sonne blendete Tallis, und die Drachen waren nur dunkle Schatten am Himmel, aber er spürte sie und das tiefe, trommelnde Vibrieren ihres Blutes. Das Flüstern wurde lauter. Tallis konnte kaum noch denken. Ihm schwirrte der Kopf. Er taumelte und spürte voller Entsetzen, wie etwas aus seinem tiefsten Innern an die Oberfläche drängte. Noch versuchte er, es zu verleugnen, kämpfte darum, an dem Teil seines Selbst festzuhalten, den er kannte, aber dieses Etwas in ihm war stärker.

Die Drachen kreisten über ihren Köpfen und glänzten in vielen Farben. Ihre kammbewehrten Köpfe waren nach unten gebogen, um Jared und Tallis anzustarren, und auf ihren Rücken saßen Männer in seltsamer Kleidung. Dies waren nicht die gleichen Tiere wie beim Angriff! Doch der Gedanke kam Tallis zu spät, und das Ding in seinem Innern sprengte seine Fesseln. Unbekannte Worte formten sich auf seiner Zunge. Das kleinere Tier schien zurückzuweichen, doch das größere, das schon näher an ihnen dran war, legte den Kopf in den Nacken und kreischte, und der Laut war wie ein Hammer, der auf Tallis' Kopf niedersauste. Seine Knie schlugen auf dem Boden auf, und im letzten Augenblick sah er hinauf in ein wissendes, grünes Auge, ehe es schwarz um ihn wurde.

Als er aufwachte, hörte er Männer miteinander sprechen. Er lag auf der Seite, es war Nacht, und hinter seinen Augen pulsierte ein dumpfer Schmerz. Er erinnerte sich, dass da Drachen am Himmel gewesen waren, Stimmen und ein großes, grünes Auge. Als er sich mit einem Ruck herumdrehte und aufsprang, wirbelte er eine Staubwolke auf.

»Na endlich, ich dachte schon, ich müsste dich ersticken, um diesem Schnarchen ein Ende zu bereiten.«

Jared saß im Schneidersitz neben ihm, das Gesicht einem Feuer zugewandt. Tallis kniff die Augen zusammen, sein Kopf pochte.

»Wie fühlst du dich?«, fragte Jared.

»Noch am Leben.« Er warf den zwei Männern, die auf der anderen Seite des Feuers saßen und ihn beobachteten, einen Blick zu.

»Dies ist Bren.« Jared deutete auf den jüngeren Mann. »Und das Attar. Sie sind auf den Drachen geritten. Sie stammen aus einer Stadt in der Nähe des großen Wassers.«

Die Männer musterten ihn schweigend. Ihre Haut war sonnenverbrannt, und sie trugen ihr Haar ganz kurz geschoren. Beide waren mit langärmligen Hemden und Lederwämsern bekleidet. Der jüngere Mann hatte blondes Haar und nestelte an etwas herum, das auf seinem Schoß lag. Sie hatten lange Klingen bei sich.

»Sind wir Gefangene?«, fragte Tallis.

Der Mann, den Jared Attar genannt hatte, zog die Augenbrauen hoch. »Wofür sollten wir denn zwei Clansmänner brauchen? Nein, wir sind nur Reisende.«

Sein Blick war durchaus freundlich, aber die Antwort löste nicht den Knoten in Tallis' Eingeweiden. Langsam richtete er sich neben Jared auf. Sein Kopf schmerzte dumpf, und ein metallischer Geschmack lag auf seiner Zunge.

»Wo sind denn die Drachen?«, fragte er.

»Sie jagen.« Attar beobachtete ihn eindringlich. Sein Akzent war fremd und hart. Der Bartwuchs einiger Tage bedeckte seinen kräftigen Kiefer, und eine kleine Narbe zog sich über eine seiner Augenbrauen. Tallis schätzte, dass er größer als Jared wäre, wenn er stünde, und seine Schultern waren muskelbepackt und breit.

»Auf was machen sie denn Jagd?«, erkundigte sich Jared wie beiläufig, und der ältere Mann lächelte, wobei er verblüffend weiße Zähne zeigte.

»Auf alles, was sie finden können. Ein Tier dieser Größe kann es sich nicht leisten, wählerisch zu sein.« Er kicherte, als er sah, wie Jareds Blick zu Tallis huschte. »Keine Sorge, sie sagen, Menschenfleisch sei zu ranzig für ihren Geschmack. Außerdem würden wir zu viel Wein trinken, sagen sie, das mache das Fleisch sauer!«

Seine Zähne blitzten im Schein des Feuers, als er grinste, und der blondhaarige Bren neben ihm schnaubte und schüttelte den Kopf. Seine feinen Züge verrieten Verärgerung, während er ein Stück Holz, mit dem er herumgespielt hatte, in die Flammen warf.

»Das *sagen* sie«, wiederholte Tallis Attars Worte, und der ältere Mann wandte ihm den Blick zu. Er nickte.

»Das tun sie.« Das Lächeln versiegte, als er Tallis eindringlich und prüfend musterte.

Meinte Attar, dass er mit den Drachen sprach? Wusste er, was ein Clansmann von jenen hielt, die das taten? Tallis' Mund wurde trocken, und er hatte die Worte eines anderen, älteren Mannes im Ohr: *Ich habe gesehen, was du getan hast, ich weiß, was du bist.* Er schluckte und schlug die Augen nieder. Schweigen hing zwischen ihnen, bis Attar plötzlich mit den Händen auf seine ledernen Beinkleider schlug.

»Lasst uns essen! Bren.« Er drehte sich zu dem jüngeren Mann, der nickte, unter den Lidern hervor zu Jared und Tallis schielte und dann im Dunkeln verschwand. Rasch kam er mit einem Bündel wieder, aus dem er Proviantpakete und Kochutensilien hervorzog.

»Also, aus welchem Clan stammt ihr?« Attar legte seine Hände entspannt auf die gekreuzten Beine.

Jareds Augen huschten zu Tallis. »Den kennst du sicherlich nicht.«

»Vielleicht ja doch. Ich weiß mehr über die Wüstenvölker als die meisten Küstenbewohner. Ich habe vor vielen Jahren bei den Baal gelebt, aber ich bin mir sicher, dass ihr nicht aus diesem Clan stammt. Sie flechten sich keine solchen Zöpfe, auch wenn deine Haare«, er sah zu Tallis, »dunkel genug sind, dass du einer von ihnen sein könntest.«

»Was hat dich denn zu den Baal gebracht?« Tallis überging die ursprüngliche Frage.

»Ich war verletzt und hatte mich verirrt. Und was führt zwei Clansmänner so weit von jeglichen Brunnen fort?«

»Das geht einen Feuchtländer nichts an«, war Tallis' schroffe Antwort. »Was treibt ihr hier?«

Attar lachte. »Ich mag dich.« Er zeigte mit einem Finger auf ihn. »Und ich werde es dir erzählen, wenn du mir Folgendes beantwortest: Was hast du zu meinem Drachen gesagt?«

Tallis erstarrte. Attars Lächeln war noch da, doch es reichte nicht mehr bis zu seinen Augen. Bren schaute vom Topf auf, der über dem Feuer hing und in dem er rührte.

»Ich habe nicht mit deinem Drachen gesprochen.« Tallis tauschte einen kurzen Blick mit Jared, der sehr still geworden war, und während er den älteren Mann nicht aus den Augen ließ, wanderte seine Hand zu seinem Messer.

»Ah, das denke ich aber schon«, sagte Attar, und ohne zu Jared zu schauen, fügte er hinzu: »Meine Klinge ist länger als deine,

Clansmann, und ich habe schon viele Kämpfe mit Kriegern überlebt, die weit älter waren, als du es bist.«

Am Feuer hörte Bren auf zu rühren und beobachtete sie.

»Ich will deinem Clansmann kein Übel, Jared.« Attar ließ Tallis nicht aus den Augen. »Würde ich ihm etwas antun wollen, dann hätte ich es bereits erledigt.«

Tallis bezweifelte das nicht. Er hob eine Hand in Jareds Richtung und warf ihm einen warnenden Blick zu. Das Letzte, was sie jetzt gebrauchen konnten, war ein Kampf. Langsam löste Jared die Finger von der Klinge, aber seine Anspannung war noch immer greifbar.

»Essen ist fertig«, sagte Bren in die Stille hinein und füllte drei Schalen.

»Ihr beide müsst euch das Geschirr teilen.« Damit beugte er sich zu Tallis und reichte ihm eine Schüssel.

Ein herrlicher Duft stieg Tallis in die Nase. Bren hatte aus getrocknetem Fleisch und Pflanzen, die Tallis noch nie zuvor gesehen hatte, einen Eintopf zubereitet. Er war kräftig und machte satt; die Einlage war weicher als das übliche trockene Ziegenfleisch, das sie selbst auf Reisen mitnahmen. Dazu gab es gut gewürztes Pfannenbrot, dessen scharfes Aroma angenehm in Tallis' Mund brannte.

»Er bereitet immer ein prächtiges Mahl«, sagte Attar und nickte Bren zu, der tat, als würde er ihn gar nicht hören. »Schmeckt es euch?«

Tallis zuckte mit den Schultern, und Attar kicherte. »Was anderes als das Clanessen, oder?«

»Wahrscheinlich, weil's keine Sandziege ist«, sagte Bren mit vollem Mund. »Könntet genauso gut eure Beinkleider verspeisen.«

Attar grinste. »Deshalb sind die Clansmänner auch so zäh.« Er sah sie an, aber Tallis antwortete nicht. Die Scherze des kräftigen Mannes verbargen seine wahren Intentionen, und Tallis gefiel die Art und Weise nicht, wie er ihn angaffte. Attar war zu schnell über die Frage hinweggegangen, was er zu dem Drachen gesagt hatte, und er schien nicht die Sorte Mann zu sein, die aufgab, ehe sie eine Antwort bekommen hatte, nach der es sie verlangte.

Den Rest der Mahlzeit verzehrten sie schweigend, bis Attar rülpste und Bren seine leere Schale zuwarf. Dann legte er sich auf die Seite, stützte sich auf einen Ellbogen, und stocherte mit einem Stock im Feuer herum.

»Also«, wandte er sich an die beiden, »ich werde euch verraten, warum wir hier sind. Wir wurden ausgeschickt, um Angriffe im Norden unserer Länder zu untersuchen, von denen uns berichtet wurde. Wilde Drachen haben dort Dörfer verwüstet, ebenso weiter an der Küste. Wisst ihr, ob auch die Clans davon gehört haben?«

Tallis hörte auf zu kauen, und Jareds Hand, die gerade den Löffel in den Eintopf tunkte, erstarrte mitten in der Bewegung.

»Die Drachen haben viele getötet«, fuhr Attar fort. »Zwei Dörfer wurden ausgelöscht.«

Tallis würgte ein Stückchen Fleisch hinunter, das mit einem Mal allen Geschmack verloren hatte, und sah zu Jared. Sie hatten nicht darüber nachgedacht, dass die Tiere auch jenseits der Clanlande angreifen könnten.

»Habt ihr davon gehört?«, fragte Attar noch einmal, und trommelte mit seinem Stock auf den Boden.

Jared starrte ihn an, sein Blick war besorgt, und Tallis wusste, dass ihm die gleiche Frage durch den Kopf ging wie seinem Erdbruder: Konnte man diesen Männern vertrauen?

»Woher sollen wir wissen, dass die Drachen, von denen ihr erzählt, nicht eben die Tiere sind, auf denen ihr reitet?«, fragte Jared.

Attars dunkle Augen sahen ihn herausfordernd an. »Nun, das ist eine interessante Frage. Ich würde sagen, dass ihr unsere Drachen für die Angreifer gehalten habt, als ihr uns entdecktet, Clansmann, und ihr wisst jetzt, dass sie es nicht sind, denn ihr habt die Tiere, die wir jagen, bereits gesehen und wisst es deshalb besser.« Wieder stocherte er mit dem Stock im Feuer. »Warum gebt ihr es nicht zu?«

»Clans stehen Feuchtländern nicht Rede und Antwort«, fuhr

Jared ihn an. »Wir kämpfen unsere eigenen Schlachten, also kümmert ihr euch um die euren.«

»Wohl gesprochen«, antwortete Attar. »Aber diese Drachen stammen nicht aus euren Ländereien, also ist es auch nicht eure Schlacht.«

»Und doch sucht ihr hier in unseren Gebieten nach ihnen«, sagte Tallis leise und schaute dem Krieger fest in die Augen.

Attar hielt dem Blick stand, aber sein Gesichtsausdruck war schwer zu deuten. Tallis sah kurz zu Jared, der die beiden beobachtete. Auf seinen Zügen war das Misstrauen unverhohlen. Doch was sollte es bringen, ihr Wissen vor den Fremden zu verbergen? Sie selbst mochten vielleicht nicht mehr zum Clan gehören, aber diese Tiere bedrohten die Leben all jener, an denen noch immer ihr Herz hing. Mit schräg gelegtem Kopf tauschte er mit Jared Blicke, und nach einem Moment nickte dieser kaum merklich mit zusammengebissenen Kiefern.

»Eine unserer Jagdgruppen wurde vor zehn Tagen angegriffen«, erzählte er dem Krieger. »Und ich habe gehört, dass andere Clans das Gleiche erlitten haben, auch wenn sie größere Verluste als wir zu beklagen hatten.«

Attar nickte. »Das habe ich mir gedacht. Und ihr wart dabei?«

»Ja«, bekräftigte Jared.

»Wie sahen die Tiere aus?«

»Von der Größe her glichen sie euren Drachen, aber ihre Häute waren schwarz. Und sie waren zu zweit.«

»Wie kommt es, dass ihr nicht getötet wurdet?«

»Wir haben unsere Speere in die Luft gestreckt; sie müssen zu dem Schluss gekommen sein, dass sie mit uns zu viel Ärger haben würden«, sagte Jared. »Sie haben dann abgedreht.«

Die Augenbrauen des Kriegers schnellten in die Höhe. »Sie sind davongeflogen, ohne dass jemand verletzt wurde?«

Jared versuchte, Tallis zu decken.

»Ein Mann wurde getötet«, sagte Tallis knapp und sah ins Feuer. Das Bild von Haldane, der im Sand zusammenbrach und diesen mit seinem Blut rot färbte, überfiel ihn.

Attar schwieg einen Moment lang, aber Tallis konnte seinen Blick auf sich spüren. »Der Verlust tut mir leid für euren Clan. Aber da ich gesehen habe, was die Drachen außerhalb eurer Gebiete angerichtet haben, finde ich es erstaunlich, dass ihr nur einen Mann zu betrauern habt. Was hast du zu den Tieren gesagt, Clansmann? Hast du mit ihnen gesprochen, wie du auch mit meinem Drachen gesprochen hast?«

Tallis starrte ins Feuer und gab keine Antwort.

»Marathin und Haraka waren verstört von dem, was du zu ihnen gesagt hast«, bohrte er weiter. »Das sind sie noch immer, was der Grund dafür ist, dass sie zum Jagen davongeflogen sind. Sie sind argwöhnisch euch gegenüber. Was hast du gesagt?«

»Nicht alles kann mit einem Feuchtländer besprochen werden.« In Jareds Blick glomm etwas auf, das eine Warnung über das Feuer hinweg zu ihm schickte.

Aber der Krieger beachtete ihn gar nicht. »Ihr seid Wüstenstämmige.« Er setzte sich auf und kreuzte die Beine. »In Salmut, der Stadt, aus der ich stamme, sind Männer, die mit Drachen sprechen können, willkommen. Es ist eine wertvolle Gabe. In Salmut sind Drachen hoch geschätzt. Wir haben eine ganze Armee aus Drachen und ihren Reitern. Und ich vermute, dass das, was du zu tun vermagst, unseren Fähigkeiten sehr ähnlich ist. Du solltest froh darüber sein. Es hat dir geholfen, ein wildes Tier zu verjagen, nicht wahr?« Er hielt inne, aber Tallis brach sein Schweigen nicht. Attar schnaubte und spuckte ins Feuer, und die Kohlen zischten kurz.

»Du bist ja verschlossener als ein Verführer!«

»Und du bist ein ignoranter Feuchtländer«, gab Jared zurück, »der nichts vom Leben der Clans weiß.«

»Ich weiß immerhin, dass er mir nicht alles sagt.« Attar zeigte mit dem Finger auf Tallis. »Er hat mit meinem Drachen gesprochen ebenso wie mit den wilden – *das* weiß ich.«

Als Antwort warf ihm Jared einen schweigenden, versteinerten Blick zu.

Tallis spürte kalte Finger sein Rückgrat hinaufwandern. Es war nicht richtig, wenn ein Clansmann zu dem fähig war, was er getan hatte. Er wollte nicht, dass irgendjemand davon wusste. Selbst jetzt noch, wo er gar nicht mehr zum Clan gehörte – wo er eigentlich nirgends mehr hingehörte – machte es ihm Angst und beschämte ihn, wenn jemand von seinem Können wusste und davon sprach. Doch bei Attar hatte es so geklungen, als sei es ein Geschenk und als könne es nützlich sein. *Ich habe gesehen, was du getan hast. Ich weiß, was du bist.* Karnits Worte quälten ihn. Er starrte ins Feuer; ein kurzer Windstoß fuhr durch das Lager und ließ den Schein der Flammen auf ihren Gesichtern tanzen.

»Lass gut sein, Attar.« Bren stand auf und löste die Spannung, indem er sich daranmachte, die Überreste der Mahlzeit zusammenzuräumen. »Es sind Männer der Clans, sie werden dir nichts verraten.«

Aber der ältere Mann zuckte nur mit den Schultern und stocherte im Feuer. »Jeder Clansmann redet irgendwann«, sagte er und blickte Tallis über die flackernden, orangefarbenen Flammen hinweg an.

Tallis' Gesicht war starr, und er entgegnete nichts, während Jared ein Schnauben ausstieß. »Wir werden niemals so viel reden wie ein Feuchtländer«, sagte er, aber die Erregung war aus seiner Stimme gewichen. Nach diesem unausgesprochenen Angebot eines Waffenstillstands saßen sie alle eine Zeit lang schweigend da.

Um sie herum war die Wüste still wie immer. Tallis fragte sich unwillkürlich, ob seine Mutter Mailun hinauf in die Sterne schaute und an ihn dachte. Er sah zu Jared. Sein dunkles Gesicht war verschlossen, er starrte in die Flammen, und Tallis wusste, dass auch er an zu Hause dachte.

Plötzlich erscholl ein scharfer, klarer Ruf am Himmel, und sie sahen beide auf. Der Laut ertönte immer wieder. Er klang wie der Schrei eines großen Wüstenfalken, hoch und schrill, und dann veränderte er sich und ähnelte dem Klang des Windes, wenn er durch einen schmalen Felsspalt pfiff, sanft und verzweifelt, voller Melancholie und Traurigkeit.

»Marathin ruft nach ihrem Gefährten«, sagte Attar leise.

»Ist Haraka ihr Gefährte?«, fragte Jared.

»Nein, ihr Partner starb schon vor langer Zeit in einer Schlacht um die Freilande. Doch manchmal ruft sie noch immer nach ihm, obwohl ich nicht weiß, weshalb. Die Drachen haben viele Geheimnisse und Rituale, die sie nicht mit uns teilen, ganz wie eure Clans.«

»Die Schlacht um die Freilande?« Jared ging über die spitze Bemerkung hinweg. »In unserer Geschichtsschreibung gibt es Berichte über eine Zeit, als die Feuchtländer kämpften, aber das ist viele, viele Jahre her.«

Attar nickte. »Mittlerweile über zweihundert.«

Jared machte einen tiefen Atemzug. »Wie alt ist Marathin denn?«

»Ungefähr dreihundertvierzig Jahre«, antwortete er mit einem Anflug von Stolz in der Stimme. »Irgendetwas in diesem Bereich. Drachen verraten einem nicht immer das genaue Alter.«

Tallis sah zu Jared, der in den Himmel hinaufstarrte, und spürte plötzlich eine dunkle Vorahnung. Er erinnerte sich wieder an das große, grüne Auge von Attars Drachen, der in sein eigenes Auge geblickt hatte, und ein Schauer lief ihm über die Haut. Der dumpfe Kopfschmerz hinter seiner Stirn wurde schlimmer, und es wurde Zeit für ein wenig Schlaf, ehe das Pochen so peinigend würde, dass er keine Ruhe mehr würde finden können. Er nahm seine Schüssel und reichte sie Bren, der sie kommentarlos entgegennahm.

Attar musterte ihn nachdenklich. »Warum kommt ihr beide, du und dein Freund, nicht mit uns zurück nach Salmut? Was ihr gesehen habt – was ihr wisst –, könnte uns dabei helfen, diese wilden Drachen zu besiegen.« Trotz des Feuerscheins lagen seine Augen im Dunkeln. »Ihr seid doch nicht aus freiem Willen hier draußen, oder? Ich weiß genug von eurer Lebensweise, um mir da sicher zu sein. Wir sind weit entfernt von jedem Clanbrunnen.«

»Du weißt nichts von unserer Lebensweise, Feuchtländer«, sagte Jared. »Ich bin überrascht, dass die Baal dich bei sich haben leben lassen, wenn du denn tatsächlich Zeit in ihrem Brunnen verbracht hast, wie du behauptest. Ich bezweifle das allerdings.«

»Glaub, was du möchtest, aber du kannst nicht verbergen, was für alle offensichtlich ist. Ihr seid zwei Männer allein unterwegs, mit nur einem Wasserschlauch und zwei Messern, wovon eines lediglich ein Jagdmesser ist. Tallis hat kein Gepäck, und ihr habt getrocknetes Blut an eurer Kleidung. Ihr könnt nicht auf der Jagd sein, und ich glaube nicht, dass ihr euch verirrt habt …« Er fixierte Tallis. »Was ist also mit euch los? Männer, die noch immer zu einem Clan gehören, würden nicht auf diese Weise reisen.«

Einen Augenblick lang konnte Tallis nicht sprechen. Er hatte den Mann unterschätzt. Attar hatte den Nagel auf den Kopf getroffen, ob ihm das nun klar war oder nicht. Und als er Jareds Augen im Schein des Feuers sah, spiegelten sich darin sein eigener Zorn und seine Furcht. »Du sprichst von Dingen, über die du nichts weißt«, sagte er.

»Tatsächlich?« Attars Augen wurden schmal. »Das glaube ich nicht. Ich weiß, dass die Clans einen Mann, der so wie du den Geist eines Tieres berühren kann, nicht bei sich dulden würden.«

In Tallis' Eingeweiden rumorte es, aber er antwortete nicht.

»Als du zu Marathin Kontakt aufgenommen hast, Tallis, hast du versucht, ihr Befehle zu geben. Ich konnte spüren, wie sie ins Wanken geriet, und ich fühlte ihre Angst. Du hast beinahe ihren Geist überflutet.« Attar beugte sich zu ihm. »Ich könnte das nicht. Keinem Reiter ist das möglich. Wir arbeiten mit den Drachen zusammen, wir bitten sie um Dinge, aber wir können ihnen keine Befehle erteilen. Du hingegen …«

»Ich habe nichts getan«, fiel ihm Tallis ins Wort, und sein Herz hämmerte. Er sah Jared an, der die beiden mit versteinertem Gesichtsausdruck beobachtete.

»Du hast seltsame Worte zu meinem Drachen gesagt, alte Worte, die ihn beinahe überwältigt haben«, schleuderte Attar ihm entgegen. »Das war nicht nichts. Vielleicht kannst du sogar die Wilddrachen besiegen. Du hast eine Gabe, Clansmann; warum nutzt du sie nicht?«

»Nein«, sagte er.

Attar musterte ihn kühl. »Du sagst nein, weil du Angst hast. Deine Fähigkeit, den Drachen zu befehlen, könnte Leben retten. Du könntest diese Tiere aufhalten, die dein eigenes Volk angreifen. Was ist, wenn diese Drachen nicht die einzigen sind? Was, wenn sie nur die ersten von vielen sind? Wie sollen wir sie aufhalten?«

»Du hast gesagt, es gäbe eine Drachenarmee«, erinnerte ihn Tallis.

»Und was, wenn die sich gegen uns wendet? Was passiert, wenn noch mehr aus deinem Volk angefallen werden? Wenn die Kinder deines Clans den Sand mit ihrem Blut rot färben? Wirst du dann noch immer ablehnen?«

Entsetzt starrte Tallis ihn an, antwortete aber nicht, doch sein Zorn begann zu verblassen. Was würde geschehen, wenn es mehr von ihnen gäbe? Wie sollten sich die Clans dagegen zur Wehr setzen? Sie verfügten nur über Speere, Bögen und Messer, also Waffen, die für die Jagd und den Nahkampf gedacht waren.

Seine Gedanken drehten sich im Kreis.

»Du kannst die Tiere davon abhalten, dein Volk zu töten, Tallis. Da ist etwas in dir, und das weißt du. Komm mit uns zurück nach Salmut und lerne, die Kraft, die deinem Geist entspringt, zu kontrollieren.«

Tallis starrte den Krieger an und ließ den Blick dann zu Jared wandern, dessen Gesicht einen harten Ausdruck hatte. Sicherlich dachte er daran, was die Träumerin gesagt hatte: dass sie zu den Schwarzen Bergen ziehen sollten, wo ihr Schicksal sie finden werde. Aber was wäre, wenn ihre Reise *hier* ihren Ausgang nähme?

»Begleite uns nach Salmut«, drängte Attar. »Dein Wissen über die Wilddrachen dürfte für unseren Kommandanten von größtem Interesse sein, und in der Stadt ließe sich ein Platz für euch beide finden.«

»Uns reizt eine Stadt der Feuchtländer nicht«, sagte Jared tonlos.

»Woher willst du das denn wissen, wenn du noch nie eine gesehen hast?«, wandte sich Attar nun an ihn. »Willst du nicht mal das große Wasser sehen, das Sergessen-Meer, die goldenen Dächer des Palastes der Führerin? Oder die Frauen?« Er lächelte und entblößte seine weißen Zähne. »Es gibt viele gefällige Frauen dort.«

»Keine ist so schön wie die Frauen der Clans«, antwortete Jared, ohne zu lächeln.

Bren schnaubte. »Das ist Ansichtssache.«

Jared warf ihm einen feindseligen Blick zu.

»Das Angebot steht.« Attar lehnte sich zurück und stützte sich wieder auf einen seiner Ellbogen. »Wir werden im Morgengrauen in Richtung Salmut aufbrechen, und es ist eure Wahl, Clansmänner.«

Tallis und Jared tauschten Blicke. Tief im Innern spürte Tallis das hinterlistige Ziehen, das ihn nach Westen lockte. Vielleicht hatten die Führer sie mit einem bestimmten Ziel auf diese Männer hier treffen lassen. Aber konnte er ihnen vertrauen? Attar war so interessiert an dem, was Tallis seiner Meinung nach zu seinem Drachen gesagt hatte. Er würde versuchen, es aus ihm herauszupressen. Und Jared und er würden auf diesen Tieren mitreiten müssen. Die Kälte grub ihre Finger tiefer in seinen Rücken. Unbehagen machte sich in ihm breit, aber er konnte sich nicht vorstellen, was sie ansonsten tun sollten, wenn sie die Männer nicht nach Salmut begleiteten. Wohin waren sie unterwegs? Sie hatten keinen Plan, nur die vage Weissagung von Shila, die ihnen so wenig verraten hatte, dass es war, als würden sie sich im Dunkeln durch eine Höhle tasten. Ein stechender Schmerz durchschnitt seinen Geist und ließ ihn zusammenzucken. Er blinzelte und rieb sich die Schläfen. Jetzt konnte er keine Entscheidung treffen.

»Wir werden euch bei Sonnenaufgang Bescheid sagen«, sagte er und suchte Zustimmung bei Jared. Nach kurzem Zögern nickte dieser schließlich, und Tallis wandte sich wieder an die beiden Männer. »Können wir darauf vertrauen, dass ihr uns nicht die Kehlen aufschlitzt, während wir schlafen?«

Attar lachte dröhnend. »Wir sind doch keine Scanorianer, Junge«, sagte er. Tallis verstand die Anspielung nicht, glaubte jedoch, dass der Mann die Wahrheit sagte. Außerdem: Wenn er ihren Tod gewollt hätte, dann hätte er sie bereits umgebracht.

Sie legten sich mit den Rücken zum Feuer und benutzten ihre Haldare, um sich gegen die kalte Wüstenluft zu schützen.

»Vielleicht geben uns die Führer am Morgen ein Zeichen«, flüsterte Jared, als sie sich ausstreckten.

»Ich weiß nicht.« Tallis schüttelte den Kopf. Es war zu anstrengend für ihn zu grübeln, denn der Schmerz in seinem Schädel wurde immer schlimmer, und er wollte ihm um jeden Preis entfliehen. So machte er die Augen zu und versuchte, seine Ängste auszublenden. Kurz bevor die Dunkelheit ihn umfing, hörte er den schwachen Schrei eines Drachen über dem Sand widerhallen.

18

Noch vor dem Morgengrauen schlug Tallis die Augen auf und stellte fest, dass Jared bereits wach war. Er saß aufrecht da und starrte hinaus in die Wüste. Die Luft war kühl und reglos, und die Schwärze des Himmels begann schon zu verblassen, denn in weiter Ferne am östlichen Horizont ließen die ersten Lichtstrahlen die Gipfel der Berge erglühen. Die zwei Reiter schliefen auf der anderen Seite des heruntergebrannten Feuers; Attar schnarchte gleichmäßig. Von den Drachen fehlte jede Spur.

Tallis rappelte sich auf, und Jared drehte sich um, und seine Augen waren noch immer nachdenklich.

»Hast du überhaupt geschlafen?«, fragte Tallis flüsternd, und Jared zuckte mit den Schultern.

»Ein bisschen.«

Dann sah er weg. Der Schmerz in Tallis' Kopf war abgeklungen, doch trotz der vielen Stunden Schlaf fühlte er sich, als habe er kaum die Augen zugemacht. Auch er blickte über den dunklen Sand und blieb eine Weile stumm sitzen, bis Jared leise sagte: »Wir müssen eine Entscheidung treffen.«

Tallis nickte. »Ich weiß.«

»Ich habe darüber nachgedacht«, fuhr Jared im Flüsterton fort. »Was du getan hast … also dass du die Drachen vertrieben hast … Was, wenn der Feuchtländer recht hat? Was, wenn du lernen könntest, noch mehr zu tun?«

Tallis starrte ihn an. Was sagte Jared denn da? Was er getan hatte, war falsch und krankhaft.

»Was ich getan habe, war nicht richtig«, krächzte er heiser. »Und hat dir Shila nicht gesagt, die Führer hätten verkündet, unsere Zukunft läge im Osten, hinter den Schwarzen Bergen?«

Jared ließ den Kopf sinken und Sand zwischen seinen Fingern hindurchrieseln. »Ja. Aber wenn man Träume der Führer empfängt, sind sie nicht immer so eindeutig, wie es den Anschein hat. Und da wir ...« Er hielt einen kurzen Moment inne, seine Faust ballte sich im Sand, sein Arm zitterte vor Anspannung, dann stieß er die Luft aus und hob die Hand. »Sie haben nicht gesagt, dass Blut fließen würde, und sie haben auch nicht ...« Er schüttelte den Kopf, wie um seine Gedanken zu ordnen. »Als Shila zu mir kam, berichtete sie mir, dass die Führer eine Gefahr für dich geweissagt hätten, ein neues Land, und ich müsste dafür sorgen, dass du überlebst, um es zu sehen zu bekommen. Und sie sagte, für uns beide würde ein neues Leben beginnen, sobald wir die Schwarzen Berge überwunden hätten.« Er sah ihn an. »Diese Männer könnten ein Teil des Traumes sein, den die Führer ihr geschickt haben. Vielleicht liegt unsere ferne Zukunft jenseits dieser Berge, doch jetzt ist es noch nicht an der Zeit. Das neue Land könnte auch die Stadt jener Männer und ein Ort sein, den wir aufsuchen müssen, ehe wir die Berge überqueren. Die Wüste der Clans ist riesig; sie umfasst Hunderte von Meilen. Wie kommt es, dass diese Männer uns hier gefunden haben?«

Tallis wickelte sich einen rauen Streifen seines Haldars um die Schultern, denn plötzlich fror er. Hatte Jared recht? Lenkten die Führer noch immer ihre Wege? Er forschte in seinem Innern nach der Gewissheit, dass die Führer nicht aufgehört hatten, über sie zu wachen, dass sie sich um zwei Clansmänner kümmerten, die Blut an den Händen hatten, aber er spürte nur eine eisige Kälte, die ihm durch Mark und Bein ging. »Ich weiß nicht, Erdbruder«, sagte er. »Ich habe das Gefühl, dass ich überhaupt nichts mehr verstehe.«

Einige Zeit war Jared still, dann setzte er an: »Sie könnten dir helfen, Tallis. Ich weiß, dass du leidest. Vielleicht könnte es deinen Schmerz lindern, wenn wir uns in die Stadt der Feuchtländer begeben.«

Tallis sah ihn an. Das Gesicht seines Erdbruders war abgewandt, die Kieferknochen fest zusammengepresst, und Tallis schämte sich, weil Jared so viel verloren und wissentlich so viel aufgegeben hatte, um sein Leben zu retten. Er schuldete es ihm, dass er auf seinen Rat hörte und ihn annahm. »In Ordnung«, sagte er, und Jared nickte, sagte jedoch nichts mehr.

Die Drachen kamen bei Tagesanbruch zurück zum Lager und wirbelten den Sand auf, als sie landeten. Tallis teilte Attar mit, dass sie mit ihnen reisen wollten. Der Reiter schien wenig überrascht und bereitete ohne viel Federlesens alles für einen gemeinsamen Aufbruch vor.

Er spannte Decken aus grobem Stoff auf die Rücken der Drachen, hinter den Sätteln, an denen er Lederschlingen mit Steigbügeln befestigte, damit Jared und Tallis nicht hinunterrutschten. Den beiden versicherte er, dass diese Konstruktion halten würde, aber Tallis' Finger schlossen sich krampfhaft um die Haltestange, wann immer sich Marathin im Flug absinken ließ, und sein Magen war nur noch ein fester, harter Knoten. Selbst nach einigen Stunden war es für Tallis noch immer schwer vorstellbar, dass er sich an den Rücken eines Drachen klammerte, der mit den Winden flog.

Als Tallis zu Marathin gegangen war, um aufzusteigen, hatte das Tier den Blick zu ihm gesenkt, und er hatte eine ruckartige Verbindung gespürt, sodass es ihm kalt den Rücken hinuntergelaufen war. Das Bewusstsein des Drachen glitt durch ihn hindurch, bitter und ungebeten. Er hatte es schmecken können, kalt und metallisch wie getrocknetes Blut, das sich über seine Zunge legte und seinen Mund austrocknete. Und der Drache hatte es gewusst. Das schillernde Auge hatte ihn fixiert, während er auf den breiten Rücken kletterte und die Beine in das Ledergeschirr schob. Als sie sich mit einer Staubwolke und unter kräftigem Flügelschlagen in die Luft erhoben hatten, glaubte Tallis, ein tiefes, hämmerndes Echo in seinem Geist zu hören.

Noch immer spürte Tallis die bedrückende Furcht, wenn er auf die Muster in den Dünenwellen weit unter ihnen hinabsah. In langen Reihen verliefen sie parallel zum Horizont, und mit einem Mal verspürte er einen tiefen Schmerz im Innern. Vielleicht würde er diese Landstriche niemals wiedersehen.

Zwei Tage lang flogen sie über Sandlandschaft; sie stiegen vor dem Morgengrauen in die Luft, und machte erst dann Halt, um sich auszuruhen, wenn die Sonne hinter dem Horizont verschwunden war. Tallis war erstaunt über die weiten Strecken, die Drachen ohne Wasser zurücklegen konnten.

Nachts entzündeten sie ein kleines Feuer, brieten Mar-Ratten, wenn sie welche gefangen hatten, und unterhielten sich. Die Drachen flogen davon; Tallis wusste nicht, wohin es gehen sollte, und fragte auch nicht danach. Er nahm an, dass sie auf die Jagd gingen. In Wahrheit war er froh, ein wenig Ruhe zu haben, denn während des Ritts konnte er unablässig das Pulsieren von Marathins Blut fühlen. Das war zermürbend, und er konnte sich nicht vorstellen, dass er sich jemals daran gewöhnen würde.

Am dritten Tag, als die sengende Sonne langsam am roten Abendhimmel versank, stieß Attar einen Schrei aus und zeigte nach vorne. Sie hatten das Ende der Clanlande erreicht. Tallis spähte an ihm vorbei und sah eine lange Bergkette vor sich. Die felsigen Gipfel waren schon ganz nah. Höchstwahrscheinlich würden sie sie noch vor Einbruch der Dunkelheit erreichen.

Tallis krallte sich an den Sattel und starrte auf die mächtigen Gesteinsbrocken, die das Ende seiner bekannten Welt kennzeichneten, und er spürte ein vertrautes Ziehen tief im Innern. Vielleicht würde er nun endlich herausfinden, was es war, das ihn nach Westen zog.

Sie landeten auf einer Lichtung im Windschatten eines felsigen Hügels, etliche Stunden, nachdem die Sonne untergegangen war. Seine Oberschenkel schmerzten, als er von Marathins Rücken glitt. Er hatte nur sehr wenig von der Landschaft hier sehen können, da es immer dunkler geworden war, während sie sich ihrem Ziel genähert hatten, aber der Geruch des Erdbodens und der Geschmack der Luft allein reichten aus, ihm zu verraten, dass sie weit von zu Hause entfernt waren. Hier war mehr Feuchtigkeit in der Luft, und im Wind lag etwas Mildes, Süßes, doch als er Attar danach fragte, zuckte der nur mit den Schultern. Der Boden der Lichtung war überwiegend abschüssig, kahl und steinig, doch hier und da wuchsen kleine Strauchbüschel, die ihm zumeist nur bis zu den Knöcheln reichten. Hinter ihnen erhob sich die dunkle Silhouette der Berge in den Nachthimmel, und als er sich umdrehte, sah er die riesigen Schatten von weiteren Felsen.

Attar rief ihn, damit er ihm dabei zur Hand ginge, die Drachen abzusatteln. Inzwischen war das zur Routine geworden: landen, die Sättel abnehmen und dann das Lager aufschlagen. Sehr vorsichtig lief Tallis unter Marathins Hals hindurch zur anderen Seite. Die Hitze, die ihre Haut verströmte, wärmte sein windgekühltes Gesicht. Sie roch nach Staub und moschusartigem Öl. Tallis warf besorgte Blicke auf die Krallen an ihren Vorderbeinen, als er unter dem Hals hindurchschlüpfte. Marathin legte sich hin und streckte sich auf dem Boden aus, sodass er leicht an die Sattelgurte herankam.

Wieder setzte das dumpfe Pulsieren ein, tief in seiner Brust, als er sie berührte. Sie drehte ihm den Kopf zu und beobachtete ihn bei der Arbeit. Er sah sie nicht an, während er an den Riemen herumnestelte und sie aufknüpfte, um sie dann Attar zuzuwerfen.

»Wie weit ist es noch bis zur Stadt?«, hörte er Jared Bren fragen, während er ihm half, Haraka den Sattel abzunehmen.

»Nur noch wenige Tage.«

»Wir befinden uns in den Ausläufern der Pleth-Kette.« Attar zog, und der Sattel glitt aus Tallis' Händen. »Von hier aus werden wir ins Tal und am Fluss entlangfliegen und dann der Küste bis nach Salmut folgen.«

»Warum nehmen wir nicht den direkten Kurs?«, fragte Jared.

»Die Drachen brauchen Wasser«, erwiderte Bren, und plötzlich stieß Haraka laut den Atem aus und stellte sich auf die Hinterbeine.

»Sie ist hungrig. Geh einen Schritt zurück, Tallis«, rief Attar, »sie will aufsteigen.«

Aber Tallis hatte sich bereits zurückgezogen. Er hatte Marathins

Unruhe gespürt, ehe Attar etwas gesagt hatte, und er war nach hinten getreten, wo er sich gegen einen Felsen am Rande der Lichtung lehnte. Marathins Auge schimmerte, als sie ihn in der Dunkelheit ansah, die Flügel spreizte und sich mit einem mächtigen Satz in die Luft schraubte. Ihre Schwingen öffneten sich unmittelbar über Tallis' Kopf, und einen Moment lang bekam er keine Luft, während ihn der Windstoß gegen den Felsen presste. Staub und lockere Steine wurden aufgewirbelt; Tallis kniff die Augen zusammen und hielt sich schützend eine Hand vors Gesicht, und dann war der Drache verschwunden. Zu erkennen war nur noch ein schwarzer Schatten, der sich am Nachthimmel von ihnen entfernte. Haraka folgte kurz dahinter.

»Lasst uns Feuer machen.« Attar begann, alles an trockenem Buschwerk zusammenzusammeln, was er finden konnte.

Tallis klopfte sich den Staub ab und bückte sich, um dem Reiter zur Hand zu gehen. Nachdem sie die Lichtung gründlich abgesucht hatten, entzündeten sie ein kleines Feuer; die Flammen loderten innerhalb einer steinernen Begrenzung. Bren machte sich daran, den Rest des Trockenfleischs zu rösten, und Tallis setzte sich neben Jared, den Rücken zum Hügel, und ließ den Blick am flackernden Schein vorbei in die Dunkelheit wandern.

»Leben hier in der Gegend viele Menschen?«, fragte Jared. Attar schüttelte den Kopf und warf ein weiteres Stück trockenen Buschwerks ins Feuer.

»Nein, nicht viele, es gibt hier nur wenige, meist kleine Dörfer. Hier in diesen Bergen existieren Scanorianer. Die Menschen leben lieber im Tal rings um die Stadt Shalnor am Fluss. Die meisten von ihnen sind Bauern oder keltern Wein.«

»Was sind denn Scanorianer?«, fragte Tallis.

»Du hast noch nie von ihnen gehört?« Attar musterte ihn, eine Augenbraue hochgezogen. »Nun ja, hätte ich mir eigentlich denken können. Sie stoßen nicht bis in die Wüste vor. Zu viel Sonne für ihren Geschmack.« Er schnaubte, drehte den Kopf und spuckte in die Dunkelheit hinter seiner Schulter.

»Scanorianer sind stinkende kleine Kreaturen. Sie leben in Höhlen in diesen Bergen hier, und in der Goran-Kette nahe den Freilanden gibt es noch mehr von ihnen. Sie sind klein, aber sie haben scharfe Zähne. Ihre Haut ist schwarz wie die Nacht, ihre Füße haben merkwürdige Schwimmhäute, und sie hassen uns. Manchmal kommen sie heraus und machen den Bauern hier in der Gegend Ärger. Stehlen ihre Früchte, angeln im Fluss, und gelegentlich greifen sie auch Leute an. Vor uns Reitern fürchten sie sich allerdings zu Tode.« Er lächelte. »Türmen wie ein Haufen Hasen, wenn sie uns kommen sehen.«

»Sollten wir heute Nacht nicht Wache halten?« Bren sah von dem Topf auf, in dem er rührte. »Sie könnten sich auch hier herumtreiben.«

»Das ist sogar wahrscheinlich«, bestätigte Attar. »Aber ich glaube nicht, dass sie sich näher herantrauen werden. Sie haben unsere Drachen gesehen. Wahrscheinlich beobachten sie uns nur und lassen uns ansonsten in Ruhe.«

»Essen ist fertig«, sagte Bren und verteilte das Fleisch auf drei Schüsseln.

Tallis aß schweigend seinen Anteil. Sein Nacken kribbelte, und er fragte sich, ob da kleine Augen waren, die ihnen aus der Dunkelheit heraus zusahen. Er fühlte sich weiter von zu Hause entfernt, als er es sich je hatte vorstellen können.

Die Nacht verlief ereignislos, und bei Morgengrauen erhoben sie sich. Wenn sich tatsächlich Scanorianer genähert hatten, dann waren sie lautlos wie Nebel gewesen, denn Tallis hatte nichts als den Klang des Windes gehört. Beim Aufstehen fühlte er sich steif, schaute sich um und entdeckte, dass sie sich in größerer Höhe befanden, als er vermutet hatte. Die Lichtung fiel ab und endete an einem Haufen roter Gesteinsbrocken und einem tiefen Abhang. Darunter und zu beiden Seiten gab es noch mehr Felshügel, von denen einige dicht mit graugrünen Büschen bewachsen waren. Viele hatten Plateaus und steile Hänge, als ob Teile des Felsens mit einer riesenhaften Klinge abgehackt worden wären. Die Hügel wurden in der Ferne nach und nach flacher, und jenseits davon lag fast ebenes Land, von grünen Flächen durchzogen, und etwas Braunes schlängelte sich hindurch, das sich bis zum lilafarbenen Dunst des Horizontes erstreckte.

»Ich glaube, das ist ein Fluss«, sagte Jared leise neben Tallis. Keiner von ihnen hatte je ein solches Gewässer zu Gesicht bekommen.

»Das ist richtig.« Attar gesellte sich zu ihnen. »Das ist der Fluss Pleth, und dahinter beginnt das Meer.« Er grinste sie beide an. Über ihm sah Tallis die Umrisse der Drachen, die kreisend zu Boden gingen. »Bereit, den Rest der Welt zu sehen, Clansmänner?« Attar schlug Tallis kräftig auf den Rücken. »Dann los.« Er drehte sich um und ging davon, um seinen Sattel zu holen.

Sie flogen weiter, überquerten die Bergkette und glitten durch ein breites Tal hinweg über eine wellige Landschaft, übersät mit großen, dünnen Bäumen. Die Blätter sammelten sich an den oberen Ästen wie bei Köpfen von Blumen, und der Erdboden war von einem tiefen, dunklen Rot. Überall versprengt, gab es kleine Ortschaften und Flecken, auf denen Grünpflanzen in langen Reihen angebaut worden waren. Aber es war der Fluss, der Tallis' ganze Aufmerksamkeit auf sich zog. Noch nie zuvor hatte er einen derartig breiten Wasserstrom gesehen, der so offen zutage trat. In der Wüste floss alles Wasser unterirdisch, tief in einem Brunnen verborgen, oder es sprudelte in einem der seltenen Wasserlöcher im Sand empor. Zu sehen, dass so viel Wasser ungehindert über den Erdboden floss, war erstaunlich. Und der Fluss schien breiter zu werden, während sie ihm folgten. Der Pleth war zu Beginn ein schmaler Nebenfluss gewesen, schwoll dann jedoch an, die Ufer rückten voneinander ab, bis schließlich auch Marathin und Haraka nebeneinander ihn nicht mehr überspannen konnten.

Das Wasser war braun, und manchmal schien es überhaupt nicht zu fließen, während es an anderen Stellen von Steinen und vom Uferverlauf dazu gezwungen wurde, sprühend und mit weißer Gischt dahinzurauschen und hin und wieder Äste von Bäumen, die den Fluss säumten, mit sich zu reißen. Zum ersten Mal, seit sie die Wüste verlassen hatten, verspürte Tallis einen Anflug von Aufregung und Staunen. Er hätte es sich nicht träumen lassen, welche Vielfalt die Welt bereithielt.

Nur ein einziges Mal machten sie an diesem Tag Rast, um an einer Biegung des Flusses, wo das Wasser schnell dahinschoss, ihre Schläuche aufzufüllen. Die Sonne stand hoch am Himmel, der Nachmittag war heiß, und alle vier zogen ihre Kleidung aus, um den Gestank und den Staub der Reise abzuwaschen. Sowohl Jared als auch Tallis schrien überrascht auf, so unerwartet kalt war das Wasser. Bren fand eine Handvoll wilder Trauben in einem Gestrüpp in der Nähe. Die Haut der Früchte war dick, aber das Fleisch süß und erfrischend im Vergleich zu den viel trockneren Beeren der Wüste.

Ihr Nachtlager schlugen sie etwas weiter oben am Fluss unter einer Baumgruppe auf, und am nächsten Morgen, als sich die Drachen mit den Männern auf ihrem Rücken in die Luft erhoben, entdeckte Tallis dunkle Rauchschwaden am Horizont.

»Shalnor!« Attar schrie, um das Sausen des Windes zu übertönen.

Da war eine Stadt an ebenjener Stelle, an der der Fluss ins Meer mündete. Tallis starrte ihr entgegen und merkte, wie die Anspannung der vergangenen Tage von ihm abfiel.

Sie erreichten Shalnor am späten Nachmittag. In einem Halbkreis rings um die Stadt im fruchtbaren Delta des Flusses drängte sich ein Weinberg an den nächsten. Große Steinhäuser mit Strohdächern wechselten sich mit den Weinstöcken ab, und gelegentlich erblickte Tallis ein Muthu, das einen Wagen über die parallel verlaufenden Wege zog.

Die Menschen blieben stehen und schauten zu ihnen empor, wenn sie über ihre Köpfe hinwegflogen, aber niemand geriet bei ihrem Anblick in Panik, und Tallis fragte sich, wie es wohl war, so selbstverständlich mit den Tieren des Himmels zusammenzuleben.

In seinen Augen war Shalnor riesig. Es gab eine ausufernde Menge von Häusern mit flachen Dächern und von schmutzigen

Straßen. In scheinbar zufälliger Art und Weise breitete sich die Stadt an beiden Seiten des Flusses aus, und da, wo der Wasserlauf anschwoll, hatten sich Häuserreihen angesiedelt, die über die Flussmündung hinweg zum Meer blickten. Brücken überspannten an jeweils drei Punkten den Fluss und verbanden die beiden Seiten der Stadt. Auf der südlichen Seite befand sich an einer flachen Stelle ein kleiner Hafen: eine lange Mole, die hinaus ins Meer ragte. Mehrere dreimastige Schiffe waren daran vertäut, legten sich sanft auf eine Seite und tanzten in der hereinkommenden Flut.

Tallis konnte seinen Blick nicht von der unendlichen Weite des Wassers abwenden, das sich bis zum Horizont erstreckte und den Himmel zu verschlucken schien. Wie konnte es nur so viel Wasser auf der Welt geben?

Die Drachen hielten sich nördlich, als sie sich der Stadt näherten, über die Dächer hinwegzogen und auf ein großes Bauwerk auf der Spitze eines Hügels zuhielten, das über die Stadt und die Küste blickte. Mehrere quadratische Gebäude mit flachen Dächern waren durch eine Reihe von überwölbten Gängen verbunden, die rings um einen großen Innenhof führten. Die Drachen landeten in der Mitte, und ihre Köpfe waren auf gleicher Höhe mit den Dächern.

Drei Männer kamen aus einem der Gebäude und näherten sich ihnen, wobei sie sorgsam darauf bedacht waren, den stachelbesetzten Schwänzen der Drachen aus dem Weg zu gehen. Alle drei trugen braune Hosen, ärmellose Hemden und schwarze, knöchelhohe Stiefel. Tallis bemerkte sofort, dass sie keine Waffen bei sich hatten. Bei allen waren die Haare dicht am Schädel abgeschoren, wie bei den Clankindern, auch wenn man sie mit denen wohl kaum verwechseln konnte. Ihre Haut war hell im Vergleich zu seiner eigenen, und sie musterten ihn und Jared mit wachsamem Blick.

»Hauptmann«, sagte der Kleinste von ihnen, der aber offenbar der Anführer war, und nickte Attar zu. »Du bist aus der Wüste zurückgekehrt?« Seine Augen huschten zu Tallis. Er war kleiner und älter als Attar, und ein dünner, grau melierter Schnauzbart bedeckte seine Oberlippe unter einer breiten, geröteten Nase.

»Ja«, antwortete Attar. »Hast du irgendeine Nachricht von meinem Kommandanten?«

»Nein.« Der Blick des Mannes wanderte an ihnen vorbei zu den Drachen, und Tallis sah, wie der andere Mann die Tiere ebenfalls misstrauisch beäugte. »Brauchen sie irgendetwas?«

Attar lächelte. »Ein Arm oder ein Bein – es war eine lange Reise.«

Der Mann kniff die Augen zusammen, und Attar lachte und schlug ihm auf die Schulter. »Komm schon, Vilan, wo ist denn dein Humor geblieben? In einem Weinfass ertrunken?«

»Sehr lustig, Attar«, entgegnete Vilan mürrisch. »Du weißt, wir sind nicht so weit von Salmut entfernt, als dass uns die Gerüchte nicht erreicht hätten.«

Attars Lächeln war wie weggewischt. »Nun, du solltest nicht alles glauben, was du hörst.« Er nickte Bren zu. »Du und die Jungen, ihr nehmt den Drachen die Sättel ab. Wir treffen uns dann drinnen.« Damit legte er dem kleineren Mann den Arm um die Schultern. »Und nun bring mich zu dem Weinfass, das du versteckst, wie ich weiß.« Und er zog ihn mit sich zu den Gebäuden. Die anderen beiden Männer folgten ihnen.

»Los«, sagte Bren kurzangebunden und begann damit, Harakas Geschirr zu lösen.

Beklommen und sehr vorsichtig näherte sich Tallis Marathin, aber sie beachtete ihn überhaupt nicht. Als seine Hand jedoch ihre glatte Haut berührte, bemerkte er, wie das seltsame Vibrieren in seiner Brust wieder einsetzte, sein eigener Atem fühlte sich heißer an, und sein Blut schoss ihm durch die Adern. Er spürte die Verbindung zwischen sich und Marathin wie ein glühendes, lebendiges Band, das straff gespannt war. Behutsam streckte er seinen Geist nach ihrem aus. Einen Moment lang erahnte er ein Aufblitzen von Kontrolle, und ein Wort durchzischte ihn, doch es ging so schnell, dass er es nicht verstehen konnte. Marathin bewegte sich. Ihr Kopf fuhr herum, und mit einem Schrei machte sie einen

Satz auf ihn zu, ihren Nacken in einem schier unmöglichen Winkel zurückgelegt, die Reißzähne entblößt. Tallis wich zurück, jedoch nicht schnell genug, um dem Peitschen ihres Flügels zu entgehen. Harte Sehnen und Membrane rammten seine Brust, und er stürzte rückwärts zu Boden, während der Drache in die Luft stieg.

In seinen Ohren rauschte es, als sein Kopf auf dem Boden aufschlug, und der Luftzug von Marathins Abflug wirbelte ihm seine Haare um den Kopf und trieb ihm Staub in die Augen.

»Tallis!« Jared kniete neben ihm und half ihm auf die Füße. »Was ist geschehen?«

Seine Brust pochte schmerzhaft. »Ich weiß es nicht.« Er strich sich das Haar aus dem Gesicht und spürte Brens durchdringenden Blick auf sich ruhen.

»Was hast du getan?«

Er schüttelte den Kopf. »Ich weiß es nicht.«

Brens Augen wurden schmaler, und hinter ihm kauerte sich Haraka zusammen. Ihr Schwanz wischte über den Steinboden hin und her. »Du bist ein Lügner, Clansmann.«

»Hüte deine Zunge, Feuchtländer.« Jared drehte sich zu ihm um.

»Nein.« Tallis legte ihm eine Hand auf den Arm. »Lass gut sein.«

Der Klang von Stiefeln auf Stein war zu hören, und als Tallis aufblickte, sah er Attar zu ihnen zurückkehren, ein Weinglas in der Hand. »Was ist geschehen?«

»Es war der Clansmann.« Bren machte mit dem Kinn eine Bewegung in Tallis' Richtung.

»Schon wieder?« Attar musterte Tallis.

»Ich bin mir nicht sicher, ob es so eine gute Idee war, sie mitzunehmen«, knurrte Bren. »Die Drachen mögen sie nicht; sie …«

»Geh hinein, Bren«, schnitt Attar ihm das Wort ab. Die Lippen des jüngeren Mannes wurden schmal, und der Ausdruck auf seinem Gesicht verdüsterte sich, aber er trottete davon und verschwand in dem nächsten Gang.

Tallis stand ganz still da und fragte sich, was der Krieger nun tun würde. Aber der ältere Mann machte nicht den Eindruck, erbost zu sein. Er nahm einen tiefen Schluck aus seinem Glas und ließ den Blick schweigend auf Tallis ruhen. Die Sonne versank langsam, und das Licht um sie herum war staubig und weich. Eine etwas kühlere Brise wehte herein. Attar legte den Kopf in den Nacken und atmete lang und tief ein.

»Ganz anders als die Wüstenluft.« Er sah Jared und Tallis an. »Weicher, und es riecht auch ganz anders, nicht wahr?«

Die beiden bewegten sich nicht, und Attar leerte sein Weinglas mit einem Zug. »Kommt mit hinein, wir essen was, trinken ein wenig Wein, und dann reisen wir morgen weiter nach Salmut. Morgen sieht die Welt für Bren schon wieder anders aus.« Er lächelte leicht, hob sein leeres Glas in Tallis' Richtung, drehte sich um und winkte Jared und ihn mit einem Arm zu sich. »Kommt! Es sind auch Frauen aus Shalnor da!« Ohne sich zu vergewissern, dass sie ihm folgten, ging er davon.

Tallis sah zu Jared, verblüfft über die Reaktion des Feuchtländers. Aber es blieb ihnen wenig Zeit zum Nachdenken; Attar war bereits von der Dunkelheit verschluckt worden.

»Na los«, sagte Jared mit einem Achselzucken und zog ihn am Arm. »Ich bin sowieso hungrig.«

Und Tallis war es ebenfalls, wie ihm mit einem Mal auffiel. Ihm war nicht wohl dabei, aber ihm fiel auch sonst nichts ein, was sie hätten tun können, und so folgte er Jared ins Gebäude.

Kein Wort wurde mehr über die Angelegenheit verloren. Vilan gab ihnen eine Mahlzeit aus, und sie verbrachten den Rest des Abends damit, über dem Feuer gebratenes Ziegenfleisch zu verspeisen und die argwöhnischen Blicke der Männer zu ertragen. Die Frauen, von denen Attar gesprochen hatte, entpuppten sich als Vilans Töchter. Sie hatten blasse Augen und Haare in der Farbe des roten Erdbodens, und sowohl Tallis als auch Jared stellten fest, dass sie zum Objekt ihrer vereinten Faszination wurden.

Jared war charmant wie eh und je, und es gelang ihm, einer der Töchter ein Lächeln zu entlocken. Den Großteil des Abends verbrachten die Mädchen jedoch damit, sie errötend anzustarren.

Tallis, der die gradlinige Art der Clanfrauen gewöhnt war, kamen sie eher wie Kinder denn wie Frauen vor. Keine Clanfrau hätte es so stillschweigend hingenommen, wenn ein Mann ihre Unterhaltung so respektlos unterbrochen hätte, wie es einer von Vilans Männern getan hatte. Wenn er es bei Irissa versucht hätte, hätte er das spitze Ende ihres Jagdmessers zu spüren bekommen. Doch der Gedanke an die aufbrausende Clanfrau war wie ein schmerzhafter Stich in seine Seite; es war unwahrscheinlich, dass er sie oder irgendeine andere Frau aus dem Clan jemals wiedersehen würde.

Von diesem Moment an war ihm der Abend verleidet, und er saß schweigend da, trank nur wenig, und hörte zu, wie Jared mit Attar darüber stritt, wer der bessere Messerwerfer sei, bis Vilan die Diskussion beendete. Daraufhin zogen sie sich in ihre Betten zurück, die ihnen in den Gemeinschaftsbaracken der Soldaten zugewiesen worden waren.

19

Das Flüstern zerrte an ihr. Shaan umklammerte im Schlaf ihre raue Decke, spannte sie mit aller Kraft zwischen ihren Händen, und ein feiner Schweißfilm überzog ihre nackte Haut.

Cara merak Arak-si, zischte die Stimme.

Langsam drehte sie sich in der völligen Schwärze um. Ihr Atem ging flach und schnell. Sie wusste, dass sie von hier fort sein musste, ehe *es* sie gefunden hatte, aber sie hatte keine Kontrolle über ihren Körper. Sie wusste nicht, in welche Richtung sie sich wenden sollte. Ein plötzliches, helles Licht stach ihr in die Augen und war verschwunden, als ein Schmerz ihren Schädel durchzuckte.

Arak-si, flüsterte *es* ihr zu.

Aufhören, flehte sie, aber sie wirbelte nur noch schneller herum, und der Schwung presste ihre Rippen zusammen und verdrehte ihre Gliedmaßen. Die Finsternis rückte näher und nahm ihr die Luft. Sie konnte nicht mehr atmen! Voller Entsetzen streckte sie die Hände aus. Das Kreisen hörte auf, und mit einem tiefen Atemzug fiel sie.

Es war dunkel, und sie stand auf nassem Erdboden. Die Luft war warm und feucht, und sie konnte den Wind hören, der durch die Blätter strich. Aus ihren Augenwinkeln sah sie Licht flackern. Flammen loderten auf und züngelten an einer hohen Steinmauer neben ihr entlang. Mit einem Schluchzen kauerte Shaan sich nieder und machte sich so klein wie möglich, als sie begriff, wo sie war: in der Stadt des Feuers und des Todes. Schreie und rufende Stimmen erfüllten die Luft, und ein Aufprall erschütterte den Boden. In der Nähe war das zerstörte Tor; der zerschmetterte Rahmen hing an abgeschlagenen Steinsäulen, und hindurch drängten sich große Massen von Menschen, die kreischten und stolperten.

Arak-si, flüsterte die Stimme erneut.

Entsetzt und orientierungslos wandte Shaan sich um und suchte nach dem Ursprung der Stimme. Ein Luftstrom blies ihr ins Gesicht, und über ihrem Kopf ertönte ein schriller Schrei. Als sie aufblickte, sah sie ein großes, weit aufgerissenes Maul niedersausen. Riesige Flügel peitschten durch die Luft und wirbelten Schutt und Asche auf. Ein großes Auge hielt Shaan in seinem Bann. Sie spürte den Atem des Drachen auf ihrem Gesicht. Wieder ging eine Erschütterung durch die Erde und warf sie zu Boden, und ein scharfer Schmerz schoss durch ihr Bein.

Mit einem Schrei öffnete sie die Augen. Sie lag in ihrem Bett im Gasthaus. Zitternd holte sie Luft, griff an ihr Bein und rieb sich die Kniescheibe. Vermutlich hatte sie sich im Schlaf an der Wand gestoßen. Shaan schob die Decke weg und rollte sich müde aus dem Bett, ging zum Fenster und öffnete die Flügel. Salzige Luft wehte herein und trocknete den Schweiß auf ihrer nackten Haut. Das Meer war ein dunkles Laken, und ein helles Rosa färbte den Himmel. Der Großteil der Stadt lag noch im Schatten, und es wehte kaum eine Brise. Ihr war kalt, und sie strich sich über ihre Arme.

Mehr als eine Woche war vergangen, seitdem sie Morfessa gesehen hatte; ihre Träume waren noch schlimmer geworden und suchten sie beinahe jede Nacht heim. Die Salbe, die Morfessa aufgetragen hatte, schien jedoch ihren Zweck erfüllt zu haben. Die Blutergüsse waren verblasst, und der Riss in ihrem Gesicht begann ohne Narbe zu verheilen. Aber das alles war unwichtig angesichts dessen, was der alte Mann ihr erzählt hatte. *Arak-si*: Nachkomme von Azoth. Diese Worterklärung quälte sie.

Sie holte mehrmals tief Atem und ließ den Blick über die Stadt wandern. Das Dach der Drachenkuppel glühte scharlachrot, und dieser Anblick lag ihr schwer im Magen. Heute würde dort Arbeit auf sie warten, aber sie wollte nicht gehen. Sie war bislang Nuathin nicht noch einmal zugewiesen worden, aber das hieß nicht, dass sie auch an diesem Tag verschont werden würde.

Mit den Fingerspitzen trommelte sie auf dem Fenstersims. Was war nur in sie gefahren, dass sie Morfessa solche Fragen gestellt hatte? Was würde geschehen, wenn er mit Kommandant Rorc über sie gesprochen hatte? Entspann dich, sagte sie zu sich selbst. Es war bereits eine Woche vergangen, und kein Glaubenstreuer war vor ihrer Tür aufgetaucht. Auch war sie nicht zu Rorc zitiert worden. Wenn der alte Mann sich an Rorc gewandt hätte, hätte sich der Kommandant doch inzwischen sicherlich blicken lassen, wenn er etwas von ihr wollte? Er habe Verwendung für Leute mit »unterschiedlichen« Talenten, hatte er gesagt. Aber seltsame Träume zu haben zählte vermutlich nicht zu diesen Gaben, oder doch?

Sie beobachtete, wie sich die ersten Sonnenstrahlen über die Bucht schoben und die Schatten verdrängten. Weit draußen über dem Meer hing ein Wolkenband am Horizont, und die Luft fühlte sich dick und schwer von Feuchtigkeit an. Die Erde wartete auf den Beginn der Regenzeit.

Das Wetter passte zu ihrer Stimmung. Im Laufe dieser letzten Wochen waren die Träume schlimmer geworden, und sie hatte das seltsame Gefühl der Beschleunigung in sich gespürt, als ob sich ein Sturm zusammenbraute. Es war, als wüsste sie, dass alles auf etwas zusteuerte. Aber auf was? *Arak-si*. Nachkomme. War es das, was sie war? Eine Nachfahrin eines gefallenen Gottes? Aber wie sollte das möglich sein? Das ergab keinen Sinn. Vielleicht könnte ihr Morfessa mehr verraten. Wenn er das Wort kannte, würde er dann auch wissen, was die anderen zu bedeuten hatten? Einen Moment lang zog sie in Erwägung, nochmals zu ihm zu gehen.

Aber was war mit den Glaubenstreuen? Mit einem Stöhnen massierte sie sich die Schläfen und fuhr sich mit den Fingern durchs Haar. Es war alles so kompliziert. Sie wollte nichts anderes, als eine Reiterin werden und mehr aus sich machen. Und sie musste sich ihre Münzen verdienen. Entschlossen verdrängte sie all diese Gedanken und zog sich eine Hose in verblasstem Rot und ein Hemd mit einem Dreiviertelarm über.

Als sie auf den Flur trat, war sie noch damit beschäftigt, ihre Sandalen zuzumachen. Die meisten Mädchen hatten in der Nacht zuvor Kunden gehabt, und es war sehr still in dem Gasthaus. Tuon war nicht da gewesen. Vielleicht schlief sie jetzt in ihrem Zimmer. Shaan klopfte sachte, dann drückte sie die Klinke runter. Der Raum lag im Schatten, aber sie konnte erkennen, dass das Bett leer war. Stirnrunzelnd zog sie sich wieder zurück und machte sich auf den Weg hinunter zur Küche. Die Stufen knarzten unter ihren Füßen.

Der Raum war von einer verzierten, metallenen Öllampe erhellt, deren weiches Licht aber im Schein der aufgehenden Sonne verblasste, die durch die geöffnete Hintertür hereinlugte. Torg saß am Tisch und unterhielt sich leise mit einem kleineren, älteren Mann mit dünnen Armen und großen Ohren, die aus seinen grauen Locken hervorstachen. Einige schmale Päckchen, mit Schnüren zusammengebunden, lagen auf dem Tisch. Der Mann brach beim Sprechen immer wieder in kurzes Husten aus. Shaan erkannte ihn als den ansässigen Heiler. Torg und er blickten kurz auf, als sie eintrat. Sie nickte ihnen zu und ging zum Wasserkessel, um sich etwas zu trinken einzuschenken.

»Shaan«, sagte Torg. »Die Märkte machen jetzt auf. Geh und besorg mir Steinmehl, Salz und Rotfrüchte.« Er streckte ihr einige Kupfermünzen entgegen. An diesem Morgen war er ungewöhnlich kurz angebunden, und er sah müde aus.

Shaan stellte ihren Becher ab und nahm das Geld.

»Und du musst mir auch noch ein paar Felsschnecken mitbringen, nachdem du gestern ja nun keinen Fisch gefangen hast.«

»Aber ich muss heute in der Anlage arbeiten«, protestierte sie schwach.

»Nun, dann solltest du dich besser ranhalten.«

Shaan öffnete den Mund für neuerlichen Widerspruch, aber ein Blick in Torgs Gesicht bewirkte, dass sie ihn wortlos wieder zuklappte. Es lag eine ungute Spannung in der Luft, und sie ließ ihren Blick zum Heiler huschen. Doch der sah stur auf den Tisch und kratzte an einem unsichtbaren Fleck herum.

»In Ordnung.« Sie schloss die Faust um die Münzen und ließ sie in ihre Tasche gleiten. »Gibt es irgendetwas zu essen?«

»Dort im Topf sind noch ein paar Fladenkuchen.« Torg deutete auf den kalten Ofen. »Nimm dir welche und geh.«

Sie nahm sich zwei schwere, runde Kuchen in der Größe ihrer Handfläche, steckte sich einen in den Mund, griff ihren Schnürbeutel vom Haken an der Tür und machte sich auf den Weg. Während sie das krümelige, süße Gebäck kaute, überquerte sie den Hof und trat hinaus auf die fast unbelebte Straße. Nur wenige Leute waren unterwegs. Ein kleiner Junge, der ihr entgegenkam, zog ein Stück Stoff wie einen Drachen hinter sich her, und eine alte Frau vor ihr mühte sich mit einem Korb in den Händen vorwärts.

Shaan lief die Straße in Richtung Markt hinunter. Ihr blieben noch etwa fünf Stunden, ehe sie in der Anlage sein musste, um dort das Mittagessen zu servieren. Der Junge rannte jauchzend und lachend an ihr vorbei, während er den Stoff hinter sich herflattern ließ. Er grinste Shaan an, die unwillkürlich zurücklächelte. Sie drehte sich um und sah ihm nach, als er weiterhüpfte, und ihre Schritte wurden langsamer. Kommandant Rorc verschwand gerade im Hinterhof des Red Pepino. Ihr Herz machte einen Satz, und sie schlüpfte instinktiv in den Schatten eines Hauses. Was konnte ihn um diese Zeit dort hinführen? Suchte er nach ihr?

Ihr Herz hämmerte gegen ihre Rippen. Einen Moment lang überlegte sie, ob sie umkehren und an der Tür lauschen sollte, aber diese Idee verwarf sie rasch wieder. Vielleicht war er nicht allein, und es war besser, einfach schnell zu verschwinden. Sie machte auf dem Absatz kehrt und hastete davon, um die verwinkelteren Straßen zu erreichen.

Einige Verkäufer waren damit beschäftigt, Markisen aufzustellen und Körbe herauszuschleppen, und in der Luft hing der Geruch von altem Fisch. Sie blieb stehen, um in einem der Läden eine kleine Tüte mit getrockneten Früchten zu kaufen, dann eilte sie weiter und nickte im Vorübereilen den Leuten zu, die sie kannte. Auf dem Weg fielen ihr einige Gesichter auf, die sie noch nie zuvor gesehen hatte. Ein seltsamer kleiner Mann mit bloßen Füßen und gelblichen Augen saß auf der Stufe zu einem Geschäft, das noch geschlossen war; am Anfang einer Gasse standen Männer und Frauen in einer Gruppe beieinander und unterhielten sich. Sie trugen lange, schmutzige Umhänge über ihrer Kleidung, ihre Haut war sehr hell, und während sie miteinander sprachen, unterstrichen sie ihre Worte mit ausladenden Gesten. Als Shaan an ihnen vorbeikam, brach das Gespräch ab, und die Fremden sahen ihr finster hinterher.

Sie glaubte nicht, dass sie Menschen wie diese schon einmal gesehen hatte. Vor ihr mündete die Straße in die Große Allee, und ein beständiger Strom von Menschen und Muthus, die Wagen zogen, schob sich in beide Richtungen. An der Kreuzung blieb Shaan stehen, und als sie den Blick schweifen ließ, erwartete sie ein seltsamer Anblick. Aus einer Seitenstraße quoll eine Gruppe erschöpfter, staubbedeckter Menschen. Wie diejenigen, die sie eben schon zu Gesicht bekommen hatte, waren sie alle hellhäutig und trugen lange Umhänge. Männer, Frauen und Kinder drängten sich eng zusammen und schauten die gaffenden Umstehenden an. Viele trugen bauchige Säcke auf den Schultern. Schweigend näherten sie sich der Großen Allee, ihre Gesichter waren entschlossen, die Augen dunkel und müde. Es waren so viele. Shaan zählte mindestens fünfzig, und es kamen immer mehr.

»Ich frage mich, woher sie stammen.« Es war Tuon, die sie von der Seite angesprochen hatte. Shaan war freudig überrascht. »Tuon! Wo bist du gewesen? Ich habe dich heute Morgen gesucht.«

Wieder sah ihre Freundin sehr erschöpft aus, und sie trug das gleiche Kleid wie am Vortag.

»Ich habe gearbeitet«, antwortete sie. »Und jetzt bin ich auf dem Weg zurück zum Gasthaus.«

»Ist alles in Ordnung mit dir?«

»Mir geht es gut. Ich muss nur nach Hause und ein wenig Schlaf bekommen.« Sie fuhr sich mit der Hand durchs Haar. »Und etwas essen. Ich bin am Verhungern.«

»Hier, nimm das.« Shaan zog den zweiten Fladenkuchen aus der Tasche und senkte ihre Stimme zu einem Flüstern. »Kommandant Rorc ist im Gasthaus.«

»Wie bitte?«

»Ich sah ihn an der Hintertür, als ich ging. Ist er deinetwegen gekommen?«

Tuons Gesicht wurde bleich. »Nein. Vielleicht sucht er dich.«

In ihrem Blick lag eine unausgesprochene Frage, und Shaan schüttelte den Kopf. »Ich habe dir doch gesagt, dass ich nicht für ihn arbeiten werde.«

»Nun«, Tuons Blick wanderte an ihr vorbei zu der Menschenansammlung, »ich schätze, dann wird es ein ungelöstes Rätsel bleiben, es sei denn, er entscheidet sich, uns den Grund für sein Kommen mitzuteilen.« Sie nickte zu den vorbeiziehenden Leuten. »Ich glaube, ihr gesamtes Dorf wurde zerstört.«

Shaan drehte sich um und schaute sich den Strom an, aber ihre Gedanken waren noch immer beim Kommandanten. Wenn er nicht zum Gasthaus gekommen war, um Tuon aufzusuchen, was hatte er dann dort verloren? Hatte Morfessa ihretwegen mit ihm gesprochen? Sie sah die Fremden vorbeilaufen. Ein kleiner Junge von ungefähr sieben Jahren starrte sie aus eingesunkenen, leeren Augen an, aber Shaan bemerkte ihn kaum.

»Ich glaube nicht, dass dies die letzten Fremden sind, die wir in Salmut sehen werden«, unterbrach Tuon ihre Grübeleien.

»Wie bitte?« Shaan suchte verstohlen die Menge nach dem verräterischen Schwarz der Glaubenstreuen ab.

»Ich habe andere im Händler-Viertel gesehen, die ihnen ähneln. Irgendetwas treibt sie hierher.« Tuon nickte zu den Fremden hin, dann sah sie Shaan an. »Hörst du mir überhaupt zu?«

»Was? Ja, ja, tu ich.«

Tuon musterte sie nun prüfender. »Du siehst erschöpft aus. Hast du heute Nacht wieder diesen Traum gehabt?«

Shaan seufzte. »Du machst dir zu viele Sorgen, Tuon.«

»Ich will, dass du zu einem Traumseher gehst, Shaan. Du hast schon lange keinen erholsamen Schlaf mehr bekommen.«

»Tuon…«

»Komm, lass uns doch jetzt gleich einen aufsuchen.« Ihre Hand schloss sich um Shaans Oberarm. »Ich kenne einen guten in der Mitte des Marktes, der nicht allzu teuer ist.«

»Aber ich dachte, du wolltest zurück zum Gasthaus gehen und schlafen? Und ich muss noch Sachen für Torg besorgen.« Sie wollte sich aus Tuons Griff lösen, doch diese hielt ihren Arm fest umklammert.

»Shaan, bitte, ich kann dahin jetzt ohnehin nicht zurück.«

Ihr Gesicht war angespannt, und Shaan zögerte.

»Bitte, Shaan, ich bin zu müde, und ich habe nicht die Kraft, ihm heute gegenüberzutreten.«

Shaan gab nach. Was konnte es denn eigentlich schon schaden? »In Ordnung. Wohin müssen wir?«, fragte sie.

Tuon lächelte. »Da lang.«

Als sie am Markt ankamen, war die Sonne bereits ein strahlender, heißer Ball am Himmel, und der Platz war voller Menschen. Stimmen schallten durch die reglose Luft, denn die Händler priesen lauthals ihre Waren an, und die Besitzer der Wirtshäuser waren eifrig dabei, Tische und Stühle im Schatten unter den Markisen aufzustellen.

Tuon zerrte Shaan an der Hand hinter sich her und steuerte einen kleinen, im Schatten liegenden Laden rechts von ihnen an.

Er lag etwas zurückgesetzt von den Häuserfronten rechts und links, die Mauern des Gebäudes waren dunkelrot gestrichen, und eine kleine, schwarze Markise schützte den Eingang. Es gab kein Schild, nur eine blaue Fliese an der Wand neben der Tür, auf die eine Spirale gemalt war. Tuon klopfte einmal, dann schob sie die Tür auf und zog Shaan mit sich hinein.

Einen Moment lang blieben sie stehen, damit sich ihre Augen an das schummrige Licht gewöhnen konnten. Sie befanden sich in einem kleinen Vorraum, der mit der Skulptur einer Schlange aus weißem Stein dekoriert war. Direkt vor ihnen war ein Durchgang, der von einem prachtvoll gewebten Vorhang versperrt war.

»Petar!«, rief Tuon und schob den Sichtschutz zur Seite. Shaan kniff im hellen Sonnenlicht die Augen zusammen. »Na komm«, drängte Tuon, und Shaan folgte ihr hinaus in einen kleinen Hof. In der Mitte befand sich ein winziger, seichter Teich, von zwei Steinbänken begrenzt, umringt von hohen Pflanzen in irdenen Töpfen und von kleineren Schalen mit Blumen.

»Petar«, rief Tuon noch einmal und setzte sich in Bewegung.

»Hier!«, rief jemand zurück. Ein schmächtiger Mann tauchte aus einem Durchgang auf. Seine faltige Haut war ebenso dunkel wie die von Torg. An der Spitze seines Kinns hatte er sich ein kleines Büschel schwarzer Haare stehen lassen, und er trug eine blaue Kappe auf dem Kopf, ein schlichtes weißes Hemd und weiße Hosen. Ohne erkennbaren Grund wurde Shaan nervös.

»Hallo.« Petar ergriff Tuons Hand, doch es war Shaan, die er ansah. Seine hellwachen Augen musterten sie von Kopf bis Fuß, und ihre Haut kribbelte. Dann wandte er den Blick Tuon zu, und sein Lächeln wurde breiter.

»Dann bist du also zurückgekommen, um einen alten Mann zu besuchen, was?«

»So alt ja wohl noch nicht.« Tuon lächelte. »Wie ist es dir ergangen? Du siehst gut aus.«

»Ja, ja. Ich habe viel Saft getrunken.« Er lachte leise. »Komm, wir setzen uns.« Er winkte sie zu den Bänken am Teich. Shaan ließ sich steif neben Tuon auf den kühlen Stein sinken, während Petar sie von der anderen Seite des Teiches aus ansah. Ein kleiner Frosch hüpfte ins Wasser und schwamm unter eine Seerose.

»Ich bin wegen meiner Freundin hier. Sie hat immer solche Träume«, erklärte Tuon.

»Ja.« Petar nickte und sah Shaan erneut prüfend an. Sie versuchte, seinen Blick ruhig zu erwidern, aber in ihrem Innern war sie aufgewühlt.

»Meli!« Der Seher klatschte plötzlich in die Hände, sodass sie zusammenfuhr. »Was zu trinken.« Er lächelte sie warm an. »Du siehst nervös aus. Vielleicht hilft dir ein wenig Saft an diesem heißen Tag.«

Sie nickte und versuchte zu lächeln. Petar wandte sich an Tuon.

»Du bist müde. Hast du das Tonikum benutzt, das ich dir gegeben habe?«

Sie nickte, aber er runzelte die Stirn. »Ich sehe allerdings, dass es nichts genützt hat. Du arbeitest zu viel.« Seine Stimme wurde härter. »Du musst dich mehr ausruhen. Es ist nicht gut, wenn du dich für andere verausgabst.«

»Ja«, murmelte Tuon, und Shaan fragte sich, wie viel der Seher von Tuons Arbeit wusste.

»Aah, da sind ja die Getränke.« Petars Lächeln kehrte zurück, und er streckte einen Arm aus. »Meli, stell sie hier ab.« Er deutete auf die Bank neben sich.

Ein hübsches, junges Mädchen von vielleicht acht Jahren kam vorsichtig auf sie zu und trug ein Tablett mit Gläsern. Sie war ganz darauf konzentriert, einen Fuß vor den anderen zu setzen, und schaute kaum auf. »Braves Mädchen.«

Petar lächelte, als sie etwas wackelig das Tablett absetzte. Er strich ihr eine Haarsträhne aus dem Gesicht und flüsterte ihr etwas zu. Shaan konnte etwas von »angeln« und »schwimmen gehen« hören, ehe das Mädchen freudig davonhüpfte.

»Hier.« Petar reichte ihr ein Glas. »Banda und Rotfruchtsaft. Gut für angenehme Träume.«

»Stammst du von den Dracheninseln?«, fragte sie und nahm den Saft entgegen.

Er lächelte. »Ja, aber ich war inzwischen schon viele Jahre nicht mehr da. Melis Mutter gefällt es dort nicht. Zu viele andere wilde Frauen«, scherzte er.

Shaan lächelte, ihre Anspannung löste sich, und sie nahm einen Schluck von ihrem Saft. Er war kühl und süß mit einer scharfen Note.

Als sie ausgetrunken hatten, stand Petar auf. »Komm, dann wollen wir dir mal helfen.«

Shaan zögerte, und in ihrem Magen rumorte es. »Wie viel kostet das?«

»Du wirst schon genug haben.« Petar lief auf einen Eingang zu, der dem gegenüberlag, durch den sie gekommen waren. Shaan erhob sich langsam. Tuon lächelte ihr ermutigend zu und nickte.

In dem Raum, in den er sie führte, war es kühl und schummrig. Er hatte eine hohe Decke und keine weitere Tür. Geschmückt war er mit einem wunderschönen Wandbehang, einem dicken Läufer in der Mitte und großen Kissen auf dem Boden.

»Setz dich.« Petar zeigte auf den Läufer, ging zum Wandbehang und zog ihn weg. Er glitt mühelos an Ringen zur Seite und gab den Blick auf ein geöffnetes Fenster frei. Dahinter lag ein kleiner, üppig bewachsener Garten. Ein süßlicher Geruch von Erde erfüllte das Zimmer, und weiches Licht wurde durch das dichte Grün gefiltert.

Shaan ließ sich langsam auf einem der großen Kissen nieder.

»Also dann.« Petar setzte sich hinter sie und legte ihr seine Hände auf beide Schläfen. Sie zuckte zusammen – seine Finger waren sehr heiß.

»Soll ich meine Augen schließen?«

»Nein.« Sie hörte ein Lächeln in seiner Stimme. »Es wird nur einen Moment dauern. Entspann dich einfach.«

Das versuchte sie, aber sie konnte nicht aufhören, darüber nachzudenken, ob sie nicht vielleicht ihre Zeit vergeudete. Die Sonne stand jetzt höher am Himmel, und Shaan hatte noch immer nicht besorgt, was Torg ihr aufgetragen hatte, und es auch nicht zum Riff geschafft, um Felsschnecken zu sammeln. Sie holte tief Luft und versuchte, ihre Ungeduld zu zügeln.

»Deine Unfähigkeit, Dinge zu akzeptieren, ist ein Grund dafür, warum du dich oft in schwierigen Situationen wiederfindest«, sagte Petar leise. Er nahm seine Hände von ihrem Gesicht und stand auf, ging um sie herum und setzte sich ihr gegenüber auf den Teppich. Sein dunkles Gesicht war ernst. »Aber das ist es nicht, was deine Träume beeinflusst. Jetzt habe ich das Muster gefunden, das du im Zwielicht hinterlässt. Ich werde ihm folgen und versuchen herauszufinden, was diese Träume hervorruft.«

»Meine Spur?«

»Ja. Jedes lebende Wesen erschafft ein einzigartiges Muster, wenn es das Zwielicht des Traums betritt. Das Muster bewirkt Spuren wie nasse Fußabdrücke im Sand. Diese Spuren bleiben eine Weile bestehen, ehe sie verblassen, und so ist es mir möglich, im Zwielicht dein Muster der letzten Träume aufzuspüren. Ich werde ihm folgen und sehen, was ich finde.« Er lächelte.

Shaan nickte und war erleichtert, dass nicht mehr zu tun war. Er schloss die Augen. Im Zimmer war es still. Shaan lehnte sich auf dem Kissen zurück, sodass sie in den Garten sehen konnte, und betrachtete über ihre Zehen hinweg das Grün. Es kam ihr so vor, als würde es wärmer im Zimmer werden, und das machte sie träge und schläfrig. Sie rückte sich das Kissen unter ihrem Kopf zurecht und lauschte auf den Klang von Petars Atem. Ihre Lider wurden schwer. Er schien lange zu brauchen. Vielleicht wäre es in Ordnung, wenn sie beim Warten ein wenig döste. Ihr fielen die Augen zu, während er arbeitete, und sie glitt in einen Traum …

… Tiefe Dunkelheit umfing sie. Ihre Herzschlag war laut, und sie spürte, dass da etwas bei ihr war. Mit zunehmendem Entsetzen drehte sie sich um. Aus den Augenwinkeln nahm sie eine Bewegung wahr. Ein Licht blitzte auf. Ein hoher, durchdringender Schrei ertönte, und plötzlich fiel sie. Voller Panik streckte sie die Arme aus, aber da war nichts, woran sie sich festhalten konnte. Sie fiel tiefer und tiefer irgendwohin, und sie wusste, dass sie da nicht sein wollte. Mit einem dumpfen Aufprall landete sie auf dem Boden. Rotes, heißes Licht umflackerte sie, und der Geruch von nasser Erde stieg ihr in die Nase. Mit wachsender Verzweiflung sah sie den breiten, dunklen Fluss an ihr vorbeiströmen und Holzteile und hilflos herumtreibende Menschen mit sich reißen, die schrien, während sie in den dichten Dschungel davongetragen wurden. Hinter Shaans Rücken stieg Hitze auf.

Arak-si, flüsterte die Stimme, und entsetzliche Furcht erfüllte Shaan.

Sie wollte sich nicht umdrehen.

Doch dann rief eine andere Stimme ihren Namen. Eine Stimme,

die dort nicht sein sollte. Sie wandte sich um. Die Mauer stand in Flammen, die Tore waren zerborsten, und ein Menschenstrom ergoss sich hindurch. Vor ihr jedoch stand Petar, auf die Knie gezwungen von dem Monster ihrer Albträume. Es war ein Mann, und doch auch nicht; er war größer und muskelbepackt, und er hatte einen leuchtend blauen Kamm, mit Drachenhaut bedeckt, der von seinem abrasierten Kopf den nackten Rücken hinunterlief. Er lächelte triumphierend, und in seinen Augen spiegelte sich das Rot des Feuers. Mit einer Hand hatte er die Haare des Traumsehers gepackt, in der anderen hielt er eine gebogene Klinge.

Arak-si, zischte er ihr zu und hob den Arm.

»Shaan, du musst aufwachen!«, schrie Petar, und sie fuhr zusammen, als sie das Entsetzen in seiner Stimme hörte.

»Shaan!« Seine Augen, mit denen er sie anstarrte, waren voller Angst. Was tat er hier?

»Shaan, wach auf!« Petar wand sich unter dem Griff des Dinges, das sie anlachte und zischte. *Arak-si*. Der Arm mit der Klinge senkte sich.

»Nein!« Mit einem Schrei drehte sich Shaan um und streckte verzweifelt ihre Hand in das Feuer, das an der Mauer entlanglief. Heißer, blendender Schmerz durchfuhr sie, und sie erwachte keuchend auf dem Fußboden von Petars Haus. Aber sie kam zu spät. Der Seher lag ebenfalls auf dem Boden, mit durchgeschnittener Kehle; Blut sickerte in den Teppich.

»Shaan!« Tuon erschien im Eingang. »Ich habe dich schreien gehört. Ich ... Petar!« Sie stürmte in den Raum, ließ sich neben dem Seher auf die Knie fallen und packte ihn an der Schulter. Petars Kopf rollte haltlos hin und her, seine Augen waren weit geöffnet und starr, und die Knorpel seines Halses knirschten.

»Shaan ... Was hast du getan?«

Shaan stierte sie an. »Nichts! Ich weiß nicht, was geschehen ist. Ich habe ihn in meinem Traum gesehen, und dann wachte ich auf und ...« Sie schüttelte den Kopf und fühlte sich krank.

»Was ist das?« Tuon griff nach ihrer verletzten Hand. »Warum ist deine Hand verbrannt?«

»Ich weiß es nicht.« Shaan starrte darauf.

Tuons Gesicht war weiß. »Nun, was auch immer geschehen ist, wir müssen von hier verschwinden. Nur seine Tochter weiß, dass wir hier sind.«

Shaans Eingeweide zogen sich zusammen. Das Kind hatte sie ganz vergessen.

»Komm schon!« Tuon zog sie auf die Füße, und Shaan zuckte zusammen, als ihre Hand schmerzhaft zu pochen begann. Sie schlichen sich aus dem Zimmer, überquerten den Hof und schlüpften aus dem Haus zurück auf den Markt. Untergehakt liefen sie dicht nebeneinander.

»Wie konnte das passieren?«, flüsterte Tuon, und ihre Augen huschten hin und her. »Ich habe nicht einmal gesehen, dass du ein Messer dabeihast.«

»Hatte ich auch nicht!«, antwortete Shaan leise. »Hatte ich nicht. Ich habe ihn nicht getötet, Tuon. Ich habe geschlafen.« Sie starrte ihre Freundin verzweifelt an. »Du musst mir glauben.«

Tuon sah sie an, als suche sie nach Antworten, dann nickte sie, und ihr Gesicht war angespannt. »Ich glaube dir. Auch wenn ich nicht weiß, wie es geschehen konnte, wenn du es nicht warst. Es war niemand sonst da.«

»Ich habe geträumt«, sagte Shaan, und sie wusste schon, als sie die Worte aussprach, wie lächerlich sie klangen.

»Du hast geträumt?«

»Ich bin eingeschlafen. Ich kam nicht dagegen an, weil ich so müde war. Und dann war Petar dort in meinen Träumen.«

»Du hast ihn in deinen Träumen gesehen?« Tuons Hand schloss sich um ihren Arm.

»Ja, und… Irgendetwas hielt ihn fest, und dann war da ein Messer an seiner Kehle. Er schrie mich an, ich solle aufwachen, und das habe ich auch versucht, aber es ging nicht. Also habe ich meine Hand ins Feuer gehalten…« Sie brach ab und fühlte den Schmerz auf ihrer Handfläche pochen.

»Willst du sagen, dass irgendetwas in deinem Traum Petar getötet hat?«

»Ich weiß nicht.« Sie sah zu Boden. Ihr Kopf schmerzte so sehr, dass sie kaum nachdenken konnte. »Das ergibt keinen Sinn.«

»Wie sah dieses Ding aus?«

»Es war groß und stark, und es hatte einen blauen Kamm wie aus Drachenhaut, der vom Hals ab über den Rücken lief.«

Tuon blieb stehen und sah sie entsetzt an. »Drachenhaut?«, flüsterte sie.

Shaan nickte.

»Aber das ist ...« Sie brach ab und starrte über Shaans Schulter hinweg. Ihre Finger gruben sich in ihren Arm. »Da ist ein Verführer«, sagte sie leise.

Shaans Herz machte einen Satz, und ihr Mund wurde trocken. Es würde kein Verstecken geben, wenn er wegen des Todes des Sehers hier war.

»Sieh nicht hin. Komm.« Tuon schob sie in die nächste Seitenstraße. Sie bogen in eine schmale Gasse ein und machten sich auf den Weg zurück zum Wasser und zum Hafen. Shaans Herz hämmerte, und Schweiß strömte ihr über den Rücken.

»Wir müssen eine Salbe besorgen«, sagte Tuon. »Hast du heute Dienst in der Anlage?«

»Ich bin dafür eingeteilt, das Mittagessen auszugeben.«

Tuons Mund verzog sich. »Nun, mit deiner Hand wirst du heute gar nichts austeilen.«

»Aber was ist mit dem Aufseher?«

»Ich werde jemanden schicken, der ihm mitteilt, dass du dich in der Küche des Gasthauses verbrannt hast. Ich kenne da eine Frau, die in der Nähe wohnt, die deine Hand versorgen soll. Du kannst dich ausruhen, während ich mich um Torgs Nachschub kümmere. Komm.« Sie schob eine Hand unter Shaans Arm und zog sie in eine andere Seitenstraße.

20

Marathin erwartete sie am nächsten Morgen, als sie den Hof betraten, und blieb ruhig und gelassen wie früher, als Tallis in den Sattel stieg. Wieder spürte Tallis das Dröhnen in seinem Blut, aber dieses Mal versuchte er nicht, mit dem Drachen eine Verbindung aufzunehmen.

Er schloss die Augen und spürte einen Schwall salziger, kalter Luft auf seinem Gesicht, als sie in die Luft aufstiegen. Es war ein klarer Tag, die Sonne brannte heiß hernieder, aber am Horizont verdunkelte ein langes, tief hängendes Wolkenband den Rand der Welt.

Sie flogen an der Küste entlang; die blaue See sprühte weiße Gischt, wo sie auf das Ufer stieß, und Tallis besah sich das Schauspiel voller Staunen. So viel Wasser. Das dunkle Blau verblasste zu Azur und wurde dann ein helles Grün, und an einigen Stellen war es so durchscheinend, dass er den Sand darunter erkennen konnte. Das Spiel des Sonnenlichts auf den Wellen zauberte Lichtblitze hervor, wenn das Wasser heranrauschte und sich an den Felsen brach. Es war überwältigend. Die Stunden vergingen, und noch immer starrte er hinab, eingelullt vom hypnotischen Rhythmus der Flügelschläge des Drachen.

Attar hatte gesagt, es würde nur noch weniger als einen Tag dauern, bis sie die Stadt Salmut erreichten, und am späten Nachmittag erhaschte Tallis einen ersten Blick darauf. Er riss sich vom Anblick des Wassers los und sah der Stadt entgegen, deren Größe ihm einen Schock versetzte. Er hatte geglaubt, schon die Stadt Shalnor sei beachtlich gewesen, doch sie erreichte nicht einmal ein Viertel der Größe von Salmut. Salmut breitete sich entlang der Kurve einer großen Bucht mit roten Steinen und weißem Sand aus. Häuser mit flachen Dächern säumten ein Durcheinander von weitverzweigten Straßen, die vom Meer aus auf die Hügel zuliefen, welche die Küste einfassten. Ein Palast mit mehreren Kuppeldächern thronte in der Mitte der Hügel, von Grün umgeben, und die Fenster glitzerten in der Sonne. Am Ufer bewachte eine Vielzahl von Gebäuden eine einzelne lange Landungsbrücke aus Stein, flankiert von drei kürzeren Piers, die nur knapp ins Wasser ragten. Kleinere Molen erstreckten sich entlang der nördlichen Küstenbiegung ins Meer, und Boote verschiedener Größen stiegen und fielen in der Brandung und sahen in dem Blau wie eine Ansammlung von Steinen aus. Tallis kniff die Augen zusammen und hielt sich fest, während Marathin die Flügel spreizte, niederschoss und über die Stadt hinweg zu einer Landspitze am Nordende der Bucht glitt. Sie flogen über einen großen Komplex mit langen Gebäuden und Anlagen hinweg und sanken dann in einer Spirale hinunter auf die Spitze einer riesigen Steinsäule, die von Bäumen umringt war.

Beim Landen wirbelten sie die Luft auf, und die Drachenkrallen schabten über Felsen. Tallis' Herz pochte, als er sich umsah und ein halbes Dutzend anderer Drachen vom Meer Richtung Stadt kommen sah, die Flügel weit gespreizt, und alle Windströmungen nutzend. Und jedes Tier trug einen Reiter, der seinen Drachen für die Nacht nach Hause brachte.

Attar drehte sich um und grinste, als er Tallis auf die Schulter schlug.

»Willkommen in Salmut, Tallis«, rief er, winkte Bren zu, der ebenfalls im Landeanflug begriffen war, und sprang von Marathins Rücken auf das Dach unter ihnen. Nachdem auch Tallis abgestiegen war, stand er unschlüssig an Marathins Flanke, bis Haraka neben ihm aufgesetzt hatte.

Die Säule, auf der sie sich nun befanden, war riesig und ragte schwindelerregend hoch in die Luft. Das Dach hatte keine Randbegrenzung; wo der glatte Stein endete, ging es steil bis zum Boden hinunter. Eine Kuppel aus gefärbtem Glas überwölbte die Mitte, und daneben gab es eine Öffnung wie ein dunkles Maul.

Das Dach war groß genug für mehrere Drachen, und auch wenn Tallis noch weit vom Rand entfernt war, fühlte er sich wackelig auf den Beinen, und seine Fußsohlen kribbelten beim Gedanken daran, in welcher Höhe er sich befand.

»Hilf mir mit dem Sattel.« Attar legte ihm eine Hand auf die Schulter. »Die anderen kommen auch gerade zurück, und es wird hier oben gleich verdammt voll werden.«

Neben ihnen ging Jared Bren mit Harakas Geschirr zur Hand, und sein Gesicht war wachsam und angespannt. Hinter ihm sah Tallis nichts als das endlose Blau des großen Wassers, das irgendwo mit dem Himmel verschmolz, und eine Gruppe von Drachen, die auf sie zuflogen. Er schluckte, schaute zurück zu Jared und sah, dass seine Augen die gleichen Gefühle verrieten. Wann war je ein Clansmann so weit fort von zu Hause gewesen?

Er nestelte an den Sattelschnallen herum und versuchte, alle Gedanken und Empfindungen zu verdrängen. Der eine Flügel des Drachen drückte gegen seine Seite, und er lehnte sich gegen das Tier. Das Hämmern fand ein Echo in seiner Brust, und zum ersten Mal war es tröstlich, ja beinahe vertraut. Er zog an den Riemen, löste sie, und stieß dann zischend die Luft aus, als er einen brennenden Schmerz in seiner rechten Hand verspürte. Unwillkürlich zuckte er zusammen und rieb sich das Fleisch seiner Handfläche. Es war seltsam heiß und tat weh. Er musste irgendwie an den scharfen Widerhaken von Marathins Flügeln hängengeblieben sein, konnte aber keine Spuren entdecken.

»Tallis«, rief Attar und zog den Sattel von Marathins Rücken. Tallis wich zurück, als sich der Drache erst kurz zusammenkauerte und dann einen Satz machte; die Luft wirbelte auf, als das Tier mit einem Schnappen die Flügel öffnete und den Wind einfing.

Tallis presste die pochende Hand auf seine Brust und sah Marathin hinterher, und er spürte, wie sich die Verbindung zwischen ihnen dehnte und dünn wurde wie ein Spinnfaden, und schließlich war das Tier nicht mehr als ein schwarzer Punkt über dem Meer.

»Was ist mit deiner Hand passiert?« Jared war neben ihm.

Tallis runzelte die Stirn und besah seine Hand, und erst in diesem Augenblick fiel ihm auf, dass der Schmerz weg war.

»Nichts.« Verblüfft knetete er die Handfläche.

»Kommt mit in die Kuppel.« Attar gesellte sich zu ihnen, den Sattel über dem Arm. »Ich zeige euch, wo ihr euch hinlegen könnt.«

Über ihnen kreisten noch immer Drachen mit ihren Reitern. Tallis versuchte, nicht hinzusehen, als er dem Krieger folgte, doch sein Nacken prickelte, und seine Haare richteten sich auf, als er bemerkte, wie sie ihn beobachteten.

»Haltet euch an der Wand«, sagte Attar, als er in der dunklen Öffnung verschwand und mit dem Abstieg begann.

Tallis holte tief Luft und zögerte, und schon auf der ersten Stufe hielt er inne. Vom Eingang in die Drachenkuppel aus ging es schier endlos in die Tiefe; wenn er hinuntersah, konnte er den ganzen Weg bis zum Boden verfolgen. Dort unten räkelten sich einige Drachen in einem Wasserloch, und von hier oben sahen sie so klein wie Vögel aus.

Für die Reiter führte der Zugang über eine Reihe von Steinstufen, die an einer Seite aus der Mauer herausgehauen worden waren. Diese Treppe ging geradewegs nach unten und endete an einem gewölbten Durchgang. Ein schmaler Handlauf aus Holz war an der linken Seite in die Wand eingelassen, aber auf der anderen Seite war nur Luft.

Jared legte Tallis die Hand auf die Schulter und spähte an ihm vorbei hinunter zu den Drachen im Wasser. »Von hier oben sind die ja kaum größer als Mar-Ratten. Und sieh mal – da in den Wänden sitzen noch mehr von ihnen.«

In unregelmäßigen Abständen auf dem Weg nach unten ragten Simse aus der Mauer, und auf einigen saßen weitere Drachen und dösten in dem nur spärlich einfallenden Sonnenlicht.

»Wie viele von ihnen gibt es denn?« Jareds Stimme klang belegt.

»Fünfundachtzig leben in der Kuppel«, antwortete Attar, der

eine Stufe vor ihnen lief. »Aber es würden auch noch mehr Platz finden.«

Jared und Tallis starrten ihn an, und er grinste.

»Kommt schon, Clansmänner, es ist noch ein langer Weg bis unten.« Er drehte sich um und sprang die Treppe hinunter.

Die Stufen waren dick und breit, und zwei Männer könnten wohl nebeneinanderlaufen, wenn sie sich ein wenig vorsehen würden, aber Tallis und Jared liefen lieber hintereinander, und Tallis drückte sich so weit wie möglich an die Mauer. Sie kamen an einem schummrigen Gang heraus, der einen Bogen machte und der Mauer folgte wie eine spiralförmig angelegte Rampe. Öllampen, die hellgelbes Licht verströmten, waren in einigem Abstand zueinander angebracht, und es hing ein moschusartiger, trockener Geruch in der Luft.

»Hier entlang«, sagte Attar und ging mit raschen Schritten auf dem abschüssigen Gang voran.

Der Boden war sauber gefegt, und auf ihrem Weg nach unten kamen sie an Durchbrüchen vorbei, die zu großen Höhlen führten. Als Tallis durch die Öffnungen sah, entdeckte er den Zugang zu den Simsen, die er von oben gesehen hatte.

»Das sind die Boxen der Drachen«, erklärte Attar. »Jeder Drache hat seine eigene. Marathins befindet sich auf der siebten Ebene. Die Tiere ziehen sich dorthin zurück, wenn sie sich ausruhen wollen.« Mit einer schwungvollen Handbewegung zeigte er ihnen einen dieser Ruheorte, als sie daran vorbeikamen.

»Wie kommen sie denn da hinein?«, fragte Jared.

»Durch die Öffnung oben. Die meisten Reiter bleiben auf ihren Rücken sitzen und gelangen so auf kürzestem Weg zum Boden der Kuppel.« Er drehte sich zu ihnen um und grinste. »Aber ich dachte, dass ihr das nicht unbedingt ausprobieren wollt. Es ist ein steiler Sinkflug, und wenn man nicht daran gewöhnt ist…« Den Rest überließ er ihrer Einbildungskraft.

»Vielleicht wäre es die Sache wert gewesen, schon um unsere Beine zu schonen«, murmelte Jared, und Attar lachte unterdrückt auf.

Während des Abstiegs passierten sie noch weitere Boxen. In einigen lagen Drachen, wenn sie sich nicht auf ihre Simse verzogen hatten, und durch die jeweiligen Öffnungen sahen sie schwirrende Flügel, als weitere Drachen sich von oben hinabstürzten. Die Luft wurde aufgewirbelt, Krallen kratzten übers Gestein, und die Reiter riefen sich etwas zu. Aber im Gang trafen sie nur sehr wenige Menschen. Hin und wieder hasteten verschiedene Arbeiter an ihnen vorbei, mit Besen, Rechen oder Korb in ihren Händen, aber sie gönnten ihnen nur selten einen Blick, sondern eilten weiter, um sich um ihre jeweilige Aufgabe zu kümmern, woraus auch immer diese bestand.

»Bekommen die Drachen hier ihre Mahlzeiten?«, fragte Tallis.

»Ja, aber nur als ein Zusatz zu dem, was sie für sich selbst auf der Jagd erlegen. Wir bieten ihnen kleine Leckerbissen wie Früchte und Getreide an. Vor allem mögen sie es, in den heißen Quellen am Boden der Kuppel zu baden, dort.« Er zeigte nach vorne, und Tallis sah, dass der Gang schließlich auslief. Noch einige Schritte, und sie landeten in einem Vorraum, von dem aus eine Öffnung auf der linken Seite ins Sonnenlicht hinausführte, während eine auf der rechten Seite einen Zugang zur Mitte der Kuppel gewährte. Direkt gegenüber setzte sich der Gang fort und begann dann, sich wieder nach oben zu schrauben.

»Dort ist ein Wasserloch und da ein Gemeinschaftsplatz für die Tiere.« Attar deutete in die Mitte der Kuppel. »Aber das könnt ihr euch später ansehen. Jetzt gehen wir erst mal zu den Baracken. Kommt. Wir suchen euch ein Zimmer und etwas zu essen. Ich könnte ein ganzes Muthu futtern!«

Tallis und Jared zögerten und spähten in die riesige Höhle. Tallis entdeckte Reiter, Drachen und eine große Steinurne, aus der eine Flamme loderte, doch dann zog ihn Jared am Arm, und sie traten rasch hinaus ins Sonnenlicht.

Sie mussten die Augen zusammenkneifen, um Attar erkennen zu können, der bereits einige Schritte vor ihnen durchs Gras lief.

»Komm schon!«, sagte Jared, und sie rannten ein Stück, um zu ihm aufzuschließen. Er bog auf einen breiten, staubigen, roten

Weg ein, der sich sanft zwischen vereinzelten Bäumen und Büschen hinabwand.

Hinter und neben ihnen liefen mehrere Reiter, und vor ihnen konnten sie Bren sehen, der sich mit einem anderen Mann unterhielt. Die Reiter warfen neugierige Blicke in ihre Richtung, aber keiner kam zu ihnen oder sprach sie an. Die Sonne versank nun rasch im Meer und verbreitete weiches, rosafarbenes Licht auf den Baumspitzen. Es war aber noch immer sehr warm, und Tallis und Jared schwitzten in der ungewohnten Feuchtigkeit.

»Kühlt es sich hier nachts nicht ab?«, fragte Jared Attar.

»Nicht sehr. Und zu dieser Zeit des Jahres, kurz vor dem Regen, wirst du reichlich schwitzen, Clansmann, mehr als in deiner Wüste.«

»Regen?«, fragte Tallis.

Attar grinste. »Ich weiß, dass Wasser aus dem Himmel dort, wo ihr herkommt, reichlich ungewöhnlich ist, aber wir kriegen ihn hier jedes Jahr um diese Zeit kübelweise. Ihr werdet noch sehen.« Er warf ihm einen Blick von der Seite zu. »Beim ersten Mal werdet ihr es kaum glauben können. Wartet nur ab, es wird diesen Pfad hier wie ein Fluss entlangströmen.«

»Ich wusste immer, dass Feuchtländer eine gute Bezeichnung für euch ist«, bemerkte Jared trocken, und Attar lachte und schlug ihm auf die Schulter.

»Keine Sorge, Clansmänner, wir werden zusehen, dass ihr unseren guten Wein aus Cermez zu kosten bekommt, und dann werdet ihr uns mit anderen Augen sehen. Kommt schon, es ist jetzt nur noch ein kurzes Stück.«

Sie liefen weiter und folgten einer Biegung des Weges. Dahinter begann der Abstieg zu einer offenen Fläche, der sich weiter hinten Gebäude und Höfe anschlossen. Unmittelbar vor ihnen verbreiterte sich der Weg und führte zu einem Platz, der an drei Seiten von langen, rechteckigen Häusern umgeben war. Hierher schienen die meisten der Reiter zu strömen.

»Das ist der Reiter-Komplex«, sagte Attar und deutete auf die Gebäude. »In den zwei Häusern dort, die uns am nächsten sind, nehmen wir unsere Mahlzeiten ein, und das Haus dahinter«, er zeigte über den Platz, »ist die Küche, wo alle unsere Speisen zubereitet werden. Und dann kommen die Baracken, wo die einfachen Reiter schlafen. Ich werde dort einen Platz für euch finden, wo ihr euch ausruhen könnt.«

»Und was ist das?« Jared deutete auf eine riesige, nach oben hin offene Arena rechts von ihnen, die von einer niedrigen Mauer gesäumt war. An einem Ende unter einer spärlichen Baumgruppe standen einige Bänke.

»Die Arena«, sagte Attar. »Jedes Jahr feiern wir das Friedensfest und veranstalten dort einen Wettkampf für die Jungreiter.«

»So etwas wie eine Prüfung?«

Er nickte, und Tallis fragte sich, ob auch er sich einigen dieser Prüfungen würde unterziehen müssen.

Sie folgten Attar zum gepflasterten Hof. Ein junges Mädchen entzündete gerade Fackeln an der Ecke, als sie eintraten, und Tallis konnte riechen, dass irgendwo Fleisch zubereitet wurde. Gruppen von Reitern unterhielten sich lautstark, während sie auf eines der Speisegebäude zusteuerten und durch die geöffneten Türen eintraten, welche sich auf der ganzen Länge der Vorderseite erstreckten. Attar ging quer über den Hof zu den Gebäuden, die er Baracken genannt hatte. Tallis und Jared folgten ihm und hielten die Köpfe gesenkt, denn sie spürten die Blicke der anderen Männer auf sich, als sie an ihnen vorbeigingen. Sie hatten ihre Haldare abgesetzt, doch noch immer mussten sie so fremd aussehen, wie sie sich diesen Feuchtländern gegenüber fühlten. Ihre dunklere Hautfarbe ließ sich nicht verbergen, und auch nicht die geflochtenen Zöpfe der Jäger, die sie als Clansmänner auswiesen.

Sie blieben Attar eng auf den Fersen, als sie die Baracken betraten, und folgten ihm einen breiten Flur hinunter, an vielen Räumen vorbei, ehe er vor einem stehen blieb und sie bat, drinnen auf ihn zu warten.

»Bleibt hier, ich werde nicht lange brauchen. Ich will meinem Septenführer Bericht erstatten und mich erkundigen, ob der Kommandant mit euch sprechen will.«

Der Raum war klein und leer bis auf vier harte, schmale Betten, jedes davon mit einer Truhe am Fußende. Ein kleines, geöffnetes Fenster war hoch oben in die Wand eingelassen, und zwei Öllampen in kleinen Haltern zu beiden Seiten der Tür verbreiteten weiches, gelbes Licht. Tallis setzte sich auf eines der Betten. Er war hungrig, und ein dumpfer Schmerz begann in seinem Hinterkopf zu pochen.

»Haben wir noch Wasser übrig?« Er sah Jared an.

»Ein wenig.« Er reichte ihm den Schlauch, und Tallis presste einige Tropfen der warmen Flüssigkeit auf seine Zunge.

Jareds Gesicht wirkte bedrückt und voller Sorge, als er den Wasserschlauch wieder zurücknahm.

»Glaubst du jetzt, wir hätten doch nicht kommen sollen?«, fragte Tallis.

»Ich weiß es nicht.« Jared rieb sich die Stelle zwischen den Augen, dann stützte er seine Ellbogen auf die Knie. »Dieser Ort ist seltsamer, als ich es mir hätte träumen lassen, größer und ...« Er zuckte mit den Achseln. »Vielleicht haben die Führer ihre Gründe.«

Tallis starrte auf den Fußboden. Sie hatten nicht mehr von den Führern gesprochen, seitdem sie die Wüste verlassen hatten. Auch nicht über das, was dort geschehen war. Jared war nur seinetwegen hier, weil Karnit ihn hasste. Ob die Führer dabei eine Rolle gespielt hatten oder nicht – er kam nicht gegen das Gefühl an, dass er es zu wissen verdiente, warum sie auch Jared leiden ließen. Er ballte die Fäuste. »Bruder, ich kann dir einen Grund nennen, warum die Führer mich hier haben wollen: Hier bin ich weit entfernt von ihren Ländern und ihren Clans.«

Jared runzelte die Stirn. »Was meinst du?«

»Ich stamme nicht von den Jalwalah ab. Wie du weißt, kommt meine Mutter aus den Eislanden, aber mein Vater ... Es war nicht Haldane. Sie sagte mir, sie habe mich bereits in ihrem Schoß getragen, als die beiden sich kennenlernten. Es tut mir leid, dass du Clanblut für einen Mann vergossen hast, der nicht einmal zu dir gehört.«

Er konnte Jared kaum ansehen, aber er zwang sich dazu. »Es tut mir so leid, Bruder«, wiederholte er. »Es tut mir leid, dass es meinetwegen so weit gekommen ist.«

Jareds Gesicht war wie versteinert. »Ich sehe erst jetzt, warum Karnit dich gehasst hat«, sagte er. »Er kann niemanden ertragen, der nicht aus dem Clan stammt.« Dann beugte er sich zu ihm, und um seinen Mund lag ein harter Zug. »Aber denk nicht einmal daran, mich zu bemitleiden, Bruder. Die Führer wissen mehr als Karnit, und ich werde alles tun, was sie für nötig halten, nicht das, was Karnit will. Für sie habe ich Clanblut vergossen, denn sie haben danach verlangt, und ich tat es, weil es nötig war, dich zu retten. Wir sind nun auf uns gestellt, und du bist mein Clan. Wir haben gemeinsam die Rituale der Jäger durchgeführt, und ich werde nicht zulassen, dass du all das wegwirfst, weder wegen Karnits giftigem Hass noch wegen deiner leiblichen Abstammung.«

Tallis schämte sich. Jared hatte recht. Sein Freund hatte sein Leben aufs Spiel gesetzt, um ihn zu retten. Er hatte sich vom Clan losgesagt, um ihm zu Hilfe zu kommen, und als Dank bemitleidete er ihn und sich selbst. Selbstverachtung lag bitter auf seiner Zunge. Er wusste nicht, was er sagen sollte. Schritte erklangen, und Attar öffnete die Tür. Hinter ihm stand ein blonder Mann.

»Clansmänner …« Attar machte eine Pause, denn ihm war die angespannte Stimmung im Raum nicht entgangen. Sein Blick flackerte zwischen ihnen hin und her. »Dies ist Septenführer Balkis. Er wird euch zu Kommandant Rorc bringen.«

Der jüngere Mann betrachtete sie abschätzend. »Danke, Hauptmann. Ihr könnt jetzt zum Essen gehen.«

Attar nickte ihm zu; er musterte Tallis und Jared noch einmal und ging dann davon; die Absätze seiner Stiefel klapperten auf dem steinigen Boden des Flures.

Tallis erhob sich wachsam. Balkis war so groß wie Jared und sah nicht viel älter aus, aber er schien einen höheren Rang zu bekleiden als Attar. Seltsam. In den Clans gebührte den Männern mehr Respekt, je älter sie wurden.

»So, Ihr seid also die Clansmänner«, sagte Balkis. »Ich habe schon ein bisschen was über die Clans gehört, aber ich habe noch nie einen von ihnen getroffen.« Sein Blick ruhte auf Tallis, und er runzelte die Stirn und zögerte einen Moment lang, ehe er fortfuhr: »Attar sagt, Ihr habt diese wilden Drachen gesehen.«

»Möglicherweise.« Tallis erwiderte den Blick. In der Art, wie der Mann den Kopf hielt, lag etwas Arrogantes, das ihn verärgerte, und er musterte ihn so seltsam, beinahe so als habe er die vage Ahnung, ihn schon einmal gesehen zu haben.

Balkis zeigte zur Tür. »Kommt, folgt mir.«

Er verließ das Zimmer, ohne darauf zu achten, ob sie seiner Aufforderung nachkamen. Tallis tauschte einen Blick mit Jared, der mit den Schultern zuckte und dem Mann aus den Baracken hinaus folgte.

Balkis führte sie rasch den Gang hinunter, ging durch eine Hintertür und nahm den Weg, der zu einem großen Gebäude führte. Laternen in gestutzten Büschen säumten den Pfad und erleuchteten ihn. Sie betraten den Bau durch eine offene Doppeltür und liefen raschen Schrittes einen gefliesten Gang hinunter. Balkis blieb vor einer schweren Holztür am Ende des Flures stehen, klopfte laut, schob sie auf und bedeutete Jared und Tallis, hineinzugehen. Ein dunkelhaariger Mann stand an einem der Fenster und drehte sich um, als sie eintraten.

»Kommandant«, sprach Balkis ihn an. »Dies sind die Clansmänner.«

Der Raum war karg eingerichtet mit einem blank geriebenen Steintisch, vier Stühlen und einigen Regalen an der Wand. Ein dicker, roter Teppichläufer bedeckte den Boden, und ein klammer, salziger Hauch wehte von draußen herein.

Der dunkelhaarige Mann war ein wenig größer als Tallis, breitschultrig, und er trug einen kurzen Bart, der seine Kinnbacken überzog. An seiner Hüfte hing ein edelsteinbesetztes Jagdmesser, und er hatte etwas Lauerndes an sich, das Tallis an eine Wüstenkatze erinnerte, die ihre Beute beobachtet.

Er lächelte nicht, als er sie hereinbat. »Willkommen in Salmut, bitte nehmt Platz.« Er zeigte auf die Stühle. »Ich nehme an, Ihr habt noch nichts gegessen, deshalb habe ich einige Speisen kommen lassen. Balkis, holt etwas Wein!«

»Wir nehmen lieber Wasser«, sagte Tallis und setzte sich. Jared tat es ihm nach.

»Wie Ihr wünscht.« Der Kommandant nahm ihnen gegenüber Platz.

Eine Weile saßen sie schweigend da, während Balkis zwei Gläser mit Wasser und zwei mit Wein füllte, sie zu ihnen an den Tisch brachte und sich neben dem Kommandanten niederließ.

»Ihr seid Tallis?« Rorc musterte ihn, und er nickte. »Und Ihr seid Jared?« Er hob seinen Weinkelch, nahm einen Schluck und betrachtete sie über den Rand des Glases hinweg. »Ihr seid vom Jalwalah-Clan.«

Es war keine Frage, und Jareds Hand, mit der er gerade nach seinem Glas hatte greifen wollen, verharrte in der Luft. Der Kommandant lächelte. »Ihr seht, es gibt selbst hier in Salmut Leute, die über die Clans Bescheid wissen.« Er betrachtete sie eindringlich, und das Licht der Lampen spiegelte sich matt in seinen Augen.

»Feuchtländer *denken* nur, dass sie etwas wissen«, entgegnete Jared abweisend, und der Kommandant ließ einen Moment lang den Blick zu ihm wandern, ehe er sich wieder Tallis zuwandte. »Ihr seid weit von Eurem Brunnen entfernt. Warum seid Ihr gekommen?«

Tallis zögerte, denn er war verblüfft, dass der Mann so beiläufig einen Begriff benutzte, von dem er dachte, dass er nur den Clans bekannt war. Und wie kam es, dass er sie dem Jalwalah-Clan zuordnen konnte?

»Wir sind hier, weil wir uns Sorgen um unser Volk machen«, antwortete er unwillig.

»Ihr sucht die Hilfe von Feuchtländern, um Euer Volk zu retten?«

»Nein, Ihr habt unsere Unterstützung eingefordert«, entgegnete Jared, und Tallis warf ihm einen warnenden Blick zu.

»Nun, was habt Ihr uns denn zu berichten?«, fragte Rorc. »Was wisst Ihr, das uns dabei helfen kann, diese wilden Drachen zu besiegen?«

»Was hat Attar Euch denn verraten?«

Rorc stellte sein Glas ab. »Er sagte, er glaube, Ihr, Tallis, habet die Fähigkeit, über die Drachen zu gebieten, und zwar nicht nur über die Wilddrachen, sondern auch über alle anderen.«

Balkis starrte ihn an. »Aber niemand kann sie befehligen, außer dem Gef…«

»Balkis!« Rorc hob eine Hand. »Die Fähigkeit zu haben und in der Lage zu sein, sie zu kontrollieren, sind zwei verschiedene Dinge.« Er wandte sich wieder an Tallis. »Attar sagte, Ihr wüsstet anscheinend nicht, wie Ihr das macht. Stimmt das?«

Tallis antwortete nicht und sah stattdessen auf das Glas mit dem dicken Stiel und betrachtete durch das blasige helle Grün das Wasser.

»Ist diese Fähigkeit der Grund, warum Ihr so weit von Eurem Brunnen entfernt seid?«, fragte Rorc leise, und Tallis' Magen verkrampfte sich. Er sah zu dem dunkelhaarigen Mann auf, der ihn so eindringlich beobachtete, dass er tatsächlich einer Wüstenkatze ähnelte. Dieser Mann schien viel über die Clans zu wissen.

Ich weiß, was du bist. Karnits zischende Stimme geisterte durch seine Gedanken, und mit einem Mal stand ihm klar und deutlich das Gesicht seiner Mutter vor Augen, von Trauer verzehrt am Scheiterhaufen bei Haldanes Totenfeier. Seine Hand schloss sich um das Glas, und er zwang sich, sich zu beruhigen und das Glas abzustellen, ehe er es zerbrechen konnte.

»Ich bin hierhergekommen, um meinem Volk zu helfen«, sagte er, und hielt dem Blick des Kommandanten stand. »Wir beide wollen das.« Er schielte kurz zu Jared hinüber und sah, wie dieser die anderen fixierte, angespannt wie ein Falke auf der Jagd. »Und ja, ich spüre, dass da irgendetwas mit den Drachen ist, aber ich weiß nicht, was es ist, und auch nicht, wie ich es kontrollieren kann. Ich kann sie jedenfalls nicht lenken, wie Attar es sich vorstellt.«

»Ihr spürt es?« Balkis beugte sich über den Tisch. »Was meint

Ihr damit? Sprechen sie denn nicht mit Euch? Hört Ihr denn nicht ihre Stimme in euren Gedanken?«

Tallis starrte ihn wortlos an, und Rorc legte Balkis eine Hand auf den Arm.

»Genug. Sie sind gerade erst angekommen und haben noch nichts gegessen. Morgen wird noch ausreichend Zeit sein.«

Es klopfte an der Tür, und eine Stimme ertönte. Balkis stand auf und ließ eine schmale, junge Frau herein, die rasch einige Teller mit gebratenem Fleisch und Gemüse auf dem Tisch abstellte, dazu einen kleinen Korb mit Brot. Dann verschwand sie wieder und schloss leise die Tür hinter sich.

»Esst«, sagte Rorc und griff nach einem Stück Brot. »Heute Nacht sollt Ihr Euch ausruhen, und morgen wird Balkis Euch den Rest der Drachenanlage zeigen. Er wird Euch auch zu einem besonderen Mittagsmahl mitnehmen, das wir für alle Reiter und die Freiländer veranstalten. Da habt Ihr dann auch die Gelegenheit, weitere Reiter zu treffen und ihnen Fragen zu stellen, wenn Ihr wollt. Wir werden uns morgen weiter unterhalten, Tallis.« Er nahm einen Schluck Wein und wandte sich an Jared.

»So, Jäger, wie gut seid Ihr mit diesem Messer?« Er deutete auf die Klinge, die sich Jared an den Oberschenkel gebunden hatte. »Wenn Ihr so gut wie jeder andere Clansmann seid, dann werden wir Eure Fähigkeiten hier zu schätzen wissen. Spuren lesen und Jagen sind Gaben, die sich nicht häufig bei Männern der Stadt wiederfinden.« Während Jared ihm eine vorsichtige Antwort gab, aß Tallis, sah zu und begann sich zu fragen, wo der dunkelhaarige Mann herstammen mochte, dass er so viel über den Clan und seine Lebensweise wusste.

21

Shaan hatte verschlafen. Als sie erwachte, war der Morgen beinahe schon vorbei, und in ihrem Zimmer war die Luft stickig. Schweiß bedeckte ihre nackte Haut, und mit einer Grimasse schob sie die klamme Decke hinunter. Die Frau, zu der Tuon sie am Tag zuvor gebracht hatte, musste ihr einen Schlaftrunk gegeben haben, denn sie entsann sich kaum noch, wie sie nach Hause gekommen war, und konnte sich auch an keine Träume mehr erinnern. Sie hatte die ganze Nacht tief geschlafen, fühlte sich aber immer noch erschöpft. Trotzdem erhob sie sich aus ihrem Bett.

Eine gefüllte Wasserschüssel und ein Stück Rosenölseife warteten auf ihrer kleinen Kommode auf sie. Shaan lächelte. Tuon hatte zu ihr hereingeschaut. Sie achtete auf ihre verletzte Hand, als sie sich den Schweiß abwusch, die Augen schloss und das kühle Nass und den Duft nach Rosen genoss. Ihre Hand puckerte unverändert dumpf, aber das schlimme Stechen und das Brennen waren verschwunden.

Von unten aus dem Schankraum drangen Stimmen zu ihr herauf, und nachdem sie sich angezogen hatte, machte sie sich auf den Weg zur Küche des Gasthauses.

Torg zog gerade Brotlaibe aus dem Ofen. Er knurrte einen Gruß und reichte ihr ein dickes Stück frisch gebackenen Brotes, dick mit Butter bestrichen.

Sie fragte ihn, wo Tuon stecke, doch er zuckte nur mit den Schultern. »Weg.«

Shaan fragte sich unwillkürlich, ob die Freundin weg war, um für Kommandant Rorc zu arbeiten.

»Gehst du heute zur Anlage?«, fragte Torg.

»Mmmm«, murmelte Shaan zustimmend, den Mund voll Brot. »Ich muss das Mittagessen servieren.«

»Dann halt dich lieber ran, es ist schon bald Mittag.«

»Was?« Sie schaute entgeistert nach draußen und begriff, dass er recht hatte. Hastig kaute sie ihren Bissen zu Ende, nahm einige große Züge Wasser und verließ eilig das Gasthaus. Ihre müden Muskeln protestierten, als sie in einen Laufschritt verfiel.

Sie kam keinen Moment zu früh in der Anlage an und war erstaunt, mehr Arbeiter als sonst zwischen den Gebäuden herumwuseln zu sehen, alle mit Tabletts beladen. Beinahe wäre sie von einem kräftig gebauten Mann über den Haufen gerannt worden, der aus der Hintertür der Küche platzte, in der Hand ein zugedecktes Tablett. Er streifte ihre Schulter, sodass sie gegen die Wand prallte. Und sofort wünschte sie sich, sie wäre nicht gekommen.

In der Küche herrschte organisiertes Chaos. Ein halbes Dutzend Köche beugten sich über drei Feuerstellen an der Wand, und eine Gruppe plappernder Frauen bereitete an den langen Tischen verschiedene Gerichte zu. Andere Arbeiter wie sie selbst strömten herein und griffen sich Tabletts oder stellten welche ab, ehe sie wieder durch die Haupttür nach draußen zu den großen Speisepavillons eilten.

Shaan ging zu einem offenen Regal und griff sich eine Schürze, zog sich den Stoff über den Kopf und befestigte die Bänder an der Seite. Dann packte sie eine vorbeidrängende Frau am Ärmel und fragte: »Warum sind denn so viele Leute hier?«

»Hast du es nicht gehört?« Die Frau sah sie überrascht an. »Heute ist ein großer Schwung Freiländer zu Besuch. Sie sind aus dem Palast gekommen, ebenso wie alle Septenführer und Reiter. Sie wollen hier gemeinsam zu Mittag essen. Irgendein Treffen oder so.« Sie starrte Shaan an, und Schweiß schimmerte auf ihrer Haut. »Ist denn heute Morgen kein Bote zu dir gekommen? Sie haben jede Menge ausgeschickt, um uns zu sagen, dass wir früher kommen und noch mehr Hilfskräfte mitbringen sollen.«

»Nein«, sagte Shaan stirnrunzelnd.

»Obacht«, flüsterte die Frau hektisch. »Der Aufseher kommt.«

Shaan schnappte sich schnell das nächstbeste Tablett mit Speisen und zuckte zusammen, als ein Schmerzstich durch ihre verletzte Hand schoss. »Zweiter Pavillon«, bellte eine der Frauen, die mit der Speisezubereitung beschäftigt waren, sie an. Shaan nickte und ging zur Tür. Aus den Augenwinkeln konnte sie sehen, wie sich der Essensaufseher mit rotem Gesicht vor den Herden aufbaute und einen der Köche anherrschte. Shaan schob sich mit ihrem Tablett an einem hereinkommenden Arbeiter vorbei und lief den anderen hinterher. Die Pavillons hatten alle ihre Türen geöffnet, und das Geräusch vieler Stimmen drang heraus.

Außerhalb der Pavillons konnte sie ein buntes Farbenmeer erkennen. Ein Mann im blauen Hemd eines Septenführers lehnte an einer der Säulen, nippte an seinem Getränk und unterhielt sich mit einer wunderschön gekleideten Frau. Shaan fragte sich unwillkürlich, ob Balkis in dem ihr zugewiesenen Pavillon sitzen würde. Beim Gedanken daran machte ihr Magen einen ängstlichen Satz, und sie hielt ihren Kopf gesenkt, als sie sich in den Strom der Arbeiter einreihte.

Im Innern waren lange Tische aufgestellt. An einigen saßen Septenführer und plauderten mit Freiländern, während die Reiter an anderen zusammensaßen und aßen. Shaan hatte noch nie so viele Reiter versammelt gesehen. Kein Wunder, dass der rotgesichtige Küchenchef so angespannt gewesen war. Sie ging zu einem der Aufseher und fragte, an welchem Tisch sie ihr Essen servieren sollte. Er zeigte zur anderen Seite des Raums, und vorsichtig bahnte sie sich einen Weg dorthin und begann die Teller zwischen den Reitern abzustellen, die ihr keinerlei Beachtung schenkten. Die Hitze im Raum nahm zu trotz der geöffneten Türen, und als Shaan den letzten Teller ausgeteilt hatte, zitterte ihre verletzte Hand, und der Schweiß lief ihr den Rücken hinunter.

Ihr war schwindelig, und ihr Mund war trocken. Sie richtete sich auf, versuchte, trotz der abgestandenen Luft tiefer einzuatmen, und sah mit einem Mal geradewegs Balkis in die Augen. Er saß am nächsten Tisch und beobachtete sie, während er an seinem

Glas nippte. Shaan rutschte das Tablett aus den Händen und fiel krachend zu Boden, als ihr Herz einen unerwarteten Satz machte. In plötzlicher Panik drehte sie sich um und prallte mit einem Reiter zusammen, der gerade mit seinem Stuhl vom Tisch weggerückt war und sich erhoben hatte. Er strauchelte, griff nach ihr, und dann glitten seine Hände tiefer um ihre Hüften.

»Soll ich dir zur Hand gehen?«, fragte er anzüglich, das Gesicht rot vom Wein.

»Loslassen!« Sie schubste ihn zurück und drängte sich an den erstaunten Arbeitern vorbei, verzweifelt darauf bedacht, zur Tür zu gelangen. Gelächter verfolgte sie, und ein Blick zurück verriet ihr, dass Balkis sie noch immer nicht aus den Augen ließ. Sie stürmte hinaus, und ihr Atem ging schnell und flach. Sie hatte hier nichts verloren. Wütend auf sich selbst, lehnte sie sich gegen die Mauer neben der Tür. Die Sonne schien sehr hell und heiß. Ihr Kopf schwirrte, und sie schien nicht richtig Luft zu bekommen. Die Verbrennung an ihrer Hand fühlte sich an, als ob Feuer über ihre Haut züngelte. Sie musste weg, stolperte um die Ecke des Pavillons und machte sich auf den Weg in Richtung der Gärten.

Tallis fühlte sich seltsam, seitdem sie sich in dem riesigen Pavillon niedergelassen hatten. Jared saß neben ihm, ihnen gegenüber Balkis, der mit seinem Weinglas herumspielte und den Mann neben ihm ignorierte, obwohl dieser angestrengt bemüht war, ihn in ein Streitgespräch zu verwickeln.

»Dieses Fleisch schmeckt sonderbar«, sagte Jared.

Tallis schaute auf seinen Teller. »Ich glaube, das ist Fisch«, antwortete er. Er hatte ihn nicht angerührt, denn er konnte keinen Gedanken ans Essen verschwenden, solange ihn diese seltsame Unruhe im Griff hatte. Es war beinahe, als ob er beobachtet würde, oder … aber nein, das war es nicht. Er ließ den Blick über die unbekannten Gesichter wandern. Ihn beunruhigte das Gefühl, dass es ihn zu irgendetwas oder zu irgendjemandem hinzog. Er sah zum Septenführer. Balkis hatte ihn den ganzen Tag beobachtet, aber nun schien seine Aufmerksamkeit abgelenkt. Er starrte wie gebannt etwas hinter Tallis' Rücken an.

Dann gab es ein plötzliches Klirren, und Stühle wurden zurückgeschoben. Tallis drehte sich um und sah eine Frau mit dunklen Haaren, die sich durch die Menschenmenge zur Tür drängelte. Als sie hinausstürmte, warf sie noch einen Blick zurück, und er spürte einen plötzlichen Stich, als habe ihm jemand einen Schlag gegen die Brust versetzt.

Dieses dunkle Haar, der Schwung ihrer Wangenknochen... Er hörte die Geräusche der Menschen, die mit Essen beschäftigt waren, und ihre Gespräche um ihn herum kaum noch. Das konnte doch wohl nicht möglich sein?

Abrupt sprang Balkis auf, schob seinen Stuhl zurück, sodass er mit denen hinter ihm zusammenstieß, und verließ den Pavillon, ohne ein weiteres Wort an Tallis und Jared zu verlieren.

Tallis bemerkte sein Verschwinden kaum. War *sie* das gewesen? Er schien sich nicht bewegen zu können, drehte sich um und starrte zum hell erleuchteten Eingang, überwältigt von einem wilden Drang und dem Gefühl, dass irgendetwas gerade sein Innerstes berührt hatte und nun an ihm riss und ihn zu der Frau zog, die gerade hinausgerannt war. Er stand auf, seine Muskeln bebten, und sein Atem ging schnell.

»Tallis?«, fragte Jared. Aber Tallis konnte nicht sprechen. Er sah den Freund an, schüttelte nur den Kopf, drehte sich um und rannte zur Tür, drängte sich an allen vorbei, die ihm im Weg standen, ignorierte ihre Proteste und stürzte ins heiße, gleißende Sonnenlicht. Dort blieb er stehen und schaute sich verzweifelt um. Wohin war sie verschwunden?

Ein kleines Gehölz trennte die Pavillons von der Straße zur Drachenkuppel. Shaan zog sich die Arbeitsschürze über den Kopf und rannte unsicher auf ihren Beinen über den schmalen Weg zwischen den Bäumen hindurch. Er führte zu einem kleinen Teich, und ihr einziger Gedanke war, dorthin zu gelangen und sich einen Augenblick in der Stille dort auszuruhen, weit weg von Hitze und Lärm. Ihr Atem klang laut in ihren Ohren, und ihre Hand schien in Flammen zu stehen. Kaum war sie aus dem Wäldchen heraus auf eine kleine, grasbewachsene Lichtung gekommen, da legte sich ihr von hinten eine Hand auf die Schulter. Sie zuckte zusammen, und mit einem Aufschrei wirbelte sie herum. Balkis war ihr vom Pavillon gefolgt.

»Es tut mir leid«, sagte er. »Ich wollte dich nicht erschrecken. Ich habe gerufen – hast du mich nicht gehört?«

Ihr Herz hämmerte. Shaan trat einen Schritt zurück. »Nein.« Sie konnte ihm nicht in die Augen sehen. Warum war er ihr nachgegangen?

»Was ist mit deiner Hand geschehen?«

»Nichts. Ich habe sie mir verbrannt. Wollt Ihr etwas von mir?«

Er schüttelte den Kopf. »Nein, nicht ernsthaft, nur ...« Er zögerte. »Shaan ... in dieser Nacht beim Gasthaus ...«

»Das ist unwichtig«, sagte sie schnell. »Vergesst es einfach.«

Balkis lächelte, und ein Grübchen erschien auf seiner Wange. »Nun, das würde ich gerne, aber du scheinst mir immer wieder vor die Füße zu fallen, manchmal sogar ganz buchstäblich.«

Shaan merkte, wie ihr das Blut ins Gesicht schoss. »Ich muss gehen.« Sie begann sich zurückzuziehen.

»Warte.« Er hielt sie auf. »Du bist so schnell aus dem Pavillon gerannt, dass ich dachte, ich müsste mich vergewissern, dass alles mit dir in Ordnung ist. Du siehst nicht gut aus.«

»Mir geht es bestens.«

»So wirkt es aber nicht.« Er musterte sie prüfend.

Warum konnte er sie nicht in Ruhe lassen? Das beschämende Gefühl dieser Nacht, die Erinnerung an die Hände jenes Mannes auf ihrem Körper, das alles wollte sie am liebsten vergessen.

»Bitte, Septenführer Balkis, mir fehlt nichts.« Sie vermied es, ihn anzusehen. »Ich bin nur müde. Das liegt an der Hitze. Ich sollte jetzt wieder zurückgehen.« Sie wollte einen Schritt an ihm vorbei machen, doch er bewegte sich und hielt sie auf.

»Shaan, bitte, ich versuche, mich zu entschuldigen. Ich hätte dich in der Gasse nicht zurücklassen sollen, aber ich war so aufgebracht. Du schienst dich freiwillig in Gefahr begeben zu haben.«

Sie starrte ihn an. »Freiwillig? Wollt Ihr damit sagen, es war mein Fehler, dass ich angegriffen wurde?«

»Nein, aber einen Mann in eine Gasse zu locken …«

»Woher wisst Ihr, dass ich ihn dorthin geführt habe?«

»Weil ich gesehen habe, wie du mit ihm die Schenke verlassen hast«, antwortete er.

Hatte er sie beobachtet? »Was geht es Euch denn an, was ich tue und lasse?«

»Nichts«, sagte er. »Aber du kannst von Glück sagen, dass ich in jener Nacht auf dem Weg nach Hause an dieser Gasse vorbeikam und mich eingemischt habe.«

Sie schaute weg, ihr Herz hämmerte. Es war beschämend, dass er sie beobachtet hatte, und auch wenn er ihr zu Hilfe geeilt war, wollte ihr kein Dank über die Lippen kommen. Ihre Hand pochte, und sie schüttelte sie hin und her, während sie überlegte, was sie nun tun sollte.

Er stieß einen langen Atemzug aus. »Sieh mal, Shaan«, er streckte ihr seine Hände entgegen, »ich bin dir nicht nachgekommen, um mich mit dir zu streiten. Ich wollte mich einfach nur entschuldigen. Du warst in jener Nacht verletzt, und ich habe dir nicht so geholfen, wie ich das hätte tun sollen.«

»Gut, in Ordnung. Entschuldigung angenommen«, sagte sie leise und starrte zu Boden.

Unerwartet spürte sie seine Hand auf ihrer Schulter. »Wirklich, es tut mir leid«, wiederholte er. Seine blauen Augen suchten ihren Blick, seine Stimme war leise und vertraulich.

Shaans Herz schlug schneller, und mit einem Mal hatte sie eine Ahnung, woher sein Ruf kam, Dutzende von Frauen in seinem Bett gehabt zu haben. Sie hielt die Augen niedergeschlagen und machte einen Schritt zurück. »Danke, aber ich muss jetzt gehen.« Sie versuchte sich umzudrehen, doch der Griff seiner Hand verstärkte sich und hielt sie auf.

»Warte. Ich will dich etwas fragen.«

»Was?« Sie war misstrauisch.

»Es geht um Nuathin. Als ich dich in seiner Box gefunden habe, was hattest du da getan?«

»Wie bitte?« Ihr blieb beinahe das Herz stehen.

»Was war geschehen? Ich habe es gespürt, als ich reinkam. Es war, als ob du in der Gedankensprache mit ihm kommunizieren würdest. Es war seltsam.«

»Ich weiß nicht, was Ihr meint«, flüsterte sie, aber ihm war die Panik in ihren Augen nicht verborgen geblieben.

»Sag es mir«, drängte er. »Du bist nicht gestürzt, nicht wahr? Du hast geschrien, als ich hereinkam.« Er sah sie eindringlich an, aber sie wich seinem Blick aus und betrachtete stattdessen das Bronzemedaillon, das an einer Kette hing und auf seinem sonnengebräunten, nackten Hals lag.

»Ich war krank.«

»Ich glaube dir nicht«, antwortete er. »Shaan, irgendetwas geschieht mit den Drachen. Wenn du etwas weißt, solltest du es mir sagen.«

Sollte sie das? Angst zog ihre Eingeweide zusammen, und Nuathins Worte kamen ihr wieder in den Sinn. *Ist er hier? Ist er zurück?* Sie erschauderte, und sofort war Balkis' Hand wieder auf ihrer Schulter und zwang sie, ihn anzusehen.

»Shaan?« Er schaute ihr ins Gesicht.

Die Verlockung, ihm zu vertrauen, wuchs in ihr. Aber etwas hielt sie zurück: das Wissen, was Petar zugestoßen war, und Balkis' Verbindung zu den Glaubenstreuen. Das war zu viel. Sie schüttelte den Kopf und löste sich aus seiner Berührung.

»Ich muss gehen.«

»Bleib noch«, drängte Balkis mit sanfter Stimme. Seine Finger strichen kaum merklich über ihren Arm, als sie einen Schritt zurücktrat. Ihn zu spüren, verwirrte sie, und sie zögerte. »Lass mich dir …«, setzte Balkis an, doch der plötzliche Klang von eiligen Schritten unterbrach ihn, und mit einem Ruck trat Shaan zur Seite, denn ein junger Mann mit langen, schwarzen Haaren brach durch das Unterholz.

Als er sie sah, blieb er wie angewurzelt stehen und starrte sie an, und bei seinem Anblick spürte Shaan, wie mit einem Mal alle Wärme aus ihrem Körper wich und ihr der Atem in der Brust gefror.

Ein seltsames Summen erhob sich in ihren Ohren, als ob ihr Blut schneller durch die Adern lief. Während sie die Blicke nicht voneinander lösen konnten, kam ein anderer Mann aus dem Wäldchen gerannt und verharrte erst unmittelbar neben dem jungen Mann. »Tallis, was …« Seine Worte brachen ab, als er sie sah.

Der junge Mann, der Tallis genannt worden war, starrte Shaan aus Augen an, die ein Spiegel ihrer eigenen waren.

Wie aus weiter Ferne spürte sie Balkis neben sich, seine Hand wieder auf ihrer Schulter.

»Wer bist du?«, wandte sie sich an Tallis.

»Ich bin … Du bist meine Schwester«, erwiderte er.

Sie starrte ihn an. Das war nicht möglich. Das Blut pochte laut in ihrem Kopf, ihre Sinneswahrnehmungen spielten ihr einen Streich. »Nein.« Sie wich zurück, aber irgendwie schien er zu wissen, was sie vorhatte.

»Nicht, warte!« Er machte einen Satz auf sie zu, doch sie ignorierte ihn, drehte sich um und stürzte durch das Gehölz von dannen.

Tallis starrte ihr nach, dann wollte er ihr folgen, aber Balkis bewegte sich wie der Blitz und schlang ihm einen Arm um den Hals. »Wachen!«, schrie Balkis. Er hatte kaum das Wort ausgestoßen, als sich Jared mit dumpfem Knurren auf ihn stürzte.

Tallis war in Balkis' Griff gefangen, und zornig wandte er sich hin und her. Die Frau war seine Schwester, seine Zwillingsschwester – diese Gewissheit loderte wie ein Feuer in seinem Herzen. Er hatte gehört, wie sein Blut sang, als er sie sah. Es konnte keinen Irrtum geben, und kein Feuchtländer würde sie voneinander getrennt halten.

Zwar war Balkis stark, aber gegen Jared und Tallis gemeinsam kam er nicht an. Da Jared von hinten an ihm zerrte, wurde seine

Umklammerung gelockert. Tallis drehte sich und rammte ihm den Ellbogen in den Bauch, sodass ihm alle Luft aus den Lungen entwich. Balkis ließ ihn los, und Tallis versetzte ihm einen Stoß und sprintete zu den Bäumen.

Er konnte seine Schwester in seinem Innern spüren. Sie war noch immer da, schwach wie der Herzschlag eines Kindes, aber sie war dort.

Er kam nicht weit. Ein Mann löste sich aus dem Waldstück und fing ihn ab, sodass er zu Boden stürzte, und dann waren da zwei Paar Hände, die ihn niederdrückten. Er kämpfte wie von Sinnen.

»Genug!«, hörte er Balkis rufen. Die Männer lockerten ihren Griff und zogen ihn auf die Beine. Jared, dessen Gesicht weiß vor Zorn war, wurde von zwei anderen Männern festgehalten.

Balkis hustete, drehte seinen Kopf zur Seite und spuckte auf den Boden, dann bedachte er Tallis mit einem finsteren Blick. »Das war nicht sehr klug, Clansmann.« Er kam zu ihm und streckte seinen Kopf ganz nah an Tallis' Gesicht. »Ich könnte Euch in eine Zelle werfen lassen, weil Ihr mich angegriffen habt.«

»Ihr habt ihn zuerst angegriffen«, fauchte Jared, und Balkis' Augen wurden hart. »Meine Befehle lauten, euch zwei hier in der Anlage festzuhalten.«

»Wir sind keine Gefangenen«, sagte Tallis.

»Nein, aber Ihr wisst nichts von Salmut oder den Leuten hier. Wenn Ihr Shaan gefolgt wärt, wer weiß, wo Ihr dann gelandet wäret.«

»Ihr Name ist Shaan?«, fragte Tallis.

Balkis' Lippen wurden schmal. »Wieso behauptet Ihr, ihr Bruder zu sein, Clansmann?« Sein Ton war anklagend, beschützend, und Tallis fragte sich, was sie ihm bedeutete. Er schüttelte den Kopf und gab keine Antwort.

Balkis beobachtete ihn schweigend, dann machte er eine ruckartige Kopfbewegung in Richtung der Männer, die ihn bewachten. »Los, zurück zu den Baracken«, sagte er und deutete auf den Pfad. Er trat einen Schritt zurück und wartete, bis sie an ihm vorbei waren, dann begleitete er sie schweigend zu ihrer Unterkunft.

22

Shaan rannte blindlings davon und folgte dem gewundenen Pfad. Tausend Gedanken schossen ihr durch den Kopf: Balkis und sein warmer Atem auf ihrem Gesicht; die brennende Stadt aus ihren Träumen; Petar, der in einer Lache seines eigenen Blutes lag; und ein Mann mit indigoblauen Augen, der ihren Blick suchte.

Schwester hatte er sie genannt. Das war nicht möglich. Aber sie konnte ihn spüren; er war noch immer da und eine bleibende Gewissheit. Als sie ihn angesehen hatte, war es gewesen, als habe ein Funke eine Flamme in ihrem Innern entzündet. Sie blieb stehen, rang keuchend nach Atem und sah hinauf zur Drachenkuppel. Wie war sie hierhergekommen? Die Kuppel hob sich als dunkler Schatten vom strahlenden Blau des Himmels ab, und einige wenige Drachen kreisten hoch darüber. Shaan erbebte, als ein schriller Schrei zu ihr herabwehte, und wie als Antwort regte sich irgendetwas tief in ihr und zerrte an ihr.

Du bist meine Schwester. Die Worte hallten in ihrem Kopf, und sie starrte zu den Drachen hinauf, die über der Stadt ihre Runden zogen. War sie das wirklich? Aber wenn ja, wer war dann er? Nuathins Worte kamen ihr in den Sinn: *Ist er hier? Ist er zurück?* Trotz der Wärme des Tages hatte sie eine Gänsehaut auf den Armen, und sie verfolgte mit den Augen die unablässigen Kreise und Drehungen eines dunklen Drachen vor den Wolken. Könnte es der Drache wissen? Könnte Nuathin es ihr erklären? Er schien alles zu wissen. *Arak-si.*

Sie drehte sich um und sah zum dunklen Eingang der Drachenkuppel. Wohin sonst sollte sie gehen? Ohne stehen zu bleiben, um weiter nachzudenken, rannte sie hinein.

Im Innern war es viel dämmriger, und Shaan lief die Wendel-rampe hinauf, noch immer halb blind von der gleißenden Sonne. Ihre Beinmuskeln schmerzten während des Aufstiegs, und ihre Arme fühlten sich wie schlaffe Weinreben an, aber sie holte tief Luft und kämpfte gegen die Erschöpfung an.

Nuathin war in seiner Box. Er schlief in der Nähe seines Simses, den langen Schwanz um seinen Körper geschlungen. Sein Hals-kamm glühte in einem tiefen Aquamarinblau. Die Farbe verblasste und wurde wieder leuchtend, während er durch die Nüstern ein- und ausatmete, und die Luft war heiß wie Feuer. Shaan huschte leise zu ihm hinein, und das Blut rann schneller durch ihre Adern. Stroh raschelte unter ihren Füßen, und unter einem geöffneten Lid sah ihr ein großes, bernsteinfarbenes Auge entgegen.

Shaans Herz hämmerte. Langsam, langsam, trat sie noch einen Schritt näher. Nun öffnete sich auch das andere Auge des Dra-chen. Es war von einem dunklen Blau. Diese Farbe hatte es vor-her nicht gehabt. Der Drang, davonzulaufen, war überwältigend, aber Shaan zwang sich dazu, reglos stehen zu bleiben. Flach at-mend zögerte sie, unsicher, was sie tun sollte. Dann schob sie ei-nen Fuß nach vorne.

Warte, flüsterte eine Stimme in ihren Gedanken. Nuathin hob langsam seinen Kopf vom Boden. Shaan konnte alte Erde riechen, als der Drache schnaubte, und heiße Luft fuhr über sie hinweg, die den Geruch von verbranntem Holz und Öl mit sich trug.

Wer bist du?

Nuathin? Sie dachte seinen Namen, während sie ihm in die Au-gen sah. Er starrte sie an und bewegte sich nicht. Hatte er sie ge-hört? Sie rückte noch näher an ihn heran – gefährlich nah, denn nun befand sie sich in Reichweite seiner riesigen Vorderklauen. Mit einem Streich könnte er ihr die Eingeweide herrausreißen, aber noch immer verharrte der Drache regungslos. Shaan starrte in sein blaues Auge, und während sie in ihm zu versinken schien, wurde der dunkle Fleck seiner Pupille größer und größer. Oder kam sie selbst immer näher?

Ein seltsames Gefühl der Lethargie überfiel sie. Sie konnte ihren

Blick nicht abwenden. Der Drache atmete aus, und glühende Luft wehte ihr entgegen. *Nuathin*? Sie starrte zu ihm empor. Irgendetwas tief in seinem Auge flackerte, und sie hörte ein Flüstern, schwach wie ein Luftzug. *Arak-si*, zischte er, und die Dunkelheit seines Auges umfing und verschluckte Shaan.

Die Welt war verschwunden. Ihr Geist war aus ihrem Körper gerissen worden, als sie in einen wirbelnden Malstrom von Farben geworfen wurde. Leuchtendes Blau und Lila peitschten an ihr vorbei, dann alle Arten von Grüntönen. Sie fiel und fiel. Verzweifelt schrie sie den Namen des Drachen, aber ein betäubender Wind toste in ihren Ohren, und sie konnte nichts hören.

Nuathin! Sie kreischte, und mit einem Mal waren die Farben verschwunden. Ein grenzenloses Blau umgab sie, und als sie ihre Arme ausstreckte, konnte sie auch durch sie hindurch auf das Blau dahinter schauen. Der Wind hatte sich gelegt, und ihr fiel nun ein leises Summen auf, das wie von tausend Bienen klang. Sie senkte den Blick. Weit dort unten floss ein breiter Fluss aus Licht. Es gab dort so viele Farben, und einige von ihnen waren so strahlend, dass es wie ein Sternenband aus allen denkbaren Schattierungen aussah. Shaan vergaß ihre Furcht, und hingerissen glitt sie hinunter. Als sie sich näherte, konnte sie viele verschiedene Stimmen hören, die gleichzeitig sprachen; einige ganz langsam, andere schnell, und manche flüsterten. Das Licht und die Stimmen zogen sie an; sie wollte dort eintauchen und in dem Fluss aus Licht schwimmen. Sie versuchte, ihn zu erreichen.

Nein! Du kannst nicht Teil des Schwarms sein.

Sie stoppte, wirbelte herum und schaute nach oben. Auf sie zu schwebte eine lange Wolke in der Form eines Drachen, und der Schwanz peitschte durch das Blau hin und her. Nuathin. Strahlende Farben umwirbelten ihn, legten sich auf seinen Kamm und veränderten sich ständig, und seine Augen glänzten in leuchtendem Lila.

Sei gegrüßt, Azim. Die Stimme des Drachen war tief, und ein Zischen schwang in ihr mit.

Er sank noch tiefer hinab, bis er direkt vor ihr schwebte.

War Azim ein anderer Name für sie?, fragte sich Shaan.

Nein. Da war Nuathins Stimme wieder, und in seinem Ton lag etwas Belustigtes. *Azim meint alle Zweibeiner, alle Menschschschschen*, zischte er. Sein Kopf schwenkte von einer Seite zur anderen.

Wo bin ich?, fragte Shaan vorsichtig, aber sie beherrschte die Geiststimme nicht richtig.

Nein, nicht die Geiststimme. Nuathin bewegte sich vor ihr auf und ab. *Die Geiststimme wird im Wachen benutzt, aber jetzt befinden wir uns auf einer tieferen Ebene: Dies ist eine Geistverbindung. Deine Gedanken sind meine, meine sind deine.*

Aber warum kann ich dann deine nicht hören?

Weil dies noch nicht die vollständige Geistverbindung ist, sondern nur ein Anfang. Die Geistverbindung ist etwas Besonderes. Wir wollen nicht alle teilhaben lassen, nur jene, die zu Arak gehören und vertrauenssssssssswürdig sind. Er zog das S in dem Wort zu einem Zischen in die Länge, und sein Kopf hob sich, sodass er zu Shaan hinabstarrte. *Du bist hier, und doch bist du es nicht, denn so ist es sicherer, bis wir über dich Bescheid wissen. Wir müssen wissen, wer du bist.*

Wir?, dachte sie.

Der Schwarm, zischte Nuathin, während er zum Lichtstrom abtauchte, dann eine plötzliche Wendung machte und zurückkam. Er machte so kurz vor ihr halt, dass sein ätherischer Kopf beinahe ihr Gesicht berührt hätte. *Mein Semorphim, wir kennen dich noch nicht richtig.*

Semorphim? Shaan versuchte, das aufsteigende Entsetzen zu bezwingen. So also nannten die Drachen sich selbst.

Ja, der Schwarm. Wenn alle Semorphim mit nur einer *Stimme sprechen.* Nuathin neigte seinen Kopf nach unten zum Licht, dann sah er wieder Shaan an. *Wir kennen dich doch nicht*, zischte er.

Aber ja. Ich bin Shaan. Ich war schon mal hier.

Nein!, erwiderte Nuathin plötzlich scharf.

Ängstlich erklärte Shaan: *Aber du kanntest mich doch beim letzten Mal.*

Beim letzten Mal? Nuathin schlingerte verwirrt vor und zurück, und sein Schwanz zuckte. *Beim letzten Mal?* Seine Stimme wurde leiser, und seine nebelartige Erscheinung schwankte und driftete davon.

Nuathin? Shaan versuchte, ihm ihre Gedanken zu schicken.

Er verharrte einen Moment in der Luft, dann drehte er sich noch einmal zu ihr um. Sie konnte ihn kaum noch erkennen. Seine Augen wurden etwas schmaler, als ob er sich nicht sicher sei, was er sah. Plötzlich traf sie ein wilder Ausbruch von Zorn wie ein körperlicher Hieb und schleuderte sie fort, sodass sie durch das Blau trudelte. Er folgte ihr hinab, seine Augen flammend rot.

Beim letzten Mal! Ich habe dich gespürt. Wer bist du? Er schrie in ihren Gedanken.

Erschrocken fuhr sie zurück, und er machte vor ihr halt, seinen großen Kopf gesenkt.

Ich erinnere mich, zischte er langsam. *Ja. Du bist wie er. So ähnlich, ihm so ähnlich, aber du bist nicht er. Nein, das bist du nicht.*

Er? Shaan zitterte.

Das Lila seiner Augen wurde tiefer und dunkler, und der blaue Dunst um ihn herum schien zu vibrieren.

Arak. Er, zischte er.

Ihr Innerstes verkrampfte sich. Sie wusste, von wem er sprach: von dem Gefallenen, Azoth.

Kleine Azim, zischte Nuathin, und sein durchscheinender Schwanz umkreiste sie. *Wir haben gedacht, er könnte ein Jungtier haben. Wir dachten es, wir dachten es immer wieder, aber nein, uns wurde gesagt, das könne nicht sein, er kann keins haben, keiner von ihnen kann es. Aber dein Blut singt für uns, kleine Azim, wir fühlen es singen und singen. So wie wir es bei ihm spüren. Bist du Arak-si?*

Nein, flüsterte Shaan und starrte den Drachen an. *Mein Vater war ...* Sie brach ab. Wer war ihr Vater? Sie hatte es nie erfahren, und dann war da dieser Tallis ... Voller Panik umschloss ihr Geist ihre Gedanken, denn sie fürchtete, der Drache könne sie hören. *Mein Vater stammte von den Inseln,* sagte sie.

Aber wer war sein Brüter? Und der davor und davor und davor? Nuathin wand sich um sie herum, und sie wurde in seinem Luftstrom hin und her geschleudert. *Vielleicht bist du seine Prophetin. Ja. Die Welt ist alt geworden ohne ihn, und die wahren Wege sind vergessen. Wir fragen uns, ob er dich geschickt hat, um sie uns noch einmal zu zeigen.* Er umkreiste sie murmelnd, und sie versuchte, seine Aufmerksamkeit zu erringen.

Nuathin, was meinst du? Aber der Drache ignorierte sie und schwebte ziellos hin und her, als wäre sie gar nicht da, und er zischte sich selbst etwas zu. Voller Angst sah Shaan hinab zum Schwarm. Gab es einen Ausweg? Die Lichter wurden schwächer und pulsierten dann wieder in Wellen, und während sie den Blick nicht abwenden konnte, schien der Fluss näher zu kommen, oder war sie es, die weiter an ihn herangezogen wurde?

Ein seltsames Prickeln erfüllte ihren Geist, als würde er von den Flügeln eines Mottenschwarms gestreift.

Wir spüren ihn. Plötzlich war Nuathins Stimme laut zischend zu hören, und er streckte seinen Kopf vor wie eine Schlange. *Wer bist du, kleine Azim?*

Ich bin Shaan, antwortete sie furchtsam. *Du hast mich schon früher in deiner Box gesehen, ich war dort, um …*

Nein! Er unterbrach sie, und seine Stimme wurde plötzlich beinahe zu einem Flüstern. *Bist du seine Prophetin?* Er starrte ihr in die Augen.

Sie zitterte und fragte sich, ob sein Geist klar war. Ein lautes Brüllen löste sich aus seiner Kehle, und er stieß den Kopf in ihre Richtung, die Augen flammend rot.

Er wird nach dir suchen, zischte er und bleckte die Zähne. *Komm, wir werden es dir zeigen.* Shaan versuchte zu fliehen, aber sein Schwanz schlang sich um sie, und sie hörte ein schrilles Durcheinander von kreischenden Stimmen, gefolgt von einem donnernden Laut, wie eine Welle, die sich am Ufer bricht. Shaan sah hinab zum Schwarm und erblickte einen dicken Lichtbogen, der sich ihr entgegenwölbte. Mit aller Kraft versuchte sie, nach oben hin zu entkommen, aber mit einem Zischen spannte Nuathin einen Flügel über ihren Kopf und zog sie abwärts in den Schwarm.

Da waren Stimmen in der Dunkelheit, die wie Tücher aus Seide klangen, die sich aneinander reiben. Shaan konnte keine einzelnen Worte verstehen, nur Laute; wie eine Welle, die um sie herum anschwoll und dann wieder abebbte. Sie kämpfte darum, nicht zu vergessen, wo sie sich befand. Sie war verängstigt gewesen, daran erinnerte sie sich. Und sie war gefallen. Träumte sie?

Sie senkte den Blick, aber dort war nichts zu erkennen. Alles war dunkel. Weiche Schwärze umfing sie wie ein Mantel. Sollte sie sich Sorgen machen? Sie versuchte, den Gedanken festzuhalten, aber er entglitt ihr wie Rauch. Sie musste träumen, aber es war ein seltsamer Traum. Eine leise Stimme sagte etwas in ihrem Kopf, doch sie konnte sie nicht richtig verstehen, und der Versuch, etwas herauszuhören, kam ihr so mühselig vor. Sie schob die Stimme fort und glitt weiter. Doch auch wenn sie sich anstrengte, ihr keinerlei Beachtung zu schenken, kam sie wieder. Verärgert schüttelte sie den Kopf. Wenn sie sie nur in Ruhe lassen würde. Um sie herum wisperten die Stimmen, und die, die in ihrem Geist war, wurde lauter und störte die anderen. Nichts war mehr friedlich. Die Dunkelheit veränderte sich und wurde bedrohlich, die Stimmen wurden schärfer.

Wer ist sie? Plötzlich brach die Stimme in ihrem Geist an die Oberfläche, und sie brannte und schmerzte. Shaan zuckte zurück, aber die Stimme folgte ihr, bohrte sich in sie und fragte immer und immer wieder. *Wer ist sie?* Shaan versuchte zu entkommen und stemmte sich dagegen, und dann erinnerte sie sich, wo sie sich befand. Sie war im Schwarm. Panik überwältigte sie. Sie saß in der Falle!

War Nuathin hier? Oder hatte er sie verlassen, um mit der Dunkelheit zu verschmelzen? Da war nichts außer Stimmen. *Nuathin?* Sie schrie laut seinen Namen, und auch wenn sie keine Antwort bekam, konnte sie doch spüren, dass da etwas über ihr schwebte und sie beobachtete.

Nuathin, bist du hier?

Wer bist du? Eine Stimme, bestehend aus vielen, sprach zu ihr.

Ich bin Shaan.

Nein, wir fühlen, dass du mehr bist.

Verzweifelt und entmutigt antwortete sie. *Ich bin nur Shaan.*

Nein! Du bist wie er. Wir können es sehen, fühlen und an dir riechen. Der, der uns unseren Namen gab, hat dir sein Mal aufgedrückt. Kommt er, um uns zu holen? Arak-siiiiiii.

Die Stimmen verzerrten die Worte zu einem Zischen, der Laut breitete sich in der Dunkelheit aus, und die einzelnen Stimmen überlagerten einander.

Hat er uns gefunden? ... Führe uns auf die wahren Wege ... Er hat uns verlassen, sollte er jemand anderen schicken? Sie trägt sein Zeichen, und auch nach so langer Zeit kann ich ihn fühlen ... Wir waren nicht gehorsam, wird er uns vergeben?

Traurigkeit und Sehnsucht schwangen in der letzten Stimme mit, und Shaan wirbelte herum, um herauszufinden, von wo die Stimmen kamen. Aber sie waren überall und nirgends. Ihre Worte umgaben sie, wurden immer mehr, und das Murmeln schwoll an und erfüllte ihren Geist. Sie konnte nicht mehr atmen. Mit dem Mut der Verzweiflung schrie sie. *Was wollt ihr? Sagt es mir!*

Jeglicher Laut verstummte. *Zeigt es ihr*, flüsterte eine einzelne Stimme. Dann gab es eine Pause, gefolgt von einem Zerren und einer Flut von Schmerz, als jeder Drache im Schwarm sein Bewusstsein in ihres schob. Ein rauschendes, reißendes Ziehen durchfuhr sie, weißes Licht stach ihr in die Augen, und mit einem Mal konnte sie sehen. Sie flog. Der Wind schnitt ihr in die Augen, und ihr Schwanz peitschte hinter ihr durch die Luft und suchte einen günstigen Aufwind. Es war wunderbar, entsetzlich, berauschend. Sie war nicht allein. Sie spürte sie alle, die anderen, dort bei ihr, alles mit ihr teilend, vereint.

Sie schossen hinab auf den dichten Dschungel zu, verzehrten sich nach der heißen Feuchtigkeit, und ein Feuer brannte in ihren Bäuchen. Die Bäume waren undurchdringlich und wurden zur Seite gefegt, wenn die harten Membranflügel niedersausten, Holz splitterte, Ranken zerrissen. Dann waren sie durchgebrochen, und der süße, nasse Geruch des Erdbodens stieg ihnen in die Nüstern. Der braune Fluss stank beißend, und er schoss schnell unter ihnen dahin. Und sie konnten die Mauern entdecken, die sich steinern und einladend vor ihnen erhoben. Und dort wartete Er.

Eine kleine, verängstigte Stimme in ihrem Innern jammerte beim Anblick der Stadt aus ihren Träumen. Da waren die vertrauten Tore und der Duft der Erde, aber alles wurde von den anderen verschluckt und unterworfen, und sie schloss sich ihnen an, schlüpfte hindurch, löste sich von sich selbst und glitt in ihre Verbindung. Andere flogen neben ihr, und die Azim, die Zweibeiner, wandelten unter ihnen. Und Er war da, irgendwo dort oben, erwartete sie und rief nach ihnen. Sie konnten ihn in ihrem Blut singen hören. *Arak*, riefen sie freudig im Chor. *Arak*. Sie waren jetzt vereint.

Dort stand er, dunkelhaarig und mit indigoblauen Augen, und seine Hand hielt den Stein. Sie wünschten sich, wünschten sich so sehr, dass er sie dieses Mal erwählen würde.

Genug!

Licht und Schmerz durchzuckten Shaan, und sie wurde ausgestoßen. Schreiend versuchte sie, sich festzuklammern, aber sie drängten sie zurück in die Schwärze.

Kann sie ihn finden? Da war wieder die vielschichtige Stimme und fuhr durch Shaans Geist. Shaan wimmerte, war jedoch außerstande, etwas zu entgegnen. *Ist sie eine Prophetin?*

Sie kann es ihm sagen. Eine tiefe, wabernde Stimme drang an die Oberfläche. *Wir sind ergeben. Wir warten. Zeigt es ihr!*

Und der Schmerz kehrte zurück, zerrte an ihr, zerriss sie. Sie wurde gezwungen, an einem Ort die Augen aufzuschlagen, den sie gut kannte: in der Drachenkuppel.

Aber das Licht war strahlender, täuschender, und sie war ein Nichts, aber sie konnte sehen.

Drachen standen in der Luft, Dutzende von ihnen, Flügelspitze an Flügelspitze, und sie umringten die Kuppel. Es waren so viele, und Shaan konnte hinter ihnen nichts als den Himmel sehen, einen seltsamen, lilafarbenen Himmel, von Wolken und goldenen Streifen überzogen. Auf dem Dach stand ein Mann. Er war groß und dunkelhaarig, und Shaan konnte sein Gesicht nicht erkennen. Doch sie wusste, dass das kein Mann war. Sie wusste, wer er war. Sie konnte ihn spüren, und sein Wesen sang in ihrem Blut. Es war entsetzlich und ließ sie bis ins Mark frieren.

Arak, flüsterten die Drachen wie aus einer Kehle, und Shaan sah weit nach unten in die Drachenkuppel. Dort drängten sich Menschen, verängstigt und wie erstarrt. Sie saßen in der Falle und warteten auf ihr Schicksal. Shaan schaute in den Himmel und begriff, dass das keine Wolken waren, sondern Qualm, der die Luft erfüllte. Und als sie sich umdrehte, sah sie, dass die Stadt Salmut in Flammen stand.

Sag ihm, dass wir warten, zischte die Stimme, und entsetzt sah Shaan, dass der Mann auf dem Dach seinen Kopf wandte, als habe er etwas gehört. Sie wurde von der plötzlichen, schrecklichen Gewissheit erfasst, dass er sie nicht sehen durfte. Shaan kämpfte, um zu fliehen, auch wenn sie nicht wusste, wie das möglich sein sollte. Sie wehrte sich gegen das Schreien, fühlte, wie er sich umdrehte, immer weiter umdrehte. Es war ein reißender Schmerz, und sie glitt in eine Schwärze, die so vollkommen war, dass sie darin verloren war.

Shaan öffnete die Augen auf dem Fußboden von Nuathins Box. Sie lag mit dem Gesicht nach unten, ihren Kopf zur Seite gedreht. Im dämmrigen Licht konnte sie erkennen, dass sich der Schwanz des Drachen um seinen eigenen Körper geschlungen hatte. Dahinter blickte sie in die Öffnung zur Drachenkuppel. Sie fühlte sich orientierungslos, als sie die Strahlen des Mondlichts auf dem schmalen Sims spielen sah. Es war nichts zu hören außer dem Atem des Drachen neben ihr.

Langsam schob sie sich auf die Knie und zuckte zusammen, als ein heftiger Schmerz durch ihren Schädel schoss. Ihre Hand brannte, und als sie sie hob, sah sie, dass der Verband voller Schmutz war und jetzt ihre Finger umschloss. Sie wandte den Blick zu Nuathin. Er schien wieder zu schlafen, aber sie war sich sicher, dass das nicht stimmte. Mühsam stand sie auf. Wie lange war sie schon hier? Im Stehen starrte sie Nuathin an. Langsam öffnete dieser die Augen und sah sie lange und schweigend an. Sie erinnerte sich an alles.

Die Drachen planten, die Stadt zu zerstören und alle Menschen zu töten.

Nein. Nuathins Stimme drang in ihren Geist, zischend wie Wasser, das auf glühendes Holz tropft.

Was denn sonst? Shaan schickte den Gedanken zu ihm zurück. *Was hat mir der Schwarm gezeigt?*

Der Schwarm zeigt die Wahrheit. Wahre Gefühle. Dass wir warten und dass wir ihm ergeben sind.

Wieder *Er*. Sie holte tief Luft und verspürte eine plötzliche, zitternde Angst, als sie sich an Azoth erinnerte, der sich umdrehte, um sie zu betrachten. Konnte sie es glauben? War er zurück? Wie konnte das wahr sein? Es war so lange her; er war doch nur eine Legende, ein Mythos.

Warum, Nuathin?, sendete sie ihm. *Warum habt ihr mir das gezeigt?*

Der Drache drehte seinen Kopf, sodass er sie aus seinen blauen Augen geradewegs ansehen konnte, und seine fassgroßen Nüstern bliesen ihr heiße Luft entgegen. *Eine Botschaft.*

Shaan ballte die Hände zu Fäusten. *Ich verstehe das nicht.*

Nuathins Schnauben wehte sengend über sie hinweg. *Ich bin hungrig und werde jetzt jagen. Ich komme zurück, wenn die Sonne das nächste Mal am höchsten steht.* Und schneller, als sie es für möglich gehalten hatte, erhob er sich, drehte sich um und sprang vom Sims aus in die offene Mitte der Kuppel. Sein Schwanz zog sich mit einem kreischenden Geräusch über die Kante, seine Flügel öffneten sich, und Erde rieselte über sie. Er ließ sich noch ein Stück weiter absinken, dann stieg er auf und flatterte hoch, bis er außer Sicht war.

23

Shaan schleppte sich aus der Drachenkuppel. Die Sonne war schon lange hinter dem Horizont verschwunden, und all die anderen Arbeiter der Anlage waren bereits nach Hause gegangen. Durch die Bäume hindurch konnte sie den gedämpften Schein der Lampen in der Reiteranlage erkennen, aber um die Kuppel herum war alles dunkel. Kein Mond war zu sehen, und der Himmel war tintenschwarz und sternenübersät.

Sie lief über den festgetretenen Weg hinunter, dann bog sie ab und nahm einen schmalen Pfad, der um den Komplex herum nach unten zum Osttor führte. Es war sehr still, und der Erdboden war im schwachen Schein der Sterne kaum auszumachen. Die Bäume waren dünne Schatten, und Feuchtigkeit hing in der unbewegten Luft. Shaan konnte das Meer hören, das unten an der Küste gegen die Felsen brandete und wie der Atem eines weit entfernten Riesen klang.

Sie fragte sich, ob Tuon schon wieder zurück im Gasthaus war oder ob Torg vielleicht nach ihr suchen ließ. Er hatte sie heute Abend zum Arbeiten erwartet und dürfte zweifellos wütend sein, weil sie nicht erschienen war. Ihre Hand pochte dumpf, und die Haut unter dem Verband juckte. Sie versuchte, den Gedanken daran zu verdrängen und dem dunklen Pfad weiter nach unten zu folgen. Von dem gerade Erlebten war sie wie betäubt und hielt die Augen auf ihre Füße geheftet. Sie sah zu, wie sie einen Schritt nach dem anderen machte, wie in einem Traum, bis sie plötzlich stehen blieb. Ihr Herz schlug ihr bis zum Halse.

Sie fühlte ihn, noch ehe sie ihn sah. Es war eine unmittelbare Gewissheit, eine Ausdehnung ihrer Selbst, die sie nie zuvor verspürt hatte, aber instinktiv erkannte, sodass sie suchend in die dunklen Schatten der Bäume starrte.

»Komm heraus. Ich weiß, dass du da bist.«

Einen Moment lang sagte er nichts, dann kam seine zögernde Stimme aus der Dunkelheit. »Du kannst es auch fühlen?«

Sie antwortete nicht. Ihr Inneres fühlte sich wie ein gespanntes Drahtseil an. Es war der Mann von vorhin – Tallis. Sie war sich seiner jetzt sehr bewusst, und das Gefühl füllte sie ganz und gar aus, zugleich fremd und doch vertraut.

»Komm heraus«, wiederholte sie, und sie hörte das Zittern in ihrer Stimme. Da trat er auf den Pfad, und das schwache Sternenlicht brach sich auf den kleinen Silberbändern am Ende seiner Zöpfe.

»Shaan.«

Ihr Herz machte einen Satz: »Woher kennst du meinen Namen?«

»Dieser Septenführer Balkis hat ihn mir verraten. Ich wollte dich sehen, ich dachte…« Er streckte die Hände aus. Er war größer als sie, breiter in den Schultern, und er trug sein Haar zwar lang, aber es war schwarz und dick wie ihr eigenes, und seine dunklen, beinahe lilafarbenen Augen starrten sie im schwachen Licht an.

»Was willst du?« Aber sie wusste es bereits und hatte nur gefragt, um das Unvermeidliche noch ein wenig aufzuschieben in dem Versuch zu leugnen, was er behaupten würde.

»Ich bin dein Bruder, Shaan.«

»Ich habe keinen Bruder. Ich habe gar keine Familie, alle Mitglieder sind längst tot.«

Er stieß die Luft aus und schüttelte den Kopf. »Ich weiß, dass du es spüren kannst. Ich kann es in dir fühlen. Du bist meine Schwester. Sieh uns doch an! Du kannst nicht abstreiten, wie ähnlich wir uns sehen.«

Ihr Herz hämmerte gegen die Rippen. »Du bist ein Clansmann, nicht wahr?«, fragte sie. »Aus der Wüste. Wie kann…?«

»Ich weiß es nicht.« Er trat einen Schritt auf sie zu.

»Halt!« Sie hob abwehrend die Hände.

»Shaan.« Er blieb stehen, aber sein Gesichtsausdruck war flehend. »Meine Mutter – *unsere* Mutter – hat zwei Kinder zur Welt gebracht, uns beide nämlich. Aber du warst klein und krank, und es ist Sitte in unserem Clan, dass man jene an Kaa zurückgibt, die er bereits als seine gekennzeichnet hat.«

Sie schüttelte den Kopf. »Ich verstehe das nicht.«

»Du wurdest im Sand zurückgelassen, um zu sterben.« Sein Mund verzog sich. »Der Anführer meines Clans hat dich ausgesetzt, aber meine Mutter rettete dich. Sie schickte jemanden, der dich in Sicherheit brachte.«

»Das ist nicht möglich«, wiederholte Shaan. »Meine Mutter stammte aus Goreth in der Nähe der Pleth-Kette. Dort wurde ich auch geboren.«

»Tatsächlich?«, fragte Tallis. »Kann es nicht möglich sein, dass du zu ihr gebracht wurdest? Ein Kind, das einer Frau überlassen wurde, die kein eigenes bekommen konnte? Ein Geschenk?«

Shaan schwieg, aber tief in ihrem Innern begann sich Zweifel zu regen und aufzusteigen wie eine Feder, die von Rauch getragen wird. Ihre Mutter hatte keine weiteren Kinder gehabt, trotz der vielen Männer, mit denen sie zusammen gewesen war. Shaan hatte immer geglaubt, dass die Droge Crist dafür verantwortlich gewesen war.

»Ich habe diese Berge gesehen, Shaan«, beharrte er. »Sie sind in der Nähe der Grenze zu den Clanlanden.« Er starrte sie an, aber noch immer bekam er keine Antwort.

»Wer war denn dein Vater?«, fragte er.

Shaan zögerte, und ihre Finger wurden plötzlich kalt. »Er ist tot.« Sie schlang die Arme um ihren Körper, und Tallis seufzte, ehe er einen Schritt näher kam.

»Vielleicht, aber unsere Mutter ist es nicht«, sagte er lächelnd. »Und du bist genauso störrisch wie sie. Ihr Name ist Mailun, und sie stammt vom Eisvolk ab, den Ichindar. Sie würde vor Freude weinen, wenn sie wüsste, dass du am Leben bist.«

Seine Augen leuchteten in der Dunkelheit, und Shaan spürte

eine Gefühlswoge, die sie zu überrollen drohte, sodass sie einen Schritt zurückwich. Ihr Atem ging schnell und stoßweise. Sie starrte Tallis ängstlich an. »Meine Mutter ist tot«, flüsterte sie.

»Nein. Die Frau, die dich großgezogen hat, ist tot. Deine Mutter lebt.«

Shaan stand völlig reglos da. Sie suchte nach Worten, mit denen sie abstreiten konnte, was er gerade behauptet hatte. Sie wollte ihm widersprechen, ihn von sich stoßen, vermochte es aber nicht. Nein, sie konnte nicht leugnen, was direkt vor ihrer Nase stand. Seine Anwesenheit zerrte an ihr wie eine unsichtbare Schnur. Es war eigentlich gar nicht möglich, aber sie hätte das, was eben zuvor mit Nuathin geschehen war, auch nicht für möglich gehalten.

»Shaan?« Er streckte eine Hand aus, doch sie machte einen Schritt zurück. Sie wollte nicht, dass er sie berührte, konnte aber nicht die Kraft aufbringen, seine Worte abzustreiten. Sie fühlten sich wie die Wahrheit an.

»Können wir uns unterhalten? Begleitest du mich in das Zimmer, das sie mir gegeben haben? Wir haben uns so viel zu erzählen.«

Sie zögerte, doch ihr fiel kein Grund ein, die Einladung auszuschlagen. »Aber nicht lange«, sagte sie.

»Gut, dann komm.« Er drehte sich um und machte sich auf den Weg, und beinahe bei jedem Schritt sah er sich zu ihr um. Sie folgte ihm, hielt aber Abstand.

Das Zimmer, das er in der Baracke bewohnte, war klein und sah allen anderen Räumen sehr ähnlich. Der zweite Clansmann saß auf einem der vier Betten und lehnte sich gegen die Wand. Er war größer als Tallis, seine braunen Haare waren in vielen Zöpfen aus dem Gesicht gebunden, und er lächelte Shaan an, als sie eintrat.

»Er hat dich also gefunden«, sagte er. Er war gut aussehend, seine Haut von der Sonne dunkel gebräunt – was seine Zähne nur umso weißer leuchten ließ. »Ich bin beeindruckt. Normalerweise laufen die Frauen vor ihm davon.«

»Mistkäfergesicht«, knurrte Tallis und drehte sich zu Shaan um. »Das ist Jared, mein Erdbruder.«

»Bruder?« Sie sah ihn überrascht an.

»Kein Blutsbruder«, erklärte Jared. »Wir sind Brüder unseres Clans. Wir haben die ersten Jagdrituale gemeinsam durchgeführt, zusammen unsere erste Beute ausbluten lassen, und das ist beinahe das Gleiche wie eine leibliche Verwandtschaft.« Er zuckte mit den Schultern. »Aber *dein* Bruder bin ich nicht.« Er zwinkerte ihr zu. »Und wenn Tallis dein Zwilling ist, dann scheint es mir, dass du die ganze Schönheit abbekommen hast.«

»Jared.« Tallis warf ihm einen verärgerten Blick zu. »Warum versuchst du nicht, irgendetwas Essbares für uns aufzutreiben?«

»Und wo sollte ich wohl fündig werden?«, entgegnete er.

»Ich weiß es nicht.«

»In der Küche«, sagte Shaan bedächtig. »Das ist das nächste Gebäude. Versuch es mit der kleinen Seitentür, die sollte unverschlossen sein.«

Jared lächelte sie wieder an. »In Ordnung. Ich werde nicht lange weg sein.« Er ging und schloss leise die Tür hinter sich.

Shaan setzte sich auf eines der Betten. »Dein Erdbruder hat eine Seidenzunge«, stellte sie fest, und Tallis lächelte etwas wehmütig.

»Wenige Frauen im Clan konnten ihm widerstehen. Ich bin mir sicher, bei den Feuchtländern wird das nicht anders werden.«

Er ließ sich auf dem Nachbarbett nieder, lehnte sich gegen die Wand, zog seine Knie an und stützte die Hände darauf. Im Schein der Lampe konnte sie den Schwung seiner Wangenknochen und seinen Nasenrücken betrachten, und alles wirkte wie eine größere, männliche Version ihrer selbst.

»Du musst Folgendes wissen: Ich habe erst kurz bevor ich mein Land verließ, erfahren, dass ich eine Schwester habe«, erklärte er. »Doch als meine Mutter mir davon erzählte …« Er schüttelte den Kopf. »Ich kann es nicht beschreiben, aber es hat so viel erklärt.« Er schaute sie an. »Und als ich dich sah … Ich kann dich hier drinnen spüren.« Er berührte seine Brust, und Shaan schluckte und schaute auf ihre Hände hinab. Sein Gesichtsausdruck war zu gefühlvoll. Es schien nicht wirklich, nichts davon, und doch wusste sie, was er meinte.

»Deshalb wusste ich auch, wo ich dich finden würde«, fuhr er fort. »Ich bin diesem Gefühl wie auf einem Pfad gefolgt. Es ist… seltsam.« Er stieß den Atem aus und schwieg einen Moment lang.

Shaan kämpfte mit sich. Sie konnte nicht leugnen, dass sie das Gefühl hatte, diesen Mann zu kennen, ja ihn schon immer gekannt zu haben, aber zugleich war er ihr fremd. Sie sah ihn an, wollte ihn unablässig anstarren, um alle Einzelheiten seines Gesichts in sich aufzusaugen, und doch, zur gleichen Zeit, konnte sie es nicht aushalten, ihn anzublicken.

»Du stammst aus den Wüstenclans, hast du gesagt. Aus welchem denn? Wie heißt er?«

Tallis zögerte, ehe er antwortete. »Jalwalah«, sagte er schließlich leise.

»Warum hast du ihn verlassen?«

Sein Gesicht nahm einen verschlossenen Ausdruck an; er wandte den Blick ab und starrte lange auf den Boden. Als er zu sprechen anfing, war seine Stimme flach und verkrampft, als ob er seine Worte aus einer tiefen Schlucht ziehen müsste. »In den Clans gibt es Dinge, die ein Mann nicht tun darf, und Vorschriften, wie er nicht sein darf. Ich habe diese Regeln gebrochen. Andere Clansmänner sind gestorben.«

Er brach ab und umklammerte mit den Händen so fest seine Knie, dass seine Knöchel weiß hervortraten. Shaan spürte die Anspannung in ihm, scharf wie eine Messerklinge, und einen entsprechenden Schmerz, wie eine Antwort darauf, in ihren eigenen Eingeweiden.

Sie streckte die Hand nach ihm aus, dann zögerte sie. »Du musst mir das nicht erzählen.«

»Doch, das sollte ich.« Seine Augen sahen gequält aus. »Du musst das wissen. Ich trage etwas in mir, das falsch ist, etwas… Sonderbares. Ich kann die Drachen spüren. Ihr Blut… ruft nach mir.« Wieder sah er weg, starrte auf seine Hände und rieb sich mit den Fingern über den rauen, fleckigen Stoff seiner Hose. »Wir waren draußen auf der Jagd. Jared war bei mir, ebenso wie Haldane, der Mann, den ich als meinen Vater kannte, meine Mutter und viele andere. Wir hielten nach Sandziegen Ausschau, als die Biester kamen. Es waren zwei Drachen, aber nicht wie jene, die ihr hier habt. Diese waren größer, und ihre Häute waren schwarz. Sie griffen uns an, aber sie gingen langsam dabei vor und spielten mit uns.« Er biss die Zähne zusammen. »Der Mann, von dem ich dachte, er sei unser Vater, wurde getötet, und irgendetwas geschah mit mir. Ich weiß nicht, was es war, aber ich sagte irgendetwas zu den Tieren … redete mit ihnen in einer Sprache, die ich nicht kannte, und da drehten sie ab und ließen uns in Ruhe. Aber ihn konnte ich nicht retten. Haldane starb dort im Sand.«

»Hast du deinen Clan deshalb verlassen?«, fragte Shaan leise, und Tallis' Blick streifte sie kurz, ehe er ihn wieder abwandte.

»Spürst du die Drachen, Shaan? Kannst du sie auch auf diese Weise in deinem Innern fühlen?«

Sie zögerte. Seine Augen waren so voll schierem Schmerz und von Hoffnung, dass sie wegsehen musste.

»Nein, nicht so. Aber ich fühle mich zu ihnen hingezogen, und einer von ihnen, ein alter Drache«, sie schluckte, »hat in meinem Geist mit mir gesprochen. Ich wurde ohnmächtig …« Sie brach ab.

»Was glaubst du, warum wir so sind?«, fragte er, doch sie zuckte nur mit den Achseln.

»Die Reiter sprechen mit den Drachen, vielleicht sind wir so etwas wie sie?« Aber sie wusste, dass der Zweifel in ihrer Stimme mehr als offenkundig war. Sie waren nicht wie die Reiter. Sie waren etwas anderes. *Arak-si*. Die Stimme des Drachenschwarm-Bewusstseins kam ihr in den Sinn, aber sie schob sie wieder weg. Tallis konnte sie nicht davon erzählen. Noch nicht.

»Wenn wir Bruder und Schwester sind, wie du sagst, wo ist denn dann unser Vater?«

»Ich weiß es nicht.« Er zuckte mit den Schultern. »Mutter sagte, er sei tot, aber ich bin mir nicht sicher. Mir kommt es nicht so vor, als ob das stimmt. Vielleicht ist es sein Vermächtnis, das uns so sein lässt.«

Shaan wurde kalt, als ihr weitere Worte einfielen, die Nuathin ihr gegenüber geäußert hatte: *Wer war sein Brüter? Und der davor und der davor? Hat er dich geschickt?*

»Erzähl mir«, begann sie, um die Gedanken zum Schweigen zu bringen. »Erzähl mir von deiner – *unserer* – Mutter.«

Ein kleines, vorsichtiges Lächeln stahl sich auf seine Lippen. »In Ordnung.« Und er begann von der Frau zu berichten, die Mailun genannt wurde, und einem Clan namens Jalwalah.

In der Mitte der Erzählung kehrte Jared mit Brot und einem Teller mit grünen Oliven und Käse zurück. Sie teilten das Essen, und Jared gesellte sich zu ihnen. Er erzählte Shaan Geschichten aus ihrer Kindheit und von Jagden, auf die sie gemeinsam gegangen waren, und oft machte er Scherze auf Tallis' Kosten, während seine braunen Augen Shaan amüsiert anfunkelten. Später dann berichtete Shaan von ihrem Leben in Salmut. Von den Drachen und ihren Reitern, von der Führerin hoch oben in ihrem Palast auf dem Hügel und von den Glaubenstreuen: Männern, die den Geist eines Mannes nach ihrem Willen verändern konnten.

Shaan blieb bis spät in der Nacht, und der kleine Raum wurde ein Hafen, eine Zuflucht vor all den Ängsten, die sie quälten. Sie konnte sich nicht daran erinnern, dass sie sich je so sicher und beschützt gefühlt hatte wie hier, bei diesen Männern der Wüste, im flackernden Schein der Lampen.

24

Morfessa erwachte davon, dass jemand lautstark an seine Vordertür hämmerte.

Mit verquollenen Augen hob er den Kopf von seiner Schreibtischplatte. »Prin!«, rief er heiser. »Prin! Die Tür.«

Sein Mund war trocken, und die Ränder seiner Papiere waren von eingezogenen Weinflecken besudelt. Als er sich über das Gesicht rieb, blieb ein Stückchen Pergament an seiner Hand kleben. Das Hämmern hörte nicht auf.

»Prin!« Er hob die Stimme, bekam aber keine Antwort. Der einzige spärliche Lichtschein kam von einer Lampe in der Nähe seines Schreibtisches; alle anderen Quellen hatten schon vor Stunden ihr Öl aufgebraucht. Es war eine stille Nacht, und er konnte sein Spiegelbild in der hohen Glastür sehen, die in den Garten hinausführte: ein aufgeschreckter, missmutiger, alter Mann in einem Kreis aus fahlgelbem Licht.

»Prin!«

Wo war er denn wieder? Mit unwilligem Knurren quälte Morfessa sich aus dem Stuhl und schlurfte zur Tür, öffnete sie und spähte hinaus auf den Gang. Von seinem jungen Gehilfen fehlte jede Spur. Mürrisch und steif ging er selbst zur Vordertür.

»Was gibt es?«, bellte er, als er sie geöffnet und gegen die Wand hatte knallen lassen.

»Ratgeber!« Ein Jäger stand mit ausdruckslosem Gesicht draußen, »der Kommandant will Euch im Palast sehen.«

»Jetzt? Es ist mitten in der Nacht!«

»Ja«, erwiderte der Jäger. »Ich bin hier, um Euch dorthin zu begleiten. Draußen steht ein Wagen für Euch bereit.«

Morfessa lugte nach draußen und entdeckte in der Nähe seiner

Blumenbeete einen kleinen Wagen, über den hinten ein bauchiges Leinwandverdeck gespannt war. Das Muthu, das davor angeschirrt war, war bereits damit beschäftigt, die Köpfe der nächsten Grünpflanzen anzuknabbern.

»In Ordnung!« Er starrte erst das Tier, dann denn Jäger an. »Nur einen Moment noch.«

Damit ging er zurück in sein Zimmer, schüttete rasch einige große Schlucke Wasser hinunter und versuchte, einen klaren Kopf zu bekommen. Was konnte Rorc um diese Nachtzeit von ihm wollen? Und wo steckte Prin? Er ging in seinen Ankleideraum, und mit unsicherer Hand zog er sein weinfleckiges Hemd aus und streifte ein anderes über. Seine Finger nestelten an den glatten Knöpfen. Was auch immer der Kommandant auf dem Herzen hatte – es konnte sich nicht um gute Nachrichten handeln. Ein neuerlicher Angriff? Ein weiteres Anzeichen dafür, dass der Gefallene zurückgekehrt war? Ihn beschlich ein Gefühl des Unbehagens und der Furcht.

Er hatte Rorc die Schriftrollen über den Schöpferstein und Azoths Kind zeigen wollen. Und dann war da noch dieses Mädchen, das letzte Woche zu ihm gekommen war. Wie war ihr Name gewesen? Er kramte in seiner Erinnerung und versuchte, sich zu entsinnen. Und das Wort, nach dem sie ihn gefragt hatte: *Arak-si*, Nachkomme von Azoth. Wie hatte er das vergessen können? Er hatte Rorc von ihr berichten wollen, von überhaupt allem, aber er hatte es nicht getan – warum eigentlich nicht?

Morfessa fuhr sich mit der Zunge über die Lippen. Es schien Probleme mit dem Erinnern zu haben. War er krank? Aber im Augenblick war das unwichtig, und er verbannte seine Ängste in den Hinterkopf. Dann würde er ihm eben jetzt Bericht erstatten. Morfessa ging in sein Arbeitszimmer, rollte die wertvollen Spruchpergamente auf, band sie mit einer roten Kordel zusammen und folgte dem Jäger zum Wagen. Schwerfällig kletterte er hinauf und klammerte sich an den ungemütlich harten Sitz, als sie eilig durch die dunkle Stadt zum Palast der Führerin ratterten.

Als sie dort ankamen, waren Veila, die Seherin, und Cyri bereits dort.

»Morfessa.« Rorc sah auf, als dieser die Tür hinter sich schloss. Sein Gesicht war angespannt und wachsam, und Morfessa spürte sofort, wie ihm eine schlimme Ahnung an den Eingeweiden zu nagen begann.

»Was ist denn los? Was ist geschehen?«

»Es betrifft die Führerin. Sie ist zusammengebrochen.«

»Was? Wie …«

»Sie ist noch am Leben«, unterbrach ihn Rorc. »Aber es war ein Gift, und zwar eine große Menge davon.«

»Wo befindet sie sich jetzt?«

»Bei den Heilern des Palastes.«

»Warum wurde ich nicht sofort gerufen?«, empörte sich Morfessa.

»Das wurdest du. Cyri und ich hatten gerade eine Zusammenkunft mit ihr, als es geschah.«

Morfessa schüttelte den Kopf. »Ich wusste, dass sie Kopfschmerzen hatte, aber …« Zorn stieg in ihm auf, drängend und beißend. »Ich muss sie sehen.«

»Bald.«

»Aber es gibt Dinge, die ich tun könnte, zu denen die Heiler nicht in der Lage sind! Ich kann das Gift bestimmen, herausfinden, wie es verabreicht wurde, und ihr helfen.«

»Dazu wirst du noch Gelegenheit bekommen.« Rorc legte ihm eine Hand auf den Arm. »Und wir glauben, bereits zu wissen, um was für ein Gift es sich gehandelt hat. Die Heiler haben ihr das Gegenmittel gegeben, das du selbst zubereitet hast für den Fall, dass so etwas je passieren sollte.«

»Was ist mit Nilah?«, fragte er. »Warum ist sie nicht hier?«

Ein harter Zug erschien um Rorcs Mund. »Sie war nicht in ihrem Bett. Aber ich habe Balkis und die Wachen ausgeschickt, um sie zu suchen.« In seinen Augen lag etwas Anklagendes.

Er machte sich Vorwürfe wegen Nilahs Abwesenheit, begriff Morfessa. Und wahrscheinlich hatte er recht. Er wusste schon seit längerem von ihrem unziemlichen Verhalten. »Ich bin mir sicher, sie werden sie aufspüren«, sagte Morfessa und wich dem Blick des Kommandanten aus. »Wahrscheinlich steckt sie in einem Gasthaus im Händler-Viertel.« Als Rorc nicht antwortete, fügte er hinzu: »Das muss das Werk von Lorgon und seinen Schergen sein.«

»Wahrscheinlich«, bekräftigte Cyri. »Aber das wissen wir nicht sicher.«

»Und er war schnell dabei, mit dem Finger auf jemand anderen zu zeigen«, ergänzte Rorc. »Er war im Palast, als es geschah, auch wenn wir keine Ahnung haben, was er hier so spät noch verloren hatte. Im Zimmer der Führerin wurde eine Phiole gefunden. Sie enthielt ein Gift, das nur in den Freilanden hergestellt wird.«

»Dann wird Lorgon die Freiländer dafür verantwortlich machen«, sagte Morfessa.

»Zweifellos«, bekräftigte Rorc, und sein Gesichtsausdruck war grimmig. »Jetzt gerade ist er dabei, den Rest des Rates der Neun aus den Betten zu werfen, und er hat alle Abgesandten aus den Freilanden, die gerade zu Besuch sind, in ihren Räumen unter Arrest gestellt.«

»Er wird eine Durchsuchung fordern, und uns wird nichts anderes übrig bleiben, als ihm seinen Willen zu lassen«, murmelte Morfessa. Das würde eine Katastrophe werden im Hinblick auf die ohnehin schon abgekühlten Beziehungen zu den Freilanden. Er fuhr sich mit der Hand über die Stirn und versuchte, das dumpfe Dröhnen zu ignorieren. »Um was ging es bei dem Treffen, das du mit der Führerin hattest?«

»Es hat weitere Angriffe und weitere Sichtungen von wilden Drachen gegeben«, sagte Rorc. »Sie kommen näher. Am wichtigsten ist allerdings, dass Veila etwas im Zwielicht gesehen hat.«

»Ja.« Die Seherin ließ sich in einer geschmeidigen Bewegung auf eines der langen, gepolsterten Sofas an der Wand sinken. »Ich bin mir jetzt sicher, dass der Gefallene tatsächlich zurückgekehrt ist.«

Morfessa wurde übel. »Ihr habt ihn gesehen?«

»Ich habe ihn gespürt.« Sie verzog das Gesicht. »Seine Anwesenheit ist wie ein dunkler Schatten, der sich im Bereich der Träume ausbreitet. Er ist zurück, da bin ich mir ganz sicher.«

»Aber ohne den Schöpferstein kann er nie wieder vollkommen werden«, sagte Cyri. »Der Stein ist der Brunnen, aus dem die Kraft aller Götter fließt, und er ging verloren. Er wurde zerstört, als der Gefallene verbannt wurde.«

»Verloren, ja«, sagte Veila. »Aber zerstört?« Sie schüttelte den Kopf.

»Wo soll er sich denn sonst befinden?«, fragte Rorc, und Veila wandte sich an Morfessa.

»Ratgeber?« Ihre hellen Augen fixierten ihn.

Morfessas Mund wurde trocken. Wie immer gab ihm die Seherin das Gefühl, als durchschaue sie alles, was er tat. »Ich habe diese Schriftrollen mitgebracht.«

Er ging mit ihnen zu dem polierten Steintisch, und mit gefühllosen Fingern löste er die Bänder und breitete das Pergament flach auf der Tischplatte aus. »Dies ist ein Teil meiner Forschungen. Inzwischen sind sie viele Jahre alt. Ich habe an ihnen gearbeitet, ehe meine Frau starb.« Er schluckte und wünschte sich, dass er etwas Wein zur Hand hätte. »Ich wollte euch diese Unterlagen schon früher zeigen, aber ...« Er schüttelte den Kopf. »Letzte Woche wurde ich von einer jungen Frau aufgesucht ... Ich kann mich nicht an ihren Namen erinnern, aber Rorc, du müsstest ihn doch noch wissen.« Er schaute zum Kommandanten. »Du hast sie eines Tages dabei ertappt, wie sie Tuon gefolgt war.«

»Shaan?«

»Ja, das stimmt, so heißt sie.«

Rorc runzelte die Stirn. »Ich hätte sie besser im Auge behalten sollen«, sagte er, dann warf er Morfessa einen scharfen Blick zu. »Dein Erinnerungsvermögen ist erstaunlich schlecht, alter Mann. Wie du dich entsinnen solltest, hast du mir gegenüber damals eine Bemerkung gemacht, dass etwas an ihr seltsam ist. Sie kam dir vertraut vor.«

Morfessa erstarrte. »Tatsächlich?« Er rieb sich über die Wange und starrte ins Leere. Warum war ihm das entfallen? Sein Gedächtnis war in letzter Zeit so getrübt und wirr. Er schüttelte den Kopf. »Ich weiß nicht… Aber es gibt etwas, woran ich mich erinnere: Sie – Shaan – erzählte mir, dass sie eine Freundin habe, der wiederum ein seltsames Wort zu Ohren gekommen sei, und sie wollte wissen, ob ich es kenne.« Er holte Luft. »Das Wort war *Arak-si*.«

Veila sprang auf. »Nachkomme.«

»Ja.« Er nickte. »Die uralte Sprache der Drachen. *Arak* war ihr Wort für Azoth. *Arak-si* meint wörtlich genommen einen, der von ihm geliebt wird, seinen Nachkommen.«

Einen Moment lang herrschte Schweigen, dann sagte Rorc leise: »Ein Kind des Gefallenen?«

»Ja.« Morfessa nickte. »Und das ist der Grund, warum ich diese Schriftrolle hergebracht habe. Wenn ihr mal hier draufsehen wollt.« Er deutete auf den eng geschriebenen Text. »Es gab eine Zeit, da dachte ich, dass er vielleicht einen Weg gefunden hat, den Schöpferstein zu benutzen, um ein Kind zu zeugen, kurz bevor er verbannt wurde.«

»Wie seid Ihr zu diesen Erkenntnissen gekommen?« Veila trat näher, um einen Blick auf das Pergament zu werfen.

»Ich habe einige Zeit auf den Dracheninseln verbracht. Es steht in den Rollen des Propheten.«

»Wir müssen die Rollen holen«, sagte Veila. »Rorc, habt Ihr mit diesem Mann gesprochen, Torg, und ein Schiff bereit gemacht?«

»Ich habe mich an ihn gewandt, aber die Regenzeit ist so nah, dass es schwer ist, ein Schiff zu finden. Ich bin mir aber sicher, dass es ihm noch gelingen wird, jemanden zu überreden.«

»Aber ich kann jetzt nicht hier weg«, protestierte Morfessa. »Ich muss hierbleiben und den Gesundheitszustand der Führerin überwachen.«

»Das stimmt. Ich werde gehen.« Veilas Blick huschte zu Rorc.

»Es ist zu gefährlich«, sagte Cyri leise. Aber Rorc sagte mit grimmigem Gesicht: »Wir werden das später besprechen. Jetzt sollten wir uns erst mal mit Shaan unterhalten.«

»Ja.«

Morfessa schaute auf seine Hände. An seinen Fingern klebten getrocknete Weinreste. Rorc sah ihn unverwandt an. »Gibt es sonst noch irgendetwas?«

Sein Kopf begann wieder zu schmerzen, und er rieb sich die Stelle zwischen den Augen. »Es ist nur … Wenn Azoth tatsächlich ein Kind hat, welche Absicht steckte dann dahinter?« Er schaute in Rorcs dunkles, angespanntes Gesicht. »Ich kann nicht glauben, dass einer wie er einfach nur einen Säugling in den Armen halten wollte, noch dazu einen, der zum Teil sterblich war. Nein«, er schüttelte den Kopf, »ich glaube, es steckte ein Vorhaben dahinter, als er den Schöpferstein benutzte, um Leben zu erschaffen. Ich denke, er wusste, dass sein Ende nahte. Er dürfte gespürt haben, dass die Vier erwachten – wie hätte es anders sein sollen? Und er wird gewusst haben, dass es für sie nur einen Weg gab, ihn zu besiegen, nämlich indem sie ihm den Stein nahmen.« Er hielt inne. »Ich glaube, das Kind, das er zeugte, könnte mit einer innewohnenden Verbindung zum Schöpferstein zur Welt gekommen sein, und diese Verbindung könnte von Generation zu Generation weitergegeben worden sein.«

»Bis jetzt, wo er einen Weg gefunden hat, sich selbst zu befreien«, beendete Veila den Gedanken. »Und der Nachfahre ist der Schlüssel.«

»Ja.« Morfessa sah sie an. »Und Azoth wird seinen Nachfahren brauchen, um den Schöpferstein zu finden und seine Macht zurückzuerlangen.«

Einen Moment lang breitete sich Stille zwischen ihnen aus, dann wurde sie von Rorc gebrochen: »Ich werde meine Männer ausschicken, damit sie Shaan hierherbringen.«

Er schlich wie ein Schatten durch die dunklen Gänge der Drachenkuppel und lächelte, während er den Rufen der Drachen lauschte, die im Stein widerhallten. Er wusste, dass er ein Risiko eingegangen war, als er hergekommen war, aber ein ständig stärker werdendes Gefühl der Dringlichkeit hatte ihn dazu gebracht. Er war jetzt nah, und das konnte er spüren.

Hier hatte er sein wollen, um ihr Blut rufen zu hören. Das Wissen um seine Anwesenheit hing schwer in der Luft. Ihn beflügelte das; es schärfte seine Sinne, erinnerte ihn an das, was er einst gewesen war … was er noch immer war. Er verharrte, als er das Geräusch von Stiefelschritten hörte, die sich näherten. Leise glitt er in den Schatten einer leeren Box. Der moschusartige, ölige Geruch eines Jungtieres hing noch immer im Stroh, und Azoth sog ihn ein, während er die vorbeigehenden Männer beobachtete. Ihre Gesichter waren verwirrt, und er roch ihre Furcht, die unmittelbar unter ihrer äußerlichen Tapferkeit schwelte. So war es bei den Sklaven schon immer gewesen. Ihre Angst war ihre größte Schwäche, denn sie machte sie töricht.

Nun waren sie verzagt, weil sie nicht wussten, was sie beobachtete. Aber jemand wusste es doch. Er konnte sie spüren, die Seherin, die stümperhaft in der Zwischenwelt herumstocherte. Sie war so ungeschickt, und er wunderte sich, dass sie nicht schon längst in dieser Welt verloren gegangen war. Aber sie hatte auch nicht den Vorteil der jahrelangen Übung, den er gehabt hatte.

Das Lächeln auf seinem Gesicht versiegte, und Zorn flackerte in seinen Augen auf. Fortuse, Epherin, Vail und Paretim. Er wiederholte die Namen seiner Brüder und Schwestern, der Vier Verlorenen. Sie hatten ihm viele Jahre geraubt, seine Welt gestohlen. Aber was waren sie jetzt? Nichts. Vergessene Geistwesen, lebendig zwar, aber nicht wirklich am Leben. Hatten sie seine Flucht gespürt? Fortuse war immer so geschickt darin gewesen, das Zwielicht nach ihren Wünschen zu formen. Vielleicht war ihr ein letzter Rest ihrer Fähigkeit geblieben, vielleicht hatte sie es gefühlt, wie er ausbrach, oder gesehen, wie er ein Loch in sein Gefängnis riss. Er lächelte und verließ die Box, sah hinter sich und lauschte auf die leiser werdenden Schritte der Männer.

Er hoffte, dass diese Hure ihn gespürt und es gewusst hatte. Es würde sie quälen, und doch würde sie es nicht für möglich halten, dass er wieder zurückbekommen könnte, was sie ihm genommen hatten. Sie hatten sich für so schlau gehalten, und sie hatten geglaubt, der Stein sei für alle Zeit verloren, aber wie immer hatten sie ihn unterschätzt. Keiner von ihnen hatte von dem Kind gewusst.

Azoth lächelte in sich hinein, fuhr mit seinen Fingern über das raue Gestein und spürte die Wärme, als er seinen Geist dort hindurchfließen ließ und dann nach oben lenkte, um das Blut zu suchen, das nach ihm rief.

Bald würde seine *Arak-si* zu ihm kommen. Sie würde ihm helfen, den Ring zu finden, und er würde sie benutzen, um einen Teil seiner Macht zu erneuern. Es erzürnte ihn, dass er keinen Zugang zum Brunnen der Macht hatte, den der Schöpferstein ihm gewährt hatte. Ohne ihn war seine Macht geschmälert. Er hungerte nach seiner *Arak-si*, um die Macht neu zu erlangen.

Nuathin war sehr wertvoll gewesen. Er hatte sie gequält und ihr gewisse Dinge gezeigt. Wenn Azoth seinen Geist wandern ließ, dann konnte er sie beinahe spüren, auch wenn sie tief verborgen in dieser Stadt der Sklaven war. Und schon bald würde sie ihn ebenfalls wahrnehmen. Bald würde sie ihren Träumen folgen und sich Hilfe von dem alten Mann erhoffen. Bald schon würde sie ihn außerhalb ihrer Träume hören.

Er schloss die Augen, glitt zurück in den Äther und rief wieder nach ihr.

25

Tallis erwachte und fühlte sich seltsam ausgeruht und voller Tatendrang. Shaan war nicht zurück zum Gasthaus gegangen. Sie hatten sich bis spät in der Nacht unterhalten, und sie war zu müde gewesen, um dann noch aufzubrechen. Er sah hinüber zum Bett neben seinem, um zu sehen, ob sie schon wach war, aber es war leer.

Überrascht setzte er sich auf und starrte in die frühe Morgendämmerung. Nur spärliches, graues Licht fiel durch das Fenster herein, und die Luft war schwer von Wärme und Feuchtigkeit. Ganz in der Nähe lag Jared ruhig und entspannt da, doch Shaan konnte er nicht entdecken. Aber spüren konnte er sie. Ein ersticktes, schnelles Atmen kam aus der Ecke des Raumes, und er sah sie an die Wand gedrückt, die Knie zur Brust gezogen. Sie war wach, hatte die Augen weit aufgerissen und war völlig verängstigt.

»Shaan!« Er sprang aus dem Bett und stürzte zu ihr; der Fußboden war kühl unter seinen nackten Füßen. »Was ist denn?« Tallis kniete sich neben sie.

Sie blinzelte, als ob sie erst in diesem Moment begreifen würde, dass er da war. Trotz der Wärme im Zimmer zitterte sie.

»Shaan.« Er sprach leise mit ihr, so, als würde er versuchen, ein Kind zu beruhigen. Sie antwortete nicht, und er schob ihr eine Hand unter den Arm, um sie auf die Beine zu ziehen.

»Komm.« Er führte sie zum Bett, und sie leistete keinen Widerstand. Sie bewegte sich halb vornübergebeugt wie eine alte Frau.

Er setzte sich neben sie und rief mehrere Male ihren Namen, ehe sie sich ihm zuwandte und ihn ansah. Ihr Blick war unstet, aber sie versuchte, Tallis zu fixieren.

»Was ist denn los?«, fragte er.

»Nichts. Es war nur ein Traum. Mir geht es gut.« Sie verschränkte die Arme und warf ihm ein schwaches Lächeln zu.

»Ist dir kalt?« Er legte ihr eine Hand auf die Schulter. Sie starrte sie an, dann stand sie abrupt vom Bett auf und wich vor ihm zurück, als habe seine Berührung sie versengt.

»Nein, nein, mit mir ist alles in Ordnung.« Ihr Gesicht war bleich, und ihr Blick huschte von ihm zu Jared und durchs Zimmer, ohne irgendwo hängen zu bleiben. »Ich muss gehen.«

»Warte.« Er stand auf. »Ich begleite dich.«

»Nein!« Ihre Stimme war so laut, dass Jared sich rührte und herumrollte, um zu sehen, was los war.

»Shaan?«, fragte er und blinzelte schläfrig.

»Es tut mir so leid. Ich muss gehen«, wiederholte sie und begann, sich rückwärts zur Tür zu schieben.

Tallis überfiel plötzlich ein alles überlagerndes Gefühl von Furcht, dass er sie vielleicht nie wieder finden würde und dass sie verschwinden würde, wenn er sie jetzt gehen ließe.

»Nein, warte.« Er bewegte sich schnell und packte sie am Arm. »Was ist denn? Irgendetwas stimmt doch nicht.«

»Es ist nichts, nichts.« Sie sah nun etwas gefasster zu ihm hoch. »Es ist alles in Ordnung. Ich muss zurück zum Gasthaus. Sie werden sich schon fragen, wo ich stecken mag. Ich hätte letzte Nacht arbeiten sollen, Torg wird wütend sein.«

Aber Tallis spürte die Sorge, die in ihren Worten mitschwang. Irgendetwas stimmte nicht; sie hatte ganz eindeutig Angst.

»Shaan ...«

»Nein, Tallis.« Sie schob seine Hand weg. »Ich muss jetzt gehen, und du musst hierbleiben. Wenn du verschwindest, wird Balkis Männer losschicken, die dich wieder zurückholen.«

»Tallis.« Jared war jetzt richtig wach und hatte sich aufgesetzt. »Lass sie gehen: Sie wird wiederkommen.« Er warf ihr ein beiläufiges Grinsen zu. »Das wirst du doch, oder?«

»Ja, ich werde heute Abend wieder hier sein«, sagte sie und lächelte; aber da lag keine Wärme darin, nur eine seltsame Verzweiflung, für die Tallis keine Erklärung hatte.

»Wirklich, das werde ich«, betonte sie und ging zur Tür. Gerade, als sie die Klinke hinunterdrückte, drang ein klagender, schriller Schrei von draußen herein. Shaans Kopf fuhr nach oben, und sie lauschte, während der Schrei gespenstisch über ihren Köpfen widerhallte. Tallis' Magen verkrampfte sich, und sein Atem stockte ihm in der Kehle. Shaan drehte sich zu ihm um, und ihre Augen waren von einem tiefen Indigoblau. »Die Drachen sind unruhig heute«, sagte sie, und dann war sie verschwunden. Leise schloss sich die Tür hinter ihr.

Tallis blieb stehen und lauschte, als weitere Schreie die Luft erfüllten, und er spürte die vibrierende Energie in seinem Blut singen.

Als Tuon sich auf den Weg zurück zum Tempel machte, war es still in der Stadt. Es gab kaum Licht, und es waren nur sehr wenige Menschen unterwegs. Ein dunkles Wolkenband hing am Himmel, sodass ein seltsam blasser Schein über der Stadt lag und der Großteil der warmen Luft nicht entweichen konnte. Tuon umklammerte ein kleines Stoffsäckchen mit duftenden Gewürzen, ein Geschenk für die Schwestern.

Sie hatte ein schlichtes, hellrosafarbenes Wickelkleid mit weiten Dreiviertelärmeln angezogen, und ihr Haar war gebürstet und hoch auf dem Kopf mit einem Kamm befestigt. Jedem auf der Straße wäre sie gelassen und ruhig erschienen, aber in ihrem Innern rumorte die Angst. Rorc hatte ihr nächstes Treffen vorverlegt. Das sah ihm gar nicht ähnlich und machte sie nervös. Und Shaan war in der letzten Nacht nicht nach Hause gekommen. Tuons Finger, die das Säckchen hielten, versteiften sich. Es war erst ein Tag seit Petars Tod vergangen; sie sollte nicht einfach so in der Stadt herumspazieren. Alles Mögliche könnte geschehen.

Ein entsetzliches Bild stieg in ihr auf. Sie sah Shaan vor sich, wie sie unter Beobachtung der Glaubenstreuen in einer Zelle festsaß. War das der Grund, warum Rorc sie zu sich beordert hatte? Hatte er Shaan bereits bei sich und wusste von dem Traumseher? Was, wenn er etwas in ihren Augen gelesen hatte?

Sie überquerte die Straße und näherte sich den breiten Stufen, die zum Tempel führten. Das glatte Marmorgestein war sauber gefegt, und niemand war zu sehen. Sie zögerte. Als Torg ihr die Nachricht überbracht hatte, hatte sie versucht, sich zurechtzumachen und kühl und gelassen wie immer auszusehen. Aber Rorc war aufmerksam, manchmal zu aufmerksam, und sie fragte sich, ob sie ihn wirklich würde täuschen können.

Die blauen Flecke und kleineren Schnitte vom gestrigen Nachmittag mit Lorgon schmerzten, als sie ihre Sandalen abstreifte und die schwere Tür aufschob. Im Innern befand sich ein flacher Teich, auf dem ein fahler Schimmer lag, und der süße Geruch von Dschungelblüten erfüllte die Luft. Tuon nickte der schweigenden Schwester zu, die hinter einem Tisch saß, und überreichte ihr das Duftsäckchen. Die ältere Frau hob es an die Nase und roch daran, dann sah sie mit einem flüchtigen Lächeln zu Tuon hoch und deutete auf eine Tür, die in der Mauer hinter ihr kaum zu erkennen war. Sie war aus dem gleichen weißen Stein gefertigt wie die Wand. Als Tuon die Verriegelung geöffnet hatte, drehte sie sich auf einer Mittelachse und schwang lautlos zur Seite. Tuon schlüpfte hindurch, und die Tür schloss sich mit einem Klicken hinter ihr. Innerlich angespannt, lief sie raschen Schrittes durch die stillen Flure zum Arbeitszimmer der Vorsteherin.

Rorc stand mit dem Rücken zu ihr am Fenster und starrte hinaus. Trotz Tuons Verfassung begann ihr Herz heftig zu pochen.

»Du bist spät dran«, sagte er, ohne sich zu ihr umzudrehen.

Langsam schloss sie die Tür. »Du hast unser Treffen vorverlegt, falls du dich erinnerst.« Sie setzte sich auf einen der zwei harten Stühle, die dem Schreibtisch gegenüberstanden, schlug ein Bein über das andere und faltete die Hände, damit sie nicht zitterten.

Er riss sich vom Fenster los und wandte sich ihr zu. »Es sind ein paar Dinge geschehen. Ich muss wissen, ob du irgendetwas herausgefunden hast.«

»Dinge? Was denn für Dinge?«

Er stieß den Atem aus. »Erzähl es mir einfach, Tuon.«

Sie runzelte die Stirn und glättete ihr Kleid. »Ich habe den Bera-

ter Lorgon aufgesucht, wie du es mir aufgetragen hast. Er war…
genauso wie immer, aber er hat mich nicht lange genug allein gelassen, als dass ich seinen Raum hätte durchsuchen können. Ich
hätte dir sofort eine Nachricht zukommen lassen, wenn ich irgendetwas herausgefunden hätte.«

Rorc fluchte und ging um den Schreibtisch herum, um sich auf
den Stuhl neben ihr zu setzen. Er streckte seine langen Beine vor
sich aus und lehnte sich zurück, während er seinen Nasenrücken
knetete. Er sah sehr müde aus. Unter seinen dunkelgrünen Augen lagen Schatten, und seine Stirn war von Besorgnis gefurcht.
Tuon verspürte den Drang, ihm die Sorgenfalten aus dem Gesicht
zu streichen.

»Ich hatte auf mehr gehofft.« Er ließ seine Hand sinken. »Tuon,
die Führerin ist vergiftet worden.«

»Wie bitte?« Sie starrte ihn an. »Ist sie…?«

»Tot? Nein, aber man fürchtet, dass sie sich möglicherweise
nicht mehr erholt. Und ihre hohlköpfige Tochter ist auf einem ihrer Vergnügungsausflüge verschwunden. Noch hat man sie nicht
gefunden.« Entmutigt und niedergeschlagen stieß er den Atem
aus. »Ich muss alles wissen, was du herausgefunden hast, egal,
wie nebensächlich es dir erscheinen mag.«

Tuon schluckte, ihr Mund war trocken. »Du verdächtigst Lorgon?«

»Er hat nie einen Hehl daraus gemacht, wie wenig er die Führerin schätzt, aber da ist er nicht der Einzige.«

»Nun, ich habe überhaupt nichts herausgefunden, aber Lorgon
spricht gerne, wenn er…«

»Was hat er gesagt?«, unterbrach Rorc sie.

»Viel. Vor allem hat er Flüche ausgestoßen. Aber er sagte auch
immer wieder, dass ich nehmen solle, was er mir gibt, und um
Entschuldigung zu bitten habe. Das musste ich sehr häufig sagen,
immer wieder, und dass er recht habe. Das mag er, besonders,
wenn ich dabei auf den Knien liege.« Sie sah kurz zu Rorc und bemerkte, wie er die Zähne zusammenbiss.

»Das ist alles?«, fragte er leise.

Sie nickte und rieb gedankenverloren an einem Bluterguss unter dem Ärmel ihres Kleides. Rorcs Blick fiel auf ihren Arm. Seine Lippen wurden schmal, er beugte sich zu ihr, packte ihre Hand und schob den Ärmel hoch, sodass eine Reihe fingerförmiger blauer Flecken an der Außenseite ihres Oberarmes zutage trat.

»Lass das.« Sie versuchte, sich loszureißen, aber er hielt sie fest.

»War er das?«

»Was interessiert dich das?«

»Wenn ich gewusst hätte, dass er so etwas mag, dann hätte ich dich nie gebeten, zu ihm zu gehen.«

Tuon starrte ihn an. War er denn wirklich so blind? »Sie sind alle so«, sagte sie. »Je mehr Münzen sie haben, umso eher denken sie, dass sie sich alles leisten können.« Sie löste sich aus Rorcs Griff, stand auf, ging zum Fenster und drehte ihm den Rücken zu. »Was glaubst du, was ich tue, Rorc? Oder ziehst du es vor, nicht darüber nachzudenken? Es war schon immer so. Die mächtigsten Männer sind die grausamsten. Wenn ich die Wahl hätte, würde ich lieber im Gasthaus Seemännern und Soldaten zu Diensten sein.« Sie drehte sich zurück, um ihn anzusehen, aber seine Augen verrieten ihr nichts. Tuon verschränkte ihre Arme.

»Überrascht dich das? Dass ich einen Mann mit Erde an den Händen einem vorziehen würde, der in Seide schläft? Dass mir ein Mann lieber wäre, der ein Schwert anstelle eines Goldsäckchens schwingen kann?«

Rorc blinzelte und runzelte die Stirn, als ihm auffiel, wie heftig ihr Tonfall geworden war.

»Mich überrascht nur wenig«, entgegnete er, aber der Blick, den er ihr zuwarf, zeigte, dass er verwirrt war.

Tuon befürchtete, dass sie ihre wahren Gefühle verraten hatte; sie setzte sich wieder vor den Schreibtisch und spielte an einer kleinen Statue herum. »Nun ja, was soll's«, wiegelte sie rasch ab. »So ist mein Leben eben nicht.«

Einen Moment lang sagte er nichts, und als er wieder ansetzte, war seine Stimme tief und leise. »Es tut mir leid, dass du verletzt worden bist. Das wird nicht noch einmal geschehen.«

Sie zuckte mit den Schultern. »Es ist ja vorbei.«

»Ich meine es ernst, Tuon.«

Sie sah auf. Seine grünen Augen ruhten auf ihr, und sie hielt seinem Blick stand. Stille breitete sich zwischen den beiden aus. Er meinte es wahrhaftig so, wie er es gesagt hatte, das konnte sie in seinen Augen lesen.

Sie lächelte und fühlte sich zerbrechlich wie Glas. »Mach keine Versprechungen, die du nicht halten kannst«, entgegnete sie und sah zur Seite, denn sie hatte das Gefühl, dass ihr das Herz zerspringen müsste.

Einen Moment lang war er still, dann stand er auf, befestigte sein Schwert an seiner Hüfte und begann vor dem Schreibtisch auf und ab zu laufen, die Arme vor der Brust verschränkt.

»Wo war deine Freundin Shaan heute Morgen? Sie war nicht im Gasthaus.«

Tuons Herz schlug ihr bis zum Halse. »War sie nicht? Dann weiß ich es auch nicht.« Sie runzelte die Stirn. »Sie hätte dort sein sollen, aber ich habe mich nicht vergewissert.«

Er sah sie eindringlich an, und sie fragte sich, was für einen Boten er geschickt haben mochte. Dass einer der Glaubenstreuen Shaan auf den Fersen war, jagte ihr einen Schauer über den Rücken. Wusste Rorc wirklich nicht, wo sie war, oder stellte er sie nur auf die Probe?

»Vielleicht ist sie zur Drachenanlage gegangen. Du weißt doch, wie früh die Arbeiter da manchmal anfangen.«

»Vielleicht«, antwortete er. »Ich will nur mit ihr sprechen. Bist du sicher, dass du nicht weißt, wo sie steckt?«

»Ja, ich weiß es tatsächlich nicht«, antwortete sie viel zu rasch, und er lächelte kurz und wehmütig.

»Und selbst wenn du es wüsstest, würdest du es mir nicht verraten.«

»Sie ist für dich nicht von Wichtigkeit.« Tuon fürchtete sich davor, ihm in die Augen zu blicken. »Lass sie in Ruhe, Rorc, bitte.«

»Sie ist wichtiger, als du ahnst«, sagte er vieldeutig und legte seine Hände flach auf den Schreibtisch, beugte sich vor und sah ihr ins Gesicht. »Versprich mir, dass du es mir sagst, wenn du weißt, wo sie steckt. Sie könnte in Gefahr sein, und du würdest ihr damit einen großen Dienst erweisen.«

»Was meinst du?« Ihr Herz hämmerte gegen ihre Rippen, aber er schüttelte nur den Kopf.

»Ich kann es dir nicht sagen, aber du musst mir vertrauen. Vertraust du mir, Tuon?« Er musterte sie prüfend, und die Angst um Shaan ließ ihre Haut prickeln.

»Ja«, flüsterte sie, weil es stimmte, und weil ihre Liebe zu ihm sie mehr an ihn band, als sie es manchmal ertragen konnte.

»Gut.« Er richtete sich wieder auf. »Und, Tuon«, etwas flackerte in seinen Augen auf, »da ist noch etwas. Der Traumseher Petar wurde tot in seinem Haus am Markt aufgefunden. Wusstest du das?«

Der Atem gefror ihr in der Brust. Ihr Herz hämmerte so laut, dass sie sich sicher war, er müsste es hören. Sie schüttelte den Kopf. »Nein.«

Er starrte sie an und versuchte, ihren Blick aufzufangen. Sie fühlte sich bis zum Zerreißen angespannt. »Er war ein Freund von dir, nicht wahr?«

Sie nickte und sah auf ihre Hände, denn sie hatte Angst vor dem, was Rorc in ihrem Gesicht lesen würde. Er jedoch deutete ihre Angst fälschlicherweise als Trauer und sagte: »Gut, dann geh. Ich denke, ich werde schon bald wieder etwas für dich zu tun haben.«

Dankbar verließ sie ohne Hast das Zimmer. Ihre Hände zitterten auf der Klinke, als sie die Tür hinter sich schloss, und eine entsetzliche Angst um Shaan schnürte ihr die Kehle zu.

26

Shaan schob sich durch die Straßen des Kaufmanns-Viertels und drängte sich durch die anschwellende Menschenmenge. Fette Männer in Seidenhemden stolzierten an den Läden vorbei und gaben sich den Anschein von Wichtigkeit, und Frauen in langen Kleidern und mit schweren Goldreifen an den Armen stürzten in die Geschäfte hinein und wieder heraus, dicht gefolgt von ihren Bediensteten. Der Geruch von Gewürzen hing in der Luft, und dürre Boten, gekleidet in den Farben des Hauses ihres Arbeitgebers, schlängelten sich durch die Massen wie schnelle Strömungen in einem langsamen, gleichmäßigen Fluss.

Shaan hatte noch einige kleine Münzen in ihrer Tasche, und so blieb sie stehen, um sich ein süßes Brötchen mit weichem Käse bei einem Straßenhändler zu kaufen. Der Teig war bröckelig, und während sie ringsum die Leute beobachtete und vom Gebäck abbiss, landeten ein paar Krümel auf ihrer Kleidung. Die letzten zwei Stunden hatte sie in einem kleinen Kaf-Haus in einer Seitenstraße des Viertels vertrödelt. Dem Besitzer machte es nichts aus, wenn hin und wieder das einfache Volk für eine Tasse Kaf hereinschaute, solange es sich nach hinten setzte. Aber Shaan hatte sich nur eine einzige Tasse leisten können, und war irgendwann gezwungen gewesen, wieder zu gehen. Sie hatte wenig Lust, ins Red Pepino zurückzukehren, denn das hätte Fragen und Auseinandersetzungen bedeutet. Sie glaubte, dass sie dafür noch nicht bereit war, und sie hatte nicht die geringste Ahnung, wie sie Tuon erklären sollte, dass sie mit einem Mal einen Bruder hatte. Nicht, dass sie sich dessen sicher war oder dass sie selber daran glaubte. Noch einmal biss sie von dem Brötchen ab und besah sich missmutig ihre verletzte Hand.

Der Traum, der sie dieses Mal heimgesucht hatte, war viel schlimmer gewesen. Drachen hatten Menschen in Stücke zerrissen und Kinder zerteilt, und alle Bestien hatten ihr zugeflüstert: *Arak-si.* Es war so schwer gewesen, aus diesem Traum zu erwachen, und selbst als es ihr gelungen war, war es einzig Tallis' Anwesenheit, die sie davon überzeugte, dass sie wieder in ihrer eigenen Welt war, fernab vom Feuer und von den Stimmen.

Mit zittrigen Händen reichte sie dem Standbesitzer den kleinen Teller zurück, auf dem ihr Brötchen gelegen hatte. Sie konnte Tallis nicht davon erzählen, noch nicht. Schon jetzt spürte sie, dass er zu viel von ihrer Angst wahrgenommen hatte, und sie war noch nicht bereit, alles mit ihm zu teilen. Außerdem vermutete sie, dass es nur einen Mann gab, der ihr helfen konnte. Morfessa hatte gewusst, was das Wort bedeutete. Er wusste viel, und er hatte ihr bereits geholfen. Aber wie sollte sie zu ihm Kontakt aufnehmen? Und konnte sie ihm vertrauen?

Sie lenkte ihre Schritte in Richtung Hafen, und in Gedanken ging sie immer wieder ihre Möglichkeiten durch. Sie hatte gerade eine Straßenecke erreicht, als eine seltsame Übelkeit in ihr aufstieg. Shaan wurde langsamer und drückte die Hände auf den Magen, während sie sich fragte, ob das süße Brötchen einen Stich gehabt hatte. Doch dann, ohne Vorwarnung, stand ihr klar und lebendig das Bild Tallis' vor Augen, der auf dem Rücken eines Drachen saß. Schweiß sammelte sich auf ihrer Stirn. Sie spürte, wie die Verbindung zu ihm dünner wurde, wie ein Faden, der von der Spindel abgezogen wurde. Es war, als ob ihr ein Teil ihres Fleisches von den Knochen gerissen würde. Mit einem Aufschrei, der alle Umstehenden zusammenfahren ließ, verfiel Shaan in einen Laufschritt, schlängelte sich um Menschen und Wagen herum und starrte dabei hinauf in den Himmel. Als sie zwischen zwei Gebäuden hindurchschoss und auf die Straße gelangte, die an der Küstenlinie entlangführte, rutschte sie aus und wäre beinahe gestürzt. Sie drehte sich um und schaute angestrengt zur Drachenanlage, und da entdeckte sie den Schatten zweier Drachen, die wie riesige Seemöwen vor dem wolkenverhangenen Himmel von der Stadt weg in Richtung Osten davonzogen. Und Tallis saß auf einem dieser Drachen. Er und Jared flogen fort.

Dumpfe Verzweiflung packte Shaan, während sie spürte, wie das Gefühl ihres Verbundenseins mit Tallis weniger und weniger wurde, bis die Drachen vom Himmel verschluckt worden waren. Die einzige Spur von ihm, die ihr noch geblieben war, war ein kleines Flüstern wie ein Atemhauch auf einer Glasscheibe. Noch einige Zeit, nachdem er bereits verschwunden war, starrte sie in den Himmel hinauf und wagte kaum zu atmen aus Furcht, die geringste Bewegung könnte ihr auch dieses letzte bisschen von ihm nehmen. Wohin war er unterwegs? Und aus welchem Grund? Noch einmal schaute sie zur Anlage, dann drehte sie sich um und rannte in Richtung Red Pepino.

Sie war gerade noch zwei Straßen vom Gasthaus entfernt, als eine rundliche, dunkelhäutige Frau in einem ärmellosen, malvefarbenen Kleid aus einem Geschäft trat und auf sie zueilte. Ein Seidenschal, den sie um die Schultern trug, wehte wie eine purpurne Wolke hinter ihr her.

»Shaan, meine Liebe, ich bin so glücklich, dich zu sehen!« Sie umarmte Shaan derartig heftig, dass diese um ihre Knochen fürchtete, aber sie war so verblüfft, dass ihr kaum etwas anderes übrig blieb, als zu versuchen, nicht das Gleichgewicht zu verlieren. Allerdings verschlug es ihr den Atem, als ihr die Frau ins Ohr flüsterte: »Tuon schickt mich. Du musst mich jetzt begleiten – tu einfach so, als wüsstest du, wovon ich spreche.«

Die Frau ließ Shaan wieder los, hielt sie nun auf Armeslänge von sich gestreckt und lächelte breit. »Du siehst gut aus, und ich habe dieses Öl für dich fertig. Willst du gleich mitkommen und es dir abholen?«

Ihre dunkle Haut war makellos und glatt, und ihre braunen Augen schimmerten im Sonnenlicht.

»Ach ja, ja.« Shaan rang sich ebenfalls ein Lächeln ab. »In Ordnung.«

»Gut.« Die Frau nahm sie am Arm und begann, mit ihr zusammen zurück zum Laden zu schlendern. »Lass uns ein Glas Kaf trinken, und du kannst mir erzählen, was du so in der Zwischenzeit erlebt hast. Gefällt dir mein Parfüm? Ich habe es gerade erst neu entworfen, und alle Palastdamen kaufen es bereits. Aber hier, dich lasse ich mal riechen.« Sie streckte ihr das Handgelenk unter die Nase, und gehorsam schnüffelte Shaan an der Haut und sog den weichen Geruch nach Früchten und Blumen ein.

»Wunderbar«, brachte sie hervor, und die Frau lächelte sogar noch breiter und zog sie unter der kleinen Markise hindurch zur Tür des Geschäftes.

»Ja, nicht wahr? Komm mit hinein, dann werde ich dich noch andere Düfte ausprobieren lassen, ehe ich aufmache.« Damit schob sie Shaan in den Laden und schloss hinter ihr die Tür. Kaum waren sie im Innern verschwunden, als sich das Auftreten der Frau abrupt änderte. Sie ließ Shaans Arm los und hastete zum kleinen Fenster, um sich zu vergewissern, dass der Rollladen fest verschlossen war.

»Tut mir leid, dass ich dich so überfallen habe«, sagte sie, während sie die Lamellen zusammenschob. »Tuon sagte, ich müsste dich schnell von der Straße wegholen.«

Shaan blinzelte sie verwirrt an. »Was ist denn los?«

»Ich bin Meelin, und dies ist mein Geschäft. Ich bin eine Freundin von Tuon.« Sie ging zu einer Öllampe, schlug einen Feuerstein und entzündete den Docht. Alle ihre Bewegungen waren schnell und anmutig, und die füllige Frau schob sich wie eine geschmeidige, runde Seerobbe vom Fenster zum Regal. Ein warmer Schein erfüllte den kleinen Raum, und Shaan stellte fest, dass es sich um eine Parfümerie handelte.

An zwei Seiten des Raumes standen Regale mit kleinen Phiolen, in denen sich Öle, Töpfe mit verschiedenen getrockneten Pflanzen und Duftkerzen befanden. Weiter hinten gab es einen Tresen, vor dem große Säcke auf dem Boden herumstanden. Einige kleine Waagen und verschiedene Gerätschaften waren sorgsam auf der Steinplatte der Theke aufgereiht, und ein Stuhl stand in der Nähe, vermutlich für Kunden. Hinter dem Verkaufstisch gab es eine Tür, die verschlossen war. Ein angenehmer Duft von Gewürzen und

Blumen erfüllte die Luft, und es war überraschend kühl im Laden, verglichen mit der stickigen Wärme draußen.

Shaan stand unsicher mitten im Raum. »Warum hat Tuon dich geschickt?«

Meelins Blick huschte zur Straße. »Die Glaubenstreuen sind hinter dir her«, erklärte sie leise.

»Was?« Shaan begann zu frösteln. Hatten sie die Sache mit Petar herausgefunden?

»Tuon hat mir heute sehr zeitig eine Botschaft geschickt«, fuhr Meelin fort. »Die Nachricht war ganz kurz. Tuon sagte, wenn ich dich auf der Straße sehen sollte, müsste ich dich sofort in den Laden schaffen.«

»Hat sie geschrieben, warum?«

»Nein.« Meelin schüttelte den Kopf. »Aber du kannst sie selbst fragen, sobald sie hier ist. Und nun …«, sie ging zu der Tür hinter dem Tresen, »komm mit und warte hier drinnen.«

Sie holte einen Schlüsselbund unter einem Regal hervor und entriegelte die Tür. Shaan folgte ihr in einen schmalen Raum, der sich über die ganze Hinterseite des Ladens zog. Auf einem langen Tisch lagen die Utensilien, die Meelin für ihre Arbeit brauchte, in buntem Durcheinander verstreut und nahmen die Hälfte des Platzes ein. An einer Ecke des Tisches stand ein Behälter mit Parfüm und köchelte und blubberte leise vor sich hin.

»Setz dich.« Meelin zog einen Stuhl unter dem Tisch hervor. »Ich werde eine Botin zu Tuon schicken.«

Shaan blieb nichts anderes übrig, als Platz zu nehmen. Meelin öffnete die Hintertür und pfiff einmal leise und tief. Ein kleines Mädchen in schäbiger Kleidung erschien aus dem Schatten einer Seitengasse, lauschte angestrengt dem, was Meelin ihr zuflüsterte, und rannte dann davon.

»Sie wird nicht lange brauchen.« Meelin kam zurück und setzte sich neben Shaan. Sie öffnete einen Sack voller weißer Blüten und begann damit, die Blütenblätter abzuzupfen und sie sorgfältig in eine Schüssel zu legen. »Hier, du kannst mir helfen, während wir warten.« Damit schob sie den Sack in Shaans Reichweite.

Shaan zögerte. Dann ahmte sie mit steifen Fingern die Bewegungen der Parfümherstellerin nach und riss ein Blütenblatt nach dem anderen ab. Der süße, krautartige Duft stieg ihr in die Nase, und sie konnte kaum noch denken. Hatten die Glaubenstreuen herausgefunden, dass sie beim Traumseher gewesen war, als dieser starb? Und würden sie dann nicht auch nach Tuon suchen? Oder war Kommandant Rorc es leid, darauf zu warten, dass sie zu ihm käme, und hatte stattdessen nach ihr geschickt? Verzweiflung stieg in ihr auf. Wo konnte sie sich vor den Glaubenstreuen verbergen? Ängstlich saß sie dort, zupfte Blütenblätter und wartete auf Tuon.

Sie waren mit dem Sack beinahe fertig, als Tuon leise durch die Hintertür hereinschlüpfte. Ihr Gesicht war unter Schwaden von Seide in grüner Farbe verborgen.

»Tuon!« Shaan ließ die Blüte, die sie gerade in der Hand gehalten hatte, auf den Tisch fallen und eilte zu der Freundin. »Was ist passiert? Was…«

»Schscht. Du musst leise sprechen!«, zischte Tuon und zog sich den Stoff vom Kopf. »Ich habe keinen Jäger hinter mir gesehen, aber das bedeutet nicht, dass sich da draußen nicht einer herumtreibt.«

»Warum suchen sie denn nach mir?« Shaan dämpfte ihre Stimme. »Ist es wegen…« Sie beendete ihren Satz nicht, denn Tuon warf ihr einen warnenden Blick zu.

»Ich weiß es nicht«, sagte Tuon. »Alles, was ich weiß, ist, dass ich heute Morgen Rorc getroffen habe, und dass er mich nach dir gefragt hat und wissen wollte, wo du steckst. Ich weiß nicht warum, aber er braucht dich für irgendetwas. Er sagt, du seiest wichtig.«

»Wofür?« Shaan starrte sie an, aber Tuon schüttelte den Kopf, und ihr Gesicht war ratlos.

»Ich weiß es nicht. Aber er hat mir auch verraten, dass die Führerin vergiftet wurde und nun zwischen Leben und Tod schwebt.«

»Die Führerin?« Shaan starrte sie an.

»Das ist ein schlechtes Omen«, sagte Meelin, und sie schaute sehr besorgt.

»Ja«, sagte Tuon. »Die Führerin wurde vergiftet, und die Drachen ziehen kreischend ihre Kreise am Himmel. Es kommt mir vor, als sei hier niemand mehr sicher, ganz zu schweigen von jemandem, der von den Glaubenstreuen gesucht wird.« Sie holte tief Luft. »Wir müssen dich aus der Stadt rausschaffen.«

Shaans Magen verkrampfte sich. »Aber wohin sollte ich denn gehen? Und wie sollte ich irgendwo hinkommen?«

»Ich habe Freunde, auf die ich mich verlassen kann.« Tuon warf Meelin einen Blick zu.

»Mein Bruder führt eine Handelskarawane zurück in seine Heimatstadt in den Freilanden«, sagte Meelin. »Er bricht heute Abend noch auf.«

Die Freilande? Shaan sah zu Tuon. »Aber ich kenne dort niemanden.«

»Und niemand dich. Deshalb ist es ja der sicherste Ort für dich.« Sie griff nach Shaans Händen. »Ich habe ein bisschen was gespart, nicht viel, aber es wird für eine Weile genügen.«

Shaan trat einen Schritt zurück und schüttelte den Kopf. Es musste noch eine andere Lösung geben. »Kann ich mich nicht verstecken? Es gibt hier Plätze, die ich gut kannte, als ich noch mit den Straßenbanden unterwegs war. Da könnte ich unterkriechen.«

»Sie würden dich finden«, sagte Tuon. »Glaubst du wirklich, es gibt eine Stelle in dieser Stadt, an der du dich vor ihnen verbergen kannst?«

Tiefe Verzweiflung überfiel Shaan. Tuon hatte recht: Sie konnte hier nirgends hin, sondern musste die Stadt verlassen. Und selbst dann … Aber was würde aus ihren Plänen werden, Morfessa aufzusuchen? Sie würde ihn nun nicht mehr um Hilfe wegen ihrer Träume bitten können. Und was, wenn es noch einmal geschehen würde? Wenn jemand anders sie im Traum berührte? Wenn noch jemand sterben würde? Beim Gedanken daran fühlte sie sich, als stünde sie allein an einem Abgrund und der Wind in ihrem Rücken würde sie immer weiter an die Kante drängen.

Es war unmöglich! Doch dann sah sie Tuon an und dachte an Tallis, den Mann, der sie Schwester genannt hatte. Sie musste sich von allen zurückziehen. Was, wenn sie einen von ihnen verletzte?

»In Ordnung«, sagte sie leise. »Aber was ist mit dir? Kommandant Rorc wird wissen, dass du mir geholfen hast, wenn ich verschwunden bin.«

Tuon stieß einen erleichterten Seufzer aus. »Mach dir meinetwegen bloß keine Sorgen. Ich komme schon mit ihm klar. Wenn mir jemand gefolgt ist – und so wie ich Rorc kenne, bin ich mir da beinahe sicher –, wird er Verdacht schöpfen, wenn ich nicht bald wieder aus dem Laden herauskomme. Wir sollten uns also schnell etwas einfallen lassen.«

»Ich glaube, der beste Ort, etwas vor einem Mann zu verstecken, ist direkt unter seiner Nase«, sagte Meelin nachdenklich. »Die Glaubenstreuen werden erwarten, dass sich Shaan nirgends sehen lässt und sich in die Schatten der Häuser drückt. Aber wenn wir vorsichtig sind und sie richtig anziehen«, ihr Blick streifte Shaans raue Arbeiterhose und ihr Hemd, »dann werden sie geradewegs an ihr vorbeimarschieren.«

»Was willst du damit sagen?« Tuon sah sie an.

»Ich will sagen, dass wir sie prächtiger, als sie jemals zuvor war, herausputzen werden. Parfüm in ihr Haar, Farbe auf ihre Augenlider und die Lippen, und anstatt sich in der Karawane meines Bruders zwischen Fässern zu verstecken, kann sie aufrecht an seiner Seite sitzen. Sie wird die Tochter eines Händlers sein, die nach Hause zurückkehrt.«

Tuon musterte Shaan kritisch. »Es könnte funktionieren.«

»Das wird es«, versprach Meelin. »Aber es wird einige Zeit in Anspruch nehmen, und was ist, wenn jemand sie in meinen Laden hat kommen sehen?« Sie schürzte die Lippen. »Wir brauchen ein Mädchen ihrer Größe und ihrer Hautfarbe.«

»Ein einfacher Austauschtrick«, sagte Shaan. »Das haben wir auch so gemacht, als ich noch als Diebin unterwegs war. Aber wird das auch die Glaubenstreuen täuschen?«

»Nicht lange«, sagte Tuon. »Aber vielleicht lange genug.«

»Ich denke, ich kenne jemanden, der in Frage käme«, sagte Meelin. »Ich lasse sie holen.« Mit diesen Worten ging sie zur Hintertür und pfiff noch einmal nach dem Mädchen.

»Und jetzt«, Tuon sah sie an, »musst du dich waschen, und wir werden ein Kleid für dich aussuchen. Meelin«, sie wandte sich an die andere Frau. »Du wirst bald deinen Laden aufmachen müssen, und ich kann nicht länger bleiben, wenn ich keinen Verdacht erregen will. Wir werden noch mehr Hilfe benötigen.«

»Ja, ich habe schon nach Unterstützung geschickt.« Meelin winkte Shaan zu sich. »Komm, oben habe ich heißes Wasser.« Sie zog eine Stoffbahn, die vor der Wand hing, zur Seite und gab so den Blick frei auf eine schmale Steintreppe.

»Shaan.« Tuon nahm ihre Hand, ehe sich die Freundin in Bewegung setzen konnte. »Ich muss jetzt aufbrechen.« Plötzlich glitzerten Tränen in ihren Augen. »Sei vorsichtig; ich würde dich gerne begleiten, aber ...« Sie zuckte mit den Schultern. »Hier.« Damit drückte sie ihr einen kleinen Stoffsack voller Münzen in die Hand, und strich ihr eine vorwitzige Haarlocke hinters Ohr. »Nimm das, damit du nicht wieder stehlen musst, um zu überleben.«

»Tuon, warte.« Shaan hatte mit einem Mal das Gefühl, dass alles viel zu schnell ging, aber Tuon lächelte nur flüchtig. »Ich muss gehen. Pass auf dich auf, Shaan, und lass nicht zu, dass sie dich finden.«

»Das werde ich.« Shaan kam es seltsam unwirklich vor, als Tuon sie fest in die Arme schloss.

»Hier.« Meelin reichte Tuon eine kleine Phiole mit Parfüm. »Das ist für dich. Es muss so aussehen, als ob du einen Grund hattest, hierherzukommen. Ich besuche dich, wenn hier alles vorbei ist.«

»In Ordnung. Sei vorsichtig.« Tuon drückte Shaan ein letztes Mal die Hand, dann war sie verschwunden, und die Hintertür schloss sich leise. Shaan stand unsicher in der Mitte des Raumes und starrte auf die Tür.

»Komm.« Meelin packte sie am Arm. »Uns bleibt nicht viel Zeit.« Und sie zog sie hinter sich her nach oben.

Für Shaan verschwammen die restlichen Ereignisse des Tages. Sie wurde gewaschen, ihr Haar parfümiert, und ihre Nägel wurden mit einer dunkelroten Farbe bestrichen. Ihre Arbeiterkleidung aus der Drachenanlage wurde einem jungen Mädchen mit ihrer Statur angezogen, deren wunderschönes, langes Haar kurz geschoren werden musste. Seine hellere Haut wurde mit einem Puder eingestäubt, sodass sie dunkler erschien. Dann wurde das Mädchen mit einer Phiole Öl auf die Straße hinausgeschickt, eine Hand mit einem Verband umwickelt.

Meelin deckte Shaans Verbrennung mit einer getönten Salbe ab, die die Verletzungen beinahe unsichtbar machte, und trug silbrigblaue Farbe auf die Lider ihrer Augen auf, ehe sie sie mit einem Stückchen Kohle schwarz umrandete. Anschließend bemalte sie ihre Lippen mit einem roten Pulver, das mit Öl vermischt worden war. Als sie fertig war, hätte Shaan sich beinahe selber nicht mehr wiedererkannt. Sie trug ein ärmelloses, meergrünes Kleid, das bis beinahe zum Bauchnabel hin weit ausgeschnitten war und in der Taille von Seidenbändern gehalten wurde. Ihr Haar war sauber, weich und duftend, und ein Reif aus gehämmertem Kupfer hielt es ihr aus dem Gesicht. Ein schlichtes Tuch aus heller, türkisfarbener Seide hatte sie sich um den Kopf geschlungen, und es fiel ihr locker bis auf die Schultern. Winzige Perlen aus buntem Glas waren auf den Saum genäht, sodass es im Licht glitzerte, wenn sie sich bewegte. Außerdem konnte sie sich das Tuch übers Gesicht ziehen und so befestigen, dass nur ihre Augen zu sehen waren, so wie die Frauen der Freilande es zu tun pflegten.

»Na bitte.« Meelin trat einen Schritt zurück, um ihr Werk zu begutachten. »Nun bist du die Tochter eines Händlers der Freilande. Und denk immer daran, dass die Frauen dieser Gegend nicht mit fremden Männern sprechen. Sag nichts, es sei denn, mein Bruder Menon fordert dich dazu auf. Wenn andere Männer dich ansehen, starr einfach zurück, als wären sie ein Nichts, als wären sie der Staub unter deinen Füßen. Reiche Frauen aus den Freilanden befolgen viel strengere Regeln als die Frauen hier. Lass dich von meinem Bruder leiten. Er wird dich auf dem Rückweg von Geschäften, die ihn ins Bürger-Viertel führen, in dem ›Gasthaus zum Seefalken‹ treffen.«

»Was soll ich denn tun, wenn ich dort ankomme und mit keinem Menschen sprechen darf?«

Shaan spürte Furcht in sich aufsteigen, als ihr klar wurde, wie wenig sie von den Freilanden wusste.

»Menon wird dir helfen. Mit den Münzen, die dir Tuon gegeben hat, kann er dir dabei behilflich sein, irgendeinen kleinen Laden zu eröffnen. Vielleicht kannst du ja mit Parfüm handeln.«

»Aber ich verstehe nichts vom Handel«, sagte Shaan.

»Dann wirst du es eben lernen«, antwortete Meelin barsch.

Einige Stunden später, als die Sonne unterzugehen begann, wurde Shaan verstohlen durch die Hintertür von Meelins Laden geführt und in einen Wagen mit Verdeck verfrachtet, der von einem missmutigen Muthu gezogen wurde. Meelin gab Shaan noch rasch einige Dinge mit auf den Weg und beschrieb ihr ihren Bruder, dann ließ sie das Verdeck herunter und Shaan war allein in dem Wagen, der sich durch die abendliche Menschenmenge ihrem nächsten Ziel entgegenschob.

Es war stickig und heiß unter der dicken Leinwand, und Shaan begann zu schwitzen. Sie wünschte sich, sie hätten einen offenen Wagen für sie besorgt. Stöhnend löste sie ihren Gesichtsschleier und wedelte sich mit dem Stoff Luft zu. Sie konnte den Lärm auf den Straßen draußen hören, und die vertrauten Gerüche von gebratenem Fleisch, salziger Luft und verrottendem Fisch stiegen ihr in die Nase. Für sie war es unvorstellbar, dass sie das alles zurücklassen sollte. Sie wollte das nicht. Was hatte sie denn in einem Land verloren, in dem sie niemanden kannte und keine Ahnung hatte, wie sie überleben sollte? Einen kurzen, verrückten Moment lang dachte sie daran, das Verdeck aufzuklappen und durch die Straßen zurück zum Red Pepino zu rennen. Sie wollte wieder in ihrem Zimmer sein, in ihrer bekannten, staubigen Umgebung, und nicht hier zusammengekauert im Dämmerlicht mit dem Duft von Blumen im Haar.

Sie schob die Leinwand ein Stück zur Seite und spähte durch den Spalt hindurch auf die Straße hinaus. Mittlerweile waren sie am Rande des Kaufmann-Viertels angekommen, und das Licht war jetzt rosig. Der Sonnenuntergang überzog die weißgetünchten Mauern mit einem weicheren Ton. Auf der Straße drängten sich Händler, Seeleute und Frauen, die Kinder hinter sich herzogen. Die Szenerie war ihr so vertraut, dass es ihr einen schmerzhaften Stich versetzte, und beinahe, aber nur beinahe, wäre sie aus dem Wagen gesprungen. Doch dann drängte sich ein Schatten in ihr Blickfeld. Ihr stockte der Atem und sie fuhr mit einem Ruck zurück, als der ganz in Schwarz gekleidete Mann aus einer Gasse trat und mit der Menge verschmolz. Ein Jäger, vielleicht sogar ein Verführer. Ihr Herz hämmerte, und ihre Hände bebten, als sie den Schleier wieder vor ihrem Gesicht befestigte. Sie lehnte sich in der harten Polsterung zurück. *Sie werden dich finden.* Tuons Worte kamen ihr wieder in den Sinn. Shaan nestelte an dem Säckchen mit den Münzen herum und wartete mit leisen Atemzügen darauf, dass der Wagen das Gasthaus erreichte.

27

Das Gasthaus Zum Seefalken war groß und prachtvoll. An den Wänden prangten Mosaike, und in einer Ecke erhob sich die Jadestatue eines großen Seevogels über einer breiten Schale, gefüllt mit Orangenblüten.

Zwei Männer lehnten an der Bar, und an drei Tischen an der Wand saßen Pärchen und speisten. Abgesehen von diesen wenigen Gästen war es ruhig. Shaan trat auf den missmutig dreinblickenden Mann hinter der Theke zu und bat um etwas Wein. Er warf ihr einen wachsamen Blick zu, sagte aber nichts, sondern ging mit einem Glas zum nächsten Fass. Shaans Kleid war tiefer ausgeschnitten, als sie es gewohnt war, und sie fühlte sich ausgeliefert und verletzlich, doch sie tat ihr Bestes, um einen hochmütigen Anschein zu erwecken. Sie war froh, dass der Schleier einen Großteil ihres Gesichts verhüllte. Der Mann kam mit ihrem Wein zurück, und sie suchte sich einen Tisch ganz am Ende des Raumes, von wo aus sie die Tür im Auge behalten konnte.

Es dauerte nicht lange, ehe nach und nach weitere Gäste eintrafen. Eine Gruppe von Frauen, die mit einem Schiff von den Dracheninseln gekommen waren, trat ein. Mit stolzen Gesichtern suchten sie den Raum ab und gingen dann zur Bar, um dort einen Platz zu beanspruchen. Sie entdeckten Shaan, und die größte der Frauen der Insel, die mit den meisten Tätowierungen, nickte ihr zu. Shaan ging davon aus, dass es so schicklich war, und erwiderte den Gruß mit einem kurzen Neigen ihres Kopfes. Den Schiffsfrauen folgten schon bald Gruppen von Händlern, Kaufleuten und einigen wenigen Reitern. Shaans Magen machte einen nervösen Satz, als sie die Reiter sah, aber diese würdigten sie kaum eines Blickes. Ärgerlich auf sich selbst, versuchte sie an ihrem Wein zu nippen, doch es erwies sich beinahe als ein Ding der Unmöglichkeit, solange der Schleier vor ihrem Gesicht befestigt war. Und so blieb ihr wenig anderes übrig, als mit dem Glas herumzuspielen und sich zu fragen, wo Menon bloß steckte.

Vielleicht würde er gar nicht kommen. Vielleicht war etwas geschehen und er war aufgehalten worden. Oder die Glaubenstreuen hatten Meelins Plan aufgedeckt und waren nun auf dem Weg zu ihr. Kalte Furcht steckte Shaan wie ein harter Stein in den Eingeweiden. Tuon hatte so viel für sie aufs Spiel gesetzt – sie alle hatten das getan.

Unablässig starrte Shaan zur Tür, aber niemand trat mehr ein. Gereizt und durstig löste sie nun doch ihren Schleier und nahm einen Schluck Wein. Er war stark und trocken und floss warm durch ihre Kehle. Sie nahm noch einen Schluck und noch einen. Die Zeit verging, und bald hatte sie ihr Glas geleert, ohne dass Menon aufgetaucht wäre.

Ihre Nerven lagen blank, und sie begann sich ernstlich zu fragen, ob er überhaupt noch kommen würde. Er verspätete sich, und das konnte nichts Gutes bedeuten. Inzwischen war es schon beinahe eine Stunde über der Zeit. Hier konnte sie nicht bleiben. Und so befestigte sie ihren Schleier erneut vor ihrem Gesicht, erhob sich vom Tisch, brachte ihr Glas zurück zum Tresen und wollte den Wirt fragen, ob er einen Muthu-Wagen für sie rufen könne.

Ein Mann trat hinter sie, und sie ging ein Stück zur Seite, um ihm Platz zu machen. Ein schwacher Geruch von Gewürzen und grünem Holz stieg ihr in die Nase. Sie sah auf und hätte beinahe ihr Glas fallen lassen, als sie einen Blick aus Balkis' kühlen, blauen Augen auffing. Sein schönes Gesicht runzelte sich leicht, als sie sich ansahen, aber er schaute rasch wieder weg.

»Ich bitte um Verzeihung, meine Dame«, sagte er, und hob eine Hand, um den Schankwirt zu sich zu winken.

Shaan blieb wie angewurzelt stehen. Ihr Herz pochte laut, und sie stellte vorsichtig ihr Glas auf der Theke ab. Balkis hatte sie nicht erkannt, aber wenn er noch einmal zu ihr hinsehen würde …

Langsam, um nicht den Anschein zu erwecken, sie habe es eilig, drehte sie sich um und steuerte zur Tür. Es schien eine Ewigkeit zu dauern, den kleinen Raum zu durchqueren, und ihr Nacken und ihr Rückgrat prickelten. Endlich jedoch war sie bei der Tür angekommen und streckte unsicher eine Hand aus, um sie zu öffnen. Als sie die Klinke hinunterdrückte, konnte sie nicht anders, als sich noch einmal umzusehen. Die Tür quietschte in den Angeln, und Balkis schaute auf. Ihre Blicke kreuzten sich, seine Augen wurden größer, er richtete sich auf und starrte sie an.

Jetzt saß sie in der Falle. Sie drehte sich um und schoss hinaus. Die Nacht war bereits angebrochen, und die Straßenlampen glommen gedämpft in der feuchten Luft, umschwirrt von unzähligen Insekten. Die einzigen Leute, die noch unterwegs waren, waren einige Seeleute, die die Straße hinuntertaumelten. Shaan sah sich verzweifelt um, rannte dann zur nächsten Ecke und hoffte, etwas zu entdecken, wo sie sich verstecken konnte. Sie bezweifelte, dass sie Balkis davonrennen konnte, aber immerhin schien er allein unterwegs zu sein.

Doch diese Hoffnung zerschlug sich rasch. Noch bevor sie die Ecke erreicht hatte, hörte sie, wie die Tür zum Gasthaus hinter ihr aufgestoßen wurde.

»Tanen, Rees!« Balkis brüllte, und zwei Männer erschienen im Eingang vom Gebäude zu ihrer Rechten. »Dort ist sie«, rief Balkis, und die Männer wandten sich um und stürzten auf sie zu.

Mit einem Anflug von Verzweiflung wusste Shaan, dass sie es nicht mehr um die Ecke schaffen würde. Sie drehte sich um die eigene Achse und erfasste instinktiv, dass der einzige Ausweg nach oben führen würde. Fluchend raffte sie ihr Kleid und rannte zum Eckgeschäft auf der anderen Straßenseite. Einige alte Kisten waren am Rande einer Markise aufeinandergestapelt, und mit einem Satz sprang Shaan hinauf, reckte sich, und versuchte mit aller Macht, die Leinwand zu fassen zu bekommen, denn sie wollte sich daran emporschwingen. Doch sie war nicht schnell genug.

»Shaan, bleib stehen.« Balkis schlang seine Arme um ihre Taille und zog sie zu sich herunter.

»Lasst mich los!« Sie zappelte außer sich vor Wut, verfing sich aber im Schleier, sodass sie in ihrer Beweglichkeit eingeschränkt war, und kam mit den Füßen nicht mehr auf den Boden. Sie trat nach Balkis, doch ihre Schuhe waren zum Hineinschlüpfen und hatten eine weiche Sohle, die ihr alles andere als nützlich war.

»Shaan!«, stöhnte er. »Willst du wohl aufhören!«

»Lasst mich los!« Sie versuchte, ihm einen Hieb zu versetzen, aber er ließ sie plötzlich zu Boden gleiten und veränderte seinen Griff. Nun waren ihre Arme eng an ihren Körper gepresst, und er hielt sie so fest, dass sie kaum noch atmen konnte.

»Halt!«, schrie er.

Sie keuchte, und er verringerte den Druck ein wenig, aber nicht genug, als dass sie ihm hätte entwischen können. Es nützte alles nichts. Sie hörte auf zu strampeln und sackte in seinen Armen zusammen. Der Schleier rutschte ihr über die Augen.

»In Ordnung, in Ordnung! Zieht mir wenigstens den Stoff aus dem Gesicht, ja?« Sie schüttelte den Kopf und prallte damit gegen seine Brust, als sie versuchte, den Schleier wegzuschieben.

»Warum bist du denn so angezogen?« Er hielt sie an einem Arm fest, während er mit seiner freien Hand den Schleier wegriss.

»Aua«, jammerte sie, denn eine der Glasperlen hatte ihre Haut aufgerissen.

»Der Kommandant sucht nach dir. Weshalb bist du weggerannt, als ich nach dir gerufen habe?«

»Was glaubt Ihr wohl?«, gab sie zurück. Dann bemerkte sie, dass seine Männer bei ihnen angekommen waren und ihr unverhohlen auf die Brüste starrten, die durch den tiefen Schnitt des Kleides halb entblößt waren. »Wenn ihr weiter so glotzt, verpasse ich euch ein zweites Loch zum Atmen«, fuhr sie sie an.

Balkis lächelte. »Also dann kleidest du dich nicht nur wie die Frauen der Freilande, sondern hast auch ihre scharfe Zunge, was?« Seine Augen wanderten zu derselben Stelle, die seine Männer angegafft hatten. Sie hob den Kopf. »Bringt Ihr mich zu Eurem Kommandanten?«

»Natürlich.«

»Wisst Ihr, aus welchem Grund er mich sucht?«

»Nein.« Balkis wandte sich an die Männer. »Ihr zwei sucht weiter nach Nilah. Wenn Ihr sie findet, begleitet Ihr sie augenblicklich zurück. Ich werde die hier zum Kommandanten bringen.«

»Jawohl.« Beide Männer nickten und grinsten Shaan anzüglich an, ehe sie davongingen.

Balkis wandte sich wieder ihr zu. »Dann komm.« Er zog sie vorwärts und kicherte, als sie mit finsterem Blick den Männern hinterherstarrte.

»Du kannst ihnen wohl kaum einen Vorwurf machen«, sagte er, und nun war er es, den Shaan aufgebracht anfunkelte.

»Ich bin nicht so gekleidet, um mich zur Schau zu stellen. Es ist eine Verkleidung.«

»Und was soll damit verhüllt werden?« Balkis lächelte. »Nicht, dass es viel verhüllen würde.«

Shaan sah weg.

»Brauchst du etwas, um dich zu bedecken?«, fragte er.

»Nein.« Sie warf ihm einen kühlen Blick zu. Lass ihn doch gucken, entschied sie dann. Er hatte sie zu fassen bekommen, aber das bedeutete noch lange nicht, dass sie sich geschlagen geben und entsprechend benehmen würde. Schweigend gingen sie eine Weile nebeneinander her. Er bog in die ruhigeren Straßen ein, die hinter den Gebäuden entlangführten, und in verlassene Seitengassen. Das Stimmengewirr von Leuten, die sich unterhielten, der Knall von Türen, die zugeschlagen wurden, und der Geruch von gekochtem Essen hingen in der Luft, aber sie begegneten niemandem. Seine Hand lag locker auf ihrem Arm, doch wenn sie sich auch nur ein kleines bisschen rascher bewegte, wurde der Griff fester.

Nach einer Weile sagte er leise: »Ist dieser Mann, Tallis, wirklich dein Bruder?«

Sie starrte ihn an, aber der Blick, den er ihr zuwarf, war schwer zu deuten. »Warum?«

»Ich bin nur neugierig. Ihr seht euch beide so ähnlich. Er muss mit dir verwandt sein.« Sie zuckte mit den Achseln, und er sagte: »Du weißt, dass er nicht mehr hier ist, nicht wahr?«

Er ließ sie nicht aus den Augen, aber sie hatte ihr Gesicht abgewandt. Das dumpfe Echo von Tallis in ihrem Innern war so schwach, dass es ihr wehtat. »Ja.«

»Er ist nach Osten geschickt worden«, berichtete Balkis. »Es hat dort weitere Angriffe gegeben. Der Kommandant glaubt, Tallis und sein Freund könnten dort nützlich sein. Sie beide haben die wilden Drachen, die dafür verantwortlich sind, schon einmal gesehen.«

Shaan antwortete nicht, denn der Gedanke, dass Tallis dorthin flog, wo auch die wilden Biester waren, machte sie ganz krank. »Warum erzählt Ihr mir das?«, fragte sie. »Ich kenne ihn doch kaum.«

»Ich dachte, du solltest das wissen. Ich an deiner Stelle würde es erfahren wollen.«

»Aber ganz offensichtlich seid Ihr ja nicht an meiner Stelle«, fuhr Shaan ihn an, und sie wusste selbst nicht, woher dieser Zorn auf ihn kam.

»Hast du außer ihm sonst noch Familie?« Balkis schien ihren Ton nicht bemerkt zu haben. »Leben eure Eltern noch?«

»Sie sind tot.«

»Dann hast du niemanden mehr?«

Shaan schüttelte den Kopf.

»Das muss merkwürdig sein«, sagte er nachdenklich. »Ich habe sowohl Mutter als auch Vater und eine Schwester. Aber vielleicht bedeutet es auch eine Art von Freiheit, wenn man niemanden hat und wenn es niemanden gibt, dem man es recht machen muss.«

»Freiheit?« Sie blieb abrupt stehen und fuhr zu ihm herum. Seine Worte waren töricht, und sie verspürte den Drang, ihn für seine Dummheit zu schlagen. »Allein zu sein bedeutet keine Freiheit. Glaubt Ihr das wirklich? Dass es Freiheit bedeutet, wenn sich niemand darum schert, ob man lebt oder tot ist?« Sie entriss ihm ihren Arm.

Erstaunt ließ er sie los. Balkis starrte sie an. »Das ist es nicht, was ich denke«, sagte er.

»Nein?«

»Nein.« Er war zornig, und einen Moment lang war sie froh darüber. Sie blieb wie angewurzelt stehen und funkelte ihn an. »Es tut mir leid, Shaan«, sagte er. »Du bist aufgebracht.«

»Ich bin überhaupt nicht aufgebracht«, entgegnete sie rasch. »Ich habe das schon öfter von Leuten wie Euch gehört.«

»Und was für Leute sind das?« Er ließ eine Hand auf dem Heft seines Schwertes ruhen.

»Leute, die keinen Gedanken daran verschwenden müssen, woher ihre nächste Mahlzeit kommt. Leute, die ein prächtiges Dach über ihrem Kopf und Münzen in ihrer Börse haben. Leute, die niemals ein Kind in der Gosse liegen sehen, weil ihre Wagen so schnell daran vorbeischießen, dass es vom aufwirbelnden Dreck verdeckt wird.«

Er starrte sie an, als ob sie ihm einen Schlag versetzt hätte. »So bin ich nicht. So könnte ich auch nie sein.«

Sie spürte einen Anflug von Beschämung. Nein, so war er nicht. Er war jung, selbstsüchtig und reich, aber er war nicht so. Hatte er ihr nicht geholfen? Hatte er sie in jener Nacht in der Gasse nicht gerettet? Er hatte sie mehr als einmal beschützt, auch wenn sie nicht genau wusste, warum.

Sie senkte den Blick und starrte auf die Steine zu ihren Füßen. »Nun, manche sind so«, sagte sie.

»Ich habe es mir nicht ausgesucht, als Sohn eines Händlers geboren zu werden«, sagte er leise. Er legte ihr eine Hand auf den Arm, und dieses Mal war sein Griff warm und beinahe zärtlich.

Aller Trotz fiel von ihr ab. Sie war es leid, mit ihm zu streiten.

Shaan hielt den Blick weiter auf den Boden gerichtet, und die Stille zwischen ihnen dehnte sich, bis Shaan schließlich zu ihm aufsah. »Warum könnt Ihr mich nicht einfach gehen lassen?«

Er schüttelte den Kopf. »Du weißt warum. Ich kann nicht gegen die Wünsche der Glaubenstreuen verstoßen.«

»Und was geschieht mit jenen, die von den Glaubenstreuen gesucht werden?« Sie musterte sein verschlossenes Gesicht. »Sie lassen sie nicht mehr gehen, Balkis, und das wisst Ihr.«

Angst stieg in ihrer Brust auf, und das Atmen fiel ihr schwer.

»Ich will nicht auf die Schwimmenden Inseln geschickt werden ... oder gar noch Schlimmeres.«

»Kommandant Rorc wird dir nichts tun.«

»Das wisst Ihr nicht«, flüsterte sie.

Er stieß den Atem aus. »Wenn ich dir verspreche, es nicht zuzulassen, dass man dir wehtut, wirst du mir dann vertrauen?« Seine blauen Augen ruhten auf ihrem Gesicht, und er hob eine Hand, um ihr mit sanften Fingern über die Wange zu streichen. »Warum kämpfst du gegen mich?«

Darauf fiel ihr keine Antwort ein. Ihr Puls jagte, und ihre Kehle war plötzlich so eng, dass sie kaum noch Luft bekam. Ohne nachzudenken, legte sie Balkis eine Hand auf die Brust und spürte das Schlagen seines Herzens. Begehren flackerte in seinen Augen auf und raubte ihr den Atem, und dann küsste er sie hart, erkundete mit der Zunge ihren Mund und presste sie an sich. Erregung durchflutete sie, und sie drückte sich an ihn, fuhr mit ihrer Hand in seine Haare und zog ihn noch näher. Es gab sonst nichts mehr auf der Welt als seine Berührung, seinen Geschmack. Die Muskeln an seinem Rücken waren hart unter ihrer Hand, und seine Oberschenkel angespannt.

Dann klappte plötzlich irgendwo eine Tür, und er erstarrte und trat abrupt zurück. Benommen blickte sie zu ihm empor und versuchte, wieder zu Luft zu kommen, während sie noch immer den Druck seiner Lippen auf ihren spürte. Sein Atem ging stoßweise. Keiner von ihnen beiden sagte ein Wort. Shaans Herz raste, und sie sah einen seltsamen Ausdruck in seinen Augen, doch dann riss er sich plötzlich los, und es war, als senke sich ein Vorhang über sein Gesicht.

»Es tut mir leid«, sagte er. »Das hätte ich nicht tun sollen.« Ehe sie etwas erwidern konnte, hatte er sie schon wieder am Arm gepackt. »Komm, der Kommandant erwartet dich.« Und er zog sie hinter sich her die Straße hinunter.

Ihre Gedanken waren in Aufruhr, und sie konnte Balkis kaum folgen. Er hielt sein Gesicht abgewandt und machte immer größere Schritte, bis sie dazu gezwungen war, in einen Laufschritt zu verfallen, um noch mitzuhalten. Es war anstrengend und ermüdend, zumal sich ihr langes Kleid immer wieder zwischen ihren Beinen verfing. Was war geschehen? Sie war so verwirrt, dass sie einige Zeit brauchte, ehe sie begriff, dass sie zwar in Richtung der Hügel der Stadt unterwegs waren, jedoch nicht den Weg zum Palast eingeschlagen hatten. Die Straßen kamen ihr recht vertraut vor, eine Kurve hier, ein Baum dort, aber sie konnte sich nicht erklären, wohin Balkis sie brachte.

Die Straße stieg nun sanft an, aber Balkis verlangsamte seinen Schritt nicht. Die Verbrennung an Shaans Hand pochte, und ihre Beine begannen zu schmerzen. »Balkis«, rief sie. »Langsamer. Ich komme nicht mit so schnell.«

Er warf ihr einen kurzen Blick zu und passte seinen Gang ein wenig an.

»Wohin bringst du mich?«, fragte sie. Er musterte sie etwas verwirrt wegen der plötzlich so vertrauten Anrede, gab ihr aber keine Antwort. Er zog sie nur immer weiter hinter sich her durch die dunklen Straßen, und sie war zu müde, um weiter zu protestieren. Schweigend liefen sie eine Weile, dann sah sie, dass sie sich einer weißen Mauer mit einem kleinen Tor näherten. Plötzlich traf sie die Erkenntnis, und ihr Magen machte einen Satz. Morfessas Haus! Was wollte Balkis bei diesem alten Mann?

Hierher hatte sie an diesem Morgen kommen wollen, aber nun spürte sie beim Anblick des Tores einen Kloß der Angst in ihrem Hals. Die Haare in ihrem Nacken stellten sich auf, und sie bekam eine Gänsehaut. Etwas war hier falsch, das konnte sie spüren. Da war etwas Böses. Übelkeit überfiel sie, und sie begann, Widerstand zu leisten und ihre Füße gegen den Boden zu stemmen, als Balkis sich dem Tor nähern wollte.

»Nein«, flüsterte sie, und er drehte sich stirnrunzelnd zu ihr hin.

»Was ist?«

Shaan schüttelte den Kopf und versuchte, sich loszureißen. Ihr Atem ging flach, und Panik stieg in ihr auf.

»Shaan, was …?«

»Ich kann da nicht hinein, bitte!« Nun kämpfte sie ernstlich gegen ihn. Irgendetwas war dort drinnen, das konnte sie fühlen, und es zerrte an ihrem Blut und rief nach ihr. Es war wie die Stimmen der Drachen in ihrem Traum. Doch dieses Mal war Shaan wach – wach und verängstigt.

»Shaan?« Balkis hielt sie nun an beiden Armen fest, aber sie ignorierte ihn und strampelte verzweifelt. »Bitte, Balkis, nicht!« Doch er war zu stark für sie.

»Hör auf!« Er hob sie hoch und öffnete das Tor, dann schob er sie gewaltsam hindurch.

Der Pfad war ein dunkler Tunnel. Vom Haus aus fiel schwaches Licht durch die Bäume, und ringsum raschelten Insekten in den Pflanzen. Shaans Blut schoss durch ihre Adern, und das Geräusch dröhnte in ihrem Schädel. Balkis ließ sie zu Boden sinken, und sie drehte sich um und ging mit ihren Fäusten auf ihn los, versuchte, ihn wegzuschubsen oder zur Seite zu drängen, nur um entkommen zu können.

»Shaan, was ist denn?«, stieß er zwischen den Zähnen hindurch aus, während sie mit ihm rangelte.

»Du verstehst nicht! Ich kann da nicht hinein!« Verzweiflung überwältigte sie, als sie den Geruch von nasser Erde in der Nase hatte, der um sie herum wie Dunst aufstieg, und wie aus großer Entfernung hörte sie das Knacken und Zischen von Feuer. Die Bilder vor ihren Augen verschwammen, und als eine Welle der Angst sie überflutete, schrie sie auf. Sie spürte, wie die Schwärze nach ihr griff. »Nein!« Entsetzt streckte sie die Hände nach Balkis aus, als ob er sie halten könnte.

Seine Stirn furchte sich. »Shaan?« Doch schon wurde sie von ihm fortgerissen. Sie versuchte, dagegen anzukämpfen. Es war nicht richtig. Sie war wach. Nicht jetzt! Die Welt unter ihr begann zu schwanken, und sie taumelte.

»Shaan!« Seine Stimme war scharf, und er schlang die Arme um sie, um sie zu stützen. Sie starrte ihm ins Gesicht, konnte ihn jedoch nicht richtig erkennen, und es war, als ob sie sich unter Wasser befände. Geschwächt versuchte sie, sich an ihn zu klammern, versuchte, sich an der Welt festzuhalten, an ihm.

Und dann erinnerte sie sich, und Panik erfasste sie. Er berührte sie! Er würde sterben! Nein! Sie rang mit ihm, versuchte, ihn fortzustoßen, aber er war gar nicht länger dort. Mit einem letzten Schrei versank sie in der Dunkelheit.

Balkis hob Shaan auf seine Arme, als sie ohnmächtig wurde. Was war gerade geschehen? Es war, als ob sie sich an etwas festzukrallen versuchte, während sie fortgerissen wurde. Er bekam es mit der Angst zu tun, wiegte sie an seiner Brust und rannte den Pfad hinunter. Sie atmete noch, aber zu schnell, und ihre Hände schlossen und öffneten sich unablässig, als versuchte sie, irgendwo Halt zu finden.

Sein Herz hämmerte, als er hinter dem dunklen Weg Morfessas Garten erreichte. Mit wenigen, langen Schritten war er bei der Eingangspforte. Er trat dagegen und schrie, dass man ihm öffnen solle, und da schwang die Tür auf. Prin stand im Rahmen und sah ihm entgegen. Die Augen des jungen Mannes ruhten sofort auf Shaan.

»Septenführer«, sagte er mit kalter, leiser Stimme.

»Aus dem Weg«, befahl Balkis.

Prin ließ den Blick langsam zu ihm wandern. »Bitte, kommt herein, die anderen warten schon.« Er öffnete die Tür weiter und trat einen Schritt zurück, ein halbherziges Lächeln auf dem Gesicht.

»Geht und holt Morfessa und den Kommandanten«, wies Balkis ihn an.

Prin stand einen Moment reglos da, seine Augen huschten wieder zu Shaan, und Balkis spürte, wie sein Nacken kribbelte. »Sofort«, herrschte er Prin an, und sein Instinkt brachte ihn dazu, Shaan von ihm wegzudrehen.

»Natürlich«, antwortete Prin und hob die Augenbrauen. Und mit einem weiteren unverschämten Grinsen ging er durch den Flur davon.

Balkis starrte voller Angst in Shaans bleiches Gesicht und sah erst auf, als er Schritte hörte und Morfessa und Rorc den Gang herunterkamen.

»Balkis«, sagte Rorc. »Ihr habt sie gefunden?«

»Ja, aber irgendetwas ist geschehen.« Er sah Morfessa an, der Shaan mit besorgtem Ausdruck musterte. Entsetzt fiel Balkis auf, dass der Mann zehn Jahre älter wirkte als noch vor wenigen Tagen. Seine Haut war grau und von Müdigkeit gezeichnet.

»Was ist geschehen?« Morfessa suchte Shaans Gesicht mit den Augen ab.

»Ich weiß es nicht. Sie ist einfach zusammengebrochen.«

Morfessa hob eine Hand und legte sie ihr auf die Stirn, dann riss er sie so eilig wieder weg, dass es völlig unangemessen schien.

Mit ausdruckslosem Lächeln sah er zu Balkis.

»Sie ist völlig in Ordnung, keine Sorge. Komm, ich werde dir zeigen, wo du sie hinlegen kannst, und dann verabreiche ich ihr ein Tonikum.«

»Gut, aber schnell«, sagte Rorc. »Die Führerin braucht dich.«

»Ja«, bekräftigte Morfessa, und er gab Balkis einen Wink, ihm in den Innenhof zu folgen.

Shaan biss die Zähne zusammen und schloss die Augen angesichts des Feuers und der Schreie. Dann streckte sie ihre Hand in die Flammen. Der Schmerz ließ sie wieder in ihren Körper schnellen, und mit bebendem Atem öffnete sie die Augen.

Sie lag auf einem Bett in einem kleinen Zimmer. Wie sie hierhergekommen war, wusste sie nicht. Heißer Schmerz zog eine quälende Spur über ihre verletzte Hand, während Shaan zu einem kunstvollen Deckenmosaik emporstarrte. Schritte ertönten, und sie drehte sich um, als Morfessa die Tür öffnete und den Raum betrat.

»Shaan.« Er lächelte. In seinen seltsam gefärbten Augen funkelte hellwaches Interesse, und er musterte sie prüfend, als er sich auf einem Metallstuhl neben dem Bett niederließ.

»Bin ich in deinem Haus?«, fragte sie.

»Ja. Balkis hat dich hergebracht. Fühlst du dich besser?«

Sie befeuchtete ihre rissigen Lippen. »Geht es Balkis gut?«

»Ja.« Er runzelte die Stirn. »Warum?«

Erleichtert schüttelte sie den Kopf.

»Was ist geschehen?« Morfessas rotfleckige Augen fixierten sie.

»Ich weiß es nicht. Mir ging es plötzlich nicht gut«, antwortete sie, und er nickte leicht, während sein Blick über ihr Gesicht wanderte.

»Warum bin ich hier?«

»Weil du etwas Besonderes bist, aber ich denke, das weißt du bereits.« Der Blick, den er ihr zuwarf, war durchdringend, als ob er genau wusste, was sie zu etwas Einzigartigem machte, während sie keine Ahnung hatte.

»Wovon sprichst du?«

»Ich kann die Müdigkeit in dir spüren, Shaan. Wann hast du zuletzt durchgeschlafen?«

Sie zögerte, aber er beugte sich zu ihr. »Ich kann sehen, dass du schon seit vielen Tagen nicht mehr gut geschlafen hast. Dein Geist ist vor Erschöpfung und Auszehrung getrübt. Lass mich.« Er streckte eine Hand nach ihr aus.

»Nein!« Shaan rollte vom Bett und wich zur Wand zurück, sodass das Bett schützend zwischen ihnen stand.

Er runzelte die Stirn, blieb jedoch sitzen. »Du kannst mich nicht so verletzen, wie es bei Petar geschehen ist«, sagte er, und sie starrte ihn an.

»Wer ist Petar?«, fragte sie mit zitternder Stimme, aber er überging ihre Bemerkung.

»Du musst dir keine Sorgen machen. Ich habe nicht seine Verbindung zum Zwielicht. Oh, ich habe vom Tod des Traumsehers gehört«, sagte er, als er den Ausdruck auf ihrem Gesicht sah. »Die Seherin der Glaubenstreuen war heute da. Sie sagte mir, was sie herausgefunden hat. Sie hat dich gespürt, Shaan. Du weißt nicht, was du bist, oder?«

Sie schluckte, zu verängstigt, um zu sprechen.

»Du bist der Schlüssel. Du bist diejenige, die das Gefängnis öffnen kann, in dem der Schöpferstein vor unserer Welt verborgen liegt.«

Sie starrte ihn an, begriff aber nicht, was er da sagte.

»Veila hat dich vor einiger Zeit im Zwielicht gespürt, konnte dich aber nicht erkennen. Sie ist jetzt bei den anderen im Heilungsraum und wird bald hier sein, aber ich wollte zuerst mit dir sprechen.«

»Ich verstehe das nicht.« Shaan drückte sich gegen die Wand.

»Ich will dir helfen, Shaan.« Morfessa stand von seinem Stuhl auf. »Die Glaubenstreuen suchen nach dir, weil sie dich für gefährlich halten. Und sie haben nicht unrecht. Ich glaube auch, dass du das bist oder sein wirst.« Er trat ans Bettende. »Aber ich bin mir nicht sicher ...«

Seine Worte wurden abgeschnitten, als sich plötzlich die Tür öffnete. Das dünne Holz wurde mit einem so mächtigen Stoß aufgeschmettert, dass es an der Wand zerbarst. Der große, dünne Mann, den Shaan im Garten gesehen hatte, stand in der Öffnung.

»Prin! Was tut Ihr hier?«, rief Morfessa.

Aber der junge Mann schenkte ihm keinerlei Aufmerksamkeit. Er hatte nur Augen für Shaan. Er starrte sie an, und sie spürte einen Angststoß in ihren Eingeweiden wie einen körperlichen Hieb. Dort war das, was sie vor dem Tor erahnt hatte. Die Luft um Prin herum schien voller Energie zu sein, und plötzlich fand sie es schwer zu atmen.

»Ich habe dich gespürt«, sagte er mit leiser Stimme. Er kam nicht näher, aber es war, als flüstere er ihr direkt ins Ohr. Sie konnte nicht wegschauen. Sein Blick durchbohrte sie, als ob er sie wortlos riefe und sie zu sich zöge. Und seine Augen! Sie waren ein dunkleres, tieferes Abbild ihrer eigenen.

»Prin!«, sagte Morfessa, und es klang weit weg.

Doch Prin ignorierte ihn auch diesmal. »Endlich bist du zu mir gekommen«, sagte er. Schwindel drohte Shaan zu überwältigen, und sie streckte beide Hände nach der Wand in ihrem Rücken aus. Das konnte nicht sein! Entsetzt schob sie sich von ihm fort. Seine Stimme war die Stimme aus ihren Träumen. Der Boden unter ihren Füßen schien zu schwanken, und ihr Blickfeld verschwamm an den Seiten. Alles, was sie noch wahrnehmen konnte, waren seine dunklen Augen, die sie wie eine Motte unter einem Netz gefangen hielten.

»Komm mit mir.« Er streckte ihr eine Hand entgegen, und sie merkte, dass sie ihre eigene wie als Antwort hob. Nein, das wollte sie nicht! Sie kämpfte gegen ihren Körper, aber ihre Anstrengungen versiegten, als der plötzliche, überwältigende Drang, in seiner Nähe zu sein, alle Vernunft zunichte machte.

»Prin, hört auf!« Morfessa legte ihm eine Hand auf den Arm, und Prin drehte ihm den Kopf zu, die Lippen aufgeworfen.

»Ich werde dich verletzen, alter Mann.«

Shaan war gestolpert, als er den Blick von ihr abgewandt hatte, und nun, da sie zu Boden sah, bemerkte sie, dass sie einige Schritte in seine Richtung gemacht hatte.

»Shaan, klettere über das Bett zu mir«, sagte Morfessa, ohne seine Augen von Prins Gesicht zu lösen.

»Nimm deine Hand von mir!« Prins Stimme war plötzlich durchdringender geworden und hallte durch den kleinen Raum.

Orientierungslos und mit zitternden Gliedern versuchte Shaan, über das Bett zu klettern, aber Prins Kopf fuhr wieder zu ihr zurück.

»Shaan«, flüsterte er. Sie wimmerte und bemerkte, dass ihre Beine ihr nicht mehr gehorchen wollten.

»Komm zu mir.« Seine Stimme war in ihrem Kopf – genau wie in ihren Träumen – und sie zerrte an ihr und beraubte sie aller Willenskraft. Langsam machte sie einen Schritt auf ihn zu. Sie konnte nicht mehr stehen bleiben. Er streckte eine Hand nach ihr aus, und sie ging zu ihm. Ein Teil ihres Geistes schrie ihr etwas zu, und sie war von ungläubigem Entsetzen erfüllt, als sich ihre Finger ausstreckten, um seine Hand zu berühren.

»Halt!« Mit einem Mal war die Stimme einer Frau zu hören, und Shaan hielt inne. Sie sah, wie Prins Augen schmal wurden, und wie er Morfessa mit einem einzigen Stoß durch den Raum fliegen und gegen die Wand prallen ließ, ehe er sich zur Tür umdrehte.

Eine kleine Frau mit hellblondem Haar stand dort. Sie war winzig im Vergleich zu Prin, aber sie zeigte keinerlei Furcht, als sie ihn unverwandt anstarrte, und ihre feinen Züge waren zornig. »Wer seid Ihr?«, fragte sie.

»Seherin«, zischte Prin, und sein Gesicht verzog sich höhnisch.

»Veila!«, keuchte Morfessa und versuchte, wieder vom Boden aufzustehen. »Nicht…«

»Ruhe! Ich denke, Ihr habt genug angerichtet«, fauchte sie ihn an.

»Wer seid Ihr?«, fragte sie Prin noch einmal.

Er lächelte sie erst an und lachte dann laut auf. »Wisst Ihr das nicht?«, flüsterte er. Dann drehte er sich ruckartig um und machte einen Satz auf Shaan zu. Diese versuchte, ihm auszuweichen, aber er war zu schnell gewesen. Er packte ihre Hand, und Shaan kreischte, als er sie berührte. Es war wie ein Hauch von Feuer und Eis zugleich unter ihrer Haut. Ihr drehte sich der Magen um, und ihr Blickfeld wankte. Ein Geräusch wie eine große Welle spülte durch ihren Kopf, und dann war ihr, als ob sie zerfiele. Sie war nur noch ein Nichts. Schwärze umfing sie, und schließlich flammte ein blendender Blitz auf, und sie war wieder im Zimmer. Prin hielt sie noch immer fest.

Sie holte tief Luft und wehrte sich gegen ihn. Das Gefühl von brennendem Eis war fort, und die kleine, blonde Frau lag auf dem Boden neben Morfessa, die Augen geschlossen. Einen entsetzten Moment lang glaubte Shaan, sie sei tot. Aber dann hoben sich ihre Lider, und sie starrte Shaan hinterher, während Prin sie zur Tür zerrte.

»Azoth«, sagte sie und hielt Shaans Blick. »Hüte dich!« Und dann war Shaan verschwunden, denn Prin hatte sie aus dem Raum gezogen.

28

Tallis drückte sich hinter Attar tief in den Sattel und starrte nach vorne in den Wind. Marathins Flügel waren zu beiden Seiten ausgebreitet wie von Adern überzogene Segel und schnitten durch die Lüfte. Unter ihnen erstreckte sich die Stadt Shalnor die Küstenlinie entlang, und die Häuser wirkten aus dieser Höhe wie vereinzelte Kiesel, die der Fluss ausgespuckt hatte.

Sie flogen schon seit dem Morgen, und inzwischen war Mittag vorüber. Tallis' Beine schmerzten davon, dass er sich mit ihnen auf dem Drachenrücken festzuklammern versuchte, und seine Finger waren eiskalt und schlossen sich fest um die stählerne Sattelstange. Die Reiter hatten ihm und Jared robuste Mäntel aus gegerbtem Muthu-Leder gegeben, die den Wind abhielten, und lederne Beinlinge und einen Lederhelm, die sie vor Wind und Regen schützen sollten. Die Kleidung verhinderte, dass die Luftströmungen bis auf die Haut durchdrangen, aber Tallis machte sein Rücken zu schaffen, weil er seit Stunden schon in der gleichen Position saß.

Er verdrängte den Schmerz und dachte stattdessen an Shaan. Dass er aufbrechen musste, hatte er ihr nicht mehr sagen können. Tallis hatte die Stadt nicht verlassen wollen, aber Rorc hatte ihnen kaum eine Wahl gelassen. Wenn sie bleiben und etwas lernen wollten, hatte er gesagt, dann müssten sie auch etwas zurückgeben: Sie müssten unter Beweis stellen, dass sie die Ausbildung wert seien und das Zeug zu Kriegern hätten. In Tallis' Ohren hatte das wie etwas geklungen, was auch ein Clansmann hätte sagen können. Und es war etwas, das er verstand. Eine Prüfung, eine Initiation. Sie sollten mit Attar und Bren über die Schwarzen Berge hinweg in das kleine Dorf Faro fliegen und herausfinden, ob dort irgendjemand überlebt hatte.

Noch immer konnte er Shaans Nähe spüren: Es war ein dumpfes Pulsieren wie ein zweiter Herzschlag, der ihm verriet, dass sie am Leben war. Auch hatte er eine vage Vorstellung davon, wo sie sich befand. Das alles tröstete ihn jedoch nur wenig, denn er sorgte sich noch immer um sie.

Attar gab Bren auf Haraka ein Handzeichen, und die Drachen drehten und ließen sich in Richtung Stadt absinken. Sie glitten tief hinunter über die staubigen Straßen auf dem Weg zum Außenposten der Reiter auf der Hügelspitze, dem gleichen Ort, an dem sie auch halt gemacht hatten, als sie auf dem Weg nach Salmut gewesen waren. Tallis klammerte sich fest, als Marathin die Flügel eng an den Körper anlegte und geradewegs hinab zur Erde stieß wie ein Habicht, der seine Beute schlägt. Der Wind pfiff in seinen Ohren und trieb ihm die Tränen in die Augen, und er spürte das tiefe Vibrieren der Lebenskraft des Drachen in seiner Brust, als würde dort eine große Trommel geschlagen. Im letzten Augenblick öffnete Marathin ihre Schwingen wieder, und es war ein Geräusch wie von einer großen Leinwandplane, die im Wind schnalzte. Sie segelte ein Stück und setzte dann zur Landung an. Ihre Klauen und ihr Schwanz kratzten über den harten Stein des Hofes. Ihre Flanken bebten, und Tallis spürte ein Glühen tiefer Befriedigung von ihr ausgehen, als sie den Kopf drehte und den Mann ansah, der sie im Schatten der Gebäude erwartete.

Es war Vilan, der Mann mit den rothaarigen Töchtern. Tallis erinnerte sich an das, was geschehen war, als sie beim letzten Mal hier Rast gemacht hatten: Er hatte versucht, sich mit Marathins Gedanken zu verbinden, und sie hatte ihn mit dem Flügel von den Beinen gewischt. Er würde es nicht noch einmal versuchen. Stattdessen schwang er ein Bein über ihren Rücken und sprang hinunter, während Haraka neben ihnen mit einem dumpfen Donnern landete, das den Boden erbeben ließ.

»Hier, nimm das.« Attar reichte Tallis zwei leere Wasserschläuche, dann wandte er sich um und begrüßte den Mann im Schatten. »Vilan!«, rief er und winkte ihm zu. Der stämmige Mann kam näher, um Attar die Hand zu schütteln.

Tallis nickte er zu. »Sehen wir uns also wieder, Clansmann«, sagte er zu ihm, ehe er sich zu Attar drehte. »Hast du eine Nachricht für mich?«

»Ja.« Attar zog einen dünnen Lederumschlag unter seinem Wams hervor. »Vom Kommandanten.«

Der alte Mann musterte ihn. »Weitere Angriffe jenseits der Berge?«

»So scheint es. Wir werden es aber herausfinden, denn wir sind auf dem Weg dorthin. Dieses Mal bleibt uns keine Zeit für einen Wein. Ist dein Junge in der Nähe, um unsere Wasserschläuche aufzufüllen?«

Vilan nickte, drehte sich um und brüllte quer über den Hof. Einen Augenblick später antwortete ihm ein junger Bursche, der aus einem der Gebäude in der Nähe gerannt kam. Er war groß und schlaksig, mit rotem Haar, und Tallis fragte sich, ob er ein weiterer Sprössling von Vilan war. Der Junge nahm mit breitem Grinsen die Wasserschläuche entgegen und verschwand wieder.

»Er braucht nicht lange«, sagte Vilan.

Jared kam zu ihnen und lächelte Vilan an. »Dein Sohn?« Er hob eine Augenbraue, und Vilan schnaubte und spuckte aus.

»Ja, und der Liebling seiner Mutter.«

Angesichts der Tatsache, dass er bereits größer als Vilan war, fragte sich Tallis, ob dieser wirklich der Vater war. Der amüsierte Blick, den Jared ihm zuwarf, verriet ihm, dass er die gleichen Gedanken hegte. Attar lachte und ließ seine Hand auf Vilans Schulter krachen.

»Na ja, wenn sie dann wenigstens aufhört, dir die Haare auszureißen!« Er lachte, und Vilan verzog säuerlich das Gesicht. »Du hast dich schon immer für einen großen Witzbold gehalten, Attar.« Er rieb sich den kahl werdenden Schädel. »Ich werde zu den Göttern beten, dass diese Drachen, die ihr sucht, euch die Scherze austreiben.«

»Aah, aber du würdest sie doch vermissen.« Attar drückte dem Mann die Schulter, und Vilan warf ihm einen Seitenblick zu.

»So wie ich Sand in meinen Augen vermisse.«

Attar lachte, und die beiden Männer tauschten noch ein paar Beleidigungen aus, bis Vilans Junge mit dem Wasser zurückkam. Und dann waren sie wieder auf den Rücken der Drachen und ließen Shalnor hinter sich zurück.

Sie flogen hinaus in den Nachmittag und hielten sich an den Fluss Pleth zu ihrer Linken. Sie würden erst wieder Rast machen, wenn die Drachen müde wurden. Unter ihnen raste die rötliche Erde dahin, und Tallis begann, bestimmte Landschaftsmarkierungen von ihrem letzten Flug wiederzuerkennen. Hier eine Flussbiegung und dort ein Wäldchen, aber insgesamt blieb alles fremd und merkwürdig. Tallis betrachtete den tiefen Einschnitt, den der Fluss in den Boden gegraben hatte, und er staunte nicht weniger darüber als beim ersten Anblick damals.

Der Tag neigte sich dem Ende zu; die Sonne sank wie ein Feuerball und färbte den Himmel trüb rosa. Tallis und die anderen tranken wenige Schlucke aus ihren Wasserschläuchen und kauten auf getrocknetem Fleisch herum, während sie auf den Rücken der Drachen saßen und zusahen, wie das Licht schwächer wurde und schließlich die Dunkelheit hereinbrach. Kein Mond stand am Himmel, und nur am Fluss entlang blitzte gelber Laternenschein in der schwarzen Landschaft. Hin und wieder war ein weiches Glänzen zu sehen, wenn das Wasser das Sternenlicht reflektierte, aber die meiste Zeit über begleitete sie nichts als das kalte, blaue Schimmern der Sterne und das ständige Brüllen und Heulen in ihren Ohren.

Tallis' Finger und Zehen wurden langsam taub, und er merkte, wie er immer häufiger kurz eindöste, um dann wieder hochzuschrecken. Sein Kopf sank nach vorne, und er wurde vom tiefen Dröhnen des Drachen in seiner Brust in einen Traum gezogen.

Es war Nacht, und er stand auf einer Straße. Rings um ihn herum erhoben sich viele Gebäude, die Fenster waren dunkel und von Läden verschlossen, und von irgendwo vor ihm näherte sich das Geräusch eiliger Schritte. Mit einem Schlag war er wachsam. Der Laut wurde von den Mauern zurückgeworfen. Er wusste, dass er darauf zugehen musste, aber er hatte Angst, blieb reglos stehen und starrte ins Dunkel. Und dann rannte er plötzlich, und rings um ihn herum schwollen Misstöne in wildem Durcheinander an: Stimmen riefen, Menschen schrien. Tallis bog um eine Ecke, und die Häuser waren verschwunden. Er stand in der Finsternis und konnte das brackige Wasser riechen; eine Flammenwand türmte sich vor ihm auf, und er sah Shaans Silhouette vor sich. Seine Schwester drehte sich zu ihm um, schrie und streckte ihm ihre Hände entgegen.

Mit einem Ruck fuhr er aus dem Schlaf hoch. Sein Herz hämmerte in seiner Brust. Er war seitlich aus dem Sattel gerutscht und zog sich nun mit bebenden Händen wieder empor. Der Wind fuhr ihm ins Gesicht, und er sog die vorbeirauschende Luft tief ein.

Irgendetwas war falsch. Irgendetwas war Shaan zugestoßen. Sie war noch am Leben, denn er konnte ganz schwach ihren Puls fühlen, schwach wie ein Flüstern in der Dunkelheit, aber ihr Herzschlag war jetzt anders, und da schwang noch etwas mit. Angst stieg in ihm auf. Das Gefühl, dass sie in Gefahr schwebte, ließ sich nicht verdrängen. Aber was konnte er tun? Er sah hinab. Sie flogen nicht länger über den Fluss hinweg. Nun konnte er nichts mehr sehen außer gestaltloser Schwärze. Er bewegte seine Finger auf der stählernen Sattelstange und krümmte die Zehen, zuckte aber zusammen, denn ein Schmerz wie von tausend Nadelstichen durchfuhr ihn, als das Blut wieder zu fließen begann. Er nahm einen Schluck Wasser und schaute zu Jared, der auf Haraka neben ihm dahinglitt.

Bei Tagesanbruch machten sie am Rande eines großen Waldstücks halt, um sich die Beine zu vertreten. Die Landschaft ähnelte der Gegend hinter Shalnor. Die großen Bäume wuchsen eng beieinander auf einem kleinen Anstieg, und das dichte Blätterwerk in den Kronen bildete einen schier undurchdringlichen Baldachin. Der Boden war mit hellgrünen Grasbüscheln bewachsen, die aus der roten Erde sprossen. Jenseits des Waldstücks lief das Land flach aus, nur vereinzelt durchbrochen von Bäumen und

Büschen. In weiter Ferne waren die dunstigen Umrisse einer kleinen Stadt zu erkennen, von der Attar ihnen gesagt hatte, dass sie Ressina hieße. Der Tag war warm und schwül, und ein dickes Wolkenband bedeckte den Himmel im Westen.

Jared gesellte sich zu Tallis; er kaute auf einem Streifen Trockenfleisch. »Riechst du das?« Er legte den Kopf auf die Seite, und Tallis runzelte die Stirn und schnüffelte in der Luft.

»Was?« Er hatte das Gefühl, den moschusartigen Geruch der Drachen nicht aus der Nase zu bekommen.

»Die Erde: So riecht sie, wenn es bald Regen gibt.« Jared sah hinauf zu den Wolken, die langsam über den Himmel zogen. »Bren nennt es die Regenzeit. Er sagt, dass Wasser vom Himmel fallen würde, dicht wie Sand in einem Sturm, viele Tage lang hintereinander.«

Auch Tallis starrte in den grauen Himmel empor, der von der frühen Morgensonne fahl getönt war. Es war sehr ruhig. Da war kein Wind, und die Erde schien still und abwartend.

»Er glaubt, wir würden dem Regen davonfliegen.« Jared wandte den Blick von den Wolken ab und schaute nach Nordosten in Richtung Clanlande. »Ich frage mich, ob der Regen je bis zur Wüste vordringen wird.«

Seine Stimme war leise und tief, und Tallis fühlte sich ganz ausgehöhlt und wund innen. Es war unwahrscheinlich, dass sie diese Länder je wiedersehen würden.

»Jared, ich glaube, dass Shaan etwas zugestoßen ist«, begann er.

Sein Erdbruder schwieg einen Moment lang und sah ihn an. »Woher weißt du das?«, fragte er schließlich.

»Ich kann sie hier drinnen fühlen wie die Drachen.« Er legte eine Hand auf die Brust. Tallis hatte Jared noch nicht erzählt, wie er Shaan in jener Nacht gefunden hatte. Er hatte Angst, dass das zu viel für ihn sein würde und dass er es nicht würde akzeptieren können. Er war durch und durch ein Clansmann, und man hatte ihnen beigebracht, dass Männer zu solchen Dingen nicht in der Lage waren und es auch nicht sein sollten. Und doch hatte Jared ihn immer akzeptiert.

Tallis wartete mit trockener Kehle, während Jared ihn musterte. Doch alles, was dieser sagte, war: »Glaubst du, du solltest zurückkehren?«

»Ich weiß es nicht.« Er schüttelte erleichtert den Kopf.

»Dir ist klar, dass Attar niemals damit einverstanden wäre.«

Da hatte er recht. Und wenn sie ihre Aufgabe nicht meisterten, würden sie nicht in Salmut bleiben können, so viel hatte Rorc ihnen unmissverständlich klargemacht. Sie konnten nicht zurück, aber Tallis konnte auch das Nichtstun nicht ertragen.

»Ich habe Angst um sie.« Er sah Jared an. »Ich habe Angst um sie und weiß nicht, warum.«

»Aber sie ist am Leben?«

»Sie ist am Leben, aber irgendetwas ist anders. Es ist, als ob sie vor mir verborgen wäre.«

»Und du bist dir sicher, es liegt nicht daran, dass wir weiter von ihr entfernt sind?«

»Nein.« Er wusste genau, dass dies nicht der Grund war. Ihre Gegenwart war hier schwächer zu spüren, aber er war überzeugt, dass es einen anderen Grund für die seltsame Angst geben musste, die ihn erfasst hatte.

»Dann wollen wir hoffen, dass sie in Sicherheit ist, bis wir zurückkehren.«

»Clansmänner!« Attars raue Stimme ließ sie zusammenzucken. »Auf geht's.«

Jared legte Tallis die Hand auf die Schulter, dann drehte er sich weg. Im Augenblick gab es nichts mehr für sie zu tun.

Einen weiteren Tag und eine Nacht rauschten sie durch die Lüfte, ohne eine Pause einzulegen, und Tallis hing seinen Sorgen nach. Bren hatte recht gehabt: Sie ließen die Wolken hinter sich und flogen unter einem klaren, heißen Himmel, als sie sich den Wüstenländern näherten.

Tallis bedrückte es, dass sie so nah ans Clanland heranflogen. Unwillkürlich musste er an seine Mutter denken: Lebte sie noch? War Karnit von der Zusammenkunft zurückgekehrt? Seine Angst drückte ihn nieder, und doch träumte er immer wieder nur von seiner Schwester. Es war stets ein Wirrwarr aus fremden Ländern, kreischenden Stimmen und Drachen, die zu ihr hinunterstießen. Wenn er aufwachte, hatte er das Gefühl, überhaupt keinen Schlaf bekommen zu haben.

Und immer noch flogen sie weiter. Als die Sonne an ihrem vierten Tag aufging, wurde das Land flacher, und die Luft verlor an Feuchtigkeit. Stattdessen machte sich eine vertraut harsche Trockenheit breit, die ihnen die Feuchtigkeit aus dem Atem sog. Die Bäume wurden ersetzt von Felserhebungen und niedrigen Berghängen, deren Seiten von einer riesenhaften Klinge abgehauen zu sein schienen. Sie hatten die Ränder der Wüste erreicht.

Dieses Land gehörte keinem Clan, doch das Baal-Territorium war nicht mehr weit entfernt. Da es sich bei ihnen um Verbündete des Jalwalah-Clans handelte, hatte Tallis ihr Gebiet einmal besucht. Der Baal-Clan war groß, größer als sein eigener, und die Menschen lebten in Höhlenkatakomben in einer Schlucht, die den Wüstenboden teilte wie ein Tor mitten im Herzen der Erde. Die Baal versiegelten die Enden ihrer Zöpfe mit Wachs, das sie mit roter Erde gefärbt hatten, und allen Männern war das Symbol von Kaa an das Ende ihrer Wirbelsäule tätowiert, um dem Führer der Toten zu zeigen, dass sie ihn nicht fürchteten.

Die Vorstellung, dass ein Clan so nahe war, machte Tallis das Herz schwer, aber die Baal würden ihn nicht aufnehmen – kein Clan würde das je tun. Er gehörte nicht mehr zu den Clans. *Ich habe gesehen, was du getan hast. Ich weiß, was du bist.* Karnits Worte quälten ihn.

Plötzlich stieß Attar einen Schrei aus und deutete auf den Horizont. Vor ihnen erhob sich ein langer, dunkler Schatten aus der Erde, und die zerklüfteten Gipfel schienen am Himmel zu nagen: Die Schwarzen Berge waren wieder in Sichtweite. Die Bergspitzen folgten dicht aufeinander und verschmolzen zu einem dunklen Ganzen. Tallis dachte daran, wie sie die Berge das letzte Mal gesehen hatten; damals hatte er noch Blut an den Händen kleben gehabt. Sein Herz schlug schnell; er spürte das Vibrieren des Drachen in sich, und inzwischen war das fast tröstlich vertraut geworden. Wie sehr sich seine Welt doch verändert hatte.

Als der Tag in die Nacht überging, erreichten sie die Berge. Die Drachen schraubten sich in den Himmel empor, um den ersten Gipfel zu überfliegen, und tauchten in einen kalten Windstrom ein, der aus den dunklen Schluchten unter ihnen aufstieg. Als sie über die Bergspitze hinweggeflogen waren, kam es Tallis so vor, als hätten sie auch die Grenze zwischen Dunkelheit und Licht passiert. Die Nacht brach jetzt schnell herein und legte sich wie ein Tuch über sie. Die Luft war bitterkalt, und vor ihnen lag nichts mehr als die endlose Aneinanderreihung von spitzen Gipfeln und tiefen Schluchten.

Die schmale Sichel des Neumondes stand hoch am schwarzen Himmel, als sie auf einem breiten Steinplateau landeten und ihr Lager aufschlugen. Der Vorsprung stach aus einem zerklüfteten Hang hervor und war vor den schlimmsten eisigen Winden durch eine hohe Felswand am hinteren Ende geschützt; zum Rand hin war der Felsen jedoch den Eisstürmen ausgesetzt und entsprechend karg.

Kaum dass die Männer abgesessen waren, stiegen die Drachen wieder in die Luft und verschwanden in der Nacht. Die Männer hatten kein Material, um ein Feuer zu entzünden, und so kauten sie auf den Streifen getrockneten Fleisches herum und teilten miteinander, was immer sie noch an Brot bei sich hatten. Jedes Bedürfnis, sich zu unterhalten, wurde von den Bergen erstickt.

Nachdem sie gegessen hatten, näherte sich Tallis dem Felsrand und sah hinunter, doch da waren nur Schwärze und eisige Luft, die ihm das Haar aus dem Gesicht wehte. Vor ihm erstreckte sich der Schatten einer Felsspalte, die alles Licht zu verschlucken schien. Weiter weg glänzten steile Gipfel schwarz und ragten in den Himmel wie das geöffnete Maul einer großen Bestie.

»Die Schwarzen Berge tragen einen passenden Namen«, bemerkte Attar, der neben Tallis getreten war. »Ich habe hier nie etwas anderes als Dunkelheit und Schatten zu Gesicht bekommen, niemals etwas Lebendiges. Und wenn hier doch etwas existieren sollte, dann ist es etwas so Dunkles und Schattiges, dass ich davon nichts wissen will.«

Tallis verschränkte die Arme vor der Brust, um die Kälte abzuwehren, und sah den Krieger an. »Du warst schon einmal hier?«

Er nickte. »Schon mehrere Male. Die Drachen sagen, dass vor langer Zeit diese Berge von Dschungel überzogen waren, und dass es hier warm und feucht war. Schwer zu glauben, nicht wahr?«

Als er grinste, blitzten seine Zähne weiß in der Dunkelheit.

Tallis nickte, erwiderte aber das Lächeln nicht. Er zitterte, als ein weiterer Luftstoß ihm die Augäpfel auszutrocknen schien. »Ich bin froh, wenn wir diese Gipfel hinter uns gelassen haben.«

Attar knurrte als Antwort und verschränkte ebenfalls die Arme vor der Brust. Er stellte sich breitbeinig hin, um dem Wind zu trotzen, und starrte hinaus in die Nacht. So verharrte er einige Zeit reglos, und Tallis wollte sich schon umdrehen und weggehen, als er plötzlich zu sprechen anfing.

»Kannst du sie spüren?«, fragte er leise. Tallis wandte sich ihm zu und wusste, dass er von Marathin sprach. Er zögerte, dann jedoch nickte er und zeigte über ihre Köpfe gen Westen. »Sie ist irgendwo dort drüben.«

Attar nickte. »Und kannst du *sie* auch spüren?«

Tallis' Herz setzte einen Schlag aus. »Die wilden Drachen?«

»Ja, hast du sie gespürt, als sie euch angegriffen haben?«

Er zögerte. »Erwartest du von mir, dass ich sie für dich aufspüre? Bin ich deshalb hier?«

»Wenn du es kannst.«

Ich habe gesehen, was du getan hast. Ich weiß, was du bist. Zorn stieg in ihm auf.

»Ich bin nur mitgekommen, um zu beweisen, dass ich ein würdiger Krieger bin, Attar. Das ist die Abmachung, die ich mit dem Kommandanten getroffen habe. Nicht, dass ich das, was in mir ist – was auch immer das ist –, gegen sie einsetze. Ich weiß nicht, wie ich es in den Griff bekommen soll; das habe ich euch beiden bereits gesagt. Ich kann es nicht kontrollieren, und ich weiß nicht, was es ist.«

»Du hast Angst davor, es auszuprobieren«, sagte Attar vorwurfsvoll.

Tallis knirschte mit den Zähnen. »Ich werde tun, was ich zugesagt habe, und nicht mehr.« Er drehte sich um und ging zurück zum Lager. Wut und Angst rumorten in seinem Magen wie verrottetes Fleisch.

»Tallis?« Jared stützte sich auf einen Ellbogen, als er näher kam, aber sein Freund schüttelte den Kopf.

»Es ist nichts.« Er wich seinem Blick aus und legte sich hin; dann starrte er hinauf zu den Sternen am schwarzen Himmelszelt.

Jared blieb, auf den Arm gestützt, schweigend liegen; er heftete die Augen auf ihn und wartete ab. Nach einer Weile seufzte Tallis. »Sie wollen, dass ich die wilden Drachen für sie finde. Ich soll versuchen zu spüren, wo sie sind.«

»Und? Kannst du das?«

»Ich weiß es nicht. Vielleicht.« Der Zorn war nun verflogen, und er war nur noch müde. »Ich kann Marathin da oben fühlen … Und Shaan. Ich spüre sie noch immer in mir drin, aber …«

»Du hast Angst.« Jared wiederholte Attars Anschuldigung, und Tallis sah ihn an.

»Du denn nicht, Jared?«, fragte er leise. »Du warst doch dabei. Du hast sie gesehen … Und du hast mich gesehen.« Er schüttelte den Kopf. »Ich kann mich kaum noch daran erinnern, was ich tat und was ich sagte. Es scheint mir unmöglich zu sein, das noch einmal zu wiederholen. Was, wenn ich es nicht kontrollieren kann? Da ist etwas Falsches in mir, und wenn ich es entfessele …« Der Gedanke, dass er sich diesen Worten und diesem Zorn öffnete – das war zu entsetzlich, um es sich vorzustellen. Aber wenn er es kontrollieren könnte, wen könnte er damit retten?

»Vielleicht ist es der Weg der Führer, dich auf die Probe zu stellen«, sagte Jared, und Tallis stieß ein bitteres Lachen aus.

»Die Führer haben uns verlassen, Bruder. Wie sind nicht länger Clanmitglieder. Wir sind etwas anderes geworden.«

Jared antwortete nicht, und Tallis sah zu, wie Marathin als

schwarzer Schatten über den Himmel segelte. Sie ließ sich absinken und landete mit anmutig angelegten Schwingen am Rand des Plateaus. Zunächst stolperte sie einige Schritte vorwärts, dann legte sie sich mit dem Rücken zu ihnen hin und wickelte den langen, stachelbesetzten Schwanz um ihren Körper.

Jared schwieg lange, und Tallis glaubte schon, er sei vielleicht in den Schlaf hinübergeglitten, als er plötzlich zu sprechen begann.

»Shila hat mir die Wahl gelassen, verstehst du?«, sagte er. »Ich musste nicht gehen. Ich hätte auch bleiben und hoffen können, dass die Führer einen anderen Weg finden würden, um dich zu retten. Aber Shila sagte, wenn ich mich für diesen Weg entscheiden würde, müsste ich auch mit den Konsequenzen leben. Ein Ausgestoßener zu sein ist eine Konsequenz unserer Handlungen, Tallis, aber das bedeutet nicht, dass wir verlassen sind. Das werde ich nicht glauben. In unserem Herzen werden wir immer Clanmitglieder sein.«

»Ich wünschte, ich könnte das ebenfalls glauben«, sagte Tallis leise.

»Ich werde es für uns beide glauben«, entgegnete Jared. »Aber jetzt schlaf, Erdbruder. Kaa verlangt noch nicht nach dir.«

Es war eine alte Redewendung der Jalwalah, und Tallis spürte einen stechenden Schmerz im Herzen, als er die vertrauten Worte hörte.

Schon bald wurde Jareds Atem tief und gleichmäßig, und in einiger Entfernung schnarchten Attar und Bren leise vor sich hin, doch Tallis fand keine Ruhe. Der flache Boden fühlte sich scharfkantig unter ihm an, und die kalte Luft schmerzte ihn in den Fingern. Er schloss die Augen, aber seine Gedanken kreisten endlos um seine Sorgen. Es dauerte lange, bis ihn schließlich der Schlaf doch noch übermannte.

29

Shila setzte sich aufrecht hin. Schweiß bedeckte ihre Haut, und ihr Herz schlug ihr bis zum Halse. Wieder waren die Führer zu ihr gekommen und hatten ihr Träume voller Vorzeichen und Warnungen geschickt. Shila schob die Felle zur Seite und kroch aus dem Bett. Ihre Finger tasteten in der Dunkelheit nach ihrem Umhang und zitterten, als sie im weichen Pelz versanken. Die Führer waren nicht zufrieden gewesen, und jenseits des Wenigen, was sie Shila gezeigt hatten, hatte die Träumerin ihren großen Zorn gespürt. Über irgendwas waren sie zutiefst besorgt, und sie hatten ihr deswegen eine Botschaft geschickt.

Thadin ächzte und drehte sich im Schlaf, als Shila leise aus ihrer Höhle schlüpfte. Der Tunnel war nur schwach erhellt vom Licht der wenigen Wandlampen, und er erstreckte sich in beide Richtungen; niemand war zu sehen oder zu hören.

Shila wandte sich nach rechts und folgte dem Pfad, der tief in den Brunnen hineinführte. Sie bewegte sich kaum hörbar, und all ihre Sinne waren geschärft, um herauszufinden, ob irgendein Geräusch ihr verriet, dass noch jemand anders wach war. Aber da war nichts. Mitternacht war schon vorbei, schätzte sie, und die meisten schliefen. Das glatte Gestein war kalt, und sie fror an den bloßen Füßen, während sie den Gabelungen und Windungen des Tunnels folgte, der sie zur Mondhöhle brachte.

Diese war nahezu rechteckig und beinahe so geräumig wie die Große Höhle. Die Wände gingen steil nach oben und formten einen Tunnel hoch über ihrem Kopf, der zum Himmel hin offen war. So konnte ein Strahl des Mondlichts auf den Höhlenboden einfallen und Licht spenden, und tief im Innern der Erde war für frische Luft gesorgt.

Von den Wänden der Höhle ging in vier Ebenen übereinander eine Vielzahl von Wohnhöhlen ab, welche durch ein System von aus dem Stein gehauenen Stufen und Strickleitern zu erreichen waren. Shila lief leise über den weichen, sandbedeckten Boden und mied den Lichtkreis in der Mitte. Stattdessen stieg sie eine schmale Strickleiter zu einer Höhle in der zweiten Ebene empor. Dort quoll Licht an den Rändern einer einfach gewebten Matte hervor, die den Eingang verhängte.

Ohne sich bemerkbar zu machen, schob Shila den Stoff zur Seite und betrat die kleine Wohnhöhle. Auf dicken Bodenläufern, mit einer Lampe zwischen sich, saßen Mailun und Irissa. Beide Frauen blickten auf, als sie hereinkam, und Irissa erhob sich ein Stück.

»Träumerin«, rief sie.

»Irissa, ich habe mir gedacht, dass ich dich hier finden würde.« Shila blickte zu Mailun. Die Frau aus den Eislanden zeigte keinerlei Überraschung, ihr Gesicht war ausdruckslos, und ihre Augen blickten traurig.

»Darf ich mich setzen?«, fragte Shila sie.

»Natürlich, Träumerin, du brauchst doch nicht zu fragen.« Mailun drehte sich um, griff nach einem großen, flachen Kissen und legte es auf den Teppich.

»Danke.« Shila ließ sich mit gekreuzten Beinen nieder und sah die beiden Frauen an.

»Möchtest du etwas Nonyu?« Mailun zeigte auf einen kleinen Topf, der über der Flamme der Lampe zwischen ihnen warm gehalten wurde und aus dem der Duft aufstieg, der die Höhle erfüllte. Sie nickte, und Irissa goss etwas von der süßen, würzigen Flüssigkeit in einen Tonbecher. Shila nahm ihn entgegen, und nach der Kälte in den Tunneln genoss sie das warme Getränk sehr.

Mailun sah ihr zu, wie sie einen Schluck nahm. »Warum bist du hier, Träumerin?«

Shila ließ den Becher sinken und stellte ihn vorsichtig auf dem unebenen Läufer ab. »Die Führer sind zu mir gekommen«, begann sie leise. »Etwas hat sich in der Welt jenseits unserer Sandwüsten verändert. Sie sind zornig.«

In Mailuns Augen flackerte gespanntes Interesse auf, und Irissa rutschte nervös hin und her. Shila sah Jareds Schwester an. »Ich habe dir das bislang nicht erzählt, Irissa, denn das war nicht der Wunsch der Führer. Aber nun ist es mir gestattet. Dein Bruder hat dem Clan nicht aus freien Stücken den Rücken gekehrt, sondern ich habe ihn fortgeschickt.« Sie hob abwehrend eine Hand, als Irissa den Mund öffnete. »Ich konnte es dir nicht sagen, Kind. Die Führer haben ihm eine Aufgabe gestellt. Er wurde Tallis hinterhergeschickt, um sein Leben zu retten.«

»Karnit!« Mailun spuckte den Namen aus, und eine wilde Feindseligkeit flackerte in ihren Augen auf.

»Damals war mir nicht klar, was geschehen würde«, sagte Shila und sah Mailun an, »aber ich wusste, dass Jared gehen musste, weil es ansonsten Tallis' Tod bedeutet hätte.«

»Und …?«, fragte Mailun.

»Er lebt. Beide sind am Leben. Die Führer haben diese Nacht zu mir gesprochen. Unter anderem haben sie mir enthüllt, dass Jared und Tallis ins Gebiet der Feuchtländer gezogen sind, auch wenn ich nicht weiß, wie oder wohin.« Shila nahm wieder ihren Becher in die Hand, denn plötzlich brauchte sie etwas, woran sie sich festhalten konnte. »Sie haben mir außerdem gezeigt, dass Kaa trotzdem unseren Clan heimgesucht hat.«

»Was meinst du?«, fragte Irissa.

»Ich sah Karnit und seine Männer. Sie sind mit vier Abgesandten weniger bei der Zusammenkunft angekommen, als beim Aufbruch dabei waren. Tallis, Penrit, Han und Relldin fehlten. Drei der Männer wurden beim Gestohlenen Brunnen zu Kaa geschickt, und ihr Blut wurde durch Jalwalah-Klingen vergossen.«

»Jared und Tallis?«, flüsterte Irissa, und ihr Gesicht war weiß. Shila nickte.

»Und du wusstest vorher nicht, dass dies geschehen würde?«, fragte Mailun, und ihre Stimme hatte einen harten Unterton.

»Nein. Die Führer zeigten mir nur, dass der Tod auf Tallis wartete, falls Jared es nicht rechtzeitig schaffen würde, aber sie zeigten nicht …«

»…den Tod von anderen«, beendete Mailun ihren Satz. »Die Führer verschwiegen, was die beiden würden tun müssen, um zu entkommen, nicht wahr?«

Shilas Lippen wurden schmal. »Es ist nicht an mir, die Wege der Führer in Frage zu stellen, Mailun. Ihre Gründe entziehen sich unserem Verständnis. Sie zeigen mir nur Bruchstücke, und oft habe ich Mühe zu begreifen, was sie damit zu bezwecken suchen.«

»Ja«, sagte Mailun mit einem freudlosen Lächeln. »Die Götter der Wüste sind bescheiden im Ausmaß ihrer Hilfe.«

»Mailun«, sagte Shila warnend. »Die Führer hören immer zu.«

»Und was sollten sie mir noch antun? Ich habe nichts mehr, was sie mir nehmen könnten. Kaa hat meine Söhne aus meiner zweiten Verbindung und meinen Herzenskameraden zu sich geholt, und nun trachtet er nach dem letzten in meiner Blutlinie. Aber vielleicht sind es gar nicht die Führer, die mich bestrafen, sondern Karnit. Nur selten hat er mit mir oder mit Tallis gesprochen, und er hat uns immer verachtet.« Ihre Lippen verzogen sich bei ihren Worten. »Ich sage, er ist der Verantwortliche für all das. Warum sonst sollten mein Sohn oder Jared eine Klinge gegen jemanden aus ihrem eigenen Clan erheben, wenn nicht, um sich selbst zu verteidigen? Karnit hat diese Männer angestiftet, sie zu töten. Tallis und Jared haben das Einzige getan, was ihnen übrig blieb, um zu verhindern, selbst zu Kaa geschickt zu werden.«

»Mir wurde nicht gezeigt, wie diese Männer ums Leben kamen«, sagte Shila. »Mir wurde nur das Wenige offenbart, von dem ich euch gerade berichtet habe. Es ist nicht sicher, dass Jared und Tallis diese Männer umgebracht haben, und genauso wenig sind deine Behauptungen gesichert.«

»Ich behaupte nichts, ich weiß es«, sagte Mailun bitter. »Karnit hat uns immer gehasst, Shila. Das ist dir bekannt.«

Shila gab keine Antwort. Sie konnte nicht leugnen, was Mailun da sagte. Karnit hatte jeden verabscheut, der nicht von reiner Wüstenabstammung war, und stets hatte er Haldane wegen der Wahl seiner Gefährtin gering geschätzt. Aber würde er so weit gehen? Würde er einen seiner eigenen Clansmänner ermorden? Etwas sagte Shila, dass da mehr im Spiel war als Karnits Machenschaften. Die Führer regten sich im Äther und schmiedeten irgendwelche Pläne.

»Wissen die anderen Abgesandten, die zu der Zusammenkunft geschickt wurden, dass Jared da war?«, fragte Irissa.

Shila sah die jüngere Frau an. »Ich weiß es nicht. Aber wenn sie zurückkehren, werden sie feststellen, dass Jared nicht hier ist, und sie werden misstrauisch werden. Alle wissen, wie nah er Tallis stand. Die beiden haben sich den Eid der Bruderschaft geschworen, als sie Kinder waren. Niemand wird glauben, dass Jared irgendwo anders hingegangen ist, sondern sie werden wissen, dass er sein Gelöbnis erfüllt.«

Die drei Frauen schwiegen; Mailun rührte langsam in dem Nonyu-Topf und starrte in die dunkle Flüssigkeit. Sie alle wussten, was das hieß. Das Blut eines Clansmannes zu vergießen, verstieß gegen ihre Gesetze. Jeder, der sich dieses Vergehens schuldig machte, wurde verstoßen, und jeder, der einem Verstoßenen half, würde das gleiche Schicksal erleiden. Wenn Karnit und seine Männer heimkehrten, würde der Kreis keine andere Wahl haben, als Tallis in aller Form zum Ausgestoßenen zu erklären. Und welches Urteil würden sie dann über Jared sprechen?

Irissa saß schweigend da und spielte an den Ecken ihres Kissens herum. Ihr Gesicht war voller Zorn. Dann schließlich schaffte sie es nicht mehr, an sich zu halten, und sie sprang auf und lief in der Höhle auf und ab, während sie sich immer wieder ihren leeren Becher in die Handfläche schlug.

»Was soll das denn alles?«, brach es aus ihr heraus. »Was für einen Plan haben die Führer für meinen Bruder? Meine Mutter hat seit seinem Verschwinden aufgehört zu sprechen, und mein Vater verbringt all seine Zeit draußen im Sand mit Jagen und Sammeln. Und nun sagst du, du hättest Jared am Leben gesehen und dass er das Blut seines eigenen Clans vergossen hat!« Sie warf ihren Becher gegen die Wand, wo er zerbrach. »Helfen uns die Führer oder drängen sie uns in unser eigenes Verderben? Sind wir denn für sie nichts als Sand und Staub?« Wütende Tränen stiegen ihr in die Augen.

Shila erhob sich langsam und sah zu der größeren Frau auf. »Ich habe keine Antworten für dich, Irissa. Aber dies sollst du wissen: Ich bin zuerst zu dir und Mailun gekommen, weil ich verstehe, dass ihr beiden Frauen von allen im Clan am meisten von den Ereignissen betroffen seid. Sobald die Sonne aufgeht, muss ich dem Rest des Kreises berichten, was ich gesehen habe, aber sie werden keine Entscheidung treffen, bevor Karnit zurück ist. Ich habe keinen Zweifel daran, dass sie Tallis verstoßen werden.« Ihr Blick wanderte zu Mailun. »Karnit wird dafür sorgen, und es wird nichts mehr für mich zu tun bleiben. In Anbetracht des Todes dieser Clansmänner werden meine früher erhobenen Einwände keine Rolle mehr spielen.« Sie wandte sich an Irissa. »Für Jared könnte es noch Hoffnung geben. Ich werde ihnen sagen, dass mir die Führer aufgetragen haben, ihn auszuschicken. Es wird ihnen schwer fallen, mit diesem Wissen sein Schicksal zu besiegeln.«

»Aber die Entscheidung wird nicht fallen, ehe die Abordnung zurückgekehrt ist.« Mailun fixierte Shila mit den Augen.

»Ja«, bestätigte Shila. »Ich weiß, dass diese Nachrichten schwer für euch sind. Ich wäre nicht überrascht, wenn ihr euch beide dafür entscheiden würdet, zum Tempel des Kaa zu pilgern, um eurem Schmerz Linderung zu verschaffen.« Sie sah Mailun eindringlich an.

»Es ist ein langer Weg, und viele Pfade könnten eure Reise kreuzen.«

Mailuns Gesichtsausdruck blieb unverändert, aber Shila wusste, dass ihr die Wichtigkeit dieser Worte nicht entgangen war. Sie griff nach Mailuns Hand und drückte sie fest. »Danke für den Nonyu, Mailun.« Ihr Blick huschte kurz zu Irissa, dann ging sie so leise, wie sie gekommen war, und ließ den Webvorhang wieder hinter sich zuklappen.

Noch einige Zeit, nachdem Shila verschwunden war, saß Mailun schweigend da und starrte in die flackernde Flamme der Lampe.

Irissa lief in der kleinen Höhle herum und nestelte am Heft ihres Jagdmessers, schüttelte den Kopf und blieb schließlich stehen. »Und was machen wir nun?«, fragte sie. »Wie kann …«

»Irissa«, sagte Mailun. »Setz dich.«

»Nein! Was hat die Träumerin da gesagt? Dass wir zum Tempel gehen und wie alte Weiber herumsitzen sollen, während unser Clan um uns herum zerbricht? Während dein Sohn und mein Bruder für uns verloren sind?«

»Das ist *nicht* das, was sie gesagt hat. Und jetzt setz dich.« Mailun deutete auf das Kissen. Irissa stand einen Moment da und starrte sie an, doch dann gab sie nach und ließ sich auf das Kissen sinken, das Gesicht störrisch verzogen.

»Also gut«, begann Mailun. »Die Träumerin hat uns ein Geschenk gemacht. Wenn du auf das gehört hättest, was unausgesprochen geblieben ist, dann wäre dir das klar geworden.« Mailun hob die Hand, um den Talisman zu berühren, den sie um den Hals trug. »Sie hat uns einen Weg gezeigt, wie wir Erlösung oder Antworten für unsere Familien finden können.«

Irissa runzelte die Stirn. »Das verstehe ich nicht.«

Mailun seufzte und ließ die Elfenbeinschnitzerei los. »Wir werden nicht zum Tempel ziehen, Irissa. Ich werde den Brunnen verlassen, um meinen Sohn zu suchen, und du wirst mich begleiten, weil du so viel Liebe in dir trägst sowohl für Tallis als auch für deinen Bruder.«

»Aber …«, wollte Irissa protestieren und errötete.

»Nein. Ich weiß, dass dir Tallis wichtig ist, auch wenn du es dir selbst nicht eingestehen willst. Aber ich habe weder Zeit noch Geduld für Spielereien. Dank der Güte der Träumerin sind wir gewarnt worden und müssen noch heute Nacht aufbrechen. Du musst nicht mit mir mitkommen, aber wenn wir abwarten, bis Karnit zurückgekehrt ist, werden wir keine Chance mehr haben. Wer weiß schon, was er für notwendig erachtet als Wiedergutmachung für alles, was geschehen ist. Doch wenn wir jetzt gehen, besteht immerhin die Möglichkeit, dass du wenigstens deinen Bruder rettest – wenn du ihn denn finden kannst. Die Entscheidung des Kreises könnte rückgängig gemacht werden, wenn er für sich selber sprechen kann.«

Mailun drückte ihre Hand. »Wirst du mitkommen? Es ist deine Chance, Irissa.« Sie umklammerte die Hand der jungen Frau. »Du kannst Jared finden und ihn nach Hause holen.« Irissa schwankte. Was auch immer sie für Tallis empfand – ihr Bruder war ihr Blutsverwandter, und sie vermisste ihn. Sie könnte ihn finden und ihn mit dem Clan versöhnen.

Sie nickte. »Ich komme mit.«

»Gut. Dann geh jetzt und pack ein paar Dinge zusammen. Sag deiner Mutter, dass ich untröstlich in meiner Trauer bin, und dass du dich entschlossen hast, mich heute Nacht zum Tempel des Kaa zu begleiten. Sie ist eine gute Freundin von mir und wird deshalb nicht weiter in dich dringen. Ich warte dann in der Großen Höhle auf dich.«

Irissa stand auf, schob den Webvorhang zur Seite und war verschwunden.

Mit trockenen Augen befüllte Mailun ein kleines Bündel mit ihren wenigen Kleidungsstücken, einem Messer, einer Jagdschlinge, ihrem Nähzeug, eingewickelt in Robbenleder, das einst ihrer Mutter gehört hatte, einem kleinen Metalltopf und einem Wasserschlauch. Sie suchte getrocknetes Fleisch und Pfannenbrot zusammen und legte als Letztes ein kleines Päckchen aus Stoff in der Größe ihrer Handfläche dazu. Eingewickelt im Innern des eingeölten Stoffes befand sich ein kunstvoll behauener Stein, der wie eine Wüstenblume aussah. Diesen legte sie vorsichtig zwischen ihre Wäsche, ehe sie den Sack zuschnürte, die Lampe löschte und die Höhle verließ, ohne einen Blick zurückzuwerfen.

Irissa wartete am Eingang zur Großen Höhle auf sie. Als die beiden Frauen hinaustraten, begann im Osten die Sonne aufzugehen. Eine dünne Linie in Rosa und Gold säumte den Horizont und verdrängte die lilafarbene Dunkelheit der Wüstennacht. Die Luft war frisch und kühl, und die Mar-Ratten begannen, aus ihren Löchern hervorzukommen. Sie steckten ihre kleinen Schnauzen heraus und wandten ihre Gesichter der aufsteigenden Sonne zu.

»In welche Richtung gehen wir?«, fragte Irissa und drehte sich noch einmal um, um sich den Ort ihrer Geburt gut einzuprägen.

»Wir nehmen den Weg, den die Träumerin uns gezeigt hat«, antwortete Mailun. »Fort von der Sonne in die Gebiete der Feuchtländer.«

Sie griff die Riemen ihres Bündels und lenkte ihre Schritte nach Westen. Irissa warf einen letzten langen Blick zurück, packte ihren Jagdspeer und folgte ihr.

Verborgen im Dämmerlicht des Eingangs zur Großen Höhle stand Shila und sah mit schwerem Herzen zu, wie die beiden Frauen im Sand verschwanden. Ihre Gestalten waren so winzig unter dem endlosen Himmel. Sie waren mutig, diese beiden, und zu Großem fähig, aber ihre Suche könnte sich auch als vergeblich erweisen. Shila spürte einen kurzen Moment lang Zorn auf die Führer aufflackern. Sie hatten ihr noch mehr gezeigt, als sie hatte erzählen dürfen.

Tallis und Jared befanden sich schon gar nicht mehr in der Stadt der Feuchtländer. Sie waren auf dem Rücken von Drachen unterwegs in Richtung Osten, und nur die Führer wussten, was sie dort erwartete. Shila konnte sich nicht erklären, warum sie Mailun und Irissa davon nichts hatte sagen dürfen. Es waren die Führer selbst gewesen, die ihr aufgetragen hatten, die jungen Männer über diese dunklen Berge zu entsenden. So war es schon immer mit den Führern gewesen. Sie teilten ihre Weisheit mit ihr, doch dann verbanden sie ihr die Augen, sodass sie blind war, was ihre Beweggründe anging. Was für ein Interesse hatten sie an Mailuns Jungen? Warum kämpften sie so hart darum, ihn zu schützen, und lieferten ihn doch der Verdammnis aus? Shila wandte den Blick zu den Schwarzen Bergen und fragte sich, was die Führer ihr als Nächstes auftragen würden.

30

Tallis erwachte kurz vor Sonnenaufgang, und er fühlte sich, als wenn er kein Auge zugemacht hätte. Attar und Bren waren bereits damit beschäftigt, ihre Bündel zusammenzupacken und die Geschirre auf den Rücken der Drachen zu befestigen. Weiße Atemwölkchen schwebten vor ihren Gesichtern in der Luft. Tallis zog seinen Mantel enger um sich und half Jared, ihre eigenen Schlafmatten aufzurollen.

Sie machten sich auf den Weg, als die Sonne am Horizont erschien. Marathin schoss beinahe senkrecht empor, und Tallis war froh, dass er nur einige Schlucke Wasser zu sich genommen hatte, ehe er aufgesessen war, denn sein Magen rebellierte, und er musste gegen Schwindelgefühle ankämpfen, bis der Drache hoch genug gestiegen war und schließlich parallel zum Erdboden auf den Luftströmen zwischen den schwarzen Gipfeln dahinglitt.

»Sieh mal!«, rief Attar und deutete nach unten. »Der Hittar-Pass.« Er warf einen Blick zurück, und der Wind riss ihm den Speichel vom Mund. »Das ist der einzige Fußweg durchs Gebirge.«

Tallis sah hinunter zu einem winzigen, gewundenen Pass, der beinahe in der endlosen Schwärze der Berge verloren ging. Er verlief am Fuße eines Kammes und verschwand schließlich in der Finsternis einer Spalte. Tallis fragte sich, wie oft er wohl tatsächlich benutzt wurde. Wer außer denen, die dem Untergang geweiht waren, würde je darauf verfallen, diese toten Schattenlande zu durchqueren? Zerklüftete, schwarze Gipfel und tiefe Schluchten erstreckten sich, soweit das Auge reichte, und es schien nichts anderes in der Welt mehr zu geben als schwarzen Fels und düstere Schatten.

Noch einen weiteren Tag und eine Nacht überflogen sie die endlose Schwärze und machten nur für kurze Zeit Rast, denn das Erdrückende des Ortes schien selbst in die Herzen der Drachen einzusickern, und sie alle sehnten sich danach, sich davon zu befreien. Am Morgen des dritten Tages bemerkte Tallis schließlich eine Veränderung. Die Bergrücken liefen langsam aus und gingen in einen mit dunklen Punkten durchsetzten Dunst über. Das Land dahinter war im gleißenden Sonnenlicht noch nicht zu erkennen.

Endlich, als die Sonne den Zenit erreicht hatte, umrundeten sie die kahlen Hänge eines Plateaugipfels und sausten mit einem Mal über grasbewachsene Ebenen dahin. Sofort löste sich das niedergeschlagene Gefühl, das sie in den Fängen gehabt hatte. Sie hatten die Schwarzen Berge bezwungen.

Seite an Seite, sodass sich die Flügelspitzen beinahe berührten, flogen die beiden Drachen nebeneinander auf ein dichtes Grün zu, und ihre Schatten jagten sich auf dem Boden. Sie ließen sich absinken, als sie sich dem Bewuchs näherten, und Tallis entdeckte, dass das, was er für verzweigtes Buschwerk gehalten hatte, in Wirklichkeit Bäume waren. Aber er hatte keine Ahnung, um was für eine Art es sich dabei handelte, und schon bald hatten sie sie wieder weit hinter sich zurückgelassen.

Als sie Richtung Norden abdrehten, wich die Ebene schließlich einer Landschaft aus Hügeln und Tälern, und sie nahmen nun eine schimmernde Linie ins Visier, die sich am späten Nachmittag als Fluss entpuppte. Es war ein breiter Gürtel aus dunkelbraunem Wasser, gesäumt von krummen Bäumen mit weißer Borke. Viereckige Häuser, auf Stelzen errichtet, drängten sich in Grüppchen am Ufer und waren von weitem, offenem Land umgeben. Der Tag neigte sich dem Ende zu, und die Sonne sank am Himmel, als sie sich einer ausladenden Flussbiegung näherten. Tallis sah eine dünne, graue Rauchsäule in die Luft steigen. Dort lag das Dorf Faro.

Weitere Pfahlhäuser kamen in Sicht, die in einem weiten Halbkreis am Flussufer entlang gebaut waren, alles in allem vielleicht vierzig. Marathin flog nun tiefer, und Tallis bemerkte, dass die meisten Gebäude sich entweder zu Boden neigten oder bereits zusammengebrochen waren. Sie waren von den Stützbalken gerissen worden, zerschellt oder verbrannt, und der ganze Umkreis war mit Schutt übersät. In der Mitte des Dorfes war der Boden von einem riesigen Aschehaufen bedeckt.

Der Geruch von Rauch und Verwesung hing in der Luft, und im Anflug fielen Tallis einige Zelte auf, die am Dorfrand auf einem Feld mit flachem, trockenem Gras aufgestellt waren. Den Mittelpunkt bildete ein Kochfeuer, und einige kleine Gestalten bewegten sich ringsherum und schlossen sich zu einer Gruppe zusammen, als die Drachen zum Landen ansetzten.

Marathin und Haraka ließen sich zu Boden gleiten, und als die Männer abgestiegen waren, waren sie von einer kleinen Menschenmenge umringt, angeführt von einem untersetzten, stämmigen Mann, der vortrat und seine Unterarme mit denen Attars verschränkte. Die Männer wechselten einige Worte, während Tallis und Jared Bren dabei halfen, die Drachen von den Sätteln und Geschirren zu befreien.

Die Männer, die sich hinter ihrem Anführer versammelt hatten, starrten die Neuankömmlinge an. Sie waren schmutzig und verschwitzt, und ihre Haut hatte eine ähnlich hellbraune Tönung wie die der Reiter. Die meisten von ihnen trugen kurze Bärte, und ihr Haar war eng an der Kopfhaut abgeschoren. Viele hatten sich Messer an ihre Oberschenkel gebunden. Bren rief ihnen etwas zu, und einige traten näher und griffen schweigend nach den Sätteln. Attar unterhielt sich noch einen Moment länger mit dem Anführer, dann drehte er sich um.

»Mir nach.« Er machte eine Kopfbewegung in Richtung Zelte.

Sie spürten die Augen der anderen Männer in ihrem Rücken, als sie zum Lager liefen. Die Zelte waren in einem lockeren Kreis aufgestellt, mit den Öffnungen zur Feuerstelle. Eine Metallstange bog sich über dem Feuer, und ein großer Topf hing daran, aber niemand befand sich in der Nähe, der sich darum gekümmert hätte. Stimmen waren schwach aus dem Dorf zu hören, und der Klang von splitterndem Holz wehte gespenstisch über das Lager.

Tallis verspürte ein unangenehmes Prickeln zwischen den Schulterblättern, und er schielte zu Jared hinüber, der ihm einen düsteren, wachsamen Blick zuwarf und die Hand an seinem Messer hielt, das an der Hüfte in einer Scheide steckte.

Nahe am Flussufer war ein größeres Zelt verankert, dessen Vorderklappe mit den Insignien der Reiter bemalt war: einem wirbelnden, hellroten Muster mit zwei aufgerichteten Drachen. Attar führte sie dorthin.

»Wartet hier, während ich mit dem Hauptmann spreche.« Er zeigte auf eine Stelle in der Nähe unter einem spindeldürren Baum; dann verschwand er im Innern des Zeltes.

»Diese Männer sehen aber nicht besonders freundlich aus«, bemerkte Jared, als er sich mit einer Grimasse auf den nackten Boden sinken ließ. Genau wie Tallis litt er unter aufgescheuerten und wunden Beinen. Auch Tallis ächzte, als er sich setzte und sich mit dem Rücken gegen einen Baum lehnte.

»Vermutlich haben sie noch nie zuvor einen Clansmann zu Gesicht bekommen. Wer weiß, was für Geschichten sich die Feuchtländer über uns erzählen.«

Die Nacht brach schon herein, und Tallis' Magen knurrte bereits vor Hunger, als Attar wieder aus dem Zelt trat. Der große Mann wirkte angespannt, und zwischen seinen Augen furchte eine steile Falte seine Stirn. »Ich habe dem Hauptmann berichtet, dass ihr schon einmal Biestern wie jenen begegnet seid, die das Dorf angegriffen haben. Er ist sehr daran interessiert, weitere Einzelheiten zu erfahren. Wir treffen uns dann nach dem Abendessen. Und jetzt kommt, ich werde euch zeigen, wo ihr euch für die Nacht hinlegen könnt.« Er lief mit langen Schritten an ihnen vorbei zu den Zelten.

Tallis und Jared folgten ihm, doch auf dem Weg dahin überfiel Tallis ein beklommenes Gefühl. Attar war ziemlich lange im Zelt gewesen. Besorgt trottete er hinterher, als Attar sie zu einer kleinen Stelle zwischen zwei Zelten führte, nicht weit entfernt von der Feuerstelle. Er sagte ihnen, sie sollten ihre Schlafmatten ausrollen. Bald würde es auch etwas zu essen geben. Damit ließ er sie zurück und eilte erneut in das Zelt des Hauptmanns. Tallis drehte sich zu Jared, der mit den Schultern zuckte, sein Bündel fallen ließ und sich daranmachte, seine Matte auszubreiten.

Das Abendessen bestand wieder aus würzigen Speisen, wie Bren sie gerne zubereitete, und sie aßen auf ihren Schlafmatten, weit entfernt von den Patrouillesoldaten. Tallis zählte fünfzig Männer. Diese saßen rings ums Feuer, unterhielten sich leise und schauten verstohlen in ihre Richtung. Er fing den Blick eines großen Mannes mit ergrautem Haar auf, der ihn beim Kauen anstarrte. Tallis schenkte ihm keine Beachtung und widmete sich weiter seinem Essen. Ein dumpfer Kopfschmerz machte ihm zu schaffen, als er seine Schüssel mit einem Stück Brot auswischte.

Jared stieß ihn an. »Da kommt er ja.«

Die Soldaten nickten Attar voller Respekt zu, während er an ihnen vorbeilief, und Tallis spürte fünfzig Augenpaare auf ihnen ruhen, als Attar sie mit einem gekrümmten Finger zu sich winkte und ihnen mit einer Kopfbewegung bedeutete, sie sollten zum Zelt des Hauptmanns gehen. Tallis und Jared standen auf und entfernten sich unter dem schweigenden Starren der Patrouille.

Im Innern des Zeltes erwartete sie der Hauptmann, der im Schneidersitz auf einer dünnen Matte saß. Sein kräftiger Kiefer war von einem dicken, rötlichen Bart bedeckt, und er sah aus tief liegenden Augen mit schweren Lidern zu ihnen empor. Neben ihm brannte eine abgeschirmte Lampe und warf Schatten auf die Zeltwand. Der Mann nickte ihnen zu, dann gab er ihnen ein Zeichen, dass sie sich ebenfalls setzen sollten. Seine Augen musterten sie prüfend, und als Tallis sich auf der Matte niederließ, spürte er, wie es ihm kalt den Rücken hinunterlief.

»Nun denn. Kommandant Rorc hat euch geschickt, weil ihr diese Biester bereits zu sehen bekommen habt«, begann der Hauptmann. »Und ihr sagt, sie würden euren eigenen Drachen ähneln, nur schwärzer in der Farbe und in ihrem Vorhaben.« Sein fragender Blick ruhte auf Tallis. »Ihr seid derjenige, der mit ihnen kommunizieren kann?«

Tallis sah rasch zum Reiter. »Sag es ihm«, forderte Attar ihn mit tonloser Stimme auf.

»Ich bin keiner Eurer Soldaten, die Ihr herumkommandieren könnt.«

»Nein, aber ihr befindet euch in meinem Lager«, sagte der Hauptmann kühl, »und hier gebe ich die Befehle. Und während ihr hier seid, werdet ihr tun, was ich sage.«

»Nun, dann sollten wir das Lager vielleicht besser verlassen.« Jareds Augen wurden schmal. »In dieser lieblichen Gegend sollten wir keine Mühe haben zu überleben.«

»Das steht euch frei. Aber ihr werdet das nicht tun. Ihr wisst genau, wie gefährlich diese Tiere sind. Ihr habt sie gesehen. Sie haben euresgleichen getötet und könnten in diesem Augenblick weitere Opfer fordern. Wir bitten euch nur, uns dabei zu helfen, sie aufzuhalten. Ihr wisst, dass Ihr das könnt, ja dass Ihr es tatsächlich bereits einmal getan habt, nicht wahr?« Mit den letzten Worten hatte er sich an Tallis gewandt.

»Ich habe bereits gesagt, dass ich nicht weiß, was ich getan habe«, antwortete dieser und sah zornig zu Attar, der dem Hauptmann so viel verraten hatte.

»Attar sagte, Ihr könntet nach Belieben über sie verfügen«, fuhr der Hauptmann fort. »Ihr hättet sie davongejagt.«

»Attar hat Euch viel erzählt.« Tallis warf ihm einen unverwandten Blick zu. »Aber ich kann nicht erklären, was ich getan habe, und ich weiß auch nicht, wie ich das noch einmal wiederholen sollte.«

»Dann müsst Ihr es lernen«, erwiderte der Hauptmann.

»Und wer sollte es mich lehren? Ihr vielleicht?« Sie waren nicht dabei gewesen, sie hatten nicht gesehen, was er getan hatte. *Ich weiß, was du bist*, flüsterte Karnits Stimme.

Der rotbärtige Mann starrte ihn unnachgiebig an. Vermutlich hatte er schon viel gesehen, dachte Tallis: Krieg und Tod – aber dies? Keiner von ihnen hatte eine Vorstellung davon, was sie da von ihm verlangten.

»Kennt Ihr die Worte, die ich gesprochen habe?«, fragte Tallis, und er spürte, wie sich Jared neben ihm verkrampfte und mit der

Hand zum Messergriff fuhr. »Sie sind anders als alle, die euch bislang zu Ohren gekommen sind. Ich bin nicht wie Eure Reiter. Ich spürte einen so starken Zorn in mir, dass es war, als fließe Hass durch meine Adern, kein Blut.«

Er wandte den Blick zu Attar. »Was glaubst du, warum Marathin vor mir auf der Hut ist? Was ich tun kann, ist nicht das Gleiche wie bei dir. Ihr Blut *ruft* nach mir, und das ist nicht die einfache Geiststimme, wie du es nennst, es ist etwas anderes. Ja, ich denke, ich könnte ihr meinen Willen aufzwingen. Aber bei diesen wilden Drachen …« Er schüttelte den Kopf. »Sie waren anders. Ich konnte ihren Hass und ihren Drang, zu töten, *fühlen*. Sie wollten uns an jenem Tag alle töten. Sie lechzten danach.« Er musterte sie. »Was würde geschehen, wenn ich versuchte, sie zu kontrollieren, sie aber stattdessen Kontrolle über mich erlangen würden? Was, wenn sie mich dazu benutzten, weitere Drachen zu befehligen und eine Armee für sie auszuheben? Was würdet Ihr dann tun?«

»Wir würden Euch töten müssen«, sagte der Hauptmann.

Jared machte ein Geräusch tief in seiner Kehle und stand auf, die Hand am Messer. Aber plötzlich ertönten draußen Rufe, und schnell stampfende Schritte waren zu hören. Bren schlug die Klappe über dem Eingang zurück. »Hauptmann! Die schwarzen Drachen wurden gesichtet!«

Attar und der Hauptmann sprangen auf. »Wo?«, rief Attar.

»Haraka entdeckte sie östlich von hier, als er auf der Jagd war. Sie sind auf dem Weg zu einem kleinen Hof.« Dem jungen Reiter war anzumerken, wie dringlich die Angelegenheit war; seine Finger krallten sich in die Zeltplane.

»In Ordnung, ich werde die Drachen holen«, sagte Attar.

»Und ich werde eine Patrouille ausschicken!« Der Hauptmann drängte sich an Bren vorbei und schrie noch beim Verlassen des Zeltes seine ersten Befehle.

»Ihr beide kommt mit mir.« Attar gönnte ihnen kaum einen Blick, als er dem Hauptmann hinterherstürzte. Tallis und Jared sahen einander an.

»Los, komm.« Tallis erhob sich, und sie folgten dem Reiter nach draußen.

Das Lager war erfüllt von Rufen und dem scheppernden Klang von Waffen, die bereit gemacht wurden. Männer mit grimmigen Gesichtern hasteten an ihnen vorbei. Attar rannte mit Bren zum Ufer. Tallis folgte ihnen im Laufschritt und sah die Schatten der Drachen, die jenseits der niedrigen Flammen der Lagerfackeln auf sie warteten. Beide waren aufgewühlt. Sie schlugen mit ihren Schwänzen und bogen ihre Hälse. Als die Männer näher kamen, drehte sich Marathin um und zischte ihnen entgegen, und ihre Augen waren flammend rot.

Tallis stockte, als Marathins Blick auf ihn fiel. Hitze versetzte ihm einen Hieb in die Magengrube und stieg in Funken auf, seine Wirbelsäule empor. Das Zischen des Drachen hallte noch in seinem Geist wider, als es für alle hörbar bereits lange verklungen war.

»Attar!«, schrie Jared und beobachtete den Drachen. »Was ist denn los?«

»Wir fliegen ihnen hinterher«, antwortete Attar und ignorierte Marathins Drehungen und ihr Zischen, während er Bren half, ihren Sattel zu befestigen. »Wir werden sehen, ob wir Leben retten können – wenn es nicht bereits zu spät ist. Komm schon, steig auf.« Er drehte sich zu Tallis und machte eine Geste in Marathins Richtung.

Tallis bewegte sich nicht, und Attar runzelte die Stirn. »Kannst du sie fühlen?«

»Nein, aber *sie* kann es.« Er nickte zu Marathin.

Der Reiter zog einen Riemen fest, und Tallis spürte mit einem Mal eine dunkle Vorahnung in sich aufsteigen.

»Attar, wir sollten nicht dorthin.«

»Hast du Angst, Clansmann?«, fragte Bren unvermittelt und machte einen Schritt auf ihn zu.

»Ja.« Tallis drehte sich zu ihm. »Ich habe sie gesehen. Wie steht es mit dir?«

Brens Gesicht verdüsterte sich, aber Attar trat zwischen die beiden. »Umso mehr ein Grund, denjenigen zu helfen, auf die sie es nun abgesehen haben. Hier ...« Er streckte ihm eine Armbrust entgegen. »Diese Menschen könnten sterben, Tallis. Will das einer von euch beiden?«

Tallis sah Jared an. Die Augen seines Erdbruders waren hart und dunkel, und er hatte einen verbissenen Zug um den Mund. »Ich weiß nicht, wie ich sie beeinflussen kann.«

Attars Blick war prüfend. »In Ordnung, aber ihr habt gesehen, wie groß sie waren, und wir können alle Hilfe gebrauchen, die ihr uns geben wollt.« Er streckte ihm die Waffe noch einmal entgegen.

Tallis nahm die Armbrust. »Zeig mir, wie sie zu benutzen ist.«

Attar erläuterte ihm in aller Schnelle den Feuermechanismus, während Bren einen anderen Soldaten herbeirief, damit eine weitere Armbrust für Jared gebracht würde.

»Wie wird die Patrouille dorthin gelangen?« Jared nahm seine Armbrust entgegen und sah zu, wie Bren noch einmal die Handhabung erläuterte.

»Auf Muthus.« Attar deutete mit dem Kopf hinter sie, und als sie sich umdrehten, sahen sie die Tiere im Schatten angepflockt. »Die können sehr schnell rennen. Und jetzt kommt!«

Mit knirschenden Zähnen vermied Tallis, Marathin in die Augen zu blicken, als er das hintere Ende von Attars Sattel packte und rasch aufsprang.

Attar reichte Tallis die Armbrust, und er legte einen Pfeil ein, ehe sie im Sattelhalfter verstaute. Sein Herz hämmerte, und er klammerte sich an Marathin fest, als diese sich in die Luft schraubte. Der Wind pfiff in seinen Ohren, und seine Augen tränten, als der Drache immer weiter aufstieg und abdrehte. Unter ihnen hingen zwölf Männer in schwarzer Kleidung wie Schatten auf den Rücken der Muthus. Sie beugten sich tief über die langen Hälse der Tiere, während diese am Flussufer dahinjagten.

Marathin stieg höher und mit einem Flappen ihrer Flügel ließen sie die Soldaten hinter sich zurück. Sie flogen nach Osten und folgten dem Lauf des Flusses, der im Mondschein silbrig glänzte. Am Himmel waren keine Wolken; und so schien der Mond hinab und verwischte die Konturen der Landschaft zu einer farblosen Masse aus Licht und Schatten.

Die Furcht wuchs in Tallis, während sie durch die Nacht schossen. Unter dem Pochen seines eigenen Herzens konnte Tallis das leise, brummende Vibrieren vom Drachen ausgehen hören. Es wärmte ihn wie Feuer. Marathin war begierig auf die Jagd, und die Angst grub ihre Krallen in Tallis' Wirbelsäule, als er spürte, wie sich auch in ihm ein ähnlicher Blutdurst einstellte. Marathins ungezügelte Wildheit ging auf ihn über. Er fühlte jeden Schlag ihrer Flügel und jeden Atemzug.

Kaum eine halbe Stunde war vergangen, als Bren etwas rief und nach unten deutete. Vor ihnen sah Tallis die dunkle Silhouette von zwei Gebäuden, und der Mond warf seinen silbernen Schein auf den kargen Boden. Es gab keinerlei Anzeichen von Licht oder Leben.

Waren sie zu spät? Marathin spreizte die Flügel und ließ sich absinken, während Tallis spürte, wie ihm die Nackenhaare zu Berge standen und ihn ein kalter Schauer überfiel. »Marathin«, schrie er, und er war sich nicht sicher, ob er laut gerufen oder die Warnung nur in seinem Geist ausgestoßen hatte. Ein schriller Ruf ertönte; der Drache legte die Schwingen an und tauchte gerade noch rechtzeitig ab, als ein großer, schwarzer Schatten über sie hinwegschoss. Tallis wurde im Sattel zurückgeworfen, und das Geschirr spannte sich. Ein Schmerz stach ihm in den Kopf, und er versuchte verzweifelt, bei Bewusstsein zu bleiben, während die Schwärze an den Rändern seines Sichtfeldes nagte.

»Festhalten.« Attars Worte wurden weggetragen, als Marathin plötzlich die Flügel wieder öffnete und scharf nach links auswich.

Ein schwarzer Flügel mit Widerhaken fegte eine Handbreit neben Tallis' Kopf vorbei, und die Kreatur kreischte auf, als sie bemerkte, dass sie ihn verfehlt hatte.

Tallis spürte bittere Galle in seiner Kehle aufsteigen und merkte, wie ihm die Realität entglitt. Die Welt um ihn herum verdunkelte sich, und das Dröhnen wurde lauter. Er versuchte verzweifelt, dagegen anzukämpfen, und konzentrierte sich darauf, die Sattelstange unter seinen Händen und die raue Haut des Drachen an seinen Beinen zu fühlen.

»Schieß!«, schrie Attar, während er seine eigene Armbrust aus dem Sattelhalfter zog.

Aber Tallis konnte sich nicht bewegen. Er hörte nichts als sein Herz und das unablässige Pulsieren des Drachen. Er sah, wie Bren und Jared in einem Halbkreis zu ihnen zurückgeflogen kamen. Das Mondlicht glänzte auf der Pfeilspitze in Jareds Armbrust. Die Szene hatte etwas Unwirkliches. Tallis hörte die anderen rufen, und der Wind toste in seinen Ohren, aber alles klang wie durch eine dicke Mauer hindurch. Das Biest griff erneut an.

Tallis drehte sich in seinem Sattel um. Der andere Drache war nahe hinter ihnen, schoss aus der Dunkelheit hervor, das riesige Maul aufgerissen, die Augen glommen. Das Mondlicht brach sich auf den weißen Spitzen seiner Zähne.

Tallis vergaß die Armbust und zog instinktiv sein Jagdmesser. Das Biest kam näher und kreischte noch einmal ohrenbetäubend; der lange Hals war auf sie zugereckt, als der Angreifer zustieß. Im allerletzten Moment drehte sich Marathin um, und sie rollten sich unter dem anderen Drachen hindurch. Die scharfen Klauenfüße verfehlten sie, anders als die Flügel. Die Widerhaken der linken Schwinge schnitten über Marathins Flanke und trafen Tallis an der Schulter.

Marathin brüllte auf und verkrampfte sich, und heißer Schmerz zuckte durch Tallis' Fleisch. Auch er schrie gellend und ließ das Messer fallen. Plötzlich wurde alles um ihn herum wieder klar. Er hörte Attars Rufe, als Marathin zischte und unter ihnen zuckte. Der Wind peitschte und riss ihm die Haare aus dem Gesicht, und er roch Blut. Haraka schnellte an ihnen vorüber, und Tallis erhaschte einen kurzen Blick in Jareds Augen, die starr, weiß und voller Zorn waren. Blut lief Tallis über den Rücken, und ein qualvolles Reißen durchfuhr seine Schulter.

»Wo ist das Biest?«, brüllte er.

»Ich weiß nicht… Dort!« Attar machte eine Geste, und Tallis sah, wie sich das Tier aus der Dunkelheit schälte. Es war nur halb so groß wie Marathin, und es kreischte in ihre Richtung, während die Flügel durch die Luft klatschten. Bren und Jared auf Haraka schossen an die Seite des Angreifers; Bren hatte sein Schwert ausgestreckt, bereit, jederzeit zuzustoßen, und Jared schoss Pfeile ab, doch sie prallten am harten Kamm auf dem Hals des Tieres ab, ohne Schaden angerichtet zu haben.

Tallis entdeckte noch einen weiteren Schatten aus der Dunkelheit auftauchen. »Attar!«, rief er, aber sie waren nicht nah genug. Das zweite Biest schlug von hinten nach Haraka, und seine Klauen gruben sich in den Schwanz des Drachen und rissen das Fleisch auf. Tallis sah eine Armbrust durch die Luft fliegen und Blut hervorschießen, während Jared schlaff im Geschirr zusammensank.

»Jared«, brüllte Tallis. Marathin bockte unter ihm, und er spürte Zorn und Dunkelheit im Innern nach ihm greifen. Worte drängten auf seine Lippen wie Luftblasen, die in einer heißen Quelle aufsteigen, und sie lösten sich mit einem Zischen. Er gab einen Befehl, und Marathin stürzte sich auf eines der Biester und hieb mit den Vorderklauen und dem Schwanz nach ihm. Dahinter kämpfte der andere Drache noch immer mit Haraka und versuchte, seine Klauen in seinen Hals zu graben. Bren warf ein Messer, und die Klinge versenkte sich im Körper des Gegners in der Nähe des Halses. Das Biest kreischte, und mit einem mächtigen Schwung seines Flügels traf es Bren mit seinen scharfen Haken, hob ihn aus dem Sattel und ließ ihn fallen. Haraka versuchte noch, ihn mit den Klauen aufzufangen, aber der andere Drache stieß ihn aus dem Weg, und Bren stürzte taumelnd zu Boden.

Nun brannte der Zorn in Tallis, und Worte stiegen in ihm auf; sie drängten in ihm nach oben wie heißes Metall, das in Wasser getaucht wird, zischend und prasselnd. Einer der Drachen schrie und wand sich, der Schwanz peitschte durch die Luft, und der andere ließ von Haraka ab, schnellte herum und starrte Tallis an. Einen Moment lang blieb er in der Luft stehen, und Tallis glaubte, er würde fliehen, doch dann stürzte er sich mit einem Schrei auf ihn.

»Schieß!«, gellte Attar. Tallis griff nach seiner Armbrust. Die

Welt schrumpfte zusammen, und es gab nichts mehr außer ihm und dem Biest.

Zorn und Hass rannen durch seine Adern, und er knurrte, während er zielte. Die Welt verschwand, und ein Dröhnen lag in seinen Ohren, kalt wie der Tod, und vibrierte in seiner Brust. Der Drache öffnete das Maul, aber Tallis hörte nichts. Er schoss den Pfeil ab und traf ins Auge des Tieres.

Mit einem erstickten Schrei wurden die Flügel schlaff; das Tier trudelte zu Boden und riss Tallis' Geist mit sich. Schmerz durchfuhr ihn, als sich plötzlich sein Bewusstsein in die Finsternis schraubte und dem schwächer werdenden Dröhnen folgte. Verzweifelt versuchte er, sich zurückzuziehen. Gedämpft hörte er Attars Rufe und strengte sich an, sich auf dessen Stimme zu konzentrieren. Um ihn herum war alles schwarz, und er glaubte voller Entsetzen, dass er sich selbst verlieren würde. Kälte erfüllte ihn. Und dann, von weit weg, hörte er Attar seinen Namen rufen. Daran versuchte er sich zu klammern, und mit einem Schlag konnte er wieder sehen. Die Nachtluft strich an seinem Gesicht vorbei und strömte in seine Lungen. Tallis blinzelte heftig und sah sich nach dem anderen Tier um, doch es war verschwunden. Attar drängte Marathin zu Boden, und Haraka senkte sich neben ihnen hinab, Jared noch immer leblos im Geschirr. Tallis klammerte sich fest, als Marathin schwer auf einem Stückchen unbestellter Erde neben einem verdunkelten Bauernhaus landete.

»Wohin ist der andere geflogen?«, rief Tallis und sah zu, wie Haraka neben ihm aufsetzte. »Hast du ihn getötet?«

»Nein.« Attar sprang vom Drachen hinunter. »Alles in Ordnung?« Er besah sich den klaffenden Schnitt an Tallis' Schulter.

»Ja.« Tallis hatte seine Wunde vergessen, und der Schmerz war gedämpft und kaum wahrnehmbar.

Mit einem Knurren drehte sich Attar um und rannte auf den dunklen Umriss ganz in der Nähe auf dem Boden zu. Bren. Tallis wurde übel, als er sich aus dem Sattel schob und zu Haraka ging. Der Kopf des Drachen baumelte nach unten, und Blut strömte aus Schnitten am Schwanz.

Jared lag vornübergebeugt, Blut bedeckte seinen Rücken, und sein Mantel hing in Fetzen von seinen Schultern. Kalte Furcht griff nach Tallis, als er den Arm um seinen Erdbruder schlang, ihn aus dem Sattel zog und auf den Boden bettete. Als Tallis ihn hinlegte, schrie Jared auf, und Tallis schluckte, als er das aufgerissene Fleisch auf dem Rücken seines Freundes sah. Er suchte in Brens Satteltasche nach einem Wasserschlauch. Da ertönte der Schrei einer Frau; er drehte sich um und sah, dass Attar auf ihn zurannte.

»Hier!« Er warf ihm Brens Schwert zu. »Komm mit.«

Tallis fing das Schwert auf, und mit einem besorgten Blick zu Jared stürmte er Attar hinterher in den Schatten zwischen den Gebäuden. Sie kamen in einem staubigen, offenen Stück Land heraus, umgeben von niedrigen Zäunen. Das andere Biest kauerte dort, die Flügel halb gespreizt. In einer Vorderklaue hielt es eine kleine, blonde Frau. Tallis blieb abrupt stehen, und Schweiß sammelte sich auf seiner Stirn. Die Frau war jung, und auf dem Boden in der Nähe lag ein blutiges Bündel: die Decke eines Säuglings. Tallis' Magen drehte sich um. Die Frau sah sie und schrie. Blut lief ihr übers Kleid und quoll aus einem Schnitt in ihrer Seite. Der Drache hielt sie an einem Arm über dem Boden baumelnd. Aus weit aufgerissenen, entsetzten Augen starrte sie Tallis entgegen, und Blut tropfte unter ihr herab.

Das Tier schwenkte den Kopf hin und her und starrte Tallis an. Dann bog es den Rücken und kreischte in seine Richtung. Der stachelbesetzte Schwanz grub sich in den Boden, als das Tier damit auf und nieder peitschte. *Arak-ferish*! Das Wort schnitt durch Tallis' Schädel, und er hätte beinahe sein Schwert fallen lassen, als er vor Schmerz rückwärtstaumelte. Ein metallener Geschmack überzog seine Zunge, und Hass flammte in den Augen des Tieres auf, das ihn nicht aus den Augen ließ.

Attar merkte nichts davon und rannte mit einem Brüllen auf den Drachen zu. Tallis war erschüttert und zögerte, doch dann durchfuhr ihn eine Welle von Wut und Mordlust und überwältigte ihn. Er schürzte die Lippen, und mit einem Schrei packte er das Schwert und folgte Attar. Sie näherten sich dem Biest von

beiden Seiten, die Klingen erhoben, und versuchten, eine ungeschützte Stelle zu finden. Attar wagte einen Ausfall und hieb nach
einem Flügel. Tallis versuchte zur gleichen Zeit, hinter das Biest
zu gelangen. Er schlüpfte vorbei, blendete den heißen Schmerz
in seiner Schulter aus, der ihn durchfuhr, als er das Schwert hob,
und zielte auf die Hinterläufe des Tieres. Das aber war zu schnell.
Zischend schlug es erst nach Attar, dann wirbelte es herum und
peitschte mit einem Flügel nach Tallis. Er duckte sich und spürte
den Luftzug über seinem Kopf dahinsausen. Als er wieder auf-
schaute, sah er dem Tier geradewegs in die Augen. Das schwarze
Starren verschmolz mit seinem Blick, und Tallis entdeckte ein Flackern in den Tiefen. Entsetzen erfüllte ihn, als das Tier den Nacken wölbte und eine Vorderklaue hob.

Tallis biss die Zähne zusammen und wartete auf den Hieb.
Stattdessen jedoch schwang das Tier die Frau in Tallis' Richtung.
Einen Moment lang konnte er ihr ins Gesicht sehen. Sie war nicht
viel älter als er selbst, und sie hatte eine winzige Narbe auf der
Wange. Sie weinte, und er sah ihre unbändige Angst; dann stieg
Hoffnung in ihre Augen, als sich ihre Blicke trafen. Doch das Biest
kreischte, und mit einer Kralle schlitzte es der Frau die Kehle auf.

Der scharfe, entsetzliche Schrei, den sie ausstieß, als das Biest
ihr das Leben nahm, würde Tallis' nie wieder loslassen. Blut sprudelte, und feine Tropfen besprühten Attar, als er sich für einen
neuen Angriff näherte. Der Drache ließ die Frau zu Boden fallen,
und in seiner Verzweiflung versuchte Tallis, seinen Geist auszu-
senden, eine Verbindung herzustellen und die Worte zu finden,
ehe das Tier auf ihn losging. Aber nichts stieg in ihm auf, und
das Tier regte sich nicht. Es stand nur da und beäugte ihn. *Arak-
ferish*. Die Worte zischten durch seinen Geist. Und dann, mit einem letzten Schnappen seines Kiefers, kauerte sich der Drache
erst nieder und sprang dann auf in die Luft, fing mit den Flügeln
die Luft ein und zog davon in die Dunkelheit. Zitternd sah Tallis
ihm hinterher.

Arak-ferish – es lag eine Botschaft in diesem letzten Ruf, die nur
für ihn bestimmt gewesen war.

31

Azoths Griff um ihren Arm glich einem Stahlreif, und Shaan blieb nichts anderes übrig, als ihm zu folgen, während er sie durch den Flur von Morfessas Haus zerrte. Sie versuchte zu schreien, aber es drang kein Laut aus ihrer Kehle. Er zog sie hinter sich die flache Treppe zum Innenhof hinunter. Der Brunnen plätscherte noch immer leise, aber der Platz war leer. Sie überquerten zügig den schwach erleuchteten Ort, und Azoth ließ den Blick schweifen, als könne er mühelos die tiefen Schatten in den Ecken durchdringen.

Und vielleicht konnte er das ja tatsächlich. War er wirklich Azoth? *Er wird dich holen*, hörte sie wieder Nuathins gezischtes Flüstern. Sie wandten sich nach links, den Säulengang entlang, vorbei an zwei Türen, um vor der dritten haltzumachen. Hinter ihnen ertönten Schreie und das Geräusch von Stiefeln auf den Bodenfliesen. Shaan wollte um Hilfe rufen, aber sie brachte kein Wort heraus. Azoth lächelte zu ihr hinunter, öffnete ohne Eile die Tür und zog sie ins Zimmer. Und während sie sich noch mit Händen und Füßen wehrte, sah sie die Schatten von rennenden Männern an der Wand des Flures.

»Stehen bleiben«, brüllte eine Stimme, aber Azoth schenkte ihr keine Beachtung. Er lief quer durch den mondbeschienenen Raum und stieß eine Flügeltür auf. Dahinter erstreckte sich der gepflasterte Boden bis in die Dunkelheit des Gartens hinein.

»Stehen bleiben!« Rorc stürmte mit aus der Scheide gezogenem Schwert ins Zimmer, gefolgt von Balkis und einem hageren, älteren Mann.

Azoth zog Shaan an sich, der Griff um ihren Arm verstärkte sich, und er lachte. »Ihr könnt mich nicht aufhalten.«

Rorc näherte sich ihm, das Schwert zum Stoß bereit. »Lass sie gehen.«

»Das kann ich nicht tun. Außerdem beanspruche ich nur, was ohnehin mein ist.«

Shaan strampelte in Azoths Griff und warf Balkis einen verzweifelten Blick zu, als dieser an die Seite des Kommandanten trat. Auch sein Schwert war aus der Scheide gezogen, und er biss die Zähne zusammen, als er ihren Blick auffing. Er sah aus, als ziehe er es ernstlich in Erwägung, sie beide anzugreifen. Shaans Augen sahen ihn flehend an, und sie schüttelte den Kopf. Azoth würde ihn töten.

»Du kannst nicht entkommen.« Rorc trat einen Schritt näher. »Meine Jäger werden dich finden.«

»Rorc!« Der alte Mann unterbrach ihn mit scharfer Stimme. »Seid vorsichtig.«

Und er kam näher, die hellen, tränenden Augen unverwandt auf Azoth geheftet.

Rorc zögerte, und Azoths Blick huschte zu dem Alten. Auf seinem Gesicht erschien ein bedrohlicher Ausdruck. »Ich kann dich spüren, alter Mann … Verführer«, zischte er. »Sei nicht töricht.«

Seine Hand schloss sich fester um Shaans Handgelenk, und sie zuckte zusammen, als ihre zerbrechlichen Knochen knirschten. Aus den Augenwinkeln sah sie, wie Balkis auf sie zukam, das Gesicht wutverzerrt. Sie versuchte, ihn mit einem Schrei aufzuhalten, aber glühend heißer Schmerz durchzuckte sie, und sie brachte keinen Laut heraus. So gut es ging, kämpfte sie darum, der brennenden Kälte zu widerstehen, die von Azoths Griff ausging. Er zerrte wieder an ihr. Innerlich schrie sie gequält auf, als sie hörte, wie der alte Mann vor Schmerz stöhnte, und sie sah ihn auf die Knie sinken. Balkis rief etwas, und er und der Kommandant griffen gleichzeitig an.

Azoth zerrte nun noch heftiger an ihr und sog alle ihre Energie aus ihr auf. Der Boden unter ihren Füßen gab nach, die Geräusche verstummten, und die drohende Schwärze rückte näher, während sie entmutigt versuchte, ihm zu widerstehen. Azoth streckte eine

Hand aus, und die beiden Männer flogen, wie von einem Hieb getroffen, rückwärts gegen die Wand. Klirrend fielen ihre Schwerter zu Boden. Shaan sackte zusammen, ihr Geist war wie betäubt, und der Schmerz füllte sie ganz aus. Waren sie gerettet? Lebten sie noch? Azoth hob Shaan hoch und warf sie sich über die Schulter, und mit verquollenen Augen sah sie alle drei Männer auf dem Boden liegen, während Azoth sie aus dem Haus trug.

Eine Zeit lang bekam sie nichts mehr mit, denn der Schmerz drängte sie in die Dunkelheit. Als sie wieder zu sich kam, lag sie über Azoths Schulter. Er lief schnell, und sie prallte bei jedem Schritt immer wieder schmerzhaft gegen ihn. So hob sie mühsam den Kopf und klopfte schwach auf seinen Rücken. Er blieb stehen, und die Welt drehte sich für Shaan um die eigene Achse, während er sie hinunter auf ihre Füße stellte. Sie taumelte und wäre beinahe zu Boden gestürzt, als das Blut in ihren Ohren rauschte. Azoth packte sie am Arm.

»Vorsicht!«, flüsterte er. Sie blinzelte und versuchte, ihren Blick zu schärfen. Sie befanden sich in einer engen Gasse zwischen zwei verfallenen Gebäuden. Abfall türmte sich entlang einer Mauer, und der Gestank von Verwesung und Urin war übermächtig. Dieser Ort kam ihr entfernt bekannt vor. Waren sie in der Nähe des Hafens? Es herrschte noch immer Nacht, aber Shaan schätzte, dass es nicht mehr lange dauern konnte, bis die Sonne aufging. Sie ließ sich von Azoth stützen und versuchte, ihn hinzuhalten, um sich orientieren zu können. Nicht weit vor ihnen endete die Gasse und mündete in eine breitere Straße. Shaan konnte die dunklen Schatten eines zweigeschossigen Gebäudes sehen, das sich in gefährlichem Winkel gegen die benachbarten Hauswände lehnte, und den kleinen, zusammengerollten Umriss eines Menschen, der vor einer Türschwelle lag. Mit einem Schlag traf sie die Erkenntnis, dass sie sich in der Gasse der Crist-Verkäufer befanden.

»Weißt du jetzt, wo wir sind?«, fragte Azoth.

Aber sie antwortete nicht, sondern versuchte, sich aus seinem Griff zu winden.

Azoth stieß ein tiefes Lachen aus, legte einen Arm um ihre Taille und kam mit seinem Mund ganz nah an ihr Ohr. »Warum wehrst du dich gegen mich? Du brauchst mich doch. Du gehörst zu mir.«

Ein festes Band der Angst war um ihre Brust geschnürt. »Lass mich gehen!« Ihre Arme und Beine waren nicht sehr stark, aber sie kämpfte trotzdem gegen ihn. Voller Wut ging sie auf ihn los und schlug mit ihrem freien Arm nach ihm, trat ihn und zappelte in seinem Griff. Es war ein so plötzlicher Angriff, dass er ihn unvorbereitet traf. Er geriet aus dem Tritt, und mit einem Satz war Shaan beim Eingang zur Gasse und witterte ihre Freiheit. Aber er überragte sie lang und hatte eine größere Reichweite. Sie hörte ihn in sich hineinlachen, als er seine Hand auf ihre Schulter fallen ließ und sie zu sich zurückkriss. Er wirbelte sie herum, sodass sie sich von Angesicht zu Angesicht gegenüberstanden, schloss eine seiner Hände um ihre Kehle und stieß sie gegen eine feuchte Wand.

»Hör jetzt auf damit«, sagte er ruhig. Sie versuchte, sich aus seinem Griff zu befreien, aber er hielt sie mit seiner anderen Hand davon ab. »Hör endlich auf«, wiederholte er, und seine Augen bohrten sich in ihre. Ein seltsames Gefühl erfasste sie, und sie spürte, wie ihr ganzer Drang, vor ihm fliehen zu wollen, versiegte. Sie strampelte nicht länger, sondern erschlaffte an der Wand, nur von seiner Hand an ihrem Hals aufrecht gehalten.

»Ja«, sagte er, und seine Zähne blitzten weiß, als er sie anlächelte. Sein kantiges Gesicht war unmenschlich schön in dem schwachen, blaustichigen Licht. Sein Haar schien mit der Dunkelheit ringsum zu verschmelzen, und seine Augen, mit denen er sie fixierte, waren beinahe lilafarben. Shaan war gebannt davon, wie der Schein des Mondes auf seinem rechten Wangenknochen spielte und den Konturen seiner Lippen die Schärfe nahm. Sie spürte die Wärme seines Körpers. Ihr Atem ging schneller, und ein plötzliches Verlangen stieg wie heißer Rauch in ihren Gliedern auf.

Er sah ihr in die Augen. »Ja«, flüsterte er. Die Hand an ihrem Hals lockerte den Griff, während ihr die andere sanft das Haar aus der Stirn strich. »Shaan.« Seine Finger streichelten ihre Wange und zeichneten den Bogen ihrer Wangenknochen nach. »Ich habe nach dir gesucht und nach dir gerufen.« Seine lilafarbenen Augen bohrten sich in sie. »Weißt du, was du bist? Und wer du bist?« Ein Finger streichelte ihr Kinn, und er lächelte. »Das wirst du erfahren, und dann wirst du mich nie wieder verlassen wollen. Ich werde immer für dich sorgen.«

Sie schaute zu ihm empor und wusste, dass es die Wahrheit war. Er würde sie nie mehr verlassen, sie gehörte ihm. Es fühlte sich richtig an, und sie nickte; und mit einem Schlag ließ sie den angehaltenen Atem ausströmen. Sie konnte sich nicht mehr erinnern, warum sie hatte davonlaufen wollen. Seine Lippen verzogen sich zu einem Lächeln, und langsam nahm er seine Hand von ihrem Hals. Er stand dort, sah zu ihr hinunter und hielt sie nur noch kaum merklich am Handgelenk fest.

»Aber ich werde dir auch weiterhin die Stimme nehmen müssen«, sagte er mit einem Stirnrunzeln. »Auch wenn ich es leid bin.« Er neigte seinen Kopf leicht zu einer Seite, und streichelte mit einer Hand ihre Wange. »Aber das hier wird irgendwann wieder nachlassen, und dann wirst du erneut zu fliehen versuchen.« Ein kurzer Anflug von Enttäuschung huschte über sein Gesicht.

Shaan wollte ihm plötzlich mit jeder Faser ihres Körpers mitteilen, dass das nicht stimmte, dass sie ihn niemals verlassen würde, nein, natürlich nicht. Aber sie konnte nicht sprechen.

»Und nun muss ich wissen, wo er ist.« Mit einem Mal war ein Bild in ihrem Geist: ein goldener, schimmernder Ring, und an seiner Außenseite sah sie eine geschwungene Linie, die aussah wie der Schwanz eines Drachen, in das Metall eingeätzt. »Weißt du es?« Seine Stimme war voller Gier, und Shaan strengte sich an, ihm die Antworten zu geben, die er verlangte. Ja, nun, wo er hier war, konnte sie ihn spüren, diesen Ring. Sie hatte ihn schon zuvor gesehen. Warum hatte sie nie begriffen, wie wertvoll er war, und dass er ihr gehörte?

»Ich weiß, wo er ist«, antwortete sie in Gedanken, und ihre Hände streckten sich aus, um ihn zu berühren. Azoth sah in ihren

Geist und erkannte den Dieb, der den Ring gestohlen hatte. Sein Lächeln war triumphierend.

»Komm.« Er zog an ihrer Hand. »Wir haben viel zu tun. Wir müssen jemandem eine Lektion erteilen.« Gehorsam nickte sie und folgte ihm willig, als er sie aus der Gasse hinaus zum Hafen führte.

Torg und Tuon saßen schweigend zusammen am Küchentisch, und eine brennende Öllampe stand zwischen ihnen. Die anderen Frauen hatten schon längst ihre Freier verabschiedet und waren zu Bett gegangen, aber Tuon sorgte sich um Shaan und hatte keinen Schlaf gefunden. Sie war hinab in die Küche gekommen und hatte Torg schweigend am Tisch sitzend vorgefunden, die Stirn in Falten gelegt, mit abwesendem Blick. Er schenkte ihr etwas Wein ein und schob ihr wortlos den Becher hin. Sie setzte sich, ohne den Wein anzurühren.

Seit ihrem Treffen mit Rorc war sie ziellos von einem Zimmer des Gasthauses ins nächste gelaufen und hatte zwischen Panik, Traurigkeit und Angst geschwankt. Eine Nachricht von Meelin hatte sie erreicht: Menon war im Bürger-Viertel aufgehalten worden, und als er endlich im Gasthaus angekommen war, war Shaan schon nicht mehr dort gewesen. Tuon war ganz krank vor Angst. Menin war zu besorgt gewesen, er könne die Aufmerksamkeit auf sich selbst lenken, wenn er nach Shaan fragte. Feigling, dachte sie. Wohin konnte Shaan verschwunden sein? War sie auf eigene Faust losgezogen? War sie inzwischen schon mit einer anderen Karawane auf dem Weg in die Freilande? Oder hatte Rorc herausgefunden, was Petar zugestoßen war, und die Glaubenstreuen hatten Shaan längst aufgespürt? Hatten sie sie in Gewahrsam genommen? Vielleicht wussten sie inzwischen, dass auch sie selbst in die Sache verwickelt war. Was konnte sie nur tun? Sie war im Red Pepino geblieben für den Fall, dass Shaan zurückkehrte, doch wie lange konnte sie noch warten? Ihre Gedanken jagten sich im Kreis, bis sie das Gefühl hatte, wahnsinnig zu werden.

Sie hatte sich überlegt, ob sie weglaufen sollte. Zu früherer Stunde in dieser Nacht hatte sie in ihrem Zimmer gestanden und ein Kleid zusammengelegt und wieder auseinandergefaltet, während sie versucht hatte, einen Plan zu machen. Sie könnte ihrem eigenen Rat folgen und in die Freilande flüchten. Aber was wäre, wenn sie gefasst würde? Rorc mochte einen Verführer auf sie ansetzen, und dann wäre alles vorbei. Das konnte sie nicht riskieren. Und wem versuchte sie eigentlich etwas vorzumachen? Sie wollte nicht fort. Fortgehen würde bedeuten, *ihn* nie wiederzusehen.

Torgs Stuhl scharrte über den Boden, als er aufstand. »Bist du hungrig?«

Tuon schüttelte den Kopf und starrte in die unbewegliche Flamme der Lampe.

Torg zog einen halben Laib Brot zu sich, schnitt eine unförmige Scheibe ab, belegte sie mit Käse, biss dann aber doch nicht davon ab. Er saß einfach nur da und zerbröselte die Rinde.

Tuon warf ihm einen Blick zu. Es sah ihm gar nicht ähnlich, so niedergeschlagen zu sein. »Torg, bist du …«

»Du hast sie aus der Stadt geschafft, oder?«, unterbrach er sie. »Shaan ist fort, nicht wahr?«

Tuon zögerte. Torgs Augen waren ernst und müde, aber es lag kein Vorwurf darin.

»Ich kenne dich, Tuon. Du dachtest, sie sei in Schwierigkeiten, und wolltest sie retten, aber es ist gut möglich, dass du sie damit nur umso verletzlicher gemacht hast.«

»Wovon sprichst du?« Sie versuchte, ihre Stimme scharf klingen zu lassen, als ob er ihr Lügen auftischen würde.

»Ich habe heute Morgen mit Rorc gesprochen.« Er seufzte und schüttelte den Kopf. »Er hat sie nicht gesucht, weil er glaubt, sie habe etwas Unrechtes begangen, sondern wegen dessen, was sie sein könnte.«

»Das ergibt für mich keinen Sinn, und außerdem will ich nicht …«

»Er meint, sie könnte eine Nachfahrin des Gefallenen sein«, schnitt er ihr das Wort ab, »und wenn Azoth sie findet, könnte sie für ihn der Schlüssel sein, seine Macht wiederzuerlangen.«

»Wie bitte?«, flüsterte Tuon. »Der Gefallene ist zurück?«

»Ich weiß es nicht«, erwiderte Torg grimmig. »Aber ich weiß, dass irgendetwas Shaan in letzter Zeit Sorgen bereitet hat. Irgendetwas hat sie verändert, sie schien…« Er breitete die Hände aus. »… anders. Und die Drachen in der Anlage kreisen schreiend über der Stadt. Der Gefallene war der Herr der Drachen, ihr Meister, und wenn er zurückkommen sollte, würden sie es ganz sicher spüren.«

Tuon antwortete nicht. Sie starrte in die Flamme der Lampe. Das Gleiche hatte sie an jenem Morgen auf dem Markt zu Shaan gesagt. Wie lange war das nun schon her? Sie dachte an die Träume, die Shaan gequält hatten, und an den Tag, an dem sie aus der Anlage zurückgekommen war, bleich und innerlich aufgewühlt. Was war dort geschehen? Aber Tuon konnte einfach nicht glauben, dass sie einen Fehler gemacht hatte, als sie sie zu beschützen versuchte.

»Rorc kommt heute Nacht noch hierher«, sagte Torg. »Du solltest ihm sagen, wo sie sich befindet.«

Tuons Herz schlug ihr plötzlich bis zum Halse. »Was? Wann?«

Er sah beunruhigt aus. »Ich weiß es nicht. Er ist jetzt schon spät dran.«

Tuon fühlte einen Anflug von Sorge. Rorc verspätete sich nie.

»Ist er…« Aber sie konnte ihren Satz nicht beenden. Die Tür zum Hof wurde mit einem Mal aufgerissen, sie sah hoch; ihr Herz hämmerte. Doch es war nicht Rorc. Da stand ein Fremder: ein großer, dunkelhaariger Mann.

»Torg Fairwind«, sagte dieser. »Wo ist der Ring des Propheten?« Torg wurde ganz still, dann erhob er sich langsam vom Tisch und machte einen Schritt zurück, sodass er sich nicht mehr im hellen Schein der Lampe befand.

»Wer seid Ihr?«, fragte er.

Der Mann lächelte, und Tuon verschlug es den Atem, als sie sein schönes Gesicht sah, das sie zugleich abstieß. Da war nichts Irdisches im Schwung seiner Wangenknochen und in seinen fein geschnittenen Augen. Eine gefährliche Stärke ging von ihm aus. Der Mann betrat die Küche und schloss die Tür. Erst in diesem Moment kam eine Frau hinter seinem Rücken hervor ins Licht.

»Shaan!« Tuon sprang auf. Aber Shaans Gesicht war seltsam leer. Ein leichtes Lächeln lag auf ihren Lippen, doch sie blickte durch Tuon hindurch. Der Mann ließ neugierig den Blick zu Tuon flackern, und sie spürte, wie die Angst sie überfiel. Da war nichts Menschliches in diesen Augen. Mit einem schwachen, beängstigenden Lächeln wandte er sich wieder an Torg.

»Wo ist er, Fairwind? Ich weiß, dass du ihn hast.«

»Ich weiß von keinem Ring«, entgegnete Torg.

Das Lächeln verschwand vom Gesicht des Fremden, und die Androhung von Gewalt lag im Raum. »Treib keine Spielchen mit mir, Mann der Inseln. Du bist der Erbe des Propheten, und seinem Willen zufolge wird der Ring von einem Kind an das nächste weitergegeben. Ich weiß, dass du ihn hast, und er gehört mir. Gib ihn mir.«

»Tuon, nimm Shaan und verschwinde«, befahl Torg, ohne sie anzusehen, und der Ton in seiner Stimme steigerte ihre Angst. Und dann packte der Fremde mit einem Mal Shaan am Handgelenk und zog sie an sich.

»Nein.« Er starrte Tuon an, und sie merkte plötzlich, dass sie nicht mehr in der Lage war, sich zu bewegen. Ihre Füße fühlten sich an, als wären sie am Boden festgewachsen; ihr Geist war willig, aber ihre Glieder wollten ihr nicht länger gehorchen. »Shaan!« Tuon versuchte, die Hand nach ihr auszustrecken, aber Shaan schien nichts von ihrer Umgebung mitzubekommen. Stattdessen starrte sie den dunkelhaarigen Mann mit der Bewunderung eines Kindes an. Tuon lief es eiskalt über den Rücken, als sie sich fragte, ob es wahr war, was Torg zuvor gesagt hatte. War dies der Gefallene? Stand Azoth vor ihnen?

Ohne jedes Geräusch griff Torg unvermutet nach dem Messer, mit dem er das Brot geschnitten hatte, und warf sich auf den Fremden.

Die Augen des fremden Mannes weiteten sich, als sie den

dicken, goldenen Ring an Torgs Ohr baumeln sahen. »Aaaah!«, rief er, ließ Shaans Handgelenk los und wich geschickt Torgs Angriff aus. Er griff nach der Hand des größeren Mannes, entwand ihm das Messer und trat ihm die Beine weg, sodass er auf den Boden stürzte. Mit einer kaum sichtbaren geschmeidigen Bewegung hob er das Messer auf, ließ es in seiner Hand herumwirbeln und stieß dann zu, sodass die Klinge bis zum Heft in Torgs Brust versank.

Tuon schrie, als das Blut aus seinem Herzen hervorquoll.

»So enden die Nachkommen von Dieben«, murmelte der Mann und riss Torg den goldenen Ring aus dem Ohr.

»Nein!«, kreischte Tuon. Sie merkte, dass sie sich nun wieder bewegen konnte, und warf sich auf den Fremden.

Mühelos wehrte dieser ihre Arme ab, mit denen sie auf ihn einschlug, und schleuderte sie zurück gegen den Tisch. Schmerz flackerte in ihr auf, als sie mit der Seite auf dem massiven Holz aufprallte und zu Boden rutschte. Ihr Kopf krachte auf die harten Fliesen. Vor ihren Augen verschwamm alles. Die Fliesen waren kalt an ihrer Wange, und sie konnte nur noch schwach Torg erkennen, um dessen Körper sich eine Blutlache ausbreitete. Sie hörte etwas fallen, dann entfernten sich Schritte, und die Tür wurde geschlossen. Das Licht im Zimmer war nun strahlender, die Luft wärmer, und der Rauch… War das Rauch in der Küche? Ein knisterndes Knacken ertönte, und eine Flammenzunge schob sich das hölzerne Tischbein hinunter. Feuer! Sie sollte sich bewegen; sie musste fort. Als würde sie sich durch eine mächtige Flutwelle quälen, kroch Tuon über den Fußboden.

»Stellt sechs Gruppen mit je vier Männern zusammen«, befahl Rorc dem Jäger. »Durchkämmt die Stadt; wenn ihr ihn findet, setzt eure Armbrüste ein, aber versucht nicht«, er betonte die Worte, »ihn mit euren Schwertern unschädlich zu machen. Er ist zu gefährlich. Und das Mädchen will ich lebendig.«

Der Mann nickte. »Was ist mit dem Septenführer Balkis?«

»Ich werde ihn selber suchen.«

»Jawohl.« Der Jäger drehte sich um und rannte den Flur hinunter, dann verschmolz er mit den Schatten. Rorcs Mund hatte einen verkniffenen Zug, als er ihm hinterherstarrte. Als er dazugekommen war, war Balkis bereits fort gewesen. Leichtsinnig war er auf eigene Faust Shaan und dem Mann gefolgt, der sich selbst Azoth genannt hatte. Die Götter allein wussten, wie er ihn auszuschalten gedachte. *Er hätte es kommen sehen müssen*, dachte Rorc, zügelte aber seinen Zorn und kehrte in sein Zimmer zurück.

Als er eintrat, sah er die Seherin aufgebracht hin und her laufen, während Morfessa und Cyri ihr dabei zusahen.

»Wie kann es sein, dass Ihr davon nichts gewusst habt?« Veila funkelte Morfessa an. »Er war in Eurem Heim und ist Euch ebenda zur Hand gegangen!«

»Veila.« Langsam erhob sich Cyri von seinem Stuhl und legte ihr eine Hand auf die Schulter, sodass sie einen Moment lang aufhörte, herumzuwandern. »Azoth muss irgendwie seinen Geist vernebelt haben, um sich selbst zu schützen. Vergiss nicht, was er ist.«

Veila warf ihm einen aufgebrachten Blick zu und stieß seine Hand weg. Sie hatte sich vor Morfessa aufgebaut. »Warum habt Ihr sie nicht sofort zu mir gebracht? Warum musstet Ihr sie in diesem Raum verstecken?«

Morfessa saß in seinem Sessel und kühlte einen Bluterguss auf seinem Kopf. Er war blass, und die tiefen Schatten unter seinen Augen ließen sein Gesicht eingefallen und alt aussehen. »Ich musste mich erst vergewissern«, sagte er leise. »Ich glaubte, dieser Raum sei sicher. Ich ahnte ja nicht …« Er machte eine hilflose Geste mit der Hand und sah zur Seite. »Die Augen waren die gleichen, wie konnte ich nur übersehen, dass …«

Veilas Lippen wurden schmal. »Eure Liebe zum Wein hat Euren Geist schon viel zu lange verwirrt.«

»Veila!« Cyris Stimme war fest. »Sei nicht so schnell mit deinem Urteil bei der Hand. Azoth ist mächtig, auch ohne den Schöpferstein, und es wird uns nicht retten, wenn wir uns nun auch noch untereinander zerstreiten.«

»Wenigstens müssen wir uns jetzt nicht mehr darüber auseinandersetzen, ob er wohl zurückkommen könnte«, sagte Veila, nachdem sie sich zu ihm umgedreht hatte. »Nun glaubst auch du, dass er wieder da ist.«

Der Konsul presste die Lippen aufeinander. »Mir bleibt ja wohl nichts anderes übrig.«

»Aufhören.« Rorc trat zwischen die beiden. »Was geschehen ist, ist geschehen.« Er sah von einem zur anderen. »Wir müssen entscheiden, was nun zu tun ist.« Es herrschte Schweigen, während der Konsul und die Seherin sich anstarrten.

»Er hat recht«, lenkte Veila ein. »Danke, Kommandant, Ihr seid wie immer die Stimme der Vernunft.« Ihre Augen wanderten zu Cyri. »Wir müssen zusammenarbeiten. Azoth hat Shaan nun in seiner Gewalt. Es kann keinen Zweifel geben, dass sie der Schlüssel ist. Er könnte mit ihrer Hilfe in der Lage sein, den Stein an sich zu bringen. Was können wir tun, wenn er ihn findet?«

»Wir müssen ihm zuvorkommen«, sagte Rorc. »Veila, habt Ihr eine Ahnung, wohin er unterwegs sein könnte?«

Sie runzelte die Stirn. »Nein.«

»Könnt Ihr ihn im Zwielicht aufspüren?«

»Nein, das ist zu gefährlich«, protestierte Cyri. »Er hat den Traumseher getötet, und er könnte auch Veila töten.«

Trotz seiner ernsten Worte war der Konsul der Seherin sehr zugetan, vielleicht sogar mehr als das. Rorc sah die Angst eines Beschützers in seinen Augen, und er bemerkte auch, wie er Veila besitzergreifend eine Hand auf die Schulter schmiegte.

»Es ist zu gefährlich, sie darf es nicht versuchen«, sagte er bestimmt.

Veila legte ihre Hand über die des Konsuls. »Ist schon in Ordnung. Ich muss es versuchen, Cyri. Vielleicht ist er im Moment zu abgelenkt, als dass er mich bemerkt.«

Offenkundig unzufrieden sagte Cyri: »Aber nur eine kurze Suche.«

Morfessa erhob sich. »Ich werde sehen, wie es der Führerin und Nilah geht. Die Sonne wird bald aufgehen, und ich muss Nilah darauf vorbereiten, dem Rat der Neun gegenüberzutreten. Als die Wachen sie fanden, war sie gerade dabei, sich in einem Wirtshaus im Bürger-Viertel zu betrinken.« Er wich Rorcs Blick aus. »Ich habe ihr ein Tonikum gegeben, das sie ausnüchtern sollte.«

Der Gesichtsausdruck des Kommandanten war furchteinflößend. »Da erscheint es mir sinnvoller, Nilah erst mal aus allem rauszuhalten«, sagte er. »Ich bezweifle, dass sie in der Lage ist, die Verantwortung zu übernehmen. Wir sollten das unter uns regeln.«

»Da stimme ich zu«, sagte Cyri.

»Wird die Führerin überleben?«, fragte Rorc Morfessa.

Der zögerte. »Ich weiß es nicht. Als ich sie zuletzt untersuchte, war sie bereits in einen Zustand tiefster Ohnmacht gefallen. Ich konnte sie nicht mehr erreichen.«

Das war die schlimmste Nachricht. Rorc hatte das Gefühl, dass ihm alles entglitt. Das Letzte, was er jetzt brauchen konnte, war der Tod Arlindahs.

Nilah war eitel und selbstsüchtig, und er konnte sich nicht vorstellen, dass sie die nötigen Entscheidungen treffen würde.

Veila bemerkte seine Befürchtungen. »Nilah muss wenigstens den Anschein erwecken, während der Krankheit ihrer Mutter deren Lücke auszufüllen«, sagte sie.

»Ja.« Morfessa wirkte besorgter, als Rorc ihn je gesehen hatte. »Ich werde sie darauf vorbereiten, zum Rat zu sprechen. Da sie die Erbin ist, ist dies ihr rechtmäßiger Platz. Wenn Lorgon die Freiländer weiterhin unter Arrest hält und verlangt, dass man sie durchsucht – was sehr wahrscheinlich ist –, dann muss sie wenigstens so tun, als hätte sie die Lage unter Kontrolle.«

»Aber kein Wort zu ihr über die Dinge, die hier heute Nacht geschehen sind«, warnte Rorc. »Das ist nichts, was der Rat schon zu diesem Zeitpunkt wissen muss.« Er drehte sich um und ging zu den Glastüren.

»Ihr wollt ihn selber verfolgen?«, fragte Cyri, und Rorc wandte sich noch einmal um.

»Ich kann nicht hier herumsitzen und abwarten. Davon abgesehen, muss ich diesen Narren Balkis finden, ehe er sich töten lässt. Doch falls meine Männer mit Azoth zurückkehren …«

»Wir werden eine Zelle vorbereiten«, sagte Cyri. »Hoffentlich eine, die ihn auch halten kann.«

»Seid vorsichtig«, mahnte Veila.

Rorc nickte ihr zu, und mit einem letzten Blick auf Cyri verließ er den Raum durch dieselben Türen, die Azoth vor kurzem durchschritten hatte.

Es war warm und still draußen, und die Feuchtigkeit hing schwer in der Luft. Er sah hinauf zum Himmel. Die Sterne blitzten mit kaltem Licht durch die Wolkenschwaden hervor. Es würde nicht mehr lange dauern, bis die fahlen Strahlen der Sonne die Sterne vertreiben würden. Rorcs Augen waren trocken, und die Müdigkeit ließ seine Schultern schmerzen, aber mit lange eingeübter Erfahrung ignorierte er die Anspannung und hastete durch die ruhigen Straßen. Er war sich sicher, dass dieser auferstandene Gott zur Kuppel und zu seinen Drachen unterwegs sein würde, und so schlug er den Weg durch das Händler-Viertel ein und bog in die steile Straße, die zur Anlage emporführte.

Der Wind blies vom Meer herein und wühlte seine Haare auf. Er blieb stehen, drehte sich um und ließ seinen Blick über die Stadt wandern. Er konnte einen schwachen Hauch beißenden Rauchs in einer heranwehenden Brise erahnen. Als er die Dächer absuchte und die Augen zusammenkniff, konnte er graue Schwaden über den Straßen des Seefahrer-Viertels sehen. Sie schienen in der Gegend um das Red Pepino aufzusteigen. Das konnte kein Zufall sein. Fluchend machte er kehrt, rannte den ganzen Weg zurück zur Stadt, und tief im Innern kannte er bereits die Wahrheit. Er war zu weit vom Red Pepino entfernt, als dass er es noch rechtzeitig hätte erreichen können. Und so änderte er seinen Kurs, kürzte seinen Weg über einen leeren Marktplatz ab und stürmte zum Tempel, um sich ein Muthu zu holen.

Als er ankam, war es still auf dem Hof. Die Wache fuhr nur halb aus dem Schlaf auf, als er durchs Tor rannte und dem Mann zubrüllte, er solle das Haupttor öffnen. Dem Wachposten blieb kaum genug Zeit, aufzustehen und das schwere Holztor aufzuschieben, als Rorc auch schon auf ein Tier gestiegen war und es mit den Hacken dazu gebracht hatte, sich in Bewegung zu setzen. Die Hufe klapperten auf den Steinen, als Rorc das Muthu aus dem Stall trieb und auf die Straße lenkte. Der Schein von Lampen in den Fenstern hinter ihm schimmerte, als er in der dunklen Gasse in Richtung Seefahrer-Viertel verschwand.

Er folgte der schmalen, kurvenreichen Straße zwischen verwahrlosten Gebäuden hindurch und hielt den Blick unablässig gen Himmel gerichtet. Die Qualmwolken waren jetzt unübersehbar. Sie wehten über die Dächer, und der Brandgeruch wurde stärker. Eine Tür öffnete sich, und ein Mann steckte den Kopf hinaus, schnüffelte und sah die Straße hinunter. Andere Gesichter tauchten an den Fenstern in den oberen Geschossen auf. Immer mehr laute Stimmen waren zu hören, unter die sich das unverkennbare Knistern brennenden Holzes mischte.

Rorc klammerte sich am sattellosen Rücken des Muthus fest und trieb es gnadenlos vorwärts. Im Galopp verließen sie die Straße und bogen in eine Gasse ein, die sie zurück zum Gasthaus führte. Schwarze Rauchschwaden stiegen hier in die Luft, und eine Menschenmenge schob sich in diese Richtung. Rorc benutzte das Muthu, um sich einen Weg zu bahnen, und er ritt bis zur Hinterpforte, sprang ab und ließ das Tier bei einem Straßenjungen zurück, um zum Feuer zu rennen. Rauch quoll aus den Fenstern der höheren Etagen, und dunkle Gestalten, die nur als Silhouetten vor dem Himmel zu erkennen waren, sprangen hinaus auf das Dach des Vorratsschuppens vom Red Pepino.

Aus dem Inneren ertönten Schreie, und niemand schien etwas zu unternehmen, um den Eingeschlossenen zu Hilfe zu kommen. Mit bestürzten Gesichtern liefen die Menschen durcheinander. Rorcs Herz hämmerte, als er die Menge nach Torg oder Tuon absuchte, sie jedoch nirgends entdecken konnte. Immerhin erkannte er eine der Huren wieder, lief mit langen Schritten zu ihr und packte sie am Arm.

»Weißt du, wo Torg und Tuon stecken?«, fragte er.

Die Frau sah ihn verängstigt an. »Keine Ahnung. Ich dachte, sie wären unten in der Küche gewesen. Haben sie es nicht mehr rausgeschafft?«

Rorc gab ihr keine Antwort. Er griff sich den nächstbesten Mann. »Du da! Hol die Stadtwache.« Der Angesprochene zuckte zusammen, als er bemerkte, wer ihm da einen Auftrag erteilt hatte, drehte sich um und schoss durch die Tore davon zur Wachstation.

»Ihr da!« Rorc rannte zu drei jüngeren Männern hinüber. »Zwei von euch suchen sich Eimer und füllen sie mit Wasser aus dem Brunnen. Fangt damit an, den Vorratsschuppen und dieses Ende des Gasthauses zu löschen.« Er zeigte auf die Seite, an der noch immer Frauen aus den Fenstern sprangen. »Wir müssen das Feuer eindämmen, ehe es sich ausbreiten kann. Holt euch noch andere zu Hilfe. Und du«, er zeigte auf den Größten und Kräftigsten der drei, »du begleitest mich.«

Die zwei Männer beeilten sich, seinen Anweisungen zu folgen, während Rorc zur Hintertür des Gasthauses rannte; der junge Mann war ihm auf den Fersen. Rauch drang inzwischen aus jeder Ritze, und lange, qualmende Risse bildeten sich in den rau verputzten Wänden. Aus dem Innern der Mauern drangen platzende und knisternde Geräusche, begleitet vom Tosen des Feuers.

»Hilf mir mit der Tür«, schrie er über den Lärm hinweg und hustete, als ihm Rauch in die Lunge geriet.

Die Tür war verschlossen, und die Metallklinke war zu heiß, als dass man sie hätte berühren können. Also machten die beiden Männer einen Schritt zurück und begannen, gemeinsam gegen die Tür zu treten. Sie war aus schwerem, schwarzem Holz gefertigt, und so hielt sie ihrem Ansturm einige Zeit stand und wackelte lediglich in den Angeln. Das Knacken des Feuers wurde lauter, und eine entsetzliche Angst erfasste Rorc, dass es ihm vielleicht nicht gelingen würde, die Tür einzutreten, und dass er die Eingeschlossenen nicht würde retten können. Mit einem Brüllen warf er sich nun gegen das Holz und trat wieder und wieder mit aller Macht dagegen, bis die Tür schließlich mit einem scharfen, splitternden Krachen doch noch nachgab. Der junge Mann neben Rorc fiel rückwärts zu Boden, als ihnen ein Hitzeschwall entgegenschoss, aber Rorc riss nur den Vorderarm vors Gesicht, trat die Überreste der Tür aus dem Rahmen und sprang ins Zimmer. Flammen züngelten an den Wänden empor und krochen unter dem Dach entlang, und die Luft war rauchgeschwängert. Hustend und würgend wäre Rorc beinahe über Torgs Körper gestolpert, der neben dem Eingang lag.

»Hier«, brüllte er dem jungen Mann zu und bückte sich. Er wusste im gleichen Augenblick, in dem seine Hand das Messer in Torgs Brust spürte, dass er tot war.

»Zieh ihn raus!«, rief er. Die Hitze der Flammen war kaum erträglich, und Rorc kroch förmlich über den Boden, um sich unterhalb des Rauchs zu bewegen. Flammen knisterten, und er konnte riechen, dass seine eigenen Haare angesengt wurden, aber er schob sich weiter durch den Raum, um nach Tuon zu suchen.

Schließlich fand er sie zusammengerollt auf dem Boden in der Nähe eines angeknacksten Wasserkrugs. Der nasse Ton hatte den Flammen bislang getrotzt, doch als Rorc näher kam, tanzten die Flammen bereits auf der Mauer neben Tuons Kopf wie ein lebendes Wesen, das sich nah genug an sie herantraute, um sie zu verbrennen.

»Tuon!«, schrie Rorc heiser. Eine plötzliche, wilde Furcht ergriff ihn, und entschlossen trat er einen Stuhl weg, der ihm im Weg gestanden hatte, und sprang zu Tuon hin, um sie hochzuheben. Sie lag regungslos in seinen Armen, und ihr Kopf fiel ihr zurück in den Nacken, als Rorc mit ihr aus dem brennenden Gebäude rannte und Rauch hustete.

Draußen ließ er sich auf dem hart getretenen Erdboden auf die Knie fallen und legte Tuon sein Ohr auf die Brust. Ihr Herz schlug noch. Tiefe Erleichterung machte sich in ihm breit. Ein hässlicher Bluterguss war an ihrer Schläfe, aber sie war am Leben. Da kniete Rorc nun und betrachtete ihr Gesicht im flackernden, orangeroten Licht. Wie ein Schlag traf ihn die Erkenntnis, dass sie hätte tot sein können, wenn er nur einen Moment später aufgetaucht wäre.

»Kommandant.«

Er hob den Blick und sah einen Jäger näher kommen.

»Wir haben dies hier gefunden.« Er streckte ihm einen Fetzen von grüner Seide entgegen, der von dem Kleid stammte, das Shaan getragen hatte.

»Er war hier«, sagte Rorc mit harter Stimme.

»Ja. Balkis schickt mich, Euch zu suchen. Er sagt, Azoth sei in Richtung Drachenanlage unterwegs.«

»Er hat vor, sich einen Drachen zu nehmen.« Rorc sprang auf. »Hier.« Sanft hob er Tuon in die Arme des Jägers. »Bringt diese Frau in den Tempel.«

»Kommandant.« Der Mann nahm die Bürde entgegen, und Rorc zeigte auf Torgs Leichnam, der ganz in der Nähe lag.

»Und sorgt dafür, dass die Stadtwachen auch ihn mitnehmen. Die Schwestern werden wissen, was zu tun ist. Ich werde Balkis folgen.« Rorc drehte sich um und rannte davon, um das Muthu zu holen. Sein Zorn verlieh ihm Kraft und Energie, obwohl der Qualm in seinen Lungen brannte. Er hatte keinen Zweifel daran, dass Azoth beinahe Tuon getötet und Torg ermordet hatte. Der Mann der Inseln war von großem Wert für die Glaubenstreuen gewesen, und noch mehr als das. Torg war sein Freund gewesen. Rorc würde Azoth finden, und ob er Mann war oder Gott, Rorc war entschlossen, dass Azoth würde leiden müssen.

Shaan rannte. Der erste Schein der aufgehenden Sonne erreichte die flachen Dachspitzen über ihnen, aber es war ein fahles Licht. Dicke Wolken trieben über die Stadt, und es war windstill; der Klang ihres eigenen Atems schien alles zu sein, was ringsum zu hören war.

Azoth machte nicht das geringste Geräusch, während er neben ihr lief, den Blick starr nach vorne gerichtet, als könne er allein durch Willenskraft ihr Ziel näher heranbringen. Gelegentlich sah er Shaan von der Seite an, und wann immer das der Fall war, fühlte sie sich unbeschwerter, fröhlicher und versuchte, ihren Schritt dem seinen anzupassen. Sie konnte sich nicht richtig erinnern, wohin sie unterwegs waren, und auch nicht, aus welchem Grund sie umherzogen, aber sie war sich sicher, dass alles gut werden würde, wenn sie Azoth nur folgte und ihm Freude bereitete.

Sie eilten an Häusern vorbei, deren Fensterläden verschlossen waren, und dann einen leichten Anstieg empor. Hier war die Straße breiter und kurviger, und sie wurde rechts und links von Bäumen und Gärten gesäumt. Azoth bog ab und nahm einen kleineren Pfad zwischen den Bäumen hindurch. Einige Zeit lang schienen sie im Kreis gerannt zu sein, ehe Shaan vor ihnen eine hohe Mauer und ein verriegeltes Holztor sah. Vage erinnerte sie sich daran, dass dies die Mauer war, die die Drachenanlage umschloss, aber es erstaunte sie, wie sie hier hatten hergelangen können. Doch dies blieb ein flüchtiger Gedanke, der in ihrem Geist aufflackerte und schon wieder verschwunden war, als sie geduldig darauf wartete, dass Azoth das Tor öffnete.

Er musste einige Kraft aufwenden, ehe er es aufzuschieben vermochte und sie eintreten konnten. Shaan sah das weiße Gestein der Kuppel durch die Bäume blitzen. Ein leichtes Pochen in ihren Schläfen machte ihr zu schaffen, als sie näher kamen, und der Gedanke, dass sie hier nicht sein sollte, drang überraschend klar durch den Nebel in ihrem Kopf. Sie blieb verwirrt stehen und sah sich um. Was tat sie denn bloß hier? Shaan rieb sich die Augen. Und wer war dieser Mann?

Azoth hatte bereits den Arbeitereingang in der Kuppelwand erreicht, als er sich abrupt zu Shaan umdrehte und sie ansah. Er zog die Augenbrauen zusammen, murmelte einen Fluch und kam wieder zurückgerannt. Shaan starrte ihn an, und plötzlich überfiel sie ein Gefühl unmittelbarer Gefahr. Ihr Herz machte einen Satz; sie drehte sich um und wollte fliehen, doch schon war Azoth bei ihr.

Er packte sie am Handgelenk. »Komm«, flüsterte er und zog sie hinter sich her zur Kuppel.

Aber Shaans Gedanken waren mit einem Schlag wieder licht. »Nein!«, schrie sie und kämpfte gegen seinen Griff. Bruchstückhaft kehrte ihre Erinnerung wieder: Balkis, wie er durch die Luft geflogen war, das Red Pepino, Tuon, die auf dem Boden aufschlug, und Torg ... Torg, der fiel, ein Messer und das Tosen von Feuer.

»Nein!«, stieß sie noch einmal aus, stemmte ihre Füße auf den Boden und drehte und wand sich verzweifelt.

Um sich die Sache zu erleichtern, machte Azoth noch einmal halt, drehte sich zu ihr um und versetzte ihr einen schmerzhaften Hieb quer übers Gesicht, dann warf er sie sich über die Schulter und setzte seinen Weg zur Kuppel fort. Shaan bemerkte benommen, dass sie das Dämmerlicht des Außenflures betraten. Azoth bewegte sich rasch und steuerte unmittelbar auf die Wendelrampe zu, die zu den oberen Boxen emporführte.

Shaan versuchte, ihre Gedanken zu ordnen. Die Sonne war noch nicht vollständig aufgegangen, doch es sollten sich trotzdem bereits Arbeiter in der Kuppel befinden. Sie holte tief Luft, um zu schreien, aber plötzlich wurde ihr Geist von der Anwesenheit Nuathins angefüllt.

Arak! Der Ruf des Drachen hallte in ihrem Schädel. Shaan presste sich die Hände gegen den Kopf, der während Azoths Aufstieg qualvoll gegen seine Schulter schlug. *Nuathin,* versuchte sie den Drachen in Gedanken zu erreichen, aber dieser war stärker und überflutete sie mit einer unaufhaltsamen Welle des Sehnens. Shaan konnte kaum noch etwas erkennen, und Schmerz durchfuhr ihren Geist, als der Drache ihr seine eigenen Gefühle aufdrängte. *Er ist hier!*, schrie Nuathin. *Er fühlt uns, er kennt uns, er ...* Der Drache hielt inne, dann flüsterte er plötzlich: *Wird er uns wieder die alten Wege zeigen?* In Shaans Kopf drehte sich alles, und sie war außerstande, Nuathin eine Antwort zu senden. Sie blinzelte und versuchte, ihr verschwommenes Sichtfeld zu klären. Ihr Schädel schmerzte, und Azoths Schulter drückte in ihren Magen.

Dann setzte er sie unvermutet ab. Ihre Füße schlugen hart auf dem Boden auf, und sie entdeckte Nuathin, der sich ganz an den Rand seiner Box gekauert hatte und Azoth entgegenstarrte. Der Kamm des Drachen pulsierte in einem tiefen Rot, und die Farbe erleuchtete die Wände und überzog den Stein mit Licht. Nuathins Augen blitzten und hatten ein tiefes Lila angenommen, das dem Azoths sehr ähnlich war.

Shaan versuchte, dem Drachen ihre Gedanken zu übermitteln: *Nuathin. Verschwinde. Flieg weg.* Sie spürte das plötzliche Verlangen, das alte Tier zu beschützen. Aber entweder war es ihr nicht richtig gelungen, die Geiststimme zu verwenden, oder Nuathin ignorierte sie, denn er starrte auch weiterhin, wie in einen Bann geschlagen, den Mann neben ihr an.

Shaan schielte zu Azoth, und ihr Innerstes verkrampfte sich vor Furcht. Er schien an Größe und Breite zugelegt zu haben, und ein begehrliches Licht glomm in seinen Augen. Es war der gleiche Ausdruck wie in Morfessas Zimmer, als er sie das erste Mal zu sich gerufen hatte. Er strahlte nun Macht aus und hatte nichts Menschliches mehr an sich.

Mein Semorphim, wandte er sich mit tiefer, sinnlicher Stimme an Nuathins Geist. Shaan bekam eine Gänsehaut. Sie konnte ihn verstehen, obwohl er eine Sprache verwendete, die sie noch nie zuvor gehört hatte. Shaan wollte davonrennen, vermochte es jedoch nicht; der Wohlklang von Azoths Geiststimme sang in ihrem Blut, und eine Wärme durchströmte sie. Ohne zu wissen, warum, fiel sie auf die Knie.

Ich habe ganze Millennien lang Tränen vergossen, weil ich euch verloren hatte. Er näherte sich dem Drachen. »Mein Eigen, meine Kinder, vor mir verborgen. Aber ich bin zu euch zurückgekehrt.« Er streckte dem Drachen eine Hand entgegen, und voller Erstaunen sah Shaan, wie eine Träne aus Azoths Augenwinkel quoll.

Komm, trage mich und die Meine. Wir werden wieder eine Familie sein, wir alle.

Seine Stimme war hypnotisch und von solcher Traurigkeit erfüllt, dass auch Shaan spürte, wie ihre Augen feucht wurden. Nuathins Kamm pulsierte in schnell wechselnden Farben, und Rot und Blau, dann Grün und Orange wirbelten an seinem Hals entlang. Seine mächtigen Flanken hoben und senkten sich, und sein heißer Atem wehte Shaan das Haar aus dem Gesicht. Einen

Moment lang starrte er Azoth an, und die Luft zwischen ihnen sprühte vor Energie; dann drehte er sich plötzlich um, schwang sich von seinem Sims, schlug mit den Flügeln und stieg zum Dach empor.

Azoth wandte sich mit triumphierenden, glänzenden Augen an Shaan. »Komm.« Er griff nach ihr, zog sie auf die Beine und folgte der Rampe zur Spitze der Kuppel empor.

Shaan war verwirrt und ließ sich von ihm den kurzen Weg bis zur Außentür führen. Sie bekam nur schwer Luft. Seine Stimme hielt sie gefangen, doch mehr noch seine Worte. Etwas in ihrem Kopf reagierte, als würde sie etwas Bekanntes wiederfinden. Da war ein tiefes Ziehen in ihr, und was sie geglaubt hatte, geriet ins Wanken. *Mich und die Meine.* Azoth stieß die Dachtür auf, und Shaan kniff in den ersten Strahlen der aufgegangenen Sonne die Augen zusammen.

Nuathin erwartete sie bereits. Shaans Herz hämmerte, und einen Moment lang blieb sie unsicher stehen. Azoth drehte sich um und kam zurück. Er sah zu ihr hinab, liebkoste ihre Wange und hob ihren Kopf, um ihr in die Augen zu schauen. Er lächelte, und Shaan zitterte bei seinem Anblick.

»Komm«, flüsterte er, und wieder spürte sie das Drängen tief in ihrem Innern, das danach verlangte, bei ihm zu sein.

»Gut.« Sein Lächeln wurde breiter, und er zog sie sanft mit zum Drachen.

Nuathin sah strahlender aus, schlanker und irgendwie jünger. Er drehte ihr den Kopf zu, um sie anzusehen, während Azoth ihr half, auf seinen riesigen Rücken zu klettern und sich zwischen seine Flügel zu setzen. Azoth selbst sprang geschmeidig vor ihr auf, und sie schlang ihre Arme um seine Taille wie in einem Traum.

»Shaan!« Eine Stimme ertönte, und Balkis platzte durch die Türöffnung auf das Plateau hinaus. Er hatte sein Schwert aus der Scheide gezogen, und sein blondes Haar wehte hinter ihm her, als er auf sie zurannte.

»Halt!«, rief er.

Seine Augen suchten ihre, und einen kurzen Moment lang fanden sich ihre Blicke. Shaan spürte, wie das Strahlen, das sie umfangen hatte, verblasste, und etwas in Balkis' verzweifeltem Gesicht berührte ihr Inneres. War er ihretwegen gekommen? Sie löste ihre Hände von Azoths Körper.

Doch da sprach Azoth: »Flieg, Semorphim.« Es war ein Befehl, und der Drache duckte sich kurz und sprang dann in die Luft.

Die Wucht ließ Shaans Magen in die Kniekehlen sinken, und sie hatte ihre Arme wieder um Azoths Hüfte gelegt, als sie höher stiegen. Ihre Haare wirbelten im Aufwind um ihren Kopf herum, und sie sah durch die flatternden Strähnen hindurch zu Balkis, der ihr nachstarrte, während Nuathin sie davontrug.

32

Tallis schnitt Jared mit dem Messer den Mantel vom Rücken. Darunter kamen Fetzen seines Clanhemdes zum Vorschein, die an seiner Haut festklebten, und ein klaffender Riss zog sich vom rechten Schulterblatt hinunter bis zur Hüfte. Jared war bleich, und sein Atem ging flach. Zum Glück hatten die Klauen des Biests sein Rückgrat verfehlt, doch auch so konnte Tallis Knochen zwischen dem aufgerissenen Fleisch erkennen.

Immer wieder dachte er an die Worte, die der Drache ihm in seinem Geist aufgedrängt hatte. *Arak-ferish.* Das Tier hatte ihn eigentlich töten wollen, aber etwas hatte es zurückgehalten. Und das stand in Zusammenhang mit eben diesen Worten; Tallis hatte Angst in den Augen des Drachen gesehen, als er die Worte zischte, und er hatte die Furcht im Blut des Biests gespürt. Es war die gleiche Furcht, die er an jenem Tag in der Wüste aufgefangen hatte. Es war beinahe, als fürchteten sich diese Tiere vor ihm, aber aus welchem Grund?

»Hier, benutz das, um die Blutung zu stillen.« Attar reichte ihm ein dickes Stoffbündel. Tallis nahm es und presste es auf die Wunde, dann band er es mit Streifen von Jareds Hemd um den Oberkörper seines Freundes, damit es nicht verrutschen konnte.

»Danke.« Er sah zum Reiter empor.

Attars Gesicht war grimmig im flackernden Licht der Fackel, die er bei sich trug, »Er hat viel Blut verloren. Wir müssen ihn zu einem Heiler bringen.«

»Können uns denn die Drachen immer noch tragen?« Tallis sah zu Marathin und Haraka. Beide hatten tiefe Verletzungen davongetragen und kauerten eng beieinander, aber die Wunden schienen ihnen nichts auszumachen.

Attar nickte. »Drachen heilen schnell. Die sind aus härterem Stoff als wir gemacht.« Er runzelte die Stirn, als er den Hauptmann aus dem Landhaus kommen sah. »Ich bin gleich wieder da«, sagte er und ging davon.

Als die Patrouille angekommen war, war das Biest noch nicht lange verschwunden, und nun durchsuchten sie das Haus und die umliegende Gegend. Tallis sah Attar mit dem Hauptmann sprechen, dann kehrte er wieder zu ihm zurück.

»Sie haben den Leichnam eines Mannes nicht weit vom Haus entfernt gefunden. Ich würde sagen, dass es sich dabei um den Ehemann der Frau handelt. Sie werden die Toten mit zurück ins Lager nehmen.«

Und auch Brens Leiche würden sie mitnehmen, dachte Tallis. Er hatte den jungen Mann nicht sonderlich gemocht, aber Bren hatte sich den Biestern mutig in den Weg gestellt. Ein solches Schicksal hatte er nicht verdient.

»Brens Tod tut mir leid, Attar. Er hat gut gekämpft. Ich werde dafür beten, dass er Ruhe und Schatten findet.«

Der Reiter nickte und beobachtete, wie die Soldaten Brens leblosen Körper zu dem wartenden Muthu trugen. »Wir müssen dafür sorgen, dass Jared nicht das Gleiche blüht, Clansmann. Aber es bringt nichts, ihn zum Lager zu schaffen, denn sie haben keine Heiler dort.«

Tallis bekam einen Schreck. »Keinen einzigen?«

Attar schüttelte den Kopf. »Unsere beste Chance ist es, ihn auf Haraka zu binden und in die Wildlande zu fliegen. Wir sind jetzt nicht mehr weit vom Dschungel entfernt und sollten es also noch schaffen. Dort wird es Wasser geben, und die Drachen könnten eine Siedlung der Waldleute finden. Ich habe gehört, dass deren Heiler gut sein sollen.« Er machte eine Pause. »Er wird sterben, wenn wir hierbleiben.«

Tallis schluckte. Er wollte Jared keiner Bewegung aussetzen, aber Attar hatte recht. Jareds Gesicht war so bleich und sein Atem so schwach, dass Tallis sehen konnte, wie gefährlich nah Kaa schon gekommen war.

»Bist du sicher, dass sie uns helfen werden?« Er sah zu dem Krieger hoch.

»Ja, Marathin ist sich sicher.« Attar schaute ihm fest in die Augen. »Es ist die einzige Chance, Clansmann.«

Marathin war sich sicher? Tallis starrte zum Drachen hinüber. Seit dem Angriff hatte er nichts mehr von ihr gespürt, und Haraka ignorierte ihn völlig. Vielleicht waren sie durch ihre eigenen Verletzungen abgelenkt. Vielleicht hatten sie aber auch verstanden, was der schwarze Drache zu ihm gesagt hatte. Wenn sein Erdbruder sterben würde, dann wäre alles vergebens gewesen, seine Anwesenheit hier genauso wie die seltsame Suche, auf die die Träumerin ihn geschickt hatte. Er schaute in Jareds fahles Gesicht und wünschte sich, sie wären in der Wüste, wo er Pflanzen finden könnte, die Jared heilen würden. Aber das waren sie nicht. Er spähte wieder zu Attar hoch.

»Lass uns aufbrechen.«

Der Reiter nickte und legte ihm schweigend eine Hand auf die Schulter, dann drehte er sich um und machte sich auf den Weg, um den Hauptmann in Kenntnis zu setzen.

Sie brachen noch vor der Patrouille auf. Tallis saß rittlings in Brens Sattel auf Haraka; hinter ihm hatten sie Jared festgebunden. Attar ritt auf Marathin.

Sie flogen tief und schnell über die dunkle Landschaft hinweg, ließen den Fluss hinter sich zurück und wandten sich nach Osten. Als die Sonne aufging, hatten sie sich schon weit vom Bauernhaus entfernt und rauschten über weite, grasbewachsene Ebenen, die immer wieder von unbewegten Tümpeln durchbrochen waren. Vögel auf langen, dünnen Beinen stelzten durch die hohen Gräser und bohrten ihre Schnäbel in den Schlamm. Schwärme von kleineren Vögeln stiegen in Wolken auf und ließen sich in aufeinander abgestimmten Bewegungen wieder sinken, und ihr Gezwitscher erfüllte die Morgenluft. Keiner kümmerte sich um die Drachen.

Tallis' Finger waren steif davon, dass er sich an der niedrigen Stange vorne am Sattel festklammerte, und sein Nacken schmerzte, weil er sich immer wieder umdrehte, um zu sehen, wie es Jared ging. Dieser war irgendwann aufgewacht, und seine Finger auf Tallis' Arm hatten gezittert. Er hatte etwas gemurmelt, war dann aber wieder in Schweigen zurückgesunken. Tallis hoffte, dass das ein gutes Zeichen war, aber der harte Knoten der Angst in seinem Bauch sagte ihm etwas anderes.

Die Drachen suchten für sie ein verhältnismäßig trockenes Stück Land mit einem kleinen Bach, und sie machten Rast, um sich zu erleichtern und ihre Wasserschläuche aufzufüllen. Insektenschwärme stiegen vom Boden auf und umschwirrten sie. Die Luft war stickig, und der Schweiß tropfte ihnen in die Augen. Tallis versuchte, Jared ein wenig Wasser einzuflößen, aber es gelang ihm nur mit wenigen Tropfen. An Essen war wegen der hartnäckigen Insekten überhaupt nicht zu denken, und so stiegen sie schon bald wieder auf die Drachen und flogen davon. Erleichtert seufzten sie, als die kühlere Luft die Fliegen und den Schweiß gleichermaßen von ihren Gesichtern fortwischte.

Sie hielten nicht mehr an, bis die Nacht hereinbrach. Zu diesem Zeitpunkt hatten sie das Grasland bereits hinter sich gelassen, und die ersten Baumgruppen kamen in Sicht. Die Gegend wurde zerklüfteter, und Hügel und Hänge tauchten auf, die mit dichtem Grün bewachsen waren. Die warme Luft war schwer von der Feuchtigkeit, und Wolken drängten sich am Himmel. Tallis' Hemd war schweißgetränkt, und als Haraka und Marathin endlich auf einer Lichtung landeten, die von bewaldeten Hügeln umgeben war, fühlte er sich ausgehungert.

Attar half ihm, Jared vorsichtig von Harakas Rücken zu heben, und sie legten ihn zwischen sich auf das dichte, kurze Gras, sodass Tallis die Wunde säubern und frisch verbinden konnte. Das Licht war gedämpft, denn die Sonne war hinter den Wolken verschwunden, aber es reichte aus, dass Tallis die Röte sehen konnte, die sich an den Rändern der Verletzung ausbreitete. Die Wunde hatte sich entzündet. Mit aller Macht versuchte er, die aufkeimende Panik zu verdrängen, und legte einen neuen Stoffstreifen auf den Rücken, um den klaffenden Spalt zu bedecken. Er würde Jared nicht sterben lassen. Er würde es nicht zulassen.

Er verfluchte die Führer, die ihn hierhergebracht hatten, und ignorierte die Angst, die in seinem Magen rumorte. Sollten sie es doch hören, dachte er bitter. Sie sollten ruhig wissen, was ihre Einmischung aus ihm gemacht hatte: einen Ausgestoßenen, einen Mörder. *Ich habe gesehen, was du getan hast. Ich weiß, was du bist.* Er schob die Worte beiseite. Er konnte nicht ändern, was er war.

Dann stand er auf, um seinen Wasserschlauch aufzufüllen, und sog die Luft ein, als ihm ein merkwürdiger Geruch in die Nase stieg. Ein süßer, stechender Duft schwebte in der windstillen Luft, und dann drang ein klagender Schrei durch die umstehenden Bäume. Tallis lief ein Schauer über den Rücken.

»Vielleicht irgendein Nachtvogel?« Attar hatte seinen besorgten Blick aufgefangen.

Tallis nickte. »Wie weit ist es noch bis zu den Wildlanden?«

»Es ist jetzt nicht mehr weit. Wir haben noch ein wenig Trockenfleisch, das wir uns teilen können, und dann werden wir wieder aufbrechen. Wir können keine Rast machen.« Sein Blick ging an Tallis vorbei zu Jared, der still und reglos auf dem Boden lag. Der Gesichtsausdruck des Kriegers war grimmig, und Tallis wusste, dass er seine Zweifel hatte, ob sie es noch rechtzeitig schaffen würden.

»Ich werde ihn nicht sterben lassen«, sagte Tallis.

Attar sah ihm in die Augen und nickte, dann deutete er auf Tallis' Schulter. »Willst du, dass ich deine Wunde versorge?«

Doch Tallis drehte sich weg. »Das kann warten.« Er setzte sich neben Jared und versuchte, ihm noch etwas mehr Wasser einzuflößen. Seine eigene Schulter fühlte sich steif an, tat weh und die Wunde brannte heiß, aber er schenkte der Verletzung keine Aufmerksamkeit. Anfangs hatte er sie noch ein paar Mal gesäubert, aber alles Material für Verbände, das sie hatten, brauchten sie für Jared. Später würde noch genug Zeit sein, sich um seine eigene Wunde zu kümmern. Die Worte des Drachen quälten ihn. *Arakferish.* Was hatte das zu bedeuten?

Attar und Tallis teilten sich das Essen, dann stiegen sie wieder auf die Drachen und flogen in die dunkle Nacht hinein, die schwarz wie eine Höhle war. Die Wolken verdeckten die Sterne, und die Männer konnten kaum erkennen, was vor ihnen lag, abgesehen vom gelegentlichen Aufblitzen in den Augen eines der Drachen. Das wurde jedes Mal von einem tiefen Grollen über ihnen begleitet, wie übereinanderrollendes Gestein. Weit weg im Norden erhellte ein gezackter Lichtblitz den Himmel. Tallis wusste nicht, ob sie in den Sturm hineinfliegen würden oder vor ihm davonjagten, und es interessierte ihn auch nicht sonderlich. Er war erschöpft, und das Einzige, was ihn wach hielt, war seine Sorge um Jareds Leben.

Dann endete die Nacht. Die Sonne ging auf, und sie überflogen eine seltsame Landschaft. Die Wolkendecke war ein wenig dünner geworden, und manchmal drangen die Sonnenstrahlen hindurch, aber den Großteil des Tages reisten sie in gedämpftem, weichem Licht durch die feuchte Luft.

Und schließlich ging an einem weiteren Tag die Sonne unter. Tallis sah eine dunkle Schattenbank vor sich, die sich am Horizont ausbreitete. Sie schien alles Licht zu schlucken, und er konnte weder Umrisse noch Einzelheiten ausmachen. Es war nichts als eine schwarze Masse, die sich aus der Erde erhob, höher an einigen Stellen, niedriger an anderen, wie eine Gebirgskette aus Schatten und Nebel.

Bei diesem Anblick schlug sein Herz schneller, und ein seltsames Gefühl des Unbehagens wuchs in ihm. Dies mussten die Wildlande sein. Als sie näher kamen, wurde die Luft immer schwerer von der Feuchtigkeit, und dicke Wolken zogen am nächtlichen Himmel dahin. Das Licht nahm ab, und dunstige Schwüle hing in der Luft, der Tallis an Alter und Verfall denken ließ.

Die Drachen flogen weiter, und hinter ihm stieß Haraka einen leisen, klagenden Ruf aus, bei dem Tallis die Nackenhaare zu Berge standen. Marathins Schrei war wie ein Echo. Tallis fühlte, wie das kaum bemerkbare Vibrieren in seiner Brust zurückkehrte. Sofort war er hellwach, aber er war sich nicht sicher, ob es von Haraka oder Marathin ausging oder vielleicht auch aus der Dunkelheit unter ihnen aufstieg. Besorgt beobachtete er, wie die zerklüftete Landschaft auslief und durch einen dichten, dunklen Baldachin aus Baumkronen ersetzt wurde, der sich schier endlos in beide Richtungen auszubreiten schien. Vor ihnen erhob sich eine düstere Reihe von Bergrücken, deren Gipfel nebel- und wolkenverhangen waren.

Dünne Rauchsäulen wanden sich wie Spiralen empor, und die Baumdecke schien nirgends durchlässig zu sein. Doch dann stieß Marathin vor ihnen mit einem Mal in die Dunkelheit hinab. Tallis blieb keine Zeit, sich über den Grund dafür zu wundern, denn einen Moment später war auch Haraka durch die gleiche schmale Öffnung im Blätterdach durchgeschlüpft. Nun flogen sie über einem Fluss, der sich durch den Dschungel schlängelte und breit genug war, dass die Drachen nebeneinander den Fluss entlangsegeln konnten, auch wenn ihre Flügelspitzen beinahe die Bäume berührten.

Tallis blinzelte und strengte sich an, etwas zu sehen. Die Ufer waren dicht bewachsen. Am Rande des Wassers erkannte er die dunklen Umrisse von Bäumen, sonst jedoch kaum etwas. Manchmal rauschten sie über einen umgestürzten Stamm hinweg, der den Flusslauf etwas verlangsamte. Die Luft war zum Schneiden dick und warm. Nach einiger Zeit wurde der Strom etwas breiter. Nun blieb ein deutlicher Spalt zwischen den Schwingen der Drachen und der Flussböschung, und als sie einer leichten Biegung folgten, kam ein Uferstrand in Sicht. Ein schmaler Halbmond aus schwarzem Sand bildete eine Barriere für das Pflanzengestrüpp, und diese Stelle peilten die Drachen an. Dann setzten sie unter heftigen Spritzern am Ufer auf, und ihre Schwänze versanken im Fluss.

Rasch sprang Attar hinunter, und Tallis folgte ihm, nahm Jareds Bündel von Harakas Rücken und watete ans Ufer. Das Wasser war warm, und Schwärme von winzigen Insekten stiegen auf und umschwirrten Tallis. Er schlug nach ihnen, während er seine Last in den Sand nahe der Baumgrenze fallen ließ und in die Dunkelheit spähte. Selbst das, was hinter den ersten paar Stämmen lag, konnte er nicht erkennen; er hatte nur den vagen Eindruck von noch mehr Bäumen.

Er drehte sich um und half Attar dabei, Jared vom Drachen zu heben. Gemeinsam trugen sie ihn zwischen sich und legten ihn vorsichtig auf die Seite im Sand hin. Seine Haut fühlte sich jetzt fiebrig an, und sein Atem ging angestrengt. Tallis sah entsetzt zu Attar empor, doch der Reiter mied seinen Blick.

»Gib ihm Wasser«, war alles, was er sagte, dann ging er zu Marathin und nahm ihr den Sattel ab.

Tallis holte den Wasserschlauch, und mit unsicheren Händen goss er etwas Flüssigkeit in Jareds Mund. Dann befeuchtete er einen Streifen Stoff im Fluss und tupfte seine Stirn ab. Marathin und Haraka stiegen nun, von ihren Sätteln befreit, in den Himmel auf und verschwanden im Dunst. Attar kehrte zurück und ließ sich neben Tallis sinken, sagte jedoch kein Wort.

Sie saßen nebeneinander, und Tallis wischte unablässig Jareds Stirn ab. Die Nacht schleppte sich dahin, und Tallis hatte jedes Gefühl dafür verloren, wie lange sie nun schon ausharrten. Ab und an zuckte Jared, aber er schlug die Augen nicht auf. Irgendwann sah Tallis hoch und bemerkte, dass er nun die Wipfel der Bäume um sie herum erahnen konnte. Beim Morgengrauen waren die Drachen noch immer nicht zurückgekehrt. Hinter ihnen im Dschungel raschelte es, und ein Vogel begann seltsam tief zu tschilpen. Im ersten Licht zeichneten sich rings umher Einzelheiten wie Sand und Zweige ab, und irgendwo brach etwas Großes durch das Gestrüpp.

Tallis spürte plötzlich ein tiefes Rufen in seinem Innern, und er sah auf. »Sie ist zurück«, sagte er, noch ehe Attars Blick zum Himmel hochgeschnellt war. Der dunkle, flügelbewehrte Körper des Drachen stieß einen Moment später zu ihnen herunter. Attar warf Tallis einen scharfen Blick zu, und er wusste, dass er sich verraten hatte. Er hatte Marathins Rückkehr einen kurzen Moment vor dem Reiter gespürt. Attars Augen wurden schmal, aber Tallis wandte sich ab, um nach Jared zu sehen, ehe der andere etwas sagen konnte.

Ein Zweig knackte im Dschungel; erschrocken fuhren sie beide herum und sahen eine junge Frau mit heller, goldfarbener Haut auf den Sand hinaustreten. Sie war klein und schmal und trug ein kurzes, ärmelloses Kleid, das an der Hüfte mit einem Lederband zusammengehalten wurde. Ihre Füße waren nackt, und ihr dickes, schwarzes Haar war hinter ihrem Kopf hochgebunden. Ihre Gesichtszüge waren eigenartig. Sie hatte eine schmale, flache Nase, und ihre großen Augen standen so schräg, dass es Tallis an die Wüstenkatzen erinnerte. Sie waren braun und sahen ihn furchtlos an, als sie näher kam.

Sie sagte nichts. Ihr Blick huschte ohne jede Neugier über die Männer hinweg und blieb an Jared hängen. Sie hockte sich neben ihn, musterte ihn und stand einen Moment später wieder auf. Auffordernd nickte sie mit dem Kopf zum Dschungel. Eilig bückten sich Tallis und Attar und hoben Jared hoch.

»Ich werde ihn nehmen«, sagte Attar, als Tallis der Schmerz durch seine Schulter fuhr und er mit den Zähnen knirschte. »Hol du unser Gepäck.«

»Was ist mit den Drachen?«, fragte Tallis.

»Mach dir um sie keine Gedanken.« Attars Stimme war angestrengt, denn er versuchte, sich Jared über die Schulter zu legen. »Komm.«

Sie folgten der Frau in den Dschungel hinein. Attar schwankte unter Jareds Gewicht, während Tallis und er sich abmühten, mit der kleinen Frau auf dem schmalen Dschungelpfad mitzuhalten. Scharfkantige Palmwedel peitschten Tallis ins Gesicht, und die warme, dicke Luft, die sie umfing, sobald sie sich vom Ufer entfernt hatten, schien sie fast zu ersticken. Tallis war schweißüberströmt, doch er zog seinen Mantel nicht aus, denn wenigstens bot er ihm ein wenig Schutz vor den Insekten, die sie ständig umschwirrten und plagten. In regelmäßigen Abständen sah er zu Jared, und seine Sorge wuchs. Er bewegte sich überhaupt nicht mehr, und sein Körper hüpfte auf Attars Schultern wie eine tote Beute.

Schließlich gingen sie um eine riesige Pflanze mit dicken Blättern herum und traten aus dem Grüngewirr hinaus auf eine Lichtung. Kleine Hütten auf Pfählen waren auf der schmalen Fläche verstreut, die dem Dschungel abgetrotzt worden war. Rings herum erhoben sich riesige Bäume wie eine Schattenmauer, und obwohl die Hütten so hoch über dem Boden errichtet waren, dass Tallis zweimal darunter hindurchgepasst hätte, nahmen sich die Bauten wie Spielzeug vor dem Hintergrund des umliegenden Dschungels aus.

Ein hoch gelegener Laufsteg führte zwischen den Hütten hindurch. Diese Brücken waren aus Lianen und einer Art steifem Schilf gefertigt. Der Boden darunter war mit dickem, kurzem Gras bewachsen. Sanft flackernde Laternen waren in gleichmäßigen Abständen auf dem Hauptlaufsteg angebracht und verbreiteten Lichtkreise zwischen den Hütten. Irgendwo zu seiner Linken hörte Tallis das Rauschen des Flusses.

Die Frau bedeutete ihnen, ihr zu folgen, als sie einen dicken Stamm erklomm, in den Stufen eingekerbt waren, sodass er als Leiter dienen konnte. Sie kletterte flink empor und beobachtete sie, wie sie sich abmühten, um selbst aufzusteigen und Jared hochzuhieven. Der Stamm stand in einem steilen Winkel, und Tallis' Schulter brannte, als er Attars Rücken stützte, um ihm zu helfen, das Gleichgewicht zu halten. Sein Mund war trocken, und als sie endlich oben angekommen waren, ging sein Atem rasselnd. Die Frau drehte sich um, machte eine kurze Kopfbewegung und eilte davon. Keuchend und unter Schmerzen folgten sie ihr. Sie kamen an einem untersetzten, älteren Mann vorbei, der auf einem anderen Laufsteg die Laternen löschte. Er bedachte sie mit einem mürrischen Blick, doch Tallis beachtete ihn kaum, so sehr war er darauf bedacht, der kleinen Frau auf den Fersen zu bleiben, die auf dem Laufsteg abbog. Sie stürmte über eine Lianenbrücke zu einer schmalen Hütte, vor der sie stehen blieb. Die Brücke schwang hin und her und knirschte, als Tallis sein Gewicht darauf stützte, und mit einem Stirnrunzeln sah die Frau zu ihm zurück. Unwillkürlich fragte er sich, ob die Brücke unter ihm nachgeben würde, und erst dann begriff er, dass die Frau ihm lediglich zu verstehen geben wollte, dass er dort warten sollte, wo er sich gerade befand.

Tallis gab Attar ein Zeichen, dass er auf dem Laufsteg bleiben sollte, und mit einem Nicken in ihre Richtung schob die Frau einen gewebten Türvorhang zur Seite und verschwand im Innern der Hütte. Es war dunkel ringsum, denn die Laterne in der Nähe war bereits gelöscht worden. Der Laufsteg endete wenige Schritte dahinter am Stamm eines riesigen Baumes. Von da aus führte eine Leiter aus Schlingpflanzen hinauf ins Blätterwerk. Dort oben, hoch in den Ästen, konnte Tallis noch eine andere Hütte erkennen. Alles war sehr still und ruhig, und es lag ein schwacher Duft von Blüten in der Luft.

»Warum spricht sie denn nicht?«, fragte Tallis Attar.

Er zuckte mit den Schultern. »Wer weiß? Ich habe gehört, sie würden unsere Sprache sprechen, aber ich kenne auch seltsame Geschichten über dieses Volk.«

»Was denn für Geschichten?«

Attar ließ den Blick zur Hütte huschen. »Dass sie mit den Toten sprechen, und dass sie selbst gar keine Menschen, sondern Wesen aus Schatten und Nebel sind.« Er schnaubte. »Nun, ich finde, sie sieht ganz lebendig aus.« Er deutete mit dem Kinn auf eine Stelle hinter Tallis, und als dieser sich umdrehte, sah er, dass die Frau sie hereinwinkte.

Sie gingen ihr nach in die kleine, schummrige Hütte. Tallis konnte eine Matte auf dem Boden und einige quadratische, dunkle Gegenstände entdecken, doch die Frau schickte sie in ein zweites Zimmer. Sie traten ein, und Attar legte Jared auf eine dicke Matte an der Wand.

Er stöhnte laut, und eine ältere Frau mit einem runden Gesicht und einem noch runderen Körper kam hinter ihnen herein und machte sich daran, eine kleine Öllampe zu entzünden. Sie stellte eine mit Wasser gefüllte Holzschüssel auf den Boden, legte ein Stück Stoff daneben und machte dann eine Geste in Richtung der jungen Frau. Diese nickte und kniete sich neben Jared, nachdem sie Tallis und Attar aus dem Weg gescheucht hatte.

Tallis blieb neben ihr stehen und sah zu, wie sie den notdürftigen Verband abnahm. Warum sagte sie denn nichts zu ihnen? Hinter seinen Augen pochte der Schmerz, seine Schulter brannte, und seine Glieder fühlten sich überanstrengt und müde an. Aber er würde sich nicht zur Ruhe legen, während Jared kaum noch atmete. Die Frau machte eine Geste zu der Älteren hin, und diese nickte, sah Tallis und Attar kurz aus ihren braunen Augen an und verschwand.

Die jüngere Frau begann, Jareds Wunde auszuwaschen, dann unterbrach sie ihre Arbeit plötzlich, drehte sich um und starrte zu Tallis empor. Entschlossen zeigte sie zum Durchgang, aber Tallis schüttelte den Kopf. »Nein, ich werde bleiben.«

Sie runzelte die Stirn, und Attar legte Tallis die Hand auf die Schulter. »Sie will, dass wir draußen warten.«

»Nein. Ich werde ihn nicht verlassen. Wenn Kaa ihn zu sich holt, muss ich dabei sein.«

»Sie könnte sich weigern, ihn zu heilen.«

Tallis sah zu ihr hinunter. Ihre Augen waren empört, aber nicht zornig. »Nein, das wird sie nicht.«

Attar hob seine Hand und trat einen Schritt zurück. »Es ist deine Wahl, Clansmann«, sagte er und ging. Seine schweren Schritte erschütterten den Boden.

Tallis musterte die junge Frau, die die Lippen zusammengepresst hatte. Einen Moment lang starrten sie sich gegenseitig an, dann, mit einem kurzen Stochern ihres Fingers, schickte sie Tallis in die Ecke des Raumes. Tallis nickte, zog sich zurück und setzte sich auf den Boden. Er schnitt eine Grimasse, als er sich mit der Schulter gegen die Wand lehnte und der Schmerz ihn durchzuckte. Die Frau tat, als sei er nicht da, und machte sich wieder an die Arbeit. Ihre kleinen Hände wuschen sanft das getrocknete Blut von Jareds Rücken. Während Tallis zusah, wurde ihm schwindelig, und seine Umgebung verschwamm vor den Augen. Er schüttelte den Kopf, seine Fingerspitzen kribbelten, und seine Füße schienen weit von seinem Körper entfernt zu sein.

Die ältere Frau kehrte zurück und reichte der jüngeren einige Instrumente und Schalen. Sie sprachen nicht und verständigten sich nur mit Handzeichen. Draußen ließ eine Brise die Blätter rascheln, und es klang seltsam, als seufzte der Wind in den Höhlen, die Tallis' Zuhause gewesen waren. Er schloss die Augen und glitt in die Dunkelheit hinüber.

Inti strahlte hoch am Himmel, und Alterin konnte die weichen Stimmen und die Geräusche ihres Volkes draußen auf dem Laufsteg hören, als sie ihre Arbeit beendet hatte. Der Riss war tief gewesen, und sie hatte viele Stiche gebraucht. Sie musste die Wunde mit einem starken Heilpuder bestäuben, um die Entzündung einzudämmen, aber sie war überzeugt, dass er überleben würde. Es hatte sie geärgert, dass der andere Mann nicht gewusst hatte, dass man in der Nähe eines so schwer Verletzten nicht sprechen durfte, denn das konnte die Geister der Toten anlocken. Sie seufzte. Unwissendes Meervolk, zweifellos.

Der junge Mann schlief nun leichter, und sein Atem war weniger angestrengt, also hatten die Geister ihn nicht gewollt. Trotzdem hatte ihr der Blutverlust Sorgen bereitet. Sie mischte ein Nukwurzelpulver mit etwas Wasser und flößte es ihm ein, dann beauftragte sie Mishi damit, dafür zu sorgen, dass er jede Stunde mehr davon bekäme.

Erschöpft wandte sie sich dem anderen jungen Mann zu, der an der Wand lehnte, und sie sah, dass er seine Augen geschlossen hatte. Sie hatte sein Kommen gespürt wie ein entferntes Surren von Insekten, die im Dschungel ausschwärmen, noch ehe der Semorphim sie gerufen hatte. Im fahlen Sonnenlicht sah er jünger aus, und der Schlaf hatte die Furchen der Müdigkeit und der Sorgen auf seiner Stirn gemildert. Sein Haar war lang, schwarz und schmutzig und hing knotig und verfilzt auf seinen Schultern. Je ein Zopf auf beiden Seiten seines Gesichtes mit einem einzelnen Metallring am Ende waren sein einziger Schmuck. Seine braune Haut war streifig vom Schweiß und Schmutz, und seine Kleidung ebenso. Seine Züge unterschieden sich von denen des anderen. Er hatte hohe Wangenknochen und eine dünne, gerade Nase, aber es war kein unangenehmes Gesicht.

Gedankenverloren wischte sich Alterin an ihrem Rock das Nukpulver von den Händen. Ihr Blick wanderte tiefer, und da bemerkte sie mit einem Stirnrunzeln Blutspuren an seinem Unterarm. Er hatte den schweren, langärmeligen Mantel, den er zuvor getragen hatte, ausgezogen, und nun sah sie einen langen Streifen getrockneten Blutes an seinem bloßen rechten Arm. Der Instinkt einer Heilerin warnte sie.

»Mishi!« Sie rief die ältere Frau, die sofort zu ihr eilte. »Hilf mir.«

Gemeinsam griffen sie nach seinen Schultern und zogen ihn ein Stück nach vorne. Alterin konnte einen kurzen Blick auf seine Wunde werfen, doch dann wachte er mit einem Ruck auf. Stöhnend stieß er Mishi zurück, und packte Alterins Handgelenk. Sie schrie auf, als ihre Knochen knirschten, und er murmelte etwas mit leiser Stimme. Doch Alterin hörte ihn kaum, denn die Berührung seiner Hände mit ihren hatte eine Verbindung zwischen ihnen hergestellt.

Einen Moment lang wurde die Welt schwarz um sie herum, dann stürmten unzusammenhängende Bilder auf ihren Geist ein: geflügelte Kreaturen, schwarz wie die Schatten, ein sterbender Mann, das Gesicht einer Frau, der Wind, der an ihrem Gesicht vorbeistrich, und ein heißes, karges Land. Und hinter all dem konnte Alterin spüren, wie sich Angst und Schmerz entfalteten. Sie versuchte, sich seinem Griff zu entwinden, und strampelte, um sich zu lösen. In ihren Ohren war ein lautes Brüllen, und dann spürte sie ihn plötzlich in ihrem Innern. Ihr Blickfeld wurde wieder klarer, und sie starrte dem jungen Mann entsetzt in die Augen. Er war in ihrem Geist, und sie konnte ihn fühlen. Sie kannte seinen Namen, und er wusste auch ihren.

Uriel? In ihrem Geist flüsterte er ihren wahren Namen, zögernd und unsicher. Alterin schauderte, als sie ihren Namen hörte. Niemand kannte ihn außer derjenigen, die ihn ihr gegeben hatte. Sie holte Luft und sah seine Augen größer werden, als er spürte, wie sich ihre Lungen ausdehnten und zusammenzogen. Ihre Blicke waren miteinander verschmolzen, und Alterin wusste, dass er ihren Atem hätte anhalten können, wenn er es nur gewollt hätte. Er könnte ihr Herz anhalten, und sie sah, dass auch er es wusste.

Aber das Entsetzen, das sie in ihm fühlte, bedeutete, dass er nicht wusste, wie er sich wieder zurückziehen konnte.

Lass los, sagte sie ihm in Gedanken, starrte ihm in die Augen und versuchte, so ruhig wie möglich zu bleiben. Aber er schien erstarrt zu sein, und seine Hände umklammerten ihre Handgelenke. *Tallis*. Sie probierte es mit dem Namen, der nun ein Teil von ihr war. *Tallis*. Sie spürte, wie seine Arme zitterten. Er war entkräftet von seiner Verletzung. Alterin drängte ihn. *Lass mich los.*

Doch sein Griff wurde fester, und mit schrecklicher Furcht spürte sie, dass sein Körper schwächer wurde. Er verlor den Kampf um sein Bewusstsein und zog an ihr, damit sie es festhalten sollte. Ihr Blickfeld verschwamm, und hinter ihren Augen breitete sich ein Schmerz aus. *Uriel*!, sagte er wieder, und sie spürte die Dunkelheit nach ihr greifen. Dann riss er sich unvermittelt los; Mishis Arme umschlangen sie und zogen sie aus seinem Griff. Zitternd stürzte Alterin nach hinten zu Boden.

»Kleiner Fisch! Kleiner Fisch!« Mishi rief sie bei ihrem Kosenamen. »Was ist geschehen?« Ihre weichen Hände legten sich auf ihren Kopf und auf ihre Arme.

»Nichts, nichts. Mir geht es gut.« Sanft schob sie sie weg, tätschelte ihren Arm und blieb noch einen Augenblick sitzen und atmete schwer. Dann trug sie Mishi auf, Tallis' Wunde zu säubern und zu verbinden, und achtete sorgsam darauf, den jungen Mann nicht noch einmal zu berühren. Seine Verletzung war nicht so schlimm wie die des anderen, aber sie ließ Mishi auch hier ein starkes Heilpuder aufstäuben, dem ein Schlafmittel beigesetzt war. Es wäre besser, wenn er eine Weile schliefe – besser für sie beide.

Nach getaner Arbeit lehnte sie sich gegen die Wand in Mishis Hütte und schaute aus dem kleinen Fenster. Ein leichter Nieselregen pladderte auf die dicken, grünen Blätter des Onunga-Baumes draußen, und die Luft war warm. Doch Alterin spürte eine Kälte über ihre Haut streichen wie ein Flüstern. Sie fuhr mit der Hand unter ihr Kleid und zog ein Stück eines Merapodzahnes heraus, das ihr an einem Band um den Hals hing. Es war poliert und zur

Gestalt eines Lunavogels geschliffen worden. Warm und weich lag es in ihrer Hand. Sie schloss die Faust darum, machte die Augen zu und rief den starken Geist dieser beiden Tiere zu Hilfe.

Die Ankunft dieses Mannes machte ihr Angst. Sie war auf einer Traumsuche gewesen, als der Semorphim sie gefunden hatte, und wie der bittere Nachgeschmack einer Faran-Frucht konnte sie noch immer Tallis' Vibrieren in der Zwischenwelt spüren. Schon da hätte sie es wissen müssen, aber sie war leichtsinnig gewesen, und es hatte sie unvorbereitet getroffen.

Sie ließ den Talisman wieder los und stand auf. Anyu erwartete sie, doch würde er auf das gefasst sein, was sie ihm berichten musste? Wie viele ihres Volkes glaubte er nicht ernstlich daran, dass es während seiner Lebensspanne zur Rückkehr kommen würde. Es war so lange her. Die Uralten waren besiegt worden; sie glaubten, sie seien frei. Aber sie selbst hatte immer erwartet, dass er zurückkommen würde. Immer, seitdem sie den Namen gehört hatte, den Magdi ihr gegeben hatte: *Uriel – Zeugin.* Und wobei könnte eine Seherin Zeugin sein, wenn nicht bei der Rückkehr des Gefallenen? Alterins Magen war hohl vor Angst und Entsetzen. Dieser Fremde hier, dieser Mann aus den Heißen Ländern, war ein Bote der Wahrheit. Der Gefallene kehrte zurück, und es gab nichts mehr, was sie tun konnten, außer abzuwarten.

33

Balkis starrte dem Drachen hinterher, der Azoth und Shaan davontrug, dann rannte er zurück zur Dachöffnung.

Farrith!, rief er nach seinem Drachenweibchen, während er die Wendelrampe hinunterhastete. Er würde ihnen nachjagen müssen. Kurz dachte er an die Sättel im Materialraum, aber ihm blieb keine Zeit mehr. Er würde ohne Sattel fliegen müssen, was zwar riskant, aber keineswegs das erste Mal für ihn wäre. Wieder streckte er seinen Geist nach seinem Drachen aus, während er sich ihr näherte. Er konnte spüren, dass sie bereits wach war, aber eine seltsame Besorgnis stieg in ihm hoch.

Farrith? rief er sie noch einmal, aber sie antwortete nicht. Als er in ihre Box rannte, fand er das Drachenweibchen an die gegenüberliegende Wand gepresst, auf dem Boden kauernd und blicklos nach oben starrend.

Farrith! Komm, wir müssen fliegen. Er machte einen Schritt auf sie zu, aber sie bewegte sich nicht und schien seine Gegenwart gar nicht zu bemerken. *Farrith!* Er klopfte ihr mit der Hand auf den Nacken, und als er ihre Haut berührte, erhob sich ein lautes Stimmengewirr in seinem Geist, als würden tausend Drachen zugleich antworten. Balkis schrie auf, riss seine Hand weg und löste seinen Geist, als Farrith ihre lilafarbenen Augen auf ihn richtete.

Der Vater ist zurück, kreischte sie, und Angst lag in ihrer Stimme. *Arak.*

Sie hob den Kopf und stieß einen gellenden, klagenden Ruf aus, der in der Box wie ein Wehklagen widerhallte. Balkis schrie auf und presste die Hände auf seine Ohren, während er sich auf die Knie sinken ließ. Überall in der Kuppel stimmten Drachen in ihre Klage ein, einige höher, andere tiefer, bis das ganze Bauwerk unter ihrem Schreien erzitterte. Balkis kam strauchelnd wieder auf die Beine, verließ Farriths Box, stürmte blindlings die Wendelrampe hinunter und nach draußen und wäre dort um ein Haar mit Rorc zusammengestoßen. Der Kommandant packte ihn am Arm, sodass er das Gleichgewicht wiederfand, und Balkis hörte ihn wie aus weiter Ferne etwas rufen. Doch er konnte ihn bei dem Lärm der Drachen nicht richtig verstehen.

Er deutete zum Himmel empor. »Azoth hat Shaan geholt und ist mit ihr auf Nuathin geflohen«, brüllte er. »Sie sind nach Osten unterwegs. Ich vermag ihnen nicht zu folgen, denn ich kann mich nicht mehr mit Farrith verständigen.«

Rorc nickte, um zu zeigen, dass er ihn verstanden hatte, dann machte er eine ruckartige Kopfbewegung in Richtung Baracken. Hier konnten sie sich nicht unterhalten. Gemeinsam rannten sie den Hügel hinunter. Die Schreie der Drachen hatten alle Reiter in der Anlage aus den Baracken getrieben, und sie versammelten sich draußen und starrten zur Kuppel hinauf. Als Rorc und Balkis an ihnen vorbeiliefen, warfen sie ihnen fragende Blicke zu.

»Sobald die Drachen aufhören zu kreischen«, sagte Rorc zu Balkis, »will ich, dass alle Reiter versuchen, zu ihren Tieren Kontakt aufzunehmen. Erstatte mir Bericht, sobald sich irgendetwas tut. Ich werde zu Morfessas Haus gehen und nach der Führerin sehen. Und Balkis«, er warf ihm einen ernsten, verärgerten Blick zu, »sei nicht so dumm und versuch nicht noch einmal, die Dinge auf eigene Faust zu klären.«

Balkis hatte einen Tadel erwartet und wollte gerade zu seiner Verteidigung ansetzen, als sein Blick von einem Schatten am wolkenverhangenen Himmel angezogen wurde. Ein Drache flog auf die Kuppel zu, doch anstatt mit gleichmäßigen Flügelschlägen voranzukommen, zuckte und wand das Tier sich und schlug mit dem Schwanz um sich, während eine Reiterin auf seinem Rücken sich verzweifelt festzuhalten versuchte.

»Sieh doch!« Balkis zeigte zum Himmel.

Rorc dreht sich um. Inzwischen war die Reiterin, die bereits halb aus ihrem Sattel gerutscht war, deutlich zu erkennen. Ein schwacher Schrei wehte zu ihnen herab, aber er wurde erstickt, als der Drache den Hals reckte, kreischte und schnell auf die Baracken zugeflogen kam. Als er ganz nah war, zuckte der Körper noch einmal und bäumte sich ein letztes Mal auf, sodass die Reiterin abgeworfen wurde. Mit einem Schrei fiel sie aufs Dach des Speisepavillons, doch jeder Laut aus ihrer Kehle verstummte, als sie auf den harten Ziegeln aufprallte und weiterrutschte.

»Fangt sie auf!«, brüllte Rorc, und die umstehenden Reiter stürzten auf sie zu, aber sie waren nicht schnell genug, und die Frau schlug auf dem Pflaster auf. Entsetzt starrte Balkis zum Drachen hoch, der wieder kreischte, abdrehte und in der gleichen Richtung, aus der er gekommen war, am Himmel verschwand.

Rorc bahnte sich einen Weg durch die Menge an die Seite der Frau, und Balkis folgte ihm.

»Florin«, murmelte er, als er sie erkannte. Sie war noch neu und erst seit einem Jahr keine Jungreiterin mehr. Bebend schlug sie die Augen auf, als sich der Kommandant über sie beugte und ihr sanft einige blutige Haarsträhnen aus dem Gesicht strich.

»Herr«, krächzte sie, und Blut rann ihr aus dem Mund.

»Was ist geschehen?« Rorcs Stimme war leise.

Florin runzelte die Stirn, und ihr Gesicht verzog sich vor Schmerzen. »Unsere Drachen ... sie haben uns angegriffen ... die anderen getötet, die Dorfbewohner ... warum?« Sie brach ab und hustete Blut.

»Welche anderen?«, fragte Rorc, aber sie antwortete nicht mehr. Ihre Augen sahen an ihm vorbei zum Himmel hinauf, und ein einziger, kurzer Atemzug kam noch über ihre Lippen, dann nichts mehr.

Rorc bewegte sich nicht. Auch die anderen Reiter um ihn herum standen schweigend und mit bleichen Gesichtern da, während die kreischenden Rufe der Drachen in der Kuppel wie tausend Gongschläge klangen, die den Tod der jungen Frau verkündeten.

Endlich hatte er sich so weit gefasst, dass er sprechen konnte: »Wenn die Drachen wieder still sind, werdet Ihr in Zweiergruppen hineingehen und versuchen, mit Euren Reittieren zu sprechen. Aber niemand …«, er stand auf und ließ den Blick über die angespannten Gesichter gleiten, die ihm zugewandt waren, »niemand versucht, auf ihnen zu fliegen. Erstattet Euren Septenführern Bericht, wenn Ihr Erfolg hattet, und gebt diese Anweisung auch an jene weiter, die jetzt nicht hier sind. Los.«

Die Reiter drehten sich um und machten sich auf den Weg zurück in ihre Baracken.

»Balkis«, Rorc drehte sich zu ihm. »Woher kam Florin gerade?«

»Ich habe sie und zwei andere Reiter zur Ranith-Bucht geschickt.« Er zögerte. »Glaubst du, sie meinte, dass die anderen Reiter tot sind und dass ihre Drachen das Dorf angegriffen haben?«

Rorc guckte grimmig. »So scheint es, aber wir wissen es nicht sicher. Ich werde eine Patrouille dorthin schicken, aber ich habe wenig Hoffnung auf Überlebende, wenn sie sie angegriffen haben.«

»Und was tun wir wegen Azoth und Shaan?«, fragte Balkis. »Ich hatte gehofft, ich könnte versuchen, ihn aufzuspüren. Wir wissen nicht …«

»Und wie willst du ihm folgen?«, schnitt ihm Rorc das Wort ab. »Die Drachen sind keine sicheren Reittiere mehr, und ich will nicht, dass du über Land reist. Ich brauche dich hier.«

»Und wie wollen wir dann herausfinden, wohin er verschwunden ist?«

»Die Seherin wird im Zwielicht nach ihm suchen. Wenn es sich wirklich um Azoth gehandelt hat, dann ist es am wahrscheinlichsten, dass er sich auf den Weg zu Orten macht, die er gut kannte, als er dieses Land beherrschte.«

»Und welche sind das?«

»Ich weiß es nicht«, fuhr Rorc ihn an. »Aber das ist etwas, was dich nicht kümmern muss. Ich brauche dich hier, damit du die Reiter beruhigst, Balkis. Wenn dieser Mann Azoth ist, dann müssen wir uns auf das Schlimmste vorbereiten. Florins Drache hat die Kuppel verlassen, und weitere werden ihm folgen. Ich brauche dich hier. Wenn diese Drachen sich den wilden anschließen und sich gegen uns wenden, was glaubst du, wie lange wir ge-

genhalten können?« Sein Blick war hart wie Granit. »Geh zu den Vogelkäfigen und sende Nachrichten an die Patrouillen an den Grenzen zu den Freilanden, damit sie zurückkehren. Dann schick Wachposten aus. Ich werde zu Morfessas Haus gehen.« Er warf einen Blick auf Florins Leichnam. »Lass sie in den Tempel bringen und sorge dafür, dass ihre Familie benachrichtigt wird.« Ohne ein weiteres Wort machte er auf dem Absatz kehrt und ließ Balkis zurück, der ihm noch einen Moment lang hinterherstarrte.

Auf den Straßen hallte der Lärm der Drachen bis zum Wasser, und Rorc sah viele Gesichter, die ängstlich zur Kuppel hinaufspähten. Er hatte ein Gefühl unmittelbaren Unheils, als er das Tor zu Morfessas Haus aufstieß. Die Sonne ging über den Hügeln auf, als er zur Tür ging, doch Morfessa öffnete sie ihm, ehe er sie erreicht hatte.

Die Haut des alten Mannes war grau, und seine Augen waren trüb und feucht. Rorcs Magen schien sich umzudrehen, als Morfessa ihn anstarrte.

»Rorc«, flüsterte er, »sie ist…« Er brach ab, und Rorc tat einen Schritt auf ihn zu.

»Was ist geschehen?« Eine plötzliche Furcht überfiel ihn.

»Ich konnte nicht…« Morfessa schüttelte den Kopf und starrte ihn an.

»Rorc, die Führerin ist tot.«

Vorsichtig nippte Tuon am heißen Tee, den ihr die Schwester dagelassen hatte, und wann immer sie den Kopf drehte, ließ ein stechender Schmerz sie zusammenzucken. Ein langer Bluterguss verlief an ihrer Wange entlang, und ein ähnlich scharlachroter Schatten zog sich von ihrer linken Schläfe aus nach oben, wo er unter dem Haaransatz verschwand. Die Schwestern hatten in der Nacht eine Salbe aufgetragen, doch ihr Kopf pochte noch immer dumpf, und Tuon konnte die Überreste des Rauchs in ihrem Mund schmecken und auf ihrer Haut riechen. Sie musste dringend ein Bad nehmen und sehnte sich danach, in einen Zuber mit heißem Wasser zu klettern und ihre Haut abzuschrubben. Sie wollte sich abreiben und abbürsten, bis die ganze letzte Nacht weggespült wäre: die Leere in Shaans Gesicht, das Blut, das aus Torgs Körper gequollen war, ihre eigene Hilflosigkeit. Abrupt schob sie den Becher weg und vergoss dabei einige Tropfen Tee, dann stand sie auf.

Schmerz schoss ihr in den Kopf, und sie knirschte mit den Zähnen und blieb reglos stehen, während sie darauf wartete, dass der Schwindel vorüberginge. Dann nahm sie das Kleid, das die Schwestern ihr hingelegt hatten. Dies wenigstens war sauber und roch nach Kräutern, nicht nach Qualm. Sie schob sich den weichen, weißen Stoff über den Kopf, dann die Arme durch die ellbogenlangen Ärmel, und zog die Schnürung an der Taille zu. Das Kleid fiel ihr bis zu den Knöcheln und schmiegte sich kühl und leicht an ihren müden Körper. Der Duft der Kräuter hatte etwas Tröstendes.

Was sollte sie jetzt nur tun? Die Erkenntnis, dass es keinen Ort gab, an den sie zurückkehren konnte, traf sie mit plötzlicher Wucht. Sie sah sich in dem kleinen, schlichten Raum um. Es gab hier nichts als ein einzelnes Bett, einen Tisch und einen Stuhl, und die glatten, dicken Wände waren weiß getüncht. Sie hatte das Gefühl, ersticken zu müssen, ging hinüber zum Fenster und schob die Läden auf. Es gab kein Glas im Rahmen, und der Blick ging hinaus in einen kleinen Hofgarten. Auf beiden Seiten wuchsen dunkelgrüne Büsche mit lilafarbenen Blütenknospen. Es war kein Laut zu hören, und das Licht draußen war grau und trüb. Als Tuon den Blick hob, sah sie ein Stück vom Himmel, der voll schwerer Wolken hing. Die Welt hielt den Atem an und wartete auf Regen.

Ein leises Klopfen an der Tür ließ sie zusammenfahren, und eine kleine Frau mit braunen Haaren betrat den Raum. »Der Kommandant verlangt nach Euch.« Sie lächelte.

Tuons Herz machte einen Satz. »Jetzt?«

Die Frau nickte. Tuon war sich mit einem Mal der Rußflecken und Schmutzspuren auf ihrer Haut sehr bewusst. »Kann ich mich nicht zuerst noch waschen?« Sie schob sich eine rauchgeschwängerte Haarsträhne aus dem Gesicht.

»Nein, es scheint dringend. Kommt.« Sie streckte ihr eine Hand entgegen, als sei sie ein kleines Kind. »Es ist schon in Ordnung so.«

Tuon zögerte, aber ihr wollte kein guter Grund für einen Aufschub einfallen, und so folgte sie der Schwester aus dem Raum.

Rorc erwartete sie wieder einmal im Arbeitszimmer und stand neben dem Schreibtisch. Aber dieses Mal war er nicht allein. Die Seherin der Führerin war bei ihm. Helle, graue Augen waren auf sie gerichtet, als sie eintrat, und Tuon merkte, wie ihre Kopfhaut prickelte. Ehe ihr ein angemessener Gruß in den Sinn kommen wollte, trat Rorc schon auf sie zu.

»Tuon!« Er durchquerte den Raum mit drei langen Schritten, und einen Moment lang glaubte sie, er wolle sie in die Arme schließen, doch er blieb kurz vor ihr stehen und ließ die Augen über ihr Gesicht wandern. »Haben sich die Schwestern gut um dich gekümmert? Bist du wohlauf?«

»Ja.« Verblüfft nickte sie. Er sah sie eindringlich an, und aus seinem Gesicht sprach Sorge um sie. Das war mehr, als sie ertragen konnte, und sie drehte sich rasch um und setzte sich auf einen Stuhl am Fenster zur Seherin, wich Rorcs Blick aus und spürte, wie ihr Herz bis zum Halse schlug.

»Mir geht es wieder gut«, sagte sie heiser und schwieg dann, während sie darauf wartete, dass er etwas sagte.

Er trat an den Schreibtisch und lehnte sich ganz in ihrer Nähe dagegen. Ihr Magen verkrampfte sich, und sie starrte auf Rorcs Stiefel, während sie versuchte, wieder ruhiger zu atmen. Aber es fühlte sich an, als sei in ihren Lungen nicht ausreichend Platz.

»Tuon, ich brauche dich. Du musst die Seherin begleiten und ihr dabei helfen, die Spruchrolle des Propheten von den Inseln zu holen«, begann Rorc.

Fort von hier? Sie umklammerte die geschnitzten Armlehnen ihres Stuhls. Sie konnte nirgendwohin. Es gab keine Zuflucht mehr für sie.

»Tuon.« Rorc beugte sich zu ihr. Sofort hob sie den Kopf.

»Nein. Ich will nirgendwohin gehen«, sagte sie, bemerkte den Blick aus seinen grünen Augen, der auf ihr ruhte, und konzentrierte sich stattdessen auf seinen Kiefer. »Ich will nichts mehr für die Glaubenstreuen tun.«

Ihre Stimme war schwach, und Rorc stand zu nahe bei ihr. Wütend auf sich selbst fuhr sie scharf fort: »Die Glaubenstreuen und du, ihr habt mir nichts als Schmerzen gebracht.«

Er antwortete nicht sofort und betrachtete sie eine Zeit lang, ehe er mit belegter Stimme sagte: »Torgs Tod tut mir leid, Tuon. Er war auch mein Freund. Derjenige, der ihn getötet hat, wird dafür bezahlen.«

»Das bringt ihn uns auch nicht wieder zurück.« Sie sah auf, konnte aber seinem Blick nicht standhalten. »Und was ist mit Shaan?« Sie schaute auf ihre Hände. »Warum bist du nicht da draußen und suchst nach ihr?«

»Die Drachen gehorchen uns nicht mehr, und wir haben keine Möglichkeit, deine Freundin aufzuspüren. Denkst du denn, ich würde nicht alles in meiner Macht Stehende dafür tun, sie zurückzuholen, wenn ich eine Möglichkeit wüsste?«

»Ich weiß es nicht. Wahrscheinlich würdest du das tun. Es sei denn, es kommt den Glaubenstreuen gelegen, sie aus dem Weg zu haben.« Die bitteren Worte waren aus ihrem Mund, ehe sie sie aufhalten konnte. Rorcs Gesichtsausdruck wurde düsterer, und er wollte gerade etwas entgegnen, als Veila die Hand ausstreckte und sie so unvermutet am Arm berührte, dass sie zusammenfuhr.

»Das war kein gewöhnlicher Mann, Tuon. Derjenige, der deinen Freund getötet hat, ist übermenschlich. Ich glaube, das weißt du. Und ich denke kaum, dass er sich leicht töten lassen wird, selbst wenn uns das gut passen würde. Aber in diesem Augenblick können wir nichts tun, um Shaan zu helfen. Ich weiß, dass du nicht ernstlich glaubst, Rorc würde dich deswegen anlügen.«

Veilas helle, graue Augen sahen sie unentwegt an. »Aber wir brauchen deine Hilfe. In der Spruchrolle des Propheten könnten wir viele Antworten auf die Fragen finden, die wir zum Gefallenen haben, und zu dem, was er zu tun imstande ist. Sie könnten unsere Rettung sein. Ich brauche dich bei mir, Tuon. Du kanntest Torg gut. Du warst ihm eine Freundin, und seine Mutter wird auf dich hören.«

»Aber du bist die Seherin von Salmut«, sagte Tuon störrisch. »Sicherlich würde sie dein Wort für viel bedeutsamer halten als meins.«

»Beim Inselvolk liegen die Dinge anders«, sagte Rorc. »Veilas Position hier ist dort bedeutungslos.«

»Du hast aber einen anderen Stand«, fügte Veila hinzu. »Du hast für die Glaubenstreuen gearbeitet, und du wirst ihnen einen der ihren zurückbringen. Das werden sie zu schätzen wissen.« Sie seufzte, und ihre Hand lag warm auf Tuons Haut. »Es wird auch besser für dich sein, diesen Ort hier eine Zeit lang zu verlassen. Hier gibt es zu viele schmerzliche Erinnerungen für dich.«

Tuon sah auf, und der wissende Ausdruck auf dem Gesicht der Frau verunsicherte sie. »Aber was ist, wenn Shaan zurückkommt? Was, wenn sie fliehen kann, aber verletzt ist und nach mir sucht?«

Rorc seufzte. »Es gibt kaum eine Chance, dass sie entkommen kann.«

»Du hast keine Ahnung, wozu sie in der Lage ist«, fuhr Tuon ihn an. »Du kennst sie überhaupt nicht!«

»Wozu ist sie denn in der Lage?« Zorn flackerte in Rorcs Augen auf. »Ich glaube, du bist diejenige, die sie nicht kennt. Sie ist mehr, als du dir vorstellen kannst.«

Tuon starrte ihn an. »Und warum…«

Rorc richtete sich auf. »Ich habe keine Zeit, mit dir zu streiten, Tuon. Die Führerin ist tot.«

»Was?«, flüsterte Tuon.

»Sie wurde vergiftet«, sagte er, und sein Gesicht war grimmig. »Die Stadt ist in Aufruhr. Ich frage dich nicht, ob du gehen möchtest, ich teile es dir mit. Es gibt keine Wahl. Es gibt viele Schwierigkeiten, die auf diese Stadt zukommen, mehr, als du wissen kannst. Und ich brauche dich, um…« Er brach ab und zügelte sich. »Ich brauche dich, damit du mit Veila zu den Inseln aufbrichst. Ich will sie nicht allein dorthin schicken, und es gibt niemanden sonst, den ich entbehren kann. Du musst Torgs Leichnam zu seiner Mutter nach Hause begleiten. Abgesehen von mir hast du ihn am besten gekannt, und es wäre ohne jeden Respekt seinem Volk gegenüber, wenn ich einen Geringeren schickte.«

Tuons Inneres war zum Zerreißen angespannt. »Wirst du mir vorher noch eine Frage beantworten«, setzte sie an, und nach einer kurzen Pause nickte er und verschränkte die Arme vor der Brust. »Warum hat dieser Mann Torg den Erben des Propheten genannt, und was ist der Ring des Propheten? Er hat ihn Torg abgenommen, den goldenen Ring, den er immer im Ohr getragen hat. Deswegen hat er ihn getötet. Ich will wissen, was das zu bedeuten hat.«

Rorc runzelte die Stirn und schaute zur Seherin. »Ich weiß nicht ...«

»Ein Ring?« Veila zog die Augenbrauen zusammen. »Davon habe ich noch nie gehört. Bist du dir sicher, dass er ihn nicht als Trophäe seines Mordes an sich genommen hat? Als ein Pfand seiner Macht vielleicht?«

»Nein.« Tuon schüttelte den Kopf. »Als er ihn sah ...« Sie geriet ins Stocken und sah wieder den angsteinflößenden Blick vor sich, die unmenschlichen Augen. »Er wollte diesen Ring.«

»Es muss mehr als ein Ring sein«, sagte Veila. »Er wird ihn für irgendetwas brauchen. Wir müssen diese Rollen so schnell wie möglich holen, Rorc. Ich muss zu den Inseln.«

Er nickte. »Ich habe bereits ein Schiff angeheuert, aber Ihr müsst noch auf die Morgenströmung warten, ehe Ihr aufbrechen könnt.«

»Dann werde ich das Zwielicht durchsuchen, ehe wir die Reise beginnen. Ich werde versuchen, Azoth zu finden, wenn es mir möglich ist.«

»Azoth?« Tuon sah von einem zur anderen. »Ihr glaubt, dass er es war?« Ein eisiger Schauer lief ihr den Rücken hinunter. Wieder stand der Name des Gefallenen im Raum. Es war nicht möglich, dass Shaan eine Verbindung zu ihm haben sollte. »Ich verstehe das nicht.«

Rorcs Gesichtsausdruck wurde weicher. »Tuon…«

»Komm mit mir«, unterbrach Veila ihn. »Auf dem Schiff werde ich dir alles erklären, was ich kann.« Sie legte ihr ermutigend eine Hand auf den Arm. »Du musst tun, was Rorc von dir verlangt, und darauf vertrauen, dass es zu deinem Besten ist, denn er sorgt sich um dich und will nicht, dass dir etwas geschieht.«

»Veila!«, protestierte Rorc; Tuons Herz pochte, und eine längst verdrängte Hoffnung keimte wieder auf. Eine Sekunde lang sah er ihr in die Augen, doch dann bewegte sich Veila und zog Tuon auf die Beine.

»Komm, du musst mich in meine Räume begleiten und mir dabei helfen, alles für die Reise vorzubereiten. Rorc…«

»Ich werde zum Hafen gehen«, sagte er. »Ich schicke Cyri zu Euch, wenn die Sonne untergeht.«

Veila nickte. »Danke. Und jetzt komm.« Entschlossen zog sie Tuon am Arm. Diese folgte ihr, hielt aber ihre Augen gesenkt, als sie an Rorc vorbeiging, der einen Schritt zurücktrat, um ihr Platz zu machen. Doch als sie den Raum verlassen hatte, konnte sie nicht mehr anders. Sie schaute noch einmal zurück und blickte in seine grünen Augen, die ihr nachgesehen hatten. Rasch drehte sie wieder um und eilte der Seherin hinterher, während sie Rorcs Blick in ihrem Rücken spürte.

Veila führte sie aus dem Tempel, und als sie auf die Straße hinaustraten, war das tiefe Grollen eines Donners zu hören. Eine ängstliche Spannung lag über der Stadt, und die Menschen hasteten in kleinen Gruppen an ihnen vorbei, die Gesichter verkniffen. Vorahnungen und Furcht waren beinahe greifbar, und immer wieder wehte ein seltsam klagender Schrei über die Dächer, der aus der Richtung der Drachenanlage kam. Tuon lief es dabei kalt den Rücken hinunter, und sie ging dicht neben der Seherin. Das Gefühl, abgeschnitten und einsam zu sein, nagte an ihr wie ein gefräßiger Wurm, der eine Frucht aushöhlt. Ihr Herz zog sich zusammen, als das Krachen eines Donners ganz nahe der Stadt ertönte, und sie spähte beunruhigt hinauf in den Himmel, an dem sich dicke Wolken drängten. Sie war noch nie auf einem Schiff gewesen. Was würde passieren, wenn Stürme losbrachen, während sie sich auf dem offenen Meer befanden? Und was hatte da in Rorcs Augen gelegen?

»Tuon.« Veila sprach mit ihr, und als sie den Blick hob, sah sie, dass sie bei einem kleinen Tor angekommen waren. Sie befanden sich inzwischen in den oberen Hügeln der Stadt. »Komm.« Veila stieß das Gatter auf, und Tuon folgte ihr den schmalen Weg hinunter.

Das Haus der Seherin lag etwas von der Straße zurückgesetzt inmitten eines überwucherten Gartens. Es hatte nur eine Ebene und dicke, runde Mauern, die durch eine Schicht unbehauener, roter Steine vom Boden getrennt waren. Veila öffnete die Tür, und Tuon war erstaunt, dass kein Bediensteter herbeieilte.

»Hast du denn keine Angestellten?«, fragte sie.

»Ich ziehe es vor, allein zu leben.« Veila blieb unmittelbar hinter dem Eingang stehen, um den Docht einer Öllampe zu entzünden und das Dämmerlicht zu vertreiben. Tuon sah einen großen, offenen Raum, der schlicht eingerichtet war mit mehreren niedrigen Sofas und Kissen. In der Mitte lag ein Teppichläufer, und eine Reihe von Türen an der hinteren Wand des Zimmers stand auf. Dahinter erstreckte sich eine Steinterrasse bis in einen dicht bewachsenen Garten hinein.

Doch die schweren Wolken verdeckten das Sonnenlicht, und trotz der geöffneten Türen hätte der Raum ohne die Lampe im Dunkeln gelegen.

»Diese Wolken schlucken alles Licht«, murmelte Veila, als sie voranging und in einen Flur einbog. »Warte hier«, rief sie Tuon über die Schulter hinweg zu, ehe sie verschwand.

Zaghaft betrat Tuon das Zimmer und hockte sich auf die Kante eines der Sofas. Sie sah einen schwachen Widerschein ihrer selbst in einem Spiegel an der Wand: Bleich war sie, und sie saß mit hängenden Schultern da. Seit wann war sie so furchtsam? Sie drückte den Rücken durch und besah sich den riesigen Wandbehang links vom Spiegel. Es kam ihr nur wie ein wirbelndes Muster aus Farben und Schatten vor: Blau, Lilatöne und Rot mischten sich mit verschiedenen Grünschattierungen. Während Tuon daraufstarrte, schienen sich Formen herauszubilden. So glaubte sie, einen Drachen zu erkennen, dessen Flügel gespreizt waren und der über einen endlosen Dschungel flog, doch als sie blinzelte, war das Bild wieder fort. Erschrocken wandte sie den Blick ab.

Veila kam zurück und hatte eine kleine, hölzerne Kiste dabei, die sie auf den Tisch am Ende des größten Sofas abstellte. Tuon sah ihr zu, wie sie eine Muschelschale herausnahm und mit einer Flüssigkeit füllte, die sie aus einer dunklen Glasflasche einschenkte. Sofort breitete sich ein kräftiger, würziger Geruch in der Luft aus.

Dann schaute Veila auf und sagte: »Damit bereite ich den Raum auf meine Queste vor.« Sie streckte die Hand aus. »Und nun komm mit. Wir müssen dir etwas zum Anziehen für die Reise zusammensuchen.«

Tuon fragte sich, wie sie in die Kleidungsstücke der winzigen Seherin hineinpassen sollte, folgte ihr aber den Flur entlang und durch einen Durchgang in ein kleineres Zimmer. Es überraschte sie, festzustellen, dass Veila eine Truhe mit Kleidung in den verschiedensten Größen besaß. Die Seherin suchte mehrere Kleider heraus, Unterwäsche, ein Paar dicke, lange Hosen und Stiefel, die Tuon auf dem Schiff würde tragen können. All das legte Veila in einen Lederbeutel, obenauf ein wunderschönes, lilafarbenes Schultertuch aus weicher, roher Seide und einen wasserdichten Mantel. Tuon war überwältigt von ihrer Großzügigkeit und brachte lediglich einen gestelzten Dank über die Lippen. Als sie fertig waren, hörte Tuon, wie eine Tür geöffnet wurde, und Männerstimmen drangen aus dem Hauptzimmer.

»Er ist da.« Veila legte den Sack auf den Boden, und Tuon folgte ihr aus dem Raum. Cyri und ein schwarz gekleideter Verführer standen in der offenen Tür. Cyri wandte sich ihnen zu, als sie eintraten. »Veila. Rorc schickt mich, damit ich während deiner Suche auf dich aufpasse.«

Veila seufzte. »Danke, dass du gekommen bist, aber du weißt, dass du nichts tun kannst, wenn ...«

»Und wenn es so ist!« Cyri schnitt ihr das Wort ab und ergriff ihre Hände. »Aber ich wollte lieber hier sein.« Er lächelte kurz, dann sah er über sie hinweg zu Tuon. Sein kahler Schädel glänzte schwach im Schein der Lampe, und seine hellen Augen ruhten auf Tuon. »Rorcs Frau«, sagte er, und Tuons Herz zog sich zusammen, denn sie wusste nicht genau, was er damit gemeint hatte. »Schickt er sie mit dir mit, Veila?«

»Ja.«

Seine Augen musterten Tuon von Kopf bis Fuß, und er betrachtete sie eine Zeit lang wortlos. »Ich habe dich schon einmal gesehen«, sagte er schließlich, dann wandte er seine Aufmerksamkeit wieder der Seherin zu.

Erleichtert setzte sich Tuon auf den Fußboden, etwas entfernt von den anderen. Cyri sprach leise mit Veila, während der Verführer reglos dastand und in den Garten hinausschaute. Tuon vermied es, ihn anzusehen, und spielte nervös an der Troddel ihres Kissens herum. Cyri und die Seherin tuschelten noch einen kurzen Moment lang, ehe Veila zu einem langen Sofa ging und sich darauflegte. Cyri ließ sich neben ihr nieder.

»Tuon«, rief er. »Komm, setz dich zu mir.«

Nervös tat sie, wozu sie aufgefordert worden war, und sank auf den Boden in der Nähe der Sofakante. Der scharfe, würzige Geruch war nun stärker, und sie bemerkte, dass Veila inzwischen die Lider geschlossen hatte. Tuons Haut kribbelte. Sie sah zum Konsul, doch der hatte nur Augen für Veila, sein Körper war angespannt, und er hatte sich leicht vorgebeugt. Schweigen dehnte sich aus, und Tuon wagte nicht, sich zu rühren.

In dem Zimmer war es vollkommen still, aber von draußen konnte Tuon das schwache Grollen des Gewitters und einige Drachenrufe hören. Sie sah, wie die Wolken von einem Blitz zerteilt wurden, der das reglose Gesicht des Verführers erhellte. Das trübe Tageslicht verblasste zur Dämmerung des späten Nachmittags. Tuons Magen war leer, und ihre Blase drückte, aber sie wusste nicht, ob sie etwas sagen durfte oder nicht. Veilas Augen zuckten unter den geschlossenen Lidern, aber ihr Körper blieb ohne jede Regung.

Plötzlich sprach Cyri: »Das dauert zu lange.«

Tuon sah die Sorge in seinen Augen, wusste aber nicht, was sie antworten sollte. Sie wusste nichts über Questen. »Kannst du sie denn nicht aufwecken?«, schlug sie vor.

Er stieß den Atem aus und schüttelte den Kopf. »Das ist etwas anderes. Sie schläft nicht.« Er zog die Augenbrauen zusammen, streckte die Hand aus und griff eine von Veilas Händen. »Sie ist an einem Ort zwischen Wachen und Schlafen.«

»Kannst du ihr denn nicht helfen? Hast du nicht schon einmal…« Sie brach ab, als Veila plötzlich keuchte und krampfhaft Cyris Finger umklammerte. Sie bäumte sich auf dem Sofa auf, und warf den Kopf von einer Seite auf die andere.

»Nevin!«, rief Cyri. Der Verführer kam zu ihnen gerannt und packte Veila an den Schultern. »Veila!« Cyri rief immer wieder ihren Namen, aber die Augen der Seherin blieben geschlossen.

Tuon sah voller Entsetzen zu. Sie kroch rückwärts, bis sie mit dem Rücken gegen die Wand stieß, und sie konnte den Rahmen des Wandbehangs unangenehm an ihrem Rückgrat spüren.

Schließlich erschlaffte der Körper der Seherin, und beide Männer hoben vorsichtig die Hände. Einen Moment lang geschah nichts, und dann, endlich, erklang ein leises Flüstern.

»Mir geht es gut.« Veilas Stimme war kaum zu hören. Sie lag einen Moment dort und atmete nur heftig, dann rief sie: »Tuon, komm her.« Sie streckte ihr einen Arm entgegen.

Zitternd trat Tuon zu ihr, und Veila legte ihr eine kalte, weiße Hand auf die Wange. Ihre hellen, grauen Augen sahen sie sorgenvoll an. »Es tut mir so leid. Ich konnte sie nicht finden. Er ist zu stark für mich.«

Tuon starrte sie an und versuchte zu begreifen, und dann begann sie zu weinen. Veila meinte Shaan. Sie hatte sich ins Zwielicht begeben, um Shaan zu suchen, hatte sie aber nicht gefunden. Shaan war verloren. Die Tränen, die Tuon so lange zurückgehalten hatten, flossen nun in Strömen. Sie brach schluchzend auf dem Boden zusammen. Veila streichelte ihr über den Kopf und murmelte beruhigende Worte, während die zwei Männer leise das Zimmer verließen.

Tuon schlief auf Veilas langem Sofa. Sie hatte nichts zum Abendbrot gegessen, und die Seherin hatte ihr nichts aufgezwungen. Doch sie hatte ihr einen Becher mit einer heißen, wohlschmeckenden Flüssigkeit gebracht, die ihren Magen ein wenig füllte. Gegen die Leere, die sich in ihr breitgemacht hatte, konnte sie jedoch auch nichts ausrichten.

Als Tuon endlich eingeschlafen war, breitete die Seherin eine weiche Decke über sie aus und ließ sie allein, und sie fiel in einen traumlosen Abgrund.

Veila weckte sie vor Tagesanbruch, half ihr beim Baden, gab ihr saubere Kleidung und brachte ihr eine Scheibe warmes Brot mit Honig. Zwei Jäger kamen und begleiteten sie aus dem Haus zu einem Wagen, über den sich ein gewölbtes Verdeck aus geöltem Tuch spannte. Die Männer verstauten das Gepäck der Frauen, die schweigend auf den harten Bänken Platz nahmen. Dann wurden sie durch die ruhigen, dunklen Straßen zum Hafen gefahren.

Als sie dort ankamen, fielen die ersten dicken Regentropfen, spritzten auf den Boden und pladderten auf das Holz der Mole. Tuon stieg aus dem Wagen und stand im Regen, und sie bemerkte es kaum, als Veila sie drängte, ihren wasserdichten Mantel überzuziehen. Ein Licht kam auf sie zu – es war Rorc, der den Steg herunterkam und eine Laterne in der Hand trug. Hinter ihm knackten und schwankten hohe Masten vor dem schwarzen Himmel. Der Mond und die Sterne waren hinter dicken Wolken verschwunden, und der Geruch von frisch aufgeweichter Erde und von Salz lag in der Luft.

Der Wind blies Tuon ins Gesicht, aber sie spürte ihn kaum. Sie beobachtete, wie die Jäger ihr Gepäck griffen und hinter Rorc auf der Mole verschwanden.

»Veila, Tuon.« Rorc sah sie an, und das Licht der schaukelnden Laterne malte Schatten auf sein Gesicht. »Hier entlang. Das Schiff ist schon bereit.«

Sein Blick flackerte zur Seherin, und ein fragender Ausdruck lag in seinen Augen, doch sie schüttelte nur den Kopf. Dann drehte Rorc sich um und führte sie über den langen, knarzenden Landungssteg.

Das Schiff war ein dunkler Berg aus Masten und Seilen, und auf dem Deck huschten Silhouetten entlang. Eine raue Planke reichte vom Steg zum Schiff.

»Danke, Rorc«, sagte Veila. »Wir werden uns beeilen.«

Er nickte, nahm ihre Hand, stützte sie und half ihr auf die Planke, wo sich ihr schon ein anderes Paar Hände, dunkel wie schwarzes Holz, entgegenstreckten.

»Tuon.« Rorc drehte sich zu ihr um und drückte ihr ein kleines Päckchen, in Öltuch eingeschlagen, in die Hände. »Torg ist an Bord. Du musst dafür sorgen, dass seiner Mutter dies übergeben wird, wenn du sie siehst. Kann ich mich darauf verlassen, dass du das tun wirst?«

Doch Tuon konnte nicht antworten. Sie starrte zu ihm empor, und die Welt um sie herum kam ihr unwirklich vor.

Er legte ihr eine Hand unters Kinn und hob ihr Gesicht, sodass er ihre Augen sehen konnte. »Tuon?«

Er war so weit weg. Sie wollte mit ihm sprechen, ihm so viele Dinge erzählen, aber sie schien vergessen zu haben, wie das ging.

»Was ist denn?« Seine Augen suchten ihren Blick, und sie spürte das raue Streicheln seines Daumens auf ihrer Wange. Ihre Brust wurde eng, aber sie schien zu nichts anderem fähig, als ihn ebenfalls anzusehen, um sich das vertraute Gesicht einzuprägen, das Teil ihres Herzens geworden war.

Erst später würde sie bereuen, dass sie die Gelegenheit nicht ergriffen hatte, als sie sich ihr bot. Dass sie sich nicht an ihn gelehnt und ihn zum Abschied geküsst hatte. Doch sie konnte ihn nur anstarren, schweigend und leer.

»Kommandant.« Eine große, dunkelhäutige Frau erschien neben ihm. »Wir sind bereit, die Segel zu setzen.«

Rorc trat einen Schritt zurück. »Gut.«

Der Regen prasselte ihr ins Gesicht und stahl die Wärme, die seine Hand dort hinterlassen hatte. Er wandte ihr wieder den Blick zu, sein Gesicht war verschlossen, und die Zärtlichkeit, die ihr noch kurz zuvor gegolten hatte, war verschwunden. »Gib Torgs Mutter das Päckchen, und hilf Veila«, sagte er. »Ich sehe dich, wenn du zurück bist.«

Worte stiegen in ihr auf, aber sie konnte sie nicht aussprechen. Ihr Blick zog die Umrisse seines Gesichts nach, damit sie es nicht vergaß.

Rorc nahm ihren Arm und führte sie auf die Planke; sie konnte seinen Griff durch den Mantel spüren. Und dann ließ er sie los, und die Hände einer Fremden geleiteten sie an Deck des Schiffes. Die Welt war auf einmal unstet und schwankte unter ihren Füßen. Sie stolperte, und eine kräftige Hand packte sie, bewahrte sie vor einem Sturz und zog sie vom Rand weg. Rufe ertönten, Füße, die nicht zu sehen waren, trampelten vorbei, und es spritzte und knirschte. Die Planke wurde eingeholt. Sie entfernten sich vom Hafen, und Tuon wurde von Rorc fortgerissen. Ein schwarzer, tobender Wasserspalt öffnete sich zwischen ihnen und wurde immer breiter. Tuon stand an der Reling und schaute zu Rorc hin, das Päckchen an ihre Brust gedrückt, bis Veila kam und sie fortzog in die Dunkelheit des Schiffsrumpfes.

34

Shaan klammerte sich an Azoth fest, während Nuathin über das Land preschte. Ihr Kleid war zerrissen, sodass der Großteil ihrer Beine dem Wind preisgegeben war, während sie in die aufgehende Sonne flogen. Sie wickelte den Stoff so eng wie möglich um ihren Körper, kauerte sich zusammen und suchte hinter Azoths breitem Rücken Schutz.

Innerlich war sie leer und mutlos. Immer wieder erinnerte sie sich an Tuon, wie sie im Red Pepino auf dem Boden gelegen hatte, während die Flammen um sie herum immer höher stiegen, und an Torg, mit einem Messer in der Brust. Entsetzen nagte an ihr. Sie hatte dabeigestanden und nichts getan, als Azoth sich genommen hatte, wonach es ihn verlangte, und jene tötete, die sie liebte. Vielleicht hatte sie ihm sogar geholfen; sie konnte sich nicht mehr erinnern. Sie wollte ihn töten, doch sie hatte kein Messer.

Die riesigen, lederähnlichen Flügel des Drachen hoben und senkten sich und schnitten in gleichmäßigem Rhythmus durch die Luft. Shaan sah hinab zu den Ländern weit unter ihnen, die sich bis zum Horizont erstreckten. Das schwache Sonnenlicht streifte die Gipfel der Hügel. Donner grollte in der Ferne, und schwarze Wolken schoben sich langsam auf die Küste zu wie eine Bergkette, die das Meer verschlingen will.

Der Himmel jenseits davon war leer.

Sollten da nicht Reiter hinter ihnen herjagen? *Die anderen werden uns nicht folgen,* sprach Nuathin plötzlich ohne Vorwarnung in ihrem Geist. *Sie fürchten sich. Sie befürchten, dass er zornig auf sie ist, weil sie einen Pakt mit den Azim geschlossen haben. Noch erinnern sie sich nicht wieder an die wahren Wege.*

Du aber schon, erwiderte Shaan bitter.

Ja. Der Vater hat sie mir gezeigt. Shaan hasste auch diesen Drachen und versuchte, ihren Geist vor ihm zu verschließen, aber Nuathin brach in ihre Gedanken ein. *Arak-si*, zischte er. *Dein Blut singt.*

Hör auf! Shaan knirschte mit den Zähnen und hätte dem Drachen am liebsten ein Messer in seine harte Haut gerammt.

Azoth lächelte und streichelte ihre Hände, die sich um seine Taille geschlungen hatten. Sie riss sie weg, doch da ließ sich Nuathin ruckartig absinken, und sie war gezwungen, wieder an Azoth Halt zu suchen. Azoth gab keinen Laut von sich, aber sie wusste, dass er sie auslachte. Wutschnaubend verfiel sie wieder darauf, nach unten zu starren, und versuchte, sich ganz in sich zurückzuziehen und ihren Geist abzuschirmen.

Sie flogen immer weiter, und sie verlor jedes Zeitgefühl. Die Hügel wichen Tälern, die Sonne stieg höher und machte sich dann wieder an den Abstieg, und Shaans Magen wurde hohl vor Hunger. Und doch flogen sie unaufhörlich weiter. Die vorbeirauschende Luft ließ ihre Haut taub werden, und immer mehr fühlte Shaan sich von der Welt losgelöst. Sie spürte, wie Azoth nach ihren Händen griff, aber es kam ihr vor, als wären diese weit von ihrem restlichen Körper entfernt. Erschöpfung bemächtigte sich ihrer, und ihr Geist schweifte ab.

Balkis, der seine Lippen auf ihre drückte, das Gesicht in grimmiger Verzweiflung verzerrt, tauchte vor ihr auf, und Traurigkeit machte sich in ihr breit und ließ ihre Kehle eng werden. Sie verdrängte den Gedanken und hatte Angst vor ihren eigenen Gefühlen. Doch das Bild wurde nur ersetzt durch andere von Tuon und Torg, blutend, sterbend. Shaan warf den Kopf zur Seite, überwältigt von ihrem Kummer. Tränen rollten aus ihren Augen und wurden vom Wind weggetrieben. Dieser Wind, der in ihren Ohren toste, war alles, was sie jetzt noch hören konnte, und er riss gleichmäßig heulend an ihr. Sie schloss ihre Augen. Dunkelheit stieg auf und umfing sie, und dankbar ließ sie sich hineingleiten, denn sie sehnte sich nach Vergessen, und sie ließ sich in einen Traum davontragen. Doch auch dort fand sie keinen Frieden. Mit wachsendem Entsetzen spürte sie, wie die vertraute Schwärze nach ihr griff. Sie versuchte, ihre Augen wieder aufzureißen, doch sie befand sich schon im Zwielicht. Alles um sie herum war finster und kalt, so kalt. Ihren Körper konnte sie nicht mehr spüren. Sie war nichts: ein körperloser Geist, der durch die Finsternis trudelte – und sie war nicht allein. Da beobachtete sie etwas und wartete. Sie konnte es spüren, aber nicht sehen. Sie wollte aufwachen, fliehen, aber sie wusste nicht, wohin. Voller Schrecken begann sie zu schreien.

Und dann hörte sie ihren Namen. Shaan. Azoths Stimme hallte in ihrem Kopf. Er hatte sie gefunden. Er würde sie retten. Sie hasste ihn, aber sie konnte sich nicht mehr selber retten, und so streckte sie ihre Arme nach ihm aus. Ein mächtiger Ruck durchfuhr sie, und sie schlug die Augen auf.

Unter ihrem Rücken war kalter, trockener Erdboden, und Azoth beugte sich über sie und wiegte ihren Kopf in seinen Händen. Shaan blieb gerade noch Gelegenheit, festzustellen, dass es Nacht war, als auch schon jeder klare Gedanke floh und Schmerz ihren Schädel zu spalten schien. Sie presste ihn in ihre Hände und verlor die Besinnung.

Azoth ließ sie zurück in die Dunkelheit fallen. Er ließ sie zu Boden gleiten und griff nach ihrem Arm. Die Nacht war dunkel, aber er hatte keine Schwierigkeiten, den goldenen Reif an ihrem Finger zu erkennen. Mit einem befriedigten Lächeln zog er ihn ab und schob ihn sich zurück in seine Tasche.

Es war interessant, dass sie nicht bemerkt hatte, wie er ihn ihr vor einiger Zeit übergestreift hatte. Er hatte nicht ganz die Reaktion erwartet, die sie gezeigt hatte, aber das war gut. Jetzt wusste er es. Zufrieden stand er auf und lief unter dem spärlichen Blätterdach der Bäume hindurch aufs freie Feld hinaus. Der Ring, den er vor so langer Zeit als Absicherung geschmiedet hatte, war noch immer mit seinem eigen Fleisch und Blut verbunden und würde ihr den Zugang zum Stein ermöglichen.

Die Sterne schimmerten bläulich, und das Hügelland ringsum war karg und dunkel. Kein Lüftchen regte sich, und das einzige

Geräusch war das träge Gurgeln des kleinen Flusses hinter ihm. Er erinnerte sich an diese Gegend. Er hatte schon damals ihre Trockenheit nicht geschätzt, und das war auch jetzt nicht anders. Nuathin rührte sich in der Nähe, und Azoth drehte sich um und betrachtete den Drachen, der wie ein dunkler, massiger Schatten am Ufer lag.

Jage, Semorphim. Du wirst deine Kraft brauchen. Er wandte sich in der alten Sprache an ihn.

Nuathins Augen blinkten rot im Sternenlicht. *Mich hungert nicht nach Fleisch. Mich hungert jetzt nur noch nach den wahren Wegen, Arak.*

Unerwartet war da ein Knoten in Azoths Kehle, und er wurde ganz still. Langsam ging er hinüber und streckte eine Hand aus, um sie auf die Flanke des Drachen zu legen. Einen Moment lang zitterten seine Finger, als er das Tier berührte.

Es ist viele Jahre her, dass ich dieses Wort habe sagen hören. Er ließ seine Hand zärtlich über Nuathins Rippenbogen gleiten und beobachtete, wie die Drachenhaut unter seiner Berührung aufleuchtete. *Arak…* Er wartete ab und sah in eines von Nuathins Augen. *Wie viele würden mich noch immer so nennen? Wie viele erinnern sich?*

Der Schwarm wird sich wieder entsinnen, sobald wir erneut vereinigt sind. Sie werden zu dir kommen und ihre Furcht vergessen. Vergib ihnen.

Azoth lächelte kurz, dann ließ er seine Hand sinken, und ein finsterer Ausdruck erschien auf seinem Gesicht. Als der Drache dies sah, erschauerte er und kauerte sich tief zu Boden.

»Ja«, sagte Azoth laut und starrte wieder hinauf zu den Sternen. »Und du wirst ihnen dabei helfen, Nuathin. Die Semorphim werden wieder mein sein, und wir werden gemeinsam den wahren Wegen folgen. Wir werden alle zusammen sein.«

Aber was ist mit den anderen?, sendete der Drache zaghaft. *Werden sie deine Rückkehr nicht spüren?*

Azoth lachte auf. »Meine Geschwister? Jeder Einzelne von ihnen ist ein Nichts und machtlos. Sie können mir nicht mehr schaden, und sie werden mich nicht finden.« Er lächelte, und seine Zähne glänzten im Licht der Sterne. Dann runzelte er plötzlich die Stirn und wandte den Blick erneut dem Drachen zu. »Du hast meinen Namen im Schwarm nicht genannt, nicht wahr?«

Nein, nein, Arak. Nuathin ließ den Kopf sinken, als Azoth ihn mit glühenden Augen musterte. *Niemals.*

»Gut.« Azoth lächelte, und seine Hochstimmung kehrte ebenso rasch zurück, wie sie zuvor verflogen war. »Es gibt sie nicht mehr, Nuathin. Jetzt gibt es nur noch mich. Und so wird es für alle Zeiten sein.«

Noch einmal fuhr er mit der Hand über die Haut des Drachen und ließ sie schimmern.

»Es gibt nur mich«, murmelte er, dann drehte er sich um und ging zu Shaan.

Fliegen wir in die Regenlande?, fragte Nuathin, als Azoth sich bückte und Shaan auf die Arme nahm. Sie stöhnte und zuckte zusammen, als er ihre verbrannte Hand streifte. Der Verband hatte sich gelockert. Aber Azoth war unbesorgt. Sie würde wieder heilen.

Ja, wir kehren zurück. Er ging zum Drachen und legte Shaan auf Nuathins Rücken, ehe er selbst dahinter aufsprang. *Komm, mein Semorphim. Trag uns weiter.* Er trieb Nuathin an, sich in die Lüfte zu heben, und der Drache, dessen altes Herz wieder voller Hoffnung war, sprang in die Nacht hinauf.

Als Shaan langsam wieder zu sich kam, lag sie erneut auf Nuathins Rücken, aber dieses Mal saß Azoth hinter ihr, und seine Arme verhinderten, dass sie hinabstürzte. Die Nacht war angebrochen; es war warm, und der Himmel war klar. Shaan konnte die strahlenden, nadelkopfspitzen Lichter von Tausenden von Sternen sehen. Nuathins Flügel flappten träge links und rechts von ihr oder spreizten sich, um auf der warmen Luft zu segeln.

»Hast du Schmerzen?«, fragte Azoth, doch sie beachtete ihn nicht.

Die Frage schien keiner Sorge zu entspringen, sondern war

lediglich eine Feststellung, als wäre sie ein Insekt, das es zu studieren galt – oder zu zermalmen.

Ihre Hand tat wieder weh, und ihr Kopf pochte, aber der Zorn über ihre eigene Schwäche brachte sie zum Schweigen. Sie hatte zugelassen, dass er sie rettete. Warum nur war sie derartig hilflos? Sie setzte sich so gerade auf, wie es ihr möglich war, und versuchte, Azoths Körper nur dort zu berühren, wo es unvermeidlich war. Ihn belustigte dieses kleine Aufbegehren, das wusste sie. Sie spürte, wie er sie belächelte. Ihren Hass und ihre Wut steigerte das nur.

Sie schloss ihre Augen im Wind. Im Innern konnte sie noch immer ganz schwach Tallis an sich ziehen spüren. Es war nun nur noch wie das letzte schwache Glimmen eines heruntergebrannten Feuers, doch sie konnte die Wärme auch jetzt noch fühlen. Das gab ihr Hoffnung. Sie war nicht allein, nicht völlig jedenfalls. Azoth mochte ihr zwei derjenigen genommen haben, die sie am meisten geliebt hatte, aber er wusste nichts von Tallis. Und er würde auch nichts von ihm erfahren, dachte sie grimmig entschlossen. Sie umschloss den Gedanken an Tallis und vergrub ihn tief in ihrem Innern. Sie würde ihn vor Azoth verborgen halten, selbst wenn das bedeuten würde, dass sie ihn selbst kaum mehr würde spüren können. Denn wenn Azoth von ihm wüsste, dann würde er versuchen, ihr auch ihn zu entreißen, da war sie ganz sicher.

Sechs Tage und Nächte flogen sie über unbekannte Länder. Es war heiß und trocken, und während des Tages konnte sie westlich von ihnen einen ständigen, wabernden Schimmer am Horizont erkennen. Azoth hatte ihr erklärt, dass dies die Wüstenlande seien, die sie jedoch nicht überfliegen würden. Sie würden an der Küste entlang ihrem Ziel entgegenreisen.

»Die Wüstenlande sind nicht unsere Gebiete«, erklärte er ihr. »Da gibt es nichts für unsereins, und nichts, das uns will. Wir richten uns nach Norden.« Und er hatte sie eindringlich angesehen und sie gefragt, ob sie irgendetwas spüre oder erraten könne, wohin sie unterwegs seien. Sie jedoch hatte ihm den Rücken zugekehrt und geschwiegen. Wie wenig er doch wusste.

Die Sonne verbrannte ihre Haut und quälte ihre verletzte Hand. Azoth ignorierte den Umstand, dass ihr Kleid schmutzig und zerrissen war. Der Stoff war von der rauen Haut des Drachen fadenscheinig geworden und die Haut an ihren Beinen wund und roh. Wenn sie Rast machten, war jeder Schritt schmerzhaft, und immerzu hatte sie Durst. Azoth schien kaum essen oder trinken zu müssen, und sie fragte sich, warum er sie nicht einfach gleich tötete. Wenn sie gezwungen wäre, noch länger auf diese Weise weiterzumachen, würde sie ohnehin sterben. Aber er tat es nicht, und am fünften Tag, als die Sonne wieder aufging, spürte Shaan voller Erleichterung etwas Feuchtigkeit in der Luft, und sie sah Wolken am Himmel entlangjagen.

In der Ferne versperrte ein dunkler Schatten den Horizont, doch unter ihnen war die Erde sanft gewellt und spärlich bewachsen. Das dunkle Band eines Flusses schlängelte sich hindurch, und als sie nach links sah, bemerkte sie, dass das Land flach auslief und sich scheinbar endlos weit erstreckte. Doch sie rasteten vorerst nicht mehr. Karge Hügel und vereinzelte Bäume wichen weiten Ebenen mit hohem, dunkelgrünem Gras, von Myriaden kleiner Teiche durchbrochen.

Und endlich, als sich die Sonne zum Horizont senkte, begann Nuathin tiefer zu gleiten. Er flog einen Kreis und setzte in der Nähe eines Teiches auf einer Lichtung auf, die von wogendem Gras umringt war. Der Erdboden war aufgeschwemmt und feucht, und Insekten surrten über dem stehenden Wasser. Das Gras reichte Shaan bis zur Hüfte und erstreckte sich ringsum bis zum dunklen, bergähnlichen Massiv am Horizont.

»Die Regenlande«, sagte Azoth und nickte in Richtung der Schatten. Er sah Shaan an, als erwartete er irgendeine Antwort, doch sie drehte ihm den Rücken zu und suchte nach einer trockenen Stelle zum Hinsetzen. Sie verscheuchte die Fliegen und hockte sich auf einen kleinen Felsen in der Nähe des Teiches.

Dann tauchte sie die Hand in das stinkende Wasser und ließ

es über die verbrannte Stelle laufen. Es war nicht viel kühler als die Luft, aber die Nässe war eine willkommene Erleichterung. Schon bald erhob sie sich wieder von dem Stein und kniete sich in den weichen Schlamm am Teichrand, um ihren gesamten Unterarm ins Wasser zu stecken. Sie benetzte auch ihre Oberschenkel, schloss die Augen und genoss die Entspannung, aber schon nach kurzer Zeit begann ihr Rücken zu schmerzen. Sie ertrug es, so lange sie konnte, dann schmierte sie sich den kühlen Schlamm auf die Haut und setzte sich wieder auf den Felsen, von wo aus sie in das braune, algige Wasser starrte. Sie fühlte sich ausgedörrt und hatte seit dem Vortag nichts mehr gegessen, aber sie verlor kein Wort deswegen. Sie dachte nur noch an ihre Flucht.

Azoth trat an ihre Seite. »Es brennt«, bemerkte er.

Sie sah ihn aus zusammengekniffenen Augen an, erwiderte jedoch nichts.

Er hockte sich neben sie. »Es amüsiert mich, dass du mich bekämpfst. Ich kann spüren, wie verzweifelt du weg willst.« Er hob einen Finger, um ihr eine Haarsträhne aus der Stirn zu streichen, und sie zuckte zurück. Er lächelte. »Du widerstehst mir nur, weil du nicht weißt, was du bist – was *ich* bin – und was wir zusammen sein könnten.«

»Du bist ein Mörder«, sagte Shaan. »Ich habe deinesgleichen schon kennengelernt. Wir werden niemals zusammenarbeiten.«

»Bist du dir da so sicher?« Er stand auf und lief um den kleinen Teich herum. »Was hast du im Schwarmbewusstsein der Drachen entdeckt?«

Sie warf ihm einen Blick zu. Also hatte Nuathin ihm davon berichtet. Das überraschte sie wenig; Nuathin war seine Kreatur, sein Geist, seine Seele. Beinahe empfand sie Mitleid mit dem alten Tier. Beinahe.

»Haben sie nicht mit dir über mich gesprochen, Shaan?«, fragte Azoth. »Konnten sie nicht mein Brandmal auf dir spüren?«

»Sie haben nur Unsinn geredet«, erwiderte sie, aber ihr Herz begann schneller zu schlagen, als sie begriff.

»Tatsächlich?«

Shaan gefiel diese Wendung des Gesprächs nicht. »Warum bin ich hier, Azoth?« Sie sah auf und suchte seinen Blick. »Was willst du von mir? Wirst du mich töten?«

»Nur, wenn ich es tun muss«, antwortete er, und seine Augen verrieten, dass er die Wahrheit gesprochen hatte.

Sie schluckte. »Doch erst, wenn ich dir gegeben habe, was du willst.«

Er antwortete nicht sofort, sondern lief erneut um den Teich herum und lauschte darauf, wie seine Stiefel in dem nassen Gras quietschten. Schließlich blieb er stehen und ließ den Blick über den dunklen Dschungel am Horizont schweifen.

»Siehst du die Regenlande? Auch wenn ich glaube, dass sie inzwischen die Wildlande genannt werden. Dort sind viele Geheimnisse verborgen, und in den Bäumen und den tiefen Flüssen liegen Vergangenes und Dinge begraben, die vor langer Zeit verloren gingen.« Seine Stimme wurde weicher, während er über das Gras hinwegschaute.

Shaan betrachtete sein Profil: Seine gerade Nase und seine hohe Stirn wurden vom Nachmittagslicht nachgezeichnet, und ein Schauer überkam sie. Vor ihren Augen schien er zu einem außerweltlichen, entrückten Wesen zu werden. Rings um sie herum wurde es still im Grasland, kein Insekt summte, kein Windhauch regte die grünen Halme. Es war, als hielte die Erde selbst den Atem an und wartete darauf, dass Azoth zu sprechen ansetzte. Und Shaan wartete mit ihr. Er war nicht menschlich. Das wusste sie, und sie hätte sich fürchten sollen. Er konnte sie so mühelos töten. Und doch zerrte das Wesen, das er war, an ihr; sie konnte spüren, wie es an ihr riss und sie wie mit einem unsichtbaren Band mit ihm verbunden war. Es ähnelte dem Gefühl, das sie bei Tallis hatte. Doch wo Tallis wie eine warme Flamme in ihrem Herzen war, war die Verbindung zu Azoth eine kalte Kette, die sich um ihre Kehle wand und unzerbrechlich war. Dies machte ihr mehr Angst als der Tod. Sie fürchtete, dass da kein Zurück mehr sein würde, wenn sie ihm nachgäbe. Sie würde sich vollkommen verlieren.

Er drehte sich um und sah sie an. Seine Augen waren von dunklem Lila, und Shaan fuhr der Schreck durch die Glieder.

»Was willst du von mir?«, fragte sie noch einmal. Ihre Stimme klang heiser und schwach in ihren eigenen Ohren. Er jedoch betrachtete sie, ohne zu lächeln, und musterte sie, als ob er sich jedes Detail ihres Gesichtes einprägen musste.

»Was ich von dir will?« Er drehte sich um und ging zurück zur Lichtung. »Ich will, dass du etwas für mich findest, das ist alles.«

Shaan fürchtete sich. Was könnte sie schon finden, das ihm verborgen war?

Er lächelte. »Es ist nur ein kleiner Gegenstand. Alles, was du tun musst, ist, ihn für mich zu finden, dann kannst du gehen... Wenn du möchtest.«

»Was ist es?«

Sein Mund verzog sich geheimnisvoll. »Das wirst du noch sehen. Aber keine Sorge, es wird nicht schwer werden. Vielmehr wird es dich finden.«

35

Tallis stützte sich auf das Geländer des Laufstegs und beobachtete einige Kinder, die ein Netz in den schnell fließenden Fluss warfen. Er schätzte, dass die drei zwischen sechs und zehn Jahren alt waren. Sie schleuderten das Netz voller Selbstvertrauen hinaus und wateten dann nackt in das seichte Wasser. Alle hatten tief gebräunte Haut und kurzes, schwarzes Haar, und der größte der Jungen schrie den anderen beiden Anweisungen zu, schubste sie manches Mal hin und her oder zog sie zurück, wenn sie sich zu weit in die Tiefen des Flusses vorwagten.

Die Szene erinnerte Tallis an seine eigenen Brüder, und ein Stich durchfuhr ihn bei diesem Gedanken, den er rasch wieder beiseiteschob und in sich vergrub. Die Wüstenlande waren nun für ihn verloren, und seine Brüder lebten längst nicht mehr. Es gab kein Zurück. Er umklammerte das Geländer und zuckte zusammen, als ihm der Schmerz in die Schulter schoss. Die Wunde verheilte langsam und musste eigentlich neu versorgt werden, doch er war Alterin aus dem Weg gegangen. In ihrer Nähe traute er sich selbst nicht mehr über den Weg.

»Wäre schön, wieder so sorglos zu sein.« Attars Stimme riss ihn aus den Gedanken. Der Mann stellte sich neben ihn. »Ich habe als Junge so gerne geangelt. Und ich konnte einen Felsfrosch mit der bloßen Hand fangen.« Tallis sah ihn wortlos an, und Attar hob eine vernarbte Augenbraue. »Warst du schon mal fischen?«

»Nein.«

Attar stützte sich mit den Unterarmen aufs Geländer, das unter seinem Gewicht ächzte. »Tja, natürlich nicht. Gibt wohl nicht viele Fische in der Wüste, was?« Er stieß ein schnaubendes Lachen aus.

Tallis erwiderte noch immer nichts, und die beiden sahen zu, wie die jungen Burschen das Netz wieder ans Ufer zogen.

»Aber ich bin nicht gekommen, um mich mit dir über Fische zu unterhalten«, begann Attar schließlich.

»Weiß ich.«

»Wir müssen zurück«, sagte Attar. »Wir müssen dem Kommandanten berichten, was wir gesehen haben.« Tallis antwortete nicht, und Attar suchte sich eine bequemere Position auf dem Handlauf. »Außerdem beunruhigt irgendetwas hier die Drachen, sie sind... abwesend und schreckhaft geworden. Ich weiß nicht, warum. Ist dir das auch aufgefallen?«

Tallis sah auf seine Hände auf dem Geländer, ehe er antwortete. »Ich fühle es«, sagte er knapp. »Sie haben Angst.«

»Angst«, wiederholte der Reiter langsam. Tallis schaute zu ihm auf. »Attar, du hast mir mal erzählt, dass es in Salmut Männer gibt, die man Verführer nennt, Männer, die irgendwie den Geist der anderen kontrollieren können. Können sie andere auch mit ihren Gedanken töten?«

Der Blick, den Attar ihm zuwarf, war wachsam. »Möglicherweise. Ich weiß nichts über die Wege und Mittel der Verführer, Tallis. Warum?«

Tallis drehte sich um und schüttelte den Kopf. »Ich versuche nur, deine Welt zu verstehen, das ist alles.«

Attar holte tief Luft und sah über den Fluss. Einige Zeit lang schwieg er. Ein Windstoß trieb das Gelächter der Kinder zu ihnen herüber, ebenso wie den schweren Geruch des Flusses und den kräftigen des Uferschlamms.

Attar sagte: »Als ich noch ein junger Kerl war, sah ich einmal, wie ein Junge in die Baracken gebracht wurde. Er war noch nicht alt und stammte aus den äußeren Dörfern. Seine Familie wollte ihn den Glaubenstreuen vorstellen, weil sie sich vor ihm fürchtete. Ich hörte sie sagen, er sei für das Verenden der meisten ihrer Muthus verantwortlich. Ein anderer Junge aus ihrem Dorf, der ihn geärgert hatte, läge leblos in seinem Bett. Der Bengel sah ganz unscheinbar aus, dünn wie ein Ast, aber er hatte etwas Wildes an sich, das einen zu Tode erschrecken konnte.« Er sah Tallis an. »Er war nicht ausgebildet, und wie sehr sie es auch versuchten, sie konnten nichts mehr für ihn tun. Ich habe Gerüchte gehört, dass er so geworden sei, weil er seinen Geist zu weit für seine Fähigkeiten geöffnet habe und dann nicht mehr in der Lage gewesen sei, ihn wieder zu verschließen. Er tötete zwei Männer, ehe er sich von der Klippe ins Meer stürzte.« Ein eisiger Finger fuhr Tallis' Rückgrat hinunter. »Geschieht das mit allen, die sich nicht von den Glaubenstreuen ausbilden lassen?«

»Ich weiß es nicht«, sagte Attar. »Aber ich bezweifle, dass man es darauf ankommen lassen sollte.«

Tallis drehte sich von seinem prüfenden Blick weg und klopfte mit der Faust auf das Geländer. »Ich habe versucht, die Drachen zu erreichen, die uns angegriffen haben.« Er schielte zu Attar. »Ich hatte Angst davor, aber dann wurde Jared getroffen und Bren...« Er schüttelte den Kopf. »Worte stiegen in mir auf, die ich nicht verstand. Ich weiß, dass ich Marathin den Befehl zum Angriff gab. Das war ganz leicht. Ich kann es nicht erklären, aber ich wusste, wie ich ihr meinen Willen aufzwängen konnte. Und dann versuchte ich das Gleiche bei den anderen... Aber es ging nicht.« Seine Kehle wurde eng, als er sich an das Gefühl in seiner Brust erinnerte. »Sie waren kalt, Attar, uralt, älter als Marathin. Als ich den einen mit dem Pfeil traf, konnte ich dem Biest nicht entkommen. Es klammerte sich an mich und wollte mich mit hinab in den Tod ziehen. Du warst es, der mich zurückbrachte, indem du meinen Namen gerufen hast.«

»Ein Name hat große Macht«, antwortete Attar.

»Ja.« Tallis dachte an den Namen, den ihm der schwarze Drache gegeben hatte, und an den Namen, mit dem er Alterin angesprochen hatte. Sie glaubte, er würde sich nicht mehr daran erinnern, aber das tat er: Uriel. Er wusste nicht, was der Name zu bedeuten hatte.

»Was bin ich?«, sagte er mehr zu sich selbst und starrte hinaus über den Fluss.

»Nur der Konsul der Glaubenstreuen kann dir das beantworten«, entgegnete Attar. »Wenn wir zurück sind, musst du dir seinen Rat holen.«

Tallis schüttelte den Kopf, und er fühlte sich zerrissen. Er wusste, dass er Hilfe brauchte und dass Shaan dort war, ja, dass sie vielleicht in Schwierigkeiten steckte, doch trotzdem sagte er: »Ich werde Jared nicht allein lassen.«

»Du kannst nichts für ihn tun. Du musst mit mir in die Stadt zurückkehren. Hier wirst du keine Hilfe finden.«

»Ich kann ihn nicht verlassen«, beharrte Tallis, und Attar legte ihm die Hand auf die Schulter.

»Dir bleibt keine Wahl, Clansmann. Du willst doch nicht wie dieser Junge werden.«

»Ich werde ihn nicht verlassen.« Tallis stieß seine Hand weg, drehte sich um und rannte den Laufsteg hinunter. Ein Dorfbewohner musste ihm eilig aus dem Weg springen, als er an ihm vorbeistürmte.

»Ich breche morgen auf«, rief Attar ihm hinterher. »Du weißt, wo du mich finden kannst.«

Tallis lief weiter, die Schultern steif vor entmutigter Niedergeschlagenheit.

Alterin schaute aus ihrer Hütte hoch im Oonunga-Baum hinunter und beobachtete, wie der Mann aus der Wüste Mishis Hütte betrat. Sein Gesichtsausdruck war bedrückt, und sie konnte den Tumult in seinem Geist wie einen Wasserkäfer in ihrem eigenen Innern surren hören. Seitdem er zu ihnen gestoßen war, war es für sie beinahe unmöglich geworden, zur Ruhe zu kommen. Seine Anwesenheit war wie ein dichter Nebel, der sie umfing, und sie sehnte sich danach, ihn abzuschütteln. Und nun gab es noch mehr, um das sie sich sorgen musste.

Sie hatte letzte Nacht in der Traumwelt Magdi getroffen. Diese war vor ihr Seherin gewesen und schon lange in die Länder hinter dem Schleier übergegangen, die sie niemals leichtfertig verlassen würde. Was sie ihr gesagt hatte, hatte ihre Seele mit Entsetzen erfüllt, und zum ersten Mal in den zwölf Jahren, seit man sie zur Seherin ernannt hatte, war Alterin voller Selbstzweifel. Etwas Böses eilte auf sie zu wie ein Sandsturm, und sie fürchtete sich vor der Rolle, die sie zu spielen haben würde, mehr noch, als sie die Fähigkeiten des seltsamen Mannes aus den Toten Landen fürchtete.

»Alterin«, sagte Anyu leise hinter ihr. »Du darfst deine Sorge nicht so offen zeigen; es ängstigt die anderen.« Der alte Häuptling trat neben sie und legte ihr die Hand auf die Stirn. »Diese Falten graben sich so tief in deine Haut, dass du die Zeit betrügen und alt werden wirst, ehe sie dich holen kommt. Komm, setz dich.« Er zog sie vom offenen Fenster weg. Nachdem er die Läden geschlossen hatte, brachte er sie dazu, sich neben ihm auf die dicke Webmatte sinken zu lassen, die in der Mitte ihres Hauptraums lag.

Mit einem Seufzen beugte sie sich vor, schlug einen Feuerstein an, entzündete einen kleinen, in duftendes Öl getränkten Palmwedel und sah zu, wie er langsam in der Schale verbrannte.

»Hast du noch etwas gesehen, was uns verraten könnte, wann der Gefallene zurückkommen wird?« Anyu sah sie durch den hellen Rauch an.

Sie schüttelte den Kopf und mied seinen Blick. »Nein. Aber dass er kommen wird, ist gewiss. Die Geister haben mir gesagt, dass ein Mann aus den Toten Landen kommen und meinen Namen flüstern wird, und er wird die Warnung sein vor dem, der noch folgt. Es gibt keinen Zweifel, dass Tallis dieser Mann ist.«

»Er hat deinen wahren Namen ausgesprochen?«

»Er ist es«, antwortete Alterin. »Das ist alles, was ich sagen werde.«

Anyu sah verärgert aus, erwiderte jedoch nur: »Und was ist mit dem anderen?«

Sie runzelte die Stirn. »Über ihn haben mir die Geister nichts gesagt.«

»Er ist nicht wie der andere?«

»Nein, aber auch er stammt aus den Toten Landen. Tallis ist ihm wie einem Bruder zugetan.«

Anyu hustete und spuckte in den kleinen Bambusbecher an seiner Hüfte. »Ich zweifle nicht an den Geistern, die uns dazu gebracht haben, diese Männer in unser Dorf zu holen und uns um sie zu kümmern, aber ich fürchte mich vor dem, was darauf folgt.« Seine Augen tränten in dem Qualm. »Der Krieger, der auf dem Semorphim geritten ist, wird bald aufbrechen. Woher wissen wir, ob die anderen beiden ihn begleiten werden? Der eine ist noch immer verletzt, den anderen drückt die Angst nieder. Sollen wir sie hier behalten, oder haben die Geister andere Pläne für sie?«

»Ich weiß es nicht. Aber was immer die Geister im Sinn haben, ich bin mir sicher, sie wollen, dass wir die Ankömmlinge mit allen Kräften beschützen.«

»Aber wie werden sie uns vor dem Gefallenen bewahren? Er ist mächtig – weit mehr als die Geister – und er wird nicht erfreut sein, wenn er erfährt, dass wir uns von ihm abgewendet haben.«

»Wir haben uns nicht von ihm abgewendet«, sagte Alterin. »Er wurde uns genommen. Dafür kann er uns nicht verantwortlich machen. Es war seine Schuld. Unsere Ahnen brauchten in jenen Jahren nach seinem Verlust Führung, und sie haben sich an die Geister gewendet, um dieses Verlangen zu stillen. Vielleicht wird es ihn sogar erfreuen, zu sehen, dass sein Volk überlebt hat, obwohl er fort war.«

Anyu schüttelte den Kopf, und in seinen Augen lag Sorge. »Seine Rückkehr macht mir große Angst, und ich kann mir nicht vorstellen, dass er freudig überrascht sein wird. Ich fürchte, sein Zorn wird entsetzlich.«

»Was sollte es ihm nützen, wenn er uns vernichten würde?«

Er nahm ihre Hände, und seine gelblichen Augen glänzten vor Furcht. »Er ist ein Gott, Alterin. Was kümmerte es ihn, ob es ihm etwas nützt oder nicht?«

»*War* ein Gott«, berichtigte sie ihn. »Er *war* ein Gott, Anyu. Er kann jetzt nicht mehr so mächtig sein, wie er es einst war, oder er hätte bereits wieder alle Länder unterworfen. Nein.« Sie schüttelte den Kopf. »Er ist noch nicht wieder ein Gott, aber er kommt hierher, um sein Geburtsrecht einzufordern. Und wenn er kommt, werden wir uns vor ihm verbeugen und ihm seinen Tribut zollen, denn er wird einen Teil seiner Macht zurückerlangt haben. Aber du musst dir keine Sorgen machen. Ich glaube nicht, dass er hierherkommt, weil er Zerstörung sucht.«

»Ich hoffe, du behältst recht.« Anyu ließ ihre Hand los. »Aber um unser Volk zu schützen, sollten wir alle jungen Mütter und ihre Kinder zum Fluss hinab schicken, damit sie bei den Marlu bleiben.«

»Das wäre weise. Ich werde Balan bitten, mitzugehen; sie wird dafür sorgen, dass man sich um sie kümmert.«

Anyu seufzte. »Und weißt du, wann er kommen wird?«

»Nein, aber etwas Schweres lastet auf mir wie die Hand eines Riesen, die sich über die Erde legt. So ist es, seit die Fremden hier sind.«

»Und was ist mit dem Mann, diesem Tallis? Du fürchtest ihn?«

Alterin war überrascht von der Wahrnehmungsgabe des alten Mannes und antwortete nicht sofort. Sie überdachte ihre Worte sorgfältig, ehe sie ansetzte: »Ich fürchte mich weniger vor ihm als vor dem, wozu er fähig ist. Es wäre für uns alle besser, wenn er uns zusammen mit dem Krieger verlassen würde. Seine Anwesenheit ist eine Warnung, doch zugleich auch eine Bürde. Sein Hiersein ist wie ein Dorn in meinem Fuß, und ich würde ihn mit Freuden wieder loswerden.«

»Aber vielleicht würde es dir weniger ausmachen, wenn der andere bliebe?«, fragte Anyu beinahe hinterhältig.

»Was willst du damit sagen?«

»Nun, du hast dich hingebungsvoll um ihn gekümmert.«

»Er ist schwer verletzt«, erwiderte Alterin. »Es gab ein hohes Risiko, dass sich seine Wunden entzünden würden, vor allem, da er nicht hier geboren wurde. Ich habe nur getan, was getan werden musste, um sicherzustellen, dass er so bald wie möglich wieder reisen kann.«

»Natürlich«, sagte Anyu, und mit einem Stöhnen legte er seine Hände auf den Boden und stemmte sich hoch. »Ich muss jetzt gehen und die Kinder für den Aufbruch vorbereiten.« Er suchte ihren Blick: »Es ist ein Glück, dass du keine Kinder hast, um die du dich sorgen musst.«

Alterin schluckte eine Erwiderung hinunter und begleitete ihn zur Leiter. Nur wenige Seherinnen vor ihr hatten Kinder gehabt, und viele wie sie hatten keinen Gefährten. Anyu aber war der Vater ihrer Mutter; sie wusste, wenn er hätte wählen können, wäre es ihm lieber gewesen, wenn sie sich einen Gefährten gesucht und schwanger geworden wäre, anstatt zur Seherin ernannt zu werden. Aber es war nicht seine Entscheidung gewesen. Alterin seufzte, küsste ihn auf die Wange, und ehe er die Leiter zum Laufsteg hinabkletterte, versprach sie ihm, ihn zum Abendessen in seiner Hütte zu besuchen. Sie sah ihm nach, als er langsam davonging, und dachte an den Fremden aus den Toten Landen in Mishis Hütte. Sie wollte sich nichts vormachen; ihr war wohl aufgefallen, wie gutaussehend er war. Aber als Gefährte? Sie runzelte die Stirn. Er war so anders als die Männer ihres Volks.

Sie sah zu Mishis Hütte hinunter, und ihr Herz schlug schneller. Sie wollte zurückgehen und nach ihm sehen, aber Tallis war bereits bei ihm. Ihn wollte sie nicht treffen, aber sie wusste, dass sein Kommen kein Zufall gewesen war. Sie hatte es in seinem Geist gesehen: den Semorphim, mit schwarzen Schwingen und böswillig; die Frau, die ihm so ähnlich sah; die öden Wüstenlande, wo die uralten Führer des Clans herrschten – all diese Dinge standen in irgendeiner Verbindung zum Gefallenen, so viel war sicher.

Tallis trug Macht in sich. Er hatte die Grenzen ihres Geistes mühelos überwunden, und das war nicht einfach. Als Seherin war ihr ganzes Leben der Ausbildung ihres Geistes gewidmet. Sie konnte andere trösten und beruhigen, ohne sich selbst ihren Ängsten gegenüber zu öffnen, und sie konnte an die Orte der Träume reisen, ohne auf den verworrenen Wegen dorthin ihren Verstand zu verlieren. Und doch hatte sie gespürt, dass Tallis mehr vermochte, viel mehr.

Es lag eine große Macht in ihm, aber er konnte sie nicht kontrollieren. Er war gefährlich, und doch dachte sie unwillkürlich: War er mehr als nur eine Warnung vor der Rückkehr des Gefallenen? Konnte er derjenige sein, der sie retten würde?

Sie starrte zur Hütte hinunter, spürte seine Anwesenheit, und rang mit sich selbst, was sie tun sollte. Er war mehr, als sie gedacht hatte, aber sollte sie diejenige sein, die es ihm sagte? Und was war mit der Frau, die sie in seinem Geist gesehen hatte? Alterin hatte die Verbindung zwischen den beiden gespürt. Sie war ebenfalls wichtig, aber warum?

Alterin stand dort und konnte den Blick nicht abwenden, doch dann, verärgert über ihr eigenes Schwanken, traf sie eine Entscheidung, setzte entschlossen einen Fuß auf die Leiter und zwang sich zum Abstieg. Sie konnte sich hier nicht verstecken. Sie war die Seherin dieses Dorfes, und es war ihre Pflicht. Angst drückte in ihrem Magen, als sie die wenigen Schritte zu Mishis Hütte zurücklegte; dann holte sie tief Luft, schob den Vorhang vor der Türöffnung zurück und trat ein.

Tallis saß neben Jared auf dem Boden, als Alterin eintrat. Er hob den Blick, aber sah dann sofort wieder weg; sein Herz hämmerte überrascht. Sie jedoch beachtete ihn kaum. Sie kam mit schnellen Schritten zu ihnen, kniete sich auf der anderen Seite neben Jared, beugte sich vor und starrte ihm ins Gesicht. Jareds Augenlider hoben sich flatternd, und er lächelte sie schwach an, ehe er wieder in den Schlaf zurücksank.

Tallis fragte sich, was sie denken mochte. Als ob sie ihn gehört hätte, sah sie ihn unvermutet an. »Deine Schulter muss versorgt werden«, sagte sie leise.

»Sie ist in Ordnung.« Er stand auf, um zu gehen. »Ich sollte aufbrechen.«

»Nein, warte.«

»Attar wird nach mir suchen«, log er. Er wollte die Hütte so schnell wie möglich verlassen, denn er erinnerte sich nur zu gut daran, wie viel Furcht Alterin vor ihm gehabt hatte. Er misstraute sich selbst und fürchtete, dass er ihr wieder etwas antun würde.

»Wer ist diese Frau, die ich in deinem Geist gesehen habe«,

fragte sie, und er blieb stehen. Der Atem stockte ihm in der Kehle. »Ich spüre eine Verbindung zwischen euch«, fuhr Alterin fort. »Wer ist sie, und warum fürchtest du um sie?«

Sein Herz pochte laut. Ihre Frage war völlig unerwartet gekommen. »Ich muss fort«, murmelte er und wollte zur Tür gehen.

»Warte! Wir können nicht so tun, als wenn nichts geschehen wäre. Du kannst dich nicht vor dir selbst verstecken.«

Er drehte sich zu ihr um. Sie war nur halb so groß wie er, aber der Ausdruck in ihren Augen zeigte ihre Entschlossenheit. »Hab keine Angst um mich«, sagte sie. »Du wirst mir nicht noch einmal wehtun. Wer war diese Frau?«

Er zögerte, es ihr zu erzählen. »Was hast du noch gesehen?«

»Viele Dinge. Das Land deiner Geburt, blutrünstige Semorphim und eine Quelle der Macht, von der du nicht weißt, wie du sie kontrollieren sollst.«

»Macht, mit der ich dich verletzte«, sagte er warnend.

»Ich habe keine Angst vor dir«, sagte sie. »Ich habe gespürt, dass du kommen würdest. Die Geister haben mich gewarnt, dass einer wie du kommen würde, und dass du meinen wahren Namen aussprechen würdest. Er bedeutet Zeugin.«

Uriel. Tallis erinnerte sich daran, wie er den Namen geflüstert hatte, und wie er ihn in seinem Geist gehört hatte.

»Die Namensgebung der Geister erweist sich nun als treffend.« Ihr Blick verfinsterte sich.

»Du bist das erste Zeichen. Eine Zeit der Veränderung bricht an, und sie wird wenig Gutes bringen. Dir folgt ein Sturm, Wüstenmann … Du fühlst das, das konnte ich in deinem Geist sehen.«

Tallis versuchte, sich nicht anmerken zu lassen, wie sehr ihn diese Worte erschreckten. Würde er denn sogar hierher Tod und Verderben bringen? »Was willst du von mir?«, fragte er.

Sie stand auf, kam zu ihm, und ihre kleine Hand umschloss sein Handgelenk. Er versteifte sich vor Anspannung und hatte Angst sie anzusehen, aus Furcht vor dem, was beim letzten Mal geschehen war. »Du musst lernen, deine Macht zu kontrollieren, Tallis. Es ist eine große Gabe, aber sie verlangt ihren Preis. Einen Preis, den du hier nicht bezahlen kannst. Du musst lernen, die Macht zu zügeln, indem du Hilfe bei denen suchst, die wie du sind.«

»Du willst, dass ich fortgehe?«

»Das musst du.« Der Griff ihrer Finger war fest. »Du weißt, dass du nicht bleiben kannst. Morgen musst du mit dem Krieger aufbrechen.«

Sie warf einen kurzen Blick zu Jared. »Er wird es verstehen.«

Tallis' Kehle war eng und trocken. »Ich werde ihn nicht verlassen.«

»Sieh mich an.« Ihre Stimme zitterte leicht, aber dennoch war sie nachdrücklich. Langsam, fast zaghaft, schaute er sie an.

»Du musst gehen. Wenn der Gefallene kommt, wird er deine Macht spüren, und das wird ihm nicht zusagen. Er wird dich töten, und du wirst ihn nicht aufhalten können, weil du nicht weißt, wie du deine eigene Macht einsetzen kannst. Aber ich will dir einen Rat geben: Deine Macht ist wie ein großer Fluss. Um sie zu kontrollieren, musst du sie eindämmen und ihr mit deinem Geist eine Grenze setzen. Du darfst immer nur ein wenig davon entweichen lassen. Nutze nur, was du brauchst.«

»Wer ist der Gefallene?«, fragte Tallis, den ihre Worte aufgewühlt hatten.

»Der Gefallene ist der Gott, der einst über uns alle herrschte. Er ist der Herr der Semorphim, ihr Erschaffer; unter ihm waren sie alle Sklaven.«

»Aber warum sollte er mich töten wollen? Die Clans wurden von Seinesgleichen nie beherrscht. Wir haben unsere eigenen Führer.«

»Ja, die Toten Lande sind für ihn verschlossen. Die Uralten, die über den Sand herrschten, sind sogar noch älter als er, älter als alle, und er hat sie nie überwinden können.« Alterin ließ seinen Arm los, und ihre dunklen Augen sahen bedrückt aus.

»Aber deine Führer werden dich hier nicht schützen, Tallis.«

Tallis schüttelte den Kopf. »Was soll ich dann deiner Meinung nach tun? Wegfliegen, davonlaufen?«

»Ja, du musst mit dem Krieger aufbrechen, damit du lernen

kannst, deine Macht zu kontrollieren. Ich weiß nicht, ob ich es richtig gesehen habe, aber diese Macht in dir könnte uns alle eines Tages von der Herrschaft des Gefallenen erretten.«

»Diese Macht, die ich habe, ist etwas Krankhaftes«, fauchte Tallis. »Und sie hat nichts als Schmerz gebracht, mir und meinem Clan. Ich werde nicht zulassen, dass sie mich dazu bringt, Jared zu verlassen, nach allem, was er für mich geopfert hat.« Wut stieg in ihm auf, und er wandte sich ab. »Ich werde ihn nicht verlassen«, wiederholte er und ging aus der Hütte.

Er lief über die Brücke zum Hauptlaufsteg, stützte sich schwer auf das Geländer und sog tief die feuchte Dschungelluft ein. Das Holz unter seinen Händen knackte. Jared wäre beinahe gestorben, und nun bat sie ihn, seinen Erdbruder aufzugeben? Und all ihr Gerede über diesen Gott, der zurückkehren würde, und die Macht, die er selbst haben könnte, um ihn zu besiegen – das war eine Macht, die er verachtete.

Hoch oben am wolkenverhangenen Himmel zog Marathin ihre Kreise, die Flügel ausgebreitet, während sie auf den Strömungen ritt wie ein dunkler Schatten vor den grauen Wolken. Das vertraute Vibrieren erklang tief in seiner Brust, als er zu ihr emporsah.

Ich habe gesehen, was du getan hast. Ich weiß, was du bist. Ihm war übel. Was war er denn? Verzweifelt versuchte er, Shaan in sich zu spüren, die einzige Verbindung zu seiner Familie, die ihm geblieben war, aber entsetzt bemerkte er, dass er sie kaum noch fühlen konnte. Es war, als wäre sie von ihm abgeschirmt und verborgen. War sie tot? Voller Panik versuchte er, nach ihr zu suchen, wie er es in Salmut getan hatte. Der Atem entfuhr seinem Körper, als er versuchte, die pulsierende Hitze ihrer Lebenskraft aufzuspüren. Er starrte in den Himmel hinauf und kämpfte darum, sie zu finden. Die Welt um ihn herum wurde grau, und schwarze Flecken tanzten am Rande seines Gesichtsfeldes. Er war so konzentriert, dass er das Kreischen von Marathin kaum wahrnahm. Triumphierend streifte sein Geist den von Shaan, doch war es, als pralle er gegen eine Eisenwand.

Ein Laut wie ein hallender Gong waberte durch seinen Geist, seine Knie schlugen auf dem Boden des Laufstegs auf, als sie ihn aus ihrem Geist verstieß, und ein sengender Schmerz durchzuckte ihn. Sein Kopf schwirrte, und er spürte Marathin erst, als sie schon fast bei ihm war. Ihr Schatten fiel auf ihn, ihre großen Flügel peitschten durch die Luft, und der Geruch ihres Atems, beißend vom Aas, ließ ihn würgen, als sie in seinem Geist kreischte. *Er kommt! Er kommt!* Er starrte in ihre grünen Augen, und das Entsetzen, das sie spürte, wischte über ihn hinweg wie ein Windstoß, dann drehte sie sich um und flog über den Fluss davon.

36

Langsam stand Tallis auf und starrte dem Drachen nach. Sein Herz pochte wild in seiner Brust. Hinter ihm waren Schritte zu hören; er fuhr herum und sah Alterin aus der Hütte kommen. Als er wieder gen Himmel blickte, war der Drache verschwunden. Dafür war etwas anderes aufgetaucht: Knapp unterhalb der Wolkendecke im Westen war ein dunkler, geflügelter Umriss erschienen, der sich auf sie zubewegte. Eine plötzliche Furcht erfüllte Tallis.

»Alterin!« Er drehte sich zu ihr um.

»Der Gefallene kommt«, hauchte sie und blickte zum Himmel empor. »Ich habe die Semorphim gehört. Wir müssen uns vorbereiten.« Sie versuchte, an ihm vorbeizuschlüpfen, aber er stellte sich ihr in den Weg.

»Warte, es ist nicht der Gefallene. So etwas habe ich schon einmal gesehen. Es ist ein wilder Drache, der dich töten wird.« Er schaute sie an, aber ihr Gesicht blieb entschlossen. »Alterin, bitte, du musst dafür sorgen, dass sich alle sofort verstecken!« Die Führer hatten ihn verlassen – hatte er jetzt auch diesen Menschen den Tod gebracht?

»Wir können uns nicht verbergen, Tallis«, entgegnete sie. »Ich habe dir gesagt, dass er kommen wird. Du musst gehen. Nimm den Krieger und verschwinde. Uns kannst du nicht mehr helfen.« Sie drängte ihn zur Seite, und während sie über den Laufsteg zum anderen Ende des Dorfes rannte, rief sie den Namen des Häuptlings.

»Alterin!«, schrie Tallis ihr hinterher, aber sie tat, als höre sie ihn nicht.

Er knurrte unwillig und entmutigt und stürmte ins Innere von

Mishis Hütte. »Jared!« Am Lager seines Freundes sank er auf die Knie und ergriff vorsichtig dessen Arm. »Jared!«

»Was ist los?« Mit schweren Lidern sah er zu ihm hoch.

»Eine der Wildbestien kommt.«

»Hierher?« Seine Augen öffneten sich weiter. Mühsam versuchte er, sich aufzusetzen.

»Ich bin sicher, dass es einer der wilden Drachen ist. Ich habe ihn am Himmel gesehen, und es war so wie damals.«

»Hilf mir.« Jared stöhnte, als er sich erneut damit abmühte, sich aufzurichten. »Wo sind die Drachen?«

»Nicht.« Tallis legte ihm eine Hand auf die Schulter. »Du bist noch nicht gesund.«

Aber Jared ignorierte ihn und schob das dünne Bettzeug zur Seite. »Wo ist Alterin?«

Niedergeschlagen schüttelte Tallis den Kopf. »Ich weiß es nicht. Sie wollte nicht auf mich hören. Stattdessen behauptete sie, dass der Gefallene käme.«

»Der Gefallene?« Jared packte Tallis' Arm, und endlich gelang es ihm, sich in eine sitzende Position hochzuziehen.

»Ich weiß es nicht.« Tallis schüttelte den Kopf. »Sie scheint zu glauben, er sei irgendein Gott, der von den Toten zurückkehrt.«

Jared deutete auf seine Hosen auf dem Boden. »Gib mir die, ich muss sie finden.«

»Kannst du sie überzeugen, dass sie sich verstecken müssen?« Tallis half ihm auf die Beine.

»Ich weiß es nicht.«

»Wenn sie sich keinen Schutz suchen, wird der Drache sie alle töten.«

»Nein.« Jareds Gesicht war wild entschlossen. »Wir werden nicht zulassen, dass…« Er brach ab, als von draußen der tiefe Ton eines Signalhorns in die Hütte drang. Sie sahen sich an. »Los geht's«, sagte Jared starrsinnig.

»Aber du kannst dich kaum aufrecht halten.«

»Es geht mir gut.«

Beim Anblick seines blassen Erdbruders zog sich Tallis' Herz zusammen. Jared war mager geworden. Obwohl seine Hosen so eng wie möglich zusammengebunden waren, hingen sie noch immer tief auf seinen Hüftknochen. Doch sein Blick war unbeugsam.

»Na gut«, sagte Tallis. »Du suchst Alterin, und ich kümmere mich um Attar. Wir werden dem Drachen entgegenfliegen müssen, um ihn noch vor dem Dorf abzufangen.«

Jared nickte, und ohne sich die Zeit zu nehmen, sein Hemd überzustreifen, folgte er Tallis nach draußen.

Der Drache war näher gekommen. Tallis konnte die Flügel erkennen, die die Luft durchpflügten.

»Wo ist Attar?«, fragte Jared.

»Ich glaube, er ist beim Fluss.«

In seinem Inneren rumorte es, als er sich umdrehte, um sich auf den Weg zu machen. Doch Jared hielt ihn auf und packte ihn fest am Unterarm. »Gute Jagd, Erdbruder«, sagte er.

Dies waren die Worte, die ein Jalwalah-Krieger dem anderen vor einer Schlacht mit auf den Weg gab. Tallis überfiel mit einem Mal eine dunkle Vorahnung. Er legte seine Hand auf Jareds und umklammerte sie.

»Mögest du Schatten finden«, erwiderte er. Noch einen Moment lang blickten sie sich an, dann sprang Tallis vom Laufsteg auf den Boden, rollte sich unten ab, kam wieder auf die Beine und rannte zum Fluss.

Als er sich umblickte, sah er Jared über den Laufsteg eilen. Doch er zwang sich, sich abzuwenden, und stürmte weiter zum Fluss. Aus dem Dschungel kamen ihm Dorfbewohner entgegen, die die Blicke nicht vom Himmel lösen konnten, während sie zu ihren Hütten stürzten. Tallis beschleunigte seinen Lauf.

Endlich fand er Attar, der flussaufwärts knietief im Wasser stand und sich verzweifelt bemühte, die beiden Drachen zu beruhigen, die dicht über die Wasseroberfläche glitten, sich mal emporschraubten, mal abtauchten und dabei spitze Schreie ausstießen. Ihr wildes Flügelschlagen ließ die Bäume am Flussufer schwanken und wühlte das Wasser auf, sodass kleine Wellen schäumend ans Ufer schlugen.

»Attar!«, rief Tallis über den Lärm hinweg.

»Halt. Komm nicht näher.« Der Reiter fuhr herum, als er bemerkte, dass sich Tallis seiner Aufforderung widersetzte.

»Einer der wilden Drachen kommt!« Tallis setzte einen Fuß ins Wasser.

Marathin und Haraka fuhren herum und zischten ihn an.

»Tallis!«, rief Attar. »Halt!« Tallis wich zurück, als Haraka zischend und mit rollenden Augen auf ihn zukam.

»Wir müssen aufsteigen, um den wilden Drachen aufzuhalten. Das Dorf kann sich nicht verteidigen!« Ängstlich starrte er Haraka an, der ihn noch einmal mit gesenktem Kopf anzischte. Wenn es eine andere Möglichkeit gegeben hätte, hätte Tallis lieber darauf verzichtet, auf den Rücken des Tieres zu klettern, doch die Dorfbewohner verfügten nur über kleine Bögen und Blasrohre – was sollten sie damit schon ausrichten?

»Es ist kein wilder Drache, der sich da nähert«, sagte der Reiter. »Es ist einer der ihren.«

»Aber woher kommt er?«

Attar spuckte in den Uferschlamm. »Ich weiß es nicht. Aber es ist nicht der Drache, den sie fürchten. Sie haben Angst vor dem, der auf ihm reitet.«

»Wie bitte?« Eine seltsame Kälte breitete sich in Tallis aus. »Attar«, sagte er. »Marathin hat zu mir gesprochen. Sie sagte, *Er* würde kommen.«

»Sie hat zu dir gesprochen?«

»Im Dorf.«

Attar sah zum Drachen, der über ihnen in der Luft stand und Tallis nicht aus den Augen ließ.

»Alterin sagte, dass jemand, den sie den *Gefallenen* nannte, kommen würde«, fügte er hinzu.

Der Reiter drehte sich zu ihm um, seine Augen weit aufgerissen. »Was? Das ist doch völlig undenkbar!« Er wirkte wie betäubt, und Tallis sah die Furcht in seinen Augen.

Arak-ferish, flüsterte Marathin, was ihn zusammenzucken ließ. *Wir müssen fliehen.*

»Es spielt jetzt keine Rolle«, sagte Attar. »Komm, wir müssen fort.«

»Fort?« Tallis hörte ihn kaum, denn er starrte den Drachen an. Wieder diese Worte.

»Tallis!«, schrie Attar. »Los jetzt. Wir müssen aufbrechen.«

»Was?« Er versuchte, sich zu konzentrieren. »Aber Jared ist im Dorf und noch nicht so weit geheilt, dass er mitkommen könnte.«

»Wie du meinst, dann bleib eben hier!« Attar kam auf ihn zu, und das Wasser schlug spritzend an seinen Beinen empor. »Wenn ich jetzt nicht gehe, kann es gut sein, dass Marathin ohne mich aufbricht. Was immer hier mit diesen Dorfbewohnern geschehen mag, ich kann ihnen nicht helfen. Der Drache, der da kommt, ist kein wilder. Das ist alles, was im Augenblick für mich wichtig ist.« Er watete zum Ufer zurück und hob Harakas Sattel auf.

»Was, wenn alles noch viel schlimmer ist?«, schrie Tallis. »Was wird aus diesen Menschen? Wenn Marathin so viel Angst vor demjenigen hat, den dieser Drache trägt, ist die Gefahr vielleicht noch viel größer. Wie kannst du die Dorfbewohner alleinlassen, wenn du ihnen helfen könntest?« Tallis starrte ihn ungläubig an. »Du hast keine Ehre.«

»Und du kommst nicht mit, weil du Angst hast«, gab Attar zurück. »Es ist nicht dein Kampf, Tallis.« Er befestigte den Sattel an Harakas Halskamm. »Komm mit mir.«

»Nein. Ich werde Jared nicht verlassen!« Tallis wandte sich ab und wollte sich auf den Weg zurück ins Dorf machen. Doch Marathin stieß einen kehligen Laut aus, schoss über ihn hinweg und landete direkt vor ihm auf dem schmalen Sandstreifen am Flussufer, sodass er nicht an ihr vorbeikonnte. Der Luftstoß ihres Flügelschlags hätte ihn beinahe umgeworfen, und zischend reckte sich ihm ihr Kopf entgegen. *Du musst mitkommen. Flieh!* Ihre Stimme drängte sich in sein Bewusstsein.

Tallis, der fast rückwärts zu Boden gefallen wäre, brüllte zornig: »Halte sie zurück, Attar!«

»Ich gebe ihr keine Befehle«, erwiderte Attar.

Komm. Flieh. Marathins Kopf senkte sich herab, bis sie mit

Tallis' Gesicht auf einer Höhe war und ihm geradewegs in die Augen blicken konnte. *Er kommt. Er wird uns seinen Weg aufzwingen. Uns verändern. Er wird dich erkennen.* Der Kopf des Drachenweibchens war viermal so groß wie der von Tallis, und ihr Blut rief ihn. Ein Geräusch wie Wasser, das durch eine Höhle braust, erfüllte seinen Geist, und er sah goldene und purpurne Lichter in den Tiefen der grünen Drachenaugen aufflackern.

Flieh!, drängte Marathin wieder.

Tallis versuchte, sich an ihr vorbeizuschieben, doch sie spreizte ihre Flügel und hielt ihn auf.

»Attar!«, rief Tallis. Als er sich hilfesuchend umblickte, sah er, wie sich die Augen des Reiters überrascht weiteten, dann spürte er einen heißen Atem an seinem Nacken, und Marathins vordere Klauen schlossen sich um seine Hüfte. Blitzschnell hob sie ihn in die Luft. Tallis schrie auf. Aber er hatte zu viel Angst davor, dass eine ihrer Krallen ihn durchbohren würde, wenn er sich bewegte. Sie trug ihn jedoch nur eine kurze Strecke durch die Luft. Kaum war sie über Haraka, ließ sie Tallis in den Sattel fallen. Sofort stieg Haraka empor und blieb flügelschlagend über dem Fluss stehen, zu hoch, als dass Tallis hätte abspringen können.

»Attar!«, brüllte Tallis wütend, doch der schüttelte nur den Kopf.

»Es tut mir leid«, sagte er, als er seinen eigenen Sattel auf Marathin festzurrte. »Ich verschwinde jetzt, und es sieht so aus, als würdest du mich begleiten.«

Er sprang auf Marathins Rücken, und der Drache erhob sich in die Luft, gefolgt von Haraka. Tallis konnte nichts tun, und so hielt er sich am Geschirr fest, während Haraka immer weiter über die Baumwipfel und in die schwüle Luft emporstieg. Dann flogen die beiden Drachen eine Kurve, und Tallis sah das Dorf unter sich. Auf dem Laufsteg vor der Gemeinschaftshütte hatte sich die gesamte Bevölkerung versammelt. Tallis erkannte Jared, der wegen seiner Körpergröße aus der Menge herausragte. Sein Erdbruder stand neben Alterin, und seine Hand lag auf ihrem Arm. Beide schauten zu ihm nach oben, und Tallis sah, dass sich Jareds Lippen bewegten.

»Jared!«, schrie Tallis. Doch der Wind trug seine Stimme davon.

Haraka wandte sich nach Süden, und auch Tallis bemerkte einen weiteren Drachen auf sie zukommen. Seine Flügel ließen ihn mit mächtigen Zügen durch die warmen Dunststrudel gleiten. Es war kein wilder Drache. Das Tier war sogar größer als Marathin, und auf seinem Rücken saßen zwei Männer. Mit einem Zischen bog es den Kopf zurück, faltete seine Flügel zusammen und stieß schnell wie eine Schlange zu ihnen hinunter. Marathin kreischte und wich nach links aus; Tallis wurde beinahe aus dem Sattel geschleudert, als Haraka ihr folgte, sich wand, drehte und in Richtung Dschungel abtauchte. Der Wind pfiff Tallis in den Ohren, und seine Augen tränten, als der Drache in einem pfeilschnellen Sturzflug niedersauste. Mühsam drehte er den Kopf, um sich ein Bild von ihrem Verfolger zu machen. Sein Blut toste in seinem Schädel, und er konnte kaum atmen, weil der Wind an seinen Nasenlöchern vorbeiströmte.

Der größere Drache hatte sie beinahe erreicht. Als Tallis zu ihm emporsah, konnte er nichts als den mächtigen Körper drohend über ihnen aufragen sehen. Er wird zuschlagen, dachte Tallis, und klammerte sich in Erwartung des Hiebes an seinen Sattel. Doch im letzten Moment schoss der Angreifer über sie hinweg. Tallis' Herz raste, als er einen kurzen Blick nach oben wagte. Nur knapp verfehlten die Flügelspitzen des Angreifers Harakas Hals. Tallis erhaschte einen Blick auf einen schwarzhaarigen Mann, der auf dem Tier saß. Und dann traf es ihn wie ein harter Schlag in den Magen: Da saß Shaan und klammerte sich verzweifelt an den Rücken des Unbekannten. Sie starrte zu ihm hinunter; ihre Augen waren vor Furcht und Entsetzen weit aufgerissen, und schon war sie wieder verschwunden. Der lange Schwanz des Drachen peitschte hinter ihm durch die Luft, als er über sie hinwegpreschte. Haraka ließ sich noch weiter absinken und folgte Marathin in eine dichte Nebelbank, die sich wie eine Faust um sie herum schloss.

Alterin beobachtete, wie der Semorphim mit seinen Reitern geschmeidig zur Landung ansetzte. Alle Muskeln in ihrem Körper waren zum Zerreißen gespannt, und sie umklammerte Jareds Arm, unschlüssig, ob sie ihm half, sich auf den Beinen zu halten, oder ob es eher umgekehrt der Fall war. Das Tier landete am Flussufer vor dem Dorf. Es war größer als alle Drachen, die Alterin bisher zu Gesicht bekommen hatte. Die Farben an den Flanken schimmerten, als der Drache die Flügel auf dem feuchten Erdboden ausbreitete und der stachelige Schwanz die Erde aufriss.

Der große, dunkelhaarige Mann auf dem Rücken sprang auf den Boden und kam dann langsam auf die Dorfbewohner und Alterin zu, und ihr stockte der Atem in der Kehle. Seine Augen glichen denen Tallis'. Der Gedanke wirbelte ihr durch den Kopf, und beinahe hätten ihre Beine unter ihr nachgegeben. Es gab keinen Zweifel, dass es das gleiche, beinahe lilafarbene Blau wie bei dem Clansmann war. Und sie *fühlte* ihn. Der Gefallene war in ihrem Geist und summte, summte, wie Tallis es getan hatte. Ängstlich fragte sie sich, was das bedeuten mochte. Was hatten ihr die Geister verschwiegen?

Sie hielt Jareds Arm fest umklammert und richtete sich auf, als der Gefallene vor sie trat. Die Dorfbewohner um sie herum standen reglos da, denn sie spürten die Macht, die von ihm ausging. Sein Gesicht hatte feine, ebenmäßige Züge, grausam zwar, doch schön, und seine dunklen, lilafarbenen Augen starrten zu ihnen hinunter wie aus größerer Höhe, als sie es sich überhaupt vorzustellen vermochten.

Er breitete seine Arme aus und sagte mit einer weichen Stimme, die dennoch bis hoch in die Bäume trug: »Ich bin zurückgekehrt.«

Alle Dorfbewohner, auch Alterin und Jared, sanken auf die Knie, und ihre Haut schabte dabei über das harte Holz des Laufstegs. Als Alterin sich verbeugte, erspähte sie die Frau, die den Gefallenen begleitete. Sie war schmal und dunkelhäutig, und sie presste eine offenkundig verletzte Hand auf die Brust. Sie stand einen Schritt hinter dem Gefallenen, starrte Jared an, und ihre Augen waren weit aufgerissen, da sie ihn zu erkennen schien. Aber das war es nicht, was Alterins Herz einen Stich versetzte.

Die Fremde war die Frau, die sie in Tallis' Geist entdeckt hatte.

37

Als Rorc erwachte, war seine Haut von salzigem Schweiß überzogen und juckte. Ohne sich etwas über den Oberkörper zu ziehen, stand er auf und öffnete die Tür. Der Morgen war schon weit fortgeschritten, das Licht draußen jedoch gedämpft, denn die Sonne versteckte sich hinter einer dicken Wolkendecke, und der strömende Regen erschwerte den Blick über die Höfe und Gärten.

Noch immer trug Rorc seine Hose und die Stiefel, und sogar er selbst konnte den üblen Geruch von Sorge und Erschöpfung riechen, der ihn umgab.

Nachdem er sich von Tuon und Veila verabschiedet hatte, war er in seine Räume im Palast zurückgekehrt, um zu schlafen. Aber der Regen hatte ihn aufgeweckt. Auch jetzt noch, nach all den Jahren, fand er es manchmal schwer, sich an das viele Wasser zu gewöhnen. Er lockerte seine verkrampften Schultermuskeln und streckte seinen Hals, dann zog er sich die Stiefel aus und trat in den Regen hinaus. Er legte den Kopf in den Nacken, schloss die Augen und ließ sich vom warmen Regen überströmen. So stand er auf dem Hof, hob die Arme und strich sich das Haar aus dem Gesicht, während das Wasser in Bahnen seinen Körper hinunterlief und Schmutz und Schweiß abwusch.

Er öffnete den Mund, um ein paar Schlucke Wasser zu nehmen, und dachte an Tuon. Die Sorge um sie war wie eine Faust in seinem Magen. Um diese Jahreszeit konnte die See rau sein, doch er wollte sich seinen Befürchtungen nicht hingeben. Ashuk war eine gute Schiffsmeisterin, eine der besten. Bei ihr war sie in Sicherheit, besonders, da sie den Leichnam eines der ihren an die heimatlichen Gestade zurückbrachten.

Noch einmal ließ sich Rorc den Mund mit Wasser volllaufen, da spürte er, dass ihn jemand beobachtete. Er schlug die Augen auf und sah einen Botenjungen unsicher in der Tür stehen.

»Ja, was gibt es?«

Mit zitternden Fingern streckte ihm der Knabe eine kleine Schriftrolle entgegen. »Von Herrin Nilah, Herr«, sagte er nervös.

Rorc wischte sich das Wasser aus dem Gesicht und deutete auf ein dickes Handtuch auf seinem Bett. »Bring mir das.« Er wartete unter dem schmalen Säulengang, bis der Junge es geholt hatte und er sich abtrocknen konnte. Dann schickte er den Boten davon, ehe er die Nachricht in seinem Zimmer öffnete und die knappe Botschaft überflog. Beim Lesen verdunkelten sich seine Augen. Mit einem zornigen Fluch warf er die Schriftrolle auf den Boden, zog sich eilig um und verließ dann den Raum, um Morfessa zu suchen.

In Arlindahs privatem Arbeitszimmer entdeckte er ihn schließlich auf einem Stuhl. Reglos saß er da und starrte in den Regen hinaus.

»Rorc.« Morfessa sah nicht auf, als Rorc die Tür schloss. Die Trauer hatte tiefe Furchen in die graue Haut seines Gesichts gegraben, und seine Augen wirkten alt und müde.

»Nilah hat mir eine Botschaft geschickt.« Rorc trat zu ihm. »Sie hat mir von dem Treffen mit dem Rat berichtet. Sie hat einen Gesandten aus Hasan Daag wegen des Mordes an Arlindah festsetzen lassen, und Lorgon drängt zum Krieg gegen die Freilande.«

Morfessa stieß eine Erwiderung zwischen den Zähnen hervor, dann sah er wieder in den Regen hinaus. Rorc verzog das Gesicht.

»Morfessa.«

»Was?« Aus verquollenen Augen blickte ihn der alte Mann an, und erst jetzt schienen Rorcs Worte zu ihm durchzudringen. »Ja, ja«, nickte er. »Das Gift, das benutzt wurde. Es wächst nur in den Freilanden. Ich fand eine Spur davon in ihrem Essen. In ihrer letzten Mahlzeit.« Er schloss die Augen.

»Was ist geschehen? Weshalb steht der Gesandte unter Anklage?«

»Lorgon ließ die Räume aller Botschafter durchsuchen. In seinem Zimmer wurde eine Phiole gefunden.«

»Wie passend«, murmelte Rorc, und der Zorn in ihm wuchs. Er war der Oberbefehlshaber, Arlindahs Kriegsherr, und Lorgon hatte ihm nichts von der Durchsuchung erzählt. Der Mann übertrat die Befugnisse seines Amtes. Doch er biss die Zähne zusammen und versuchte, sich auf die unmittelbaren Gefahren zu konzentrieren.

»Ist Balkis schon vom Aufstellen der Wachen zurückgekehrt?«, fragte er.

»Hmmm, was? Nein, ich habe ihn nicht gesehen.«

»Morfessa.« Rorc hockte sich hin, um ihm ins Gesicht zu sehen. »Was machst du hier? Wo steckt Cyri?«

Der alte Mann sah ihn aus leeren Augen an. »Sie ist wirklich fort, nicht wahr? Ich hatte nicht ... Ich kam hierher, wo sie immer saß und ...« Er schüttelte den Kopf und wandte den Blick ab. »Eva und ich, wir hatten nie Kinder, Rorc. Arlindah war wie ein Kind für mich, meine Tochter.«

»Morfessa. Um Nilahs willen musst du dich zusammenreißen.«

Er schüttelte den Kopf, als habe er ihn nicht gehört. »Wie hast du es nur ausgehalten, als du deine Familie verloren hast, Rorc? Wie konntest du weitermachen, als sie dich verstießen und dich fortschickten? Es muss dasselbe Gefühl gewesen sein. Als ob sie alle gestorben wären, man sie dir entrissen hätte.«

Rorc rückte von ihm ab. »Du weißt genau, dass du mich danach nicht fragen darfst, alter Mann. Die Vergangenheit ist Geschichte. Warum fängst du immer wieder davon an?«

»Für keinen Mann ist seine Vergangenheit je Geschichte«, entgegnete Morfessa, und nun sah er Rorc geradewegs in die Augen. Ein wenig vom alten Glanz war in seinen Blick zurückgekehrt. »Sie beeinflusst alles, was wir tun, und bestimmt, wer wir sind. Du verleugnest deine Vergangenheit, und trotzdem sehe ich, wie du dich nach ihr verzehrst. Du warst ein Jäger, ein Krieger der Wüstenlande, und auch jetzt noch kannst du nicht aufhören, dieser Mann zu sein.«

»Das ist nicht wahr«, sagte Rorc kalt.

»Und ob! Ich sehe dir an, wie du jetzt an euer Gesetz denkst, demzufolge Blut mit Blut gesühnt wird. Ich kann es in deinen Augen lesen. Wenn es möglich wäre, würdest du Arlindahs wahren Mörder ausfindig machen und ihn mit seinem Blut für ihres bezahlen lassen. Das ist der Brauch der Clans, und es ist noch immer dein Brauch.« Die Augen des alten Mannes, die auf Rorc ruhten, waren jetzt klar und wach.

Langsam erhob sich Rorc. »Es ist nicht länger mein Recht, so zu handeln. Ich bin ein Ausgestoßener. Mich gibt es für sie nicht mehr. Das weißt du, alter Mann, und du nimmst mir meine Ehre, wenn du immer wieder davon anfängst.«

»Da siehst du es!« Steif stand Morfessa auf. »Du sprichst noch immer von Ehre. Es liegt dir im Blut!«

Rorcs Inneres war wie zu Eis erstarrt und schmerzte. Er starrte Morfessa an und konnte nicht glauben, dass der alte Mann die einzige Sache ansprach, von der er nur allzu gut wusste, dass sie ihn wie nichts anderes verletzen konnte.

»Hat dir deine Trauer den Verstand geraubt?«, fragte er mit gefährlich leiser Stimme.

»Nein.« Morfessa packte ihn am Arm. »Aber ich denke darüber nach, was getan werden muss, damit wir überleben. Nilah ist nicht stark genug, um sich gegenüber Lorgon und seinen Anhängern zu behaupten, und sie ahnt nichts von der Gefahr, die Azoth darstellt. Sie werden versuchen, ihr einen Krieg gegen die Freilande aufzuzwingen, und ich fürchte, dass sich einige deiner Hauptleute da mit hineinziehen lassen werden.«

Rorc runzelte die Stirn und setzte zu Widerspruch an. Doch Morfessa schüttelte den Kopf. »Genau so wird es geschehen. Die Reiter und die Glaubenstreuen werden hinter dir stehen, aber die Soldaten werden dich verraten. Die Aussicht auf Reichtum, den es zu erringen gibt, wird sie überzeugen, und wenn die Landarmee erst einmal im Feld steht ...« Er hielt inne.

»... werden wir nicht stark genug sein, um uns zu verteidigen, wenn Azoth kommt«, beendete Rorc den Satz.

»Ja, besonders dann, wenn uns die Drachen im Stich lassen und sich auf seine Seite schlagen. Er war ihr Schöpfer, Rorc. Er könnte erneut über sie herrschen.«

»Was sollen wir deiner Meinung nach tun?«, fragte Rorc, obwohl ihm eine dunkle Vorahnung bereits verriet, worauf der alte Mann hinauswollte.

»Du musst die Clans überzeugen, sich uns anzuschließen.«

Rorc schüttelte den Kopf. »Worum du mich da bittest, ist unmöglich. Ich bedeute ihnen nichts mehr. Warum sollten sie auf mich hören?«

»Du bist ein großer Anführer – ein Befehlshaber. Das werden sie in dir sehen. Außerdem bist du nicht mehr der junge Bursche, der vor zwanzig Jahren hintergangen und ausgestoßen wurde. Und sie müssen von den Angriffen der wilden Drachen wissen. Sie werden sich fragen, wie es so weit kommen konnte, und du kennst die Antworten. Du kannst sie einen.«

Rorc sah zu dem alten Mann hinunter und fragte sich, warum er so großes Vertrauen in ihn setzte. »Es ist unmöglich«, sagte er.

»Es ist unsere einzige Chance zu überleben«, beharrte Morfessa und ließ Rorcs Arm los. »Du musst es tun.«

Rorc blieb stumm. Er dachte an den Tag, an dem man ihn allein in die Wüste hinausgeschickt hatte, an die Jahre, die er herumgezogen war, von der Sandwüste in die Eislande, bis ihn seine Wege in diese Stadt geführt hatten. Und er dachte an Tuon und ihr bleiches, furchtsames Gesicht, als er sie am Hafen zurückgelassen hatte. Dann wanderten seine Gedanken zu jenen, die er verloren, und jenen, die er verlassen hatte.

»Ich werde darüber nachdenken«, sagte er.

Nachdem die alte Frau an den Zügeln des Muthus gezogen und das Gefährt im Stadtinnern an der Seite einer belebten Straße zum Halten gebracht hatte, kletterten Mailun und Irissa hinab. Der Regen war zu einem unablässigen Nieseln geworden, und da es auf dem Karren kein Verdeck gegeben hatte, waren die beiden Frauen völlig durchnässt. Im roten Schlamm, in den das Wasser den Straßenbelag verwandelt hatte, wäre Irissa beinahe ausgeglitten.

»Das da ist der Markt«, sagte die alte Frau und deutete zum Ende der Straße. »In der Nähe gibt es Gasthäuser, und es sollten auch Unterkünfte dabei sein, die Ihr Euch leisten könnt.«

»Danke«, sagte Mailun und reichte ihr das kleine Stück geschnitzten Elfenbeins, den einzigen Gegenstand in ihrem Besitz, der hier etwas wert sein mochte.

Aber die Frau winkte ab. »Nein, nein.« Sie runzelte die Stirn und wirkte beschämt. »Ihr beide habt dabei geholfen, diese verfluchten Scanorianer zu vertreiben. Das ist Dank genug.« Sie ließ die Zügel schnalzen. »Passt gut auf Euch auf.« Unbeholfen klopfte sie Mailun auf die Schulter, dann trieb sie das Muthu an. »Ich hoffe, ihr findet eure Jungen«, rief sie ihnen über die Schulter hinweg zu, als das Tier den Karren unter lautem Ächzen und Spucken anzog.

Während sie ihr nachsah, ließ Mailun das Stück Elfenbein in ihrer Handfläche hin und her rollen. »Wir sollten zusehen, ob wir dies hier irgendwo in Münzen umtauschen können«, sagte sie.

»Vielleicht auf dem Markt.« Irissa deutete mit ihrem Speer in die Richtung. Ein Mann, der gerade vorbeiging, starrte unverhohlen auf ihre Brüste, die sich unter dem nassen Stoff der dünnen Tunika abzeichneten. Sie bedachte ihn mit einem finsteren Blick, aber er grinste nur und ging weiter.

»Sei vorsichtig, Irissa«, mahnte Mailun. »Die Sitten an diesem Ort mögen andere sein als in den Clans.«

»Mach dir keine Sorgen um mich«, erwiderte Irissa abweisend. »Ich kann auf mich aufpassen. Außerdem weißt du nicht mehr als ich, Mailun. Auch du warst noch nie hier.«

»Nein, aber ich habe mehr von ihnen gehört als du. Bleib nahe bei mir und vergiss nicht, warum wir hier sind. Komm.«

Mühsam stapften sie durch den Schlamm auf den Straßen. Der Markt, den die Frau ihnen gezeigt hatte, war riesig und erstreckte sich über einen großen, gepflasterten Platz, der von Steinhäusern umringt war. Es wimmelte von Menschen, und niemand schien sich am ständigen Nieselregen zu stören.

All diese Menschen – so viele an einem Ort und alle fremd –

machten Mailun nervös. Wie sollten sie hier Tallis oder Jared finden? Das erschien ihr unmöglich. Wenigstens war sie wieder in der Nähe des Wassers. Es war lange her, seit sie zum letzten Mal den salzigen Geruch des Meeres in der Nase gehabt hatte. Sie sog tief die Luft ein, die hier im Gegensatz zu ihrer Heimat nicht schneidend kalt war. Der Geruch war so vertraut, dass er sie wie eine Klinge durchfuhr, und in den Schmerz mischte sich auch eine Spur Hoffnung. Wenn doch nur Haldane bei ihr wäre.

Sie verdrängte alle traurigen Gedanken und ging zu einem kleinen Händlerkarren am Rand des Platzes. Dort verkaufte ein junges Mädchen billigen Schmuck, und es standen nicht allzu viele Menschen herum. Doch nach einem kurzen Blick auf das Elfenbein schüttelte die Händlerin den Kopf.

»Ich kann es mir nicht leisten, euch das abzukaufen.« Sie schürzte die Lippen, und ihr Blick wanderte über die Clankleider der beiden Frauen. »Die alte Nelma, ein Stück in diese Richtung dort, die könnte genug haben.«

Mailun murmelte einen Dank und drehte sich um.

»Hoffen wir, dass sie recht behält«, murmelte Irissa missmutig und kramte in ihrem Bündel herum. »Hast du noch ein paar getrocknete Beeren?«

Mailun schüttelte den Kopf und fragte sich, wie Irissa an Essen denken konnte, während so viele Menschen in der Nähe waren, und sie immer wieder hin und her geschoben wurde.

Sie umrundeten eine Gruppe streitender Männer, dann entdeckte sie etwas, das sie anhalten ließ. Mailuns Herz setzte einen Augenblick aus, und ihr stockte der Atem. Vor ihr bahnte sich ein dunkelhaariger Mann seinen Weg durch die Menge. Irissa, die nicht bemerkt hatte, dass Mailun stehen geblieben war, prallte von hinten gegen sie. Doch Mailun hörte ihren unterdrückten Fluch gar nicht.

Es konnte nicht sein. Ihre Augen verfolgten den großen Mann, der quer über den Marktplatz lief und keine fünf Menschen von ihr entfernt an ihr vorbeiging. Sie starrte ihn an und wollte nicht wahrhaben, was ihre Augen sahen, doch es ließ sich nicht leugnen. Sein Haar war etwas länger, aber noch immer dunkel, und ein kurzer Bart bedeckte sein Kinn. Aber sie hätte ihn überall wiedererkannt: Rorc. Dieser Gang, diese Art, wie er sich bewegte. Sie erinnerte sich daran, wie sehr sie es geliebt hatte, diese sehnige Geschmeidigkeit zu beobachten. Er war inzwischen älter geworden, aber noch immer ein gut aussehender Mann. Als er einem Kind auswich, drehte er sich unvermittelt in ihre Richtung. Mailun bekam einen Schreck, sprang zurück und versteckte sich hinter Irissas Rücken, während Rorcs grüne Augen den Platz absuchten und über sie hinwegglitten.

»Was ist denn los?« Verwundert ließ Irissa den Blick schweifen und fragte sich, was der Grund für Mailuns ängstliche Reaktion gewesen sein mochte.

Aber Mailun schaute sie nur kurz an, dann sah sie wieder weg und starrte Rorc hinterher, bis er außer Sicht war. Was konnte sie ihr sagen? Dass der Mann, der ihr einst alles bedeutet hatte, der ihr Leben gewesen war, sich in dieser Stadt befand? Oder vielleicht, dass gerade Tallis' Vater an ihnen vorbeigegangen war, der Mann, der nicht wusste, dass er einen Sohn hatte, der Mann, der sie verlassen hatte?

»Mailun?« Irissa sah sie besorgt an.

»Nichts. Es ist nichts«, wiegelte sie ab. »Komm.« Sie drehte sich um und zog Irissa in die entgegengesetzte Richtung.

»Wo willst du denn hin?«, protestierte Irissa. »Was ist mit dem Laden?«

»Wir werden einen anderen finden«, sagte Mailun. Ihr Herz war in Aufruhr, und so zog es sie unwillkürlich in Richtung Meer. Der Schmerz hielt ihr Inneres wie in einem Schraubstock gefangen, und sie war so sehr mit ihren Ängsten beschäftigt, dass sie nicht einmal hörte, wie Irissa erschrocken nach Luft schnappte, ihren Arm packte und sie zum Anhalten zwang, während sie in den Himmel emporstarrte.

Ein plötzlicher Schatten legte sich vor das Sonnenlicht. Im selben Moment begannen überall um sie herum die Menschen zu schreien, denn ein großer Schwarm Drachen tauchte kreischend auf, überflog die Stadt und drehte dann nach Osten ab.

38

Mit einem Ruck erwachte Shaan und stieß sich den Kopf an der Wand hinter ihr. Sie musste im Sitzen auf der schmalen Plattform, die rund um die hoch in den Bäumen errichtete Hütte verlief, eingedöst sein. Der Tag war schwül und heiß, und ein dumpfer Schmerz drückte zwischen ihren Augen. Schon wieder hatte sie von Tallis geträumt, was sie mit einem hohlen und elendigen Gefühl hatte aus dem Schlaf auffahren lassen. Müde rieb sie sich mit der Hand übers Gesicht. Immerhin war es besser gewesen, als von Tuon und Torg zu träumen, deren Körper von Flammen eingehüllt waren, und besser auch, als in ihren Träumen Balkis zu begegnen.

Sie schauderte, zog das wenige, das ihr noch von ihrem Kleid geblieben war, über ihre Knie und blickte hinab auf das Dorf. Es war schwer vorstellbar, dass sich Tallis hier befunden hatte, als sie angekommen waren, und dass er so nahe an ihr vorbeigeflogen war. Es hatte sie wie ein Schlag getroffen, ihn und den anderen Reiter zu sehen. Sie hätte ihn doch spüren müssen, war aber wohl zu sehr darauf bedacht gewesen, ihre Gedanken an ihn vor Azoth abzuschirmen. Ihr war nicht bewusst gewesen, dass sie auf diese Weise vielleicht auch sich selbst vor ihm verschließen würde. Jetzt konnte sie ihn überhaupt nicht mehr fühlen, konnte es aber auch Azoths wegen nicht riskieren, die Sinne nach ihrem Bruder auszustrecken.

Kurz nachdem sie angekommen waren, hatte sie ihren Mut zusammengenommen und den Gefallenen gefragt, warum er die Drachen und ihre Reiter unbehelligt hatte ziehen lassen, wenn es doch sein Ziel war, sie alle unter seine Herrschaft zu bringen. Es war spät gewesen, als er sie zum Fluss gebracht hatte, und sie war zu erschöpft und zu aufgewühlt gewesen, um zu begreifen, dass sie den Mund hätte halten sollen. Sie erinnerte sich, wie er sie ausgelacht hatte.

»Die Semorphim werden zurückkommen«, sagte er. »Wenn du findest, was ich suche, werden sie zu mir zurückkehren.« Es war Nacht. Er stand am Fenster und sah zum Dorf hinunter. Schweiß schimmerte auf der braunen Haut seines nackten Oberkörpers, und die ausgeprägten, wohlgeformten Muskeln auf seinem Rücken traten im flackernden Lichtschein der Lampen deutlich hervor. Solange sein Gesicht nicht zu sehen war, hätte ihr der junge Mann, den sein Körper zu sein vorgab, beinahe gefallen können. Doch dann drehte er sich um, und sein düsterer, uralter Blick ruhte auf ihr.

»Jene, die sich mir nicht wieder anschließen werden, sondern danach trachten, mich erneut zu verraten, werden untergehen. Es werden doch nur wenige sein, und ich kann warten. Ich jage meinen Kindern nicht hinterher; sie müssen von selbst zu mir kommen. Sie fühlen in ihrem Blut und in ihren Knochen, wie sehr sie mich brauchen – genau wie du.« Sein Blick wanderte über die kurze Entfernung zu der Stelle auf dem Fußboden, wo sie saß, sodass sie wünschte, sie könnte sich noch näher an die Wand hinter sich pressen.

Er lächelte. »Du wehrst dich, meine Liebe. Aber du wirst noch erkennen, wie nutzlos das ist. Denn selbst wenn ich dich gehen ließe, würdest du dich danach sehnen zurückzukehren. Ich habe keinen Zweifel, dass der Stein dafür sorgen wird.« Er trat zu ihr und kniete vor ihr nieder, um ihr Gesicht zu liebkosen. »Schon bald werden sie alle aus freiem Willen zu mir kommen. Denen, die sich mir verweigern, wird keine Gnade gewährt werden – das gilt auch für dich. Einen neuerlichen Verrat werde ich nicht dulden.« Als er sie sanft küsste, war sie außerstande, sich ihm zu entziehen; es war, als sei sie in einer eisernen Gussform gefangen. Schließlich zog er seine Hand von ihrem Kinn zurück. »Wenn du wirklich musst, dann verlass mich, sobald ich habe, was ich suche. Aber glaube nicht, dass du mir jemals wirklich entfliehen könntest – oder dass ich vergessen würde, dass du mich verlassen hast.«

Das leichte Lachen, mit dem er aufgestanden und hinausgegangen war, quälte sie ebenso wie ihr Unvermögen, seinem Kuss zu widerstehen. Mit zu Fäusten geballten Händen sah sie den Laufsteg hinunter. Ihr einziger Gedanke galt der Flucht.

Schritte im Innern der Hütte ließen die Bretter unter ihr schwanken. In diesem Moment unterhielten sich Azoth und der alte Häuptling dort drinnen. Das Murmeln seiner tiefen, weichen Stimme sorgte dafür, dass sich ihr Magen zusammenzog und ihre Schultern sich verkrampften. Wenn sie nur mit Jared hätte sprechen können, um herauszufinden, was dieser wusste. Doch seit ihrer Ankunft vor zwei Tagen hatte Azoth sie nicht in seine Nähe gelassen.

Das Rascheln von Blättern ließ sie erstarren. Jemand stieg die Strickleiter hoch. Als sie ihre verletzte Hand aufstützte und sich vorbeugte, um nachzusehen, wer da kam, stöhnte sie unwillkürlich auf. Ein Kopf mit glänzenden Haaren tauchte über dem Rand der Plattform auf. Braune Augen sahen Shaan an, und sie begriff, dass es die Frau war, der die Hütte gehörte. Eine kleine Hand winkte sie heran.

»Deine Hand«, flüsterte sie. »Du bist verletzt. Komm mit mir. Ich werde dir helfen.« Verstohlen sah sie sich um. »Ist er drinnen?«

»Ja«, flüsterte Shaan zurück.

»Dann komm, komm jetzt.« Erneut bedeutete ihr die Frau, zu folgen.

Shaan zögerte. Azoth würde wütend werden, wenn er nach draußen käme und sie nicht da wäre. Sie verabscheute sich selbst wegen solcher Gedanken, und sie stieß sich von der Wand ab. Sollte er doch toben. Mit einer raschen Geste ließ sie der Frau den Vortritt und kletterte dann hinter ihr die schwankende Strickleiter hinunter.

»Hier entlang.« Die Frau führte sie zu einer kleinen Hütte nicht weit vom Fuße des Baumes entfernt. Sie klappte einen gewebten Türvorhang zurück und verschwand im Innern.

Mit einem Blick über die Schulter folgte Shaan ihr. Eine dicke Matte auf dem Boden und ein kleiner Steintrog waren die einzigen Einrichtungsgegenstände. Am Fenster stand Jared und sah nach draußen.

»Shaan!« Mit drei Schritten war er bei ihr und drückte sie fest an sich. Dann hob er sie voller Begeisterung vom Boden hoch, um sie auf Armeslänge vor sich zu halten. Prüfend betrachtete er ihre hagere Erscheinung und die Schatten unter ihren Augen, dann sagte er: »Ich bin so glücklich, dich am Leben zu sehen.«

»Das bin ich auch.« Sie lächelte. Aber eine plötzliche Unsicherheit befiel sie. »Was ist dir zugestoßen? Wie seid ihr hierher gekommen? Und wohin ist Tallis verschwunden?«

Jared drückte ihre Schultern. »Wir wurden von den Bestien angegriffen. Eine schien mich nicht zu mögen.« Er drehte sich um, und ließ sie den Verband auf seinem Rücken sehen. »Tallis hat sie vertrieben. Wir wurden hergebracht, damit unsere Wunden versorgt werden können.« Sein Blick huschte kurz zu Alterin. »Tallis war verletzt, aber nicht so schlimm. Als er dich kommen sah ...« Er schüttelte den Kopf. »Wir dachten erst, es wären wieder wilde Drachen. Tallis und Attar flogen ihnen auf ihren Tieren entgegen, um sie zu bekämpfen. Ich weiß nicht, warum sie verschwanden. Aber ich glaube nicht, dass es seine Entscheidung war. Wenn er geahnt hätte, dass du kommst, hätte er die Bestie ganz allein bekämpft, nur um dich zu sehen.«

Shaan schüttelte ihren Kopf. »Es ist gut, dass er fort ist. Wenn Azoth die Wahrheit über ihn gewusst hätte, hätte er ihn nicht so einfach ziehen lassen.«

»Warum?«

»Weil er ihr Bruder ist«, sagte Alterin. »Azoth hätte ihn für sich beansprucht. Er ist hierhergekommen, um sich zurückzuholen, was ihm gehört.«

Alterin sah Shaan an, aber sie schwieg. In Anbetracht dessen, was Azoth gesagt hatte, war sie sich da nicht so sicher. Es stimmte: Azoth wollte wieder zurückhaben, was sein war, seine Nachkommen eingeschlossen, doch vor allem wollte er, dass sie freiwillig zu ihm kämen. Unter welchen Umständen Tallis so etwas tun sollte, konnte sie sich nicht vorstellen. Sie selbst war trotz ihres Widerstandes nicht von Azoth getötet worden, weil er sie brauchte. Aber Tallis – was könnte er von ihm wollen?

Jared sah sie beide an, die Stirn gerunzelt. »Was meinst du mit *ihn beanspruchen* und *zurückholen, was ihm gehört*?«

Shaan seufzte. »Jared! Tallis und ich sind Azoths Nachkommen«, sagte sie leise.

Er schwieg einen Moment. Seinem Gesicht war anzusehen, wie er nach und nach begriff, was sie da gerade gesagt hatte, und schließlich nickte er. »Das erklärt vieles, aber es wirft auch neue Fragen auf. Wie können die Nachkommen eines Gottes der Feuchtländer in den Clanlanden geboren sein?«

»Das ist wirklich seltsam«, sagte Alterin. »Die Führer deines Volkes hegen keinerlei Zuneigung für den Gefallenen. Vielleicht wird diese Tatsache in der Zukunft nützlich sein. Doch jetzt müssen wir erst einmal selbst alles tun, was in unseren Kräften steht. Wir dürfen nicht zulassen, dass Azoth von Tallis erfährt, so viel ist sicher. Deinem Bruder habe ich das auch schon gesagt. Er trägt eine Macht in sich, die der Gefallene nicht dulden würde. Der Semorphim, der ihn trug, wusste das. Es war das Weibchen, das ihn – gegen seinen Willen, denke ich – fortschaffte. Aber ihr müsst euch keine Sorgen um ihn machen. Die Drachen werden ihn beschützen. Er spricht ihre Sprache.« Ihr Blick wandte sich Jared zu, der gerade etwas sagen wollte; dann hob sie die Hand und klopfte ihm auf die Brust.

»Nein. Später. Du musst dich jetzt ausruhen. Shaan und ich haben viel zu besprechen und wenig Zeit.«

Jared sah zu Shaan und zog eine Augenbraue hoch. »Siehst du, womit ich mich hier herumschlagen musste?« Er lächelte die kleine, dunkelhäutige Frau an. »Immer versucht sie, mich ins Bett zu bekommen.«

Alterin wurde rot und runzelte die Stirn. »Du musst dich ausruhen, sonst wirst du nie gesund«, sagte sie, und er zwinkerte Shaan zu.

»Schon gut, schon gut.« Immer noch lag seine Hand warm auf ihrer Schulter. »Ich bin froh, dich zu sehen, kleine Sandschwester.« Als er lächelte, spürte sie, wie unerwartet Tränen aus ihren Augen strömten. Sie schenkte ihm ebenfalls ein kurzes Lächeln, blieb aber stumm, als er sie zum zweiten Mal umarmte, sich umdrehte und im Nachbarraum verschwand.

»Komm. Setz dich.« Alterin deutete auf die Matte auf dem Boden. »Darf ich mir das einmal ansehen?«, fragte sie mit einem Blick auf Shaans verletzte Hand.

Shaan nickte und setzte sich neben sie. Vorsichtig entfernte Alterin den Stoffstreifen, den Shaan aus ihrem Kleid herausgerissen und um die Wunde gewickelt hatte. Dabei bröckelte der inzwischen getrocknete Schlamm ab, den sie auf die Verbrennungen aufgetragen hatte. Darunter war ihre Haut rot, voller Blasen und schmutzig. Alterin schnalzte bei diesem Anblick mit der Zunge, schüttelte den Kopf und erhob sich. Sie ging in den Nachbarraum und kam mit zwei Körben zurück, ließ sich wieder neben Shaan auf den Boden sinken und begann, eine helle Paste auf ihrer Haut zu verteilen.

»Das wird die Wunde säubern.« Mit festem Griff stützte sie Shaan, während sie ihre gesamte Hand und den Unterarm mit der geruchlosen Paste bedeckte. Anschließend nahm sie ein kleines Stück Stoff und begann damit, vorsichtig den verwundeten Bereich abzutupfen, bis er ganz sauber war. Sie arbeitete schnell. In der Hütte war es still, nur das leise Plätschern des Regens auf den Blättern drang von draußen herein.

»Ich habe dich letzte Nacht schreien hören«, sagte Alterin, während sie zuletzt einen frischen Verband um die Wunde wickelte. »Hat er dir etwas getan?«

»Nein.« Shaan versuchte, ihre Stimme gleichmütig klingen zu lassen.

»Warum hast du dann geschrien?«

»Ich hatte schlechte Träume.«

Alterin nickte, sah sie einen Moment lang an, und begann dann, ihre Salben zusammenzupacken.

»Ich sehe in dir keine Furcht vor ihm.«

»Er widert mich an, aber er macht mir keine Angst.«

»Das sollte er aber.« Alterin saß da und sah sie an. »Du bist etwas Besonderes für ihn, genauso wie dein Bruder. Euer Blut singt füreinander.«

Shaan wich ihrem Blick aus.

»Warum hat er dich hierhergebracht? Und weshalb hat er dich in der letzten Nacht zum Fluss geführt?«

»Ich weiß es nicht.«

Alterin runzelte die Stirn. »Es muss einen guten Grund dafür geben. Was macht er dort?« Ihre braunen Augen starrten Shaan an. Doch sie schwieg. Konnte sie dieser Frau vertrauen? Bisher hatte sie nur mitbekommen, dass die Dorfbewohner sich Azoth gegenüber verhielten, als sei er ein Gott. Woher sollte sie wissen, ob er Alterin nicht nur zur Probe ausgesandt hatte, um herauszufinden, was sie tun würde? Shaan drückte ihre verletzte Hand an den Bauch. Jared schien ihr zu vertrauen, aber war das genug?

Alterin blinzelte, dann seufzte sie, lehnte sich zurück und faltete die Hände im Schoß. Der Regen wurde heftiger, prasselte auf das mit Stroh gedeckte Dach und tropfte von dessen Rand auf die Fensterbank hinab.

»Ich weiß, dass du dich fragst, ob ich deine Freundin bin«, sagte sie. »Doch du musst wissen, dass ich die Seherin dieses Dorfes bin. Ich muss versuchen, mein Volk zu beschützen und es zu beraten. Einst war der Gefallene ein Gott, der Hüter des Steins. Er herrschte über die Seelenfresser – die Alhanti. Hast du von ihnen gehört?«

Shaan nickte.

Alterins Augen wanderten von ihrem Gesicht über den Boden der Hütte. »Ja. Wir alle, all die vielen Völker dieses Landes, stammen aus dem gleichen Ort und sind alle Sklaven des gleichen Herrn. Al Hanathoa wurde die Stadt genannt. Heute ist sie eine Ruine tief im Dschungel, aber dort lebten wir vor langer Zeit unter seiner Knute.« Ihre Stimme wurde leiser. »Nachdem er besiegt worden war, kam mein Volk hierher. Unter all den Sklaven waren wir die erbärmlichsten. Weil wir die Erde anbeteten, verachteten uns die Alhanti am meisten. Sie schlugen uns, stahlen unsere Kinder und machten uns zu ihren Hunden. Um zu überleben, verschrieben wir uns dem Gefallenen. Wir machten ihn zu unserem Gott, damit er uns errettete.« Sie sah aus dem Fenster, ihr Blick war abwesend. »Und weil meine Vorfahren dies taten, überlebten wir. Nicht alle, aber genug. Als Azoth endlich verbannt wurde, kamen sie hierher und wandten sich wieder der Erde zu, um Rat bei den Geistern der Bäume zu suchen. Aber wir wussten immer, dass er zurückkehren würde. Wir lebten mit diesem Wissen, und jetzt, da er hier ist, müssen wir erneut versuchen, einen Weg zu finden, um zu überleben.«

Ihr Blick wanderte zu Shaan zurück. »Du darfst nicht denken, dass wir ihm blind folgen. Auch wenn es so aussehen mag, wenn er zugegen ist. Aber wir müssen vorsichtig sein. Selbst wenn er viel von seiner Macht verloren hat, ist er immer noch gefährlich, und wenn er seine volle Stärke zurückerlangt, werden wir gegen ihn so ausgeliefert sein wie ein einzelnes Blatt der Kraft eines Sturms.«

»Was willst du von mir?«, fragte Shaan.

»Ich möchte wissen, warum er dich hierhergebracht hat. Weshalb er dich zum Fluss führt.«

Shaan rieb sich das Gesicht. »Er will, dass ich etwas für ihn finde. Er nennt es den Stein. Dazu schiebt er mir einen Ring auf den Finger und ... schickt mich an einen anderen Ort, an einen Ort der Dunkelheit. Dort fühle ich mich, als sei ich kaum noch vorhanden, und dann stößt er mich hinein, direkt auf etwas zu, was sich dort befindet.«

Alterin biss sich auf die Lippe. »Er sucht den Schöpferstein. Sollte er ihn finden, wird er sein Geburtsrecht zurückerlangen und wieder zum Gott werden. Vielleicht wird er sogar versuchen, seine Schöpfungen auf ein Neues zum Leben zu erwecken.«

»Dann werde ich diesen Stein eben nicht für ihn finden«, sagte Shaan, der sich bei dieser Vorstellung der Magen umdrehte.

»Ich denke nicht, dass es so einfach sein wird. Es gibt einen

Grund, warum er gerade dich benutzt, um ihn zu finden. Du bist etwas Besonderes. Vielleicht bist du für den Stein an diesem schwarzen Ort wie ein Signalfeuer, und der Ring verstärkt dein Licht.«

Shaan sagte nichts. Sie dachte an die Dunkelheit und die Macht, die Azoth dort besaß. Die Frau hatte recht. Sie fühlte eine Verbindung, wenn er ihr den Ring aufsteckte, einen Faden, der sie mit einem unsichtbaren Anderen verband. Und auch Azoths Freude spürte sie jedes Mal, wenn sie ein wenig näher herangelangte.

»Ich denke, wenn wir herausfinden, aus welchem Grund er dich braucht, um den Schöpferstein zu finden, dann gibt es vielleicht auch einen Weg, ihn aufzuhalten«, sagte Alterin.

»Du kannst ihn nicht von seinem Ziel abbringen«, entgegnete Shaan und sah sie an. »Ich muss weg von hier. Weit weg, an einen Ort, an dem er mich nicht benutzen kann, um den Stein zu finden.«

»Aber er wird dich entdecken.«

»Es ist den Versuch wert«, sagte Shaan. »Ich bin es leid, seine Sklavin zu sein.«

Einen Moment lang sah Alterin sie schweigend an. »Vielleicht«, sagte sie schließlich. »Aber zuerst lass mich prüfen, ob ich herausfinden kann, warum du so über alle Maßen wichtig für ihn bist. Vor dir müssen bereits viele andere seiner Nachkommen gelebt haben. Im Dschungel gibt es einen Ort, zu dem ich gehen werde. Dort könnte ich möglicherweise einige Antworten finden.«

»Wie lange wird das dauern?«

»Zwei Tage.«

Der Gedanke an zwei weitere Nächte an jenem dunklen Ort ängstigte Shaan. »Ich weiß nicht, ob ich so lange warten kann«, flüsterte sie.

»Du musst ihm widerstehen«, entgegnete Alterin mit fester Stimme. Als sie aufstand, griff sie nach Shaans Hand. »Komm, ich werde bei Sonnenuntergang aufbrechen. Geh jetzt zurück, er wird schon nach dir suchen.«

Als Shaan die Hütte verließ und zu Azoth zurückkehrte, fragte sie sich ernsthaft, ob es wirklich noch irgendetwas gab, was die junge Frau würde ausrichten können.

Nachdem Shaan fort war, stand Alterin noch eine Weile am Fenster und sah hinaus. Der Regen war zu einem leichten Nebel geworden, und oben im Baum lugte ein Vogel mit glänzenden Augen unter einem Blatt hervor. Doch all das fiel ihr kaum auf. Sie dachte an den Ort, an den sie gehen musste.

»Ich begleite dich.« Jared kam aus dem zweiten Zimmer. Die Bodendielen der Hütte vibrierten unter seinen Schritten, als er hinter Alterin trat.

Ohne sich umzuwenden, antwortete sie: »Nein.« Ihr Blick ruhte auf dem Vogel, der aus dem Baum zu ihr herabsah.

»Ich werde dir folgen«, sagte er.

Alterins Hände klammerten sich so fest an das Holz des Fensterrahmens, dass ihre Knöchel weiß hervortraten. »Es ist zu gefährlich. Du bist noch nicht kräftig genug.«

»Ich bin stärker als du denkst«, erwiderte er und streichelte mit den Händen über ihre Arme hinauf zu den Schultern. Die Berührung war sanft und liebkoste ihre bloße Haut. »Lass mich dir helfen«, sagte er leise.

Sie spürte seine Wärme an ihrem Rücken, und unwillkürlich erhitzte sich ihr eigener Körper wie als Antwort. Ihre Augen schlossen sich; sie atmete tief ein und lauschte auf das, was ihr Herz ihr sagte. Regentropfen prasselten draußen auf Blätter und die Erde. Zärtliche Hände streichelten die Seiten ihres Halses entlang. Mit einem lauten Krächzen sprang der Vogel aus dem Baum und erhob sich in die Luft. Ihr Blick folgte seinem Flug, dann drehte sie sich um, und ihre Augen richteten sich auf den Mann aus den Toten Landen. Sie hob die Hand, fuhr mit den Fingern über die raue Haut seines von Stoppeln bedeckten Kinns. Und dann, als sie seinen Kopf zu sich herunterzog, dachte sie, Anyu würde sich freuen.

Auch in dieser Nacht nahm Azoth Shaan wieder mit zum Fluss hinab. Die Luft war warm und schwül, und die Bäume über ihnen waren vom Rascheln der Dschungeltiere erfüllt. Shaan jedoch fühlte sich kalt und spröde wie Glas. In den Schatten am Rande des Wassers hielt er an und streckte seine Hand nach ihr aus.

Hoch über ihnen riss ein Windstoß ein Loch in die Wolkendecke, und schwacher Sternenschein milderte die Schwärze ein wenig. Das Licht der schmalen Mondsichel fiel durch die Wolken, schimmerte auf der Haut seiner starken, bloßen Arme und ließ sie glänzen.

»Komm her«, sagte er und lächelte.

Sie hasste es, wie ihr Herz klopfte, als sie ihn ansah. Es war, als habe sie jede Kontrolle über ihren Körper verloren. Schatten und Mondlicht wechselten sich auf seinen Zügen und dem sinnlichen Schwung seiner Lippen ab. Sie trat zu ihm, und seine warme Hand schloss sich um ihre kalten, zitternden Finger. Langsam zog er sie näher zu sich heran. Jetzt würde er sie in das Wasser führen, doch er bewegte sich nicht, stand nur da und hielt ihre Hand.

»Hast du gefunden, was du suchen sollst, wenn ich dich ausschicke?«, fragte er. Ein Hauch von Belustigung lag in seiner Stimme, als spräche er liebevoll mit einem ungezogenen Kind.

Sofort stockte ihr der Atem, und sie hatte Angst, seinen Blick zu erwidern. Ihre verkrampfte Hand lag ganz still in seiner.

Leise lachte er, ein volltönendes Geräusch, das tief aus dem Inneren seiner Kehle aufstieg. »Dachtest du, ich würde es nicht wissen? Ich fühle dich, Shaan, du bist hier drinnen.« Er legte ihre Hand auf seine Brust. Unter dem dünnen Stoff seines Hemdes ertastete sie die harten und glatten Muskeln seiner Brust.

Unwillkürlich kam ihr in den Sinn, wie schön er nackt aussehen musste. Wieder lachte er leise vor sich hin. Bestürzt versuchte sie, ihre Hand wegzuziehen, doch unerbittlich hielt er sie fest.

»Shaan, Shaan.« Seine Worte waren wie zärtliche Berührungen auf ihrer Haut. »Alles ist so, wie es sein sollte. Ich weiß, was du fühlst, schon bevor es dir selber bewusst wird. Wir sind eins. Sieh mich an.« Es war ein Befehl, und sie konnte ihm nicht widerstehen.

Seine dunklen, lilafarbenen Augen suchten ihren Blick, und der

Dschungel um sie herum verschwand. Mit einem Mal schrumpfte ihre Welt zusammen; es gab nur noch ihn und die Macht, die aus seinem Inneren strömte. Durch ihre Hand nahm sie seinen uralten Herzschlag wahr.

Mit einem Lächeln sagte er: »Andere haben dir Geschichten erzählt, doch die Wahrheit kennen sie nicht – die Wahrheit über *uns*.« Er atmete tief ein. »Niemand hat dir davon erzählt, wie ich von jenen verraten wurde, die mich am meisten hätten lieben sollen.« Einen kurzen Moment lang blitzte jäher Schmerz in seinen Augen auf. »Meine Brüder und Schwestern – ihr nennt sie die Vier Verlorenen – haben mich verbannt. Aber sie haben mich nicht zerstört. Da ich bereits ahnte, was sie tun würden, hatte ich einen Plan. Eigentlich hätte ich dazu nicht in der Lage sein dürfen, doch mit Hilfe des Schöpfersteins erschuf ich ein Kind«, sagte er leise. »Ein Kind von einer Sterblichen. Deiner Vorfahrin.«

Er lachte. »Siehst du denn nicht?« Plötzlich ließ er ihre Hand los und streichelte mit einem Finger über ihre Wange bis hinunter zum Kinn. »Oh, es gab viele andere. Aber sie waren zu schwach – ungeeignet für meine Zwecke. Aber du … du bist etwas Besonderes. Du bist vollkommen.«

Sie sah auf zu ihm. Seine Augen verdunkelten sich, und Wärme durchflutete ihren Körper. Er hielt sie mit seinem Blick gefangen. Dann beugte er sich zu ihr. Verlangen stieg in ihr auf, als er seine Lippen auf ihre legte. Er küsste sie nur ganz zart, doch die Berührung sorgte dafür, dass sich in ihrem Kopf alles drehte. Die Umgebung löste sich in einem Wirbel auf, und sie hielt sich an ihm fest. Sie war nichts. Er war alles. Erregt presste sie sich an seinen Körper, öffnete voller Verlangen die Lippen. Ihre Welt bestand zur Gänze aus ihm, dem steten Rhythmus seines Herzens unter ihrer Hand, seinen Fingern in ihrem Haar. Sie wollte seine Hände überall auf sich spüren, sein Fleisch auf ihrem Fleisch. Ihr Kuss wurde fordernder. Ein Ruck durchfuhr sie, als sie spürte, wie sich die Spitze seiner Zunge an die Innenseiten ihrer Lippen schob.

Der Schock, den diese Berührung auslöste, sorgte dafür, dass sie

sich wieder ihrer selbst bewusst wurde. Sie riss sich los. »Nein!«
Zitternd führte sie ihre Hand an den Mund.

Seine Augen glitzerten gefährlich. »Du selbst wolltest es.«

Sie erschrak. War wirklich sie es gewesen, die sich an ihn ge-
klammert, die sich an ihn geschmiegt hatte? Abscheu durchfuhr
sie. Oder war er es gewesen, der sie das hatte tun lassen?

Er lächelte sie an, als kenne er ihre Gedanken. Seine Augen ver-
spotteten sie. »Der Fluss wartet, mein Kind.« Mit ausgestrecktem
Arm deutete er auf das dunkle Wasser.

»Nein«, sagte sie. Die Furcht ließ ihre Stimme unsicher klingen.
»Du kannst dich mir nicht widersetzen.«

»Nein.« Ihre Stimme war ein Flüstern. »Bitte … Ich habe Angst.«

Sein Blick wurde weich. Er griff nach ihr, nahm ihre Hand und
steckte den Ring sanft auf ihren Finger. »Es gibt nichts, vor dem
du dich fürchten musst. Solange du dich an mir festhältst, wirst
du sicher sein. Ich werde dich nicht fallenlassen.«

Als er sie in den Fluss zog, folgte sie ihm widerstandslos in
das warme, flache Wasser. Ihre bloßen Füße versanken im dicken
Schlamm. Seine Finger schlossen sich um ihr Handgelenk, alles
Licht verschwand, und dann war nur noch Verzweiflung in ihr.

39

W enn du ihretwegen umkehren willst, dann wirst du allein gehen, und zwar zu Fuß«, sagte Attar aufgebracht. »Ich muss zurück nach Salmut. Dir kann ich nicht helfen.« Missmutig warf er den Knochen, den er abgenagt hatte, ins Feuer und schlug nach den Insekten, die seinen Hals umschwirrten.

Sie hatten ihr Nachtlager auf einer kleinen Lichtung aufgeschlagen, die auf allen Seiten vom hohen Gras der Sumpflandschaft umgeben war. Der Boden war feucht, und sie hatten nur schwer ein Feuer entzünden können. Auch Essbares ließ sich kaum finden, aber all das kümmerte Tallis kaum, so groß war der Drang in ihm, zum Dorf zurückzukehren.

»Dann werde ich eben allein umdrehen«, sagte er.

»Und sterben«, entgegnete Attar. »Welche Hilfe wirst du ihr dann sein?«

»Ich kann hier nicht herumsitzen und nichts tun!« Ruhelos lief Tallis auf der kleinen Lichtung auf und ab.

»Weißt du überhaupt, wer der Gefallene ist?« Attar starrte ihn an.

»Was soll mir das Wissen schon nützen?«

Attar schnaubte und schüttelte angewidert den Kopf. »Er wird dich töten. So mühelos, wie er eine Kerze auslöscht, wird er dir auch dein Leben nehmen.«

»So leicht bin ich nicht zu töten.«

»Er ist ein Gott, Clansmann. Vor zweitausend Jahren herrschte er über alles. Wir waren seine Sklaven, und wenn die Drachen recht haben, ist er jetzt zurückgekehrt. Wer sich seinem Willen nicht beugt, den wird er unter seinem Stiefel zertreten.«

»Die Clansleute waren niemals Sklaven«, sagte Tallis.

»Damals wart ihr Clansleute auch so wenige, dass ihr ihm wohl nicht mal das kleinste bisschen Aufmerksamkeit wert gewesen seid. Doch jetzt seid ihr viele, und das wird ihm nicht entgehen. Deshalb müssen wir zurückkehren und Rorc warnen.«

»Das alles bedeutet mir nichts.« Tallis winkte ab. »Shaan ist meine Schwester, mein Blut. Ich werde weder sie noch Jared im Stich lassen.« Stur schob er sein Kinn nach vorne und funkelte den älteren Mann an. »Nichts, was du sagst, könnte mich aufhalten.«

Attar erwiderte seinen Blick, dann drehte er sich um und spuckte aus. »Die Ehre der Clans«, sagte er kopfschüttelnd. »Sie wird immer wieder euer Verderben sein.«

»Was bleibt noch ohne Ehre?«, fragte Tallis. »Ich werde bei Sonnenaufgang aufbrechen.«

»Zu Fuß wirst du Tage brauchen«, schnaubte Attar.

»Dann gib mir einen Drachen.«

»Ha!« Attar machte eine vage Geste in Richtung Himmel. »Los, hol dir einen! Probier doch aus, ob sie dich auf sich reiten lassen.« Über das Feuer hinweg blickte er zu Tallis. »Du weißt genau, dass sie ihren eigenen Kopf haben, anders als ein Muthu, das sich lenken lässt. Sie werden dich nicht dorthin bringen, wo du hinmöchtest, wenn du nicht mit ihnen sprechen kannst.« Im flackernden Schein des Feuers funkelten seine Augen. Tallis spürte die Herausforderung in Attars Blick.

»Vielleicht werde ich es wirklich ausprobieren«, sagte er leise. Attar schmunzelte.

»Du bist ein Dickschädel, oder?« Er breitete seinen Mantel auf dem Boden aus und legte sich darauf. »Schlaf gut, Clansmann«, sagte er und schloss die Augen. »Ich werde dem Kommandanten sagen, dass es keinen Sinn hat, nach deiner Leiche zu suchen.«

Ohne ihn einer Antwort zu würdigen, starrte Tallis in die Flammen. Ärgerlich wedelte er die Insekten zur Seite, die sein Gesicht umschwirrten. Die Luft war warm und feucht, es roch nach Regen und nasser Erde, und die Sterne versteckten sich hinter einer Wolkendecke. Sie waren zwei Tage ohne Unterbrechung unterwegs gewesen, und er sollte erschöpft sein, doch er konnte nicht einschlafen. Immer wieder dachte er daran, was die Frau aus den Wildlanden gesagt hatte. Er musste lernen, seine Kraft zu beherrschen. Doch von wem sollte er es lernen? Nach Salmut zurückzukehren und von den Reitern zu lernen – dafür blieb ihm keine Zeit mehr. Shaan war in Gefahr. Sie brauchte ihn jetzt. Er würde es sich selbst beibringen müssen. Hatte Alterin nicht davon gesprochen, dass er seine Kraft zügeln musste, indem er um sie herum einen Schild errichtete?

Entschlossen wartete er, bis Attar zu schnarchen begann. Dann schob er sich durch das hüfthohe Gras, bis der Schein des Feuers in einiger Entfernung vom Lager nur noch als schwaches Glühen zu erkennen war. Er drehte sich um, hob sein Gesicht zum Himmel, schloss die Augen und versuchte sich einen Grenzwall auszumalen, der seinen Geist umringte. In seiner Vorstellung zog er eine Mauer aus Steinen empor, die sich, tief in der Erde verwurzelt, wie eine Höhle um ihn schloss. Dann begann er, vorsichtig nach dem Bewusstsein der Drachen zu tasten. Sie waren nicht weit weg. Auf grasbewachsenen Ebenen westlich von ihm jagte Marathin. Er spürte sie in seinem Blut und ließ sich von ihrem Pulsieren erfüllen. Auch Haraka spürte er, schwächer zwar, doch er war da. Ein lebhaftes Feuer prasselte in dem jüngeren Drachen, während es in Marathin ruhiger glomm. Er wusste, dass sie ihn bemerkt hatte, und es war, als wandte sich ihr Kopf zu ihm, und sie richtete ihr geistiges Auge auf ihn.

Vorsichtig bemühte er sich, in seinem Inneren die richtigen Worte zu finden. Die mächtige Energie in ihm begann emporzudrängen und hinterließ einen metallischen Geschmack auf seiner Zunge, doch Worte wollten ihm keine einfallen. Sie lagen tiefer begraben. Immer weiter und weiter suchte er nach ihnen. Ein Summen begann sein Bewusstsein zu erfüllen, und sein Kopf fühlte sich an, als sei er in einen Schraubstock eingezwängt. Doch er biss die Zähne zusammen, während er weiter mit aller Willenskraft den unsichtbaren Widerstand zu überwinden versuchte, ohne die Grenzmauer zerfallen zu lassen, die er in seinem Inneren erschaffen hatte. Plötzlich zerbarst etwas. Schmerz schoss durch seinen Schädel, als sich die Quelle seiner Kraft öffnete. Wie ein Gewittersturm donnerten Blut und Leben durch seine Adern. Er fühlte den Atem der Welt, die ihn umgab, das Wesen der Erde zu seinen Füßen. Seine Haut schien in Flammen zu stehen.

Komm zu mir!, entsandte er einen Befehl an Marathin, indem er seine Macht kanalisierte. Ein Schauer durchfuhr ihn, als sich ihr Bewusstsein mit dem seinen verband. Sie hielt inne und fuhr herum, für einen winzigen Augenblick zögerte sie. Und dann traf ihn ihr Zorn wie ein Blitz, er keuchte auf und fiel auf die feuchte Erde. Hilflos hockte er auf Händen und Füßen, während Wellen der Übelkeit seinen Magen erfassten und er schwach den Flügelschlag des Drachen näher kommen hörte. Als der Geruch des nassen Erdbodens ihm in die Nase stieg, würgte er und ein Zittern befiel ihn. Seine Hände verkrampften sich im Schlamm, als der Wind, den die Schwingen des Drachen aufwirbelten, sein Haar erfasste.

Verzweifelt verdrehte er den Hals, um Marathin anzusehen, die über ihm schwebte. Ihre großen, grünen Augen schimmerten in der Dunkelheit.

Arak-ferish, zischte sie und sank auf die Erde hinab, sodass ihr massiger Körper ringsherum das Gras zu Boden drückte. Kaum zwei Armlängen von ihm entfernt kauerte sie, wartete und sah ihn mit zur Seite geneigtem Kopf an. Mühsam erhob sich Tallis aus dem Schlamm und stand auf. Schon einmal hatte er diese Worte gehört. Was bedeuteten sie?

Seine Zerstörung, zischte sie. *Das Gleichgewicht. Sein Verderben.*

Tallis starrte sie an. Sanft wie die Berührung einer Motte war sie in sein Bewusstsein eingedrungen. »Ich verstehe das nicht«, sagte er leise.

Sie senkte ihren Kopf, sodass er sich direkt vor seinem befand. Heiß strömte ihm ihr Atem entgegen, in dem der Geruch von Asche und Aas mitschwang. Ihr Anblick ließ ihn schlucken, doch er blieb stehen. *Du wirst mich nicht erschrecken.* Sein Blick traf den ihren. Geräuschvoll atmete der Drache aus und zog sich etwas zurück. Er spürte einen Hauch von Belustigung in seinem Bewusstsein. *Du bist tapfer, kleiner Azim. So wie es sein sollte*, zischte sie.

Tallis seufzte entmutigt. Sein Inneres fühlte sich an, als habe ihm jemand einen Hieb versetzt, doch er würde nicht zulassen, dass der Drache die Oberhand gewann. Es musste einen Weg geben, das Tier zu kontrollieren.

Keine Kontrolle! Marathins Hals schnellte zum Himmel empor, sie zischte laut und flatterte mit den Flügeln. Dann bog sie ihren Kopf wieder zu ihm hinab. *Du musst dich selbst in das Schwarmbewusstsein einbinden, an seiner Spitze stehen und seine Entscheidungen treffen. Werde zu Arak-ferish, dann werden wir dir folgen.*

Ratlos blickte Tallis zu ihr empor. »Was soll das bedeuten? Ich verstehe es nicht!«

Ferish. Du bist sein Verderben. Du stammst von ihm ab, du bist es, der ihn zerstören kann. Noch tiefer schlängelte sich ihr Kopf an ihrem langen Hals zu ihm hinab, bis sie ihm direkt in die Augen sah. *Du bist das Gleichgewicht. Die Frau wird geliebt. Der Mann wird sein Verderben sein. Zwei, entstanden aus Einem. Sein Werk, so wie er auch uns erschuf.*

Tallis' Herz schlug wild in seiner Brust. Sie sprach von Shaan und dem Mann, den Attar den Gefallenen genannt hatte, den Gott Azoth. Also waren er, Tallis, und Shaan seine Nachkommen. Warum hatte Shaan ihm nichts davon gesagt? War dies der Grund dafür, dass ihn der schwarze Drache nicht umgebracht hatte? Hatte er befürchtet, jemanden vom Blut seines Herrn zu töten?

Allerdings, zischte Marathin. *Wie viele andere in der Stadt ist er schwach und voller Angst vor ihm. Doch gleichzeitig viel zu schnell bereit, die alten Wege erneut zu beschreiten und seine Freiheit für ihn wieder aufzugeben. Komm, verbinde dich mit mir, ich werde es dir zeigen.* Marathin streckte ihm ihren Kopf entgegen. Als er ihren Blick erwiderte, erstarrte Tallis und vergaß beinahe zu atmen. Ihr Kopf war halb so groß wie sein gesamter Körper, und ihre grünen Augen schienen ihn zu durchdringen. Dieses mit Gold gesprenkelte Grün füllte sein ganzes Blickfeld aus. Etwas öffnete sich ihm; wie die Erinnerung an etwas lange Vergessenes drängte es sich in sein Bewusstsein, und ohne zu wissen wie, griff er nach ihr.

Die Zeit stand still. Ein Wirbel trug seine Umgebung davon. Er spürte, wie das Bewusstsein des Drachen ihn einschloss und erfüllte. Wie ein kaltes Feuer pochte tief aus seinem Inneren Tallis' eigene Kraft durch seine Adern. Ein seltsames Lächeln legte sich über seine Züge, als er plötzlich nicht mehr das Grasland um sich herum sah, sondern einen anderen Ort zu einer anderen Zeit. Eine Stadt, umgeben von Dschungel, begann sich vor seinen Augen abzuzeichnen. Ein Drache und ein Mann knieten zu Füßen eines dunkelhaarigen Mannes. Während er zusah, verbanden sich der Drache und der Mann, verschmolzen miteinander und veränderten sich, häuteten sich, bis sie zu etwas anderem wurden: einem Monstrum, einem Mythos.

Der Anfang, hörte er Marathin flüstern. Dann plötzlich stand er auf einer felsigen Klippe. Ein tosender Wind rüttelte an ihm. Über ihm, mitten im Himmel, schwebte ein Schwarm von Drachen. Sie alle waren durch Ströme aus Licht mit seinem Bewusstsein verbunden, sodass er jeden einzelnen spüren konnte. Ein Gedanke reichte, und sie würden dorthin fliegen, wo er sie haben wollte. *Der Schwarm,* zischte Marathin. *Ein neuer Schwarm. Wenn du die Worte findest.*

Dann verstand er plötzlich. Während eines einzigen Lidschlags strömte das Wissen in seine Gedanken; wie ein Atemzug erfüllte es ihn. Ohne zu zögern, reichte er tief hinab in den Kern seines Bewusstseins. Einem unbewussten Hintergedanken gleich, war in ihm das zufriedene Zischen des Drachen.

Worte stiegen zu seiner Zunge hinauf, scharf wie Messerklingen, heiß wie das Feuer der Erde. Es war die Sprache von Marathins Stamm, die Worte ihres Volkes, und sie erfüllten ihr Blut wie Musik. Tallis legte den Kopf in den Nacken und fühlte das Ausmaß seiner Kraft, die aus ihm herausschoss wie ein Stern, der geboren wird. Seine selbst errichtete Begrenzungsmauer barst. Reine Energie erfüllte sein Inneres, und als er aufblickte, sah er vor den Wolken den geisterhaften Schatten des Drachen, die Haut in Flammen getaucht.

Er erwachte mitten in der Nacht. Sein Mund war trocken, und er lag auf der Seite. Es war stockfinster. Für einen Augenblick glaubte er sich im Zelt seiner Familie in der Wüste zu befinden, doch dann spürte er die Erde unter seiner Wange, nahm den feuchten Geruch des Sumpflands wahr und wusste wieder, wo er war.

Das Pochen in seinem Schädel ließ ihn stöhnen, als er sich hochstemmte. Zuerst war nichts als das Summen der Insekten in der Nacht zu hören, doch dann bemerkte er hinter sich das tiefe Ein- und Ausatmen des Drachen. Langsam drehte er sich um und sah Marathin, deren Haut in der Dunkelheit schimmerte. Wie eine riesige, in die Ecke gedrängte Katze hockte sie im Gras, den gesenkten Kopf ihm zugewandt.

Langsam setzte er sich auf. Er fühlte sich verändert, erleichtert, aber auch stärker.

Arak-ferish, flüsterte Marathin in seinem Bewusstsein.

»Was hast du getan?«, erklang Attars Stimme hinter ihm, und er fuhr herum, als der Reiter näher kam. Hoch über ihnen riss der Wind ein Loch in die Wolkendecke und erhellte unvermittelt Attars Gesicht. »Sie hört nicht mehr auf mich. Sie sagt, dass sie jetzt mit dir gehen muss. Was hast du getan?«, wiederholte er.

Der Drachenreiter war erbost, und Tallis konnte es ihm nicht verübeln. »Es tut mir leid, aber ich muss zu meiner Schwester.«

Attars Brauen verengten sich. »Auf Marathin?«

»Ich brauche sie«, entgegnete Tallis.

»Soso, du brauchst sie, ja?«, fragte Attar grimmig und trat vor. Kurz vor ihm blieb er stehen und starrte ihn an. »Du hast dich verändert, Clansmann.«

Tallis sah zu dem Drachen hinüber. »Ich habe die Worte gefunden. Nun lenke ich sie.«

»Das sehe ich. Und Haraka?«

»Ihn werde ich hierlassen. Du wirst ihn brauchen, um nach

Hause zu kommen. Er fliegt irgendwo dort hinter uns.« Tallis deutete nach Westen.

»Also gut.« Attar nickte. »Du glaubst immer noch, dass du es ganz allein mit einem Gott aufnehmen kannst. Oder meinst du, du wärst jetzt selbst zu einem Gott geworden?« Er musterte Tallis. »Du bist kaum ein Mann.«

»Ich weiß nicht, was ich bin«, erwiderte Tallis. »Aber wenn ich sterbe, dann wenigstens bei dem Versuch, meine Schwester zu retten. Würdest du dein Leben nicht für die deine geben?«

»Ich habe keine.« Attars Züge blieben hart.

»Du könntest mit mir kommen.«

»Und zusammen mit dir sterben?« Er schüttelte den Kopf. »Behalt du nur deine Ehre, Clansmann.«

Tallis wandte sich um und ging zu Marathin. »Gute Jagd, Feuchtländer«, sagte er, aber Attar antwortete nicht. Als Tallis sich zwischen die Flügel des Drachen emporgezogen hatte, atmete er tief durch und suchte nach den Worten, während er darauf achtete, seine Kontrolle aufrecht zu erhalten. *Fliege. Semorphim*, sagte er in der uralten Sprache. Marathin duckte sich kurz und warf sich in die Luft. Dann nahm sie Kurs auf die Wildlande auf.

40

Es schien, als sei Alterin endlos lange fort. Zwei Nächte waren vergangen, und keiner der anderen Dorfbewohner hatte seitdem mit Shaan gesprochen. Sie stand am Ufer des Flusses, und ihre Augen brannten vom Schlafmangel, als sie die braunen Fluten absuchte.

In der letzten Nacht war es zu einem Kampf Willen gegen Willen gekommen. Mit aller Kraft hatte sie sich gegen Azoth gewehrt, doch er war stärker als sie, und das Ding, der Stein, erwachte mehr und mehr. Sie fürchtete sich davor, was erst geschehen würde, wenn eine Verbindung zu ihrem Bewusstsein entstünde. Er war wie eine wilde Flut schäumenden Wassers, die sie hinwegspülen würde, sollte sie ihren Halt verlieren.

Nachdem sie sich eine Weile vom Dorf entfernt hatte, entdeckte sie einen kleinen, sonnenbeschienenen Flecken inmitten des dichten Buschwerks am Rande des Flusses und setzte sich in das feuchte Gras. Träge plätscherte der Fluss gegen das Ufer, und kleine Insekten summten leise um ihren Kopf. Sie verscheuchte sie, legte sich auf die Seite, stützte ihren Kopf auf den Arm und zog die Knie bis zur Brust hoch. Ihr Körper brauchte dringend Schlaf. Wenn sie überhaupt eine Chance zur Flucht haben wollte, musste sie sich unbedingt erholen. Immerhin war es ihr gelungen, in einem hohlen Baum außerhalb des Dorfes in einem gestohlenen Sack einen Vorrat von Nahrungsmitteln anzulegen: eine weiche Wurzel mit einem milden, salzigen Geschmack, etwas getrockneten Fisch und eine große, kernige Oonungafrucht. Zwar verursachte sie Magenschmerzen, doch war es besser als nichts. Aber würde es reichen, bis sie dem Dschungel entflohen war? Wer konnte das schon sagen?

Elend rollte Shaan sich zusammen und versank fast sofort in einen ruhelosen Schlaf voller Träume, in denen Balkis sie mied und Azoth sie verfolgte. Als sie schließlich seine Hände an ihren Fersen spürte, stolperte sie, fiel hin und stürzte in einen schwarzen Abgrund, der von den Echos flüsternder Stimmen erfüllt war. Erschrocken schrie sie, bis sie plötzlich von jemandem aufgefangen wurde. Tallis' Gesicht erschien so deutlich vor ihr, als stünde er an ihrer Seite. *Ich komme*, sagte er, und im nächsten Moment erwachte sie. Beinahe hätte sie erwartet, ihn vor sich zu sehen, so echt hatte das Traumbild gewirkt.

Die Sonne schien herab und ließ ihr feuchtes Kleid und ihre Haut schnell trocknen. Steif und bedächtig setzte sie sich auf; alles tat ihr weh. Hatte sie ihn wirklich gesehen? Es hatte sich so echt angefühlt. Seine Stimme war so deutlich zu hören gewesen. Einen Moment lang saß sie da, die Beine gerade vor sich ausgestreckt, und atmete ein paar Mal tief durch. Seit Alterin und Jared gegangen waren, hatte sie eine Entscheidung getroffen. Unabhängig davon, was die Dschungelfrau gesagt hatte: Sie würde fliehen. Es wäre töricht, hier zu bleiben. Sie hatte einen schmalen Pfad gesehen, der sich nach Süden am Fluss entlang durch den Dschungel wand. Diesem Weg würde sie fürs Erste folgen, denn immerhin führte er in die richtige Richtung. Wie weit Salmut entfernt war, oder wie sie ihren Weg dorthin finden sollte, darüber versuchte sie nicht nachzudenken. Es war ganz einfach: Wenn sie überleben wollte, musste sie fliehen. Sie durfte Azoths Spiel nicht länger mitspielen, auch wenn sie akzeptieren musste, dass sie sein Nachkomme war. Doch er musste einsehen, dass sie ihn niemals als Verwandten betrachten würde. Die Gefühle, die er in ihr wachrief, die verhasste Verbindung ihres Blutes – all das war nicht real. Sie gehörte ihm nicht. Ihre Familie, das war Tallis. Azoth war nichts als ein Scheusal.

Ein Rascheln ließ sie zusammenzucken. Dann entdeckte sie Alterin im Schatten der Bäume. »Du bist zurück«, flüsterte Shaan.

»Ja.« Leise kam Alterin heran und setzte sich neben sie, das Gesicht verschlossen. Und dann trat auch Jared aus dem Dschungel.

»Shaan!« Er umarmte sie und ließ sich neben ihr zu Boden sinken. »Wie geht es dir?«

Unerwartete Tränen der Erleichterung füllten ihre Augen. Sie hatte sich Sorgen um ihn gemacht. Schnell blinzelte sie sie fort, bevor er sie sehen konnte. »Mir geht es gut. Was hast du herausgefunden?«

Alterin zögerte. Ihr Blick wandte sich in Richtung des Dorfes. »Viele Dinge. Als er dich in der vergangenen Nacht nach dem Stein suchen ließ, hast du ihn da beinahe entdeckt?«

Shaan zögerte, bevor sie antwortete. »Ja … Ich fühlte ihn.«

Sie nickte. »Dieser Stein ist sehr mächtig. Aber ich denke, es gibt einige, die uns helfen würden, wenn wir sie nur erreichen könnten.«

»Einige?«

Alterin zögerte und starrte geradeaus auf den schnell dahin strömenden Fluss. »Ich bin in der Verlassenen Stadt gewesen«, sagte sie. »Ein Ort vieler Erinnerungen. Hast du je von den Vier Verlorenen Göttern gehört?«

»Ja«, sagte Shaan. »In Salmut werden sie als Retter verehrt, doch als sie unsere Leben bewahrten, büßten sie ihre eigenen ein.«

»Beinahe«, sagte Alterin. »Es ist nicht so einfach, einen Gott umzubringen. Sie sind nicht tot.«

»Was meinst du damit?«

»Zu Beginn der Zeit gab es fünf Götter, von denen Azoth der jüngste ist. Er besaß drei Brüder und eine Schwester – die Vier. Jeder der Fünf besaß seinen eigenen Teil des Schöpfersteins.«

»Azoth stahl die anderen Teile«, erriet Shaan.

»Ja, und das minderte die Macht seiner Geschwister. Nachdem er alle Teile miteinander zu einem einzigen Stein verbunden hatte, versteckte er ihn vor den übrigen Göttern. Seine Macht wuchs gewaltig, während die anderen, ihrer Steine beraubt, schwächer und schwächer wurden. Mit der Kraft des Steins verschmolz Azoth dann Menschen und Drachen miteinander, um die Alhanti zu erschaffen. Alle anderen Menschen machte er zu seinen Sklaven. Nur die Tapferkeit der Muttersklavin Amora, der es gelang, die Vier wiederzuerwecken, rettete uns.«

»Was geschah mit dem Stein?«, fragte Shaan.

»Als sie Azoth verbannten und die Stadt zerstörten, verschwand der Stein. Sie müssen ihn an einen anderen Ort entsandt haben, in ein Versteck. Einen Ort, an dem Azoth ihn niemals würde wiederfinden können. Mit dem Verlust des Steines schwanden die Kräfte der Vier. Doch sie wurden nicht vollständig vernichtet, nur geschwächt. Das Verschwinden des Steins beraubte sie des Wissens um ihre eigene Natur. Zwar sind sie sich ihrer Unsterblichkeit bewusst, doch sie erinnern sich nicht in vollem Maße an das, worin ihre Aufgabe besteht.«

»Unsere Geschichten erzählten uns etwas anderes«, sagte Shaan. »In ihnen wird davon berichtet, dass die Vier gestorben sind. Wie hast du das herausgefunden?«

»Ich … spüre Dinge, wenn ich die Stadt besuche«, antwortete Alterin langsam. »Was dort geschah, war so stark – so voller Schmerz –, dass es in die Luft und die Steine eindrang. Mag die äußere Welt sich auch verändert haben, an diesem Ort verbirgt sich noch immer vieles in der Zwischenwelt.«

»Also gut. Wo sind sie?«, fragte Shaan. »Und wie können wir sie finden?«

»Ich weiß es nicht«, erklärte Alterin angespannt. »Ich hoffe, dass Azoths Rückkehr dazu beitragen wird, sie aufzuwecken, oder uns zumindest hilft, sie zu finden.«

Sie hoffte? Shaan schüttelte den Kopf. »Das ist zu wichtig, um nur darauf zu hoffen. Und was ist damit, dass er mich braucht, um den Stein zu finden?«

Alterin verzog das Gesicht. »Das stimmt. Als ich in die Zwischenwelt sah, erkannte ich, was er getan hat. Noch vor seiner Verbannung verschmolz er die Seele seines ungeborenen Kindes mit dem Stein, damit es auf ewig mit ihm verbunden bleiben würde, und seine Nachfahren ebenso.«

»Seines ungeborenen Kindes?«, wiederholte Shaan. »Wie machte er das?«

Alterin biss sich auf die Lippe. »Er zwang den Fötus noch im Bauch seiner Mutter, den Stein zu berühren.«

Übelkeit stieg in Shaan auf. Sie wollte sich nicht vorstellen, wie ihm das gelungen war. »Und das hat uns, seine Nachkommen, mit dem Stein verbunden?«, fragte sie.

»Ja. Den Schöpferstein zu berühren bedeutet, an ihn gebunden zu sein – so groß ist seine Macht. In Wahrheit glaube ich, dass die Mutter nur überlebte, weil sie das Kind eines Gottes in sich trug.« Alterin legte ihr die Hand auf den Arm. »Du hast den Stein erreicht, oder?«

Shaan nickte. In ihrem Inneren zog sich alles zusammen. »Aber es muss noch viele andere Nachkommen geben. Warum bin ausgerechnet ich es, die Azoth will? Hast du das herausgefunden?«

»Tut mir leid. Nein.« Alterin schüttelte ihren Kopf. »Wahrscheinlich brauchte es Tausende von Jahren, bis er aus seinem Gefängnis ausbrechen konnte. Vielleicht ist es eine Laune des Schicksals, dass er zu deinen Lebzeiten erschienen ist.« Ihr Blick richtete sich auf Shaan. »Doch ich glaube nicht, dass es so ist. Zwillinge sind ein mächtiges Omen.«

»Aber Azoth weiß nichts von Tallis.«

»Noch nicht.« Alterin warf Jared einen Blick zu. »Er scheint auch nicht im selben Maße wie du vom Stein angezogen zu werden. Doch es gibt andere Mächte in der Welt. Älter als die Fünf, älter als die Berge. Sie ruhen im Sand der Toten Lande, in denen du geboren wurdest und Tallis zum Mann heranwuchs. Vielleicht haben sie beschlossen, sich einzumischen.«

»Die Führer?«, fragte Jared.

»Ja«, antwortete Alterin. »Möglicherweise versuchen sie, ins Gleichgewicht zu bringen, was Azoth zu zerstören trachtet. Es muss immer ein Gleichgewicht geben: Nacht und Tag, Licht und Schatten.«

»Böse und Gut«, sagte Shaan, während sich ihr der Magen umdrehte. »Heißt das etwa, dass Tallis der Gute ist, weil er die Macht hat, Azoth entgegenzutreten, und ich die Böse, weil ich in der Lage bin, ihn zu stärken durch das, was ich zu finden vermag?«

»Vielleicht wurdest du aber auch geboren, um ihn auf den Plan zu rufen, damit dein Bruder ihn zerstören kann. Nichts ist sicher«, sagte Alterin. »Aber ich habe Hoffnung. In der letzten Nacht erlebte ich einen intensiven Zwielicht-Traum. Ich befand mich in einem hölzernen Boot irgendwo auf dem Meer. Vier Fische schwammen unter mir über den Meeresboden. Doch als ich genauer hinsah, bemerkte ich, dass es nicht der Grund des Großen Wassers war, sondern ein Land in dessen Nähe. Ein Land mit grünem Gras und hohen Bergen, und die Vier waren keine Fische mehr, sondern Lebewesen, die nebeneinander her in Richtung eines großen Dorfes schritten.« Sie machte eine Pause. »Ich glaube, die Vier werden erwachen und damit beginnen, nach ihrem Bruder zu suchen.«

Shaan saß ganz still da. »Woher wissen wir, dass sie nicht vom gleichen Schlag sein werden wie Azoth?«, fragte sie. »Was ist, wenn sie den Stein für sich selbst wollen?«

»Wir wissen es nicht. Aber es waren die Vier, die ihn in den Abgrund schickten und die Alhanti zerstörten. Sie müssen in der Lage sein, uns zu helfen.«

»Wie lauten ihre Namen?«, fragte Jared.

»Epherin, Paretim, Fortuse und Vail.« Ein Schauer erfasste Shaans Haut, als sie die Namen aussprach. Vier weitere Götter, die auf der Erde umherwanderten.

Wie bei Azoth waren auch ihre Kräfte an den Schöpferstein gebunden. Doch was würden sie tun, wenn sie in seinen Besitz gelangten? Was würde geschehen, wenn Götter, die bisher nicht mehr als Mythen gewesen waren, plötzlich wieder zu Realität wurden? Und wie konnte sie diese Wesen finden?

»Komm.« Alterin stand auf. »Ich muss noch etwas zu essen für die Reise zusammensuchen.«

Shaan starrte zu ihr hinauf. »Wie bitte?«

»Alterin denkt, dass sie sich allein auf die Suche nach ihnen begeben sollte«, sagte Jared und stand ebenfalls auf. Er warf der kleinen Frau einen düsteren Blick zu. »Sie hört nicht auf vernünftige Argumente.«

Auch Shaan erhob sich. »Nein. Du darfst nicht gehen. Azoth wird dich töten, wenn er es herausfindet. Du wirst hier gebraucht,

Alterin.« Außerdem sind bereits zu viele Menschen meinetwegen gestorben, dachte sie. »Ich werde allein gehen. Wenn ich nach Salmut zurückkehre, wird man mich dort beschützen.«

»Es ist ein langer Weg zum großen Salzwasser«, sagte Alterin. »Wie willst du überhaupt entkommen? Dein Blut singt zu ihm. Er wird dich finden.«

Mit düsterer Stimme mischte sich Jared ein: »Keiner von euch sollte darüber nachdenken, allein zu gehen. Shaan, ich kann nicht zulassen, dass sich die Schwester meines Erdbruders ganz allein einer Gefahr aussetzt. *Ich* werde mit dir gehen – und *du*, Alterin, wirst hier bleiben.«

»Ihr kennt den Weg nicht«, protestierte Alterin. »Ihr werdet euch verirren und verhungern.«

Jared stieß ein Lachen aus. »Verhungern? Frau, es gibt an jedem Fleck dieser Feuchtlande mehr Nahrung und Wasser als ich in einem Monat in der Wüste finden könnte! Und verirren werde ich mich ganz bestimmt nicht.«

Alterin funkelte ihn an. Gerade wollte sie etwas sagen, da legte Shaan ihr die Hand auf den Arm. »Bitte.« Shaan sah von ihr zu Jared. »Ich kann nicht zulassen, dass sich überhaupt einer von euch beiden für mich in Gefahr begibt.«

»Wir sind bereits in Gefahr«, sagte Alterin. »Der Gefallene ist hier. Gewinnt er seine volle Stärke zurück – wer soll uns dann retten? Nein.« Sie schüttelte den Kopf und musterte die beiden anderen grimmig. »Ich werde gehen und zwar allein. Morgen werde ich aufbrechen. Es ist entschieden.« Sie trat zurück. »Und nun muss ich zu Anyu gehen, wir dürfen bei Sonnenuntergang beim Gefallenen vorsprechen.« Nach einem letzten Blick ging sie in Richtung des Dorfes davon. Jared, dem Sorge und Hilflosigkeit deutlich ins Gesicht geschrieben stand, blieb nichts anderes übrig, als ihr nachzusehen.

»Sie ist schlimmer als meine Schwester!«, sagte er, stieß einen langen Seufzer aus und rieb sich mit der Hand über die Augen.

Shaan begegnete seinem Blick, wusste jedoch nicht, was sie sagen sollte. Sie glaubte nicht, dass Alterin das Richtige vorhatte, doch sie wollte auch nicht, dass Jared ging. Keiner von beiden sollte sich für sie in Gefahr bringen. Nicht noch einmal. Jared schüttelte den Kopf, dann ging er hinunter zum Rand des Wassers und sah hinaus auf die gekräuselte, braune Oberfläche. Die Nachmittagssonne brannte heiß, und Myriaden von Insekten tanzten wie Staubkörner über dem Wasser.

Schweigen breitete sich zwischen ihnen aus. Während sie darüber nachdachte, was jetzt zu tun sei, verharrte Shaans Blick unbewusst auf Jareds breitem Rücken. Entgegen Alterins Auffassung war sie sich ziemlich sicher, dass Azoth sich ihrer nicht so weitgehend bewusst war, wie er es behauptete. Etwas sagte ihr, dass, anders als bei dem Band, das sie mit Tallis teilte, Azoth sie nicht so genau spüren konnte, dass er stets über ihren genauen Aufenthaltsort Bescheid wusste, mochte er noch so sehr etwas anderes behaupten. Bereits in Salmut war ihr aufgefallen, dass es ihm viel schwerer als Tallis gefallen war, sie zu entdecken. Damit sie sich auf der Suche nach Hilfe an Morfessa wandte, hatte er auf Albträume zurückgreifen müssen.

Nein, er war nicht so stark, wie er dachte. Möglicherweise nahm er sie, so wie er behauptete, in seinem Bewusstsein wahr, aber ihre Spur aufzunehmen war eine andere Sache. Wenigstens hoffte sie, dass es so sein würde. Wenn sie recht hatte, lag hier ihre Chance. Doch sie musste allein gehen. Während sie zum Wasser hinunterschlenderte, um sich neben Jared zu stellen und den Fluss zu betrachten, erwog sie in ihrem Kopf verschiedene Möglichkeiten. Der Regen hatte das Wasser ansteigen lassen, und kleine Baumstämme tanzten in der Strömung auf und ab.

»Hier ist so viel Wasser«, sagte Jared leise und warf ihr einen Blick zu. »In der Wüste ist der Regen eine Legende, ein Märchen, so selten erleben wir ihn. Hier jedoch … Die Regentropfen sind so zahlreich wie Sandkörner.« Mit einem kleinen Lächeln schüttelte er den Kopf.

»Wo findet ihr Trinkwasser, wenn es keinen Regen gibt?«, fragte Shaan.

»Es gibt Quellen tief in den Höhlen. Dort kommt Wasser aus

der Erde. Meist ist es kochend heiß, aber manchmal ist es kalt, klar und süß.«

Shaan dachte darüber nach: Wasser, das aus dem Boden kam. Wie musste es sein, an einem Ort zu leben, an dem die Hitze so trocken war, dass man nicht einmal schwitzte? Mein Leben hätte so sein können, überlegte sie, und plötzlich empfand sie einen unbändigen Zorn über das, was ihr genommen worden war: ihre Familie, ihre Heimat.

»Es tut mir leid, dass du nicht dorthin zurückkehren kannst«, sagte sie. Jared drehte sich zu ihr um; ein ernster Ausdruck lag auf seinem dunklen, gut aussehenden Gesicht.

»Und mir tut es leid, kleine Sandschwester, dass du es nicht gesehen hast. Du wärst eine gute Jägerin gewesen.« Er erwiderte ihren Blick, bis etwas in Shaans Kehle aufstieg und sie den Kopf abwenden musste. »Ich muss zurück ins Dorf«, sagte er. Dann wurde sein Tonfall weicher. »Ich muss eine Frau von ihrem Plan abbringen.« Er gab ihr einen Kuss auf die Stirn. »Wir sehen uns morgen früh, Sandschwester«, sagte er, drehte sich um, und ging zurück zum Dorf.

Nein, dachte Shaan. Sie schlang ihre Arme um sich, als müsse sie den Schmerz in ihrem Inneren daran hindern, sie zu zerreißen. Pass auf dich auf, gab sie Jared leise mit auf den Weg, während sie darauf lauschte, wie das Geräusch seiner Schritte leiser wurde.

Da sie wusste, dass Azoth dann mit Alterin und Anyu beschäftigt sein würde, wartete sie bis zum Sonnenuntergang, um ihren Plan auszuführen. In letzter Zeit hatte er sie weniger streng im Auge behalten. Es schien gleichgültig, wenn sie vor dem Abendessen noch zum Fluss hinunterging. Immer wieder hatte sie es in den vergangenen Tagen getan. Jedes Mal war sie bei Einbruch der Dunkelheit zurückgekommen. Auch heute hatte sie sich wie gewohnt auf den Weg gemacht – nur diesmal würde es keine Wiederkehr geben.

Als Alterin und Anyu die Leiter zur Hütte emporstiegen, lief sie bereits über das weiche Gras zum Fluss. Ihr Herz pochte laut, als sie gemächlich durch einen Hain kleiner Palmen zu einem kaum erkennbaren Pfad schlenderte, bis sie außer Sicht des Baumhauses war. Erst als sie sicher war, nicht mehr gesehen zu werden, beschleunigte sie ihr Tempo und folgte dem Pfad, der sich an den Ufern des Flusses entlangschlängelte, dessen braune Fluten hinter Bäumen und verknoteten Schlingpflanzen verborgen waren.

Nach einem kurzen Weg in diese Richtung hielt sie an, um das kleine Paket mit Proviant und Wasserflaschen hervorzuholen, das sie in dem Baum verborgen hatte. Viel war es nicht, aber immerhin war es ihr gelungen, Kleidung zum Wechseln aus Alterins Hütte zu stehlen. Nachdem sie ihr zerschlissenes Kleid abgelegt hatte, schlüpfte sie in die kurze, einfache Tunika aus einem weichen, braunen Material. Sie reichte bis zur Mitte ihrer Oberschenkel und wurde von einem Lederstreifen an der Hüfte zusammengehalten. Kurz fühlte sie sich schuldbewusst wegen des Diebstahls, als sie den Lederstreifen festzurrte. Aber, so überlegte sie, es war besser, Alterin verlor ein paar Kleidungsstücke als ihr Leben. Schnell verbarg sie die Reste ihres Kleides unter Pflanzengestrüpp, dann folgte sie dem Pfad weiter.

Er führte direkt in den dichteren Dschungel. Hier war die Luft heiß und schwül, und das Atmen fiel ihr schwer. Bäume, wie sie Shaan noch nie gesehen hatte, ragten über ihr empor. Einige der Baumstämme waren so breit, wie Jared groß war, und ihre langen, verdrehten Wurzeln ragten schon über dem Boden aus dem Stamm, bevor sie in der schwarzen, feuchten Erde verschwanden. Schlanke, bleiche Schösslinge wuchsen zwischen ihnen, und verdrehte Schlingpflanzen schlängelten sich über den Boden, der dick mit verrottenden Blättern bedeckt war. Überall um sie herum erfüllte unsichtbares Leben den Dschungel, dessen Boden die Strahlen der Sonne nur gedämpft beleuchteten. Schnell klebte ihre Tunika vor Schweiß am Rücken. Ihr Gesicht juckte, und kleine Insekten umschwirrten unablässig jeden Fleck entblößter Haut.

Das kleinste Geräusch ließ sie zusammenzucken. Immer wieder erwartete sie, Azoths Hand auf ihrem Arm zu fühlen und seine tiefe Stimme zu hören. Doch sie versuchte, ihn aus ihren Gedanken herauszuhalten, und alles blieb ruhig. Sie brauchte nur einfach weiter geradeaus zu gehen.

Nach einer Weile setzte Regen ein. Der Boden verwandelte sich in einen schlammigen Morast, und sie war gezwungen, ihre Sandalen auszuziehen. Ohne sie ließ es sich einfacher vorankommen. Es war schon fast dunkel, als das Schlagen schwerer Flügel über ihr vorbeizog. Für einen Moment erstarrte Shaan, dann glitt sie unter die breiten Blätter einer Palme und presste sich in den Schlamm. Sie wagte kaum zu atmen. Ob der Drache sie mit seinem Bewusstsein ausfindig machen konnte? Doch selbst wenn es wirklich Nuathin gewesen war, so fand er sie nicht. Das Geräusch der Schwingen wurde leiser, und nach einer Weile zwang Shaan sich zum Weitergehen.

Die Angst nagte an ihr. Es regnete immer weiter, und als die Sonne unterging, wurde das wenige verbleibende Licht von Schatten verdrängt. Überzeugt davon, in der richtigen Richtung unterwegs zu sein, ertastete Shaan sich stolpernd ihren Weg durch die Finsternis. Sie musste nur immer weiter nach Westen, dann würde sie ihren Weg nach Hause finden.

Als der Pfad wieder zum Fluss zurückführte, folgte Shaan ihm erschöpft und trat schließlich zutiefst erleichtert unter den Bäumen hervor. Endlich konnte sie über sich wieder den Himmel erkennen. Obwohl er von grauen Wolken verhangen war, die rasch dunkler wurden, linderte sein Anblick das Gefühl, ersticken zu müssen.

Die Böschung lag hier viel höher über dem Rand des Flusses als in der Nähe des Dorfes. Eigentlich handelte es sich dabei mehr um einen schlammigen Abhang, der von Baumwurzeln zusammengehalten wurde und sich steil über der rasch dahin fließenden Strömung erhob. Auf dem schmalen Grat festen Bodens, der auf einer Seite vom Dschungel begrenzt wurde, stolperte sie entlang, bis es zu regnen begann. Die großen, schweren Tropfen, die vom Himmel fielen, durchnässten sie und ließen die schlammige Böschung zu rutschig werden, um im Dunkeln weiterzugehen.

Schließlich gab Shaan es ganz auf und tastete sich weiter bis zu einer riesigen Palme. Mühevoll schlang sie einige Blätter ineinander, bis sie einen Unterschlupf formten. Darunter gekauert blickte sie hinaus auf das Wasser, das ohne Unterlass vom Himmel fiel, während sie auf einem Streifen Trockenfisch herumkaute. Es war stockdunkel. Reglos und voller Angst saß sie da und starrte auf den Fluss, der sich wie ein ruheloses Tier voranbewegte.

Es war eine lange und unbequeme Nacht, in der sie kaum schlief.

Den ganzen nächsten Tag über ging sie weiter. Nur am Nachmittag gönnte sie sich eine kurze Pause und nahm einige Schlucke aus ihrem ledernen Wasserbehälter. Kurz vor Sonnenuntergang erreichte sie eine Stelle, an der der Fluss sich gabelte. Der Pfad, dem sie gefolgt war, führte mittels einer alten Hängebrücke über einen der beiden Arme hinweg. Als Shaan auf ihr die breiten Stromschnellen überquerte, ächzte die Konstruktion unter dem Gewicht. Auf der anderen Seite sah sie, wie die Fluten um einen Knick strömten und tiefer im Dschungel verschwanden.

Ohne ersichtlichen Grund spürte sie, wie ihr Unbehagen an diesem Ort plötzlich wuchs. Deshalb wollte sie eigentlich auf keinen Fall hier übernachten, doch die Sonne sank rasch, und so war sie gezwungen, ihr Lager nur eine kurze Distanz entfernt aufzuschlagen. Als die Nacht hereinbrach, legte sich eine seltsame Ruhe über den Dschungel. Nicht einmal das stechende Ungeziefer belästigte sie noch.

Während sie auf einem Bett aus Blättern lag und mit offenen Augen in die Dunkelheit starrte, versuchte sie, ein wenig Ruhe zu finden. Mitten in der Nacht fuhr sie jedoch unvermittelt auf. Mit pochendem Herzen versuchte sie, die Schwärze zu durchdringen.

Dachtest du, dass du dich vor mir verbergen könntest, meine Liebe?, erklang Azoths Stimme zärtlich in ihrem Bewusstsein.

Zitternd erhob sie sich auf die Knie, als sie über sich einen donnernden Flügelschlag hörte. Der Himmel war klar, und das schwache Mondlicht, das den Boden sprenkelte, verdunkelte sich, als etwas Großes über die Baumwipfel hinwegsegelte.

»Er ist hier«, flüsterte Shaan zu sich selbst. Ihre Finger wurden kalt, als alles Blut aus ihren Gliedmaßen wich.

Renn! Für einen Moment stand sie da, zu Tode erschrocken, dann glitt sie zwischen die tiefen Schatten der Bäume und stolperte blind durch das Unterholz. Alles um sie herum war schwarz und nass, aber sie schob sich mit einem zornigen Laut weiter. Vielleicht sollte sie sich in den Fluss werfen und sich ertränken? Nein. So lautlos wie möglich blieb sie in Bewegung und horchte angestrengt nach dem, was hinter ihr geschah.

Aber nur ihre eigenen schweren Atemzüge und das Geräusch des nassen Blattwerks, das gegen ihre Beine streifte, drangen an ihre Ohren. Dann erfüllte ein hohes Kreischen die Nacht. Das Herz schlug ihr bis zum Hals. Sie erstarrte. War das Nuathin? Mit einem unterdrückten Schluchzen drängte sie sich durch den dichten Pflanzenwuchs. Und dann plötzlich begriff sie: Azoth war klug. Natürlich konnte er sich denken, dass sie dem Fluss folgen würde!

Sie war so dumm. Unbedingt musste sie weg von dieser so offensichtlichen Fluchtrichtung. Doch wenn sie sich in den Dschungel begab, würde sie sich verirren. Ob sich näher am Wasser ein Versteck böte? Ohne nachzudenken, bog sie nach rechts und schob sich bis zur Uferböschung. Sie zögerte, als sie erkannte, wie hoch diese über dem Wasser lag. In der wolkenlosen Nacht erhellte der Mondschein die rasch dahinströmenden Fluten. Doch wenn sie sich unten direkt an der Böschung entlangbewegte, würde sie im Schatten bleiben. Schnell überzeugte sie sich mit einem Blick zurück, dass stromaufwärts nichts von Azoth oder Nuathin zu sehen war.

Nach einem tiefen Atemzug begann sie hinunterzuklettern. Doch sofort glitt sie an der Böschung, die nur aus zähem Schlamm zu bestehen schien, aus und rutschte ab. Kleine Zweige kratzten über ihren Körper, lange Wurzeln wanden sich um ihre Gliedmaßen. Verzweifelt suchte sie im Schlamm nach einem Halt, fand jedoch keinen und rutschte weiter, schlug gegen Wurzeln und Steine, bis sie das Ende der Böschung erreicht hatte und mit rudernden Armen und einem lauten Platschen im Fluss versank.

41

Das Wasser war kalt, glücklicherweise aber nicht sehr tief. Dafür begann die Strömung an Shaan zu zerren, kaum dass ihre Füße den Boden berührt hatten. Schnell griff sie nach den schlüpfrigen Wurzeln am Rande des Wassers und hielt sich an dem schleimigen Holz fest, um das brackige Wasser wieder herauszuwürgen, das sie verschluckt hatte. Aus dem Dschungel drang ein pfeifender Laut zu ihr hinab. Sie erstarrte. Doch nach einer Weile antwortete ein weiteres Pfeifen, dann noch eines, und sie begriff, dass es sich nur um Tiere des Dschungels handelte, die nach einander riefen.

Aufmerksam lauschte sie auf andere Geräusche: auf Zweige, die unter Schritten zerbrachen, oder Flügelschlagen. Doch alles blieb ruhig. Das Wasser spritzte bis zu ihrem Nacken hoch, und erst nun fiel ihr auf, dass ihr der Sack vom Rücken gerutscht sein musste. Sie drehte sich um, blickte die Böschung empor, doch da war nichts zu sehen. Endlich entdeckte sie das Bündel. In der Strömung hüpfte es auf und nieder, während es langsam in die Mitte des Flusses trieb. Voller Panik wurde ihr klar, dass der Drache den Sack jeden Moment entdecken könnte. Er musste doch untergehen! Warum schwamm er noch an der Oberfläche? Dann sah sie es. Einer der Tragegurte hatte sich an einem Baumstamm verhakt, der durch das Wasser wirbelte. Sie fluchte, doch es gab nichts, was sie hätte tun können. Also biss sie die Zähne zusammen und machte sich langsam wieder auf den Weg. Sie versank bis zu den Schultern im Wasser und hielt sich bei jedem Schritt an der Böschung fest, damit die Strömung sie nicht in die Mitte des Flusses hinausreißen konnte.

Über ihr im Dschungel war alles ruhig, und sie spürte den dicken Schlamm unter ihren Füßen. Einen Moment lang glaubte sie, es geschafft zu haben, da hörte sie hinter sich Flügelschlagen. Große, lederne Flügel peitschten die Luft über dem Wasser auf.

Shaan fuhr herum und drückte sich eng in den Schatten der Böschung. Da erhob sich der dunkle Umriss Nuathins über die Bäume. Der Drache stieß einen leisen, klagenden Schrei aus, ein Geräusch, das ihr einen Schauer über den Rücken jagte. Ihre Hände krallten sich in den Schlamm der Böschung. Dann sah sie, wie das Tier mit ausgebreiteten Flügeln auf ihr Versteck zusegelte, eine massige Silhouette aus Schatten und Klauen vor der indigoblauen Dunkelheit der Nacht. Doch Azoth saß nicht auf dem Rücken.

Nur knapp über der Wasseroberfläche glitt Nuathin heran. Voller Angst kauerte sich Shaan zusammen und versuchte, sich unter den herunterhängenden Wurzeln zu verbergen. Verzweifelt drehte sie das Gesicht der Böschung zu, damit der Drache nicht auf den Schimmer ihrer Augen in der Dunkelheit aufmerksam würde. So reglos wie möglich stand sie da, die Rückenmuskeln zu Stein verkrampft. Als Nuathin vorbeiflog, fühlte sie den Lufthauch, das Strecken und Zusammenziehen seiner Flügel und das Schnauben seines Atems. Der Luftstrom seines Körpers, als er ganz nah an ihr vorbeiflog, ließ das Wasser um sie herum Wellen schlagen. Er musste sie gesehen haben! Angst und Wut trieben einen Schrei ihre Kehle hinauf, da hörte sie weit hinter sich ein Platschen. Wieder kreischte Nuathin, höher diesmal, und es klang wie Fingernägel, die über Glas kratzten. Er hatte den Rucksack entdeckt! Als Shaan sich umdrehte, sah sie, wie der Drache ihn samt dem Baumstamm mühelos aus dem Wasser zog. Sein großer Kopf wippte auf und ab, als er wieder schrie. In ihrem Inneren fühlte Shaan die Panik wie Galle emporsteigen.

Sie musste aus dem Wasser! Was hatte sie sich nur gedacht? Hastig tastete sie nach den Wurzeln, um sich hochzuziehen. Da hörte sie das Rascheln von Blättern vom oberen Rand der Böschung. Sie erstarrte und lauschte. Ein nasses Blatt klatschte gegen etwas Festes. Dann lachte jemand, leise und voller Spott.

»Willst du dich die ganze Nacht dort verstecken, Kind?«, fragte Azoth und trat an den Rand. Er stand direkt über ihr und blickte auf ihr Versteck zwischen den Wurzeln hinab.

Ein plötzlicher, unkontrollierbarer Zorn ergriff sie. Voller Abscheu sah sie hoch: »Niemals. Ich werde ihn nicht für dich finden!«

Wieder lachte er, sein Gesicht schimmerte blass im Mondschein. »Komm hier herauf«, befahl er und streckte ihr die Hand entgegen.

Komm zu mir, flüsterte er in ihrem Geist. Sie zitterte und biss die Zähne zusammen. Tränen der Wut brachen aus ihr hervor. Vergeblich versuchte sie, ihm zu widerstehen. Es war nicht mehr an ihr, ihrem Körper zu befehlen. Ihre Arme schoben sich unter den Wurzeln hervor, und ihre Hände gruben sich in den Schlamm, während ihre Beine sie von unten empordrückten.

»Nein!«, schrie sie. Doch ihre Gliedmaßen bewegten sie rutschend und schlitternd in Azoths Reichweite.

Er streckte seine Hand aus und griff nach ihr. Dann zog er sie mit solcher Kraft über den Rand der Böschung, dass es ihr beinahe den Arm ausriss. Oben warf er sie zu Boden. Schlammbedeckt lag sie schließlich zu seinen Füßen.

»Warum bist du weggelaufen?« Seine Stimme klang leise und bedrohlich, als er sich hinabbeugte und das silbrige Mondlicht ausblendete. »Dachtest du wirklich, du könntest entkommen? Ach, meine Liebe!« Er drehte einen Finger durch ihr nasses, schlammbedecktes Haar und flüsterte: »Die Seherin und der Wüstenmann haben mir erzählt, dass du versuchen würdest, nach Salmut zurückzukehren. Oh, sie haben sich gewehrt. Doch mir können nur wenige widerstehen. Noch bevor es vorbei war, flehten sie mich an, dir nicht dasselbe wie ihnen anzutun.«

Die Wut ließ Shaan zittern. Sie bleckte die Zähne und stürzte sich mit einem tierischen Laut auf ihn. Unter wildem Geschrei schlug und trat sie ihn, versuchte, ihn mit ihren Nägeln zu verletzen. Doch mit seinen langen Armen wehrte er sie mühelos ab und hielt sie fest. Hart schlug er ihr ins Gesicht, aber sie fühlte nichts, nur Wut und Hass. Immer wieder versuchte sie, sein Gesicht zu zerkratzen, seine Stimme aus ihrem Geist zu kratzen.

Ohne jede Anstrengung hob er sie schließlich von den Füßen und warf sie mit einer Drehung in den Fluss. Wasser strömte ihr in den Mund, als sie in den Fluten versank. Der Schock vertrieb die Gefühllosigkeit. Um sie herum war alles schwarz und kalt. Die Strömung wirbelte sie herum. Da traf etwas ihre Seite, prallte ab und schlug dann gegen ihren Kopf. Sie konnte nicht mehr atmen. Betäubt drehte und streckte sie sich, bis sie die Wasseroberfläche durchbrach und nach Luft schnappte. Ihr blieb kaum Zeit für einen Atemzug, dann war Nuathin da. Er schwebte über ihr in der Luft, langte hinab und zog sie aus dem Fluss. Als seine Krallen ihr Fleisch ritzten, schrie sie auf. Wie Messerklingen schlossen sie sich um sie und schnitten in das weiche Fleisch ihres Bauches. Wie ein blutiges Paket hing sie dort, während die Luft um ihren Kopf tobte und der scharfe, säuerliche Geruch des Drachen ihre Nase erfüllte.

Nuathin flog zur Böschung zurück und ließ sie Azoth vor die Füße fallen. Hustend und würgend kauerte sie vor ihm auf dem Boden. Flusswasser floss ihr aus Mund und Nase, und die Schnitte brannten und stachen.

Als er sich neben sie hinhockte, klang seine Stimme angespannt und zornig. »Hör auf, mir Widerstand zu leisten. Ich will dich nicht verletzen.« Hart zog er sie nach oben. Seine Hand streifte die Blasen auf ihrer verbrannten Hand, und sie schrie vor Schmerz.

»Es ist genug!«, fuhr er sie an und begann, sie in den Dschungel zu schleifen. »Wir gehen jetzt zum Tempel.« Shaan fiel auf ihre Knie, doch er hielt nicht an. Gnadenlos zog er sie weiter durch das Unterholz, und die scharfe Rinde der Palmen hinterließ Schnitte auf ihren Wangen. Mühelos schleppte er sie mit seiner gewaltigen Kraft hinter sich her, während er mit seiner freien Hand Pflanzen aus dem Weg drückte.

Sie schrie und beschimpfte ihn. Es gelang ihr sogar, wieder auf ihre Füße zu kommen. Doch sie musste rennen, um mit ihm Schritt zu halten. Es war dunkel, und immer wieder stolperte sie über am Boden liegende Äste oder in plötzlich auftauchende Gruben. Azoth ging ungerührt immer weiter, sein Griff war wie ein Schraubstock um ihr Handgelenk.

Langsam verfiel sie in eine Lethargie. Ihre ganze Welt bestand nur noch aus Schmerz, Schlamm und Dunkelheit. Sie hörte auf zu schreien, hörte auf zu weinen. Es war anstrengend genug, weiter zu atmen und nicht zu stürzen. Von allen Seiten drang die Schwärze auf sie ein, und die Luft war schwer vom Geruch verrottender Blätter. Ihre Füße waren voller Schnitte und kleinerer Prellungen. Einige Male verdrehte sie sich das Fußgelenk, aber unerbittlich ging es weiter. Jeder Schritt, mit dem sie hinterherhinkte, fühlte sich an, als stäche ihr jemand mit dem Messer ins Bein.

Stundenlang schien es so weiterzugehen. Azoth schwieg. Ihr gequälter Atem und das langsame Schlagen der Flügel Nuathins, der ihnen unsichtbar über dem Baumdach folgte, waren die einzigen Geräusche. Seltsame Gedanken schlichen sich in ihr Bewusstsein, und sie begann aus den Augenwinkeln Dinge zu sehen. Einmal war sie sich sicher, Tuon stände hinter einem Baum und starre sie an. Aber es war zu dunkel, um die Bäume zu sehen, zu dunkel, um überhaupt etwas zu erkennen, und sie wusste, dass Tuon tot war. Jeder, der ihr half, starb. Es gab nichts mehr als Schatten und Dunkelheit, und sie, die immer weiter und weiter stolperte. Auf einmal verschwand die Erde unter ihr. Sie trat ins Nichts und stürzte hinab. Schwach, von weit her, hörte sie Azoths Fluch, ein plötzlicher Lichtschein wurde in einem Auge reflektiert, dann nichts mehr.

Als sie erwachte, fand sie sich auf Azoths Schulter wieder. Ihr Kopf baumelte haltlos hin und her, während er voranschritt. Es war Tag. Da ihr rechtes Auge zugeschwollen war, konnte sie nur mit einem Auge richtig sehen. Die ganze rechte Seite ihres Gesichts fühlte sich aufgequollen und taub an. Ihr Mund war trocken, und sie war schwach vor Hunger. Mühsam stützte sie ihre Hände gegen Azoths Rücken und versuchte sich aufzurichten, damit ihr Kopf nicht mehr gegen seinen Rücken schlug. Die Haut auf ihrer verbrannten Hand war wund und löste sich bereits, doch sie empfand keinen Schmerz.

»Halt«, rief sie schwach. Wenn er ihren leisen Ruf überhaupt gehört hatte, ignorierte er ihn. Also presste sie ihre Bauchmuskeln gegen seine harte Schulter und versuchte, ihren Kopf aufrechtzuhalten. Schnell schmerzten ihr Hals und ihr Rücken durch die Belastung. Sie begann, mit den Händen gegen seinen Rücken zu trommeln.

Endlich hielt er an. Als ihre Füße den Boden berührten, hätte sie sich beinahe übergeben. Schmerzhaft schoss das Blut wieder in ihre Gliedmaßen zurück. Ihr war schwindlig, und sie schwankte unsicher hin und her. Er machte keine Anstalten, ihr zu helfen, also stützte sie ihre Hände auf die Knie, sog die Luft ein und sah sich um. Sie waren im tiefen Dschungel angekommen. Auf dem Boden gab es jetzt viel weniger Pflanzen, und die Bäume hatten harte, schwarze Stämme, die sich hoch über ihnen zu einem dichten Baldachin verwoben, der den Himmel ausblendete.

Als Azoth ihr eine Wasserflasche reichte, sah sie zu ihm empor. Sie trank langsam und behielt ihn mit ihrem unversehrten Auge im Blick. Sah er nicht ein wenig ermüdet aus? Ein dünner Film aus Schweiß bedeckte seine Stirn. Die Hände in die Hüften gestemmt, sah er ihr beim Trinken zu; die Schultern eine Winzigkeit vornüber gebeugt, den Kopf ein wenig gesenkt und das Kinn nicht mehr ganz so stolz erhoben.

Düster und wachsam musterte er sie von Kopf bis Fuß. »Kannst du gehen?«

Sie nickte und gab ihm das Wasser zurück. Es war noch immer Kraft in seinem Blick.

»Dann komm. Es ist nicht mehr weit.« Diesmal machte er sich nicht die Mühe, ihren Arm zu ergreifen. Er drehte sich einfach um und ging los. Offenbar dachte er, dass er sie gebrochen hatte.

Einen Moment lang sah sie ihm hinterher, als er sich entfernte. Dann folgte sie langsam humpelnd, während dumpfe Schmerzen bei jedem Schritt durch ihre Beine fuhren. Sie dachte an Balkis, wie er die Hand nach ihr ausgestreckt hatte, als Azoth sie weggebracht hatte. Die Erinnerung rief eine tiefe Traurigkeit in ihrem Herzen wach, wie ein kaum verheilter Schnitt, der wieder aufbrach: eine weitere Wunde.

Sie überwanden ein Dickicht aus Schlingpflanzen und kamen erneut am Fluss heraus. Es war der Nebenarm. Anscheinend waren sie in einem Bogen umgedreht, vorbei an dem Pfad, der in der Nähe der Brücke durch den Dschungel schnitt. Hier war der Fluss schmaler, und das Wasser floss langsamer dahin. Als sie sah, was sich am gegenüberliegenden Ufer befand, begannen ihre Beine zu zittern: zerfallene Steinmauern, die Überreste eines Tores und dahinter die Reste einer steinernen Straße. Alles war von Schlingpflanzen überwuchert. Die Stadt aus ihren Träumen. Furcht verschloss ihr die Kehle.

Azoth hatte angehalten. Er starrte sie an, die Augen schmal und den Mund zu einer harten Linie zusammengepresst. Plötzlich sah er viel älter aus, wie ein alter Mann, der sich unter einer jugendlichen Hülle verbarg: eine alterslose Haut, die eng über einer uralten Seele lag. An diesem Ort war er verraten worden, man hatte sich gegen ihn gewendet und ihn zerstört. Voller Bitterkeit hoffte Shaan, dass ihn dieser Anblick zutiefst schmerzte und Verzweiflung sich seiner bemächtigte.

Aber er stand nur da. Schweigend betrachtete er die Stadt. Ohne sich umzudrehen, sagte er barsch: »Komm.« Dann ging er flussabwärts zu einer schmalen, alten Steinbrücke, die sich in einem hohen Bogen über das Wasser wölbte.

Erfüllt von einer drückenden Schwere folgte sie ihm, und alle Hoffnung fiel von ihr ab. Teile der Brücke waren eingestürzt, und sie war von einer Schicht eingewachsenen Schimmels überzogen, doch sie trug sie beide. Vorsichtig überquerten sie die Konstruktion. Währenddessen verdunkelte sich über ihnen der Himmel. Wolken begannen aufzuziehen. Als sie das gegenüberliegende Ufer erreichten, begannen die ersten Tropfen schwer und nass auf ihre Schultern zu prasseln.

Azoth schien den Regen nicht zu bemerken. Er schritt zu dem

zerfallenen Tor und durchquerte es. Mit unsicheren Schritten folgte sie ihm. Rechts von ihr, gerade außerhalb des Tores, befand sich der Ort, an dem sie gekauert hatte, als Petar starb. Sie ging vorbei und verdrängte die Bilder, die in ihr Bewusstsein strömten.

Ein Feuer hatte tiefe Risse in den massigen, zerfallenden Steinsäulen und im Inneren der Mauern zurückgelassen. Einst breite Prachtstraßen waren nun mit Schlingpflanzen und Steinhaufen verstopft. Die Zeichen der Zerstörung und des Alters umgaben sie von allen Seiten. Große Schutthaufen markierten die Orte, an denen früher Gebäude gestanden hatten, deren Steinblöcke nun über und über mit dicht durcheinander wuchernden Pflanzen bedeckt waren. An einer Stelle waren Bäume durch die Ecken von Mauern emporgewachsen und hatten das steinerne Pflaster aufgebrochen. Ihre Zweige hingen voller knolliger, orangefarbener Kirschen, und der Boden unter ihnen war mit herabgefallenen Früchten bedeckt. Der süßliche Geruch von Gärung lag in der Luft.

Die ehemalige Hauptstraße entlang hielt sich Azoth weiter in Richtung des Stadtinneren. Als sie die Außenbezirke hinter sich gelassen hatten, passierten sie Bereiche, die besser erhalten waren. Während die Straße eine sanft geschwungene Kurve machte, begannen Gebäude aufzutauchen, deren Mauern noch immer standen. Die Straßen waren hier kaum von Schlingpflanzen berührt. Sie überquerten einen Platz, in dessen Mitte sich ein Brunnen befand. Von allen Seiten sahen zwei- und dreigeschossige Häuser mit klaffenden, dunklen Fenstern auf sie herab, die im nebligen Vorhang aus Regen wie Augen wirkten. Ihre Dächer fehlten, aber jedes Gebäude besaß eine breite, steinerne Plattform, die sich vorn in Höhe des zweiten Stockwerks erstreckte und von Säulen gehalten wurde, die von dichten Verzierungen bedeckt waren. So nahe standen sie beisammen, dass man von einer Plattform auf die andere hätte springen können. Sie waren sogar groß genug, dass ein Drache auf ihnen hätte landen können. Während Shaan sie betrachtete, fragte sie sich, wer oder was in diesen Häusern gelebt haben mochte.

Je tiefer sie in die Stadt eindrangen, desto weniger Schäden waren zu erkennen. Gleichzeitig lastete die bedrückende Atmosphäre immer schwerer auf ihr. Kein Laut drang von jenseits der Stadtmauern herein, und die Luft war heiß und stickig. Erinnerungen erfüllten die Löcher und Risse des Steins; fast greifbar umgaben sie Shaan in einer Mischung aus Zerstörung und Hoffnungslosigkeit. Ihre Kehle schnürte sich zu, als sie ein leises Flüstern bemerkte. Es kam von weit her, flüchtig nur, aber es war da, summte in den leeren Straßen umher, suchend, tastend.

Sie hielt an, und Panik schlug über ihr zusammen. Der Schöpferstein suchte nach ihr. Sie fühlte es! Einen Augenblick lang konnte sie sich nicht mehr bewegen. Erstarrt blickte sie nach vorn. Er musste direkt vor ihr sein: Hinter der nächsten Ecke, dort wo eine kleinere Straße zwischen zwei von Säulen gesäumten Gebäuden in der Dunkelheit verschwand, und Azoth bewegte sich direkt auf ihn zu.

Nein! Nein, sie konnte es nicht tun. Sie würde es nicht tun. Wie ein Mantel fiel die Lethargie von ihr ab. Sie fuhr herum und rannte. Eilig trugen ihre Füße sie zurück zu dem Platz, fort, nur fort von dem Flüstern. Aber Azoth hatte ihre Flucht längst bemerkt. Schneller, als sie es für möglich gehalten hätte, bewegte er sich: Ein Schritt, ein Sprung, dann schlug seine Hand gegen ihren Rücken. Als sie auf den steinernen Untergrund stürzte, zerbrach etwas in ihrem Handgelenk. Ihr Schrei war ein klagender Laut inmitten der bedrückenden Stille. Und dann war er über ihr, zog sie hoch und schleppte sie zurück. Kein Wort kam über seine Lippen. Sein Gesicht war reglos und entschlossen, und seine Augen waren fast schwarz. Hin und her wand sich Shaan, versuchte, sich ihm zu widersetzen. Doch er war Stahl und Eis. Wieder und wieder fiel sie zu Boden, während der Regen auf ihr Gesicht prasselte. Gnadenlos schleifte Azoth sie über den Stein, bis es ihr gelang, wieder aufzustehen. Von Schürfwunden und Prellungen bedeckt, stolperte sie hinter ihm her, während sie sich immer weiter mit nutzloser Wut zu wehren versuchte.

Über eine kurze, dunkle Straße zog er sie hinter sich her zu einem gepflasterten, von Gebäuden umsäumten Ring, der einen Tempel aus Obsidian umgab.

Davor hockte Nuathin. Die großen Augen des Drachen glommen in der Dunkelheit, und seine Schuppen schimmerten im Regen. In kleinen Stößen drang heißer Atem aus seinen Nüstern. Als er sich aufrichtete, klang das Kratzen seiner Krallen auf dem Boden wie das Aufeinanderprallen von Schwertern. Sein stachelbesetzter Schwanz tappte und scharrte gellend über den Stein. Gespannte, kaum zu beherrschende Erwartung war Azoth anzumerken, als er dem Drachen etwas zumurmelte. Der Drache schmiegte sich vor ihm eng an den Boden, den Kopf ausgestreckt, nicht mehr als ein Hund, der auf den Befehl seines Herrn wartet.

Als Azoth Shaan an ihm vorbei zum Tempel zerrte, verdrehte Nuathin ein Auge in ihre Richtung. Dann stolperte sie eine Reihe schwarzer Steinstufen hinauf, die von der Nässe rutschig waren. Die Türen des Tempels waren schon lange verschwunden. Der Eingang war nicht mehr als ein gähnendes, schwarzes Loch, eine Leere aus Schatten und dem Flüstern, die auf sie wartete, um sie zu verschlingen.

Ohne zu zögern, schleifte Azoth sie hinter sich her in die Finsternis. Schmerzvoll traf sie die beißende Kälte wie eine Faust in den Magen – deutlich hörte sie das Flüstern in der Dunkelheit. Alles war vollkommen schwarz. Plötzlich voller Angst, dass er sie loslassen könnte, hielt sie sich an Azoth fest. Angesichts der Stimme, die nach ihr suchte, wäre sie verloren. Sie konnte sie fühlen, so deutlich, dass sie alle Schmerzen ihres Körpers vergaß und nur noch eine alles andere verdrängende Furcht empfand.

Kalt und glatt spürte sie den Boden unter ihren blutigen Füßen, und ihre Finger gruben sich in sein Fleisch. Plötzlich war Azoth ihr einziger Halt. Auch als sie sich umdrehte, sah sie nichts als Schwärze. Der Eingang schien verschwunden. Sie war allein in der Dunkelheit, die von allen Seiten auf sie eindrang. Niemals würde sie einen Weg hinausfinden. Bar jeder Vernunft hielt sie sich verzweifelt an ihm fest, während die Finsternis und das Flüstern über sie hereinbrachen.

Sie spürte seine Hand auf ihrer. Dann plötzlich glomm ein Licht auf, als er den Ring hervorholte. Obwohl es kein Licht gab, das er hätte reflektieren können, leuchtete er in der Dunkelheit. Sanft, ganz sanft, sagte Azoth: »Such ihn, Kind. Such ihn für mich«, und schob ihr den Ring auf den Finger. Dann stieß er sie davon und Shaan schrie, als sie in das Nichts fiel.

Regen und Wind wirbelten durch Tallis' Haar, als er auf Marathins Rücken zu seiner Schwester eilte, sein Bewusstsein mit dem des Drachen zu einem einzigen verschmolzen.

Die Wildlande flogen unter ihnen vorbei. Die Bäume bildeten eine einzige dunkle, grüne Masse, und der Fluss war eine schwarze Flut, die im stetigen Regen immer weiter anstieg. Nur mit seinen Instinkten lenkte Tallis den Drachen zu seiner Schwester. Er wusste nicht genau, wo sie sich aufhielt. Doch er fühlte ihre Schmerzen wie Messer in seinem eigenen Fleisch. Sie zeigten ihm den Weg und entzündeten gleichzeitig einen dunklen und schrecklichen Zorn in seiner Brust. Es war Azoth, der ihr das antat. Seine Hände ballten sich zu Fäusten, und weil sie seine Wut spürte, sang auch Marathins Blut vor Zorn.

Sie glitten durch die Nacht, immer am Fluss entlang. Dann sah er die Überreste einer Stadt, die der Dschungel bereits zur Hälfte verschlungen hatte. Ihr Anblick ließ Marathins Körper erzittern, und auch Tallis fühlte einen Schauer der Furcht, als er sich dem Ort näherte, an dem Azoth einst ein Gott gewesen war.

Ich fühle den Alten, sagte Marathin. Tallis wusste, dass sie den alten Drachen meinte, auf dem Azoth ritt. *Gut, dann wird sie nahe sein*, erwiderte er. *Flieg dorthin.*

Arak ist dort. Er spürte die Furcht in ihren Gedanken.

Hab keine Angst, entgegnete er. *Ich werde dich beschützen.*

Als sie die Wahrheit in seinen Worten hörte, legte sie ihre Flügel an und tauchte mit einem kurzen Schnappen ihres Schwanzes hinab.

Ihre Umgebung, die ganze Welt – alles war verschwunden. Sie hatte keinen Halt mehr, trieb ziellos in der Schwärze. Die Stimme war überall um sie herum, flüsterte, flüsterte, kalt und sanft, hart und fordernd. Sie zerrte und zog an ihr, und alles wurde zu Schmerz. Obwohl sie keinen Körper mehr hatte, verbrannte sie. Wie vom Wind verstreute Samen wehten einzelne Erinnerungen in ihr Bewusstsein: das Gesicht einer Frau, dunkles Haar und blasse Wangen, eine Momentaufnahme von Wasser vor dem Bug eines Schiffes, eine Kerze, die auf einem geschrubbten Tisch flackerte, das schwarze Gesicht eines Mannes, zu einem Grinsen verzogen, und mehr, viel mehr. Ein Kaleidoskop des Lebens wirbelte durch ihren Geist, bis nur noch ein Gedanke übrig war, nur einer: *Ich sterbe.*

Fast war sie erleichtert, doch dann sah sie einen Lichtschein. Ein Funke sprang durch das Nichts, und Shaan tat das einzig Mögliche: Sie griff danach. Im nächsten Augenblick entfaltete sich eine ganze Welt des Schmerzes in ihrem Inneren.

Ihr Gesicht schlug gegen harte Ziegel, und Lichter blitzten vor ihren Augen auf. Sie öffnete sie und begriff, dass es hell war. Sie lag auf dem Boden des Tempels und streckte, den Rücken verkrampft, ihre Hand empor. Am Ende ihres Fingers war ein Riss in der Dunkelheit. Das Gefüge der Welt war durchbrochen, und durch die Öffnung kam ein Licht, das direkt auf ihre Hand zuhielt. Es war klein und formlos, etwa so groß wie ihre Faust. Eine Wolke aus Dunkelheit, die, von silbernen Fäden durchzogen, direkt auf ihre Hand zuwirbelte. Ungläubig sah sie zu, wie sie näher kam. Ihr Körper erzitterte, als die dunkle Masse durch den Riss in die Welt drang. Dann berührte sie die Dunkelheit, und ein Lichtbogen sprang begleitet von entsetzlichen Qualen ihren Arm hinauf und zuckte über ihre linke Seite. Ihr Herz hörte auf zu schlagen, und sie brach auf dem Boden zusammen, als die Kraft der Schöpfung durch ihr Inneres schoss.

Draußen fiel Tallis mit einem lautlosen Schrei auf Marathins Hals, als er fühlte, wie Shaans Leben verebbte. Seine Brust bebte, als der Drache inmitten durcheinanderfallender Steine innerhalb der Stadtmauern landete. Wie ein Echo von Shaans Qualen fuhr ein Strom aus Schmerz in seine Seite. Er wusste, dass er ihr helfen konnte, wenn er es nur schaffte, sich zu konzentrieren. Aber der Schmerz! Vom Hals des Drachen rutschte er hilflos zu Boden. Wenigstens konnte er sie jetzt so deutlich spüren, dass er genau wusste, wo sie sich befand. *Arak-si. Schmerz*, zischte Marathin, und er lehnte sich einen Moment gegen sie.

Sieh nach mir, wenn ich rufe, sagte er. Dann stieß er sich von ihr ab und rannte los.

Als Shaan zurückfiel, sprang Azoth vor und umfing die dunkle Masse des Steins mit beiden Händen. Im Licht erstrahlten seine Augen violett. Der Gefallene hielt den Stein fest umklammert, während sich sein Körper durch die Gewalt der freigesetzten Energie nach hinten bog. Ein helles, silbernes Feuer entsprang dem Stein und bedeckte Azoths Körper. Einen Moment lang bestand er nur aus Licht und purer Energie. Während der Stein in den Händen des Gottes immer weiter feste Gestalt annahm, wurde das Licht flackernd in sein Inneres gesogen. Zurück blieb Azoth, dessen Augen wieder die Farbe schwarzen Indigos angenommen hatten.

Draußen vor dem Tempel wurde die Nacht durch das helle Feuer erleuchtet, das aus dem Eingang schlug. Doch Nuathin sah nicht hin. Er blickte in den Himmel empor, seine strahlenden Augen auf einen großen Schwarm von Drachen gerichtet, der über ihn hinwegflog und mit rauen Schreien die Luft erfüllte. Der Regen hatte aufgehört, und die Drachen landeten auf den Dächern und zerbrochenen Mauern, die den Tempel umgaben. Zusammengekauert hockten sie da wie große, schreckliche Vögel, während ihre stachelbewehrten Schwänze auf den Stein schlugen und die zerfallenden Ziegel zu Staub zermahlten.

Still beobachteten sie den Tempel, als Azoth nach draußen trat, die schwarzen Stufen hinunterging und neben Nuathins Schulter stehen blieb. Langsam drehte er sich herum, um die Drachen anzusehen. Dann hob er mit glitzernden Augen den Stein in die

Höhe und sagte in der uralten Sprache: »Ich bin gekommen, und nun werdet ihr den wahren Weg wiederfinden.« Da er sich den gebeugten Häuptern der Drachen zugewandt hatte, sah er nicht, wie sich Tallis hinter seinem Rücken in den Tempel schlich.

Atemlos rannte Tallis durch die Dunkelheit an Shaans Seite. Noch war sie am Leben, doch sie war so schwach, dass ihr Herz nur noch unregelmäßig schlug. Sein Herz zog sich schmerzhaft zusammen, als er sich hinabbeugte, sie aufhob und fühlte, wie leicht und zerbrechlich sie war. Er spürte, dass ihr Leben nur noch an einem dünnen Faden hing. Voller Angst um sie griff er tief in sein Inneres und rief nach ihr. Die Worte, die er flüsterte, waren uralt und erfüllt von Macht. Wie ein heißer Wüstenwind strömte ihre Wärme durch sein Inneres in seine Schwester. Sie regte sich nicht, doch er bemerkte, dass ihr Herzschlag kräftiger wurde. Weil er wusste, dass er keine Zeit verschwenden durfte, trug er sie unmittelbar darauf zur Tür, um mit ihr zu fliehen.

Doch als er ins Freie trat, traf er auf Azoth, der bereits mit einem beängstigenden Lächeln auf den Lippen am Fuß der Stufen stand und zu ihm hinaufsah.

»Also«, sagte er in entspanntem Tonfall, »gibt es nicht nur einen, sondern zwei. Wie kommt es, dass ich mir deiner bisher nicht bewusst war?«

Augen in der Farbe dunklen Indigos blitzten ihm entgegen, und Tallis erstarrte, als er erkannte, was Shaan ihm bisher verschwiegen hatte. Azoths Augen, seine eigenen, die seiner Schwester – sie waren alle gleich. Eine furchtsame Ahnung ließ ihn erschauern. Er trat einen Schritt zurück. Seine Schwester fest in den Armen spürte er den Türrahmen des Tempels an seinem Rücken. Er fühlte ein unsichtbares Band an seinem Selbst ziehen, wie eine Kordel, die sich zudrehte – oder ein Zügel.

»Aahhh, ja.« Azoth nickte. »Ich sehe, du spürst mich jetzt.« Sinnend betrachtete er ihn. »Meine schwarzen Drachen erzählten mir bereits Gerüchte über meinen *Arak-ferish*. Doch ihre Geister sind nicht mehr so klar, wie sie einmal waren. Ich glaubte nicht, dass sie wussten, wovon sie sprachen. Aber wie ich sehe, lag ich falsch, Sohn.« Seine Zähne leuchteten weiß. »Ich habe mich oft gefragt, ob der Erste, den ich zeugte, ein Sohn war.« Er neigte den Kopf zur Seite. »Tallis, der Name eines Wüstenmannes.«

Tallis rang nach Atem. Azoth hatte seinen Namen direkt seinem Bewusstsein entnommen. Was konnte er noch finden? Voller Panik stellte er sich eine Barriere um seinen Geist vor, versuchte, ihn auszuschließen.

Azoth verzog das Gesicht. »Du hast Macht. Doch wie lange, glaubst du, kannst du sie nutzen und dich gegen mich wenden?« Er lächelte. »So jung. Bring deine Schwester da runter und hör auf, mich so böse anzusehen. Ich hätte sie nicht sterben lassen. Damit«, er hielt einen kleinen, glänzenden Stein in die Höhe, »könnte ich sie im Handumdrehen wieder zum Leben erwecken.«

Wie ein Gestalt gewordener Teil der Nacht glitzerte der Stein in seiner Hand. Doch Tallis wusste nicht, was er dort vor sich hatte, und die Art, in der Azoth Shaans Elend leichtfertig abtat, ließ sein Herz vor Zorn erbeben.

»Ich bin nicht dein Sohn«, zischte er. »Und wir werden nicht bei dir bleiben.«

»Und wie willst du entkommen?« Azoth deutete auf den Kreis der Drachen, die unbeweglich wie Statuen rings um den Tempel kauerten. Tallis' Angst wuchs. Der schwarze Drache, der Haldane getötet hatte, hockte auf einer zerfallenen Mauer. Er fühlte, wie der Hass der versammelten Drachen nach ihm griff. Sie waren so stark. Wie konnte er hoffen, sie alle zu besiegen? Verzweiflung begann ihn zu erfassen, doch er verdrängte sie.

Marathin, rief er. Da ertönte ein gellender Schrei in der Luft über ihnen, und Azoth und er sahen nach oben. Haraka, Attar auf dem Rücken, glitt aus dem wolkenverhangenen Himmel herab. Ein Pfeil prallte neben Azoths Füßen auf den Boden, und der Gott rief den Drachen einen Befehl zu. In einem Gewirr aus Flügeln und Krallen begannen sie, sich in die Luft zu erheben.

Tallis rannte. Shaan fest an sich gedrückt, hetzte er die Stufen hinunter und rief dabei noch einmal nach Marathin. *Komm, komm jetzt!* Hinter ihm drehte sich Azoth nach ihm um. Noch immer trug er ein leichtes Lächeln auf seinen Zügen. Tallis sah ihn an, während Marathin ihm entgegenflog.

Geh also, Sohn, seine Stimme war ein Flüstern in seinem Geist. *Ich habe, was ich im Augenblick benötige. Wir werden wieder zusammen sein.* Azoth hob die Hand in seine Richtung, während Tallis Shaan mühsam auf den Rücken des Drachen hievte.

Überall um den Gott erhoben sich Drachen in die Luft und stürzten sich auf den fliehenden Haraka. Während er Marathin befahl, sich zu erheben und Attar zu Hilfe zu kommen, blieb Tallis keine Zeit, sich darüber zu wundern, warum Azoth sie fortgeschickt hatte.

Der Drache spannte seinen Körper an, dann warf er sich mit einem Sprung in die Höhe. Noch im Steigflug hieb er nach einem kleineren Drachen und kreischte, sodass sein Gegner sich vor Furcht zusammenkrümmte und die Flucht ergriff. Dann spreizte Marathin ihre mächtigen Flügel und sauste in Richtung Harakas durch die Luft. Tallis hielt Shaan fest, während er seine Schenkel eng gegen Marathins Seiten presste, als diese abtauchte und sich herumdrehte, um durch die Masse der Drachen zu schneiden, die sich vom Boden erhoben. Keiner der Drachen kam in ihre Nähe. Obwohl sie schrien und durcheinanderwirbelten, griffen sie nicht an. Nur zwei der schwarzen Drachen verfolgten vor ihnen Haraka und Attar, die sich mit großer Geschwindigkeit von der Stadt entfernten.

Tallis sah, wie Attar zwei Pfeile auf jenen abfeuerte, der sich auf seiner Seite befand, und als sie sich näherten, suchte er tief in seinem Inneren nach den Worten, um die Kontrolle über die beiden Drachen zu übernehmen. Doch wie auf einen unsichtbaren Befehl hin, drehten sie sich plötzlich ab und fielen zurück. Ihre Schreie drangen zu ihm empor, während sie geradewegs auf die Bäume zuhielten, um sich wieder in der Stadt Azoth anzuschließen.

Ich werde euch holen kommen, flüsterte Azoth in seinem Bewusstsein. Tallis zuckte zusammen. Wie ein Hieb traf ihn die Kälte seiner geistigen Berührung. Shaan schrie in seinen Armen auf, dann gab es nichts mehr als den Regen in seinem Gesicht, und die schwachen Rufe der Drachen, die hinter ihnen verschwanden, als sie nach Salmut zurückflogen.

42

Jenseits der Länder erwachte jene, die Fortuse genannt worden war, aus ihrem Schlummer. Mit einem Schrei öffnete sie ihre Augen, griff ins Nichts. ›*Er hat ihn, er hat ihn!*‹, murmelte sie und begann über den Boden zu kriechen, um nach unsichtbaren Fäden zu tasten.

Draußen vor der Hütte ließ ein Mann, der gerade Holz gehackt hatte, langsam seine Axt sinken. Eine Weile stand er da, den Blick zum Himmel gerichtet. Er war groß und dunkelhaarig, und die Muskeln an seinen breiten Schultern waren hart von Jahren der Arbeit. Jahre, an die er sich nicht immer erinnern konnte. Doch als er nach oben sah, verdunkelten sich seine grauen Augen und blaue Flecken erschienen. Die Axt fiel zu Boden, und er drehte sich um. Mit langen Schritten eilte er zur Hütte und stieß die Tür auf. Dort sah er zu der nackten Frau hinunter, die auf dem Boden herumkroch. Aus verängstigten Augen blickte sie zu ihm empor, Augen, die zuerst grau schienen, dann grün und dann blau.

»Wo sind die anderen?«, rief er mit zitternder Stimme. Dann ließ ihr Geschrei ihn zurücktaumeln. Er sank auf seine Knie herunter. »Wo sind die anderen?«, flüsterte er. Sie kroch zu ihm, um sich zitternd an ihn zu lehnen und dann zusammenzurollen. Wie feine Seide bedeckte ihr rotes Haar ihr Gesicht, als sie wie ein Kind ihre Hände nach ihm ausstreckte. *Er hat ihn.* Süß wie Musik klang ihre Stimme in seinem Bewusstsein. Verwundert sah er auf sie hinab, als er sich mit einem Mal wieder an seinen Namen erinnerte.

»Ich bin Paretim«, sagte er. Dann wurde seine Stimme kräftiger, schwoll an wie eine Trommel im Dunkeln. »Wir müssen die anderen finden.«

Epilog

Es ist kaum zu glauben, dass es so viel Wasser in der Welt gibt.«
Tallis stand am offenen Fenster und sah hinaus in den Regen.
»Es nimmt ja gar kein Ende.«

»Schieb mich näher heran; ich kann nichts erkennen«, sagte
Shaan. Ihre Stimme war rau und schwach.

»Ich rücke das Bett unter das Fenster«, sagte er und hob das
eine Ende des hölzernen Bettes an, um es vorsichtig hinter sich
herzuziehen. Die Beine des Gestells verursachten ein leises Kratzen auf dem Bodenbelag, als er es so aufstellte, dass Shaan auf
den angrenzenden Garten hinausblicken konnte.

Vor Schmerz biss Shaan die Zähne zusammen, als die Erschüt-
terungen der Bewegung durch ihr Rückgrat jagten. Dann fluchte
sie, als ihr linker Arm sich löste, an der Seite des Bettes hinabglitt
und wie ein toter Fisch dort hängen blieb.

»Tallis!«, schrie sie. Schnell eilte er an ihre Seite und legte ihr
den Arm wieder quer über den Bauch auf die dünne Decke. Als
er sie berührte, spürte sie nichts und drehte sich weg, um die
Tränen der Wut fortzublinzeln. Sie hatte noch immer keinerlei Gefühl oder Kontrolle über ihre linke Seite. Ihr Arm und ihr Bein
waren wie Klumpen nutzlosen Fleisches. Die Schwestern hatten
gesagt, dass es Zeit brauchen würde – doch wie lange?

»Willst du dich aufsetzen?« Er strich ihr eine Haarsträhne aus
dem Gesicht.

»Nein.« Sie sah hinaus in den dunklen Nachmittag.

»Du hast schon den ganzen Tag gelegen«, sagte er. Ohne auf
ihren Widerspruch zu achten, beugte er sich über sie, packte sie
unter den Armbeugen und richtete sie auf, bis sie an der Rücken-
lehne des Bettes saß.

»Au!« Schmerz schoss ihr durch den Rücken und bohrte Messer in ihren Bauch. Mit ihrem rechten Arm schlug sie ihn, so hart wie sie konnte, gegen die Brust.

»Nicht schlecht«, ächzte er und schob ihr linkes Bein beiläufig von der Kante des Bettes zurück. »Fast hab ich was gespürt.« Er trat zurück und betrachtete sie. »Weißt du, ich denke, du wirst zu dick.«

Wütend funkelte sie ihn an, während sie schnell ein- und ausatmete, bis der Schmerz nachließ. »Ich bin nicht dick.« Tatsächlich hatte sie sich noch nie so schwach und zerbrechlich gefühlt. Trotz all der reichlichen Mahlzeiten, die sie von den Schwestern bekam, nahm sie nicht zu. All ihre Energie floss in den täglichen Kampf gegen den Schmerz, der ihr ständiger Begleiter zu sein schien. Schlafen konnte sie auch nicht. Zu groß war ihre Angst, dass Azoth sie finden würde, sobald sie die Augen schloss. Sie hatte noch immer den Ring des Propheten. Obwohl er jetzt in den Tiefen des Palastes weggeschlossen war, befürchtete sie ständig, er könnte ihn nutzen, um sie zu finden – dass er in ihre Träume treiben und sie nie wieder erwachen würde. Nur wenn Tallis bei ihr war, fand sie etwas Ruhe. Seine Hand fest umschlossen, gelang es ihr, wenigstens für einige Stunden am Tag zu schlafen, denn nur dann fühlte sie sich sicher.

»Balkis war heute Morgen wieder da«, sagte er beiläufig, und schlug einen Funken in der Lampe. Ihr Magen zog sich zusammen, und er sah zu ihr hinüber, während das warme, gelbe Licht ihr Gesicht erhellte. »Irgendwann wirst du ihn sehen müssen.«

»Noch nicht.« Sie kaute auf ihrer Unterlippe und sah in den Regen hinaus.

»Er kommt jeden Tag, Shaan.«

»Ich kann nicht!« Ihre Stimme wurde lauter, und ihr schoss die Röte ins Gesicht. Tallis schwieg. Wieder einmal wünschte er, dass Jared da wäre. Der kannte sich mit Frauen einfach viel besser aus als er selbst. Ihm wäre es gelungen, sie davon zu überzeugen, dass Balkis sich von ihr nicht wegschicken lassen würde.

Der Gedanke an seinen Erdbruder schnürte ihm die Brust zu.

Er konnte immer noch nicht glauben, dass er ihn wirklich dort im Dschungel hatte zurücklassen müssen – sich nicht einmal sicher sein konnte, ob er überhaupt noch lebte. Der Zorn auf Azoth schmorte in seinen Eingeweiden, doch schnell erstickte er ihn, damit Shaan nichts davon mitbekam. Sie waren jetzt so eng miteinander verbunden, und er wollte nicht, dass sie neben ihrem eigenen auch noch sein Leid ertragen musste.

Er nahm sich einen Stuhl und setzte sich neben ihr Bett. Auf die niedrige Fensterbank gelehnt, sah er dem Regen zu, der draußen auf die breiten, schwarzen Blätter der Pflanzen trommelte.

»Sie sagen, dass es einen Krieg geben wird«, sagte er. »Rorc versammelt die Krieger aus den entlegenen Gebieten. Aber Attar behauptet, das werde nicht reichen.«

»Und die Drachen sind alle fort?«

»Alle bis auf Marathin und Haraka«, nickte er.

Shaan zitterte. Wie sollten sie sich verteidigen, wenn Azoth kam?

»Vielleicht wird Tuon uns eine Nachricht senden, dass es noch Drachen auf den Inseln gibt«, sagte sie und dachte an ihre totgeglaubte Freundin, die doch noch lebte.

Tallis sah grimmig zum schweren, grauen Himmel empor. »Ich weiß nicht. Ich kann keine fühlen.«

»Ein großes Meer trennt euch. Vielleicht stört das Wasser.«

»Vielleicht.« Er zuckte mit den Achseln.

»Rorc sollte dich mit Marathin dorthin fliegen lassen«, sagte sie. »Es würde schneller gehen, und du könntest mit denen reden, die noch da wären.«

»Er will darauf warten, bis er eine Nachricht erhält. Die Stadt so unverteidigt zu lassen, mag er nicht riskieren.«

»Ich sehe nicht, welchen Unterschied das machen sollte.«

»Er hat recht«, sagte Tallis in mildem Tonfall. »Es wäre eine nutzlose Reise, und wenn welche von den Drachen angreifen, während Marathin nicht hier ist, müssten Haraka und die Männer auf dem Boden die Stadt allein verteidigen.«

»Aber es muss dort Drachen geben, es ist ihre Brutstätte.«

»Es sei denn, sie sind alle aufgebrochen, um sich Azoth anzuschließen«, sagte Tallis, und Shaan schwieg.

Alles schien so hoffnungslos. Wieder hörte sie das Flüstern, das ihnen gefolgt war, als sie aus den Wildlanden davonflogen: *Ich werde euch holen kommen.* Sie hatte es gehört, sogar eingeschlossen in der Dunkelheit hatte sie es gehört – genau wie er es gewollt hatte. Ihr Blick richtete sich auf Tallis, aber er schien in Gedanken an Jared und das Heim, das nun für ihn verloren war, versunken zu sein. Sie streckte die Finger aus, berührte seinen Arm, und ohne sie anzusehen, ließ er seine warme, raue Hand in ihre gleiten.

Eine Weile saßen sie still da. Shaan dachte an alles, was sie verloren, und an alles, was sie gewonnen hatte. Sie dachte an Tuon auf den Dracheninseln und betete, dass es ihr gut ginge. Sie dachte an Torg, der in der Erde seiner Geburt begraben lag, und an Alterin und Jared, verloren in den Dschungeln der Wildlande. Sie sah Tallis an. Sein Gesicht war von ihr abgewandt, doch sie konnte ihn fühlen. Er war nachdenklich und voller Zorn auf Azoth wegen allem, was er ihm genommen hatte. Wie froh sie war, dass wenigstens er sich hier bei ihr befand.

»Erzähl mir von unserer Mutter.« Sie drückte seine Hand mit der wenigen Kraft, die ihr verblieben war. »Erzähl mir davon, wie es war, mit Jared zu jagen, als ihr noch Jungen wart.«

Er blinzelte, und sie sah plötzliche Tränen in seinen indigofarbenen Augen schimmern. Einen Moment lang blickte er nach unten. Dann begann er mit einem langen Seufzer zu sprechen, und sie lehnte sich mit geschlossenen Augen zurück, um die Bilder von Sand und Hitze über sich hinweg treiben zu lassen. Er öffnete sich ihr, und sie hielt seine Hand, hörte die Worte, und sah mit ihm die weiten, offenen Ebenen, die hinter einem Stein versteckte Mar-Ratte und die Frau mit den dunklen Haaren und den Augen in der Farbe des Meeres, die auch ihre Hand zu halten schien, bis Shaan endlich ihren Kampf gegen den Schlaf verlor.

Liste der Charaktere

Alterin   Eine Seherin und Heilerin des Volks der Wildlande.

Amora   Ein Sklavenmädchen, das vor zweitausend Jahren zum Auslöser der Rebellion gegen Azoth wurde und die Stadt Salmut gründete.

Anyu   Ein Häuptling des Volkes der Wildlande.

Arlindah   Die Führerin von Salmut – Herrscherin von Saranthium.

Attar   Ein Hauptmann der Drachenreiter.

Azoth/ Der Gefallene   Der Schöpfer der Drachen und jüngster der fünf alten Götter. Er stahl den Schöpferstein und versklavte den größten Teil der menschlichen Rasse, indem er den Stein benutzte, um die Alhanti (siehe Glossar) zu erschaffen. Vor zweitausend Jahren wurde er von seinen vier älteren Geschwistern in den Abgrund verbannt.

Balkis   Der Sohn eines reichen Kaufmanns und Drachenreiter. Der jüngste, der seit vielen Jahren von den Drachenreitern zu einem Septenführer ernannt wurde

Bren   Ein Drachenreiter.

Crull   Ein Mitglied des Kreises der Führer des Jalwalah-Clans.

Cyri   Ein Konsul der Glaubenstreuen – ihr geistiger Anführer.

Epherin   Der Zweitälteste der Vier Verlorenen Götter.

Fortuse   Einzige Frau unter den Vier Verlorenen Göttern.

Haldane   Der Herzensgefährte von Mailun und Mitglied des Kreises der Führer des Jalwalah-Clans.

Irissa   Jareds Schwester – Jägerin des Jalwalah-Clans.

Jared   Ein Jäger des Jalwalah-Clans und Erdbruder von Tallis.

Karnit   Der Anführer des Jalwalah-Clans.

Lorgon   Ein Mitglied von Salmuts Rat der Neun.

Mailun Tallis' Mutter, die ursprünglich von den Ichindar, dem Eisvolk, abstammt.

Meelin Eine Parfümherstellerin in Salmut und Tuons Freundin.

Miram Ein Mitglied des Kreises der Führer des Jalwalah-Clans.

Mishi Alterins Freundin und ihre Amme.

Morfessa Ein Ratgeber der Führerin von Salmut und ein mächtiger Heiler.

Nevan Ein Mitglied des Kreises der Führer des Jalwalah-Clans.

Nilah Die Tochter von Arlindah und Erbin des Führerinnen-Amtes von Salmut.

Paretim Der Älteste der Vier Verlorenen Götter.

Perrin Ein Arbeiter in der Drachenkuppel.

Petar Ein Traumseher.

Prin Morfessas Assistent.

Rorc Der Kommandant der Glaubenstreuen und Oberbefehlshaber der Armee von Salmut.

Shaan Eine Waise, die im Red Pepino lebt und in der Drachenanlage von Salmut arbeitet.

Shila Die Träumerin des Jalwalah-Clans.

Tallis Ein Jäger des Jalwalah-Clans, Sohn von Mailun und Erdbruder von Jared.

Thadin Anführer der Krieger des Jalwalah-Clans und Mitglied des Kreises der Führer.

Torg Ein Mann von den Dracheninseln und Besitzer des Red Pepino.

Tuon Eine Prostituierte im Red Pepino und beste Freundin von Shaan.

Vail Einer der Vier Verlorenen Götter.

Veila Die Seherin von Salmut, die im Zwielicht Nachforschungen anstellt und Azoths Rückkehr entdeckt.

Vilan Winzer, der in Shalnor einen Außenposten für Drachenreiter unterhält.

Drachen

Haraka Brens Drache und einer, der sich Azoths Rückkehr widersetzt.

Marathin Attars Drache, ebenfalls gegen Azoths Rückkehr.

Nuathin Der älteste Drache in der Kuppel.

Glossar

Al Hanatoha Die uralte Stadt in den Wildlanden, in der einst Azoth herrschte.

Alhanti Mischwesen, die von Azoth mit Hilfe des Schöpfersteins erschaffen wurden. Halb Drache, halb Mensch, sehr groß und stark, bildeten sie die Kriegerkaste von Azoths Reich, das vor zweitausend Jahren unterging.

Amora Ein Sklavenmädchen, das für den Untergang von Azoths Reich verantwortlich war. Es war Amora, die den Schöpferstein in einem Traum zu sich sprechen hörte und daraufhin die vier älteren Götter erweckte, die dann Azoth für seine Verbrechen verbannten. Amora führte die Menschen anschließend aus dem untergegangenen Reich in ein neues Land am Rande des Meeres und gründete die Stadt Salmut.

Brunnen Das Heim eines Wüstenclans.

Clans der Wüstenlande Baal, Halmadha, Jalwalah, Raknah, Shalneef.

Crist Eine Droge, die Halluzinationen hervorruft und schnell süchtig macht.

Der Bucklige Der selbsternannte Herr über alle Diebe Salmuts.

Drachenkuppel Ein extrem großes, säulenförmiges Gebäude, das die Drachen von Salmut beherbergt.

Dracheninseln Eine Gruppe von Inseln im Sergessen-Meer südwestlich von Salmut, auf der die Brutstätte der Drachen und die Heimat eines stolzen Seefahrervolkes liegen.

Drachenanlage Ein großer Komplex von offenen Höfen und Gebäuden, in dem die Drachen und Drachenreiter untergebracht sind.

Feuchtländer Eine Bezeichnung, mit der die Clansleute die Küstenbewohner beschreiben.

Freilande Die Nation, die sich von den Ausläufern der Goran-Kette aus erstreckt und von den Wüstenlanden der Clans, den kalten Landen des Volkes der Ichindar und dem Sergessen-Meer begrenzt wird. Sie trennte sich während des Krieges der Freilande vor 223 Jahren vom Rest Saranthiums, ist jedoch noch immer ein Handelspartner.

Führer Die Erschaffer und Bewahrer der Wüstenclans. Zu ihnen gehören: Sabut, Wahtu, Antil, Enocia (der Ausgestoßene) und Kaa (der Tod).

Geiststimme Die Methode, die von Reitern benutzt wird, um mit ihren Drachen zu sprechen.

Geistverbindung Eine komplexere Form der Kommunikation zwischen Drachen.

Gestohlener Brunnen Kleiner Wasserbrunnen am Rand des Jalwalah-Territoriums.

Glaubenstreuen Die mächtigste Kraft in Salmut, gebildet, um die Welt vor Azoths Rückkehr zu schützen. Sie bestehen aus zwei Parteien: den Jägern, die übernatürlich gut darin sind, ihre Beute zu fangen, und den Verführern, die infiltrieren und den Geist beeinflussen können.

Haldar Kopfbedeckung aus dickem Stoff, die von den Wüstenclans als Schutz vor der Sonne getragen wird.

Hasan Daag Hauptstadt der Freilande.

Inti Der Name, den die Bewohner der Wildlande der Sonne geben.

Jungreiter Frisch rekrutierte Drachenreiter, die sich noch im Training befinden.

Kaf Dickflüssiges, heißes, kaffeeähnliches Getränk.

Kreis der Führer Sieben Männer und Frauen, die den Jalwalah-Clan leiten.

Muthu Ein vierbeiniges Tier mit rauem Fell und einem einzelnen kleinen Höcker über dem Widerrist. Es stinkt und ist in Küstenregionen und der Wüste anzutreffen.

Nonyu   Ein Gewürztee.

Rat der Neun   Ein Gremium von Räten, das die alltäglichen Belange Salmuts und der umliegenden Dörfer verwaltet.

Regenlande   Alter Name der Wildlande.

Ring des Propheten   Ein goldener Ring, den der Prophet Azoth stahl.

Rolle der Gründung   Die Urkunde, die nach der Gründung von Salmut und der Verbannung Azoths sowie dem Aufbau einer neuen Welt niedergelegt wurde. Sie beinhaltet die Einzelheiten des Friedenspaktes zwischen Menschen und Drachen und mahnt zu ständiger Wachsamkeit vor der Rückkehr des verbannten Gottes Azoth.

Rotfrucht   Ein fleischiges, süßliches Obst mit einem großen Samenkorn.

Sabut-Brunnen   Oase und Versammlungsort der Clans.

Salmut   Hauptstadt von Saranthium und Heim der Führerin.

Saranthium   Der Kontinent, der vom Schöpferstein und den fünf alten Göttern erschaffen wurde.

Scanorianer   Eine höhlenbewohnende Rasse, die hauptsächlich in den Pleth-Bergen lebt, manchmal aber auch in den Ebenen nahe dem Fluss Pleth gesehen wird.

Schöpferstein   Der legendäre Samen, aus dem alles Leben entsprang, und die Quelle der Kraft der alten Götter. Aus fünf Teilen bestehend, wurde seine Macht zunächst zu gleichen Teilen von den alten Göttern genutzt, um Menschen, Pflanzen und Tiere in der Welt zu erschaffen. Dann wurde er von Azoth gestohlen, wieder zusammengesetzt und genutzt, um die menschliche Rasse zu versklaven und Drache / Mensch-Mischwesen zu erzeugen. Er verschwand, als die vier älteren Götter Azoth in den Abgrund verbannten. Er ist der Schlüssel zu Azoths Macht.

Schriftrollen des Propheten   Die Geschichte von Azoths Reich, die von einem Sklaven verfasst wurde, der während der Zeit von Azoths Verbannung entkommen konnte. Sie werden auf den Dracheninseln aufbewahrt.

Schwarm   Das kollektive Bewusstsein einer Gruppe von Drachen, die es als Fluss aus Licht inmitten einer Leere wahrnehmen. Beschreibt ebenso eine Familie oder einen Stamm von Drachen, die von einem älteren Drachen geführt werden.

Schwarze Berge   Ein Gebirgszug aus vollkommen ödem schwarzem Gestein, der die nordöstliche Grenze der Clanlande bildet.

Schwestern von Amora   Ein Orden von Frauen, die sich dem Studium von Amoras Leben und der Heilkunde von Amora verschrieben haben.

Septe   Eine Abteilung der Drachenreiterarmee, die aus zehn Drachen und ihren Reitern besteht.

Septenführer   Der Kommandant einer Septe von Drachenreitern. Es gibt acht Septenführer.

Shalnor   Eine große Küstenstadt an der Mündung des Pleth-Flusses. Bekannt für ihre Weinberge.

Tempel von Amora   Der Ort, an dem Amora und die Vier Verlorenen Götter angebetet werden. Hier sind die Schwestern von Amora untergebracht. Der Tempel dient auch als Versammlungsort der Glaubenstreuen und jener, die für sie arbeiten. Außerdem ist er die Residenz des Konsuls der Glaubenstreuen. Auch Kommandant Rorc unterhält hier Räumlichkeiten.

Torin   Handelshafen der Freilande und deren zweitgrößte Stadt.

Vorsteherin   Die Anführerin der Schwestern von Amora.

Wilde Drachen   Schwarz und größer als jene, die in Salmut leben. Diese Drachen haben das Volk der Clans und Dörfer am Rande der Wüste scheinbar ohne Grund angegriffen.

Wildlande   Eine tropische Bergregion, die mit dichtem Dschungel bedeckt ist. Hier leben die Dschungelbewohner in kleinen Dörfern, und hier liegt auch die alte Stadt von Azoths vergangenem Reich.

Zwielicht   Der Ort zwischen Wachen und Träumen, den Seher betreten, um Antworten und Weisheit zu finden. Nur wenige haben das Talent, wirklich in seine Tiefen vorzudringen. Wird vom Volk der Wildlande auch die Zwischenwelt genannt.

Danksagung

Dieses Buch brauchte viele Jahre, um Gestalt anzunehmen. Meine Dankbarkeit gilt den folgenden Personen für ihre Hilfe während seiner Entstehung: Zuerst möchte ich Amanda Lines danken, »dem einzigen Menschen, der versteht, was ich meine«, einer wertvollen Freundin, die mich viele Male mit ihrem Rat, ihrem Humor und natürlich ihren Orangenmarmelade-Muffins vor dem Aufgeben bewahrte. Ebenso danke ich Kath Wheeldon, die nicht nur der großzügigste Mensch ist, den ich kenne, sondern auch eine wahre Freundin, die mich stets unterstützte. Ich danke meiner Familie, besonders meiner Mutter, die mir den Zauber offenbarte, der Büchern innewohnt, und mir erklärte, dass ich sein könne, was immer ich wolle. Auch dafür, dass sie nie sagte, es gebe in Wirklichkeit keine Hobbits und Feen. Ebenso möchte ich meinem Vater, meinem Bruder und meinen Schwestern danken – vor allem Fay, die mich ermunterte, an einem Wettbewerb teilzunehmen, und so den Stein ins Rollen brachte. Mein Dank gilt auch jenen, die ich erst vor kurzem kennenlernte: Anna McFarlane und Catherine Day von *Pan Macmillan* für ihre Fürsorge, ihre Unterstützung und ihr großartiges Lektorat, meiner Agentin, Clare Forster, für ihre geradezu überirdische Arbeit. Ebenso möchte ich Peter Bishop von *Varuna – the Writers' House* für seinen Rat und seine freundlichen Worte danken, des Weiteren Isobelle Carmody für ihren Enthusiasmus und ihren wunderbaren Rat in allen Belangen des Lebens und Schreibens. Schließlich gilt mein Dank auch *Arts WA* und *Writing WA* für ihre großzügige Unterstützung meiner Arbeit, die mir half, dieses Buch fertig zu schreiben.